Sándor Márai

Unzeitgemäße Gedanken

Sándor Márai

Unzeitgemäße Gedanken

TAGEBÜCHER 2

1945

Aus dem Ungarischen
von Clemens Prinz

Herausgegeben
und mit Anmerkungen versehen
von Ernő Zeltner

PIPER
MÜNCHEN ZÜRICH

Mehr über unsere Autoren und Bücher:
www.piper.de

Die ungarische Originalausgabe erschien 2006 unter dem Titel »A teljes napló 1945« im Helikon Verlag, Budapest.

ISBN: 978-3-492-05199-6

Satz: Uwe Steffen, München
Druck und Bindung: Kösel, Krugzell
Printed in Germany

Sándor Márai

Unzeitgemäße Gedanken

TAGEBÜCHER 2

1945

1945

Immer nur daran denken, wovon Goethe völlig durchdrungen war: Das Leben ist – in jeder Beziehung – *Handlung*, also nicht die Abfolge starrer Formen, sondern eine Gesamtheit sich harmonisch wiederholender Handlungen. *»Geprägte Form, lebendig sich entwickelt.«*

Was fehlt in diesem besonderen neuen Jahr? Sehr viel: zum Beispiel, zu meiner Überraschung, Goethes *Urworte. Orphisch*.

Ich lese Spengler, nach fünfzehn Jahren zum zweiten Mal. Er ist zeitgemäß.

Der Rabbiner, der sich nebenan versteckt hält, kommt in der Abenddämmerung des zweiten Tages der russischen Besatzung zu mir herüber und vertraut mir mit bleichem Gesicht an: Gerade vorher sei ein russischer Soldat bei ihm gewesen, er habe nach Deutschen gesucht. Der Rabbiner versteckte sich, wie gewöhnlich, in einer Kammer, der Russe wurde der Frau gegenüber zudringlich, tat ihr aber nichts an; dann durchstöberte er das Haus, fand den Rabbiner in der Kammer und wollte wissen, wer er sei. Der zitternde Mann beantwortete die Fragen auf Deutsch und hielt ihm immer wieder seinen Ausweis hin, auf dessen Foto er einen Bart trägt – jetzt ist er rasiert. Der Soldat sagte, so der Rabbiner, immerfort: »Ura, Ura!« Da nahm er seine Uhr vom

Handgelenk, und der Soldat sagte: »Kapitano!« und lief mit der Beute davon. Er kam auch nicht mehr zurück.

Ich nehme dem Rabbiner das Versprechen ab, dass er sich fortan, sollte jemand läuten, nicht mehr versteckt und dass er den Russen vor allem nicht auf Deutsch antwortet, weil ihm dann passieren könnte, dass man ihn schon erschießt, während er sich ihnen noch vorstellt. »Ich bitte Sie, was für eine Enttäuschung ist das für uns!«, klagt er. Ich beruhige ihn. Diese Enttäuschung ist unbegründet; es sei denn, die Juden hätten von den Russen eine Art begeisterten Philosemitismus erwartet. Die Russen sind nämlich überhaupt keine Philosemiten; sie kennen nur einfach keine Rassenfrage. Für sie ist es einerlei, ob jemand Ukrainer ist oder Tscheremisse oder Jude. Und sie sehen in den Juden jetzt zweifellos auch Verbündete.

Solche Uhrengeschichten ereigneten sich im Dorf häufiger; die Offiziere bestrafen die Uhrensammler streng, wenn sie davon erfahren. Die Soldaten wollen Uhren, Füllfederhalter, Alkohol und Frauen; andere Dinge interessieren sie nicht. Von ernsterer Gewaltanwendung hab ich nichts erfahren. Aus verlässlicher Quelle hörte ich die Geschichte vom Besuch eines Frontsoldaten, die dem Erlebnis des Rabbiners ganz ähnlich war. Und dem hiesigen Schuster, der ein auffallend dicker Mann ist, nahmen sie den Ledermantel ab, gaben ihm dafür aber einen gebrauchten anderen Mantel und zweihundert Pengő. Und ein Landser wollte dem dicken Mann seinen Ehering vom Finger ziehen: »Burschui, Burschui«, wiederholte er; doch als sich sein Vorgesetzter näherte, lief er davon. Auf der Landstraße nehmen sie den Leuten auch Fahrräder ab, die sie dann eine Weile benutzen und nachher jemand anderem geben. Geld interessiert sie nicht; sie haben aber viel davon. Um die Gunst des hiesigen Dorfhürchens zu gewinnen – erst jetzt habe ich erfahren, dass es hier auch so etwas gibt! –, bezahlten sie fünftausend Pengő.

Ihr Verlangen nach Frauen ist natürlich; junge Männer, die seit Jahren unterwegs sind, ohne Frau. Viel hängt natürlich auch vom Verhalten der Frauen ab und davon, ob sie ihnen Wein anbieten.

Ihre Leidenschaft für Uhren ist da interessanter. Was wohl dahintersteckt? Gibt es in Russland nicht genügend Uhrenfabriken? Vielleicht auch etwas anderes: Ist in den in einer rationalisierten Maschinenzivilisation aufgewachsenen russischen Massen plötzlich das Zeitgefühl erwacht? Sicher ist, dass es einen russischen Bauern vor hundert oder auch vor fünfzig Jahren gar nicht so sehr interessierte, ob er eine Taschenuhr hat oder nicht.

Der Mensch des Ostens ist der Zeit gegenüber ziemlich gleichgültig, ist Optimist, wie Schubart sagt, lebt mit Weitsicht und Gleichmut, die Sekunde interessiert ihn nicht, im Zusammenhang mit dem Leben empfindet er keine Panik, ist nicht in Eile und zerteilt die Zeit nicht in kleinste Einheiten. Jetzt lese ich Spenglers Erklärung der Zeit; der Mensch in der griechischen und lateinischen Antike war den Zeiteinheiten gegenüber ziemlich neutral; die mechanische Uhr ist eine deutsche Erfindung des zwölften Jahrhunderts, und ihre Perfektionierung hängt mit den Rekordsehnsüchten und der Angst des Menschen jener westlichen Kultur zusammen, die vom Gefühl des Bedrohtseins durchdrungen und zur Maschinenzivilisation erstarrt ist. Es ist möglich, dass die Russen sich jetzt so auffällig für die Uhren interessieren, weil sie im letzten Vierteljahrhundert das erste Mal in diese Maschinenzivilisation hineingeschnuppert haben, und deshalb ist für sie die Zeit jetzt wichtig und auch jener Mechanismus, der die Zeit misst? Eine rechte Antwort darauf weiß ich nicht.

Die Deutschen haben das nicht unangemessene Angebot der Russen abgelehnt, und der Beschuss Budapests erfolgt jetzt schon Tag und Nacht; damit die russischen Truppen erst zwei Monate später Pressburg oder Wien erreichen, hat die deutsche Heeresführung Budapest geopfert; und alles wird zerstört, was Generationen von Ungarn aufgebaut haben, alles, was Teil meines Lebens war; meine Familie sitzt in den Kellern, die Stadt wird bald in Schutt liegen. Deshalb gibt es für die Deutschen kein Pardon und keine Gnade mehr. Die Ungarn dürfen dieses Volk verteufeln, solange es Ungarn gibt.

Wir leben in einer Art gesetzlosem Zustand: Die Russen haben uns besetzt, doch vorerst kümmern sie sich nicht um diesen Uferabschnitt; manchmal kommt eine Patrouille vorbei, die Waffen einsammelt, die Uniformierten zusammentreibt, dann ist wieder tagelang kein Russe zu sehen; mit der provisorischen Regierung in Debrecen konnte dieser Landstrich noch nicht in Kontakt kommen; es gibt keine Behörde, keine Gendarmerie, kein Amt, nichts. Der improvisierte Gemeinderat bemüht sich, für die Bevölkerung irgendwie Brot backen zu lassen; sonst tiefe Stille; die Menschen lungern herum, streunen durch die Gassen, in der Kirche sind viele, zu essen gibt es nichts, und für Geld bekommt man auch nichts. Es ist bereits ungarisches Notgeld aufgetaucht, das von der Roten Armee in Umlauf gebracht wurde; Kossuth-Bankós, sagen die Leute schmunzelnd. Das Leben von *no man's land*-Menschen ist das hier; ein Schwebezustand zwischen Himmel und Erde; und wir hören das Dröhnen, das buchstäblich ein Dröhnen der »Mühlen in der Hölle« ist; und diese höllische Mühle zermalmt jetzt Budapest.

Seit Tagen schlafe ich nicht mehr.

Am ersten Tag des neuen Jahres ein Spaziergang am Flussufer. Dreißig Kilometer weiter zerbröseln Pest und Buda im Artilleriefeuer; hier herrscht vollkommene Stille, und die Januarsonne scheint; die Jugend von Pócsmegyer läuft unbeschwert Schlittschuh auf dem zugefrorenen Randstreifen der Donau. Das Ereignis des Tages ist das plötzliche Erscheinen eines Frachtkahns, der mit den großen Eisschollen gemächlich die Donau heruntertreibt; er hat sich wohl irgendwo bei Esztergom losgerissen, und der Fluss bringt ihn langsam bis zu uns. Der große schwarze Schiffskörper zwischen den graugrünen Eisschollen ist ein gespenstischer Anblick; alles hat sich befreit und selbstständig gemacht; unternehmungslustige Jungen durchstöbern den Kahn, sie finden Kisten und die Leiche eines ungarischen Soldaten; die Dorfleute hoffen, dass sich vielleicht auch Getreide tief im Bauch des Kahns befindet. Robinson hat so gelebt.

Und dennoch spüre ich an diesem Tag zum ersten Mal, dass wir uns vielleicht – zu einem ungeheuren Preis zwar – langsam aus diesem Höllentunnel hinausbegeben; als würde es irgendwo in weiter Ferne dämmern. Die Regierung in Debrecen, die Deutschland den Krieg erklärt hat, wurde von allen ausländischen Mächten anerkannt; die Siebenbürgen-Frage wird aber bis zu den Friedensverhandlungen nicht angesprochen; es könnte sein, dass auf den Ruinen von Budapest und unseres ganzen früheren Lebens irgendeine Art Staat von diesem Ungarn übrig bleibt. Aus diesem Staat eine Nation zu schaffen, das wäre die Aufgabe. Eine Nation, die nicht das Lehen und Jagdgebiet einer Kommanditgesellschaft ist, sondern das Zuhause von Menschen, die mit Qualitätsanspruch arbeiten und über ein moralisches Selbstbewusstsein verfügen. Doch wer soll das hier schaffen?

Ich vertraue X und hoffe auf Y, doch vertraue ich nicht mehr auf das Material der ungarischen Gesellschaft. Dieses Material ist schlaff. Wer es auch immer bearbeitet, es bleibt weich, schleißt, zerbröckelt.

Und alles wird immer von außen erwartet; gestern von den Deutschen, heute von den Russen, morgen von den Amerikanern. Eine Nation kann nicht mithilfe von außen geschaffen werden; sondern nur aus sich selbst heraus.

Seit zehn Tagen gibt es kein Licht. Ach ja, es gibt auch keine Kerzen und kein Petroleum. Die Kerzen, die uns noch geblieben sind, zünden wir nur für die halbe Stunde an, in der wir zu Abend essen; nachmittags um fünf dämmert es bereits, danach sitzen wir im Dunkeln, oder ich betrachte sinnend die Glut im Ofen.

Ich tröste mich damit, dass die Menschen in der hinduistischen, der chinesischen, ägyptischen, assyrischen, griechischen, römischen Kultur, dass die Massen des christlichen Mittelalters in ähnlicher Dunkelheit gelebt haben. Licht am Abend konnten sich vermutlich nur die Privilegierten, die Mächtigen leisten; und was für Licht das gewesen sein mag, das Buddha, Sokrates, Alexander dem Großen oder Luther leuchtete? Rötliche Fackeln, flackernde Ölfunzeln. Das *fiat lux*, die Epoche der neuzeitlichen Zivilisation, begann mit der Kerze; danach wurde die Welt rasch immer heller. Doch bis dahin lebte, dachte, wirkte, vergnügte sich der Mensch jahrtausendelang und zuvor jahrhunderttausendelang in Dunkelheit und dämmerndem Halbdunkel. Die Menschheit beschenkte sich in diesen Epochen ohne abendliches Licht dennoch mit Kulturen von hohem Wert.

Gewiss kann man in der Dunkelheit nicht schreiben und auch kein Gesellschaftsleben pflegen; aber nachdenken kann man und auch reden. Weil ich nichts anderes tun kann, übe ich mich darin.

Was Spengler »Winter« nennt, also die Endzeit der zur Weltstadt-Zivilisation abgekühlten Kultur, wird, wie er prophezeit, für die Menschen in der europäisch-amerikanischen Zivilisation zwischen 2000 und 2200 eintreten: imperialistische Kriege, die Verschmelzung der Nationen zu einer formlosen, einheitlichen Masse, die Wiederholung von Zuständen wie in der Urzeit der Menschheit und so weiter.

Ich glaube, dieser große Pessimist ist, was seine Prophezeiung von der Ankunft des Winters betrifft, optimistisch: Schon dieses Jahrhundert hat uns den Beginn des Winters gebracht.

Und der Prozess läuft schnell und unaufhaltsam ab.

Aus der Verpflichtung zur »Klärung der Begriffe« wurde auch ein Gemeinplatz. Das soll uns aber nicht die Lust daran nehmen, die Begriffe, die den Sinn des Schicksals bezeichnen, beharrlich zu wiederholen und zu klären.

In Ungarn haben die Führungsschichten in den letzten fünfundzwanzig Jahren eine »christliche, nationale« Politik betrieben. Große Massen schürten dieses Feuer, das die bisherige ungarische Welt schließlich zu Asche verbrannte. Diese »christliche, nationale« Politik verdeckte mit einer Art OTI-Paravent den Umfang der wahren sozialen Probleme, und sie diente in Wirklichkeit nur dazu, dass eine zutiefst ungebildete, habgierige und skrupellose Führungsschicht von der Gesellschaft für sich und ihre Mischpoche ohne Wissen, Talent oder Moral Privilegien fordern konnte. Im Zeichen des »christlichen, nationalen« Gedankens wollten sie sich ohne fachliches Wissen und ohne Gewissen bereichern, gesellschaftlich aufsteigen und herrschen. Das ist ihnen zum Großteil auch gelungen. Sie betrieben Simonie mit der großen Idee des Christentums, sie verkauften ihr Christentum wie geistliche Ämter und Devotionalien. Die große Idee der Nation wurde von ihnen verdreht und geschwungen wie eine Keule; alle, die es wagten, über die Zukunft der Nation anders zu denken als sie, die ihrer Klasse und Abstammung nach glaubwürdige Christen und Nationale waren, bekamen eins ins Genick. Apotheker, Schriftsteller, Ärzte, Wissenschaftler, Ingenieure konnten in ihren Augen nur jene sein, die auf »christlich-nationaler« Grundlage Apotheker, Schriftsteller oder Ärzte waren.

Das bedeutete es, politisch »rechts« zu sein: Ein künstlicher und gewalttätiger Vorwand, unter dem man, ohne dafür geeignet zu sein, zu besonderem Ansehen und darüber hinaus auch zu Geld kam. Und weil das Material, aus dem man das Land aufbauen muss, nach dem Zusammenbruch dasselbe bleibt, stellt sich die Frage, ob nun die Zugehörigkeit zur politischen Linken die Voraussetzung fürs Nach-oben-Kommen sein wird, auch für nicht geeignete Personen? Davor muss man sich hüten, wenn dies möglich ist.

Ich bin so einsam, dass ich in der Dunkelheit mit mir selbst Begrifferaten spiele.

Erste Nachrichten aus Szentendre, die die Gerüchte über die russischen Soldaten bestätigen. Die russische Kommandantur bestraft die Täter, wenn sie ihrer habhaft wird. Das gelingt nicht immer.

Zwei junge Mädchen liegen im Krankenhaus, sie sind sechzehn, siebzehn Jahre alt. [Eintrag durchgestrichen.]*

In der Abenddämmerung stellt sich *D. Sz.* ein: Er ist gekommen, um sich zu verabschieden. Er wird zu Fuß nach

* Im Folgenden werden Sándor Márais eigene Anmerkungen im Manuskript auf diese Art gekennzeichnet.

Hause, ins Komitat Somogy, gehen. Am Morgen bricht er auf, setzt mit der Vácer Fähre über. [Eintrag durchgestrichen.]

Ein Besucher erzählt, dass ihn unterwegs, in der Abenddämmerung, zwei Russen angehalten hätten; sie fragten, wo es hier Burschuis gebe? Er beschwichtigte sie, dass es hier überhaupt keine Burschuis gebe, nur kleine Häuschen und so weiter. Sie ließen ihn laufen und zogen weiter in Richtung der Villen.

Auf solche Besuche zur Dämmerstunde muss man gefasst sein. Die Kommandanturen bestrafen jede Tat und ersetzen, wenn möglich, den Schaden; mein Nachbar bekam für das Fahrrad, das man ihm weggenommen hatte, ein anderes. Die Deutschen haben all das im Großen, wie Spediteure, also mit Sachverstand, gemacht; die Russen machen es, wie's kommt, individuell, in der Dämmerung; doch es waren Ungarn, die es in den vergangenen Monaten am abscheulichsten und hinterhältigsten gemacht haben: legal.

Auf der Landstraße galoppiert ein junger Kosak auf Patrouille. Er bleibt einen Augenblick stehen, fragt nach der Visegráder Straße und richtet dabei den Gurt seines Gewehrs.

Sein mongolisches Gesicht ist gleichgültig, müde und unermesslich fremd; das Pferd und sein Reiter kommen aus jener Ferne, in der sich die Gestalten der östlichen Mythen tummeln; dieser mongolische Reiter galoppiert schon seit Jahrtausenden so durch die Steppe, die Flüsse entlang; über sein dunkles Gesicht huscht ein eigenartiges Lächeln; er winkt und trabt einsam weiter, verschwindet im Nebel.

Tag und Nacht Trommelfeuer; man beschießt Budapest. Ich kann weder schlafen noch lesen. In diesen Tagen geht alles zugrunde, und danach müsste alles ganz von vorn und anders angefangen werden. Doch gerade das ist unmöglich: weil wir Menschen sind; und was menschlich in uns ist, das verändert sich auch unter der Wirkung des Trommelfeuers nicht. Es werden also die Ruinen bleiben und in den Ruinen derselbe Mensch.

Ich muss mich zur vollkommenen Einsamkeit, zu unparteiischer Gerechtigkeit, zu geduldiger Gleichgültigkeit erziehen, es reicht nicht, nur zu überleben; es hat nur dann Sinn weiterzuleben, wenn ich meine Lebenspraxis an jenen Erfahrungen ausrichte, die ich im letzten Jahr gesammelt habe. Wissen, dass niemand einem hilft. Wissen, dass Gott immer da ist. Wissen, dass ich mit Gott allein bin. Alles beobachten, stumm.

Budapest wird in diesen Tagen vernichtet; wie Stalingrad, Charkow, Nürnberg, Berlin, Coventry oder Calais, Monte Cassino; und all die anderen Städte.

Das ist ein zwangsläufiger Prozess, man kann ihn nicht aufhalten; eine graduelle Frage, wie sehr die Stadt zerstört wird; doch diese Zerstörung ist nicht nur horizontal. Die Großstadt, die mein Zuhause war, in der ich ein Zuhause hatte, in deren Kellern in diesen Tagen meine Mutter, meine Geschwister, alle Menschen, an denen mir etwas liegt, jammernd ihres Schicksals harren, zerfällt auch von innen, sie vergeht auch vertikal, zerfällt in ihrer gesellschaftlichen und seelischen Struktur. Das muss man begreifen, und das ist nicht leicht. Denn anderthalb Millionen Menschen gehen nicht völlig unschuldig zugrunde; dazu muss man das Schicksal herausgefordert haben; und diese anderthalb Millionen Menschen sind genauso unschuldig, wie sie schuldig sind; wir sind alle unschuldig und zugleich schuldig, weil wir dieses Schicksal auf uns genommen haben, als wir es nicht laut genug ablehnten, als wir nicht rechtzeitig protestierten, bestimmt und aus voller Brust, ohne Rücksicht auf Verluste, damit haben wir es noch angestachelt. Das alles beginne ich in diesen Nächten zu verstehen; und über jedes Mitleid hinaus, das mein Herz schneller schlagen lässt, begreife ich auch, dass im Rahmen der absoluten Verantwortung nun mit gleichgültiger Unparteilichkeit beobachtet werden muss, was geschieht.

Und es ist nicht wahr, dass »neu« sein wird, was sich eines Tages zwischen den Ruinen aufrappelt und aufzubauen beginnt; alles wird eine andere Formensprache haben; doch es wird nicht »neu« sein. Es wird dasselbe sein; und aussichtslos.

Und noch einmal »rechts« und »national« und »christlich«.

Auch die Russen erweisen sich als große Patrioten, obwohl sie Bolschewisten sind; auch die Engländer sind Christen, obwohl sie Demokraten sind. Was für ein Monopol war das wohl, das die ungarische »Rechte« unter dem Vorwand dieser großen menschlichen Ideen beanspruchte und für sich ausnutzte?

Mein Nachbar – vor Kurzem noch leidenschaftlicher Nazifreund – hat einen russischen GPU-Offizier zum Abendessen eingeladen. Während des Abendessens fragten die Gastgeber, was die Bolschewisten von den Juden hielten? Der Offizier zuckte mit den Schultern und sagte: »An die Arbeit mit ihnen, wie mit allen anderen.«

Das beklagenswerte ungarische Judentum, von dem der größte Teil schon umgekommen ist, und das jetzt, in der Budapester Gehenna, röchelnd um sein verbliebenes Leben ringt: Während der russischen Besatzung kann es für wenige Wochen seine Wunden zur Schau stellen, die wahrlich grauenhaft sind und jedwede Anteilnahme verdienen. Die

Russen sind von diesen Wunden nicht übermäßig berührt. Sie mögen die Juden nicht besonders; aber die Juden werden von ihnen auch nicht verfolgt. Und das ist ein großer Unterschied. Doch das Judentum wird sich, wie mein Rabbiner gesagt hat, nach der ersten »Enttäuschung« mit wenig zufriedengeben müssen: Es wird nicht weiter verfolgt, weder aus rassischen Gründen noch persönlich. Die große Masse der Juden gehört dem Bürgertum und dem Kleinbürgertum an – in ihrem Fühlen ebenso wie in der Lebensweise –, und nachdem die ersten Wochen vergangen sind, oder auch gleich, werden die Juden das Schicksal der Mittelschicht und des Kleinbürgertums teilen, das so sein wird, wie es kommt; es wird jedoch für die Juden nicht anders sein als für die Christen. Viele von ihnen, die Armen, erwarten von den Russen irgendein karitatives Wunder, Wiedergutmachung, materiellen und moralischen Schadenersatz; doch wie ich die Russen zu kennen glaube, kann davon keine Rede sein. Alles, was sie bekommen können, ist die Bestrafung der Judenmörder, genau wie die aller anderen, die für Krieg und Gewalt verantwortlich sind; und sie werden nicht mehr verfolgt, die Juden, wegen ihrer Abstammung; und dann geben sie ihnen nicht nur die Möglichkeit zu arbeiten, sondern verpflichten sie dazu. Die einfältige Vorstellung, dass Millionen von Russen in der Ukraine und anderswo gestorben sind, nur um jetzt Aufsichtsratssitze, Aktienpakete und Mietshäuser am Budapester Szabadságplatz an die ausgeraubten und gequälten ungarischen Juden verteilen zu können – ist ein Wunschtraum.

Die Juden wie die Christen können die Judenfrage nur auf eine Art lösen: mit moralischer Aufrichtigkeit und Leistungswettbewerb.

Spengler hat recht: Der gute Geschichtsschreiber ist wie ein Dichter: Er hat eine Vision von den weltlichen Handlungen. Die Geschichtsschreibung, die nur feststellt und einordnet, zeichnet kein Bild von dem Erlebnis, dessen Inhalt das menschliche Schicksal ist, über die Zeiten hinweg, sie trägt totes Geröll zusammen, beschriftet es und packt es ein.

Der *noli-tangere*-Standpunkt von Archimedes ist vielleicht unmenschlich. Doch der einzig mögliche Standpunkt, denn auch die Welt ist unmenschlich.

Zwischen herumlungernden kirgisischen und mongolischen Soldaten und beim Trommelfeuer auf Budapest schreibe ich, völlig ausgelaugt und trotzdem mit ganzer Aufmerksamkeit, so gut ich kann die Fortsetzung der *Schwester*. Es mag sein, dass sich dieses Verhalten für einen »fühlenden und Anteil nehmenden« Menschen nicht geziemt; aber ich kann nichts anderes tun, bin doch ein Mensch.

Als Abendessen bekomme ich einen Teller aufgewärmtes – vom Vortag übrig gebliebenes – Bohnengemüse; und eine dünne Scheibe Brot, die zehn Tage alt ist; und ein Glas kaltes Wasser vom Brunnen; für eine halbe Stunde zünden wir auch »die« Kerze an; und im Zimmer ist es erträglich lau.

Was für ein Erlebnis! Wo ist der Lucullus, Brillat-Savarin, Traiteur Montaigné, der seine Gäste je mit einem solchen Essen traktiert hat! Diese Bohnen sind wahrhaftig eine Götterspeise! Sie schmecken nach Phosphat, haben auch einen mürben Mehlgeschmack, wunderbare Nährkraft, einen Duft, zergehen auf der Zunge – weil man auch ein Lorbeerblatt dazugegeben hat! –, sie rufen Geschmackserinnerungen wach, wie sie nur große Gourmets haben. Und sie sind lau, nicht gerade warm, weil wir am Abend den Küchenherd nicht einheizen können, wir wärmen das

Essen vom Vortag auf dem Zimmerofen – aber es ist lau. Und das zehn Tage alte Brot: Jetzt schmeckt es erst so richtig. Man muss es gut kauen, dann gibt es den wahren Geschmack ab, köstlich! Und das kalte Wasser direkt vom Brunnen! Und gleich stopf ich mir die Pfeife … Mein Gott, wollte ich denn jemals etwas anderes vom Leben?

Ich wollte. Und ich werde wollen.

Vor dem Egoismus, der Aufdringlichkeit, den Angriffen der Menschen kann man sich nicht schützen; ihre Undankbarkeit ist genau so maßlos wie ihr gnadenloser, jammernder Egoismus im Moment der Gefahr. Ich kann mich innerlich nur dagegen schützen, indem ich den, der ich bin, im Innern mit keiner Forderung und keinem Angriff verletzen lasse.

Die Nachricht vom Durchbruch auf der Linie Székesfehérvar–Bicske erreichte uns am Heiligen Abend, sie war ein schönes Weihnachtsgeschenk. Doch jetzt, am Dreikönigstag, muss der Weihnachtsbaum abgeräumt werden. Das ist bei allem so, immer; warum wunderst du dich? [Eintrag durchgestrichen.]

Wenn ich überlebe, werde ich noch lange hierbleiben, in diesem kleinen Haus, wenn es mich und dieses kleine Haus noch gibt; und ich bitte die Besitzer, wenn sie denn einmal wiederkommen, mir im Haus ein Zimmer zu geben. Ich will lange hier leben; hole mir vom Brunnen Wasser, aus dem Wald Holz wie bisher; ich lese und schreibe dieses Tagebuch und was mir gerade einfällt; und dann, bei erster Gelegenheit, verlasse ich dieses Land, in dem Ungarn, Deutsche, Juden gleichermaßen die wahre Bildung abgelehnt haben.

Am Nachmittag des Dreikönigstages sehe ich das erste Mal größere Einheiten der russischen Streitkräfte durchs Dorf ziehen. Sie sind in Richtung Esztergom unterwegs: Artillerie, Kavallerie und Train. Das ist der kritische Tag, an dem die Deutschen im Rahmen eines Entsatzversuchs bei Komárom und im Raum Esztergom mit aller Kraft angreifen. Seit zwei Tagen ist der Kanonenbeschuss so stark, dass mir vom Lärm die Ohren geradezu schmerzen. Parallel zu unserem Haus wurden im Maisfeld von den Russen fünf schwere Geschütze aufgestellt, mit Esztergom als Zielgebiet; das kann aus Vorsicht oder zur Vorbereitung geschehen sein, die Lage ist sicherlich gefährlich, und die Russen sehen sich möglicherweise gezwungen, dieses Ufer aufzugeben; dann sind wir in der Schusslinie; und eine neuerliche deutsche Besetzung erwartet uns, mit allen vorstellbaren Folgen; und sicherlich auch neue Kämpfe, wenn die Russen wiederum zum Sturm ansetzen. All das mag wohl gefährlich sein, aber wir sind hilflos; verteidigen können wir uns nicht mehr; ich habe eine Kerze und eine Flasche Wasser in den Keller gebracht. So warten wir auf die Nacht und auf die kommenden Tage.

Dieser russische Truppenverband zog nicht vorbei, als wäre er auf der Flucht; allein die Offiziere und Unteroffiziere sprengten mit ihren Pferden die Straße entlang; die Artillerie und der Train trotteten ebenso ungerührt dahin wie ein paar Wochen früher die ungarische Artillerie und der Train; auch auf Wagen, zerzaust und strubbelig, ein wenig wie die Zigeuner. Die Deutschen flitzten immer mit Motorrädern umher; der russische Zug besteht, wie der ungarische, fast nur aus Pferdewagen. Doch er ist gut organisiert, das sieht auch der Laie. Und die Reiter fühlen sich auf ihren Pferden außergewöhnlich wohl; sie galoppieren, sprengen dahin, nach vorn und wieder zurück, in den Händen eine aus roten Riemchen geflochtene Knute, die Karbatsche; unter ihnen ganz urtümliche, östliche Gestalten und andere, die aussehen, als würden sie aus Puschkins *Onegin* hervorgaloppieren: im gut geschnittenen Mantel mit rot gefütterter Pelzmütze, Backenbart, schneidige Lenskis und Onegins.

Sie strotzen vor Kraft und sind auf ihre lockere Art doch diszipliniert und beherrscht.

Die lokale »Intelligenzija«, also jener Teil der Intellektuellen, der nicht mit den Deutschen geflüchtet ist, wünscht sich das Bleiben und den Sieg der Russen; die kleinen Leute von der Straße verstecken sich und halten eher den Deutschen die Daumen. Also: die Bourgeoisie erwartet – für sich selbst und für die Nation – etwas von den Bolschewisten, die Proletarier auf dem Dorf sind argwöhnisch. So sieht die derzeitige Lage aus.

Der Krieg ist das größte Übel im Leben des Menschen; und dieser Krieg, der gleichzeitig horizontal und vertikal tobt, ist das Übel überhaupt. Was mussten wir schon erleben, und was werden wir noch erleben müssen! Wenn ich daran denke, dass die Deutschen und ihre ungarischen Schindknechte, die Pfeilkreuzler, zurückkehren könnten – und dies ist leider so unmöglich nicht, wenn auch nur für kurze Zeit und vorübergehend! –, neuerlich würden das Rauben, das Morden, die widerrechtlichen Verordnungen beginnen, die Verdächtigungen, die Verschleppungen: Dann will ich lieber nicht mehr leben. Jetzt sehen wir, dass die Russen während dieser zehn Tage ihrer Besatzung wahrhaftig eine Art der Befreiung brachten – nicht nur für die Juden, sondern für alle.

Die Beispiele Spenglers sind willkürlich und nicht immer überzeugend. Ich glaube, ich verstehe genau, was er über die Symptome der Blüte und des Untergangs der »zeitgleichen« Kulturen sagen will, »zeitgleich« auch dann, wenn ein-, zweitausend europäische oder chinesische Jahre zwischen identischen Symptomen liegen, doch der Kontrapunkt und die doppelte Buchführung, die »Zeitgleichheit« der chinesischen Seide und Giordano Brunos überzeugen mich nicht. Er ist übertrieben plakativ und dünkelhaft fanatisch, wenn er Beweise führt; und er beweist selten, behauptet etwas eher überraschend und in überheblichem Ton.

Das Leben ist entweder gefährlich oder langweilig. Bitte wählen. Wirklich erwachsen ist jener Mensch, der lernt, sich zu langweilen, ohne sich von diesem Zustand erniedrigt zu fühlen.

Die ersten Nachrichten sind besser: Bei Felsőgalla wurde der große deutsche Panzerangriff aufgehalten. Sechs Divisionen haben dort angegriffen, mit angeblich sechshundertsechzig deutschen Panzern. Am Sonntag nach dem Dreikönigstag ist auch der Artilleriebeschuss schwächer, über Budapest gibt es nichts Neues; und was durchsickert, ist unzuverlässig. Angeblich sind drei Viertel von Buda und ein Drittel von Pest in russischer Hand. Straßenkämpfe in den Tunnels der Untergrundbahn; Russen haben unter den Ruinen der Margaretenbrücke auf den Rudolfskai übergesetzt und so weiter. Oben in der Zitadelle und in der Burg stehen und kämpfen nach wie vor die Deutschen.

All das ist ein Fiebertraum. Eines ist gewiss: Es handelt sich um eine tödliche Krankheit, an der man vielleicht nicht sterben muss, doch völlig geheilt von ihr wird man nie sein. Keiner von uns kann vorhersehen, in welchem Zustand er aus diesem Fiebertraum erwacht, wenn er ihn überhaupt überlebt. Mein ganzes bisheriges Leben, meine Arbeit, jeder Bezug zur Lebensweise, zu den Arbeitsumständen ist verloren gegangen; alles, was ich mir in fünfundzwanzig Jahren mit Arbeit verdient habe; aber das ist das wenigste. Auch die bloße Existenz ist eine schwierige Sache. Zwei Anzüge sind mir als mein persönlicher Besitz geblieben, der eine ist zerlumpt, zwei Paar Schuhe, die Sohle des einen Paars ist beinahe durchgelaufen … Meine Habseligkeiten in Budapest sind vielleicht vernichtet, vielleicht auch nicht, doch der Lebensstil, zu dem diese Utensilien gehörten, ist mit Sicherheit zugrunde gegangen. Es gibt keine menschliche Vorstellungskraft, die vorhersagen könnte, wie, warum, für wen ich in diesem zerstörten Land Schriftsteller sein soll. Wird es überhaupt Literatur in dem Sinne wie früher geben? Und alles andere, was zur Kultur gehörte …

Seit zwei Tagen dichtes Schneetreiben. Diese Hurenlandschaft hat sich den Russen schon ganz hingegeben. Das Dorf sieht aus wie ein Dorf an der Wolga.

Und wie verdorben diese ungarische Gesellschaft ist, wie habgierig verdorben, zigeunerhaft, unmoralisch in ihrer Unkultur! Das Eis hat einen Lastkahn, der sich losgerissen hat, bei Tahi angetrieben; eine fröhliche Meute fährt am Nachmittag mit Leiterwagen der Gemeinde los, um den Lastkahn zu plündern; unter ihnen auch der örtliche Pfeilkreuzler und der örtliche Kommunist in friedlichem Einverständnis; die Hoffnung auf Beute bringt sie für einen historischen Augenblick zusammen, wie das auch bei der Plünderung des Weinkellers in unserem Haus der Fall war. Ihrer Erklärung entnehme ich, dass sie von der Gemeinde geschickt sind, damit sie für das Dorf, das mühsam sein Leben fristet, in dieser außergewöhnlichen Lage Lebensmittel besorgen; und das ist wahrlich eine Rechtfertigung für den Raubzug … Doch am Abend weiß ich schon, dass die Gemeinde vom Käsepulver und vom Lebkuchen, den man auf dem Frachtkahn gefunden hat, nichts bekommt; jeder hat auf eigene Rechnung geplündert; sogar die Möbel der Schiffer haben sie mitgenommen, jede Messingschraube des Dieselmotors. Rauben, leben ohne Gesetz und Moral, dazu sind schon heute – blutdurstig, zynisch – Herr und Bauer bereit … Dieser Prozess, der am 19. März des letzten Jahres begonnen hat und jetzt nicht mehr aufgehalten werden kann, ist der Tiefpunkt des moralischen Niedergangs. Wer wird diesem Volk wieder Gesetze schreiben, dem Volk, das unter den Arpaden stark und diszipliniert war und heute an eine Diebesbande von Zigeunern erinnert, die von habgierigen Häuptlingen angeführt wird? Wer soll hier in einem Cambridge, in einem Oxford und, was noch wichtiger ist, in den Grundschulen Recht und Moral, Anstand lehren? Die Kinderseelen mit Ehrfurcht vor anderen und deren Besitz erfüllen? Ich sehe diese Lehrer nicht, und ich erkenne auch keine diesbezüglichen Absichten.

Ich beobachte die Russen, ihre Aufmärsche, ihr Verhalten. Wir wissen so wenig über dieses Volk! Fünfundzwanzig Jahre lang haben die Russen geschwiegen, und wir wurden über sie belogen. Jetzt dämmert mir etwas … es ist mehr ein Gefühl als Wissen.

Wie ist ihr Verhältnis zueinander, zu uns, zur Familie, zum Zuhause, zum Privatbesitz? Ich sehe bereits, dass es anders ist als unsere Beziehung zu diesen Werten; nicht so starr. Sie nehmen zum Beispiel auf der Landstraße jemandem ein Fahrrad weg, fahren eine Zeit lang damit, dann geben sie es weiter … ihr Aufmarschieren ist trotz jeder Zielstrebigkeit lockerer, ungezwungener als das der Deutschen; mit diesen Wägelchen, diesen Karren und Pferden sind sie von der Wolga bis zur Donau getrottet; zwischendurch machen sie manchmal für zwei, drei Wochen irgendwo halt, schlagen eine große Schlacht, dann wochenlang wieder nichts. Sie ziehen weiter, in neue Schlachten, neuen Kriegszielen entgegen; nicht ungeordnet, aber auch nicht in so verkrampfter, maschinengleicher Ordnung wie die Deutschen; trottend, auf Pferdewagen, mit Gulaschkanonen, deren Ofenrohre in den Himmel ragen; die deutschen Gulaschkanonen sind wahre Panzer, Dampfmaschinen ... Auf diese Weise schleppen sie alles, was man zum Krieg braucht, wie ein riesiger herumstreunender Wanderzirkus mit sich; und sie schlagen sich hervorragend. Sie nehmen einem die Uhr weg, aber am liebsten zerlegen sie sie dann. Sie sind ungezwungener, wollen nicht um jeden Preis »besitzen« und behalten; sich nur etwas aneignen, so dahinleben und spielen. Sie sind sehr stolz auf die *narodni kultura*, doch ein wenig so wie der Neger auf den Zylinder. Und nebenbei ist es möglich, dass sie heute samt und sonders gebildeter sind, als sie vor fünfundzwanzig Jahren waren, oder gebildeter als unsere Bauern ... Familie, Zuhause, all das existiert für sie oder auch nicht; im schicksalhaften Sinn unserer Wörter sicher nicht; diese Begriffe sind für sie nicht so eindeutig und unabänderlich. Und wahrscheinlich sind auch die Begriffe Leben, Tod und Individuum für sie nicht so krampfhaft wertvoll. All das fühle ich eher, als dass ich es erfahre.

Diese ungarische Gesellschaft hat so grauenvolle Verbrechen begangen, dass an dem Tag, da sie zwischen den Ruinen zur Besinnung kommt und die wirkliche Lage erkennt, ihr verzweifeltes Schuldbewusstsein nur neue Wut gebären kann; sie wird, lautstark oder insgeheim, auf all jene wütend sein, die hiergebliebene Corpora delicti ihrer Verbrechen sind, auf die Juden und alle anderen, die sie an ihre Verbrechen erinnern. Je himmelschreiender ein Verbrechen, desto peinlicher ist es, wenn Indizien der Schandtat zurückbleiben.

Der kompromittierte Teil der Gesellschaft eilt im ersten Trubel der Besatzung zu den Russen, um sich mit ihnen anzufreunden; glaubt, mit dieser verdächtigen Willfährigkeit schon alles wiedergutgemacht und in Ordnung gebracht zu haben. Und die Russen reagieren auf diese Anbiederung mit gleichgültiger, ein wenig spöttischer und verächtlicher Gutmütigkeit.

Den Russen liegt überhaupt nichts an dieser Gesellschaft; sie wollen von uns auch nichts Besonderes; sie überlassen es nach dem Krieg dem Land selbst, sich im Einflussbereich von Moskau eine Lebensweise zu suchen, die der Wesensart des Landes entspricht; mit einer, sagen wir, halb roten, halb demokratischen gesellschaftlichen und politischen Ordnung werden sie sich wahrscheinlich zufriedengeben, etwa so wie in der Tschechoslowakei vor dem Krieg …

Nein, die Abrechung wird hier drinnen stattfinden, viel später; vielleicht nach dem Krieg; und so schlaff, weich und verdorben das ungarische Material auch ist, es wird dennoch eine Abrechnung geben, zurückreichend bis in längst vergangene Jahrhunderte; und diese Abrechung wird Moskau ohne Gefühlsduselei beobachten, auch wenn es unschuldige Opfer gibt – und die wird es geben.

Aber du, verlang nicht nach irgendeiner »Abrechnung«. Du rechne nur mit dir selbst ab, mit diesem besonderen Jemand, der hinter jeder deiner Masken steckt, wahrhaftiger als das Selbstbewusstsein und das Gewissen; der gleichgültig und unparteiisch ist, der das Böse nicht hasst und das Gute nicht verherrlicht, weil er weiß, dass all das nur ein Produkt des menschlichen Wesens ist und zu dir gehört wie deine Ohren oder deine Hände; und mit dem man nicht feilschen kann, der dich nicht verurteilt, dir aber auch niemals die Absolution erteilt.

Die letzten Seiten der *Schwester*. Trotzdem würde es sich ziemen, auf die Frage zu antworten, was Krankheit ist … Denn »verletzte Weltordnung« und »kranker Gott«, das sind nur Wörter.

Ich weiß keine Antwort. Sicher ist die Krankheit eine Haltung; genauer – der Mangel an Haltung. Der Mensch wird eines Tages feige oder dumm oder versündigt sich, und dann erkrankt er. Doch das kann man nicht analysieren. Es gibt Krankheiten, die heilen, weil man sie behandelt. Und es gibt Krankheiten, die man nicht behandelt und die trotzdem heilen. Und es gibt Krankheiten, die heilen trotz der Behandlung. Und es gibt Krankheiten, von denen wir nie erfahren, warum sie heilten, dank oder trotz der Behandlung. Man würde zwei Exemplare jedes Kranken benötigen – den einen behandeln, den anderen nicht –, um darüber Gewissheit zu bekommen.

Ich glaube, die Krankheit ist zu einem großen Teil Selbstbestrafung; dann Feigheit; und zuallerletzt Ausdruck von Panik, jener Panik, die das Lebewesen im furchtbaren Chaos des Seins von Zeit zu Zeit erfasst.

Vielleicht ist die Krankheit jene Aggression, mit der der Körper auf das Panikgefühl der Seele antwortet. Wenn es denn stimmt, dass der tiefste Grund jeder Aggression die Panik ist …

Spenglers Stil verdrießt mich; er ist amateurhaft, schwatzhaft, schwärmerisch, übertreibt, er will alles beweisen und ist gleichzeitig nicht überzeugend genug. Folgende These stimmt und ist gar nicht so neu, wie er glaubt: Auch früher schon wussten wir, dass große Kulturen, zum Beispiel die babylonische, die phönizische, die Inkakultur, die Azteken, Tolteken, die persische, die ägyptische, die griechischen Kulturen, zur Großstadtzivilisation erstarrt sind und dann untergingen. Interessanter wäre es, dem *Geburtsprozess* der Kulturen nachzuspüren: Wie entsteht aus dem mürben Humus der Kultur, die an der Zivilisation erkrankte und starb, neues Leben, eine neue Blütezeit, *wie wird eine Kultur geboren*? Jetzt vielleicht, auf den buchstäblichen Ruinen der westeuropäischen Zivilisation, die russische …

Mit Stundenplan, Arbeit und Lektüre narkotisiere ich mich, so gut ich kann; währenddessen höre ich diesen entsetzlichen Lärm, der das Verderben Budapests bedeutet; doch dann gibt es Stunden, da alle Disziplin nichts hilft, ich kann es nicht mehr ertragen.

Vergebens ist alle Disziplin, Erfahrung, umsonst weiß ich, dass jeder Mensch schuldig ist – all das, was jetzt schon die dritte Woche mit den Menschen in Budapest geschieht, ist unbegreiflich und unerträglich. Hilflos, hoffnungslos lausche ich diesem Lärm aus der Unterwelt, der Zerstörung des Lebens und des Zuhauses von einer Million, von anderthalb Millionen Menschen, von allem und allen, an dem, an denen mir etwas lag – und das alles nur, damit die Russen ein paar Wochen später die österreichische Grenze erreichen. Dafür opfern einige Nazigeneräle das Leben und Zuhause von anderthalb Millionen Ungarn, dafür, nur dafür. Ich verstehe, dass es für die Deutschen keine Vergebung mehr gibt – ich verstehe, dass man ihnen nur mit der Waffe antworten kann, ein für alle Mal. Ein Volk, in dessen Seele man solche Grausamkeit großgezogen hat, verdient keine Nachsicht mehr. Und das Gleiche haben sie mit Stalingrad gemacht, mit Charkow, Kiew, Calais, mit italienischen Städten … haben es gemacht und machen es immer noch, wo und wie sie können, systematisch, kalt, nach Plan!

Ganz Europa zerstören sie aus »kriegstechnischer Notwendigkeit«. Dafür gibt es keine Vergebung. Daran sollen die, die nach uns kommen, stets denken, was auch immer geschieht.

Unwirklicher Schneefall, dicht und übermäßig; ich schaufle mich durch den Schnee, der mir bis an die Hüften reicht, in Richtung Gartentor. Diese Andersen'sche Landschaft ist eine Ecke auf einem der blutigsten Kriegsschauplätze; gestern haben die Deutschen Esztergom und Bicske zurückerobert.

Keiner hilft, nur die völlig namenlosen kleinen Leute; heute hat die Wäscherin aus Tahi zehn Kilo Mehl und sechs Liter Lampenöl gebracht; für Geld und auch nicht billig, ja, unwahrscheinlich teuer, trotzdem ist es, als würde sie es umsonst geben, denn für Geld gibt keiner mehr was. Und den ganzen Tag habe ich im Dorf nach einer Lampe gesucht, und schließlich gab mir eine fremde arme Frau »umsonst, leihweise« – eine Lampe, das Glas dazu und einen Glühstrumpf! Nur die ganz armen Menschen sind noch menschlich geblieben; alle anderen sind Hamster und Raubwild.

Sie stehlen wie die Elstern; von Frachtkähnen, aus Wohnungen; warum sollten sie nicht stehlen? In den letzten zehn Monaten haben sie als Beispiel nichts anderes von ihren Herren und Führern gesehen als institutionalisierten Raub, Diebstahl, Gewalt.

Während ich Schnee schaufle und mir den Kopf zerbreche, wo ich Kartoffeln herbekomme, denke ich daran, dass in Paris sicher schon irgendwo ein französischer Dichter lebt, der ernsthaft beunruhigt und schlecht gelaunt ist, weil man in der letzten Nummer der *Nouvelle Revue Française* eine abfällige Kritik über seinen Gedichtband geschrieben hat ...

Gleichgültigkeit und Objektivität; und dann, wenn der Augenblick und die richtige Gelegenheit gekommen sind: völlige Ekstase und Hingabe an die Welt oder ein Werk.

Die Menschheit ist nichts; die Menschen, auch sie zählen nicht viel; selbst große Menschen zählen nicht; immer nur *Krieg und Frieden*, die *Göttliche Komödie*, die *Pietà* oder die *Neunte Symphonie* oder der *Faust*.

Am frühen Vormittag stellen sich die Russen gleich zweimal ein; zuerst sind sie zu zweit, mit Waffen und einem Schäferhund; sie suchen angeblich nach deutschen Fallschirmjägern, die man bei Visegrád abgeworfen hat. Ich kann mich mit ihnen nicht verständigen; eine Zeit lang sehen sie sich um, dann gehen sie. Nicht viel später kommen zwei einfache Soldaten; äußerlich sind es zwei ziemlich wilde Gestalten. Ich biete ihnen Platz an, wir unterhalten uns mit Händen und Füßen. Sie bekommen eine Zigarette angeboten, bitten um Wein; als ich ihnen sage, dass ich keinen Wein habe, nicken sie resigniert. Sie kommen von der Budapester Front und ziehen in Richtung Esztergom; der eine, der wilder aussieht – ein Ukrainer –, beginnt plötzlich lebhaft etwas zu erklären; er tut, als wollte er mit seinem Gewehr zielen, und sagt etwas über die »Hermanns«; so nennen sie die Deutschen. Dann deutet er auf den kleinen Jungen, der in einer Ecke der Stube die Schulaufgaben macht, mit seinen Fingern macht er deutlich, dass auch er zwei Kinder hat und schon seit drei Jahren im Krieg ist. »Hitler!«, sagt er, nicht wütend, eher traurig. Sie bekommen ein wenig Tabak, bedanken sich dafür, stecken ihn ein, drücken mir die Hand und gehen müde fort.

Diese gewisse russische »Menschlichkeit« ist vielleicht doch kein literarischer Begriff, sondern Realität. Rauer und wilder aussehende Bolschewisten habe ich auch auf deutschen und ungarischen Propagandaplakaten nicht gesehen; und diese beiden Menschen waren sanft, freundlich und traurig. Sie raubten nicht, waren nicht gewalttätig, saßen nur müde da; ich bot ihnen Brot an, doch sie winkten ab, sie hätten Brot, ich solle es für uns behalten. Natürlich kann so eine Begegnung auch anders verlaufen, besonders wenn die Russen von niederträchtigen Einheimischen angeführt werden und Wein bekommen.

All das, was diese ungarische Gesellschaft in den letzten zehn Monaten gezeigt hat, kann ich nicht einmal mehr mit Zorn betrachten; ich verspüre nur Verachtung und Ekel.

Es ist verdammt schwer, ohne »Requisiten« zu arbeiten; ohne Bücher, ohne literarisches Umfeld; aber es ist nicht unmöglich.

Der »Rassenschutz« dauert natürlich weiter an, bis ins siebte Glied; jetzt ist es der Rabbiner, der die Rasse schützt; zu Z., die ihn besuchte und ihm Lebensmittel brachte, sagte er im Vertrauen: »Sie müssen wissen, es sind mir noch Kleider in Óbuda geblieben, bei dem Goi, der meine Sachen hütet …« Sodann bot er im Tausch für die mitgebrachten Sachen ein halbes Kilo Schweineschmalz an und sagte: »Wir können das ja ohnehin nicht essen …« Sie könnten überhaupt nichts essen, auch kein Geflügel, weil »es niemand gibt, der es schächtet …« Sie kauen bloß Brot und essen Suppe und Gemüse, weil alles andere für sie »unrein« ist.

Das sind wilde Gesetze; wer wird die Kraft haben, in den Seelen dieser finsteren christlichen und jüdischen Rassenschützer ein Licht zu entfachen?

Mich selbst zur Einsamkeit unter den Menschen erziehen, wie es die Pflicht der Mitglieder eines strengen mittelalterlichen Ordens war: das Schweigen zu lernen, die Einsamkeit, das völlige und bedingungslose Alleinsein, die Tatsache, dass sie zu keinerlei irdischer und menschlicher Beziehung mehr einen persönlichen Bezug haben. Nur schauen, beobachten und die Aufgaben erfüllen, die Gott mir auferlegt hat.

Budapest ist für mich auf jeden Fall ruiniert, auch wenn das Parlament nicht zerstört wurde; auch wenn meine Wohnung unbeschädigt blieb – die Wahrscheinlichkeit ist allerdings gering –, denn umsonst habe ich eine Wohnung, wenn andere, Zehn-, vielleicht Hunderttausende, keine haben; auch wenn Theater erhalten blieben und Buchhandlungen, wozu, wenn es die zugehörige Bildung nicht gibt, nur Massen, halbe Höhlenbewohner, die gegen die tägliche Not ankämpfen. Aber das ist alles nicht so tragisch für mich wie die feste Überzeugung, dass sich in der jüngsten Vergangenheit die gesamte ungarische Gesellschaft in ihrem wirklichen, ungebildeten und unmoralischen Wesen gezeigt hat, dass sie in den letzen zehn Monaten alle Masken abgelegt und sich als überzeugte Parteigängerin von Diebstahl, Raub, Gewalt und Niedertracht erwiesen hat – auch wenn sie persönlich weder habgierig noch gewalttätig war … Wie diese Gesellschaft allem lüstern abschwor und zu verfolgen begann, was sie in der Tiefe ihres Herzen schon immer gehasst hatte: zuerst die Juden, dann jeden, der für Begabung und Qualität stand, also ihr »christlich-nationales« Geschäft hätte stören können: Das kann man seelisch nicht verwinden, damit kann man sich nicht aussöhnen, darüber kann man nicht zur Tagesordnung übergehen, wir können nicht weitermachen, wo wir aufgehört haben, auch dann nicht, wenn Budapest bleiben würde und Arbeit und Wohnung … Man muss Ungarn verlassen.

Langsam, ganz langsam erfinden wir irgendwie die Zivilisation; ein paar Wochen lang saßen wir in den Abendstunden im rötlichen Licht, das uns bei offener Ofentür leuchtete; wie die Höhlenbewohner, die im Lichtschein ihrer Feuerstelle lebten. Dann fassten wir uns ein Herz und erfanden jeden Abend für eine halbe Stunde das Kerzenlicht; das war schon ein großer Fortschritt, Mittelalter; und jetzt diese Rockefeller'sche Erfindung, das ist die Neuzeit, der moderne Luxus, die Petroleumlampe, die zwar mühsam flackert, aber trotzdem Licht gibt, und wenn man bei ihrem Licht auch nicht lesen kann, zeigt sie doch die Umrisse der Gegenstände im Zimmer. All das ist, dank der Gnade des Schicksals, wahrhaftiger Fortschritt. Es ist nicht unmöglich, dass ich eines Tages noch mit der Straßenbahn fahren werde, mit einem Kurzstreckenfahrschein; nichts ist unmöglich.

Nur eines ist unmöglich, so scheint es: der wirkliche Fortschritt. Fortschritt, der nicht elektrisches Licht bedeutet und auch nicht Kunst und Dichtung; der wirkliche, innere Fortschritt, der die menschlichen Massen aus dem Zustand des niederträchtigen Egoismus, der ehrlosen Leidenschaften, der hoffnungslosen Dummheit heraushebt. Die Utensilien des menschlichen Lebens werden immer vollkommener, und in der Masse der Menschen blitzt manchmal eines der großen, einsamen Lichter auf, ein Künstler, Dichter, Musiker, Wissenschaftler. Doch das alles ist kein »Fortschritt«, wenn wir das *Ganze* betrachten: Das Ganze ist ungebildet und unmoralisch geblieben – jenseits der Blüte von Kulturen, jenseits der Ruinen von Zivilisationen blieb es immer das Gleiche.

Interessante Nachrichten aus Budapest: Den Ostbahnhof haben die Russen angeblich schon besetzt, nur im Bahnhofsrestaurant kämpfen noch Deutsche.

All das kann man nicht »begreifen«, ich habe das Schaudern verlernt und auch das Bedauern; man lernt *wirklich* zu schweigen, auch innerlich, auch mit seinen Gefühlen.

Manchmal taucht schon der eine oder andere Mensch aus der früheren Welt auf; eine neue Art von sich Verkriechenden, die um Weihnachten außerhalb von Budapest waren und nicht mehr zurückkehren konnten, sie waren von der Besetzung überrascht worden; in ihrer Verlegenheit haben sich ausnahmslos alle einen Bart wachsen lassen und schleichen jetzt vorsichtig auf der Landstraße zwischen den russischen Patrouillen herum ...

Diese Menschen sind verstört; haben Angst; fürchten sich vor den Russen und davor, was kommen und folgen wird, und sie fürchten sich vor ihren Erinnerungen ... Auch wenn sie persönlich nichts verbrochen, an den kollektiven Verbrechen der jüngsten Vergangenheit gar nicht teilgenommen haben; ihr Gewissen, wenn sie eines haben, flüstert ihnen zu, dass die gesamte ungarische Gesellschaft für all das verantwortlich ist, was geschah, und sich nicht nur vor den heutigen Richtern zu verantworten hat, sondern auch vor der Geschichte. Und die meisten können sich immer noch nicht damit abfinden, dass die große Konjunktur zu Ende ist; dass morgen, wenn sie das Morgen erleben, wieder jeder Einzelne durch Talent, Fleiß und konkurrenzfähige Qualität beweisen muss, dass er ein Recht hat zu leben; und dass es nicht reicht, nur »Christ« zu sein ...

In meinem Alter ist es nicht mehr leicht, die Heimat zu wechseln; für einen Schriftsteller, der überhaupt nur in der Atmosphäre seiner Muttersprache atmen kann, ist es fast unmöglich. Dennoch muss man weg von hier, sobald es möglich ist.

Wenn möglich, mache ich dort weiter, wo ich vor zwanzig Jahren begonnen habe; ich verdinge mich als »Auslandskorrespondent« irgendeiner ungarischen Zeitung. Im Westen [im Manuskript ursprünglich: Paris ist doch die einzige Stadt, wo ...] finde ich vielleicht etwas von der verlorenen Heimat, wo ich dann – heimatlos und fremd – dennoch einigermaßen zu Hause bin.

Doch die Verachtung, die mich jetzt ganz und gar erfüllt, jetzt, da ich das wahre Gesicht der ungarischen Gesellschaft erkannt habe, kann ich nicht mehr ablegen. Ich muss weg von hier.

Ich glaube daran, dass Gott, der Weltgeist, von allem weiß, alles durchdringt, allem Sinn gibt und mit allem etwas bezwecken will. Amen.

Am Morgen ein martialischer Russe; er sucht Männer, ganz allgemein, also diesmal keine Deutschen, Männer zur Arbeit, weil die Landstraße zwischen Esztergom und Szentendre mit Tellerminen gesichert wird. Ich stelle mich vor, er mustert mich mit strengem Blick; dürfte eine Art Feldwebel sein; mit düsterem Gesicht fragt er, ob ich wirklich Schriftsteller sei? Ich beruhige ihn, sage, dass ich Schriftsteller bin. Er sagt nichts und geht. Er geht zum Rabbiner hinüber und nimmt ihn zur Arbeit mit; nebenan, ein paar Meter von unserem Haus entfernt, verlegen sie das erste Minenfeld; den Rabbiner lassen sie, wie all die anderen, die sie zur Arbeit abgeholt haben, am Abend wieder frei.

Ich weiß nicht, wie lange das Wort »Schriftsteller« für die Russen noch seine Zauberkraft besitzen wird – doch bisher hat es bei allen Besuchen befreiend für mich gewirkt.

Sie wissen, was ein Schriftsteller ist; und dass man ihn in einer Gesellschaft braucht; das ist alles, was man aus ihrem Verhalten schließen kann.

Ein junger Mann, Student, der von Római Fürdő zu Fuß nach Visegrád unterwegs ist, berichtet von einem ähnlichen Erlebnis; die Russen wollten ihn unterwegs zur Arbeit rekrutieren; als er sagte, er sei Student, fragten sie ihn, was er studiere. Er beschäftige sich mit Dramaturgie, sei Philologe, sagte er; sie nahmen ihm die Uhr ab und ließen ihn gehen.

Was beweist all das? Nichts und doch sehr viel. In den vergangenen fünfundzwanzig Jahren hat man diesem in außergewöhnlich primitiven seelischen und gesellschaftlichen Verhältnissen dahinlebenden Mammutvolk klargemacht, dass die Kultur ein notwendiges und gutes Irgendwas sei. Dieses Volk ist noch nicht »gebildet«, doch es gibt in ihm ein Bedürfnis nach Bildung, und es achtet jeden, der der Sache der Bildung dient. Das habe ich erlebt, erfahren ... Ein Arzt, Ingenieur, Schriftsteller, Wissenschaftler ist in ihren Augen kein »Burschui«, sondern Geistesarbeiter, der einen anderen Lebenswandel hat als die körperlich Arbeitenden; auch das wissen sie. Und wenn sie so weitermachen, werden sie auf den Ruinen der untergehenden westeuropäisch-amerikanischen Zivilisation wahrhaftig als die Menschen der Zukunft erscheinen, und Dostojewski wird recht behalten: Der Mythos vom optimistischen, »erlösenden« Russland kann eines Tages Wirklichkeit werden, Russland könnte Europa neue Kultur bringen ... Die Chinesen, Hindus schlummern schon oder immer noch; die Russen sind dabei aufzuwachen. Der Westen lebt in Panik, und sein Lebensgefühl ist erstarrt. Vielleicht werden es die Russen sein, die diese erkaltete Lebensweise mit neuer Energie erfüllen. Jetzt, da ich sie langsam kennenlerne, glaube ich daran.

Aber ich bin Europäer; und für mich persönlich gibt es keine »Erlösung«, ich bin Pessimist. Vielleicht ist keine andere Aufgabe für mich geblieben als das, was Goethe *Forderung des Tages* nannte; tun, was der Tag erfordert, und nicht an die Zukunft denken.

Die Kriegslage wird in diesem Abschnitt immer kritischer; die Russen übersäen die Szentendrer Straße vergeblich mit Tellerminen; die Deutschen haben sich bei Esztergom eingeigelt, und man kann nicht wissen, in welcher Truppenstärke sie hierher vorstoßen werden. Ein großes russisches Truppenkontingent bezieht am rechten Donauufer Stellung, in den letzten zwei Tagen sah ich vier-, fünftausend Mann mit Geschützen. Und gerüchtweise verlautet, dass die Russen vom Baltikum bis zur Drau ihre allgemeine große Winteroffensive mit zweihundertfünfzig Divisionen begonnen haben. Die Wahrscheinlichkeit, dass wir hier ins Schussfeld geraten, ist größer denn je; und was geschieht, wenn auch diese letzte kleine Zuflucht zerstört wird? … Der Krieg ist ein abscheuliches Etwas; und alles in allem dennoch die verdiente Strafe für unsere Sünden.

Zu Mittag Besuch einer größeren Gruppe von Russen. Offiziere. Sie sind zu sechst, verlangen nichts zu essen, zu trinken, sie unterhalten sich freundlich. Schauen sich die Bücher an, erkundigen sich, ob ich auch russische Bücher hätte. Einer nimmt die deutsche Ausgabe eines Tolstoi-Romans in die Hand; ihr Anführer, ein Moskauer Major, sagt in ernstem Ton, dass deutsche und ungarische Truppen Jasnaja Poljana verwüstet hätten. Sie interessieren sich für meine Schreibmaschine, der Major beugt sich über meine Manuskripte und bittet mich, ihm einige Seiten Durchschriften meines Manuskripts als Andenken zu geben; er bekommt ein paar Seiten aus der *Schwester* und verstaut sie vorsichtig in seiner Kartentasche. Zum Abschied sagt er: »Schreiben Sie, dass ein russischer Major hier war und Ihnen nichts Böses getan hat.« Ich schreibe es.

Die Ungarn ließen in Woronesch ein schlechtes Andenken zurück und auch anderswo; die Russen sprechen nicht gerne darüber, doch manchmal bricht es aus ihnen heraus. Die Offiziere interessierten sich sehr für die Manuskripte, die Schreibmaschine – *Schreiben* ist etwas sehr Wichtiges für sie. Wie zu Beginn jeder anfänglichen großen menschlichen Unternehmung hat auch in ihren Augen das Schreiben magische Bedeutung. Erst später, in der Zivilisation, wird das Geschriebene zur Handelsware, zu einer modischen Liebhaberei.

Am Morgen nach Tahi, wo man in der Mühle Mehl bekommt. Die Fahrt in einer Zille zwischen den Eisschollen, die in unterschiedlichen Ausmaßen auf der Donau treiben, ist ziemlich abenteuerlich.

In der Mühle von Tótfalu herrscht Großbetrieb; sackweise bringt man Getreide zum Mahlen. Diese Bauern sind wohlhabend; während ich auf den gnädigen Herrn Müller warte, mustere ich ihre Stiefel, ihre Kleider, ihre Pelzjacken; alles gut verarbeitet, warm, solide. Auch Lebensmittel gibt es hier reichlich, nur sind sie versteckt. Dieser Bauernstand will keine Revolution.

Der Müller gibt mir zehn Kilo Mehl. Mit diesem Schatz schleiche ich davon, wieder ins Boot, nach Hause. All das wirkt surreal… aber es ist vielleicht noch nicht das Schlimmste.

Seit zehn Monaten bin ich nicht mehr in meiner Wohnung, habe keinen Arbeitsplatz, kein Einkommen, keinen Umgang mit Menschen; versteckt, manchmal in der Feuerlinie, inmitten von unvorhersehbaren und wirklichen Gefahren, in völliger Unsicherheit, verfolgt und ausgeliefert – seit zehn Monaten lebe ich so.

Es kann aber auch sein, dass ich mich in diesen zehn Monaten herrlich ausgeruht habe.

Vieles erlebe ich in diesen Tagen. Vielleicht kommt noch die Zeit, da ich all das aufschreiben kann, was ich erlebt habe. [Durchgestrichener Eintrag.]

Die Traurigkeit stellt sich gegen Morgen ein; sie spricht dieser Tage so eindringlich zu mir, dass ich manchmal vor der Kraft ihrer Stimme erschrecke.

Warum lebe ich denn noch? Vielleicht, um *Die Beleidigten* zu vollenden. Vielleicht ist aber auch das nur eine Ausrede, ein Vorwand.

Was Goethe *Die Forderung des Tages* nannte, ist nützlich und hilfreich, wenn daneben auch für kreative Arbeit noch Zeit bleibt. Doch wenn das, was der Tag fordert – die Erhaltung der nackten Existenz und die Ernährung –, den Tag völlig ausfüllt, wird das Leben sinn- und zwecklos.

Was Spengler »faustische Seele« nennt, ist eine aus Verdächtigem und Gefährlichem zusammengesetzte Seele; in ihr gärt bereits all das, was später auf »plebejische Art«, mithilfe der Nazis und ihrer Deutungen, die Deutschen so verhängnisvoll bewegt hat. Stoa und Buddhismus sind keineswegs so gering zu schätzende Geisteshaltungen, wie dies der Deutsche Spengler mit seiner »faustischen Seele« glaubt; beide geben die Möglichkeit zur Größe und zum Schöpferischen. Und gerade der Dichter des *Faust* ist ein großes Beispiel dafür, dass eine »apollinische« Seele genauso vollkommen und schöpferisch sein kann wie das faustische Individuum, das sich ständig in die »Tat« flüchtet. Der Nazismus hat Spengler das eine oder andere zu verdanken.

Er hat aber recht mit dem, was er über den Unterschied zwischenn »Tat« und »Arbeit« schreibt; die Tat ist ein menschliches, die Arbeit nur ein gesellschaftliches Ideal … Doch auch hier ist es schwer, eine gültige Grenze zu ziehen; und gerade Goethe hat auch gesagt: *Genie ist Fleiß*.

Kaschau ist gefallen.

Wir verdienen alles, und jedwede Buße ist armselig, wenn wir die Verbrechen in Betracht ziehen, die diese Gesellschaft im letzten Vierteljahrhundert begangen hat. Wir haben das Verderben angestachelt, es in unser Haus eingeladen. Was das Horthy-Regime zu verantworten hat, ist in der ungarischen Geschichte ohne Beispiel; der Tatarensturm und Mohács sind nur Schatten jener fürchterlichen Wirklichkeit, die diese Generation heraufbeschworen und die sich dann unerbittlich eingestellt hat.

All das vorherzusehen war nicht schwer; doch die Wirklichkeit schmerzt trotzdem. Man hat sich, wenn auch nicht mit dem Verstand, sondern im Herzen, für das Leid, das zu ertragen war, eine Art Wiedergutmachung erhofft. Aber es gibt keine Wiedergutmachung; nur weitere, andere Heimsuchungen; und alles wird von einem Strudel verschlungen, wir alle, Schuldige und Unschuldige … Mit dem Verstand ist es leicht, mit dem Herzen schwer zu verstehen.

In diesen Tagen denke ich manchmal, ich kämpfe bis an die Zähne bewaffnet um meine Existenz, ich verteidige mich bewusst und streitbar und suche nach einem Ausweg aus dieser wilden Lage, aus diesem Schlachtfeld; und manchmal glaube ich, Gott führt mich wie einen Blinden an der Hand über entsetzliche Tiefen und Wirbel hinweg.

Derjenige wird einst recht behalten, der gesagt hat: »Nichts ändert sich, alles bleibt beim Alten, nur die Gültigkeit der Judengesetze wird auf alle ausgeweitet, auch auf die Christen.«

Kaschau wird in absehbarer Zeit, ja wahrscheinlich nie mehr eine ungarische Stadt sein; die Slawen saugen diese schöne Stadt, die Stadt Rákóczis, in sich auf.

Das schmerzt jeden Ungarn und schmerzt mich ganz besonders; seit zwei Tagen denke ich an Kaschau wie an einen lieben Toten. Fakt ist jedoch, dass die Ungarn nicht an dem Tag Kaschau verloren haben, als die russischen Truppen dort einmarschiert sind; wir haben es, endgültig, an jenem Tag verloren, als im November 1938 Horthys Truppen vor dem Dom erschienen. Wir haben es verloren, weil wir Reaktion der allerschlechtesten Sorte mitgebracht haben, die Willkür bequemer und habgieriger Beamter, anmaßender, ungebildeter Verwaltungs- und Heeresorgane; weil wir den ungarischen Gnädige-Herren-Geist in eine Stadt brachten, die unter den Tschechen die Demokratie kennengelernt hatte; wir brachten alles mit, was es nach Trianon in Ungarn an Üblem gab. Das Ungarn der Vorrechte, der Bevorzugungen, der Gernegroße, des Pfusches, der Unangemessenheit, der neobarocken aufgesetzten Kultur ist an jenem Tag in Kaschau eingezogen: Diese Stadt hatte eine andere Art von Ungarntum gekannt und eine eher europäische Lebensweise. Damals haben wir Kaschau wirklich, vielleicht für immer verloren. Und wir verdienen Strafe, weil wir uns diese Stadt nicht verdient haben. Es gibt keinen ehrlichen Kaschauer Ureinwohner, der sich in diesen Jahren nicht die Tschechen zurückgewünscht hätte.

Plünderer. Wahrscheinlich werden sie von den Ungarn geschickt, an die genaue Adresse. Drei uniformierte Rotzjungen mit Wanderstock stellen sich bei Sonnenuntergang ein und durchsuchen die Wohnung, sie geben sich schließlich mit meinem Gillette-Rasierapparat zufrieden; zwei Tage später bleibt zu Mittag ein Auto vor dem Haus stehen, ein russischer Landser steigt aus, er öffnet jede Schublade und jede Schranktür, nimmt unser Mehl mit und eine große Flasche Kölnischwasser; jenes Mehl, das ich vor ein paar Tagen im Rucksack aus Tahi hergeschleppt habe. All das ist eher verabscheuungswürdig als gefährlich. Anderswo wird mehr und mancherlei anderes mitgenommen. Ein russischer Offizier, mit dem Z. tags darauf spricht, erwidert, er hätte den plündernden Soldaten erschossen, wenn er ihn vor die Flinte bekommen hätte; doch so viel ist das Ganze gar nicht wert.

Diese gesetzlosen Zustände sind bloß das Vorspiel zu irgendwas; und nicht die Russen werden die Hauptdarsteller im Drama sein, das sich ankündigt; die ungarische Revolution reift jenseits all dieser Symptome heran. Wer kann sie aufhalten? Vielleicht gerade die Russen, wenn sie wollen ... Und diese Revolution wird, wenn sie doch eintritt, ein gewaltiger Strudel sein.

Wir leben am Rande des Dorfes in einem einsamen Haus, am Hang eines Hügels. In Erwartung von plündernden Patrouillen und ungarischen Strauchdieben harren wir im Dämmerlicht aus; es gibt keine Behörde, keine Gesetze. Budapest geht zugrunde, es hungert und durstet. So leben wir. Und all das ist noch nicht das Ende dessen, was wir unausweichlich heraufbeschworen haben und was wir verdienen.

Dennoch ist all das unbedeutend: Die Russen sind mit dem Recht der Waffe in ein Land gekommen, das den Sowjets den Krieg erklärte; sie können hier tun, was sie wollen; sie sind die Sieger. In Wirklichkeit aber erweisen sie sich als eher gutmütig, diese Plünderungen sind eigenmächtige Raubzüge, bei jedem Besatzungsheer kommen in einem besiegten Land solche Übergriffe vor. [Mehrere Zeilen durchgestrichen.] Die Ungarn haben in Russland Schandtaten begangen; vor drei Jahren las ich die ungarischen »Kriegstagebücher« … die Russen sind uns nichts schuldig, und es ist eher verwunderlich, dass sie sich so und nur so benehmen.

Doch alle Anschuldigungen, jedes Zur-Rede-Stellen, jede Gemütsbewegung gegen die Ungarn ist begründet, sie haben im letzten Jahrzehnt nichts unversucht gelassen, um zu erreichen, dass das ungarische Schicksal auf diese Weise seinen Lauf nahm. Alle, die aus Unbedarftheit oder Habgier dieses Feuer schürten, dieses Gehenna mit ihrem Atem noch stärker anfachten, kann man mit Recht vor den Richter zitieren.

»Neu beginnen« lässt sich nicht mehr; aber ob man »weitermachen« kann? … Wo und für wen und warum? Immer und ewig diese Qual, dass ich nicht länger an das Material, die Substanz des Ungarntums, glaube, ich glaube nicht an seine Moral, nicht an seinen Charakter.

Z. hat aus Tótfalu eine ein paar Wochen alte magere Ente mitgebracht. Die erste Nacht sperrten wir sie in die Hundehütte, dort aber fror sie, war schlechter Laune und fraß nicht; ich habe ihr auf dem Steinboden des unbewohnten und unmöblierten Gästezimmers im ersten Stock ein Luxusappartement eingerichtet. Dort quakt sie nun, frisst Mais und taucht ihren Kopf manchmal in die Wasserschüssel; sie ist deutlich besser gelaunt.

Aber jedes lebende Wesen, das wir in unser Leben aufnehmen, selbst eine Ente, die man zur Mast gekauft hat, bedeutet Verantwortung. Wir beschäftigen uns jetzt viel mit ihr, sie tut uns heute schon leid, und es wird sicher eine sentimentale Tragödie, wenn sie eines Tages geschlachtet werden muss. Im Zusammenhang mit diesem Lebewesen, das im ersten Stock quakt, ist eine Situation entstanden, die an Ibsens *Wildente* erinnert; und auch die *Lebenslügen* sind nah, man muss nicht weit gehen, um sie zu finden.

Es stimmt nicht, dass das Dorfleben »langweilig« und eintönig ist; fast ein Jahr lang lebe ich im Dorf und erinnere mich nicht daran, mich auch nur einmal gelangweilt zu haben. Im Dorf spricht den Menschen alles aus unmittelbarerer Nähe an, die Landschaft, das Schicksal und auch die Menschen. Kleinstädte sind zermürbend langweilig. Doch in einer großen Stadt – in einer richtigen Großstadt, wie Paris eine ist – oder im Dorf kann ich mich nicht langweilen.

Und die Dorfbewohner, mit denen mich die Zeit allmählich bekannt macht; sie sind nicht minder interessant als die angespannt-unruhigen Neurotiker der Großstadtzivilisation. (Auch sie, die Dorfleute, sind in ihrer eigenen Formensprache neurotisch …) Herr Csámpa, der Schuster, den ich bat, mir einen Fleck auf meine löchrigen Schuhsohlen zu nageln, äußerte wichtigtuerisch, das »hängt von der Kriegslage ab«. Herrn Csámpa haben die einmarschierenden Russen den Ledermantel ausgezogen; seitdem lebt er in vorsichtiger, historischer Allzeitbereitschaft; sein Werkzeug hat er vergraben; und vom Mantelraub spricht er in einem mythischen Ton wie Akaki Akakijewitsch in Gogols Erzählung. Und Herr Herczeg, der Konditor, er erscheint mit seinem schönen bärtigen, biblischen Gesicht wie eine Art heiliger Josef, der sich in seinem Alter den Büchern zugewandt hat und jetzt Tolstoi und Cicero liest. Und Herr

Schillerwein, der Alte, der seit fünfundzwanzig Jahren Kommunist in Pócsmegyer ist und jetzt, als auf eine ungarische Anzeige hin die Russen – mit dem Kommentar »Sei nicht traurig, Towarischtsch, du bist Kommunist, freu dich, dass wir, deine Genossen, dir den Wein abnehmen!« – seinen versteckten Wein mitnahmen, im Herzen erschüttert wurde und finster seine Pfeife pafft. Und all die anderen, zahlreiche duckmäuserische Bauern.

Am Abend ein martialischer Sturm, Einquartierung: Mit Äxten werden der Zaun und das Gartentor umgelegt; große Militärfahrzeuge im Garten, unter den kahlen Bäumen abgestellt; und sechzehn Russen ziehen für die Nacht bei uns ein, ins warme Wohnzimmer. Ein Hauptmann und Mechaniker: Die durchziehenden Truppen – die eine Brücke über die Donau schlagen und zur Entlastung von Buda, das auch von Székesfehérvár her bedroht wird, vorstoßen – richten hier, im Garten dieses kleinen Hauses, die Werkstätte für ihren Fuhrpark ein. Ein richtiger Wanderzirkus ist angekommen, große Autos, auch ein Stromgenerator; und sechzehn Russen quartieren sich im nicht allzu großen Wohnzimmer ein. Zu viert – *L.*, *Z.*, der kleine Junge und ich – werden wir ins Nebenzimmer abgedrängt. So beginnt diese außergewöhnliche Nacht; nicht ganz ohne Beklemmung. Allein mit zwei Frauen und einem Kind, am Rande des Dorfes mit sechzehn russischen Schlafgängern: Das ist schließlich kein alltägliches Erlebnis.

Aber alles ist einfacher, als wir es uns vorstellen. Der Leutnant heißt Sedlatschek, sein Vater war Ungar. Jung ist er, aufgeblasen und stupide; unter den einfachen Soldaten finden sich gutmütige, auf ihre Art anständige und menschenfreundliche Männer. Sie möchten sich waschen; dann bekommen sie Tee und einen großen Kessel Kartoffelsuppe;

sie schmausen, ohne zu reden. Der Leutnant verteilt die Feldpost und liest aus einer Feldzeitung die neuesten russischen Kriegsberichte vor; sie essen gemeinsam am langen Tisch, Offizier und Soldat, nicht ohne Distinktion, dennoch vertraut. Schließlich verstehe ich, was Basseches in seinem Buch *Die unbekannte Armee* über die seelische und gesellschaftliche Struktur dieser großen Armee schreibt.

Die Nacht wäre ruhig, würden die Deutschen die Ortschaft und ihre Umgebung nicht bombardieren. Aber sie bombardieren wie die Verrückten; das hiesige Gasthaus bekommt um Mitternacht einen Volltreffer ab; sie suchen nach der Brücke von Szentendre und Tahi, neuerdings auch nach der im Bau befindlichen Pontonbrücke zwischen Leányfalu und Pócsmegyer. Furchterregend sind dieses Geheul, die nahen Einschläge; in dieser Nacht habe ich mich das erste Mal ernsthaft vor Bomben gefürchtet. Die Russen schlafen, *L.* und ich liegen mit offenen Augen in der Dunkelheit. Ich lege mein Schicksal völlig in Gottes Hand; ich denke an die Menschen in Pest, in Buda; spüre das menschliche Schicksal; und jenseits aller Angst tiefe Demut.

Am Morgen richten die Russen eine Art kleiner Ganz-Fabrik im Haus und im Garten ein; so leben wir jetzt, wir warten auf irgendwas. Alles ist besser als die Rückkehr der Deutschen mit ihren Mördern, den Pfeilkreuzlern.

Fjodor, der Koch, traktiert das Haus mit Würfelzucker; ein jüdischer Offizier erzählt, dass seine Frau und seine zwei Kinder von den Deutschen in Minsk umgebracht wurden.

Alle sind müde und resigniert; sie haben den Krieg satt; sprechen zutraulich von den Verhältnissen zu Hause; daheim haben sie ein eigenes kleines Haus; wenn sie krank sind, gehen sie zum Arzt, bekommen Medizin; der geistig Schaffende wird ebenso, wenn nicht noch höher geschätzt als der körperlich Arbeitende. Im Dorf sammelt ein Kosak Männer zum Arbeitsdienst; ich stelle mich vor, er sieht meine Dokumente durch und sagt: »Geh nach Haus.«

Wir leben jetzt so nah am Tod; die Bomben, die Deutschen, die nahe Front, die Truppenbewegungen, mit einem Wort – der Krieg ist in unserer unmittelbaren Nähe, mitten in unserem Leben. Habe ich in meinem Leben wirklich noch etwas zu vollbringen? Nur Gott weiß das; ich kenne nur meine Aufgaben.

Einquartierung von Soldaten im Krieg: Auch wenn die Hausleute die Soldaten des eigenen Landes beherbergen müssen, ist das kein großes Vergnügen; in zwei kleinen Zimmern mit sechzehn wildfremden Russen zusammenzuleben ist natürlich noch viel absonderlicher. Zu viert zwängen wir uns in das äußere, sechzehn und noch mehr quartieren sich im mittleren Zimmer ein – denn ständig kommen neue und wieder neue Besucher, zu jeder Stunde des Tages und der Nacht; sie essen, schlafen, so gut sie können; das Gartentor zu schließen hätte keinen Sinn, auch wenn es das Tor noch gäbe; das Haus empfängt Tag und Nacht die herumstreunenden Gäste mit weit offenen Türen.

Wir verdrücken uns tage- und nächtelang ins kleine Zimmer; hier kochen wir, schlafen, waschen uns, hier warten wir tagsüber auf die Nacht, in der Nacht darauf, dass es Tag wird. Die beiden Frauen dürfen sich nicht einmal in der Küche aufhalten, weil dort Arbeitsdienstler den ganzen Tag Kartoffeln für die Russen schälen. So ist die Lage seit drei Tagen und noch auf unabsehbare Zeit; im Garten stehen marode Autos und Lastwagen in Reih und Glied, vor unserem Fenster heult der Wagen mit dem Stromgenerator; wilde Mechaniker kommen und fummeln an verreckten Motoren herum; so leben wir.

Und dieses Leben ist nicht das Schlimmste. Meine Mutter und alle die Menschen, die mir wichtig sind, leben im belagerten Budapest schon die vierte Woche unter schrecklicheren Umständen – wenn sie denn noch am Leben sind –, daran denke ich, wenn ich manchmal müde geworden bin. Denn mit anderthalb Dutzend wildfremden Menschen, deren Sprache ich nicht verstehe, in zwanglosester Vertraulichkeit zu leben, durch die dünne Tür das nächtliche Stöhnen, das Schnarchen, die plötzlichen und überraschenden Schreie zu hören, zu ertragen, dass sie jede Schublade öffnen, in jedem Schrank ungeniert herumkramen und dass man für keinen einzigen Moment allein ist: All das ist sehr ermüdend. Doch das sei *woina*, wie sie sagen, und dabei zucken sie mit den Schultern; und wahrhaftig, wir beklagen uns nicht, auch nicht untereinander, denn nicht nur dies ist *woina*, sondern irgendetwas sehr viel Furchtbareres und Verhängnisvolleres. Und schließlich ist zu allem Überfluss diese Situation nicht nur ermüdend und kompliziert, sondern auch lehrreich und interessant.

Kein Tier kann sich so blitzschnell und flexibel an neue Situationen anpassen wie der Mensch: die erste Erkenntnis. Die zweite: Diese Russen, die sich mit Haut und Haar in unserem Leben eingenistet haben, sind mit wenigen Ausnahmen wohlwollend und menschlich.

Es gibt alle Möglichen unter ihnen: einen kleinen Usbeken aus Taschkent, Hassan, er ist ein klein gewachsenes, stummes und blinzelndes Männlein, geschickt wie ein Äffchen; Fjodor, der fette Bauer, ist die personifizierte kindliche Gutmütigkeit, ein älterer Mechaniker, der niemals am Kind vorbeigeht, ohne ihm über den Kopf zu streichen, ohne ihm einen Apfel zu geben, und all die anderen: eine merkwürdige, bisher unbekannte menschliche Situation, die ich in diesen außergewöhnlichen Tagen durchlebe. Jetzt verstehe ich den russischen Schuster in *Krieg und Frieden*, der Pierre Besuchow die Besonderheiten des russischen Menschen offenbart. Es gibt unter ihnen ein paar unvergessliche Gestalten; auch zwei Juden, die wenig über ihr Judentum wissen, darüber, dass es Schicksal ist, ein Jude zu sein; sie essen getrennt, außerdem haben sie aber nicht wirklich eine Ahnung von dem, was mit den Juden in der jüngsten Vergangenheit in Ungarn und anderswo geschehen ist – sie haben davon gehört, doch für sie ist das nicht überraschend, weil sie wissen, dass die Deutschen eigentlich alle ausgerottet haben, wo immer sie einmarschiert sind, Juden und Nichtjuden, die Intelligenzija … Mongolen, Juden, Weißrussen, Ukrainer, Tschuwaschen, Kirgisen: Mit ihnen leben wir jetzt in eigenartiger Vertrautheit, unter dem Dach eines kleinen Hauses. Am Abend sitzen wir gemeinsam am langen Tisch, ein Offizier liest Kriegsberichte vor, wir spielen Schach, und man erklärt mir, wie das Leben in Russland ist. Übereinstimmend versichern sie mir, sie seien mit den Zuständen zu Hause zufrieden, seien des Krieges schon sehr überdrüssig, sie hassten die Deutschen und sehnten sich nach ihrer Heimat.

Tagsüber kommen hoch-, ja höchstrangige Offiziere zu einem Kontrollbesuch vorbei, so etwas erlebe ich das erste Mal. Auch im europäischen Sinne sind sie makellos auftretende Herren, die bestens gekleidet und mit auffälligen Rangabzeichen geschmückt sind; sie erscheinen – in Manier und Auftreten zumindest auf den ersten Blick – wie englische oder französische Oberste, Generäle. Kommen in Begleitung und werden von einem abgezirkelten, salutierenden Halbkreis mit einem steifen »Habt acht!« empfangen. Diese Offiziere haben weiße Hände, sie sind Männer von Welt. Vieles ist anders, als wir es im letzten Vierteljahrhundert gehört und gelernt haben.

Am Abend, im Schein einer flackernden Lampe, erklären mir meine mongolischen und kirgisischen Schlafgänger, wer ein Burschui ist. Die Jüngeren kennen Burschuis nur noch vom Hörensagen; für sie ist dieser Begriff wie eine Figur aus einem Witzblatt, wie früher der Jude in der Zeitschrift *Borsszem Jankó*: eine Gestalt mit Schläfenlocken und Hakennase, die fehlerhaft Ungarisch spricht … In ihren Augen ist ein Burschui ein dicker Mann, der einen Ledermantel trägt und von der Arbeit anderer lebt. Sie erklären mir, dass ich kein Burschui sei, denn auch Ärzte, Ingenieure seien keine; wir sind geistig Schaffende, die schwere Arbeit vollbringen, darum haben wir mehr Recht auf ein besseres Leben als jene Ungelernten, die nur einfache, physische Arbeit tun, weil sie nicht genug gelernt haben oder faul und unbegabt sind.

Im Dorf haben die Leute der GPU begonnen, die Pfeilkreuzler zusammenzufangen. Ich würde niemals auch nicht meinen persönlichen Feind verraten, doch nach alledem, was ich in den vergangenen zehn Monaten erlebt habe, wäre ich ebenso wenig gewillt, auch nur einem einzigen dieser Verbrecher Zuflucht zu bieten. Ich schreie nicht nach Rache, doch beobachte ich ihr Schicksal mit Gleichgültigkeit; man hat sich jegliche Empfindsamkeit abgewöhnt.

In der Nacht wurden wir ausgeraubt. Es ist nicht das erste Mal passiert, haben uns doch einsame Plünderer in Uniform schon einige Male besucht und kleinere Sachen mitgenommen – der Vorwand ist stets, dass sie nach Deutschen suchen –, sie nahmen unser weniges Mehl mit und auch andere Vorräte. Doch der Raub in dieser Nacht war schlimmer: Auf dem Dachboden hatten wir unter einem Balken in einer flach gedrückten leeren Lucky-Strike-Schachtel unser Geld versteckt, viertausend Pengő, in einem Topf ein wenig

Schmalz, fünfzig kleine Päckchen Pfeifentabak (sie schmerzen am meisten), eine Flasche Schnaps, ein paar Flaschen Wein. Viel mehr war uns auch nicht mehr geblieben. Wir haben den Dieb gehört, wie er auf dem Dachboden herumstöberte; als ich in die Diele trat, rannte der Dieb gerade an mir vorbei und verschwand im dunklen Garten. Zwei von den Älteren rannten ihm nach; natürlich vergeblich.

Unser Haus, in dem man vor vier Tagen eine kleinere Kaserne und eine ansehnliche Autowerkstätte eingerichtet hatte, ist nicht wiederzuerkennen. Es starrt nicht vor Dreck, der Dreck fließt, bahnt sich seinen Weg überallhin. Die Klosetts sind voller Exkremente, man kann sie nicht benutzen. Aus dem Brunnen lässt sich kein Wasser schöpfen, weil sie den Eimer hineinfallen ließen. All das nehme ich ohne inneren Aufruhr zur Kenntnis. Der heilige Franz von Assisi starb eines Tages, und man legte ihn nackt auf die bloße Erde; und das war nicht der schlimmste Augenblick in seinem Leben, sagt Chesterton.

Ein himmellanger Moskauer Mechaniker nahm gestern, als ich mich mit Hassan, dem Taschkenter, über die asiatische Abstammung der Ungarn unterhielt, die Pfeife aus dem Mund und sagte in ernstem Ton: »Ja, die Ungarn haben jetzt in Russland bewiesen, dass sie aus Asien kommen.«

Was wir in diesen Tagen erleben, ist die Wirklichkeit. Sicher, es ist immer nützlich, die Wirklichkeit kennenzulernen. Alles muss man kennenlernen, muss ganz tief hinabsteigen in diese Grube; und dann entweder auferstehen oder dort bleiben.

Am Abend unterhalte ich mich mit dem jüdischen Ingenieur. Gibt es daheim noch Priester? Es gibt Priester, und sie werden vom Staat bezahlt. Wer geht in die Kirche? Wer will. Gibt es Steuern? Es gibt Steuern; zwölf Prozent des Einkommens und darüber hinaus zwei Prozent für die Krankenversicherung. Ist die Wahl des Arbeitsplatzes frei? Sie ist frei; wenn jemandem ein Arbeitsplatz nicht gefällt, kann er sich einen anderen suchen, und er selbst bestimmt die Bedingungen. Überzähliges Geld kann der Sowjetbürger auf die Bank bringen, wo er drei Prozent Zinsen dafür bekommt. All das ist interessant, aber nicht sicher; die Angaben widersprechen sich; die Ingenieure sind außergewöhnlich vorsichtig, durchtrieben und auch nicht immer informiert.

Vielleicht ist diese Art von Leben – zu viert, zu fünft in einem Zimmer, die Küche mit Fremden teilend, keine Möglichkeit, sich zu waschen oder allein zu sein – nur das Vorspiel der Zukunft, die uns alle in Ost- und Mitteleuropa erwartet. Dieses Vorspiel haben wir in diesen Tagen erlebt.

Kann man denn so leben? Mit wenig gebildeten oder völlig ungebildeten Menschen im gemeinsamen Schicksal gefangen? Auf solche Fragen gibt das Leben blitzschnell Antwort. Natürlich kann man auch so leben; vielleicht sogar für lange Zeit, sicher ist nur, dass ein Mensch wie ich so nicht arbeiten kann. Und wäre diese Lebensweise eine endgültige Gewissheit für mich, würde ich wahrscheinlich nicht mehr leben wollen.

Die Hochachtung vor Bildung und die Sehnsucht nach ihr sind bei den Russen groß. Es wird allerdings hundert, zweihundert Jahre dauern, bis diese Sehnsucht zur täglichen Realität wird. Denn Bildung kann man nicht erlernen, man muss sie auch erben. Ohne Erinnerungen ist es schwer, wirklich gebildet zu sein; die Reflexe fehlen. Doch ihre Sehnsucht ist unersättlich, und Zeit haben sie. Zusätzlich zu der Sehnsucht werden sie sich die Jahrhunderte und Erinnerungen beschaffen.

Ich gab ihnen ein altes *Esquire*-Heft; das ist eine besondere Methode, sie zu zähmen; gierig blättern sie darin. Besonders die Anzeigen starren sie an: die farbigen bedruckten Seiten, die von Qualität und großem Angebot berichten. Das ist neu für sie; es interessiert und erregt sie.

Diese besondere, höhere Stufe der Fähigkeit, zu hören, zu empfinden, zu unterscheiden, und der Sinn für die Reichhaltigkeit des Sortiments, die ein Westeuropäer im Augenblick seiner Geburt mit auf die Welt bringt: Das ist jenes Plus, zu dem viele Jahrhunderte und viele Erinnerungen nötig sind.

Vorerst ist es eher die fachliche Ausbildung, die sie Bildung nennen; und es fällt mir schwer, ihnen zu erklären, dass das nicht ein und dieselbe Bildung ist. Wilde Kraft steckt in ihnen, ein gnadenloser Optimismus, frische Energien.

Sedlatschek hat irgendwo eine Standuhr aufgetrieben, die melodiös die Moskauer Zeit schlägt: zwei Stunden mehr als unsere. Denn sie haben die Moskauer Zeit mit sich gebracht, ihre kyrillischen Buchstaben, all das, was sie vom Westen trennt. Sie wollen es so, und mit Sicherheit wissen sie – auch gegen den Willen Peters des Großen –, warum.

Der Sympathischste unter ihnen ist ein älterer Moskauer Mechaniker; ein ruhiger Mensch, reinlich, er hat sich ein eigenes kleines Lager in einer Ecke eingerichtet und bemüht sich, dort irgendwie Ordnung zu halten. Er bat uns, sein Hemd zu waschen und seine Bettwäsche; seine Bitte klang sanft und traurig, und er gab uns zum Waschen auch gleich Seife und holte Wasser. Man sieht ihm an, dass er alles um sich abgrundtief hasst, den Krieg, den Dreck, seine Umgebung.

Hassan, der Taschkenter, war im Zimmer, als ich dem Befehlshaber die Geschichte vom Raub erzählte; eine halbe Stunde später sah ich ihn, wie er sich traurig die Dachbodentreppe herunterstahl; er wusste aus meiner Erzählung, dass man auf dem Dachboden geraubt hatte, und war schnell hinaufgelaufen, um nachzusehen, ob nicht irgendwas auch für ihn übrig geblieben wäre. In seinem asiatischen Gesicht mit den schiefen Augen spiegelte sich tiefe und unverhüllte Traurigkeit wider, weil andere geschickter und flinker gewesen waren.

Irgendwann – als wäre es vor sehr langer Zeit gewesen, so scheint es mir heute manchmal – war es meine Aufgabe, das, was ich sehe, denke oder erlebe, schriftlich so genau wie möglich festzuhalten und auszudrücken. Ich hatte auch schon ein wenig Übung in diesem eigenartigen Handwerk.

Doch jetzt meine ich, nicht genau beschreiben zu können, in welcher Lage wir uns befinden. Es bietet sich die Möglichkeit zum Gleichnis: Auf dem Deck eines drittklassigen Auswandererschiffs unter europäischen und asiatischen Auswanderern, zwischen Heimatlosen – Ungarn, Juden, Russen, Taschkenter, Chinesenartige, Ukrainer liegen hier zusammen im Dreck, in unseliger Zuversicht – treiben wir einem unbekannten Ufer entgegen. Doch dieser Vergleich ist schwach; die Wirklichkeit ist anders, reicher, bodenständiger und farbiger, erbärmlicher und bunter.

Für die Offiziere wird extra gekocht, die Mahlzeiten bestehen aus mehreren Gängen und sind gut; keine Gesellschaftsordnung kann die menschliche Natur verändern.

Und ich glaube nicht, dass das Elend einen irgendetwas lehrt; *von außen* gibt es nichts zu lernen. Sich wirklich weiterentwickeln kann man nur dank der Lehren, die man aus den Erlebnissen im Innern zieht.

Diese unsere Lage ist so ziemlich der Tiefpunkt in meinem Leben; das Nächste kann nur mehr sein, dass der Krieg uns auch aus diesem Drecklager verdrängt und wir in irgendeinem Erdloch hungern und frieren müssen.

Und trotzdem fühle ich in diesen Tagen: Alles ist gut so, alles hat seine Ordnung. Weil alle schuldig sind und wir alle bezahlen müssen, mit allem, was wir besitzen; womöglich auch mit unserem Leben.

Und dennoch haben wir kein Recht, uns zu beschweren; dieses Schicksal haben wir uns selbst ins Haus geholt. Wir haben Russland den Krieg erklärt, wir Ungarn; wir eilten an der Seite der Deutschen nach Woronesch, nach Kiew, um Gräueltaten zu begehen; und die Russen haben recht, wenn sie auf jede Beschwerde antworten: »Und was haben die ungarischen Soldaten in unseren Dörfern und Städten angerichtet?« Wir, die wir persönlich unschuldig an diesen Verbrechen sind, bezahlen die Rechung der Schuldigen. Jeder, der lamentiert, ist ein Hundsfott; zahlen, bitte!

Das kleine Haus ist jetzt schon ein Zwischending zwischen Stall, Kaserne und Werkstätte; Tag und Nacht fahren weitere kaputte, reparaturbedürftige Autos im Garten vor, die Chauffeure hausen hier für eine Weile, essen, spucken und rauchen im Zimmer mit den anderen, den anderthalb Dutzend ölverschmierten Mechanikern, und die Zahl der ständigen Logiergäste wird immer größer. Auch die Küche können wir nicht mehr benutzen, weil dort Arbeitsdienstler tagelang Kartoffeln für die Feldküche schälen. Der Dachboden wurde aufgebrochen und geplündert, zum Badezimmer ist uns der Zutritt verboten, da dort eine Werkstattkammer eingerichtet wurde, im Zimmer im ersten Stock haben sie das Bett zersägt, weil sie für irgendetwas ein einziges Brett brauchten; jede kleine Habseligkeit bekommt Beine. Der Brunnen ist nicht mehr zu benutzen, weil der Eimer in die Tiefe gestürzt ist; sie haben einen anderen, öligen Eimer geholt, aber auch der ist abgesoffen; jetzt liegen zwei Eimer im Brunnen, und es gibt kein sauberes Wasser. Das kabinengroße Zimmer, das man uns überlassen hat, wäre auch für zwei Personen eng, wir schlafen dort zu viert – zwei auf dem Boden –, in schmutziger Bettwäsche, weil wir keine Möglichkeit haben, sie waschen zu lassen; hier essen, kochen, schlafen wir, hier sitzen wir an den langen Abenden im Schein einer flackernden Ölfunzel und hören den Lebenszeichen der Menschenmeute zu, die im Nebenzimmer singt, das Grammofon spielen lässt, Türen schlägt, isst, schnarcht und krächzt. Von Zeit zu Zeit erscheint ein Offizier und fragt, ob »alles in Ordnung« ist? Ich versichere ihm, alles sei in Ordnung. Und das meine ich ehrlich; denn all das wird nicht aus menschlicher Gehässigkeit gemacht, sondern entspringt einer Situation, die wir Ungarn heraufbeschworen, herbeigeführt haben. Deshalb haben wir sie schweigend und ohne Klagen zu ertragen.

Deshalb darf man, was auch noch alles passieren mag, den Russen nicht böse sein. Aber ich spüre, dass meine Seele sich allmählich mit unauslöschlichem Hass gegen jene Ungarn füllt, die aus Habgier, Sittenlosigkeit, Unbildung und Lotterhaftigkeit die Nation und die Menschen so weit gebracht haben. Ich habe nur mit den Ungarn abzurechnen. Und diese Abrechnung wird kommen.

Ich wundere mich in diesen Tagen über meine Nerven, die stärker sind, als ich dachte. Kritische Stunden gibt es natürlich immer wieder; dann tröste ich meine Umgebung, so gut ich kann; zum Beispiel damit, dass sie doch an die Deportierten, die Internierten denken sollten und an jene, die

die Belagerung in Budapest erleben. Dieser Hinweis hilft immer.

Der Mensch wird mit seinem Körper, mit seinen Lebensumständen bald zum Tier; was aber passiert in seiner Seele? Vergisst die Seele ebenso rasch wie der Körper? Was geschieht jetzt in meiner Seele? Erinnert sie sich noch an Literatur, an die Welt, an Probleme, an Gott? An dieses *Plus*, nach dem sie vor Kurzem noch so rastlos geforscht hat? Bleibt von alledem etwas für die Seele übrig? Wird sie stärker, widerstandsfähiger? Ich denke schon.

Die gesellschaftliche Revolution ist nichts wert, wenn mit ihr nicht auch die andere, die innere, seelische Revolution einhergeht, die den Menschen vom Joch des Egoismus, der Dummheit und der Habgier befreit. Eine solche Revolution ist aber nicht in Sicht, schließlich sind Egoismus, Dummheit und Habgier organische Elemente der Materie Mensch.

»Der ungarischen Führungsschicht wird's nach dem Krieg schlimm ergehen«, sagte am Abend der Mechaniker aus Moskau. Er ist einer der Intelligenteren, ein überzeugter Kommunist. Und er glaubt, dass nur die Arbeiterklasse zur Führung der Gesellschaft berufen ist.

Es fehlen mir die Worte, deshalb konnte ich ihm nicht sagen, dass die ungarische Herrschaftsschicht, die im letzten Vierteljahrhundert das Land gelenkt und in diese Lage gebracht hat, wahrhaftig jedes Recht auf die Führungsrolle verspielt hat, ihr Schicksal muss man nicht beklagen. Aber ebendiese Schicht hat – bewusst oder unbewusst – auch dafür gesorgt, dass die ungarische Arbeiterschaft keine Gelegenheit hatte, bis heute jene Elite aus sich hervorzubringen, deren Bildungsniveau diese Gesellschaftsschicht schon jetzt zur ausschließlichen Führung prädestinieren würde. Die ungarische Arbeiterschaft ist insgesamt zweifelsohne die intelligenteste Schicht der ungarischen Gesellschaft – in Sachen Allgemeinbildung steht sie weit über dem Durchschnitt der Bauern und der Mittelschicht –, doch ihre soziale Lage und die Erziehungsmethoden haben es ihr nicht ermöglicht, sich zur Gänze eine Bildung anzueignen, die zur Führung berechtigt und verpflichtet. Sie muss zuerst jene unsichtbare Schule besuchen und absolvieren, von der die sichtbare Schule nur eine Klasse ist; die Arbeiterschaft ist dazu bereit, hat auch das entsprechende Talent – sie braucht jedoch noch viel Zeit und geeignete Lehrer.

Derselbe Mechaniker hielt mir einen langen Vortrag über Privatbesitz. Was sich ein Mensch in der Sowjetunion mit Arbeit verdient, das gehört ihm; das darf ihm keiner wegnehmen; und wer es ihm nimmt, muss dafür büßen. Wenn eine Waise unversorgt bleibt, lässt sie der Staat bis zum achtzehnten Lebensjahr erziehen, dann wird sie zur Arbeit geschickt. Was Erbschaften angeht, kann man über sie nichts Verlässliches erfahren; der eine behauptet, Erbschaften gibt es nicht, der andere schwört darauf, dass es sie gibt.

Aus allem, was sie erzählen, kann man erahnen, dass die Struktur der sowjetischen Gesellschaft sich in den vergangenen fünfundzwanzig Jahren stark in Richtung Demokratie entwickelt hat. Wahrscheinlich beschleunigt die Belastungsprobe des Krieges – das Zusammentreffen mit der westlichen Zivilisation, das Verlangen nach Entschädigung, das sich aus dem Bewusstsein der individuellen Opfer ergibt, und so weiter – diese Entwicklung.

Andrei kommt aus Leningrad, er war in Friedenszeiten Sekretär einer Badeanstalt; eine leidenschaftliche, finstere und unruhige Gestalt. Er ist der Menagemeister; unter diesem

Vorwand bricht er jede unbewohnte Villa auf und kommt mit Säcken voller Kleider und Lebensmittel der ungarischen Nazis, die nach Deutschland geflüchtet sind, zurück; vieles davon verteilt er an die Frauen aus dem Dorf, die er zum Arbeitsdienst holt, arbeiten lässt, um sie dann mit Fleisch, Schmalz und Brot zu bewirten. Er ist ein lautstarker Burschui-Hasser. In der Küche braucht man Zwiebeln, und er sagt in ganz natürlichem Ton zu einem der Mädchen: »Lauf zum Burschui hinüber, und hol Zwiebeln von ihm.« Der »Burschui« ist für diesen Russen ein Sammelbegriff, genau wie es der »Jude« vor einigen Wochen noch für die Ungarn war.

Als er sich vorstellte, sagte er, er habe »zwölf Schulen« absolviert und wisse, was Literatur sei. Als ich anerkennend nickte, erwähnte er Lermontow, Gogol und andere Namen; er wisse, dass ich Schriftsteller sei, sagte er, und er wisse auch, dass uns jetzt Unrecht widerführe, weil in diesem kleinen Haus intelligente Leute lebten und weil sie mit der Einrichtung der Werkstätte unser Zuhause völlig verwüstet hätten; er wisse auch, dass man uns ausgeraubt habe; doch das sei eben *woina*, und nicht alle Russen seien so, und er möchte mich bitten, über die Russen nichts Schlechtes zu schreiben, wenn ich einmal all das niederschreiben würde. Mithilfe eines Dolmetschers erwiderte ich, ich wolle immer nur die Wahrheit niederschreiben und objektiv bleiben, und ich wisse, dass nicht alle Russen gleich seien. Dieses kleinere Unglück sei jetzt nun mal passiert, wir wollten nicht lamentieren, weil andere – auch die Russen – unvergleichlich viel mehr gelitten hätten. Er lauschte meinen Worten mit ernster Miene. Sagte noch, wenn Buda falle, würde er Verpflegungschef für ganz Buda sein.

Im Dorf beschäftigt man sich dieser Tage mit einer Art Rundumdiebstahl. Die Russen nehmen mit, was sie können, die Ungarn stehlen, soweit es möglich ist, von den Russen zurück, und dann stehlen die Ungarn, sich auf die Russen ausredend, noch von den Ungarn, was sie erwischen können.

Am Morgen ist in der Werkstattkammer eine Benzinlampe explodiert; drei Soldaten wurden verletzt, brennend und schreiend rannten sie durchs Haus: Einer erlitt Verletzungen im Gesicht, die anderen zwei an den Händen. Jetzt sind sie verarztet und liegen leise stöhnend, manchmal aufjaulend in der Mitte des Zimmers auf dem Boden. Ihre Kameraden sitzen wortlos um sie herum und hören Musik aus dem Grammofon.

Diese Menschen arbeiten unbarmherzig viel; seit Jahren haben sie kein Zuhause und leben wie die Tiere inmitten ständiger Arbeit und Lebensgefahr; ihr Hass auf die Deutschen ist grenzenlos; es ist nicht schwer, sich vorzustellen, was in diesen Tagen im besetzten Ostpreußen geschieht; und man kann es durchaus verstehen. Dass sie die Ungarn lieben, ist eine Legende; sie verachten uns, und sie verachten uns mit Recht; wer sich länger mit ihnen unterhält, trifft auf glühenden und begründeten Hass auf die Ungarn. »Warum seid ihr mit den Deutschen gegangen, um in unserer Heimat zu morden und zu plündern?«, fragen sie. Bei uns aber stecken die Russen die Dörfer nicht in Brand und ermorden auch die Zivilbevölkerung nicht; das ist die Wahrheit. Und alles andere, was wir als Folge der Besatzung ertragen müssen, ist unsere gerechte Strafe.

Der Krieg ist die größte Probe und Prüfung; *alles* wird offensichtlich, was der Mensch von sich und seinen Mitmenschen bisher nur vage vermutet hat oder zu wissen glaubte; alles zeigt sich in seiner nacktesten Wirklichkeit. Die Überlebenden leben nach dem Krieg nicht *anders* als vorher, denn der Mensch geht vergeblich durch die schwerste Prüfung, seine Natur ändert das nicht; wir leben aber fortan in einem anderen Bewusstsein ... Wer einen großen Krieg überlebt – oder sogar zwei, wie meine Generation –, wird wirklich erwachsen; er hat die Menschen kennengelernt und ist nicht mehr gewillt, sich über irgendeine menschliche Erscheinung zu wundern.

Es war wieder einmal der Moskauer Mechaniker, der sagte: »Wir Russen können uns nur selbst befreien. Auch den Bulgaren, Rumänen und Ungarn kann niemand anderes die Freiheit bringen, nur sie selbst können das.« Wir waren einer Meinung.

Hinter diesem einfachen Begriff »Russische Einquartierung« steckt Material für einen umfassenderen Studienband in den Bereichen Volkskunde, Gesellschaft und Politik. In einer Woche habe ich – in unfreiwilligem Konkubinat mit zwanzig Russen lebend – mehr über Russland und seine Rassen erfahren als bisher aus vielen Büchern.

Am Vormittag sah ich auf der Landstraße lange Zeit zwei Hunden zu, wie sie glücklich und selbstvergessen im Schnee herumtollten. Diese von der Verzückung des Seins berauschte tierische Sorglosigkeit war der schönste Anblick, an dem ich mich seit vielen Wochen erfreuen konnte.

Wenn sich der Kommunismus in Richtung Demokratie entwickelt, dann entwickeln sich die kapitalistischen Demokratien, dem Gesetz der Polarität und Nivellierung folgend, in Richtung Sozialismus. Und wenn sich diese beiden Entwicklungsprozesse annähern, könnte dieses Aufeinandertreffen der Welt für lange Zeit gesellschaftlichen Frieden bringen. Vielleicht ist das und genau so viel der Sinn dieses fürchterlichen Krieges.

Heute Morgen und schon den ganzen Vormittag muss ich immerzu an das tote kleine Kind denken; ich sehe sein liebevolles kleines Menschengesicht, seine traurigen Augen. Warum soll irgendetwas auf der Welt überleben, übrig bleiben, wenn auch die kleinen Kinder sterben?

Jene rechte Gesellschaft, die irgendwie durch den Rost der Überprüfungen fällt, lügt sich durch den Strom, der voller Strudel ist, vom rechten zum linken Ufer hinüber und fängt nach kurzer Zeit an Stammtischen, in Kneipen und geselligen Runden das Raunen und Mauscheln von Neuem an; und weil in den Ruinen, die durch ihre Niederträchtigkeiten auf uns niederbrachen, das Leben wahrlich gefährlich und erbärmlich sein wird, können sie behaupten, dass »früher«, als sie regierten, doch alles schöner und besser gewesen sei. Dann dürfen wir nicht faul und nicht träge sein und müssen ihnen bei jeder Gelegenheit, egal mit welchen Folgen, ihre Sünden auf den Kopf zusagen.

Die Deutschen haben einen blutigen, entsetzlichen Streit mit der Welt begonnen, den Streit haben sie verloren, und jetzt werden sie bezahlen, bis in die siebte Generation; das ist ihre Sache. Die Russen sind, wie sie sind, sie haben uns nichts versprochen, wollten nichts von uns, wir haben ihnen den Krieg erklärt, und jetzt kommen sie mit dem Recht der Waffe zu uns, in ein besiegtes Land, das ihre Heimat ohne irgendeinen Rechtsanspruch angegriffen hat; wir können ihnen keine Vorwürfe machen.

Aber die Ungarn! Das einzige Land Europas, wo es in den kritischsten Augenblicken der nationalen Geschichte eine Szálasi-Regierung gab und wo sich Abgeordnete fanden, die bemüht waren, für diese Horde eine Komödie der Legalität aufzuführen! Nur um ihre Beute noch ein wenig aufzubessern, ihre Existenz noch um ein paar Wochen zu prolongieren und Budapest und alles andere zu verlieren, was vom Land übrig geblieben ist! Mit dieser Meute gibt es wahrhaftig kein Verhandeln, für sie kann es keine Gnade geben.

Ich weiß, dass es Gott gibt, ich kann ihm jedoch keinerlei Gesicht geben; ich nehme ihn in allem wahr wie das Leben. Zu ihm sprechen kann ich nur mit ganz einfachen Worten wie zu einem Tier oder einem Kind; wenige Worte genügen ihm, um zu verstehen.

Hassan, den ich darauf aufmerksam machte, dass es ganz in der Nähe einen Ort gibt, der den Namen seines Stammes – Izbég! – trägt, kocht aus einem Ochsenschädel Sülze und erzählt während des Kochens ausführlich und verträumt von Taschkent. Während er berichtet, entsteht ein paradiesisches Bild vor meinem geistigen Auge. Taschkent sei am schönsten, sagt er, weil dort Licht brenne, es in den Häusern im Sommer sehr warm sei und in der Nähe seiner Wohnung warmes Wasser aus der Erde hervorquelle. Ich mache ihn darauf aufmerksam, dass all das im letzten Sommer auch für Budapest noch zutraf; er blinzelt jedoch zweifelnd.

Zu Hause trage er einen bunten Kaftan, sagt er stolz. Und mit geheimnisvollem Lächeln rührt er im Topf das Gebräu mit dem Ochsenschädel. Er ist ein zerbrechlicher Mann von kleiner Gestalt mit Schlitzaugen und feinen Manieren, auf seine Art auch sauber; gestern spülte er zum Beispiel das Geschirr ab, und im Abwaschwasser wusch er sich danach die Haare.

Z. hat sich mit einer russischen Soldatin angefreundet, die sie mit einem Militärlastwagen nach Buda hineinschickte, weil sie ihre kleine Tochter aus dem belagerten Zugliget herausholen wollte. Doch die Insassen des Wagens schafften es nur bis Óbuda; am Haus Lajosstraße 84, etwa dreihundert Meter vor der Margaretenbrücke, ging es nicht mehr weiter, weil sich dort schon die Front befand; zur Tarnung in weiße Mäntel gehüllt, beschoss die russische Artillerie die Straße. Sie fuhren nach Szentendre zurück (wo es schon Strom gibt, Radios gibt es aber auch dort keine, weil alle Apparate abgegeben werden mussten), dort schlief sie zwischen den Krankenschwestern im Keller des Spitals. In Szentendre versammelt sich die Bevölkerung nachts, wenn möglich, in den Kellern, weil man sich vor Bomben und auch vor anderen nächtlichen Unbilden fürchtet. Unterwegs, in Csillaghegy, bei Budakalász, sah sie auch offensichtlich unberührte Dörfer; doch in Óbuda ist alles schon traurig zerschossen, alle Fenster sind geborsten, die meisten Häuser zerstört, aus den Kellern wanken in Tücher gehüllte Menschen hervor, sie bitten um etwas zu essen, betteln um Brot; alle, die nicht wissen, wie das Leben an der Front, inmitten von Straßenkämpfen ist, sollen nur Gott danken! Unsere Lage in diesem verrotteten Zuhause, das man in eine schmierige Werkstätte und Kaserne umgewandelt hat, ist im Vergleich zu dem, was sie gesehen hat, paradiesisch.

Und wirklich, als ich in den frühen Morgenstunden mit offenen Augen in der Dunkelheit liege, das Schnarchen und Krächzen meiner Gäste höre, glaube auch ich, dass diese unsere jetzige Situation nicht nur erträglich, sondern in vieler Hinsicht beneidenswert ist. Den elften Tag leben wir jetzt in dieser ungezwungenen, trauten Beziehung mit wildfremden kirgisischen, tatarischen und russischen Mechanikern,

Kraftfahrern; und es hat sich ein menschlicher Umgang ergeben, den ich mir vor zwei Wochen nur schwer hätte vorstellen können und der eigentlich nicht der schlechteste allen vorstellbaren menschlichen Umgangs miteinander ist. Aus diesem Umgang habe ich viel gelernt: von ihnen, über sie, die Welt und die Menschen; ich habe neue Fähigkeiten und Möglichkeiten entdeckt, zum Beispiel, dass man mit Tonfall, Blicken, Satzmelodie sogar ganz wilde, alkoholschwangere Situationen entspannen, dass man im Schmutz leben kann. Und einen bestimmten Schutz gibt uns diese Instandsetzungseinheit auch, sie ist eine Art Leibwache, denn die älteren Jahrgänge haben darauf geachtet, dass uns keine nächtlichen Plünderer und Gewalttäter störten.

Mit Mann und Maus leben wir in diesem stinkenden Loch; vorerst essen wir noch kein Fleisch von verendeten Pferden wie die Menschen in Budapest; *L.* und *Z.* kochen für die Soldaten, die ihnen aus ihrer Küche manchmal Brot bringen; und *Z.* hat von ihrem Ausflug nach Óbuda fünfhundert Memphis-Zigaretten mitgebracht, die ihr ein russischer Chauffeur schenkte, der gerade einen Sack voller Tabakwaren aus der Tabakfabrik in Óbuda erbeutet hatte. Was mir diese Zigaretten bedeuten, jetzt, da man mir meinen Tabakvorrat gestohlen hat, kann nur ein Raucher verstehen; so ist die Welt erst richtig rund, und ich danke dem Weltgeist ehrlich und aufrichtig, dass er so vollkommen für alles sorgt.

Ich spreche mit einer Diakonisse; sie ist gerade aus Budapest gekommen; die Deutschen werfen die Möbel aus den Fenstern der Wohnungen, auf diese Art errichten sie Straßensperren; der Mob, die Pfeilkreuzler plündern sich von Haus zu Haus, von Wohnung zu Wohnung. Alle hungern. Es gibt keine Fenster. Wasser aber gibt es hie und da schon.

Die Diakonisse leiht mir die Zeitung *Szabadság*. Ich lese sie vom ersten bis zum letzten Satz durch. Im Leitartikel »Vernichtungskrieg« steht, dass man nicht warten dürfe, bis die Besatzungsmacht mit den Nazis und Pfeilkreuzlern aufräumt; die Bevölkerung solle einen Vernichtungskrieg gegen die sich verkriechenden Pfeilkreuzler beginnen. Am oberen Blattrand der Zeitung stehen drei Namen, einer davon lautet Lajos Zilahy.

Heute habe ich – nach vielen Wochen das erste Mal – wieder zu lesen begonnen; ich lese den zweiten Band von Spengler. Kann mich nur schwer konzentrieren, weil im Nachbarzimmer viel Lärm ist; doch auch daran muss man sich gewöhnen, und vielleicht ist das gar nicht unmöglich.

Die Diakonisse erzählt, sie habe in Budapest auf der Straße eine vornehm gekleidete Frau gesehen, die sich verschämt umsah, dann schnell bückte und eine saure Paprikaschote, die ein russischer Soldat weggeworfen hatte, gierig aufhob und zu kauen begann.

Unsere Gäste sind – nach zwölf Tagen des Zusammenlebens – heute abgezogen. Nur einer von ihnen hat sich verabschiedet; es scheint, im Krieg ist es nicht Sitte, von den Hausleuten Abschied zu nehmen; doch der ältere Mechaniker kam vor der Abfahrt in unser Zimmer und sagte, er habe alles gesehen und beobachtet, wir seien Menschen, die »an Kultur gewöhnt sind«, und hätten in den letzten Tagen sicher viel gelitten. Wir beruhigten ihn, dass wir nicht »gelitten«, sondern nur eine ungewöhnliche Situation ertragen hätten, die vom Krieg verursacht worden sei, und für diesen Krieg trügen auch die Ungarn Verantwortung. Er sagte, die einzige Freude in seinem Leben seien Bücher; schrieb seine Adresse auf und auch die meine, denn er wollte uns informieren, ob etwas von unserer Budapester Wohnung übrig geblieben sei. Er sagte, wenn er fremde Sprachen sprechen könnte, bliebe er gern bei uns; aber er sei nicht mehr jung, und seine Tochter sei Ärztin. Zum Abschied gab er mir Stalins Porträt in einem dünnen Goldrahmen zur Erinnerung. Er selbst sei kein Kommunist.

Die anderen sind ohne Abschied gegangen. Jetzt, da sie fort sind, denke ich mit freundschaftlichen Gefühlen an sie. Sie können für das alles nichts, der gleiche Sturm wirbelt uns alle umher.

Das Haus und der Garten erscheinen wie eine Mischung aus Schlachtfeld und Schlachthof, direkt nach einem Gefecht und einer Großschlachtung. Hier liegt ein ausgeweideter Dieselmotor, dort liegen die Därme eines frisch geschlachteten Ochsen; auf dem Esstisch ein großer Haufen Hühnerknochen, die Wände sind grauschwarz; der Boden sieht aus wie eine schlammige Landstraße nach drei Tagen Herbstregen; mithilfe eines Hobels bringt man vielleicht die alte, saubere Farbe wieder ans Licht. Den Zaun und das Tor wieder aufzustellen lohnt sich wohl nicht, ohnehin kommt jeder, der will, ins Haus herein.

Wir schrubben und putzen, und wenn wir damit fertig sind, lese ich bei Spengler weiter, schreibe dieses Tagebuch, vielleicht auch etwas anderes – warum? Darauf habe ich keine Antwort.

Und immer noch interessiert mich Julien Greens neuer Roman mehr als dieser Krieg.

Ich denke an diese zwölf Tage und Nächte zurück und sehe eigenartige Bilder. Ich trete am Abend ins Wohnzimmer, wo eine Lampe ohne Glassturz qualmt, das Grammofon spielt, auf dem Boden Männer in Lederjoppen, einer von ihnen liegt auf dem Rücken und hat die bloßen Füße nach oben, in Richtung Ofen gestreckt ... Was ist das für ein Bild? So ein »menschliches, russisches« wie in einem Roman von Gorki? Nein, es ist anders, realer, und die Wirklichkeit ist stets einfacher.

L. hat sich in diesen Tage wunderbar verhalten; mutig, überlegen, praktisch; die absonderlichen Gäste haben sie alle liebgewonnen und mir auf die Schulter klopfend versichert, *L.* sei eine gute *schena*, und sie gratulierten mir.

Der Mechaniker meinte beim Abschied ganz ernst: »Nur der ist ein wirklich begabter Mensch, der diesen Krieg überlebt.«

Endlich habe ich die Möglichkeit, aus diesen Tagen einen wirklich historischen Satz aufzuschreiben.

Die Bauern erschraken vor den spontanen und zur Gewohnheit gewordenen Requirierungen der Russen, schlachteten und verkauften ihre Rinder lieber; und zum ersten Mal nach langer Zeit ging die Nachricht um, dass der Dorfmetzger Fleisch verkaufe. Ich ging zu ihm und ersuchte ihn, er möge mir ein Stück Filet geben. Da sagte er streng: »Ich kann Ihnen, bitte schön, nichts geben, weil das Filet schon für den Herrn Oberrichter reserviert ist.«

Dieser Satz erklang am 2. Februar 1945, vier Wochen, nachdem die Russen Leányfalu besetzt hatten. Ein vollkommener Satz. In ihm stecken alle Erfahrungen eines Dienervolks; und auch, dass es in Ungarn noch Jahrhunderte dauern wird, bis der Metzger und der Oberrichter verstehen, dass durch solche Sätze eine Nation zugrunde gegangen ist. Und wahrscheinlich wird der Oberrichter diese Wahrheit früher als der Metzger verstanden haben.

Der Mechaniker, mit dem ich beim Abschied Adressen austauschte, hat noch viel Interessantes über die Zustände bei sich daheim erzählt. Sein Vater war Demokrat gewesen und plötzlich gestorben. Vielleicht kommt einmal die Zeit, in der ich – unter friedlicheren Umständen – all das aufzeichnen kann, was ich von diesem außergewöhnlich gescheiten Menschen gehört habe.

Der Mittelstand, diese Judenfresser und Nazifreunde, versucht jetzt, für alles, was geschehen ist, den Pfeilkreuzlern die Verantwortung zuzuschieben. Menschen, die mit jeder Faser ihres Körpers auf die Deutschen und die ungarischen Nazis hofften, betonen bei Unterhaltungen immer häufiger, jawohl, die Pfeilkreuzler seien an allem schuld. Das stimmt nicht, denn die Pfeilkreuzler sind nicht die Haupttäter. Die Pfeilkreuzler sind nur eine Folge all dessen, was diese Gesellschaft in den vergangenen fünfundzwanzig Jahren begangen hat, um sich ohne Bildung, Moral und Begabung Geltung zu verschaffen. Die Pfeilkreuzler-Horden sind ebenso schuldig wie die ungarische Führungsschicht, die unter dem Deckmantel der Verfassungsmäßigkeit in den fünfundzwanzig Jahren Horthys jede Art von Reaktion schamlos genährt und gefördert hat. Diese Gesellschaft wird ihre Verantwortung nicht so einfach von sich abwälzen können. Jetzt werfen sie die Pfeilkreuzler den Siegern wie die Knochen den Hunden hin, um ihre Haut zu retten. Aber so billig werden sie nicht davonkommen.

Und noch immer schimpfen sie auf die Juden, in den eigenen vier Wänden; sie sind glücklich, wenn ein russischer Offizier mit den Schultern zuckt und sagt, die Russen seien keine Antisemiten, aber auch keine Philosemiten; bei ihnen kenne man die Rassenfrage einfach nicht; sie sind glücklich, wenn sie unter den russischen Offizieren einen Juden entdecken und sich bestätigt fühlen, sieh mal an, die Propaganda hatte recht, die russische Armee ist »verjudet«; sie sind glücklich, wenn sie jemanden mit der Aussage »in seinen Adern fließt jüdisches Blut« brandmarken können, wie gestern ein ungarischer Nazifreund, der vor ein paar Wochen noch die durchziehenden Gestapo-Offiziere zum Abendessen eingeladen hat, über einen berühmten Ungarn sagte, der sich aber im Moment der Besetzung erschrocken den Bart hat stehen lassen und jetzt der russischen GPU die hiesigen Pfeilkreuzler ausliefert, um seine eigene Haut zu retten, denn er war doch »kein Parteimitglied« ... Nicht nur jene sind schuldig, die Parteimitglieder waren; sie sind vielleicht weniger schuldig, weil sie sich zumindest zu einer Idee bekannten. Schuldig ist die ganze Clique, die in den vergangenen fünfundzwanzig Jahren nichts unversucht gelassen hat, um sich ohne Begabung und Charakter bereichern zu können, und deshalb hat sie Hitlers Wahnidee Vorschub geleistet; manchmal in aller Öffentlichkeit, im Geheimen aber immer und überall.

Der Grundbegriff von Privatbesitz hat sich heute in den Köpfen der Menschen zweifelsohne gelockert; keiner weiß, was der nächste Tag bringt, was in welchem Maße und wie lange einem gehört; deshalb sind alle bemüht, die Dinge des täglichen Bedarfs dort und auf eine Weise zu organisieren, wo und wie sie sie erhaschen können. So ist mit vorsichtigen Worten eine Situation umschrieben, die praktisch bedeutet, dass jeder überall dort und auf eine Weise stiehlt, wo und wie es ihm möglich ist. Alles wird gestohlen: Möbel und Kleidung aus den verlassenen Villen, Lebensmittel, Fahrräder einer vom andern, einfach alles. Das wird so lange dauern, bis Buda fällt, bis die Front weiterzieht und die ungarische Verwaltung irgendeine Ordnung schafft. Dazu braucht es aber viel Zeit. Bis dahin stiehlt jeder mit beiden Händen und für den leeren Magen.

Ich glaube nicht, dass sich Schweden oder Dänen in derselben Situation so verhalten würden; ich muss mich jetzt aber endgültig damit abfinden, dass wir weder Schweden noch Dänen sind; wir sind Ungarn.

Auch an mir selbst habe ich eine Veränderung entdeckt. Meine seelische Neigung – die von Schubart folgendermaßen definiert wurde: *Rechtsordnung oder Liebe* – gehörte seit dem Augenblick meiner Geburt immer der Rechtsordnung; ich bin Europäer, also Pessimist, und glaube nicht an die Anarchie der Liebe. Doch jetzt, da ich alles verloren habe, schmiede ich keine Pläne mehr, will ich nicht mehr steif und krampfhaft Ordnung halten, in die Zukunft blicken, mich absichern; alles in mir ist lockerer geworden, ich blicke gleichgültig auf das, was ich noch habe, ich hänge aufrichtig und von Herzen eigentlich an nichts mehr ... Die Russen, die wirklichen Kommunisten, sind anders; sie kennen den Wert des eigenen Privatbesitzes genau und achten sorgsam auf jedes ihrer Bündelchen von Habseligkeiten. Ich jedoch, ein Zögling des kapitalistischen Westens, beginne gleichgültig zu werden; heute nimmt mir jemand weg, was ich gestern organisiert habe – Lebensmittel, Schuhsohlen –; morgen organisiere ich von irgendwoher anderes Zeug, das Nötigste; und alles andere ist unwichtig. Ich hänge an nichts mehr; wahrscheinlich auch nicht an meinem Leben, nicht wie irgendwann früher, vor einem Jahr.

Man zuckt eines Tages mit den Schultern; braucht ein Loch, eine Ecke, in der man sich schlafen legen kann, tagsüber benötigt man was zu beißen, Tabak und Wein sind etwas Gutes; alles andere ist einerlei. Heizen kann man auch mit hochglanzgpolierten Möbeln. All das klang gestern noch wie aus einem Abenteuerroman; heute ist es Wirklichkeit.

Ich spreche mit einer Dame; mit bitterem Lächeln erwähnt sie, dass sie am ersten Januar »noch zwei Dienstboten« hatte; und weil sie sich über sieben Ecken auch mit Literatur beschäftigt, erzählt sie voller Sorge von ihrer »nagelneuen Continental-Schreibmaschine«, die sie in Budapest zurückgelassen habe … Ich höre ihr nickend und Pfeife rauchend zu und denke daran, dass uns, *L.* und mir, das letzte Jahr den Übergang erleichtert hat; vor einem Jahr haben wir einen Lebensstil aufgegeben, wir erinnern uns nur mehr schemenhaft daran, wie es war, als man sich zwei Dienstboten und das dazugehörige Lebensumfeld hielt – und wie wenig wichtig das alles ist! Und was die Schreibmaschine angeht, der heilige Paulus hat noch ohne Schreibmaschine geschrieben, und mit welchem Erfolg! … Und wie viel Überflüssiges ich geschrieben habe, als ich noch eine Schreibmaschine besaß, nur damit wir uns die Wohnung und den Lebensstil leisten konnten, der zu den zwei Dienstboten passte! Es geht um etwas anderes. Vielleicht ist das einzig Gute an dem, was mit uns passiert, dass es uns näher an die Wirklichkeit des Lebens bringt, zum nackten Sinn unserer Arbeit und unseres Lebens ohne jedes Zubehör. Wenn wir ihm überhaupt näher kommen, denn der Mensch ist hoffnungslos.

Der ungarische Mittelstand gleicht den Bourbonen: Er hat nichts gelernt und nichts vergessen. Jetzt, da der Himmel über ihnen eingestürzt ist, blinzeln sie, krächzen, räuspern sich, suchen nach ihrem Platz; leise schimpfen sie über die Pfeilkreuzler, weil sie hoffen, dass mit der Opferung eines Sündenbocks die Aufmerksamkeit von ihnen abgelenkt wird, sie klammern sich verzweifelt an die »Materie«, an Schmuck, Möbel, sogenannte Werte, spekulieren schon, und vorsichtig schachern sie auch wieder ein wenig, wagen sich langsam ans Licht … Aber drinnen, in den vier Wänden, weinen sie flüsternd und mit vom Hass blutleeren Lippen den Deutschen nach, jedes Gerücht, das sie im Rundfunk hören, geben sie stotternd, voller Hoffnung weiter; jetzt, da die Russen vor den Toren Berlins stehen, glauben sie immer noch an ein Wunder, an die neue Waffe oder klammern sich daran, dass Hitler gesprochen hat. Und sie wispern schon und murmeln, sie schimpfen auf die Russen, reden aber nicht darüber, dass wir den Russen den Krieg erklärt haben, sie posaunen Schauermärchen über russische Requirierungen und Gewalttaten aus, doch nicht mit einem einzigen Wort erinnern sie sich an das, was die Ungarn und die Deutschen in Russland angerichtet haben, wie viel sie geraubt, wo und wen sie ermordet haben. Diese abscheuliche Brut organisiert sich bereits ihren eigenen Widerstand und glaubt, es würde irgendeine Art polternden Übergangs geben, einen kleinen Volksgerichtshof, ein bisschen demokratisches Durchkämmen, ein paar Pfeilkreuzler würden gehängt – sie, genau sie, möchten dazu gerne die Titel liefern! –, doch dann verlöre sich all das im Alltag, und alles würde sein, wie es früher einmal war. Sie selbst könnten ihre geheimen und öffentlichen Machtpositionen behalten; die abgedankten Offiziere und kaltgestellten Beamten würden von Neuem mit der Organisation der Reaktion in kleinen Gasthäusern und Rudervereinen beginnen, und eines Tages erfände ein Deutscher irgendein Gas oder ein Geschoss, und der nächste Krieg könnte losgehen, ihr Krieg, und sie würden siegen und wieder die Mächtigen sein! Ähnliches flüstern sie schon, vorerst noch sehr leise, aber unermüdlich, in den eigenen vier Wänden. Sie haben nichts gelernt, sind hoffnungslos korrupt, sittenlos, ungebildet und grausam. Und sie schimpfen schon wieder und immer noch auf die Juden, in den vier Wänden, und verdächtigen auch jene schon, die sich der schweren Arbeit der unumgänglichen Veränderung und Abrechnung angenommen haben, dass sie Juden seien oder Judenfreunde oder von Juden gekauft. Mit dieser Brut kann man keinen Frieden schließen. Wahrscheinlich könnte man sich ihrer auch nicht anders entledigen, als man sich seinerzeit des russischen Mittelstands entledigt hat: Ein Drittel ist ausgewandert, ein Drittel wurde umerzogen, ein Drittel von der Revolution erledigt.

Und weil ich aus der Mittelschicht stamme, ein Zögling dieser Schicht bin, ist es durchaus möglich, dass eines Tages diese Abrechnung, deren Zeit jetzt gekommen ist, auf kollektivem Wege auch mich erreicht. Aber eher soll auch ich dran glauben müssen, als dass diese sittenlose und ungebildete Sippschaft ihre Machtbastionen behält und weiterhin das Land infizieren kann.

Ich beobachte den großen Sturm in dieser kleinen Pfütze, in der ich jetzt lebe, dieses Bettlervolk, das wie die Zigeuner in allem, was geschieht, Konjunktur zu entdecken glaubt; ihre Führer, den Gemeindesekretär, den Pfarrer – und fast verzweifelt bemerke und erfahre ich, wie faul hier alles ist, wie dringend alles neu begonnen werden muss, wie wenig etwas anderes helfen kann als Erziehung.

Wer aber soll erziehen? Wer wird hier Lehrer zu wirklicher Demokratie erziehen, Lehrer, die in der Volksschule diesem Volk die Grundbegriffe menschlicher Moral beibringen? Die schwierige Kunst, die Wirklichkeit zu erkennen? Die höhere Tugend des Zusammenlebens? Zur Demokratie erziehen, so lautet die große Aufgabe; vorher aber müssen Lehrer herangezogen werden. Von wem und wie? Nichts hängt vom Gemeindesekretär, vom Pfarrer ab – alles hängt von uns ab, den ungarischen Lehrern. In ihren Seelen muss das Reinemachen beginnen; danach erst kann man weitere Überlegungen anstellen.

Heute habe ich die wenigen Bücher, die mir nach den Russen noch geblieben sind, geordnet. Während des Aufstellens hab ich an die Bücher gedacht, fünftausend Bände, die in meiner Budapester Wohnung geblieben sind. Von dieser Wohnung und von allem, das sie beherbergt hat – all meine Habe, all mein irdisches Gut ist dort geblieben, nur eine Garnitur Kleider und Unterwäsche konnten wir hierher ins Dorf mitnehmen! –, habe ich mich innerlich schon verabschiedet. Die heftigsten Kämpfe toben auch jetzt noch dort, in unmittelbarer Umgebung unserer Wohnung, auf der Vérmező, in der Burg, am Gellérthegy und in der Gegend des Naphegy. Es ist unwahrscheinlich, dass ich jemals auch nur ein einziges Stück von dem wiedersehe, was einmal mein gewesen war – und das war alles auf dieser Welt, was mir gehörte. Dieser Abschied fällt mir nicht leicht. Er mag aber doch einen Sinn haben, da wir, wenn wir schließlich gehen müssen, mit leichtem Gepäck aufbrechen können.

Ich habe an die Bücher gedacht, an fünftausend Bücher. Unter ihnen waren hundert, die mir im Leben am meisten gegeben, mir ein erhabenes Lebensgefühl geschenkt haben. Und wenn ich mir noch einmal eine »Bibliothek« einrichte, würden es dann hundert sein, die ich wirklich benötige? Hundert vielleicht schon … Die Bücher haben mir sehr viel gegeben, doch unter den vielen Büchern gibt es überraschend wenige, ohne die ich nicht leben will.

Eine schlaflose Nacht. Doch in dieser dichten Dunkelheit dämmert irgendwas.

Alles ist bisher anders verlaufen, als ich es mir vorgestellt habe; dennoch hat sich alles irgendwie entwickelt, wie ich es mir gedacht und stark gewünscht hatte. Der Zufall, dank einer Reihe von Zufällen haben sich schließlich immer Offenbarungen eingestellt und meine Pläne verändert; doch auch der Zufall hat an meiner zwangsläufigen Entscheidung – die ich nicht aufgrund einer plötzlichen Idee getroffen habe, sondern die mir von einem tieferen Lebenswillen suggeriert wurde – nichts geändert. Nur solche Pläne kann man in der Praxis verwirklichen, die nicht von einer Absicht formuliert sind, sondern einem ganz unvermittelt vom Lebenstrieb eingeflüstert werden. In solchen Augenblicken trifft der menschliche Wille auf den göttlichen, und aus diesen Plänen wird Wirklichkeit.

Heute Nacht dachte ich, hörte ich, fühlte ich mit aller Kraft meiner Seele und meines Körpers: zwei Jahre. Wenn ich den Krieg überlebe, suche ich mir in Buda oder in Pest anstelle der zerstörten Wohnung irgendeinen Schlafplatz. Zwei Jahre in absoluter Einsamkeit leben. Mit aller Kraft arbeiten, diese zwei Jahre lang. Irgendwie so:

Kein Buch veröffentlichen. Nicht für Zeitungen schreiben, höchstens einige Zeilen und nur wenn das, was ich zu sagen habe, wichtig ist. Für die Schublade arbeiten, zwei Jahre lang. *Die Schwester* zu Ende bringen. *Die Beleidigten* schreiben, alle vier Bände. Der erste Band ist fertig, ein Drittel des zweiten habe ich letztes Jahr geschrieben, die deutsche Besetzung hat aber auch diese Arbeit unterbrochen. In diesen zwei Jahren den *Kampf* schreiben und die Bühnenversion von *Gastspiel*.

In diesen zwei Jahren mit aller Kraft Englisch lernen. Und dann mit meinen Manuskripten und möglichst perfekten Englischkenntnissen in den Westen gehen. Mitteleuropa wird für einen Menschen meines Schlages lange kein Zuhause sein. Im Westen finde ich vielleicht noch ein wenig von dem, was einmal der Geist Europas war.

Dies ist mein Plan, für ihn muss ich leben. Ich werde dann siebenundvierzig Jahre alt sein; wenn ich gesund bleibe, hat es in diesem Alter noch Sinn, etwas Neues zu beginnen. Hier gibt es für mich nichts mehr anzufangen. Und in zwei Jahren hat sich die Welt vielleicht so weit beruhigt, dass ich auf irgendein Schiff klettern kann.

Was das Leben aus diesem Plan machen wird, kann ich nicht wissen. Doch ohne einen Planungsrahmen wie diesen kann man nicht leben; und dieser Zweijahresplan war, wie er mir heute Nacht durch den Kopf fuhr und Form annahm, überzeugend wie eine Vision.

Zudem ist dieser Winter noch eine Art zusätzlicher Strafe, etwa so, wie wenn man einen zum Tode Verurteilten zu allem Überfluss vor der Hinrichtung noch zu einigen Monaten Dunkelhaft verurteilt, bei Wasser und Brot.

L. und *Z.* und zwei Frauen aus dem Dorf schrubben schon den fünften Tag Wände, Türen, säubern den Boden, waschen die Möbel mit Lauge ab; und im kleinen Haus zeichnet sich schon eine Art Ordnung ab, Spuren einer gewissen Sauberkeit werden da und dort sichtbar ... Den Lauf des Lebens können nur die Frauen im Gleichgewicht halten. Die Männer schaffen oder zerstören. Frauen bewahren; dazu sind die Männer nicht imstande. Die Frauen machen jene unsichtbare Arbeit, ohne die es kein Leben gibt, nur Abenteuer. Freilich ist das große Abenteuer, das Schöpfen und Schaffen, der höchste Sinn des Lebens; doch ohne die Arbeit der Frauen kann man nicht leben.

Die Männer zeugen – das ist das Abenteuer –, die Frauen gebären; das ist das Leben. Jetzt, da die Welt völlig verwildert und animalisch geworden ist, können wir uns nur mehr von den Frauen eine Art Menschlichkeit erhoffen.

Nach einem Jahr des Verkriechens, nach wilden Gefahren beginnt *L.* nun wieder, unter Menschen zu leben, sich freier zu bewegen, auf die Straße zu gehen und in Läden einzutreten, sich mit Menschen unbefangen zu unterhalten; und die Menschen, Russen, Dörfler, spüren alle die Zartheit und Vornehmheit ihres Wesens und wenden sich ihr vertrauensvoll zu.

Beim Ordnen der Bücher kommt mir der Band *Buddenbrooks* unter; ich blättere darin und erinnere mich, während ich die Szene lese, in der Herr Permaneder im Lübecker Haus erscheint und unter *s is' halt a Kreiz*-Seufzern die feine alte Frau Konsul Buddenbrook, die nichts unversucht lässt, die Ungezwungenheit des süddeutschen Gastes durch die Feierlichkeit des steiferen und puritanischeren norddeutschen Wesens zu dämpfen, leicht schockiert ... Thomas Manns Kunst lässt auf diesen paar Seiten Vergangenes meisterhaft wiedererstehen; der Leser befindet sich wahrhaftig im Salon jenes Lübecker Herrenhauses zur Mitte des letzten Jahrhunderts, er sieht die Einrichtung, erlebt die Manieren, hört einen gewissen Tonfall – und beim Lesen ertappe ich mich dabei, dass sich meine Augen mit Tränen, meine Seele mit unerbittlicher Traurigkeit füllen. Wo ist diese Kultur, wo sind diese Manieren, diese Menschen, diese geschriebenen und ungeschriebenen Gesetze, die die zwischenmenschlichen Beziehungen regelten, wo sind die edlen Möbel, die schönen Häuser, wo ist samt und sonders dieses Lübeck!?

Und all die Städte, wo diese Bildung und wo die Sprösslinge der Buddenbrooks lebten! Und wo ist ganz Europa, mit Städten, Manieren und Kultur! Alles Ruinen, Schutt, stinkende Leichen.

Europa lebt nur mehr in einige Büchern; in Büchern wie *Buddenbrooks*; und in einer Bach-Fuge; und auf einem

Manet-Gemälde; und in den Seelen von einigen, immer wenigeren Menschen, die sich noch erinnern. In Wirklichkeit existiert es nirgendwo mehr.

Die Radiogeräte wurden eingesammelt (»alle Judengesetze bleiben in Kraft, ihre Gültigkeit wird nur auf alle ausgeweitet!«), Post gibt es keine, auch Zeitungen gibt es nicht. Einsame Missionare mitten in Afrika wissen mehr über die Welt, ja, auch über Budapest und unser persönliches Schicksal, als wir hier wissen, dreißig Kilometer nördlich der Hauptstadt.

Irgendwo fahren Schiffe, werden Theater bespielt, neue Medikamente erfunden. Eine Frau redet in leidenschaftlichem Tonfall mit einem Mann am Telefon. Ein Dichter rezitiert verzückt Verse, badet sich, eilt auf die Straße hinunter und galoppiert mit der Droschke ins Literatencafé. Wo gibt es all das noch? Irgendwo, hinter den sieben Bergen.

Besuch bei der Witwe von Minister *P.* Eine siebzigjährige Dame, während der Einquartierungen wurde sie völlig ausgeraubt, ihr blieb ein einziges Kleid. Alte Möbel, alte Bilder, der ganze barocke Trödel des Ancien Régime in den kalten Räumen. Sie selbst wohnt mit ihrer Angestellten im Dienstbotenzimmer, dort fand sich Platz; ihr Bett ist durch einen Vorhang abgetrennt. Hier empfängt sie mich.

Ja, sie »empfängt« mich wahrlich, voller Würde und mit makelloser Höflichkeit; rund um das Bett in der Dienstbotenkammer versammeln sich Bekannte, die Geschädigten der letzten Tage, und lamentieren um die Wette. Die alte Dame tut mir leid, die Lamentierer verachte ich. Die ungarische Herrschaftsklasse hat in diesen Wochen ein großes und nicht gerade moralisches Spiel verloren. Die Herrschaften sollten lernen, dass man unter allen Umständen schön verlieren muss, *il faut être beau joueur*. Mit Haltung zu verlieren, darauf verstehen sich nur die wenigsten.

Wir sitzen auf jeden Fall in der Dienstbotenkammer um die alte Dame und das Bett herum, wie einst im Keller der Conciergerie die zum Tode Verurteilten einer vergangenen Welt. Wir »konversieren«. Redewendungen wie »meine Teure« und »ich bitte dich untertänigst« sind zu hören. Und das alles ist nicht einmal mehr traurig und schon gar nicht unterhaltsam. Es ist nirgendwie, larvenhaft.

Die Trümmer der gesprengten Donaubrücken behindern den Eisgang, die Donau ist deshalb innerhalb von zwei Tagen so angeschwollen, dass sie in der Nacht die Dörfer auf der Szentendreinsel überschwemmt hat und die Dämme durchbrach. All das, was vor den Requirierungen gerettet werden konnte, steht jetzt in den Kellern unter Wasser.

Auf die Gewässer gilt es zu achten. Die Lebensfunktionen der großen Gewässer haben direkte Auswirkungen auf das menschliche Schicksal. Zuletzt ist die Donau im Winter 1939/40, als der Krieg begann, ähnlich hoch über ihre Ufer getreten. Immer wenn die Natur nachdrückliche Zeichen gibt, ereignet sich auch im menschlichen Leben etwas Bedeutsames. Hochwasser, Niedrigwasser, Sturm, Dürre, all das wirkt sich nicht nur auf die Lebensmittelversorgung aus; auch auf die menschlichen Leidenschaften. Vielleicht bedeutet das große nächtliche Hochwasser das letzte große Aufwallen der Kriegsgelüste.

Typhus in Budapest. [Eintrag durchgestrichen.]

Ich weiß, dass ich alles tun muss, im alltäglichen und in meinem anderen Aufgabenbereich, alles, was der Moment und der Dämon befiehlt; ich darf nicht ruhen, Gott erlaubt es mir nicht. Doch von jetzt an weiß ich, dass alles, was mit mir geschieht, Gottes Wille ist; ich habe keinen Grund zu zweifeln oder beunruhigt zu sein. Diese feste Überzeugung erlaubt es mir nicht, mich träge auszuruhen, und auch nicht, zu verzweifeln.

Ein Kosak schleppt Bündel die Landstraße hinunter; in einem sind gestohlene Kleider, im anderen mehrere Brotlaibe. Er schnauzt mich an, ich solle den Brotsack tragen. Wortlos leg ich mir den Sack über die Schulter, und ich trage ihn dem Sieger einen halben Kilometer weit gehorsam nach. Da fragt er mich, wer ich sei. Jetzt folgen Zauberworte: Schriftsteller, Lermontow, Gogol und so weiter. Er nimmt mir den Sack ab, schaut mich finster und verstört an, bittet mich um ein Messer, schneidet einen Laib entzwei, streckt mir die Hälfte hin, nimmt den Sack unter die Achsel und geht allein weiter.

Nach einem Jahr Dienstbotenarbeit, in dem *L.* und ich selbst geputzt, gekocht, gewaschen haben, jedwede Hausarbeit ohne fremde Hilfe erledigten, haben wir ein Mädchen aus dem Dorf in den Dienst genommen, es hilft *L.* nachmittags ein paar Stunden bei den groben Hausarbeiten. Jetzt, da die Kommunisten hier sind, können wir uns endlich eine Magd halten.

Spenglers Hang zum Diktatorischen, seine oft verantwortungslose Willkür ermüden mich. Er sagt zum Beispiel mit absoluter Autorität ganz plötzlich: *Ein schlafender, aller Spannungen entledigter Mensch führt nur noch ein Pflanzendasein …* Und: *Eine Pflanze ist nichts für sich.* Das ist heiße Luft. Man brauchte nicht erst Freud dazu, auch früher wusste man schon, dass der schlafende Mensch vielleicht intensiver, ehrlicher lebt als der Mensch in der Tretmühle des Wachzustands; er träumt, sein Nervensystem arbeitet mit großer Spannung; und aus seinen Träumen nimmt er manchmal Handlungen mit ans Tageslicht. Man braucht keinen Maeterlinck dazu, um zu wissen, wie viel mehr eine Pflanze ist als ein *nichts für sich*; ein Lebewesen, das fühlt, handelt, in seiner eigenen Formensprache spricht, seinen Willen ausdrückt, komplizierte und zweckgerichtete Handlungen realisiert, ein rationales Lebewesen. Spengler hat etwas von der verantwortungslosen Willkür des Amateurs.

Die Frau des Rabbiners ist nach Budapest gegangen und nach drei Tagen auch zurückgekehrt; mit einer Zille kam sie über die mit Eisschollen bedeckte Donau. Sie hat einen Brief an meine Mutter mitgenommen und ist mit ihrer Antwort zurückgekommen.

Meine Mutter und meine Schwester sind am Leben, im Keller des Gebäudes von *Pesti Hírlap*, seit fünf Wochen im Bunker, in dem es eine hauseigene elektrische Beleuchtung gibt; sie essen einmal am Tag. Auch mein Bruder Gábor ist am Leben, er hat eine Nachricht aus Buda geschickt, von der Budakeszistraße: Sie sind gesund, die Russen verpflegen sie. Mein Bruder Géza ist wahrscheinlich im Keller des Hauses in der Mikógasse oder in dem Felsenkeller, den man in den Burgberg gegraben hat, hängen geblieben. In dieser Gegend toben wilde Kämpfe, auch heute noch, die sechste Woche schon. Die Wahrscheinlichkeit, dass von meiner Budaer Wohnung, in der all unser Hab und Gut war, auch nur irgendetwas übrig blieb, ist sehr gering. [Eintrag durchgestrichen.]

Die Nachrichten aus Budapest sind schlimm. Es gibt keine Lebensmittel, keine Volksküche, kein Brot. Jeder lebt von seinen letzten Reserven. Bevor Buda nicht gefallen ist, gibt es keine Hoffnung, dass sich diese Lage ändert; Plünderungen sind ganz normal, erste Seuchen treten auf, eine Art

Typhus, die Ruhr, die man hier auch Ukrainische Krankheit nennt. Und Buda haben sie noch immer nicht geschafft, in der Burg, den Felsenkellern des Gellértbergs, können sich die ungarischen Nazis und die Deutschen noch lange halten.

Die Menschen vergessen schnell; ein Beispiel dafür ist Z., die ich mitsamt ihrer Mischpoke gerettet habe, die aber immer keckere und frechere Blüten der Undankbarkeit sprießen lässt. Daran ist aber nichts Verwunderliches. [Eintrag durchgestrichen.]

Die Frau des Rabbiners hat eine Zeitung mitgebracht, in deren Anzeigenrubrik jemand Muttermilch gegen Lebensmittel tauschen will.

Volksgerichte treten im kleinen Saal der Musikakademie – wo früher die Kammermusikabende stattfanden – zusammen. Die zum Tode verurteilten Nazis und Pfeilkreuzler werden auf dem Stalin- (zuvor Mussolini-, früher Oktogon-) Platz aufgehängt, mit dem Beistand von Priestern.

Im ganzen Land werden die Radioapparate eingesammelt – der ungarische Rundfunk hatte bereits zirka sechshunderttausend Abonnenten –, und natürlich dauert es ein Jahrzehnt oder noch länger, bis nach dem Friedensschluss wieder in allen ungarischen Dörfern und Städten in- und ausländische Nachrichten, literarische und musikalische Programme, Theaterübertragungen gehört werden können. Diese Verordnung hat den Hörnerv des Landes durchtrennt, das Trommelfell der Bevölkerung durchstochen. Das ist überaus schade, weil wir uns schon seit einem Jahr darauf freuten, endlich in Ruhe die Londoner und Moskauer Nachrichten hören zu können.

Zweifelsohne kann man auch in dieser Taubheit leben. So lebte man auch zur Zeit der Napoleonischen Kriege; und auch zu allen Zeiten vorher. Wir werden lange nichts über die Welt wissen und richten unsere Aufmerksamkeit zwangsläufig auf uns selbst, auf die andere Welt, nach innen. Schließlich wissen wir über diese andere Welt auch nicht viel Verlässliches; jetzt werden wir Zeit haben, sie zu entdecken.

Der Sinn von allem ist, dass sich das menschliche Leben auf ein einziges Ziel richtet: die Freiheit. Ohne bestimmte elementare menschliche Freiheitsrechte und das Verlangen nach Freiheit lohnt es sich nicht zu leben. Und in die Freiheit führt nur ein Weg: die Demokratie. Auch sie ist unvollkommen und relativ, doch in der Praxis ist sie das Höchste, was der Mensch verwirklichen kann. Mit aller verbliebenen Kraft muss jeder Mensch daran arbeiten, dass Ungarn ein demokratischer Staat wird. Das ist die Aufgabe, andernfalls wäre alles umsonst gewesen.

Menschen erfahren, dass ihre Fünfzimmerwohnung zerstört wurde, das Dienstbotenzimmer jedoch heil geblieben ist, und auf einmal fühlen sie sich wie Millionäre.

Lektüre: *Chartreuse de Parme.*

Laut Gerüchten aus Budapest wird aus den Wohnungen alles weggeschleppt, nur Bücher fasst man nicht an. Diese Nachricht überrascht mich nicht, trotzdem ist sie traurig. Auf Ungarn kann man erst dann vertrauen, wenn einmal die Zeit kommt, da – bei einer erneuten Revolution – der Mob in erster Linie und voller Gier die Bibliotheken plündert. Doch diese Zeit liegt in ferner Zukunft.

Das *lathe biosas* ist ein weises Lebensprinzip. Man muss nur Obacht geben, dass das »kluge Verbergen« sich nicht in ein Verkriechen aus feigem Egoismus verwandelt.

Stendhal ist unübertroffen, wenn er in kühlem und objektivem Stil eine wirklich kritische historische und menschliche Situation beschreibt: zum Beispiel die Teilnahme des jungen italienischen Romantikers Fabrice an der Schlacht von Waterloo, zu der er überstürzt eintrifft und von der er nicht weiß, an was er eigentlich teilnimmt.

Er zeigt die blinden und tauben Elemente des menschlichen und gemeinschaftlichen Schicksals, und das gleichgültig und elegant. Diese erhabene Objektivität ist eines der Geheimnisse seiner Größe.

In zweiundzwanzig Tagen schrieb er die *Chartreuse de Parme*, zwanzig, zweiundzwanzig Manuskriptseiten pro Tag; der Kopist saß bei ihm im Zimmer und zog ihm die fertigen Seiten unter der Feder weg.

Der hiesige russische Kommandant lässt mich rufen; er habe gehört, dass ich im Dorf lebe, und er wolle mich kennenlernen. Ich suche ihn in der Villa auf, in der er sich einquartiert hat; er ist jung, ernst, nachdenklich, mit westlichen Manieren. Zudem ist er krank, hat hohes Fieber. Seine Untergebenen salutieren stramm, wenn sie das Zimmer betreten.

Mithilfe eines Dolmetschers teilt er mir mit, dass er mir gerne behilflich sei, wenn ich etwas brauchte. Ich beruhige ihn, dass ich nichts brauche, aber dankbar wäre, wenn er mir einen Rat geben könnte, wie man sich gegen die Plünderer wehren kann. Das Plündern sei eine verachtenswerte Sache, sagt er, und eigentlich könne man sich dagegen nicht wehren. Er stellte mir ein Papier aus; doch an dieses Schreiben und an dessen Kraft glaubt keiner von uns wirklich.

Die russische Heeresleitung verbietet das Plündern, in der Praxis jedoch ist Plündern – wie in jedem Krieg – genauso eine Begleiterscheinung der kriegerischen Auseinandersetzung wie die Tragödien in der Feuerlinie. Man muss sie ertragen. Darin sind wir uns einig.

»Mit mir oder gegen mich?« Nein, mein Sohn: ohne mich.

Wäre es nicht so ein verächtliches Schauspiel, könnte man die Mitglieder der ungarischen Gesellschaft, die sich wie Sonnenblumen stets zum Licht hindrehen, voll Heiterkeit beobachten, vor allem das duckmäuserische Herumschleichen des Mittelstands, wie er die Nähe der Russen und der Männer der Zukunft sucht! Sie verkaufen alles und jeden, um die eigenen Schweine, die Ernte, ihre Position zu retten; bei der russischen Kommandantur werden sie zu Dauergästen, verraten andere, flüstern Adressen, Adressen von armen Menschen, bei denen man requirieren könnte, sie proskribieren Pfeilkreuzler, nur um die Erinnerung an ihre eigene fiebrige und leidenschaftliche Deutschfreundlichkeit vergessen zu machen: Sie sind korrupt und abscheulich.

Einige dieser Typen habe ich in diesen Wochen aus der Nähe beobachten können, und ich glaube immer mehr, dass in Ungarn nichts Neues begonnen werden kann, solange dieses Gesindel kein Geständnis über seine Sünden abgelegt hat und in der Versenkung der Jahrhunderte verschwunden ist.

Natürlich werden die Leute, die aus ihrer eigenen Welt stammen, von ihnen versteckt; abgerüstete Gendarmen, diese notorischen Judenmörder und Bauernschläger, Arbeiterknüppler, die Foltermeister der politischen Gefangenen, die allen Grund haben, nicht Farbe bekennen zu wollen, was ihre daheim und in der Ukraine begangenen Taten betrifft; die »kameradschaftliche Solidarität« zwischen den Raubmördern und ihren Hehlern ist stark. Man darf nicht zulassen, dass sie durch den Rost fallen, sonst war alles umsonst.

Buda ist gefallen. Die wütendsten Kämpfe tobten rund um die Burg, im Gebiet der Vérmező; ich habe mit Leuten geredet, die aus der Avargasse kamen. Kaum ein Haus ist unbeschädigt; die Raubzüge erfolgen in Wellen und sind so alltäglich, wie man das selbst in Pest noch nicht erlebt hat. Ich habe mit allem abgerechnet und weiß, dass ich ein Bettler bin. Wenn mir ein einziger Anzug, den ich gerade anhabe, und zwei Garnituren Unterwäsche zum Wechseln bleiben – auch *L.* besitzt nicht mehr, alles ist in unserer Budaer Wohnung geblieben –, habe ich Glück gehabt. Doch das Leben ist mehr als Möbel und Wohnung.

Irgendetwas ist hier passiert, worüber man nicht laut sprechen darf: Zwei Tage vor Beginn der Belagerung wollten wir nach Buda fahren und dort auf die Besetzung warten. Ich hatte den Fuhrmann bestellt, der uns mit den Sachen, die uns noch geblieben waren, nach Szentendre zur Schnellbahn bringen sollte. In der Morgendämmerung erwachten wir vom Prasseln strömenden Regens, von einem Wolkenbruch; der Fuhrmann kam nicht; und zu Mittag erfuhren wir, dass die Schnellbahn nicht mehr fährt; am selben Tag begannen die Russen mit der Belagerung. So sind wir hier hängen geblieben, inmitten anderer Probleme, Verluste und Scherereien, haben aber die Besetzung ohne unmittelbares Kampfgeschehen überstanden.

Dieser Morgenregen kann, so glaube ich, nichts anderes gewesen sein als die Manifestation göttlichen Willens. Darüber kann ich aber mit niemandem reden; es reicht, wenn ich es weiß.

Die Bauern, die Gnädigen und die Hochwohlgeborenen zittern vor dem Schrecken neuerlicher Einquartierungen; und auch ich denke nicht mit großer Begeisterung daran, dass jetzt, da wir nach einer Woche intensiver Aufräumarbeit den gröbsten Dreck im Haus weggeputzt haben, alles von vorne beginnen könnte: mit fremden Menschen zusammenleben, deren Sprache ich nicht verstehe, die restlichen Lebensmittel verlieren, auch den letzten Vorrat an Unterwäsche … All das ist keine große Freude; doch das ist der Krieg, den wir heraufbeschworen haben.

Nur von einem sprechen die Bauern, die Gnädigen und die Hochwohlgeborenen nicht: davon, was die Bewohner der russischen Städte und Dörfer zu erleiden hatten; und davon, dass vor einem Jahr Hunderttausende ungarische Staatsbürger aus ihren Wohnungen geworfen wurden, dass man ihnen ihre ganze Habe nahm, sie mit armseligen Bündeln ins Getto, in Ziegelfabriken, in Schweinemastanstalten sperrte, um dann diese beklagenswerten Massen zu achtzig – Kinder, Frauen, Männer durcheinander – in plombierte Viehwaggons zu pressen und sie in sengender Hitze sechs Tage lang in Richtung der polnischen Deportationslager fahren zu lassen, sie wurden vor Durst verrückt, Mütter gebaren ihre Kinder in den Waggons, und das Kind lag dann tot auf ihrem Schoß, die Männer saßen dem Wahnsinn nahe neben den Toten, zwanzig Prozent betrug die Sterblichkeit in manchen Waggons … Und schließlich wurden in den Vernichtungslagern von Auschwitz und Olmütz die Kinder und die Alten in Gaskammern umgebracht, die Arbeitsfähigen mussten noch eine Weile arbeiten, Mädchen und Frauen hat man zu Versuchszwecken mit Krankheiten infiziert. All das ist geschehen; ich habe die Meldungen gelesen; hundertneunundzwanzig Garnituren der Eisenbahn haben den Kaschauer Bahnhof passiert, wo man die Viehwaggons öffnete und die Toten herausholte, vierhundertzwanzigtausend Juden wurden auf diese Weise aus der ungarischen Provinz deportiert, danach hat man die Budapester Juden zuerst in die Judenhäuser, dann, nach dem 16. Oktober, ins Getto gesperrt, von dort wurden sie in Gruppen von Tausenden die Donau entlang nach Komárom getrieben, alte Frauen in Halbschuhen, Kinder, halbwüchsige Mädchen; sie schliefen auf Frachtkähnen; wer auf diesen im November, Dezember vereisten Straßen nicht Schritt halten konnte, wurde erschossen. Und in den letzten Wochen schließlich das Leben während der Belagerung und im Getto ... Keiner von denen, die sich jetzt vor den Einquartierungen fürchten und sich wegen der Plünderer und Diebe Sorgen um ihr Mehl und ihre Wäsche machen, redet davon.

Alles ist gut so, wie es geschieht: Diese Gesellschaft verdient alles Erdenkliche für ihre Verbrechen. [Eintrag durchgestrichen.]

Und sie glauben, weil sie mit augenzwinkernder, arglistiger Berechnung die Persianermäntel und Kandelaber von Juden versteckt haben, weil sie aus Vorsicht und weil sie die Absicht hatten, Pluspunkte zu sammeln, ein, zwei Juden halfen – aber erst, als diese Hilfe nicht mehr mit besonders gefährlichen Folgen verbunden war –, sie hätten damit ihre Zukunft gesichert! Ich glaube nicht, dass die Abrechung so billig und so einfach sein wird.

In der Zeitung *Szabadság* wird in einer lebhaften Reportage die öffentliche Hinrichtung zweier Mord-Pfeilkreuzler geschildert. Der Galgen wurde auf dem Oktogonplatz aufgestellt.

Ich lese den Report und Buchstabe für Buchstabe den Namen der Zeitung, und es ist mir unmöglich, nicht an die Zeile eines Gedichts von Babits zu denken: »*Freiheit!*«, *rufen sie, und aus der Erde sprießen Galgenbäume …* Doch es kann nicht anders sein, so muss es geschehen.

Der russische Major, der vor einigen Wochen hier gewesen ist und zur Erinnerung einige Manuskriptseiten der *Schwester* mitgenommen hat, erklärte mit verbitterter Stimme, dass auch ungarische Truppen neben den Deutschen an der Verwüstung von Tolstois Heim in Jasnaja Poljana beteiligt waren. Seine Klage war berechtigt … Doch würde dieser Major heute nach Leányfalu kommen, könnte er sehen, wie die herumlungernden Russen (und vermutlich auch das hiesige Gesindel) hier das Heim von Zsigmond Móricz verwüstet haben; Möbel, Bücher, Manuskripte, alles durchwühlt und zertreten; und wie sehr es die gleichen Gelüste sind, die in diesem Krieg zerstören, mit der selben Gleichgültigkeit, Grausamkeit und Geschicklichkeit.

Zsigmond Móricz war für uns, was Tolstoi für die Russen war. In diesem Krieg kommt keiner und nichts ungeschoren davon, die Heime der Lebenden und der Toten verglühen in diesem Weltenbrand gleichermaßen zu Asche. Es bleibt jedoch stets die Frage: »Wer hat angefangen?« Und wenn diese Frage gestellt wird, haben wir zu schweigen.

Der eigentliche Sinn des Krieges ist auch heute noch, wie zu allen Zeiten: Mord, Raub, Diebstahl, Gewalt. Auch im Krieg kann jemand menschliche Größe zeigen, der Krieg selbst hat jedoch nichts von einer irgendwie gearteten menschlichen Größe.

Ich glaube nicht an den Frieden. Der Mensch ist nicht imstande, mit sich selbst und der Welt in Frieden zu leben. Und es gibt keine Form der Erziehung, keine Gesellschaftsordnung, die diese zerstörerischen Leidenschaften in der menschlichen Seele neutralisieren kann.

Dennoch kann ich nichts anderes sagen als: Friede. Auch wenn es aussichtslos ist: Friede. Und unter welcher Fahne sie auch immer einen neuen Krieg beginnen, mit welchen Argumenten sie dann erklären mögen, er sei berechtigt oder notwendig: Ich kann nur ewig wiederholen, dass der Krieg das größte Übel ist, die Vernichtung aller menschlichen Ideale, und dass mit allen Mitteln und auf jede Weise dagegen angekämpft werden muss. Die Profiteure des Krieges haben mich – für mich lebensgefährlich – einen Pazifisten, einen Humanisten genannt, mich proskribiert, dennoch konnte ich nichts anderes sagen als: Friede. Und welche Welt auch kommen mag und unter welchem Vorwand die Welt sich auch neu bewaffnet – weil sie wieder aufrüsten wird, genauer: sie wird gar nicht aufhören damit! –, und wie undankbar und gefährlich es auch sein wird, »Friede« zu rufen, so muss trotzdem für ewig und um jeden Preis ausgesprochen werden, dass der Krieg sinnlos und unmenschlich ist, der Mensch nur in Frieden leben und Mensch bleiben kann. Im Krieg wird er zur Bestie, noch schlimmer, wilder als wild, eine hoffnungslose Kreatur.

»Und was tust du gegen das Böse?«, wird man dann gefragt. »Wie schützt du dich davor? Gegen Waffen kannst du dich nur mit Waffen verteidigen, sonst geht deine Familie zugrunde, dein Zuhause, du wirst zum Sklaven und zu einer verwesenden Leiche.«

Ich kann nur eines entgegnen: Gegen das Böse kann ich nichts tun. Das Böse *existiert.* Ich habe gesehen, dass meine Familie, mein Zuhause, alle menschlichen Werte auch dann zugrunde gehen, wenn ich mich verteidige, und ich verteidige mich erfolgreich gegen das Böse. Der Krieg zerstört alles und alle, jene, die unrechtmäßig angreifen, und jene, die sich zu Recht verteidigen. Wahrscheinlich kann ich nichts anderes gegen das BÖSE tun, als einfach seinem Ruf nicht zu folgen und statt der Gewalt, des Mordes und des Raubes in meiner Welt die Verpflichtung zur Geduld, zum Kompromiss, zur Arbeit und zur Bildung zu verkünden. Das BÖSE wird es immer geben, möglicherweise wird es aber dereinst müde. Das BÖSE kann man nicht »besiegen«: Es ersteht in Hunderten und Tausenden Formen neu, auch wenn es einmal besiegt wurde, und es wird immer blindwütiger.

Man muss das BÖSE ertragen, dann wird es vielleicht müde.

Die einzige Haltung, die mir erlaubt zu leben: »Vergib uns unsere Schuld, wie auch wir vergeben unseren Schuldigern.« Doch dazu bin ich nicht imstande. Das Höchste, zu dem ich fähig bin, sind Objektivität und Gleichgültigkeit.

Vielleicht Wien, wenn es nicht zugrunde geht. Vielleicht könnten wir dort die kommenden ein, zwei Jahre leben, bis ich perfekt Englisch kann – auch schreiben! –, bis die Welt wieder weit wird und die Schiffe wieder fahren.

Vielleicht Wien. Die einzige Stadt, in der, nach dem Untergang Budapests, vom alten Leben wenigstens die Paravents geblieben sind. Die vertraute Sprache, die Bibliotheken, das Theater … Vielleicht. Und nah ist sie auch, es ist praktisch nicht unmöglich, bis dahin durchzukommen … Und alles und alle sind mir bekannt. Vor einigen Jahren habe ich irgendwo geschrieben: »Man kann auch ohne Wien leben, nur ist das Leben dann nicht viel wert.« Das habe ich am Tag des Anschlusses geschrieben. Damals hat mich ein reformierter Priester, ein Pfeilkreuzler, in irgendeinem Hetzartikel angegriffen und mir empfohlen, mich zu erhängen, wenn ich keine Lust mehr hätte, ohne Wien, das durch den Anschluss ramponiert worden war, zu leben.

Aber warum machst du so genaue Pläne, wenn die Kräfte, die die Welt erbauen und zerstören, bis zum Abend oder bis zum Morgen auch dein Schicksal entschieden haben werden?

Die Abscheulichkeiten, die Verbrechen, ja, auch die Ungerechtigkeiten, mit Geduld beobachten, schweigsam. (Und das ist wohl das Schwierigste: Denn Ungerechtigkeit ist unter allen Sünden die scheußlichste.)

Der Graf von Mosca unterrichtet den jungen Fabrice in den Regeln des großen Spiels des Lebens, und Fabrice denkt: Auch die Regeln von Whist müssen gelernt werden, wenn man spielen möchte; aber es ist klüger, keine Meinung über die Regeln von Whist auszusprechen.

Vom Morgen bis zum Abend russische Besucher. Im Dorf das übliche Lamentieren. Alles hängt von der Sprache ab: Wer mit ihnen reden kann, gewinnt seinen Streit. Sie reden sehr gern, lernen gern, respektieren inbrünstig alles, was »Wissen« ist. Und natürlich wollen sie es sich während dieser kurzen Rast gut gehen lassen; in ständiger Todesgefahr, fern von ihrem Zuhause, ist es für sie eine wahre Freude, wenn sie sich in der lauen Wärme irgendeines provisorischen Lagers für einige Stunden hinstrecken können.

Die Bücher, das Schreiben, das, was von ihnen als »Wissen« bezeichnet wird, bewundern sie mit unverhüllter Ehrerbietung. Ganz einfache Menschen, Bauern aus der Ukraine, aus dem Kaukasus, nehmen ein französisches Buch mit einer Andacht in die Hand wie der Pfarrer die Reliquien. Es gibt viel mehr Gutmütige unter ihnen als Leute mit bösen Absichten; und auch diese werden sanft, wenn jemand mit ihnen spricht. Die meisten von ihnen haben Seelen wie zwei-, dreijährige Kinder. Und sind doch wilde Gestalten, die auch der Krieg wild gemacht hat. Doch alle, das gesamte russische Menschenmaterial, sind gutgläubig; voller Kraft und Optimismus; wir haben, was ihnen fehlt: Erinnerungen und Erfahrung. Mit ihnen zusammenzuarbeiten wäre keine fruchtlose Aufgabe.

Das Wasser ist zurückgegangen, Buda ist gefallen, der Krieg ist bald passé ... Ich habe ein paar passable Seiten für den Schluss der *Schwester* geschrieben; und ich höre die Melodie eines Gedichts; kenne aber seine Wörter noch nicht.

Der Mann von Z. ist nach acht Monaten Arbeitslager am Morgen in Leányfalu angekommen. Wie er erzählte, hatte er es als Jude unter deutschem Kommando besser als zu der Zeit, da die Ungarn im Lager die Befehlsgewalt hatten.

Er ist über Buda gekommen und hat in der Mikógasse nach unserem Haus gesehen. Unsere Wohnung ist von Luftminen und Granaten zerstört; den Balkon hat eine Bombe abgerissen, und mit ihm ist die Fassade nach unten gestürzt. Der Luftdruck und die Granaten haben unsere Möbel und all unsere Sachen vernichtet.

Vor dem Haus standen zwei Reihen alter Kastanienbäume; die Bomben haben auch sie gefällt. Um die Bäume tut es mir besonders leid; sie hatten dichte Kronen, warfen kühlen Schatten und waren am Sommermorgen immer voll mit tschilpenden Vögeln.

Es bedurfte keiner besonderen Vorstellungskraft, sich ein Bild von der Zerstörung Budas zu machen: Das Ergebnis der sechswöchigen Belagerung übersteigt dennoch jede Phantasie. Buda ist völlig zerstört; das Gebiet um Vérmező, der Bezirk Christinenstadt, die Burg – alles nur noch

Schutt und Brandmauern. Aber meine ganze Familie ist am Leben. Und nur das Leben ist wichtig, alles andere ist nicht von Belang.

Siebzehn Jahre lang habe ich im Bezirk Christinenstadt und in der Wohnung in der Mikógasse gelebt; das war die vollkommenste Zeit meines Lebens, die Zeit der Arbeit.

Ungarn sagte man in der Welt nach, es sei das »Land der Herren«. Das stimmt nicht: Ungarn ist schon lange nicht mehr das Land der Herren, sondern die Heimat der gernegroßen Proleten. Die wahren Herren hat dieses Land ebenso verloren wie seine Kultur. Übrig geblieben sind die plötzlich reich gewordenen Lümmel, eine prahlerische und habgierige Gentry, die ohne Verantwortungsgefühl und moralischen Anspruch für ihren Stand unverdiente Vorrechte gefordert haben.

Jetzt beklagt sie sich, weil sie verliert: Der Krieg und die Bomben, die allgemeine Zerstörung, haben dieses gernegroße Parasitenvölkchen aus seiner Bequemlichkeit und seinem Besitz getrieben. Wie sehr ich diese heulenden falschen Herrschaften verachte! Fürst Esterházy verliert wahrscheinlich in diesen Tagen zweihunderttausend Joch und die dazugehörige darauf aufgebaute Lebensweise, und wahrscheinlich lamentiert er nicht, sondern stellt ganz einfach fest: Er habe verloren. Doch die Proleten winseln und weinen, mit echten Tränen in den Augen, der Vitrine nach, der Mitgliedschaft im Aufsichtsrat und dem Oberregierungsratstitel; weil sie keine Herren sind.

Ein großes Ereignis: Jemand hat einen Taschenkalender von 1945 organisiert. Neugierig blättern wir darin.

Auf der ersten Seite die gewohnten Rubriken: Wohnungsanschrift, Nummer der Uhr, Gewicht, Policennummer der Unfallversicherung, Nummer des Reisepasses, Wertpapiernummern, Nummer des Lotterieloses, Monatskarte … Ich betrachte die Rubriken mit einiger Heiterkeit. Eine Wohnung habe ich nicht mehr, sie wurde vom Krieg zertrampelt, mein Körpergewicht verringert sich entschieden, meine Uhr wurde konfisziert, eine Unfallversicherung abzuschließen wäre heutzutage wahrlich ein ungewöhnliches Unterfangen, Aktien und Reisepass … als wollte der Kalenderredakteur die Menschen verhöhnen!

Am Leben zu bleiben ist jetzt sehr schwierig; doch man braucht zum Leben wesentlich weniger als irgendwann.

Der Kalender fordert mich dazu auf, auch die »wichtigsten Telefonnummern« einzutragen … Diese Rubrik amüsiert mich besonders. Irgendwann hatte auch ich in meinem Notizbuch ein paar Telefonnummern notiert. Doch jetzt, da in Budapest kein einziges Telefon mehr funktioniert und die Russen hier in der Umgebung die Telefonapparate abmontieren und mitnehmen, habe ich auch dieser überflüssigen Rubrik abgeschworen.

Ein schwerer Tag. Jetzt weiß ich, wie die Lage in Budapest, im ganzen Land ist, und es ist auch nicht schwierig, sich aus den Bruchstücken der Gegenwart ein Mosaik der Zukunft zusammenzufügen … Man lebte, plagte sich, wartete auf etwas. Dieses »Etwas« ist jetzt hier und ist, wie es ist. Es überrascht nicht, dass es ist, wie es ist, doch auch die schlechten Aussichten waren besser als die sichere Aussichtlosigkeit.

Gott vielleicht. Wie er alles regelt, auf wunderbare Weise. Wenn ich es denn aushalte, innerlich, mit Nerven und Geduld, bis ich seinen Willen erkenne.

Mein Hausmeister, ein intelligenter und aufrichtiger, mutiger Drucker, der schwer verletzt wurde, erzählt Bekannten von mir, dass sich während der Belagerung – bevor die Bomben die Wohnung vernichteten und das Haus zerstörten – viele an meiner Wohnung vergriffen haben: die Pfeilkreuzler, die Deutschen, der Mob. »Das meiste haben die ungarischen Polizisten weggeholt«, sagte der Hausmeister.

Ein großer Schriftsteller schafft auch aus den Abfällen schlechten, billigen Materials, aus abgedroschenen literarischen Gemeinplätzen ein Meisterwerk. Stendhal entwickelt aus einer Situation, die trivialer und groschenromanhafter nicht sein könnte, die schönsten Szenen der *Chartreuse de Parme*: Der Sträfling Fabrice verliebt sich in die Tochter des Kerkermeisters, und aus dieser Liebe ergibt sich die Befreiung für den Sträfling und das Liebespaar ... Der Leser schreibt diese Zeilen nieder und wird rot vor Scham. Stendhal schreibt die Szene wortwörtlich so hin, und der Leser ist entzückt, weil er ein Meisterwerk liest.

In einer Zeitschrift lese ich, ich sei von den Deutschen verschleppt worden; das stimmt nicht. Aber es lag nicht nur an den Deutschen, dass es nicht stimmt.

Die Sohlen meiner beiden Schuhe haben ein Loch; und ich besitze keine anderen Schuhe. Das ist fast wie die Jugend; und dennoch ist es nicht dasselbe.

Am Nachmittag kommt eine bekannte, mit uns verwandte Familie, sie sehen alle aus wie Gespenster; unsere Nachbarn aus Buda. Neun Wochen lang haben sie Tag und Nacht mit siebzig anderen im Keller in der Attilastraße verbracht. Sie bringen die erste schmerzliche persönliche Nachricht: Der Hausmeister unseres Hauses in der Mikógasse ist an den

Verletzungen, die er während der Belagerung erlitt, gestorben. Die Frau sitzt allein im Keller der Hausruine und lässt uns sagen, sie würde auf die wenigen Habseligkeiten, die uns geblieben sind, aufpassen. Der Mann wurde von keinem Krankenhaus aufgenommen; er starb im Keller; seine letzten Worte an seine Frau waren: »Pass auf das Haus auf.«

In diesen Wochen weine ich zum ersten Mal; weine um diesen Menschen, der das Musterbeispiel an Redlichkeit, Männlichkeit und Treue war; im abscheulichen letzten Jahr behütete er all unsere Habe und uns selbst mit ganzer Kraft und all seinem Wissen; bis zum letzten Augenblick stand er seinen Mann gegen die Pfeilkreuzler, die mich während der Belagerung suchten, um mich zu verschleppen und umzubringen, in ihrer hilflosen Wut plünderten sie dann meine Wohnung und legten Feuer. Auch seine Verletzungen hat er erlitten, als er im Bombenhagel die Sachen fremder Leute rettete. Auf seinem bescheidenen Posten stand er seinen Mann, ein Held, der sich schlug und bis zum letzten Augenblick hütete, was zu hüten seine Pflicht war, wie er glaubte ... Es gibt auch ein Hausmeisterheldentum; und wer die letzten Monate erlebt hat, weiß, was so ein Mensch zu tun imstande ist und wie rechtschaffen das ist und was für ein wahres Heldentum!

Ich fahre nach Buda, ich will mit seiner Frau sprechen, will sie beruhigen und etwas für sie tun. [Im Manuskript ursprünglich: teile alles, was uns geblieben ist, mit ihr.]

In einer Zeitschrift mit dem Titel *Endlich in Druck* wird verlautbart, dass die Verse des Dichters *Z. Sz.* – die das Publikum in den Jahren der Pfeilkreuzler- und Nazischreckensherrschaft nur bei illegalen Zusammenkünften hören konnte – endlich das Licht der Welt erblicken. Im Voraus wurden einige lyrische Gustostücke abgedruckt. Das erste Gedicht, das ich lese, fängt so an:

Adolf, Adolf hat die Krätze,
das Monster dieser Volksverhetze …

und genauso schwungvoll geht das Gedicht weiter. Beim Lesen dieser Ergüsse kann ich wiederum nur in mein Tagebuch schreiben, was ich letztens beim Lesen des »schönsten antisemitischen Gedichts«, das in dem inzwischen eingestellten antisemitischen Fachblatt *Kampf* veröffentlicht wurde, vermerkt habe: Die ungarische Lyrik lebt.

Die Zukunft vorhersagen kann keiner von uns; aber so wie ein Kind seine Holzbauklötze aufschichtet, so leicht fällt es uns, aus den Versatzstücken der Wirklichkeit die Zukunft aufzubauen …

Die ungarischen Fabriken werden demontiert, die Städte sind stark demoliert, die Intelligenzija ist korrumpiert oder mutlos, die Kultur in der Politik liegt im Sterben, Budapest ist zerstört. Was soll aus all dem werden? Elend, Trostlosigkeit, ein Vegetieren, langsamer Verfall.

Die Russen lassen sich, sobald sich eine Möglichkeit ergibt, die Haare schneiden und fotografieren.

Meine Besucher erzählen, dass die Menschen während der Belagerung Budas aus dem Felsenkeller in der Burg – wo mehrere Tausend Menschen festsaßen – lieber ins Freie, mitten in die Bomben, flüchteten.

In Tótfalu, um Mehl zu besorgen. Im Morgengrauen setze ich in einem Seelenverkäufer über die Donau, die Hochwasser führt. Der Müller will mir kein Mehl mehr geben, um keinen Preis, auch nicht im Tausch; schließlich flüstert mir sein Gehilfe zu, »der Alte« gebe Mehl nur noch für Gold; ich solle ihm irgendeinen goldenen Gegenstand anbieten … Ich besitze eine kleine Damenarmbanduhr und verspreche, sie beim nächsten Besuch mitzubringen; für das Glitzern dieses Versprechens bekomme ich zehn Kilo Mehl zu einem gepfefferten Preis.

Mit dem Mehl gehe ich zum Bäcker, er soll uns Brot daraus backen. Eine missmutige Frau empfängt mich, mustert den Kissenbezug, in dem ich das Mehl transportiere, schließlich gibt sie mir – für Geld, also als Geschenk! – drei Kilo Brot. Solche menschlichen Überraschungen machen mir von Zeit zu Zeit noch Lust zu leben.

Die Dorfleute rechnen mit der Hysterie des hungernden Budapest und verkaufen nichts, auch nicht für Leinen, für Schuhe, für Kleidung; sie hoffen, dass die Budapester sogar den Mamaliga mit Napoleondor bezahlen werden; und vielleicht hoffen sie nicht vergeblich … Eine hiesige Frau tratscht mit der Nachbarin an der Straßenecke und äußert sich voller Zorn über diese »ausgehungerten Budapester Aasgeier …«.

Zurück durch tiefen Schlamm über den Damm, im Regen, im orkanartigen Sturm. Auf den aufgeweichten Wegen wanken die ausgehungerten »Budapester Aasgeier« dahin, in Bettbezügen schleppen sie ihre Sachen heran, sie wollen Unterkleider und Hausjoppen gegen Lebensmittel tauschen. Zu Mittag erreiche ich die Fähre in Pócsmegyer; mehrere Dutzend Menschen warten hier, um auf die Hauptstraße nach Szentendre überzusetzen; ein Russe hat im Dorf Kälber »besorgt«, elf an der Zahl, und verbietet dem Fährmann, Zivilisten zu transportieren; das Vieh muss zuerst über die Hochwasser führende, vom Sturm gepeitschte und schäumende Donau gebracht werden … Von mittags zwölf bis nachmittags um fünf stehen wir herum, mehr als hundert Leute, im Regen und im Sturm; es ist Vollmond, *grande marée*, die Donau spielt Meer, sie tobt mit schmutzigem Wellengang. Der Fährmann ist bis zur Abenddämmerung todmüde, er holt niemanden mehr über; die »Budapester Aasgeier«, darunter auch ich, bleiben auf der Insel hängen. Im Haus eines Arztes bekomme ich Quartier für die Nacht, ein gutes Abendessen, man empfängt mich freundschaftlich und umgänglich. Im Morgengrauen bringt mich die Fähre über die Donau, mit drei Kilo Brot, deren Beschaffung mich vierundzwanzig Stunden und eine Bronchitis kostete. Sich am Leben zu erhalten ist heute ein wahrlicher Kampf, eine Rauferei mit den Elementen und mit Menschen.

Im Morgengrauen nach Buda. Um fünf brechen wir auf, im sanften Licht des Vollmonds, im schemenhaften Dämmerlicht. Die Schnellbahn bringt uns von Szentendre bis zur Haltestelle Filatoridamm; von dort zu Fuß in die Mikógasse. Unterwegs verlangt ein Polizist mit roter Kokarde in überheblichem Ton unsere Ausweise und will *L.* und mich zur Arbeit abschleppen; vergeblich zeige ich ihm meinen Ausweis, er macht uns weiter Schwierigkeiten. Schließlich besinnt er sich und sagt: »Wie ich sehe, sind Sie ein feinerer Herr« – und lässt uns laufen.

Wir gehen die Lajosstraße entlang. Was ich in Óbuda sehe, ist im ersten Moment erschreckend; doch das Bild wird alle hundert Meter grotesker, unwirklicher ... Die Vorstellungskraft reicht nicht. Als würde der Reisende nicht durch Stadtteile gehen, sondern ein archäologisches Ausgrabungsfeld durchschreiten. Mit einigen Straßen muss man sich allmählich wieder vertraut machen: Das hier war das Eckhaus mit dem Kaffeehaus Flórián, in dieser Straße wohnte ich irgendwann einmal – vom Haus keine Spur mehr –, dieser Schutthaufen zwischen dem Statistischen Zentralamt und der Ecke des Margaretenrings war vor zwei Monaten noch ein fünfstöckiger Mietspalast mit Kaffeehaus und vielen Wohnungen. Jetzt ist er ein riesiger Trümmerberg; an manchen Stellen ragt das Eisengeländer eines Balkons aus dem Schutt, unter dem viele Menschen erstickt sind; die Deutschen hatten im Keller des Hauses ein Munitionslager eingerichtet, und das Lager ist in die Luft gegangen. Hier eine Ruine, in der Bekannte gewohnt haben, dort der Überrest einer ganzen Häuserreihe; auf dem Széll-Kálmán-Platz die Wracks von verreckten Straßenbahnen; und dann tut sich mir das Panorama aus Vérmező, Christinenstadt, Naphegy und dem Totengerippe der Burg auf ... Die Sonne scheint, das Wetter ist frühlingshaft.

Wie ist dieser Anblick, im Sonnenlicht? So anders, als ich ihn mir vorgestellt habe; surreal; die absolute, unbedingte Zerstörung.

Auf der Vérmező Hunderte von verendeten Pferden, dazwischen Massengräber von Zivilisten und Soldaten, Wracks von Flugzeugen und Autos; wir wandern auf der Straßenmitte dahin, weil von den Häusern bei der leichtesten Berührung des Frühlingswinds Balken und Ziegel auf die Straße stürzen. Und in diesem Ruinenfeld leben Menschen; Frauen in städtischer Aufmachung, die eine oder andere hübsch, ordentlich, mit einem Eimer trotten sie um Wasser oder suchen in den Ruinen, sich immer wieder bückend, nach einem Pullover oder einer Waschschüssel; eine Frau schichtet Ziegel in das Fenster ihrer Erdgeschosswohnung, um das Fensterglas zu ersetzen; vom Haus ist nur das Erdgeschoss geblieben. Ich bin der Cicerone, mache mich mit der Landschaft vertraut und erkläre *L.*: »Das war das Hotel Bellevue, dort, an der Stelle des Eckhauses, haben wir Obst eingekauft, das Loch dort im dritten Stock war die Wohnung der *T.s.*« Wir erreichen schließlich die Mikógasse; an der Ecke heißt uns Imre-bácsi willkommen, ein ständig betrunkener Bulgare, der uns im Winter das Holz aus dem Keller in die Wohnung hochtrug. Gemeinsam schauen wir jetzt von der Ecke der Mikógasse aus, was vom Haus, von unserer Wohnung geblieben ist. Durch eines der Fenster sehe ich Bücher und einen Lüster; alles andere ist ein eingestürztes Dach und die heruntergebrochene Zimmerdecke, der abgerissene Balkon, riesige Löcher in der Fassade. Das Haus und die Wohnung sind völlig zerstört; man wird es sprengen müssen.

Tief unten im Keller finden wir die Witwe des Hausmeisters; hier sitzt sie seit Tagen ganz allein, weint und wartet auf irgendetwas. Wir gehen an die Ecke der Vérmező hinaus, hier hat man ihren Mann zwischen verendeten Pferden verscharrt. Die zwei Menschen, die auf das Haus aufgepasst hatten – der Hausmeister und Herr K., der Blockwart –, sind beide an einem Tag zu Tode gekommen, nun liegen sie nebeneinander. Das Schicksal des Hauses hat sich erfüllt, die Mauern sind eingestürzt, zugrunde gegangen wie ihre Behüter und alles, was sie behütet haben.

Die Treppe, die in den ersten Stock zu meiner Wohnung führte, ist heruntergebrochen: Über den Schutthaufen klettern wir irgendwie hinauf; durch das Badezimmer erreichen wir den Salon und von hier auch mein Zimmer. Das Zimmer ist nicht so arg beschädigt; in den Salon, das Esszimmer und *L.s* Zimmer ist der zweite Stock hineingestürzt.

In meinem Zimmer finde ich in den Trümmern des Kachelofens jene Fotografie, auf der Tolstoi und Gorki im Garten in Jasnaja Poljana abgebildet sind; damals sagte Tolstoi zu Gorki: »Ich bin schon achtzig Jahre alt und muss weinen, wenn ich daran denke, dass ich vergeblich geschrieben habe: Die Menschen haben nichts gelernt und sich nicht gebessert.« Das Foto, dessen Glasrahmen zerbrochen ist, stecke ich in die Tasche. Meine Bücher liegen auf dem Boden herum, doch mein Schreibtisch, die beiden französischen Armsessel sind noch da; an der Wand, hinter heilem Glas, hängt unbeschädigt Hufnagels Stich von Kaschau … Alles andere ist kaputt. Der Regen wird im Zimmer ohne Fenster auch die Bücher aufweichen, die man aus dem ersten Stock ohne Treppe nicht hinunterschaffen kann. Ich könnte die Bücher vielleicht durch die Fensteröffnung auf die Straße werfen, aber ich habe keine Kiste, in die ich sie packen könnte, und wo sollte ich sie überhaupt hinbringen? Es gibt keine einzige heile Wohnung in der Umgebung, es gibt keinen Menschen, der mir helfen könnte, es gibt gar nichts.

Von hier in den Keller, auf den eine Luftmine den ganzen Schutt der Erdgeschosswohnungen verfrachtete; doch der Schutzraum ist unversehrt geblieben. In diesem Loch leben auch heute noch zweiunddreißig Menschen, Menschen aus dem Haus und Fremde, Obdachlose. Als wir eintreten, wird gerade gekehrt; dreißig Betten stehen auf dem gestampften Lehmboden nebeneinander aufgereiht; man lebt hier ohne Licht, schon die zehnte Woche; hier kochen die Menschen, hier waschen sie, waschen sich und warten, dass Tag und Nacht vergehen, sie warten auf irgendwas ... sie selbst wissen auch nicht worauf. Diese Menschen sind Bettler wie ich; während der Belagerung gab es Tage, an denen die Flugzeuge dieses Gebiet in sechsundzwanzig Wellen angriffen; es gibt keinen Winkel, in den sie umziehen könnten, das Gebiet um Víziváros, Christinenstadt, Tabán und Gellértberg ist genauso zerstört. Sie liegen hier, in ihren dreckigen Betten, und kauen an dem, was ihnen an Essbarem noch geblieben ist; hier rang der verletzte Hausmeister mit dem Tod, hier starb Herr K. während der Belagerung, vor den Augen von dreißig und ein paar Menschen, an Leberkrebs. Sie können nirgendwohin gehen; vom Rollmaterial der ungarischen Eisenbahnen sollen vier Prozent übrig geblieben sein, sein Rest wurde von den deutschen und den ungarischen Nazis mitgenommen; darum können sie auch nicht aufs Land fahren ... Manchmal wankt einer von ihnen zum nahen Brunnen, um einen Eimer Wasser zu holen; oder sie schichten in ihren Wohnungen die Ziegel auf und suchen nach Möbelresten.

Ich tröste die Frau des Hausmeisters, so gut ich kann, und verspreche ihr, mich in Zukunft um sie zu kümmern; dann gehen wir wieder zurück bis zum Filatoridamm, weil wir in den Ruinen nirgends schlafen können; und ich möchte den Nachmittagszug erreichen. Die Straßen sind belebt, frühlingshaft. An manchen Stellen lustwandelnde Paare, die sich auf einer Bank niedergelassen haben, am Rand der Vérmező; sie flirten inmitten von Massengräbern und Pferdekadavern. Ein rumänischer Soldat spricht mich an und bietet mir ein Ferkel, wenn ich ihm dafür Damenunterwäsche besorgen kann; manche erkennen mich und blicken mir argwöhnisch nach. Im Sonnenschein Aasgeruch, Rauch, der bittere Gestank von Flugasche; an der Haltestelle verlangt ein GPU-Mann unsere Ausweise; er ist wohlwollender als der ungarische Polizist am Morgen. Die Hausmeisterin bestätigt, was ihr Mann zu meinem Bekannten gesagt hat: Aus meiner Wohnung stahlen – bevor das Haus von der Bombe zerstört wurde – die Polizisten mehr als die Deutschen und die Pfeilkreuzler.

Ich komme am Abend um acht zu Hause an; wir sind an diesem Tag dreißig Kilometer marschiert. Der Mensch erträgt wahrlich mehr, als er glaubt, und wir kennen die obere Grenze unserer Belastbarkeit nicht.

Auch wenn ich in Buda ein Zimmer fände, glaube ich nicht, dass man dort für längere Zeit leben könnte; auch nicht, wenn es wieder Gas, Wasser, Licht gibt; ich kann nicht jahrelang wie ein punischer Dichter über einer Ruinenstadt sitzen, im herben Aschengestank, mit Ausblick auf die verheerendste Zerstörung, die je über eine menschliche Siedlung gekommen ist ... Vielleicht gleicht Buda jetzt Aachen, Stalingrad. All das ist innerhalb von zwei Monaten geschehen. Es wiedergutzumachen ist unmöglich, man wird Buda dem Erdboden gleichmachen müssen – mit dieser Arbeit hat man schon begonnen, jede halbe Stunde werden die Schuttgassen von der Sprengung eines einsturzgefährdeten Hauses erschüttert –, und später wird dort vielleicht irgendein menschenwürdiges Heim gebaut; doch das werde ich nicht mehr erleben.

Um was es mir in Buda leid tut? Um meine Wohnung? Um gar nichts. Diese Lebensweise war reif für den Untergang; in allem, was geschah, lag eine Art Gesetzmäßigkeit.

Mein Zylinder ist unbeschädigt geblieben; der Luftdruck hatte ihn auf die Straße hinausgetragen, und irgendjemand brachte ihn zurück, legte ihn oben behutsam auf ein Regal meines Kleiderschranks. Er ist ein wenig staubig, doch sonst unversehrt. Ein anderer Hut ist mir nicht geblieben, meine anderen Kopfbedeckungen wurden alle bei den fürchterlichen Luftangriffen zerrissen und zerfetzt; einen Augenblick lang überlege ich, was geschehen würde, wenn ich jetzt mit einem Zylinder auf dem Kopf die Budaer Straßen entlangspazieren würde? Gar nichts würde geschehen. Ich könnte auch auf Händen gehen, heute ist schon alles erlaubt.

A. berichtet in einer wortkargen Klage über die Wochen, die er während der Belagerung im Keller verbrachte. Was war schlimmer? Die Todesangst? Oder das Eingepferchtsein in einem unterirdischen Loch mit den Hausbewohnern, von denen die meisten zum »gebildeten Mittelstand« gehörten? Auch die Todesangst war grauenvoll; jeden Morgen um Viertel nach sieben begannen die Russen mit dem

Beschuss; und bis nachmittags um fünf hämmerte, schepperte, pfiff es wie in einer Höllenfabrik, die Maschinerie der Zerstörung war in Gang, ohne Pause, Mineneinschläge, Bomben, Granaten, Maschinengewehre … Und während das Haus – nicht ein Mal, viel Male! – über ihren Köpfen zusammenstürzte, vergaß der »gebildete Mittelstand« im Keller ganz schnell jedes Benehmen, jede Menschlichkeit, die ungeschriebenen Gesetze der Kultur, die elementaren Verpflichtungen der Höflichkeit, der Geduld, der Anteilnahme. Sie stöhnten, heulten, drängelten und traten sich wie die Tiere. Sie stahlen einander das Wasser und die letzten Bissen, lamentierten und stritten mit den scheußlichsten Ausdrücken. Der »gebildete Mittelstand« verlor bei dieser Höllenprobe seine Menschenwürde schneller als die »einfachen Menschen«. Und er verlor sie nicht nur für die Dauer der Belagerung.

Mir fällt das Buch *Stiefel auf dem Tisch* von Illyés in die Hand. Er empfiehlt den Schriftstellern das Dorfleben statt des Stadtlebens; die »Läuterung« …

Seit einem Jahr lebe ich auf dem Dorf, in der Stadt bin ich nur ein seltener Gast; und wo ist die Stadt hingekommen, in der ich Gast sein könnte? Was soll ich, aus der Perspektive eines Schriftstellers, zum Lob des dörflichen Lebens sagen? Viel und Ersprießliches fällt mir nicht ein.

Ich kann nur sagen, dass mir, einem Schriftsteller, im Dorf jeden Augenblick etwas fehlt. Natürlich fehlen mir nicht die Literatencafés. Und auch das »gesellschaftliche Leben« nicht, nicht der Tratsch und nicht die Welt des missgünstigen Geredes. Zuallererst fehlen mir die Bücher; ein Wörterbuch, das Schaufenster einer Buchhandlung, durch das mich – im Vorübergehen – ein einheimischer oder ausländischer Name anzwinkert und mich erinnert, anzieht, abstößt oder anregt; das Bewusstsein, dass im Nachbarhaus oder in der Straße Kollegen, Konkurrenten, Freunde und Feinde wohnen, die von den gleichen Aufgaben, Ideen, Plänen getrieben, erregt werden, ihretwegen nervös sind. Der völlige Mangel an Konsens; diese andersartige, dumme Einsamkeit, die gar nicht menschlich ist. Illyés versteht nicht, wie Athen und Rom entstanden sind – wenn er nachliest, wird er gleich erfahren, dass die Entstehung der Städte einem strengen menschlichen Gesetz folgt: Auf den Agoren blieben nicht nur die Ziegenhirten nach Gutdünken stehen, um ihre Tiere zu tränken und sich zu unterhalten, sondern dort *reifte* auch etwas und nahm Form an; und das starb natürlich, als sich die Städte zu Metropolen weiterentwickelten ... Doch bis dahin! Jetzt, da die Stadt, die für mich, einen ungarischen Schriftsteller, die einzige echte Stadt war – machen wir uns nichts vor, in der ungarischen Provinz gab es kein Rouen, kein Florenz, kein Nürnberg, sie war mit ihrem Kaschau und ihrem Kolozsvár provinziell; nur Budapest war eine Stadt! –, jetzt bin ich völlig heimatlos. Auf dem Dorf kann man leben; doch zum Schreiben braucht man Spannung, Atmosphäre, die Stadt! Und keiner soll mich jetzt mit Berzsenyi beschwichtigen, der in Nikla versauerte. Er schrieb auf dem Dorf, das stimmt, aber um welchen Preis!

Jetzt, da ich Buda gesehen habe, denke ich einmal mehr: Es gibt keine Rache, keine Vergeltung, keine Wiedergutmachung. Nur die Wirklichkeit, die endgültig ist.

Mit den Pfeilkreuzlern und ihren Gesinnungsgenossen, den ungarischen Nazis und den Deutschen, werden jetzt die Kastanienbäume rund um die Vérmező behängt, vergeblich; es hilft nicht mehr. Ich, wenn ich zu entscheiden hätte, würde sie nicht hängen, sondern sie alle fürsorglich am Leben halten; sie füttern, unter ärztlicher Aufsicht bewachen lassen; und dann müsste diese Brut von früh bis spät arbeiten. Sie müsste den Schutt der Ruinen beseitigen, die Kadaver wegräumen, gemeinsam mit ihrer Sippschaft die Andenken an ihre Verbrechen vom Erdboden tilgen, und dann müsste sie bauen! Bis in die siebte Generation! Und alle müssten ein Zeichen tragen: Dieses Zeichen könnte das Hakenkreuz sein. So stolz haben sie es dereinst getragen, als sie unter diesem Zeichen das Verderben vorbereiteten! Sollen sie es doch tragen, solange sie leben.

Die Revolution, die in Ungarn begonnen hat, wird sich wahrscheinlich nicht auf der Straße mit Barrikaden und mit Handgemenge abspielen; sie wird eine institutionelle sein, mit Akten und Verordnungen. Jetzt wird ein mehrgängiges Menü serviert: Die Revolution frisst der Reihe nach die Pfeilkreuzler, die Männer des Horthy-Regimes, dann zieht man die Männer des Bethlen-Systems zur Verantwortung, und schließlich werden die übrig gebliebenen Parteien sich noch gegenseitig auffressen. Wer all dies überlebt, darf sich dann – nicht einen Augenblick früher – zu Wort melden. Dieser Zeitpunkt liegt in ferner Zukunft, wer zu früh redet, dem wird der nächste Akt der Revolution das Wort in der Kehle ersticken.

Der Aufsatz Zweigs über Balzac ist wässrig und langatmig wie jeder literaturwissenschaftliche Aufsatz Zweigs; dennoch berührt er mich und spricht etwas aus, das über Balzac bisher, soviel ich weiß, noch nicht gesagt wurde. Er spricht von einem Wunder, vom Wunder des »Wohlinformiertseins« bei Balzac. Denn dieses Genie, das in seinen Werken die äußersten Grenzen der Wirklichkeit ertastete, wusste in Wahrheit nichts über die Wirklichkeit. Balzac lebte für die Buchstaben, in manischer Einsamkeit, in Gesellschaft seiner Romanfiguren, und das war die einzig mögliche Form gesellschaftlichen Lebens für ihn. Er war nicht »gebildet« und auch nicht besonders »belesen«. Er las die Abhandlungen zur Chemie von Lavoisier; ein paar Geschichtsbücher; die Romane Stendhals; einige Jahre lang war er Anwaltsanwärter, spielte ein wenig Verleger; und schließlich saß er in einem Zimmer, sein ganzes Leben lang, und schrieb die *Comédie humaine*. Und er schrieb in den achtzig Bänden alles nieder, was man über das menschliche Leben, die Salons, die Börse, den Krieg, die Frauen und die Männer wissen kann. Und er schrieb die Wirklichkeit nieder, glaubwürdig … woher er sie wohl kannte?

Das ist das Geheimnis und das Wunder. Diese Wohlinformiertheit des Schriftstellers, diese visionäre Sicherheit, dieses absolute Wissen über Phänomene und menschliche Absichten, über Voraussetzungen und Folgen. Der *seconde vue*, der schärfer sieht und wahrnimmt als das Mikroskop. Das war das Geheimnis von Balzac, Shakespeare, jedem großen Schriftsteller. Doch wie selten sind große Schriftsteller! An zwei Händen kann ich abzählen, wer in der Weltliteratur über diese Informiertheit verfügte: Homer, Dante, Shakespeare, Goethe, Balzac, Proust, Tolstoi, Dostojewski. Und auf seine Art auch Krúdy … Das sind Schriftsteller. Alle anderen sind nur Talente.

Doch was mir im Dorf überhaupt nicht fehlt: das Telefon, das Radio, die Post, Zeitungen … Seit Monaten habe ich keinen Anteil mehr an diesem Segen der Zivilisation: und es gibt keinen Tag, an dem ich mit einem Gefühl des Mangels erwachen würde, weil mir zum Frühstück nicht die Zeitungen, die tägliche Post serviert werden, weil im Radio nicht von der radikalen und gründlichen Zerstörung irgendeiner Stadt oder eine das Schicksal der Menschheit berührende Prophezeiung irgendeines Staatsmanns berichtet wird und weil das Telefon nicht klingelt und mich zu irgendeiner Aufgabe nötigt, an der mir nichts liegt.

Nein, die Zivilisation fehlt mir nicht. Ja, ich habe kein Bad, wasche mich in einem Lavoir aus Blech; doch auch daran kann man sich gewöhnen. Was mir fehlt, ist die Kultur.

Und natürlich der Wein, die Zigaretten und der schwarze Kaffee. Ohne aufzubegehren ertrage ich die Strafe, »gesund« leben zu müssen, weil es einfach an Stimulanzien fehlt; nur weiß ich nicht, ob dieses toxinfreie Leben für mich wirklich so »gesund« ist? Der einzige Sinn meines Daseins ist, der Welt auf schriftliche Weise zu antworten; und das Schreiben ist kein »gesundes« Unterfangen, darum sind auch seine vegetabilen Voraussetzungen nicht gesund.

Ich finde Schlüssel, auf einen Ring gefädelt.

Die Türen, deren Schlösser irgendwann – vor einem Jahr, vor zwei Monaten – von diesen Schlüsseln geöffnet wurden, sind allesamt von der Zeit eingetreten worden. Für keine Tür ist mehr ein Schlüssel nötig; es gibt kein Tor mehr, keine Wohnungstür, keinen Schrank, keine Schublade, nichts. Ich habe die Schlüssel samt dem Ring weggeworfen. Wie viel einfacher jetzt alles ist! Und wie sorgfältig ich immer mit diesen Schlüsseln zugeschlossen und versperrt habe! Schäm dich, mitsamt deinen nutzlosen und überflüssigen Schlüsseln.

Der Charakter, diese fixe Idee.

Giboulet im März: ein rauer Sturm, der harten Pulverschnee vor sich her treibt. Diese Kälte bringt einen zum Niesen, sie irritiert, ist anders als die feierliche und sture Winterkälte; als würde man Sekt in einem Eiskübel kühlen.

Natur, ich kenne dein Schauspiel schon in- und auswendig. Du bist stets großartig und immer gleich. Du bist wahrhaftig immer gleich, wie Beethoven in all seinen Werken »gleich« ist.

Vielleicht bleibt mir nicht die Kraft, mein Leben zu beschließen, wie es sich gehört, vielleicht bleibt mir aber genug Kraft, um meine Arbeit abzuschließen, wie es sich gehört.

Auf die Frage, ob es Gott gibt oder nicht, kann ich nichts erwidern, denn Gott ist – wenn es ihn gibt – mir noch nie in sichtbarer, wahrnehmbarer, für menschliche Begriffe fühlbarer Form erschienen. Ich weiß nur, dass es im Verhältnis zwischen Mensch und Welt und in allem, das ich in mir, in meinem Schicksal und über den Zusammenhang der Phänomene in der Welt erfahren habe, eine Ordnung gibt. Und diese Ordnung ist nicht menschlich; sie ist mehr als das, komplizierter, manchmal unverständlicher; dennoch Ordnung; eine überirdische, göttliche Ordnung. Diese Ordnung mag manchmal wie Unordnung erscheinen, wie schreckliches und unverständliches Chaos, tragischer Widersinn; und später verstehen wir, dass da trotzdem *Ordnung* herrschte, der Schrecken war unbarmherzig eine Folge bestimmter Voraussetzungen, es konnte gar nicht anders sein. Und dann verstehen wir, dass diese höhere Ordnung, die jede Erscheinung unerbittlich zurechtrückt, fortbewegt, zum Ziel führt, nicht menschlich, sondern übermenschlich ist, die Offenbarung göttlicher Macht.

Doch diese Ordnung, die göttliche Ordnung, ist keine tote, kategorisierende, geometrische Ordnung. *Lebendige Ordnung* herrscht über der Welt.

Und so kann ich nicht wissen, ob die göttliche Absicht irgendetwas damit bezweckte, dass ich die Belagerung überlebt habe und so überlebt habe, wie es geschehen ist – weit weg vom grauenhaften Schlachtfeld, das irgendwann einmal Budapest geheißen hat. Jetzt, da ich das zerstörte Buda gesehen habe, wäre es leicht, in die eitle Vorstellung zu flüchten und zu glauben, Gott hätte noch irgendetwas mit mir vor, mich deshalb ausgesondert, gerettet. Doch das ist überhaupt nicht sicher. Denn in Buda haben die meisten die Belagerung überlebt – viel mehr, als gestorben sind –, und es ist sicher, dass die »lebendige Ordnung« das so als richtig und rechtens befunden hat; und wenn es damals nicht geregnet hätte und wir in die Mikógasse gefahren wären und ich dort im Keller diese fürchterlichen acht Wochen überlebt hätte, wäre das auch rechtens gewesen, Gott hätte mir auch dadurch gezeigt, dass er mit mir etwas vorhat. Und wäre ich in den Angriffswellen der Belagerung zugrunde gegangen wie so viele andere: Es wäre ein Einfaches zu sagen, dass der Weltgeist keine Pläne mehr mit mir gehabt, er mich verbraucht und fortgeworfen hätte und so weiter. All das können wir Menschen niemals verstehen; die »lebendige Ordnung« erklärt nicht ... Doch was ich verstehe und in allem, im Kleinen wie im Großen, erfahre, dass die Natur auch in ihrer maßlosen Verschwendung nichts ungebraucht beiseite wirft; Pflanzen genauso wenig wie Insekten, Tiere oder Menschen; davor presst sie noch alles, was zur Erreichung ihrer Ziele notwendig ist, aus ihnen heraus, und erst dann vernichtet sie oder erlaubt, dass etwas zugrunde geht. Und deshalb könnte ich in der unermesslichen menschlichen Eitelkeit, die in unser aller Leben eine Grundeigenschaft ist, glauben, dass die Natur mit mir noch etwas vorhat, weil sie mich bei dieser großen Gelegenheit, in der viel zugrunde gegangen ist, nicht auslöschte: Vielleicht will die Weltmacht noch etwas von mir, vielleicht muss ich Bücher schreiben, die nur ich schreiben kann und so weiter. Aber das ist eitles Geschwätz. Weil ich nicht wissen kann, ob ich nicht heute oder morgen sterbe, bei einer neuerlichen Belagerung oder unter anderen Umständen als der Belagerung – vielleicht an einer Lungenentzündung, zwischen Kissen im Bett –, oder ob ich nicht vielleicht in den Freitod gehe; und es ist überhaupt nicht gewiss, ob es noch Bücher gibt, die »nur ich schreiben kann«? Wissen oder verstehen werden wir das nie. Ich begreife nur, dass alles seine Ordnung hat, eine lebendige Ordnung.

Fastenwind. Diese Tage und Nächte vor Ostern, da alle mit ihren Reserven am Ende sind: Der menschliche Organismus, die Bäume, die Erde, alles ist arm an Vitaminen. Und die menschliche Seele und das Nervensystem heulen gemeinsam mit diesem hämischen Sturm und fühlen, sie halten es nicht mehr länger aus. Aber dann ertragen sie es doch.

Was hat ein Buch wie *Die Schwester* für einen Sinn? (Ich schreibe die letzten Seiten, und ich schreibe sie mit den letzten Reserven meiner Nerven ...) In angenehmem Erzählstil über irgendwelche menschlichen Zufälligkeiten, Austauschbarkeiten berichten? Ist das »Literatur«?

Natürlich würde die Welt ohne dieses Buch auch problemlos weiter bestehen; es ist kein »Meisterwerk«; es ist unvollkommen und obendrein überflüssig. Trotzdem gibt es Zeugnis von etwas, verleiht etwas eine Stimme, drückt etwas aus und erweckt etwas zum Leben, das niemals überflüssigerweise ausgedrückt und zum Leben erweckt wird: Es erzählt von der Leidenschaft. Von jener Kraft, die der tiefste Sinn jedes Wesens und allen Daseins ist.

Ich habe kein Zuhause, und es gibt – in der Nähe – keine Stadt, in der ich ein Zuhause finden könnte; ich habe kein Zimmer, in das ich aus den Budaer Ruinen die wenigen Möbelstücke, Bücher, die Kleider, die unter der eingestürzten Decke brauchbar geblieben sind, hinschleppen könnte; ich habe kein Transportmittel, keinen menschlichen Gehilfen, überhaupt nichts. Die Diebe und das Wetter vernichten auch noch das wenige, das zwischen den Ruinen übrig geblieben ist. Mach dir nichts vor, du hast nichts!

Dieser Schiffbruch muss dennoch überlebt werden. Wo? Na hier, wo ich gerade bin, in diesem Haus im Dorf oder anderswo, doch überall mir selbst überlassen, ohne Freunde und ohne Hilfe, ohne Werkzeuge, ohne Einkommen, ohne Grund und ohne Boden. Wie? Wie ich es eben schaffe. Wenn ich die zwei Jahre überlebe, so wie ich es mir vorgestellt habe, und alles schreibe, was ich in diesen zwei Jahren schreiben will, und in diesen zwei Jahren Englisch lerne: dann kann ich hoffen, dass ich es aus dieser Robinsonade ins Ausland schaffe. Nichts hält mich mehr hier; dieses ungebildete Land leckt noch lange seine furchtbaren Wunden, und ich würde helfen, diese Wunden zu verarzten, wenn ich an die moralischen Fähigkeiten dieses Landes glauben könnte. Doch ich glaube nicht mehr an die Moral der ungarischen Nation. Ein Volk kann sich nicht ewig auf seine »Unterdrücker« und »Verräter« hinausreden; jedes Volk wurde im Laufe seiner Geschichte unterdrückt und verraten; ein Volk, das über charakterliche und moralische Stärke verfügt, entledigt sich beizeiten seiner Unterdrücker und Verräter. Der Ungar hat sich nicht von ihnen befreit, in seiner Erbärmlichkeit war er lieber ihr Komplize, zur selben Zeit, als er auch ihr Opfer war. Ich muss fort von hier, denn dieses Volk ist nicht zu jener moralischen Kraftanstrengung bereit, von der die Schweden, die Dänen, die Niederländer, die Finnen, die Engländer in kritischen Zeiten ihrer Geschichte durchdrungen waren; der Ungar hat kein moralisches Verantwortungsgefühl. Und das wird auch jetzt nicht besser, da die inneren Kräfte, erst durch äußere Mächte in Bewegung gebracht, mit den »Verrätern« und »Unterdrückern« abrechnen werden. Es wird nicht besser, denn das Material, seine Beschaffenheit, verändert sich nicht.

Wie kann man diese zwei Jahre überleben? Mit Beharrlichkeit. Mit Entschlossenheit, unerbittlichem Durchhaltevermögen, sturer Kraftanstrengung, wie Stanley sich in der Strömung des Kongo durch Afrika schleppte oder Proust im Krankenbett seine Werke verfasste. Stärker sein als die Umgebung, als die Lebensumstände, die menschliche Umwelt, sich der Not, der menschlichen Niedertracht, Seuchen stellen, sich vor nichts fürchten, sich mit Klauen und Zähnen durch dieses schreckliche Geflecht kämpfen, das einen mit seinem bösartigen, phantastischen Urwaldgestrüpp umgibt ... Funktioniert das? Es funktioniert. Allem entsagen, auf jede Möglichkeit warten, jeden Tag arbeiten, sich vorbereiten, nicht beleidigt sein und nicht ermüden; warum? Weil das das Leben ist, das Gebot meines Lebens, weil ich mich den hinterhältigen Mächten, die eine Welt zerstörten, nicht geschlagen gebe. Zäh muss man bleiben wie ein Baum, ein Fluss, wie die Erde. Bleiben, bis einen der wirkliche Tod ruft – nicht der durch Unfall, der des Schlachtviehs, der zufällige.

In der kleinen Bücherei finde ich ein paar ältere Ausgaben meiner Bücher – die tschechischen, deutschen, französischen, ungarischen Ausgaben meiner Romane. Ich blättere in diesen Büchern.

Ich verleugne diese Bücher nicht, es ist jedoch gewiss, dass mir in den letzten Jahren das Schreiben schon zu leicht gefallen ist, der Widerstand in dem, was ich sagen wollte, zu gering war, alles war zu musikalisch und überhaupt ein wenig »zu« ... Auch das ist vorbei. Und dazu habe ich mich nicht entschlossen, ich weiß es eben, dass diese lockere

Schreib- und Ausdrucksfertigkeit für mich ein Ende gefunden hat.

Ein Mensch.

Während der ungarischen Räterepublik ist er Ermittler der Staatspolizei. Nach dem Niedergang der Kommune liefert er die ungarischen Kommunisten pflichteifrig der Justiz aus. Dann quittiert er den Dienst und eröffnet ein Detektivbüro. Fast drei Jahrzehnte schnüffelt er in Bettnischen herum und verdient ein Vermögen. Er kauft sich ein schönes Haus, einen Garten, Grundbesitz in Leányfalu. Er ist volksdeutscher Abstammung, kommt aus der Batschka. Ein Trumm von einem Mannsbild, am ganzen Körper schwarz behaart. Seine zweite Frau stammt aus dem Komitat Somogy, ebenfalls aus einer deutschen Familie, sie ist Sängerin und trat in Opernhäusern der deutschen Provinz auf. Beide sind überzeugte, wilde Nazis. Keine SS-Truppe ist durchs Dorf gezogen, ohne dass die Offiziere von ihnen nicht zum Mittagessen eingeladen wurden. Unter dem Sztójay-Szálasi-Regime tritt der Mann wieder in den Polizeidienst ein. Nach dem Abzug der Deutschen tut er sich mit dem hiesigen stellvertretenden Gemeindesekretär zusammen – der ein ebenso korrupter und obskurer Mensch ist wie er selbst –, und ernennt sich zum »Leiter der Ordnungspolizei«. (Natürlich verleihen er und auch der stellvertretende Gemeindesekretär sich ohne Zustimmung des Innenministeriums Amt und Rang, Zuständigkeiten.) Sie empfangen die anrückenden Russen; die beiden Männer beginnen ihre entschlossene, umsichtige Selbstrettung und bereichern sich auch noch. Im vertrauten Kreis beschimpfen sie mit Schaum vor dem Mund immer noch die Juden, die Russen, die Sozialisten und Kommunisten und weinen den Deutschen nach. (Der Schwiegersohn des Exprivatdetektivs kämpft bis zum letzten Augenblick an der Seite der Truppen Szálasis in Budapest, er hat nicht genug moralischen Mut, um zu desertieren, doch er vertraut auf die Zukunft, weil er »Juden gerettet hat« – und in der Tat, der Schwiegervater und der Schwiegersohn haben aus Berechnung, aus Vorsicht, in den Zeiten Sztójays einem oder zwei Juden geholfen. Das hat fast jeder von diesen Leuten getan; unter besonderer Beachtung der versteckten jüdischen Habe, die am Ende vielleicht doch nicht zurückgegeben werden muss…) Vor der Öffentlichkeit schließen sie begeistert Freundschaft mit den Russen; alle werden zur Arbeit bestellt, nur sie als »Amtspersonen« arbeiten nicht; der Sekretär und der Leiter der Ordnungspolizei klauen, was sie ergatten können; sie verköstigen die russischen Offiziere; übergeben der GPU die Pfeilkreuzler und so weiter. Dieses frohlockende Anbiedern beobachte ich schon den dritten Monat. Sie hoffen immer noch, dass die Deutschen zurückkommen; trotzdem treten sie jetzt der Kleinlandwirtepartei bei, weil sie dann Saatgut bekommen können. Sie geben den Russen die Adressen der hiesigen »Judenlager«, in einem Atemzug aber auch die Kuh-, Ochsen-, Ferkel-, Kartoffel-, Getreideadressen der armen Bauern; sie selbst jedoch haben jedes Stück Vieh behalten, sie organisierten sich sogar noch weiteres dazu; der Privatdetektiv liefert die Begründung, zum Beispiel, es sei ihm gelungen, »zwei arme Pferde vor dem Hungertod zu retten«. Keiner kann zu den Russen vordringen, weil diese zwei Nazis im Wege stehen; sie treiben sich dauernd in der Nähe der Offiziere herum, stopfen sich die Taschen voll mit allem Möglichen, was bei den Requirierungen der Russen für sie abfällt. Beim Ausräumen des Frachtkahns arbeiten sie brav in die eigenen Taschen, auf dem Leiterwagen holen sie vom Frachtkahn »für die Gemeinde« Mehl, Tafelbutter, Lebkuchen, Konserven, Lampenöl; doch dann, als wäre nichts gewesen, bekommt die

Gemeinde nichts, die Beute gerät in Vergessenheit und befindet sich immer noch in den Abstellkammern der zwei Ganoven. Solange es keine ungarische Verwaltung gibt, haben sie wegen der Unwissenheit der Besatzer die Macht. Und dann? Der Volksgerichtshof wäre ein zu schönes Ende für die beiden; es ist einfacher, sie in die Jauchegrube zu werfen.

Der Detektiv hat sich vor Angst einen schwarzen Bart wachsen lassen; er ist sehr weinerlich, und in Anfällen von Gefühlsseligkeit küsst er jeden. Er ist ein Musterbeispiel der ungarischen Korruption und Reaktion.

Ein anderer Mensch. Maurer. Er ist ein Meister seines Faches; baut geschmackvolle Häuser, gewissermaßen allein; er ist vierzig und ein paar Jahre alt; ein Tausendsassa. Verheiratet, hat mehrere Kinder. Im Sommer fängt er sich mit einem Zimmerkätzchen etwas an, verlässt seine Frau, seine Kinder, sie leben im Nachbardorf; er zieht hierher in eine herrliche kleine Villa. Spott. Dann Ruhe. Der Mann ist offensichtlich glücklich; während ich diese Zeilen schreibe, arbeitet er vor sich hin, pfeifend, er repariert den Herd in der Küche. Was seine Verhältnisse und seine Situation betrifft, vollbringt er eine wahre Heldentat der Gefühle; das Dorf beobachtet die wilde Ehe voller Gleichgültigkeit. Wie endet das Ganze? Das zu beobachten wird sich lohnen und nicht uninteressant sein.

Die letzten Briefe Wildes aus Frankreich an Robert Ross.

So darf man nicht enden. Der »König des Lebens« soll zum Schluss nicht Fünfpfundnoten vom Leben erflehen. Er hat in der Tat die Ballade vom Zuchthaus zu Reading geschrieben … Vielleicht war das der Sinn all dessen, was er zuvor genossen und danach gelitten hatte.

Der Krieg ist noch nicht zu Ende, die Deutschen können hier und dort noch mit Überraschungen aufwarten; doch der ungarische Horizont ist jetzt schon sichtbar und überschaubar. Was dämmert an diesem Horizont? Permanente Zwangsarbeit, mit Hunger und Seuchen garniert; allein das Abtragen der Ruinen in den zerstörten Stadtvierteln bedarf vieler Jahre Arbeit; vom Wiederaufbau kann man wegen Mangels an Material, Industrie, Transportmitteln nicht einmal träumen. Das völlige Fehlen geistiger Freiheit; die »Freiheit« wird wiederum nur so weit reichen, dass man über die ehemaligen Gegner schimpfen darf, verboten sein aber wird zu kritisieren, was in der Gegenwart zu stinken beginnt. Jeder höhere geistige Anspruch wird wieder in weltanschaulicher, politischer Zensur und in der Gleichgültigkeit des Elends ersticken. Nicht nur der Aufbau der Städte ist eine Illusion, auch die Bestellung der Felder – ohne Verkehrsmittel und Zugtiere – kann man sich nicht anders vorstellen als mit menschlicher Kraft, irgendwie so, dass man Frauen und Männer vor den Pflug spannt; völliger Bankrott.

Übrig bleibt ein Land, das mit der Hacke vielleicht genug Kartoffeln produzieren kann, damit es nicht verhungert.

Wilde beschreibt in seinem letzten Brief einen Abend, an dem er – in einem Pariser Gasthaus – mit seinem Biografen Frank Harris darüber diskutiert, ob Jesus homosexuell gewesen sei und Judas' Verrat nichts anderes war als die Wut des enttäuschten Geliebten, der die Erfolge des jungen Günstlings Johannes nicht ertrug … Vom Nachbartisch – schreibt Wilde – lauscht Maeterlinck mit begierigem Gesichtsausdruck. Man sieht ihm an, wie weh es ihm tut, dass er nicht Englisch kann.

Das ist die charakteristische Betrachtungsweise des Monomanen; überall wittern Wilde und seine Genossen den

Sexus, und überall vermuten sie Alibis. Die Wirklichkeit ist viel einfacher; in gewissem Sinne ist jeder Mensch homosexuell; es hängt allein vom Maß und vom Charakter der Manifestation ab, wie sehr er es ist.

Ich sortiere meine Manuskripte und bin bestürzt: Sieben fertige Bücher warten darauf, publiziert zu werden, aber ob auf Ungarisch jemals noch ein Buch aus meiner Feder erscheinen wird? Und vier weitere, begonnene, warten darauf, abgeschlossen zu werden, wenn ich am Leben bleibe.

Nonum prematur in annum? Zu wenig. Vierzig Jahre wären nötig, damit ein Mensch einige Bücher schriebe – zwei, höchstens drei – und dann noch einmal vierzig Jahre, in denen er diese zwei, drei Bücher vom Anfang bis zum Schluss umschreibt, verbessert. So aber, in diesem schrecklich schnell verrinnenden Leben, hab ich für weniger als fünfzig, sechzig Bücher keine Zeit.

Eine schlaflose Nacht. Ich kann nirgendwohin. Budapest ist ein brandiger Seuchenpfuhl, der Abfallhaufen des Elends; und das Land? ... Es gibt keine Eisenbahn, keine Autos, zumindest nicht für mich; und wie dann? Mit einem Bündel auf dem Rücken, wohin und warum? Lohnt es sich? Das ist keine rhetorische Frage mehr. Ich fürchte mich vor nichts, fühle aber, dass ich langsam aller Dinge fürchterlich überdrüssig werde und alles verachte.

Wie geradeheraus die Menschen jetzt sind, mit jedem Wort, in allem Tun: wie bedingungslos, wie unverschämt sie *Menschen* sind! Es gibt nichts außer nacktem Egoismus, er entscheidet über Leben und Tod. Es gibt keine Sitten mehr, keine Heuchelei, kein Verschleiern. Jetzt wird es handgreiflich, Brüderchen! Beinahe schön ist das, wie alles, was vollkommen ist! – wie der Mensch sich in diesen Zeiten bedingungslos und in all seiner Hinterhältigkeit offenbart!

Es ist sehr schwer, für mich schon fast unmöglich: mich mit dieser Darbietung der menschlichen Feigheit, des Egoismus, der Lüge zynisch abzufinden. Es wäre gut, einfach die Achseln zucken zu können: So sind die Menschen eben? … Doch wozu dann leben? Und wenn ich auch weiß, dass sie hoffnungslos sind, wenn ich auch nichts dagegen tun kann: Trotzdem will ich mich nicht damit abfinden, niemals!

Seit einer Woche bläst Tag und Nacht der Nordwind. Dieses einsam stehende Haus am Hügel mit seinen schutzlosen Mauern wenigstens lauwarm zu heizen wäre auch dann ein schwieriges Unterfangen, wenn wir genügend Brennholz hätten. Der Wind schindet die Landschaft, knüppelt die Mauern, das Ziegeldach, lässt die Donau stöhnen und die Pappeln ächzen. März, dieses böse Geheimnis des Jahres.

In dieser Zeit drängt alles hervor, und nicht nur die Revolutionen brechen aus. Als stöhnte der Krieg in seiner stechenden Wut. Wilde Kräfte kämpfen, zanken, in der Erde, in der Luft und unter den Menschen. Innerlich zitternd beobachte ich uns in diesem Sturm am Ende des Winters, in einer Art Bereitschaft und Entschlossenheit, deren wirklichen Zweck, deren Sinn ich nicht benennen kann.

Illyés' Buch vom Pusztavolk. Ein hervorragendes Buch, reich, aufrichtig. Aber auch dieses Buch kann mich nicht davon überzeugen, dass das Volk der Puszta nicht auch selbst verantwortlich für das ist, was ihm in den vergangenen Jahrhunderten geschah; und nicht allein der Graf und später der jüdische Großpächter.

In einigen solchen Büchern finden wir die Kenntnisse über unseren Stand – Kleinhäusler, Proletarier, Bürger,

Aristokraten – mit gleichsam topografischer Genauigkeit dargelegt. Und nichts ist geschehen; ein paar Presseprozesse, das war alles, womit die Nation auf solche Geständnisse reagierte. Jetzt geschieht etwas; doch wieder handelt nicht die Nation, sondern fremde Mächte statt ihrer und in ihrem Namen.

Jeden Span, jedes kleine Reisigstück, die ich ums Haus herum fand, habe ich schon aufgesammelt. War geschäftig wie eine Figur auf den Bildern von Millet oder Corot. Das ist zweifellos nützliche Arbeit.

Aber doch völlig überflüssig. Wenn alle erzieherischen Versuche der Bildung nur dafür gut waren, dass die Welt in diesen urzeitlichen Zustand zurückfällt, dann ist gewiss, dass wir mit irgendetwas aufhören müssen: entweder mit der Bildung oder damit, dass Schriftsteller Reisig sammeln. Beides zusammen ist ein sinn- und zweckloses Unterfangen.

Ich lese Kosztolányis postum erschienenes Buch *Die Genies*. Diese genauen Beschreibungen hat er vor zehn, fünfzehn Jahren verfasst, Berichte zu bestimmten Anlässen, Theaterkritiken, spontane, nicht lange überlegte Bemerkungen. Die lebendige Kraft seiner Worte begeistert mich auch heute noch. Er war in seiner Direktheit unübertrefflich; wie er sofort auf das kam, was er sagen wollte; aufs Wesentliche und mit aufregenden, glänzend ausdrucksvollen Worten. Das konnte – ungarisch – keiner so wie er, nicht vor ihm und auch nach ihm nicht.

Er spricht mit großer Hochachtung über Shakespeare, Horaz, von János Arany … doch diese »Hochachtung« sprüht nur so von Zweifel und von Spott. Eigentlich hat er keinen und nichts geachtet, auch nicht den Geist. Er, gerade er wusste so gut wie nur sehr wenige, welche Zufälle und obskuren Umstände gegeben sein müssen, damit ein geistiges Meisterstück entstehen kann … Doch durch seinen Spott schimmerte immer wieder die Anerkennung des Komplizen, mit der er ein Meisterwerk, wie zum Beispiel den *Hamlet*, würdigte … Es ist nicht das dämliche Staunen eines Gläubigen, nein. Es ist das anerkennende Zungenschnalzen des Fachkundigen und das verständnisinnige Aufblitzen in den Augen des Komplizen. Er wusste, dass jedes Meisterwerk sich auch aus kleinen geistigen Schandtaten zusammensetzt, aus Mogeleien, Willkür, Zufall, Gewalt; nicht nur aus Pathos, Inspiration und Wissen.

Wenn ich am Leben bleibe, wird meine einzige Lebensaufgabe sein: Ich muss zehn Bände lang schweigen.

Gebt mir das Meer zurück, das Meer! Und smaragdfarbenen Wein, einen Orvieto oder blutroten Veroneser! Und Wärme, goldene Wärme! Und eine Stadt, in der zwischen den alten Mauern Frauen und Dichter leben! Alles andere könnt ihr mitnehmen, in Gottes Namen.

Ich lese in einer Zeitung, die sich hierher verirrt hat, dass »ärztliche Kreise« gegen die Ernennung eines bekannten Budapester Medizinprofessors, eines Juden, protestieren, weil der Betreffende unter dem Schreckensregime der Pfeilkreuzler Vorteile genossen, also nicht genug gelitten habe. Er durfte in seiner Achtzimmerwohnung bleiben, während *X.* von einem in den nächsten Keller zog, um sich zu verstecken, und so weiter.

Dieser Protest ist die erste Schwalbe. Es wird jetzt lange so weitergehen: Jeder wird protestieren, weil der andere nicht genug leiden musste oder nicht auf die gleiche Art oder mehr Glück hatte, weil man ihm nicht die Haut abzog, sondern nur beide Ohren abriss, während ihm, dem Protestierer, auch die Brustwarzen kupiert worden sind … So etwas wird bald widerhallen, noch für lange Zeit.

Ein gesegneter Abend. Ich schreibe drei achtzeilige Gedichte, darunter eines über die zerstörte Lógodistraße. Die Straße, das Haus, ich sehe sie klar vor meinen Augen, auch den Fußabdruck, der in der Abschlusszeile erwähnt wird; und den Schuh aus Schlangenleder, der diesen Fußabdruck hinterlassen hat.

Für die Sammlung der kürzeren Prosastücke habe ich endlich einen Titel gefunden. Nämlich diesen: *Schwäne, Rosen, Heilige*. Der Titel passt genau. Und auch das Buch hat jetzt seinen wahren Sinn und seine Form erhalten, jetzt, da es einen richtigen Titel hat.

In den folgenden zwei, drei Jahren muss ich mit außerordentlicher Kraft arbeiten, damit alle glauben, ich würde nichts tun.

Ich lese Kosztolányis Aufsatz über Rilke. Dichter übertreiben manchmal, Kosztolányi schreibt in der Einleitung über die Slawen, über die geistigen und physischen Ahnen Rilkes, des großen Dichters. Folgendes schreibt er über die Slawen: »Sie können nur geben. Anderen etwas wegnehmen können sie nicht.«

Ich lese diese Zeilen mit nachsichtigem Kopfnicken. Dichter übertreiben. Aber das ist schön so, und deshalb sind sie Dichter.

L. wünscht sich Frieden und Vergebung; unsere Diskussionen sind kompliziert, wir verstehen einander nicht. Sie will allen vergeben, die »gut zu ihr waren«, auch wenn sie

Faschisten waren, Pfeilkreuzler oder Nazis, aber »ihr persönlich nichts angetan haben, ja ihr sogar eine Schüssel Sauerkraut zukommen ließen«, wie unsere Nachbarn, diese korrupten bürgerlichen Nazis.

Ich bin auch kein Freund der individuellen Rache. Ich bin für keine Form der Rache. Beurteile das Menschenmaterial ohne jede Hoffnung. Ich glaube an die Moral der Rächer nicht eher und nicht mehr als an die Bereitschaft der zur Rache Verurteilten, sich zu bessern. Doch was soll ich mit solchen Begriffen wie »Nazis« und »Pfeilkreuzler« und »Faschisten« anfangen? Gegen die Begriffe kann ich mich nicht wehren, und es wäre auch völlig sinnlos. Menschen indes, die »Nazis«, »Pfeilkreuzler« oder »Faschisten« waren – offen oder mit Vorsicht, Letztere sind vielleicht schlimmer, weil es schwieriger ist, sie für ihre Verbrechen zur Rechenschaft zu ziehen! –, haben alles zerstört, was edel und wertvoll war, sie haben die Kultur zerstört, das Land, Budapest, Europa. Und sie haben meine Freunde umgebracht, meine Verwandten und auch *L.s* Vater.

Soll ich denn jetzt sagen, dass alles beim Alten bleiben und nichts geschehen soll? Diese Menschen sollen sich weiter organisieren, verleumden, Gendarmen und Banditen verstecken, sich auf neue Schandtaten vorbereiten, unversehrt, unbehelligt, ohne Kontrolle, weil der eine oder andere eben mir persönlich nicht besonders geschadet, ja mir vielleicht in den Tagen der Not eine Schüssel Sauerkraut geschickt hat? Diese durchtriebenen Halunken der Korruption und Reaktion sollen also ruhig auch in Zukunft Bestechungsgeld kassieren? Ihre Sünden sollen verschwiegen werden, ihre Verbrechen brauchen sie nicht wiedergutzumachen, weil sie vielleicht gerade mir nicht geschadet haben, ja zu mir persönlich oder zu den Meinen freundlich gewesen sind? Warum beschweren wir uns dann, wenn diese Kräfte mächtiger sind, und darüber, dass sie, wenn der rechte Augenblick gekommen ist, wieder zu morden und zu rauben beginnen?

Nein, ich will keine Rache, keine Prävention. Aber aus dem Verkehr ziehen, wer flüsternd oder fleißig an einer der größten Schandtaten der Menschheitsgeschichte mitgewirkt hat. Jeden zur Arbeit und Wiedergutmachung zwingen, der zerstört hat oder die Zerstörung und die Morde guthieß. Ich will bedingungsloses Zur-Rechenschaft-Ziehen, ein gerechtes Urteil und kein achselzuckendes Vergeben.

L. wünscht sich Frieden … sie wünschte sich immer und in allem Frieden, Ausgleich, »Diplomatie«. Und gewiss hatte auch ich wie jeder Mensch diesen Hang zur Harmonie. Doch ich hatte auch den Hang zum Aufbegehren, zum Anderssein und zum Widerstand; und die wahre Verantwortung in unser beider Beziehung bestand gerade darin, wie sie dieses Aufbegehren, dieses Anderssein und diesen Widerstand in mir immer und überall bremste. Dafür kann ich nicht nur sie verantwortlich machen; warum war ich nicht stärker, um jeden Preis? Warum war ich nicht rücksichtslos stärker, als davon die Rede war, mein Aufbegehren und meinen Widerstand nicht aufzugeben und diesbezüglich mit niemandem, in keiner Frage, Kompromisse zu schließen? Das ist meine Verantwortung. Aber ich kann mir vorstellen, dass mein Leben und meine Arbeit vollkommener und ehrlicher wären, wenn ich auf jemanden getroffen wäre, der kein »Diplomat« ist. Ich hätte vielleicht gefährlicher gelebt, vielleicht tragischer … doch die Gefahren und die Tragödie sind auch so eingetroffen. Und die Kompromisse haben nichts gebracht.

Am Abend kommt eine Dame aus Visegrád. Sie erzählt, dass während der Belagerung von Buda in dem Keller, wo sie zu siebzig dahinvegetierten, eine Pfeilkreuzlerin eine alte Französischlehrerin anzeigte, die mit falschen Papieren zwei Juden versteckt hielt. In der Nacht sind dann Pfeilkreuzler erschienen, die die alte Dame und die zwei Flüchtlinge »aussonderten« und alle drei auf der Straße, vor dem Haustor, erschossen. Die Denunziantin hatte die Nacht davor meiner Bekannten erzählt, sie wüsste von diesen Juden und würde ihr Versteck den Pfeilkreuzlern melden ... Diese Frau wird einige Tage später festgenomment; die GPU verhört auch meine Bekannte, in Anwesenheit der Beschuldigten wird sie gefragt, ob sie von den Taten der Frau etwas wüsste? Die Zeugin verfügt nicht über die Seelenstärke, gegen die Beschuldigte auszusagen; sie entgegnet, sie wüsste nichts; »sie überlässt Gott die Rache«, weil »das Böse der Strafe ohnehin nicht entgeht«, und sie könnte es nicht »mit ihrem Gewissen vereinbaren, wenn wegen ihrer Aussage ein Mensch, auch wenn er schuldig ist, getötet wird«, und so weiter. Mit derlei religiösen Argumenten beruhigt sie ihr Gewissen; vom weiteren Schicksal der Beschuldigten erfährt sie nichts.

Wo ich auch hinfasse, wo ich auch hinhöre, überall die gleichen Zweifel – hie und da gutgläubige, wie jetzt auch, hie und da nichts anderes als augenrollende Komplizenschaft, anderswo Trägheit, Faulheit, Feigheit. Mich lässt diese Frage jedoch nicht ruhen. Das Verbrechen ist geschehen. In Europa wurden Millionen von Menschen ermordet, bei Massenmorden unvorstellbaren Ausmaßes kamen Millionen Unschuldiger um. Und jetzt ist diese Gesellschaft, die gestern noch lamentierte und entsetzt war, auf einmal geneigt, zu »verzeihen und zu vergessen«. Auf einmal entdecken alle, dass sie »Christen« sind. Auch ich bin Christ. Auch ich hasse jedwede grundlose und verallgemeinernde Anschuldigung, alles, was ungerecht ist. Doch gerade deshalb, weil ich ein gläubiger Mensch bin, weiß ich auch:

Gott hat den Menschen nicht dazu ermächtigt, die Sünde, ohne mit der Wimper zu zucken und in fauler Komplizenschaft, zu sehen und zu dulden. Gott hat den Menschen geschaffen, damit er für Sicherheit kämpft, für die Gerechtigkeit, die Gesundheit, den Frieden, auch dann, wenn dieser Kampf hoffnungslos ist. Er ist nicht immer und nicht unbedingt hoffnungslos ... Das Böse in der Welt kann nicht getilgt werden, doch das gibt uns nicht das Recht, uns nicht einmal dagegen zu wehren. Keinerlei »christlicher Geist der Vergebung« ist gerechtfertigt, wenn wir dem Raubwild gegenüberstehen, das wie eine Seuche durch seine Schandtaten eine Massenvernichtung über die Menschheit bringt. Der Mensch muss nach Gottes Gebot auf Erden kämpfen und sich verteidigen, auch gegen die Natur, die nicht nur erschafft, sondern auch zerstört, und würde der Mensch kein Haus und kein Dach für sich und seine Familie errichten, würde er nicht Mutter Erde dies und das abringen, würde er nicht gegen Insekten, Tiere, die Elemente kämpfen, so ginge er zugrunde. Wenn der Mensch aber kämpft, arbeitet, ein Haus baut, sät und erntet, sich schützt, Heilmittel gegen Krankheiten erfindet ... schützt er sich doch, relativ und unvollkommen zwar, vor den zerstörerischen Kräften der Natur, weil dies seine Pflicht ist. Und es ist genauso seine Pflicht, ja eine von Gott auferlegte Pflicht, gegen die zerstörerische Sünde und gegen das Böse zu kämpfen, auch wenn es keine Elemente oder Bakterien oder wilden Tiere sind, sondern sich in der Gestalt von menschlichen Wesen offenbart. Das ist jetzt geschehen ... Auch unter den Menschen ist es Pflicht, sich durch Prophylaxe zu schützen. Menschen anzuzeigen ist nicht mein Brot, ich habe noch nie jemand dem Henker oder der Polizei ausgeliefert; und ich habe auch nie jemanden angeschwärzt. Jede Beleidigung habe ich ertragen, solange sie nur mich betraf. Doch habe ich denn das Recht zu schweigen, wenn ich sehe, dass in dieser ungarischen Erde die Krankheitserreger der Reaktion weiterhin sprießen, wenn ich sehe, wie sich die gleichen Kräfte organisieren, die alles, was ihren eigenen Interessen im Wege stand, zerstört haben? Soll ich schweigen, wenn diejenigen, die diese sadistischen Gendarmen – die diensteifrig oder mit wilder Leidenschaft grausam und massenhaft gemordet haben – decken und aufhetzen, mit nachsichtigem, mitleidigem Lächeln von den »kleinen Pfeilkreuzlern« sprechen, die »eigentlich gar nichts Besonderes getan haben, sondern arme, irregeführte Menschen waren, lassen wir sie doch laufen«, und so weiter? Dieser Standpunkt heißt Mittäterschaft, ist bequem, verlogen, unmoralisch. Denn zum Juden wird man nicht – um gerade bei der Judenfrage zu bleiben, die nur ein Nebenkapitel des großen Verbrechens ist –, als Jude wird man geboren; als Faschist aber wird niemand geboren, dazu *wird* man, aus Eigeninteresse oder aus Überzeugung. Also ist »auch der kleine Nazi« verantwortlich, jeder, der aus Eigeninteresse, Egoismus, Sadismus, Habgier mit einem Streichholz dazu beigetragen hat, diese Gehenna zu entzünden. Und keiner hat das Recht, naserümpfend zu schweigen, wenn die Frage von Schuld und Sühne jetzt ansteht. Was erwarten wir von der Welt, von den Menschen, wenn wir die Sünde dulden? Kann man sich gegen sie nicht wehren? Auf unvollkommene Weise zwar, aber man kann sich wehren, zumindest ebenso wie gegen Seuchen oder die Elemente. Wir können uns wehren, indem wir die Kinder in den Schulen zur Moral erziehen. Wir können uns wehren, indem wir die schuldigen Erwachsenen vor dem Gesetz und vor Gericht, ohne Sentimentalität, ohne Leidenschaft und ohne barbarische Regungen, objektiv und nach Recht und Gesetz für ihre Taten zur Verantwortung ziehen und auch für ihre Ansichten und Prinzipien, die noch viel gefährlicher als ihre Taten sind ... denn der »kleine Pfeilkreuzler«, der persönlich nicht gemordet hat, der würdevolle Generaldirektor, der in den vergangenen Jahren persönlich keiner der reaktionären Geheimgesellschaften beigetreten ist, jedoch mit aller Kraft, mit der Macht seines Amtes und seiner gesellschaftlichen Stellung, diesen »Geist« unterstützte, wird sich nicht im Zeichen christlicher Prinzipien bessern, sondern lässt schon wieder nichts unversucht, seine Macht zurückbekommen oder erhalten zu können, gnadenlos. Und er raubt und mordet weiter, sobald sich dazu die Möglichkeit ergibt, wenn man ihn nicht rechtzeitig in ein Arbeitslager steckt, wo er mit nützlicher Arbeit für seine Sünden büßen kann. Und wer von solch einem Verbrecher weiß und schweigt, ist wahrlich ein Mittäter. Diese Angelegenheit ist sehr schwierig, sehr schmerzhaft. Stimmen wie gestern Abend höre ich immer öfter ... Die Verantwortung erfüllt mich voll und ganz, wenn ich daran denke, und ich kann nächtelang kein Auge zutun, weil ich nur daran denken muss. Diese Raubmörder – Hunderttausende – haben uns alle ausgelacht, die wir in den vergangenen Jahren von christlicher Nächstenliebe, Christentum, Humanismus schwatzten, und jetzt, da sich alles erwiesen und erfüllt hat, sollen wir, die Ausgelachten und Erniedrigten, sagen: »Liebe«? ... Wir haben kein Recht, dieses Wort auszusprechen. Auch dies ist nur ein Wort wie alle anderen. Es gibt die Liebe, doch der Mensch ist zur Liebe nur manchmal imstande. Der Mensch ist ehrgeizig, habgierig, geil, selbstsüchtig und grausam; ein solches Lebewesen kann ich nicht der disziplinierenden Kraft der Liebe überlassen; ich kann es nur mit Gerechtigkeit und Gesetzen irgendwie im Zaum halten. Und keiner hat das Recht, die Verbrecher aus sentimentaler Feigheit vor dem Gesetz zu retten.

Doch diese ungarische Gesellschaft ist aufrichtig reaktionär. Und nicht nur der Mittelstand; auch ein Großteil der Bauern und der Arbeiterschaft. Viele Pfeilkreuzler waren

Arbeiter, das dürfen wir nicht vergessen. Heute sabotieren auch viele Gemeindesekretäre, viele Richter, Verwaltungsbeamte, Betriebsleiter schon wieder – nicht alle, aber viele – die Mehrheit. Dieser Reaktion kann nur eine Revolution, die langsam reift, weil sie ungeheure Widerstände überwinden muss, ein Ende bereiten. Aber vielleicht ist sie eines Tages so weit, und dann wird sie schrecklich sein, wird sie keinen Unterschied mehr machen, niemand wird Zeit haben, sich höflich vorzustellen; natürlich auch Leute von meinem Schlage nicht. Das muss man im Hinterkopf behalten. Und trotzdem sage ich: Prophylaxe, Erziehung und Zur-Rechenschaft-Ziehen. Sonst hat es keinen Sinn zu leben.

Frauen halten derlei achselzuckend für eine Art »Männergerede«. Ich bezeichne diese tolerierende, »vergebende«, achselzuckende Weltsicht der Frauen einfach als unmoralisch oder besser als Mangel an Moral. Und ich weiß, wie laut das Geheul sein wird, wenn die Katastrophe, vor der sich rechtzeitig zu schützen sie nicht bereit sind, dann eintritt! Schließen wir die Frauen also aus diesem Aufgabengebiet aus; sie sollen in der Küche bleiben, im Kinderzimmer oder im Büro, im literarischen Salon, auf der Bühne ... Doch in den Gerichtssaal, in dem der größte menschliche Prozess unseres Zeitalters verhandelt wird, dürfen wir sie nicht einlassen. Sie halten ihr Gebaren für »moralisch«, im Gegensatz zum »brutalen, harten« Standpunkt der Männer. Und ich weiß wirklich nicht, wovor ich mich mehr fürchten soll: vor der Moral der Frauen oder vor ihrer Unmoral? ...

Als das Kind gestorben war, haben wir seine armselige Habe – Hemdchen, Wickelkissen, Windeln – in einen Koffer gepackt. Jetzt, als ich in den Budaer Ruinen herumgestöbert habe, fanden wir den Koffer. Ein Bajonett steckte darin.

Dieses Bajonett hatten die ungarischen Polizisten in den Deckel des Koffers gestoßen, als sie meine Wohnung plünderten. Sie waren in Eile, rafften so viel wie möglich zusammen, hatten keine Zeit, sich mit Kleinigkeiten aufzuhalten. Deshalb stachen sie in den Koffer bloß hinein, vergaßen den Flintenspieß dort und wandten sich wertvollerer Beute zu.

Über die ungarischen Polizisten haben wir in den vergangenen Jahren ja oft gelesen, wie gut sie zu den Kindern sind.

Wach seit drei Uhr früh. Ich sehe immer deutlicher, wie überflüssig alles ist, was ich gelernt und geschrieben habe, wie überflüssig ich hier bin und sein werde. Mit dem erstbesten Zug weg von hier.

Die Iden des März. Freiheit. Petőfi ... Was für ein Glück, dass er es nicht erlebte! Er würde sich furchtbar gebärden, wie jeder, der zusehen muss, wie sich seine Ideen zur Wirklichkeit wandeln.

Ich bringe das kleine Mädchen, das jetzt bei uns wohnt, am Nachmittag in die Dorfschule, um sie einzuschreiben. Die Lehrerin empfängt mich in Anwesenheit von vierzig Kindern. Als wir uns verabschieden, ruft die Lehrerin plötzlich laut: »Abteilung, Achtung!« – und vierzig Zöglinge springen von ihren Bänken hoch, stehen steif in Habt-acht-Stellung und schmettern irgendeine Abschiedsparole.

Dieses »Abteilung, Achtung!«, dieser Kasernenbefehl in der Grundschule: Das war das alte Ungarn. Hier müsste man mit dem Jäten beginnen, mit der Reinigung der Wörter, der Ansichten und Auffassungen – im Klassenzimmer der Grundschule. Was soll ich mir von den Erwachsenen erhoffen, solange sich in Ungarn eine Handvoll Lausbuben als »Abteilung«, also als eine Art Sturmtrupp, fühlt?

Auszuwandern ist für jeden eine lebensgefährliche Operation. Keiner weiß im Vorhinein, wie viel Blut er verliert, wenn er vom Mutterleib gerissen wird.

Für mich kann diese Operation auch tödlich sein. Jeder andere verlässt einfach ein Land, wenn er aus seiner Heimat weggeht; aber ich, der Schriftsteller, verlasse eine Muttersprache; sie ist mehr, eine schicksalhaftere »Heimat« als alles andere. Auf Schwedisch kann ich nicht einmal um ein Glas Wasser bitten; auf Französisch kann ich Wasser und auch anderes verlangen, ich kann aber diesen Satz nicht niederschreiben: »Oh, gleite sanft und sing dazu, sterbender Schwan, schöne Erinnerung.« Also kann ich nichts. Ich werde stotternd und taub leben, ich werde vortäuschen, dass ich fühle, grüble, schreibe, spreche. Für den Schriftsteller ist jede fremde Sprache eine Zeichensprache. Dennoch muss ich weg von hier, weil sich in dieser Sprache eine Brut unterhält, die noch viel schlimmer ist als die Zigeuner, es aber wagt, sich selbst als edle Herrschaft zu bezeichnen … Aber lieber stotternd und taub irgendwo dahinsiechen, als mit diesem amoralischen, diebischen, habgierigen, feigen, grausamen Volk zu diskutieren.

Bevor der Schriftsteller in einem »Realitätsroman« den Punkt erreicht, dass er auch über einen wahreren Inhalt als die Realität, über die Vision, über das Schicksal etwas sagen kann und sich damit aus diesem mörtelartig-lehmigen Bindemittel, das den Roman mit der statischen Notwendigkeit der »Realität« ausfüllt, etwas Schwebendes und Majestätisches entwickelt, ist der höchste Sinn des schriftstellerischen Tuns: das Lyrische – bis dahin aber sind die edelsten Kräfte des Schriftstellers schon erschöpft. Die Beschreibung der Wirklichkeit sollte den Gesellschaftswissenschaftlern, den Reportern oder den Leuten im Grundbuchamt überlassen bleiben. Wenn der Schriftsteller über die Wirklichkeit spricht, muss er sich bemühen, die Wirklichkeit des Lyrischen zum Leben zu erwecken. Und er soll die »Gesetze des Romans« verleugnen, wenn diese ihn dabei behindern.

Auf der Landstraße steht, vor einem herrschaftlich aussehenden Ferienhaus, ein Mann. Ich habe ihn noch nie gesehen. Er trägt eine Armbinde, barhäuptig steht er in der Märzsonne, raucht.

In seinem Blick, im Blitzen seiner Augen, rund um sein Bärtchen – es ist kein buschiger Bart – und in seinem Benehmen ist etwas unmissverständlich Bekanntes. Er ist der vornehme, »christlich-ungarische Gentleman«. Ist jener, der selbst nicht der Partei beitrat, jedoch nichts unversucht ließ, in seinem bescheidenen Kreis, in der herrschaftlichen Gesellschaft und in seinem Amt, damit die Ideale der Partei die Oberhand gewannen. Er gehört zu jenen, die auch jetzt noch hoffen, die Deutschen würden zurückkehren, jetzt, da die Russen vor den Toren Berlins stehen und die Engländer sich in den Ruinen Kölns auf einen neuen Sturmangriff vorbereiten. Worauf hofft er? Er weiß es selber nicht. Auf die neue Waffe. Darauf, dass die Amerikaner und die Russen sich letztendlich doch noch zerstreiten. Auf irgendwas … Und was erhofft er sich, wenn die Deutschen zurückkommen? Nur eines: alle hängen zu sehen, die keine »christlich-ungarischen Gentlemen« sind, und er wird wieder der Chef eines jüdischen Betriebs sein, mit monatlich sechstausend, und er kann wieder »christlich-ungarischer Gentleman« sein, laut und rücksichtslos. Ich erkenne ihn schon aus hundert Schritt Entfernung: an seinem Blick, daran, wie sein Bärtchen sitzt, wie seine Augen blitzen. Jetzt schaut er duckmäuserisch vor sich hin und hat für alle Fälle eine Armbinde mit russischen Buchstaben umgelegt. Denn man muss ja vorsichtig sein, heutzutage, ich bitte dich ergebenst!

Ich unterhalte mich mit dem jungen »christlich-ungarischen« Rechtsanwalt einer großen Bank. Er erzählt, die Pfeilkreuzler hätten in den letzten Wochen aus den »christlichen Safes« die Aktien und Wertgegenstände mitgenommen. Ich erwähne, dass Sztójay und sein Gefolge schon Monate vorher das Gleiche mit dem Besitz der Juden gemacht hätten. »Das ist etwas anderes«, sagt er, »das war lediglich das Vermögen der jüdischen Minderheit.«

Dieser Mensch blickt gelassen in die Zukunft, weil er auch eine »jüdische Klientel« hatte und einmal »mit Erfolg einen Kommunisten verteidigte«.

In Tahi. Eine ungarndeutsche Wirtin bekommt in meiner Gegenwart einen Herzanfall und bricht in Tränen aus, weil in der Nacht zuvor die einquartierten russischen Soldaten zwei Kilo von ihrem Küchenschmalz mitgehen ließen. Sie ist nur schwer zu beruhigen. Ich tröste sie, dass auch andere viel verloren hätten, zum Beispiel wurde mein ganzer Besitz zerstört; dem schenkt sie keine Beachtung. Sie jammert, und ihr Gesicht ist tränennass.

Menschen wie ihr tut dies am meisten weh: der Verlust von »Sachen«, das Schmalz und die Kuh, Kleider, Stoff, Möbel … Das schmerzt sie so sehr, sie gehen daran zugrunde. Doch immer noch warten sie lieber auf die russischen Requirierungen, als den Ungarn für Geld etwas zu verkaufen. Jetzt tauschen sie gegen gestohlene Sachen der Budapester Ballen von Leinwand, meterweise Kleiderstoff – sie horten die »Beute« mit ruhigem Gewissen.

Eine junge Dame aus dem Nachbardorf erzählt ganz aufgelöst, dass sie vor zwei Tagen, um halb eins in der Nacht, von der Bürgerwehr aus dem Bett gerüttelt und auf Befehl des hiesigen Häuptlings mitten in der Nacht zehn Kilometer nach Visegrád getrieben wurde, um am Berghang Schanzen zu graben. Die jungen Mädchen der in der Gegend ansässigen Familien, unter ihnen auch ein jüdisches Mädchen, das jetzt nach langer Zeit des Vegetierens in Verstecken endlich nach Hause gekommen war, stocherten zwei Tage lang mit dem Spaten in der Hand in den Hügeln herum, bis sich ältere Russen ihrer erbarmten, ihnen schließlich die Spaten aus der Hand nahmen und alle nach Hause schickten. Ihre Arbeit war natürlich nutzlos gewesen.

Das erste Mal höre ich davon, dass man Frauen in andere Gemeinden zur Zwangsarbeit schleppt. Das kann nur der Einfall irgendeines der nach Rache dürstenden lokalen Robespierres sein. Die Russen haben nirgendwo so etwas verlangt; der frisch gebackene örtliche Despot dachte wohl in missmutigem Übereifer, den Besatzern auf diese Art gefällig zu sein. In allen Orten taucht diese Gestalt auf, bindet sich eine rote Armbinde um, drückt sich eine Art phrygische Mütze auf den Schädel und ernennt sich zum »Leiter des Versorgungswesens« oder zum »Chef der Ordnungspolizei« – willkürlich, ohne Auftrag und Zustimmung einer höheren Behörde, gibt es doch weder eine Regierung noch eine übergeordnete Behörde! –, und dieser Mensch verfügt auch noch über Personen und Besitz. Solche Gestalten sind natürlich gefährlicher als die offiziellen, die historischen Robespierres.

Kosztolányis Buch über die Säuberung der Sprache ist rührend. Als er vor zehn Jahren seine Streitschrift veröffentlichte, diskutierte ich mit ihm. Heute lese ich voller Hochachtung: Er hat seinen Streit mit mir gewonnen. Und wie aufrichtig sein Engagement, seine Sorgen, seine Absichten sind. Und diesen Schriftsteller nannten sie »dekadent«!

Es stimmt nicht, ein Gedicht ist nicht nur Gnade. Mit der Inspiration kann man umgehen, kann sie durchkneten, ihre Temperatur regulieren, das chemische Rohmaterial eines Gedichts kann man in verschiedene metrische und verstandesmäßige Reagenzgläser füllen und dann beobachten, ob es die Farbe verändert, seine Natur ... das Produkt der Inspiration, das Gedicht, kann man verwässern und verdichten. Das Gedicht ist nicht nur eine Gnade, sondern auch Praxis, Bastelei, wenn ihr wollt Kunsthandwerk, sorgsame Aufmerksamkeit und Geschick. Ein Reim blitzt auf, verfälscht er aber etwas in der vorhergehenden Zeile, muss man ihn wegwerfen. Der gedankliche Inhalt einer Zeile ist fehlerlos, doch passt er nicht zum nächsten Reim, man muss ihn wegwerfen. Einen Vers dichtet man nicht nur, man schmiedet ihn auch.

Namenstag. Heute vor einem Jahr saß in unserer Wohnung in der Mikógasse am schön gedeckten Tisch die Familie beisammen. Es gab ein üppiges Abendessen, gute Weine, eine versöhnliche, fröhliche Stimmung herrschte. Alle waren sie da, der Schwager, die Geschwister, eine verwandte Dame, Großgrundbesitzerin vom Lande, die mich zusammen mit *L.* herzlich zum Schutz »vor den Bomben« in ihr Dorf einlud. Es war ein gemütlicher, familiärer Abend.

In der Nacht besetzten die Deutschen Ungarn. Dann verging ein Jahr. Die verwandte Großgrundbesitzerin vom Lande hütete sich in diesem Jahr natürlich davor, uns, verdächtige Elemente wie *L.* und ich es sind, auf ihrem Gut zu empfangen ... Und die Familie zerfiel in gegnerische, duckmäuserische Fraktionen. Und die Mikógasse ging zugrunde, völlig. Und alles, was damals scheinbar der Rahmen meines Lebens war oder sein Inhalt, seine Aufgabe, alles ging in Scherben. Nichts ist geblieben, nur meine Arbeit, die ich noch unter Dach und Fach bringen will.

In diesem Jahr ging auch das Land mit den vertrauten historischen Lebensformen zugrunde; und sehr viele Städte, menschliche Heimstätten; unschätzbare Werte.

Im Nebenzimmer lernt das Mädchen den berühmten »Mahnruf« von Vörösmarty auswendig. *Das Grab, in dem eine Nation versinkt, wird von Völkern stets umstanden …* Ich höre diesem monotonen Geplapper zu, diese Lektion hat die Nation immer nur mit den Lippen gelernt, niemals mit dem Herzen und der Seele. Dieses Jahr hat die Wahrheit ans Licht gebracht. Und ich glaube nicht, dass *in den Augen der Millionen, der Völker eine Träne der Trauer steht*, wenn sie rund ums Grab der Nation verweilen. Mit objektiver Gleichgültigkeit schauen sie diesem Ende zu: Nicht sie haben es beschworen, wir haben es gerufen, wir wollten es, aus Habgier, Unbildung, Sittenlosigkeit. Es gibt keine Entschuldigung.

Mit kühlem Kopf verstehe ich die Aufregung, die mich wegen der Natur und des Verhaltens der Menschen manchmal befällt, nicht wirklich. Was erhoffst du dir von ihnen? Ihr starrköpfiger Egoismus, ihre trotzige Idiotie, die von der Unbildung nicht gezähmt wurde, ja hoffnungslose Lebewesen aus ihnen gemacht hat. Alles, was man unter ihnen tun kann: ausdauernd seine Interessen und Ideale verteidigen und sie ansonsten als unheilbare Wahnsinnige und Trottel betrachten.

Um halb sechs am Morgen drischt jemand an die Tür. Einquartierung. Ein Major, Offiziere, Soldaten. Sie kommen von der nahen Front; Esztergom wurde in der Nacht von den Deutschen zurückerobert. Sie schlafen hier, frühstücken; der Major sagt, in fünf Monaten ist der Krieg zu Ende. »Fünf Monate? Die sitze ich doch auf dem Nachttopf ab«, hat man früher in Ferencváros gesagt. Mit fünf Monaten könnte auch ich schon leben. Ein größeres Problem für mich ist, dass die Front schon den dritten Monat ganz in der Nähe ist; und jetzt kommt sie näher, als sie je zuvor gewesen ist.

Morgendliches Frühlingslicht. Diese Landschaft mit ihrem Frieden, ihren Gewässern und Bergen ist wunderbar. Die stählernen Greifvögel des Krieges kämpfen und kreischen hier, über dieser friedlichen Landschaft; doch das Wasser und die Felder, der Wald und die Berge erwachen mit jungfräulichem Augenaufschlag aus dem kalten Traum, recken sich, frisch und gleichgültig.

Der Major zieht mich zum Abschied beiseite und rät mir, ins Landesinnere zu gehen, wo es sicherer sei; die Deutschen greifen überall rund um Budapest mit großem Einsatz an. Wahrscheinlich weiß er, wovon er spricht; aber wie soll ich gehen? Mit löchrigen Schuhen? Wenn ich fortgehe, sind auch die wenigen Utensilien beim Teufel, die mir noch zum Leben blieben.

Ich habe erfahren, dass im Wald, im dichten Unterholz des Berghangs, ein Schuster lebt, der Schuhe besohlt. An dem steilen Hang klettere ich den Berg hinauf. Auf den Feldern werden Maisstrünke verbrannt, ein fauliger Rauchgestank hängt über dem Land; seit Monaten ist das die erste friedliche Arbeit, die trotz des erzwungenen Arbeitsdienstes verrichtet wird. Und hinter dem Berg dröhnt, kracht und rasselt der Krieg.

Der Schuster lebt in einer Hütte, ein lungenkranker Mann mit Bart – seine Hütte und er sind wie das Ungeheuer und sein Zuhause in Andersens Märchen. Doch dieser einsame Mann ist der einzige Handwerker in der Umgebung, der nützliche Arbeit verrichtet; seine Kollegen, die Schuster im Dorf, beschäftigen sich nur noch mit Tauschhandel und höherer Politik. In der Hütte schlägt mir Gestank entgegen – Essensgeruch, Menschenmief, Warmleimduft –, sodass mir schwindelig wird; wir verhandeln im Freien sitzend, auf einer Bank. Seine Frau begleitet mich die steile Böschung hinunter, durch den Wald, unwegsame Pfade entlang, über Gräben hinweg. Eine Frau wie eine Landstreicherin, in Lumpen, die sonst bettelnd durchs Dorf zieht. Plötzlich beginnt sie zu singen, mitten im Wald. Verrückt, glücklich, laut singt sie ein Marienlied, mit der psalmodierenden Stimme von Wallfahrern. Dieses einsame, spontane Singen berührt mich. »Gefällt es Ihnen?«, fragt sie. »Sehr«, erwidere ich. »Ist ja auch schön«, meint sie. »Das wird zu Mariä Namen gesungen, in Vác, zur Wallfahrt.« Mitten im Wald spendet mir das Marienlied dieser gestörten Frau Trost. Nur die Bettler und Verrückte zeigen Spontaneität. Alle anderen sind berechnend, schachern und spekulieren nur.

Ich lese Tolstois *Der lebende Leichnam* in schlechter deutscher Übersetzung. Für Moissi ist dieser große Erfolg wahrlich nichts anderes als eine einmalige Rolle für einen großen Schauspieler. Tolstoi mochte dieses Drama nicht besonders.

Ich mag es auch nicht, weil es geschwätzig ist – wie Tolstoi im letzten Abschnitt seines Lebens und in seinen Werken fast immer. Es gibt nur ein paar Meisterwerke Tolstois – *Krieg und Frieden*, *Anna Karenina*, die *Kreutzer-Sonate*, den *Tod des Iwan Iljitsch* und die meisten seiner Erzählungen –, wenig ist das nicht. Doch diese Meisterwerke sind mit einer vom Tang grünen großen Flut moralisierender oder einfach nur dahingeplapperter Betrachtungen garniert. Das schadet seiner Größe nicht; doch der Leser versucht aus dieser Flut trockenen Fußes auf die Inseln zu gelangen, auf denen seine Meisterwerke gebaut worden sind. Tolstoi ist oft redselig, sagt Gemeinplätze und Volksweisheiten, aber er ist nicht geschwätzig, weil er viel redet. Auch Proust spricht wahnsinnig viel, doch sagt er niemals auch nur ein überflüssiges Wort. Tolstoi tratscht, schwafelt und trägt wegen irgendeines russischen Redezwangs kunstgerecht vor wie viele seiner Helden – die er übrigens für diese Eigenschaft auch verspottet.

»22. März«

Heute vor einem Jahr sind wir nach Leányfalu gezogen. In diesem Jahr hat sich vieles bis zur Unkenntlichkeit verändert, vieles ist unwiederbringlich zugrunde gegangen. Nicht nur Häuser, Wohnungen, sondern auch menschliche Beziehungen, Arbeitsbedingungen. Auch für mich hat sich das Leben bis zur Unkenntlichkeit verändert. Ich kann nicht hoffen, irgendwann einmal wieder in Verhältnissen zu leben wie vor einem Jahr.

Ein Jahr im Dorf; die paar Wochen Aufenthalt in Losonc und die immer nur wenige Tage dauernden Besuche in Budapest haben das Gepräge dieses Dorflebens nur unterbrochen, aber nicht verändert. Seit einem Jahr ohne Haushaltshilfe, seit einem Jahr ohne Einkommen, seit einem Jahr ist nichts von mir auf der Bühne, in Büchern, Zeitungen oder Zeitschriften erschienen – vielleicht spielen sie mich im Ausland noch, vielleicht drucken sie dort noch meine Bücher, davon weiß ich nichts –, seit einem Jahr ständig in großer Gefahr. Trotzdem, was hat sich in einem Jahr in mir verändert? Erwarte ich etwas anderes, reizt mich etwas anderes, hoffe ich auf etwas anderes? Mich beschäftigt immer noch dasselbe Manuskript wie vor einem Jahr *(Die Schwester)* – Lektüre und Manuskript sind immer noch wichtiger für mich als der Krieg oder die Revolution, ich hoffe auch immer noch das Gleiche, ich sehne mich immer noch nach demselben, und ich fürchte mich noch vor dem Gleichen. Es gibt keine Gehenna und kein Fegefeuer, in dem sich die menschliche Natur verändern würde.

Renans Buch über die Apostel. Durstig schmecke ich diesen reinen französischen Geist, diesen unparteiischen, unversöhnlichen Stil, diesen leichten und ernsten Vortrag, der klar ist wie Sonnenlicht. Die Deutschen mögen »tiefgründiger« sein, die Russen »menschlicher« – für mich ist diese französische Klarheit das Höchste, was ich seit den Griechen von Menschen bekommen habe.

Renan »glaubt« nicht an Wunder: Er wartet einfach, bis sich das Phänomen einstellt und seine Prüfung durch die unparteiische Wissenschaft übersteht. Wenn das Phänomen diese Prüfung bestanden hat, kann man es auch Wunder nennen ... Das ist der einzige Standpunkt, der eines intelligenten Menschen würdig ist.

Der andere Standpunkt, der des Dichters, ist eines vernünftigen Menschen möglicherweise unwürdig, aber dennoch genauso menschlich. Er »prüft« das Wunder nicht, sondern bewundert es durch seine Visionen, weil die Vision ebenfalls Wirklichkeit ist, wenn auch nicht im naturwissenschaftlichen Sinne, wenn auch nicht im Sinne eines positiven Urteils, bleiben wir doch auch dem Wunder gegenüber geduldig und großmütig, leidenschaftlich und objektiv; bleiben wir Menschen!

Ein Bote kommt aus Budapest, setzt auf der Donau über und vermeldet atemlos: Im Kaffeehaus Bodó gibt es Kalbsgulasch.

Die Kranken werden gesund, die Lahmen beginnen zu laufen, Menschen kriechen aus ihren Verstecken hervor, die sie seit Monaten nicht verlassen haben, und stellen sich in Budapest um Arbeit an; sie haben es eilig, damit sie nichts versäumen … Alle wurden »verschmäht« und »verfolgt«; und jetzt halten sie die Hände auf. Alles tritt mit der Genauigkeit eines Uhrwerks ein, wie man es von diesem Menschenmaterial der verdorbenen ungarischen Gesellschaft auch ohne Sehergabe hat erwarten können.

Sie hat während der Belagerung alles verloren, und jetzt meint sie feindselig-laut: »Dafür werden sie mir Entschädigung zahlen! …« Arme Närrin! Sie ahnt nicht einmal, dass sie für all das bezahlen wird – ja, gerade sie, die Geschädigte …

Bald am Ende mit der *Schwester*. Was ist ein Arzt? Für mich ist der Arzt ein Mensch, der keine »kleinen« und »großen« Krankheiten kennt, alltägliche oder außergewöhnliche »Fälle«; einer, der einen Raum betritt, in dem ein Kranker liegt, und Herz und Lunge abhört, im Badezimmer den Abfluss richtet, weil der Kranke ihn benötigt und kein Installateur zur Hand ist, der Ratschläge zum Kochen gibt, der mit dem Patienten bespricht, wie der seine unangenehmen materiellen Angelegenheiten regeln soll, der, wenn nötig, auch eine Entbindung abwickelt und einen Furunkel schneidet, obwohl das nicht zu seinem »Fach« gehört; der während der Untersuchung so nebenbei die Beinmuskeln des Kranken, die vom Liegen erschlafft sind, massiert … er ist einfach Arzt. Also kein »Wissenschaftler«. Wenn er Wissenschaftler ist, soll er nicht Arzt sein, soll an seine Haustür kein Emailschild mit der Aufschrift *med. univ.* nageln. Hippokrates war Arzt, also Pfarrer und zugleich Hühneraugenschneider, Hebamme und Internist, Seelenheiler und klistierender Bader.

Diese Einsamkeit verschlingt mich, wie die Falltür auf der Bühne in einer dramatischen Szene auch die Statisten verschlingt, nicht nur die Helden ... Und während ich in dieser Einsamkeit versinke, spüre ich, es ist gut so. Sollen die anderen in ihrer »Rolle« ausharren. Du bleib deinem Schicksal treu, das aus Buchstaben und Einsamkeit besteht.

Renan weiß nicht, dass Paulus Epileptiker war; er erwähnt diese Eventualität zumindest nicht. Die Krankheit des Apostels wurde von irgendeinem körperlichen Gebrechen verursacht, er erklärt sie mit einem leidenschaftlichen »Minderwertigkeitskomplex«, mit den Mängeln seiner körperlichen und seelischen Beschaffenheit. Die große Szene auf der Straße nach Damaskus ist für Renan einfach eine Halluzination, die durch die Hitze, einen plötzlich aufgekommenen syrischen Sturm, durch die Müdigkeit des Wanderers ausgelöst wurde. Merkwürdigerweise denkt er nicht einen Augenblick an die Möglichkeit der Epilepsie; doch ich halte mich an Kretschmer und all die anderen, die daran glauben, dass der Apostel – wie Mohammed – Opfer und Beglückter der »heiligen Krankheit« war.

Der Weg, den er beschreibt, ist mir bekannt, nicht nur wegen der Seelenlandschaften, durch die er führt, sondern auch im geografischen Sinne. Jetzt, zu Ostern, sind es neunzehn Jahre, dass ich dort gewesen bin, zwischen Jerusalem und Damaskus. Es ist ein reiches und begnadetes Land, das sich in den letzten zwei Jahrtausenden kaum verändert hat; auch heute noch Gärten, Lauben, Überfluss, ein bezauberndes Bild der vom Menschen domestizierten, gepflegten Natur. Der Libanon, die Nähe des Meeres, die Hitze, die aus der Erde strahlt, die Quellen, die Pflanzen, die mit knisternder Kraft in die Höhe schießen, all das ruft paradiesische Bilder wach. Es ist kein Zufall, dass ein Mensch, dessen Krankheit und seelische Beschaffenheit ihn für Visionen empfänglich macht, auf diesem Weg einen halluzinatorischen Anfall bekommt. Und die Landschaft hier ist voll von religiösen Traditionen alter Kulturen, voll toter Götter, die Erinnerungszeichen verlorener Glaubenssysteme stehen hier, entlang der Landstraße. Auf der Straße nach Damaskus trafen sich Landschaft und Mensch. Und aus diesem Zusammentreffen wurde eines der schönsten Erlebnisse des Menschengeschlechts geboren.

Paulus, diese geheimnisvolle Gestalt des Christentums, dieser besessene Propagandachef, er findet in der Literatur noch nicht die volle Anerkennung. Der portugiesische Schriftsteller Teixeiras de Pascacoes hat ein überzeugendes, fiebriges Porträt von ihm gemalt; doch in dieser fragilen, entstellten und leidenschaftlichen Figur schlummern noch viele Möglichkeiten, die die Literatur bisher versäumt hat zu entwickeln und aufzuzeigen.

Ich kann nichts anderes sagen, kann das Gleiche immer nur wiederholen: Staunend, mit offenem Mund, mit der Verblüffung eines Kindes beobachte ich immer und immer wieder – in allem, selbst in den kleinsten Dingen – Gottes Fingerzeige, sein Eingreifen, seine Hilfe und seine Inszenierungen.

Es ist Ende März, und die Sträucher vor dem Fenster beeilen sich wie verrückt, den Sinn ihres Lebens in die Welt hinauszuschreien, zu verkünden, dass sie leben, die prickelnde, herbe Sonne verschlingen, austreiben. Was für ein

Optimismus! Schäm dich mit deinen winzigen Sorgen wie Weltkrieg und Revolution …

Ein Hahn. Reiner Hochmut, Pomp, uniformierte Würde, grausame Überlegenheit, gendarmenhaft stramm: die fleischgewordene Reaktion.

Es ist immer offensichtlicher, dass für alles, was geschehen ist und noch geschehen wird, István Bethlen und seine Mannen die Verantwortung tragen. Horthy war ungebildet und beschränkt, eine Marionette in der Hand des gescheiten, zynischen, hochmütigen und gebildeten Bethlen. Es mag für Horthy eine große Erleichterung gewesen sein, als ihm nach Bethlens Fall endlich der Spieß Gömbös zur Verfügung stand, dieser tölpelhafte Emporkömmling, der, sich tief verbeugend, allen reaktionären und latent faschistischen Neigungen seines Herrn nachkam … Doch Bethlen wusste, wie der Hase läuft; er und seine Mannen hatten vor fünfundzwanzig Jahren die Möglichkeit vertan, Ungarn demokratisch zu machen. Diese Verantwortung ist schicksalhaft. Klebelsberg versuchte sich zwar an einem Erziehungsexperiment, mit dem er den Mangel an Bildung wettmachen wollte, sonst aber blieb für Bethlen alles Standesinteresse, er glaubte hoch und heilig, dass nur die begüterte Aristokratie zu Erziehung und Führung berechtigt sei. Davon wurde alles bestimmt; und auch die ungarische Gesellschaft, wie sie den Willen dieses klugen Oligarchen akzeptierte und ihm diente … Ungarn würde heutzutage wohl nicht Schweden, könnte aber zumindest die Tschechoslowakei sein … und wie ist die Wirklichkeit? Ein ausgeblutetes Land, das von einem Extrem ins andere wankt, und die Freiheit, das innere Verlangen danach, sind genau so irreal, wie sie es vor fünfundzwanzig Jahren waren.

Ohne Freiheit aber ist das Dasein nicht lebenswert. Man kann leben, aber es lohnt sich nicht; und das Individuum oder die Nation, die diese Möglichkeit, ein Leben ohne Freiheit, wählt, muss bald erfahren, dass die auch in der Praxis den Tod bedeutet – nicht nur den Tod der Ideale und Moral, sondern auch den wirklichen, den physischen Tod. Ich glaube immer weniger, dass die Ungarn als Nation diese Katastrophe, die von Feigheit und Unbildung heraufbeschworen wurde, überleben.

Simon von Gitton, in Renans Vortrag: der Gnostiker, der Nachahmer, der Christus die Idee des Christentums stiehlt, wird ein gefährlicher Konkurrent, und sein Versuch gelingt auch fast: eine beeindruckende Figur! Jedes große historische Unterfangen verfügt über so einen Simon, der irgendwann nachzuahmen beginnt und größeren Erfolg als der Meister hat, ja größeren als DER Meister. Dieser Erfolg ist natürlich zufällig und vergänglich. Und an solchen Nachahmern erweist sich erst, was am ORIGINAL wahr und falsch war, zufällig und unübertrefflich.

In Buda. In der Mókusgasse, vor dem Gasthaus Kéhli – Krúdys Revier –, erste Lebenszeichen: Ein Postbote trägt Briefe aus. In den Hauseingängen werden Zwirn, Kerzen, Würste, Schmalz, Pogatschen verkauft. Ein Begräbnis; zwei Männer tragen den Sarg auf einem Brett, hinter ihnen die Trauernden wie in der venezianischen Anekdote: Der Gondel des drittklassigen Toten folgt die arme trauernde Verwandtschaft – schwimmend. Von der Ersatzbrücke, die hinter der Margaretenbrücke errichtet wurde, verscheuchen mich die Russen; inmitten von Staubwolken, Gestank und Müll wandern wir zur Franz-Josephs-Pontonbrücke, über die man von acht Uhr früh bis vier Uhr nachmittags nach Pest hinüberkommt. Buda erscheint hoffnungslos; die Ruinen, die Häuserwracks – oben hängt auf einem Haus, mitten im »romantischen Tabán«, ein abgestürztes Flugzeug –, der Gestank von Tierkadavern, Leichengeruch von den nachlässig verscharrten Toten in der warmen Frühlingssonne; sich dahinschleppende Menschenmassen mit Koffern, Bündeln, Menschen mit vollgepackten Leiterwagen; Häuserzeilen, die jetzt noch verwüsteter sind, noch ausgeweideter erscheinen als im Hochgefühl der ersten Begegnung; die gespenstischen Skelette der ausgebrannten Burg, der Kettenbrücke, der Elisabethbrücke: Das alles ist hoffnungslos. Doch in der Zárdastraße, in einem intakten Haus, finde ich die kleine Eigentumswohnung, die ich vor fünf Jahren vom Honorar für das Theaterstück *Abenteuer* erstanden und eingerichtet habe. Sie ist nicht beschädigt; in den Fenstern ist Glas; im Haus gibt es Strom und Wasser, weil hier der russische Kommandant des Rosenhügels gewohnt hat; und endlich schlafe ich unterm »eigenen Dach«, esse bei elektrischem Licht zu Abend und wasche mich mit fließendem Wasser in der Badewanne ... was für ein Erlebnis! Die Mieter versprechen, mir in ein paar Wochen die kleine Wohnung zu übergeben, weil sie ins Ausland übersiedeln. Ich suche meine Mutter, sie haust im fünften Stock einer Pension in der Pester Innenstadt, in einem Loch, das wohl ein Dienstbotenzimmerchen war, ohne Strom, ohne Wasser, ohne Lebensmittel. Ich möchte sie so bald wie möglich in die Zárdastraße bringen.

Diese Wohnung in der Zárdastraße ist in ihrer Unversehrtheit verblüffend: Weil auch alles genauso gekommen ist, wie ich es mir vorgestellt hatte; so linkisch-logisch ... Ich habe sie gekauft, weil ich mir irgendwo ein Zimmer bereithalten wollte, falls mit meinem Zuhause in der Mikógasse etwas passieren oder es zur gesellschaftlichen Unmöglichkeit würde, in einer Fünfzimmerwohnung zu residieren. Beide Möglichkeiten sind genauso eingetreten.

Und ich kaufte sie auch, um etwas verkaufen zu können, falls ich einmal nichts verdienen würde; dieser Fall ist ebenfalls nicht mehr weit. Es war ein Einfall von kurzsichtiger Klugheit; wie man in Budapest sagt: Kraus-bácsi im Café New York hat immer recht …

Nach dem Budaer Rundblick ist Pest eine fast völlig intakte Stadt. Sie prickelt vor Leben: In Geschäften mit verglasten Schaufenstern ist »alles zu bekommen«, auch Artikel, die wir schon seit Jahren nicht mehr gesehen haben: Schweineschmalz, Mehl, Ferkel, Rind- und Kalbfleisch, Geflügel, Gemüse, Kartoffeln, Speiseöl, Chanel-Parfüm, Schuhcreme, Schokolade, echter Tee und Kaffee, Würfel- und Kristallzucker, Marmelade, Kleiderstoffe, Strümpfe, Schuhe … eben alles, was eine große Stadt im Frieden zum Kauf anbieten kann; und dieses Angebot ist innerhalb von Tagen aus dem Boden gewachsen. Die Juden arbeiten mit leidenschaftlicher Energie, schaffen die Waren heran, haben Budapest vor dem Hungertod gerettet. Die Preise sind völlig verrückt: Zehn Gramm Hefe kosten acht Pengő, ein Kilo Zucker vierhundert, Schmalz vierhundert, Mehl sechzig. Nebeneinander haben wir Inflation und Geldmangel. Wahrscheinlich kaufen Leute ein, die sich in jüngster Vergangenheit viele Dinge angeeignet haben; und die Hungrigen, die ihren letzten verbliebenen Besitz verkaufen, damit sie etwas zu beißen bekommen. Ich esse in einem Kaffeehaus zu Mittag: einen Teller Pilzsuppe, Erbsenpüree, eine Scheibe Hackbraten, eine Scheibe Brot für hundert Pengő. Zigaretten, das Stück zwei fünfzig und so viele man will. Es gäbe auch schon Strom, wenn man es zuließe; alles würde es geben, wenn man es zuließe. Auf der Vácistraße, inmitten der Ruinen, Shopping-Stimmung. In vornehmen Geschäften rät mir der Verkäufer von der Csabaer Wurst ab, weil er morgen – für dreihundertsechzig – Debreziner bekommt.

An jeder Straßenecke ein Wiedersehen; wie Maschinen rattern die Menschen ihre Erlebnisse herunter. Allen ist »das Gleiche« passiert: In der Nacht seien die Pfeilkreuzler ins Haus gekommen, hätten die Marmelade aufgegessen und die Großmutter umgebracht. Die meisten aber haben die Belagerung erhobenen Hauptes überstanden; keiner hat sich verändert; alle sind sie genau so ungebildet, korrupt oder zynisch, wie sie es immer waren.

Eine Dame auf der Vácistraße meint: »Das alles verhält sich wie *Mária Lohr, vormals Kronfusz*.« Sie meint, nichts habe sich geändert, auch nicht nach den Nazis und den Pfeilkreuzlern.

Der Handel ist »frei«: Jeder verkauft, was und wo er will, ohne Gewerbeschein, wie es ihm beliebt. Die Freiheit ist in jedem anderen Sinne jedoch nur ein Trugbild. Die individuelle Freiheit ist eben etwas anderes, als Kakaopulver in der Királystraße kaufen und verkaufen zu dürfen. Es braucht Zeit, bis man das versteht; wenn sie es überhaupt irgendwann verstehen werden …

Immer mehr Zeitungen erscheinen, und jede führt dieses Wort im Namen: Freiheit. Tatsächlich steht es jedem frei, zu schreiben, in die Welt hinauszuschreien, was gestern noch verboten war; nur über den heutigen und morgigen Tag darf man die Wahrheit nicht schreiben.

Renan meint, die Judenverfolgungen wären im alten Rom nicht so grausam gewesen, wie die Nachwelt glaubt. Für die Juden war damals wie heute eine gewisse Eigenbrötelei typisch; sie waren überheblich, rachsüchtig, aßen anders, hatten andere Lebensgewohnheiten, durch den Glauben, den Geschmack und die Bildung unterschieden sich die Juden vom Volk, das sie aufgenommen hat. Sie waren stets arm – erst in Spanien gab es zur Zeit der Goten die ersten großen jüdischen Vermögen –, und sie standen immer in Verbindung mit der Gesellschaft der Armen.

Dieser ausgezeichnete Schriftsteller und Dichter meldet sich immer wieder fleißig hier in der neuen Welt zu Wort; und wenn ich seinen Namen im Titel von Zeitungen lese, auf den Namenslisten von Komitees und Vereinen, verstehe ich, was mich heute wie früher von ihm unterscheidet. Dieser Schriftsteller ist in erster Linie Politiker; auch wenn er ein Gedicht über den Frühling schreibt; für ihn ist also die gesellschaftliche Frage wichtiger als ein Verlaine-Gedicht oder *Krieg und Frieden*. Auch für mich ist der gesellschaftliche Aufstieg der ungarischen Kleinhäusler und Tagelöhner eine ehrenvolle und wichtige Angelegenheit, aber nicht wichtiger als die Gedichte von Babits oder Shakespeare; wenn ich mich entscheiden muss, bekommt die Literatur, nicht die Politik meine ganze Kraft und Aufmerksamkeit. Deshalb können wir einander nicht verstehen. Trotz alledem können wir unsere Ansichten gegenseitig respektieren.

R. warnt mich, ich solle eine Zeit lang nicht unter Menschen gehen, keine »Funktionen übernehmen«, weil meine »Gegner« mit der politischen Haltung, die ich in der Vergangenheit an den Tag gelegt hätte, unzufrieden wären, sie kreideten mir Artikel an, in denen ich mich in der Vergangenheit abfällig über die Russen und den Kommunismus geäußert hätte; und überhaupt seien sie mit mir unzufrieden. Ich bedanke mich für die Warnung, doch werde ich mich nicht danach richten; ich werde in der Stadt kommen und gehen wie bisher, überlasse es meinen »Gegnern«, meiner habhaft zu werden oder mich exekutieren zu lassen, und überhaupt, sie können mit mir machen, wonach ihnen der Sinn steht.

Denn wer sind diese »Gegner«? Meist schlechte, politisch linke Autoren, die jetzt – wie die »Rechten« und die Pfeilkreuzler in der Vergangenheit – eine historische Chance wittern, sich mit dem Recht weltanschaulicher Anschuldigungen eines Berufskollegen zu entledigen. Diese Gefahr ist immer real, doch darf man sich nicht um sie kümmern. In letzter Zeit habe ich mich daran gewöhnt, dass ich mal hier, mal dort auf Listen politischer Gruppierungen erscheine, als einer von denen, die von den neuen Herren der Macht unbedingt hingerichtet werden sollen. Verhaftung, Deportation, niederträchtigere Gefahren: All das gibt's und gibt's auch nicht. Es sind Begleiterscheinungen des menschlichen Lebens, unseres Handwerks, sie entspringen der menschlichen Natur, sind aber keine schlimmeren Gefahren als eine Seuche oder das Elend. Die wirkliche »Gefahr« beginnt für mich, wenn irgendein neues System nach der ersten Aufregung und Abrechnung entdeckt, dass es Schriftsteller benötigt, Ärzte, Wissenschaftler, Musiker, diese unverzichtbaren Arbeiter in den eigenen Reihen nicht findet, und schließlich jedermann, der in seinem Beruf etwas zustande bringt und schafft, einzuladen beginnt ... auch dieser Augenblick wird kommen. Dann ist es wirklich gefährlich, denn ich kenne die ungarische Gesellschaft und weiß, dass es hier für mich keine »Funktion« gibt und auch nicht geben kann. Für mich ist nur die Arbeit möglich, ohne eine Funktion. Alles andere ist nicht der Beachtung wert.

Der Garten atmet, der Ackerboden wartet darauf, umgebrochen zu werden, dass man Bohnen, Kartoffeln, Mais und andere irdische Güter, deren Früchte jetzt lebenswichtig sind, darauf zieht. Arbeitskraft gibt es aber nicht. Die Zugtiere wurden massenweise von den Deutschen und den Russen fortgeschafft (allerdings gab es im Dorf noch nie so viele Pferde wie jetzt, da dank der weisen Voraussicht der Dorfbewohner in den letzten Monaten die herumstreunenden Pferde sehr sorgfältig eingefangen, also gestohlen worden sind!), die Arbeiter gehen zum Arbeitsdienst. Es gibt keine Gärtner, die Tagelöhner zieren sich mit arroganter Überlegenheit vor der Arbeit und sind unbezahlbar wählerisch. Meine Freunde raten mir, ich solle den Garten selbst umgraben, Bohnen und Kartoffeln pflanzen.

Ähnliches haben auch Epikur, Voltaire und neuerdings sogar die französischen Schriftsteller, die das Elend des Krieges ins Dorf gezwungen hat, empfohlen. Gewiss ist es eine schöne Arbeit, etwas anzupflanzen, an einem Frühlingsmorgen in der Erde herumzuwühlen, auch wenn sie nicht uns gehört ... Ich habe aber weder Kraft noch Lust zu solcher Arbeit. Ein Garten in Frühlingspracht labt auch meine Seele, ich verzehre seine Früchte voller Genuss, aber nur, wenn ich den Kaufpreis der Früchte mit geistiger Arbeit verdienen kann. Für mich ist jeder andere Versuch, zu säen und zu ernten, gekünstelt, aufgezwungen und unehrlich. Ich bin kein Landarbeiter. Ich bin kein Amateurgärtner. Der »Erdgeruch« erregt mich nicht. Ich bin ein hoffnungsloser Fall und ein siebenmal verfluchter Urbanist, ein sturer und dickköpfiger Stadtmensch. Im zertrümmerten Budapest, im Café Central, fühl ich mich heimischer als in einem schönen Garten, den ich im Schweiße meines Angesichts und mit meiner beiden Hände Arbeit bestellt habe. Ich bin in irgendeinem Winkel von Paris, auf einer Straßenbank, glücklicher, als ich am Donauufer zwischen Zwiebeln und Tomatenpflanzen je sein könnte. Man kann mich töten, verbannen, proskribieren, trotzdem werde ich kein anderer sein als ich bin: ein Städter, der sich nur in der Stadt als Mensch fühlt, als denkendes, arbeitendes, agiles und nützliches Lebewesen. Möge der seinen Garten bestellen, der Lust dazu verspürt oder den die Not zwingt. Ich habe in einem Garten nur Lust, unter einem Schatten spendenden Baum Voltaire oder Epikur zu lesen, mit dem Augenglas auf der Nase.

Die Nation hat jetzt die Hemdsärmel hochgekrempelt und sich darangemacht, etwas Großes zu tun: die Vergangenheit zu tilgen, Reaktion und Korruption auszurotten, die gesellschaftlichen Privilegien abzuschaffen und jedes herrschaftliche Gut, das größer ist als hundert Joch, aufzuteilen. Die Augen leuchten wie seinerzeit die weißen Pluderhosen in den Volksstücken auf der Bühne. Frohes Schaffen, meine Brüder! Nur eine Frage so zwischendurch und nebenbei: Hat die Nation moralische Ansprüche? Ich meine, fühlt sie irgendetwas von der »kollektiven Verantwortung«, will sie denn anderes, als sich mit dem Vermögen, das der eben entschwindende Stand verdient oder requiriert hat, die Taschen zu stopfen, sich durch entsprechende Weltanschauung zu einer guten Position berechtigt zu fühlen, als mit stolzgeschwellter Brust vorzugeben, ein Linker zu sein und deshalb Wolle ansetzen zu dürfen? Stellt die Nation denn moralische Ansprüche an sich selbst, will sie wirkliches Recht, bedingungslose Freiheit, erträgt sie denn moralische Kritik, gibt sie sich die Möglichkeit zur Katharsis, oder will sie nur schwatzen und sich bereichern? Erfahrungen, die ich vor nicht allzu langer Zeit gemacht habe, zwingen mich dazu – unter vier Augen –, dies anzusprechen. Und wenn ich »Nation« sage, denke ich nicht an *eine* Gesellschaftsschicht, sondern an jede Schicht der Gesellschaft. Und ich habe Grund dazu.

Auferstehung. Ein Theatermann aus Budapest schließt sich der Dorfprozession an und spricht davon, dass Direktor *X.* ein Stück für sein Theater haben möchte. Bis die Schellen erklingen und das Allerheiligste hochgehalten wird, diskutieren wir über Tschechow, und ich denke daran, dass sich wirklich nichts geändert hat, die Menschen werden auch durch schreckliche Erlebnisse nicht anders; allenfalls die Lebensumstände verändern sich ein wenig, die menschliche Natur indessen nie. Das ist ein Gemeinplatz, und trotzdem: Alle Generationen und jeder einzelne Mensch müssen sich zwangsläufig selbst von der hoffnungslosen Richtigkeit dieses Gemeinplatzes überzeugen.

Die Menschen haben die Belagerung überstanden, haben den einen oder anderen Körperteil verloren, Familienmitglieder, Arbeitsplätze, Vermögen und wollen jetzt genau dort weitermachen, wo sie aufgehört haben. Und weil da sehr viele sind, die es so wollen, werden sie wahrscheinlich auch dort und auf die gleiche Weise weitermachen, wo und wie sie aufgehört haben. Es wird wieder Theaterzeitungen geben mit Klatsch, pikanten Details aus dem Privatleben von Künstlerinnen, mit dem Titelblattgrinsen männlicher Stars – während der Osterprozession hat der Theatermensch ausführlich Neuigkeiten über einen Scheidungsprozess im Theatermilieu, der wirklich verblüffend ist, von sich gegeben. Und das vier Wochen nach Ende der Belagerung.

Die Deutschen werden überall geschlagen, der Krieg kann noch einige Monate dauern, er kann aber auch von einem Tag auf den anderen vorbei sein. Und was geschieht dann mit den Deutschen?

Denn alle verstehen schon, dass hier nicht nur von den Raubmördern, die man unter dem Überbegriff »Nazi« kennt, die Rede ist, sondern von den Deutschen insgesamt. Von jenen Deutschen, die der Welt Bach, Goethe, Schopenhauer, Dürer beschert haben, aber in der Person eines Bismarck, Kaiser Wilhelm oder Hitler alle fünfundzwanzig Jahre verlautbaren, dass man wegen diesem und jenem mit der restlichen Welt nicht in Frieden leben kann und einen Krieg anfangen muss. Die Welt erträgt nicht alle fünfundzwanzig Jahre einen Weltkrieg – dafür ist das britische Reich nicht stabil genug, Amerika nicht reich und Russland nicht volkreich genug. Diese sture, eingefleischte Angewohnheit muss den Deutschen ausgetrieben werden, so viel ist sicher – aber wie, auf welche Weise? Durch Ausrottung? Versuchen wird man auch das; jetzt werden viele Deutsche umgebracht, mehr noch werden später verhungern, sehr viele deportiert. Aber der größte Teil der Deutschen wird weiterhin in Europa bleiben, dieses Ameisenvolk schnitzt und schmiedet sodann fünfzig Jahre lang in Vereinen an einer Waffe, und alles beginnt von vorn … (»Die Deutschen sind die Strafe für unsere Sünden!«, sagte C., der Botschafter.) Vielleicht durch Erziehung? Einen Charakter kann man nicht erziehen, und der Charakterfehler der Deutschen ist, dass sie den Krieg lieben, das Soldatspielen, den Tod. Ich habe keine Ahnung, was man mit den Deutschen machen kann, jetzt, da man sie geschlagen hat. Dass ich keine Ahnung habe, ist das kleinere Problem; dass auch die Welt keine hat, ein sehr viel größeres.

Gobineaus Buch über die mittelasiatischen Religionen und Philosophien besorgen und lesen; etwas über die Geschichte des Untergangs der Bab-Sekte erfahren. Diese Sekte wurde 1852 in Teheran ausgerottet; ihr Fanatismus suchte seinesgleichen. Ein wichtiger Beitrag zu den *Beleidigten*.

R. und *L.* denken, wenn ich mich für ein halbes Jahr zurückzöge, wäre die erste Wut meiner Gegner in Weltanschauungs- und politischen Fragen verklungen, dann könnte ich wieder schreiben und »auftreten« … Doch mich interessiert diese Möglichkeit »aufzutreten« nicht. Ich habe keine Lust und keinen Grund, mich durch eine Hintertür, die man höflich und großmütig geöffnet hat, in die »literarische Welt« zurückzustehlen, aus der man mich, ich weiß nicht wer und mit welchem Recht, eventuell verbannt hat – und noch weniger kann ich mir vorstellen, wer und mit welchem Recht sich anmaßt, mir zu erlauben, dass ich mich zurückstehle. Die Wahrheit ist eine andere. Die Wahrheit ist, dass ich die ungarische Gesellschaft kennengelernt, für ungebildet befunden habe und nicht bereit bin, in dieser Gesellschaft die »Rolle« des Schriftstellers und Erziehers zu übernehmen, ob sie es mir nun »erlaubt« oder nicht. Ich werde für meine Schublade schreiben, für den Rest meines Lebens, und mich bemühen, mein Auskommen zu finden und so angenehm wie möglich zu leben – vom Weinhandel, oder ich suche mir einen jüdischen Schriftsteller, unter dessen Namen ich Detektivromane und Ideen für Filmdrehbücher verkaufe. Alles andere ist Privatsache.

Renan konnte noch schreiben, dass er zuerst Mensch und ein Kind Gottes sei und erst danach Franzose oder Deutscher. Für diese Aussage würde man ihn heute erschlagen.

Ostern. Zwischen Weihnachten und Ostern entscheidet sich der Krieg, auch für uns. Die Front zieht von hier ab, jeden Tag ist sie weiter weg … Zurück bleiben die Landschaft, die Ruinen und die Menschen, die sich nicht geändert haben.

Der Verstand, das kühle und unparteiische Wissen, ist mehr wert als blinder Fanatismus; doch der Fanatismus verändert mehr in der Welt als der kristallklare, kühle Verstand.

Das Leben beginnt jeden Morgen mit Wasser und Feuer: Ich hole Holz und ziehe Wasser aus dem Brunnen. Die beiden Urelemente sind die Triebkräfte jeden Lebens. Das Essen kommt erst danach. Und wenn Feuer, Wasser, Brot vorhanden sind, erst dann folgt dieses Plus, das dem menschlichen Leben Sinn gibt: die Literatur oder die Biochemie … Die meisten aber geben sich damit zufrieden, dass sie mit irgendeiner langweiligen, unpersönlichen Arbeit »verdienen«, was aus der Wirkung der Urelemente folgt: die Wärme, das Essen und das Trinken.

Welch phantastische Welt! Ich habe im Garten keinen Finger gerührt, dennoch füllte er sich mit wunderbaren Sträuchern, Lauben, von denen es gelb wie von Goldmünzen glitzert, Veilchen, Goldlack und Levkojen. Und um all das hat niemand gebeten, all das wollte niemand, und es hat auch niemand dabei geholfen. Die Natur ist »Selbstversorger«.

Ein hervorragender Stoff für ein Stück in der Hand eines Theatertausendsassas: unter dem Titel »Luftschutzbunker« eine Belagerung beschreiben, während der, in einer zerstörten, ausgeweideten Stadt, im Keller eines Mietshauses, die »gebildeten« Menschen beim ersten Granateneinschlag jede Form von Bildung vergessen und zu Bestien werden, schlimmer als Tiere, nichts lernen, nichts vergessen, und als der erste feindliche Soldat in den Keller eindringt und sie vom Albtraum der Belagerung »befreit werden«, beginnen sie die verlogene Komödie der »Kultur« wieder von vorn.

Ein Jahr schon dauert für mich diese stille Dorfforschung. Gewiss kenne ich die ganze, unbedingte Wahrheit noch nicht: Eine Gesellschaftsschicht, die so verschlossen wie der ungarische Bauernstand ist, kann man in einem Jahr nicht »kennenlernen«. Doch das eine und andere dämmert mir.

Nicht zufällig wird dieser Teil des Volkes, der ungarische Bauernstand, als Letzter in Europa »befreit«. Das ist nicht nur die Schuld der Herren; auch die Schuld der Bauern. Jedes andere Volk hat seine Bauernprobleme schon lange gelöst; mit einer Revolution oder durch gesellschaftliche Entwicklung. Der Ungar erwartet auch diesmal, dass ein anderer für ihn diese kleine Revolution, die Bodenreform, erledigt. Und dazu wählt er den schlechtesten Augenblick: das Ende eines verlorenen Krieges, in einem ausgeplünderten Land, ohne Tiere, ohne Maschinen, ohne Arbeitskraft, ohne Reserven, ohne Saatgut. Jeder weiß, dass die Bodenreform jetzt, gerade jetzt, gleichbedeutend mit einer Katastrophe ist; der Kleinhäusler weiß das ebenso gut wie der Gutsherr. Doch vor zehn Jahren, zwanzig Jahren, hundert Jahren, als man sich unter günstigeren Bedingungen hätte daranmachen können, schlichen alle um diese Frage herum: der Gutsherr ebenso wie der Bauer. Und jedes Volk hat die Herren, die es verdient.

Das Buch Prinzessin Murats über Christine, die schwedische Königin, und ihre amourösen Abenteuer. Ich lese es voller Langeweile, denn ich kann an keine Bücher kommen, die meinem Herzen lieb wären und meiner Sehnsucht gerecht würden. Pariser Salongetratsche über eine Frage, die die Aufmerksamkeit eines besseren Schriftstellers verdient hätte.

Diese maskulinen Frauen in der modernen Welt haben sich auf das »Geschäft« gestürzt. Sie führen große Unternehmen, sind gnadenlos, kleinlich, unversöhnlich: Die schlimmsten Geschäftsleute sind immer diese maskulinen Frauen. Sie sind habgierig, unersättlich; glauben, der höchste Sinn des Geschäfts sei das Zusammenraffen. Christine, Elisabeth von England waren auf ihre kranke Art Königinnen; die modernen Androgynen, die ich kannte, waren allesamt bösartige kleine Krämerinnen.

Jetzt kommt die Zeit – ein paar Jahre –, da jede Revolution die schwierigste Prüfung zu bestehen hat; sie muss beweisen, dass sie nicht nur »tilgen«, bestrafen, zur Rechenschaft ziehen und »liquidieren« kann, sondern auch Begabte hat, Menschen, die etwas schaffen können. Der Professor, der durch die Revolution einen Lehrstuhl bekommt, weil er »verfolgt« wurde und »ein guter Linker« war, der Schriftsteller, dessen Buch in der Vergangenheit aus ähnlichen Gründen nicht erscheinen durfte, der Händler, der aus gleichem Grund nicht verkaufen, der Ingenieur, der nicht bauen durfte: Jetzt dürfen sie lehren, schreiben, verkaufen und bauen. Es dauert Jahre, bis sich herausstellt, was sie wirklich können. Davor werden noch viele Werte zerstört; nicht nur die »schuldig gewordenen Talente«, die in jähzorniger Rache auf den Scheiterhaufen geworfen werden, sondern auch die ruhigen, die erfahrenen, die wertvollen, die nicht so starke Ellenbogen haben und denen es nicht behagt, am Gerangel der Revolution teilzunehmen. In diesen Jahren wird vieles ans Licht kommen; der Arzt, der eine falsche Diagnose stellt, obwohl er ein »guter Linker« ist, der Schriftsteller, dessen Stück und Buch durchfallen, obwohl er in Weltanschauung ein »Sehr gut« verdient, der Händler, der an falscher Stelle einkauft und seine Waren dann nicht konkurrenzfähig verkaufen kann, der Ingenieur, der ein Haus baut, das trotz seiner Qualifikation in Sachen Ideologie einstürzt: Sie müssen in diesen kommenden Jahren die Prüfung bestehen. Zugleich wird auch die Gesellschaft auf die Probe gestellt; sie lernt langsam, zwischen Qualifikation und Qualität zu unterscheiden. Auf die Zeit danach warten alle, in der Stille oder im Lärm, nach Lust und Laune. Mich interessiert das Schankrecht, jeden Tag mehr und inniger.

Es gibt keine »Rache«, keine »Wiedergutmachung«, keine Genugtuung, keine irgendwie geartete »Lösung«. Es gibt nur eine einzige mögliche Verhaltensweise: Freundlichkeit und Gelassenheit.

Die Freiheit ist entweder vollkommen und bedingungslos oder überhaupt nicht. Schriftsteller können nur in bedingungsloser Freiheit existieren.

Es gibt aber nicht nur Redefreiheit. Es gibt auch die Freiheit zu schweigen. Ich will mich, solange ich Lust dazu habe, für Letztere entscheiden.

Hyazinthen, Frühlingszwiebeln, Schnittlauch ... freiwillig, ohne menschliche Hilfe, strecken sie ihre Köpfchen aus dem lauwarmen Boden. Alle duften auf ihre spezielle Art.

Ohne Gärtner füllt sich der Garten mit Schönheit und Früchten. Was der Mensch zu dieser Üppigkeit beiträgt, ist wertvoll und nützlich; aber nicht von Belang.

Aus Buda fliehen die Menschen wie bei einer Völkerwanderung; meine Bekannten können die freien Zimmer ihrer intakten Wohnung nicht vermieten; die Mehrheit der Menschen kann ohne Brücken in dieser Ruinenlandschaft voller Kadaver nicht leben und überleben.

Trotzdem werde ich vielleicht im Winter in das Einzimmerapartment in der Zárdastraße ziehen, das heil geblieben ist. Es ist das passende Plätzchen für untätige Pensionisten und untätige, nicht pensionierte Schriftsteller, ein Ort mit Ausblick auf Gül Babas Grabmal, auf die Donau und die zu Ruinen zerfallenen, an Grüfte erinnernden Stadtviertel einer verluderten und nutzlosen Gesellschaft.

Ich habe keine Möglichkeit, Gedichte zu lesen, und das fehlt mir sehr. Deshalb muss ich gezwungenermaßen Gedichte schreiben.

Vielleicht ende ich, wenn ich alt bin, wieder dort, wo ich begonnen habe: als Lyriker.

L. knetet Brotteig, das erste Mal in ihrem Leben, und sie und auch ich wundern uns: Wie vertraut diese Bewegung ist, dieses Teigkneten, wie sehr es doch schon in den weiblichen Händen schlummert, man muss es nicht erst lernen! Es ist uraltes Handwerk, dem Menschen angeboren, und es gibt keine Zivilisation und keine hoch entwickelte Backindustrie, die einen das vergessen machen kann!

Das »Große Jahrhundert« hat viel ertragen: nicht nur die männlichen Bestien und weiblichen Raubtiere der Fronde, auch Hermaphroditen in der Art der Christine!

Der Papst und Ludwig XIV. fanden sich klaglos mit der Willkür dieser Hysterikerin, dieser unglücklichen, geschlechtlich Maroden ab, ertrugen ihre groben und gefährlichen Schrullen, bezahlten den Preis für ihre teuren und sonderbaren Abenteuer, Mazarin schickte ihr manchmal, nach einem ihrer außergewöhnlichen Skandale, zweihunderttausend Goldstücke nach, und nur La Rochefoucauld brummelte angesichts der schwedischen Königin in einer seiner Maximen seine Meinung über diese entstellte Erscheinung … Doch das Jahrhundert hat alles ertragen, verziehen, entschuldigt und verstanden; die bedingungslose WILLKÜR war dem Individuum gegenüber geduldiger als heute die Bezirkspolizei in einem demokratischen Land.

»Die Seele hat kein Geschlecht«, meinte die kranke Königin. Eine schöne Feststellung, doch sie stimmt nicht. Ich habe viele Menschen gekannt, die nicht die bestimmten und schicksalhaften Charakteristika eines Geschlechts trugen, doch ihre Seele war absolut männlich oder weiblich.

Bestimmte Personen beschwört man durch den konsequenten Rhythmus bestimmter Ereignisse herbei. Das erlebe ich immer wieder, im Kleinen und im Großen, im Ernsten und im Lächerlichen. Zum Beispiel: Waschtag im Haus, da ist es ausgeschlossen, dass *X.* nicht zu Besuch kommt, der überhaupt nichts mit dem Waschtag zu tun hat. Und wenn sich *Y.* bei uns einstellt, kommt noch ein weiterer unerwarteter Gast. All das geschieht willkürlich, dennoch ist es absolut konsequent. Im Weltrhythmus erfolgt alles zu seiner Zeit, alles berührt sich, streckt die Hand dem Tänzer des nächsten Schrittes hin.

Massenunglücke sind langweilig. Jedem ist »dasselbe« passiert – und »dasselbe« war fürchterlich, nicht wiedergutzumachen, gleichzeitig auch monoton. Nur das individuelle Schicksal ist aufregend, überraschend und unberechenbar. Das Schicksal, das innerhalb einer Masse das Individuum heimsucht, ist fatal, regt jedoch zugleich zum Gähnen an.

Ich lese die *Geschichten aus 1001 Nacht* in der schönen Ausgabe des Insel Verlags, in spürbar getreuer Übersetzung. Hofmannsthals Vorwort macht darauf aufmerksam, dass diese »Geschichte« – in deren Text Generationen ungenannt ihre Träume hineingeschrieben haben wie in die Veda – die Märchen noch mit Urworten erzählt; die Worte haben hier noch ihren vollen Wert und ihre Glaubwürdigkeit. Wie bei Homer, wie in der *Kalevala* wurde auch der östliche Märchenteppich aus Fäden gewoben, deren Material und Ursprung in den tiefsten Schlunden des Bewusstseins aufbewahrt waren.

Diese Worte überraschen immer. Wie jede große und wirkliche Dichtung spinnt und flicht auch dieses östliche Märchenepos den Zauber, das Feenhafte, das Wunderbare aus den Elementen der Wirklichkeit – und die unbekannten

Dichter fürchten sich nicht vor der Wirklichkeit, sie nennen sie beim Namen, mit Haut und Haaren, zeigen das Missgestaltete und Phantastische in seiner Unansehnlichkeit, die Warze auf einem schönen Körper, den aus einer Ambrawolke aufsteigenden Küchenmief.

Die mörderische Wut des gehörnten morgenländischen Königs ist wohl nichts anderes als geschlechtliche Unsicherheit. Ein Mann, der die Beschaffenheit und Grenzen seiner Potenz kennt, könnte niemals so mörderisch eifersüchtig sein – er ärgert sich höchstens.

Pädagogik. Das kleine Mädchen erzählt, dass die Dorflehrerin in der Schule einen kleinen Jungen, der die Aufgabe nicht gelernt hat, vor die Klasse hinstellte, und auf ihren Befehl musste das Kind dann laut sagen: »Ich bin der größte Esel in der Klasse.«

Das Kind zierte sich, sperrte sich; sagte nur leise, was ihm befohlen war; dann, nach neuerlichem Kommando, laut und aus voller Brust. Wundern wir uns nicht über die kleinen und großen Bestien, solange in der Grundschule mit solchen Methoden erzogen wird.

Das Hamstern wurde nicht für mich erfunden. Ich kann nicht feilschen. Ich kann nur versprechen, und dann – angesichts der dummen und duckmäuserischen Habgier, die sich für ein Hühnerei einen Edelstein erhofft – verstumme und ermatte ich. Das »nüchterne ungarische Volk« übertrifft in seiner Habgier jeden Wucherer in der Dobstraße. Und dann wundert es sich, dass es auf seiner Ware sitzen bleibt und die Russen lachend und unbezahlt mitnehmen, was es am Tag zuvor den hungrigen Städtern nicht für Gold hat andrehen können. Meistens haben diese Leute auch nicht so viel Herz, ihre Familie das Übriggebliebene verzehren zu lassen. Was machen sie? Sie warten, spekulieren mit krampfhaft zur Faust geballten Händen. Und sie zahlen immer wieder drauf, seit tausend Jahren.

Dass wir keine »Händlernation« sind wie die Tschechen, die Holländer, die Dänen, die Franzosen, das ist gewiss ... Aber was für eine Nation sind wir dann? Wir sind »Christliche Ungarn«, keine Frage.

Bis über beide Ohren in *1001 Nacht*. Ich verstehe den blutdürstigen Kalifen, der von Scheherezades Märchen nicht genug bekommen konnte. Klugheit, Hinterlist, zwischen zwei Dschinn stecken uralte Erfahrungen in Handel, Gesundheitswesen und Politik, überhebliches und ironisches Wissen über Menschen, Frauen, Sexus, Geld: Alles pulsiert in dieser wunderbaren Geschichte, die wahrlich unendlich und bunt ist, genauso wie das Leben.

Währenddessen, als Lektion, in zweisprachiger Ausgabe und der unübertrefflichen Übersetzung Schlegels, der *Sommernachtstraum*. Durch den perfekten deutschen Text lerne ich den Reichtum des englischen Originals kennen. Shakespeare ist doch der größte Sprachlehrer.

Wenn der Mensch erfährt, dass die Gemeinschaft, zu der er gehört hat, keine wirkliche Nation mehr ist, nur noch eine zusammengelaufene Masse, die durch die Kohäsionskraft der Vergangenheit irgendwie zusammengehalten wird: Dann wandelt sich seine Arbeit zur Privatunternehmung.

Der »Kraftausdruck« ist noch nicht unbedingt Literatur, doch die Literatur kann manchmal nicht ohne den Mut zu Kraftausdrücken auskommen. So sagt die schöne Scheherezade, die erzählende Prinzessin, »der Fischer pisste sich vor Schreck in die Hosen, als er den Dschinn aus der Kupferflasche empordampfen sah«. Den seelischen und körperlichen Zustand des Fischers könnte man wahrheitsgetreuer, schriftstellerischer, fröhlicher und märchenhafter gar nicht beschreiben.

Großem Unglück folgt im Leben einer Nation immer wieder die Neigung, Sprechchöre zu bilden. Solche Chöre finden sich jetzt bei uns zusammen, in der Presse, auf politischen Versammlungen. Wahrscheinlich gibt es Bedarf an ihnen, und diese Neigung entspringt der menschlichen Natur.

Doch der Schriftsteller kann keinem irgendwie gearteten Sprechchor beitreten, der ganz nebenbei auch Beschuldigungen und Rache deklamiert; wie gerechtfertigt die Beschuldigungen und wie berechtigt die Rachegelüste auch sein mögen … Und der Schriftsteller soll mit dem Chor nicht um die Wette singen, denn dann kann es leicht passieren, dass er beim gemeinsamen Grölen des Textes etwas sagen muss, das nicht unbedingt seiner Überzeugung entspricht. Der Schriftsteller soll nur dann etwas sagen, wenn er persönlich etwas zu sagen hat und es unbedingt sagen muss. Doch dann soll er allein sprechen, mit eigener Stimme.

Mondfinsternis. Am Morgen Regen. Was für eine Kraft der Mond besitzt! Die Flut der Gewässer, die weibliche Periode, die Bewegungen von Regen und Wind, all das hängt einem mathematischen Gesetz entsprechend vom Wirken des Mondes ab. Jetzt, da ich außerhalb der Stadt lebe, näher zum Mond, näher an der Sonne, an der Erde, am Wasser: fühle ich mich ihm näher und verstehe seine Absichten besser.

Das Mädchen – es ist jetzt acht! – hat vor einer Woche gebeichtet und ist zur Kommunion gegangen, der hiesige Pfarrer, der ein halber Pfeilkreuzler war, hat es noch einmal bestellt, um neuerlich zu beichten und zu kommunizieren, da »Jesus Christus vor einer Woche gestorben ist«. Das Mädchen notiert in großer Verlegenheit ihre Sünden auf dem Beichtzettel: Und tatsächlich, was kann sie denn in der letzten Woche gesündigt haben? Schließlich verrät sie uns, dass sie »Unzucht« beichten möchte, aber nicht weiß, was das ist. Wir fragen sie aus und erfahren, dass sie Unzucht mit Gefräßigkeit verwechselt.

Diese hirnlose Pädagogik, die ein achtjähriges Mädchen innerhalb einer Woche zweimal zum Sündenbeichten zwingt, verführt natürlich zur Sünde: Häufiges »Beichten« gibt den Kindern die Möglichkeit, zu »sündigen«, ohne nachzudenken, wird doch am Ende der Woche sowieso gebeichtet und dann die Absolution erteilt … Bigotte Köchinnen stehlen und betrügen, treiben Unzucht in der ruhigen Gewissheit, dass sie am Wochenende im Beichtstuhl ohnehin die Absolution erhalten … Über die Pädagogik der Kirche gäbe es hierzulande auch ein paar Worte zu verlieren … wenn es sich denn lohnen würde, darüber zu sprechen.

Die Front hat Ungarn verlassen, gekämpft wird irgendwo vor Wien und rund um München. Dennoch grollen hier und da noch Explosionen. Bomben? Verspätete Granaten? Sie erinnern an einen erzürnten Menschen, der seine Wut schon einmal in alle Welt hinausgeschrien hat und einem, bevor er geht, von der Tür her noch irgendeine Grobheit zuruft.

Die Gedichte summen und brummen, schwellen und wuchern: Die Stimmen kehren aus der Ferne zurück, aus der Jugend, als ich noch Dichter war. Verdutzt stelle ich fest, dass ich nicht anders arbeiten kann als innerhalb eines Rahmens: Aus den Gedichten wird jetzt ein »Zyklus«, etwas Abgerundetes, Zusammengehöriges und Abgeschlossenes. Das ist bei mir konstitutionell bedingt, ist mein Schicksal als Schriftsteller.

Ein Herr sucht mich auf, er kommt aus Budapest, möchte eine Wochenzeitung nach dem Muster der *Weltwoche* gründen, die sich zur Aufgabe machen will, das ungarische Bürgertum zu erziehen, es zur Selbsterkenntnis, zur Auf- und Abrechnung zu zwingen, es zu einen, damit alles, was an ihm wertvoll und lebensfähig ist, in diesem Sturm überleben kann. Der Herr möchte ein Manuskript von mir. Er ist umgänglich, informiert und hat recht, wenn er einen solchen Versuch wagt …

Nur ist er an die falsche Adresse geraten, als er nach Leányfalu zu mir herausgepilgert ist. Ich bin Bürger, teile das Schicksal des ungarischen Bürgertums, glaube aber nicht an seine Zukunft, seine Moral, ich will nicht »erziehen« – habe auch kein Recht dazu – und will auch nicht zur Selbsterkenntnis und zur Auf- und Abrechnung zwingen. Ich verachte das Bürgertum, weil ich es in seiner nackten Wirklichkeit erlebte, ich sah seine Erbärmlichkeit, als es sich mit zigeunerischen Henkern verschwor, wie es alles verleugnete, was Wert hat, um mit der Begründung seiner Bürgerlichkeit – und ohne aufrichtigen Wettbewerb – frei rauben und grausam sein zu dürfen. Ich will nichts, teile sein Schicksal; nur glauben kann ich an das Bürgertum nicht. Und die ungarische Reaktion, die sich jetzt in der einzigen bürgerlich-demokratischen Gruppierung, hinter dem Schanzenwerk der Kleinlandwirtepartei, versteckt, kann alles bekommen, nur eines nicht, so hoffe ich wenigstens: die Billigung durch die Schriftsteller.

Was will ich also? Einige Gedichte schreiben, in Abgeschiedenheit leben und so bald wie möglich weggehen von hier, vor meinem Tod die Welt noch einmal sehen und sie wirklicher sehen … Und die *Beleidigten* schreiben und den dritten Band der *Bekenntnisse eines Bürgers*. Alles andere geht mich nichts an; alle anderen Aufgaben muss ich jenen Schriftstellern überlassen, die Spaß daran finden, eine »Rolle« zu spielen.

Kamerad, hab acht! Ursprünglich hieß es, dass du ein Dichter wirst. Jetzt drohen dir große Gefahren: Es ist nicht ausgeschlossen, dass du Abgeordneter wirst.

1001 Nacht ist für mich in meinem jetzigen Zustand fast so aufregend wie eine günstige Gesellschaftsreise zu Friedenszeiten.

Der Großgrundbesitz muss aufgeteilt werden, die Hochburgen der ungarischen Reaktion, die Levente-Institution, die Heldenprivilegien, die Geheimbünde und die mit noch geheimeren, mit Vorstandsmitgliedschaften gepolsterten Interessenbünde müssen abgeschafft werden … und die »linke Front« hat sich bereits an diese notwendigen und komplizierten Aufgaben gemacht.

Doch die Kommunisten sind Realpolitiker und haben es, wie es aussieht, mit der Machtübernahme nicht eilig. Sie überlassen die unpopulären Aufgaben den eifrigen und flinken Kämpen der linken Mittelschicht und des Bürgertums. Sie haben Zeit. Sie sind gute Politiker, haben viel gelernt.

X. wurde nicht »entlastet« – von wem? –, und seine Möbel kamen »unter Verschluss«, weil er »Pfeilkreuzler« ist; in Wirklichkeit war er Redakteur einer katholischen Zeitung;

Y. wurde verhaftet, weil er zu dieser und jener Zeit einen Artikel geschrieben hat, in dem … und so weiter. Dieses Hasenjagd-Spiel wird, sobald die Russen abgezogen sind, Alltag sein. Die Russen haben sich nicht mit den lokalen Faschisten abgegeben und wollten auch keine künstlichen Märtyrer schaffen.

Anschuldigungen, Qualifizierungen, Verhaftungen machen natürlich vor keiner Person halt; ich wundere mich nicht, wenn sie eines Tages auch an meine Tür klopfen. Mit Geduld erwarte ich sie. Wer sind diese Femerichter? Wenn man sie, ihre Vergangenheit, wirklich überprüfen würde, müssten sie sich allesamt für einige Zeit mit auf die Anklagebank setzen. Die Wahrheit ist, dass in den vergangenen fünfundzwanzig Jahren alle, die hier lebten und überhaupt lebten, sich auf irgendeine Art kompromittiert haben … Der eine dadurch, dass er etwas tat, was er nicht hätte tun müssen, der andere, dass er etwas nicht tat, was er hätte tun sollen. Wer nicht selbst sündigte, hat die Sünde doch geduldet. Die Verantwortung ist graduell, aber sie ist kollektiv. Es hat keinen Wert, darüber zu reden. Man muss das alles ertragen, heiter und mit Gleichmut.

Der Frühling ist da. Es gibt nicht nur Weltkrieg mit Deutschen, Russen, Briten. Wir haben auch Stechmücken und Wespen. Und im Augenblick stören sie mehr als die Deutschen, Russen und Briten.

S. erzählt: In der Zille, mit der man jetzt über die Donau kommt, finden nur sechs Leute Platz, aber es haben schon acht darin gesessen. Da kommt ein Russe mit Schaffellmütze, einem Koppel und einem Bündel auf der Schulter. Er ruft *»dawai! dawai!«*, jagt die zwei Passagiere, die überzählig sind, aus dem Boot und macht sich an ihrer Stelle breit. Der Fährmann meint, es wären immer noch zu viele.

Der Russe sitzt gleichgültig da. Ein Dolmetscher beginnt ihm zu erklären, doch der Russe antwortet ihm nicht, stur brummt er die Leute mit seinem *»dawai, dawai«* an. »Wahrscheinlich ist der gar kein Russe«, sagt irgendeiner im Boot schließlich zögernd. Sie fallen über ihn her, und es stellt sich heraus, dass der vermeintliche Russe tatsächlich kein Russe ist: ein geriebener Kerl aus Budapest, der sich als Russe verkleidet hat. »Ich bin kein Russe«, gibt er schließlich selbstbewusst auf Ungarisch zu, »aber auch kein Pfeilkreuzler.« Er wird aus dem Boot gejagt und sucht fluchend das Weite.

S. war in Debrecen, doch schaffte er es nicht, beim Ministerpräsidenten und auch nicht beim Fachminister vorzusprechen. Unter den Mitgliedern der englischen Mission befanden sich Bekannte von ihm; sie wohnen in den Gebäuden der Nagyerdő-Klinik, in ziemlicher Einsamkeit und isoliert. Es empfiehlt sich nicht, ihre Gesellschaft zu suchen. Sie haben ihn zum Mittagessen eingeladen – *S.* war jahrzehntelang der Flügeladjutant von Admiral Horthy, in der Mission dienen auch Mitglieder der Marine –, man konnte ihm aber nur Bier anbieten; an Wein und Schnaps kommen die Engländer nicht. Die Lage der amerikanischen Mission ist angenehmer.

Die Engländer urteilten streng über den Reichsverweser, die Kapitulation im Oktober ist für sie kein mildernder Umstand; das ist sie tatsächlich nicht. Sie wissen nichts über die Zukunft Ungarns oder wollen nicht darüber reden.

Diese Ungeduld, die mich von Zeit zu Zeit ergreift; etwas tun, so gut es geht, mein Leben »ordnen«. In so einem Fall ist Disziplin eine große Tugend. Mit dem »Ordnen« nichts übereilen, warten, bis das Leben wirklich die Möglichkeit bietet, dies oder jenes zu richten. Alles »kommt in Ordnung«, wenn wir den entsprechenden Augenblick abwarten … aber dieses Zuwarten ist eine der schwierigsten Aufgaben überhaupt.

Das wilde *Hallo!* in der Presse, wenn wieder jemand verhaftet worden ist … Sie sollen alle verhaften und bestrafen, die es verdienen; sich aber hüten, solche Trophäen zu feiern. Dieses laute Halali-Geschrei weckt widerwärtigen Ekel in dem, der gezwungen ist, ganze Tage zu schweigen.

Jetzt, da ich wieder begonnen habe zu arbeiten, schreibe ich jede Woche ein, zwei kurze Skizzen für das Büchlein *Schwäne, Rosen, Heilige*; wie ich früher für meine Zeitungen Artikel, Feuilletons, Skizzen, kurze Texte geschrieben habe. Wie alles andere, schreibe ich auch diese Texte für die Schublade, dennoch habe ich gemerkt: Ich arbeite auch für die Schublade wie jemand, der seine tägliche Arbeit tut, seinen vertraglichen Verpflichtungen nachkommt. Schließlich muss man auch von etwas leben.

Friede in Szentendre. Offene Geschäfte, in denen man wieder »alles bekommt«, kaum teurer als in Budapest. Innerhalb einer halben Stunde kaufe ich folgende seit Monaten nicht gesehene Artikel: dreihundert Gramm köstlichen Presssack, ebenso viel Wurst und Speck, ein halbes Kilo Margarine, ein Viertel Kilo Kristallzucker, einen halben Liter Speiseöl, Hefe, Backpulver, Natron, einen Viertel Liter hervorragenden Aprikosenschnaps … und ich zahle rund sechshundert Pengő. Seit einem Jahr habe ich kein Einkommen, und sehr oft könnte ich Ausflüge wie diesen nicht wiederholen; doch ich werde von einem richtigen Kaufrausch erfasst, weil ich endlich die Möglichkeit habe, zu wählen, mit einem höflichen Kaufmann zu reden, der mir zuvorkommend, zu einem fixen Preis – wie gepfeffert dieser auch ist – seine Ware anbietet, und weil ich nicht bei duckmäuserischen Bauern für Maismehl meine Unterhosen eintauschen muss … »Ist der Presssack auch ausreichend geräuchert?«, frage ich den Kaufmann mit Kennermiene. Er antwortet mir, sich leicht verbeugend: »Bitte sehr, vielleicht möchte der Herr eine kleine Kostprobe nehmen, wir führen nur erstklassige Ware.« Und zum Abschied: »Schauen Sie doch bitte wieder einmal bei uns vorbei, wir sind gern zu Ihren Diensten.« Bekannte, vergessene Klänge. Das ist schon der Frieden.

Der Aprikosenschnaps ist ein großes Erlebnis und Wiedersehen … und schließlich schmeckt er gar nicht besonders. Man kann alles vergessen, auch seine Leidenschaften.

Ein Wintermärchen, wiederum die unübertreffliche Übersetzung Schlegels, in der zweisprachigen Ausgabe. Ich habe bisher noch von keinen so hervorragenden Meistern der Sprache Englischstunden bekommen.

Der schmale Donauarm hier vor der Landstraße hat dieses Ufer vor dem Krieg bewahrt; und jetzt, da es keine Brücke gibt und das Überqueren der Donau auch sonst umständlich ist, schützt er vor den Nachrichten aus Budapest und überflüssigen Besuchern. Diese »Isoliertheit«, das Wasser, ist wahrlich ein großer Schutz, selbst heute, in der Zeit der Fliegerei. Die Britischen Inseln wurden durchs Wasser gerettet, und ebendieses hat uns – in kleinerem Maßstab – im letzten Jahr vor allerlei Gefahren geschützt. Wasser ist ein ewiger Schutz, es kümmert sich nicht um die Erfindungen der Zeit.

Der Garten ist jetzt wie ein japanisches Fest.

Geburtstag. Zum Frühstück wird mir ein phantastischer Tisch gedeckt: Milchkaffee, französische Gänseleber, Brioche mit Rosinen, Hefebrot, ein großes Stück Schokolade in Friedensqualität, ein Viertel Kilo Butter, weiche Eier, eine Flasche Nussschnaps ... Als würde ich eine Geschichte aus *1001 Nacht* lesen, zum Frühstück. Und natürlich Würfelzucker. All das hat *L.* von einer alten, dicken Gärtnersfrau aus dem Nachbardorf bekommen, für insgesamt hundertzwanzig Pengő in Papiergeld. Die Gärtnersfrau lernte sie in der Schnellbahn kennen. Die alte Frau hat meine Werke gelesen, und als sie erfuhr, welches Fest in unserem Hause anstand, bot sie ihre Schätze an. Und all das jetzt, da man von den Bauern nicht ein einziges Ei bekommen kann. Der Wert dieses Geschenks beträgt ungefähr dreitausend Pengő; allein der Liter Nussschnaps würde sechshundert kosten. In diesem unwirklichen Überfluss steckt etwas, das mich fassungslos macht; es ist mir unmöglich, nicht den besonderen Segen, die Großzügigkeit einer höheren Hand darin zu erblicken.

Ich bin jetzt fünfundvierzig Jahre alt. Mein Gesundheitszustand ist erträglich. Unter gnädigen Voraussetzungen und Umständen habe ich große Gefahren überstanden. Wahrscheinlich stehen mir weitere Gefahren bevor. Aber ich lebe und arbeite, mit aufrichtigerer Hingabe als jemals zuvor. Mehr kann ich mir nicht wünschen.

Was habe ich in fünfundvierzig Jahren gelernt? Es gibt eine Vorsehung. Es gibt aber auch Aufgaben, die man nicht der Vorsehung überlassen kann; die müssen unerbittlich verrichtet werden, allein.

Den Menschen vertraue ich nicht. Sie sind unfähig, sich weiterzuentwickeln. Ab und zu gibt es einen Menschen, in dem göttliche Kräfte wirken ... das ist aber auch schon alles.

Ich kenne mich selbst schon leidlich. Beginne, meine Art des Funktionierens zu verstehen wie einen Mechanismus.

Was war die größte Enttäuschung in diesen fünfundvierzig Jahren? Die ungarische Gesellschaft, die Sittenlosigkeit des ungarischen Volkes.

Mein größter Schmerz: der Tod des kleinen Kindes. (Nicht sofort; später, Jahre später.) Meine größte Freude? So etwas hat es nicht gegeben. Das Leben war gut, wunderbar, überraschend, das ganze Leben. Zusammen mit dem, was schrecklich war.

Die Mitglieder der englischen Mission haben sich bei *S.* erkundigt, was jetzt all jene Menschen in Ungarn machen, die von ihnen *decent people* genannt werden. *S.* hat die Achseln gezuckt, er konnte nicht antworten.

In Wirklichkeit gibt es von diesen Menschen nicht viele. In Ungarn gibt es gar keine *decent people*. Wer anständig ist, schweigt, steht beiseite, wartet auf irgendetwas; oder wartet vielleicht gar nicht. Kratzt sich am Kopf, macht »hm«. Der Beschränktere ist beleidigt, der Klügere hat sich abgefunden, der Talentierte zuckt die Achseln und bemüht sich zu überleben.

Eine überraschende Eigenschaft unserer Gäste ist ihr Hang zum Snobismus. Sie schätzen den gut gekleideten, sich entsprechend den gesellschaftlichen Normen benehmenden, in Manieren und Auftritt »gentlemanlike« agierenden Menschen mehr als den Zerlumpten, Heruntergekommenen mit schlechten Manieren. Auch verfolgen sie bewusst die Burschuis; als vermuteten sie, was ich schon lange weiß: Der Burschui ist kein Gentleman.

Auch stimmt nicht, dass die Russen »mit der Todesverachtung der Menschen aus dem Osten kämpfen«, weiterhin, dass »der einzelne Mensch nichts zählt« und so weiter. Ihre Kriegsführung ist hervorragend, und es stimmt überhaupt nicht, dass sie ihre Erfolge mit unnötigen Menschenopfern erreichen. Ich habe eher die Erfahrung gemacht, dass sie mit größtmöglicher Vorsicht kämpfen, die Todesgefahr meiden, so weit das im Krieg möglich ist, und dass der »östliche Mensch« auf keinen Fall mit fatalistischer Gleichgültigkeit in den Tod geht. Bei der Belagerung von Buda zum Beispiel hatten sie auffallend geringe tödliche Verluste.

Im Dorf ist die Wachablöse geschehen: Der alte Dorfvorstand wurde seiner Ämter enthoben – der Gemeindesekretär ist innerhalb weniger Monate reich geworden, er hat vier Paar Pferde –, an seine Stelle traten Kommunisten und Sozialisten. Ein großer Moment im Leben dieses Volkes, es hat die Macht übernommen: Ein Kapitel des tausendjährigen Streits ist somit abgeschlossen.

Den neuen Inhabern der Macht ist die Unsicherheit anzumerken: Sie haben weder Praxis noch Bildung. Sie spüren, dass einen das »Links«-Sein aus Überzeugung noch zu nichts befähigt. Das Volk ahnt schon, dass der Sinn des Kommunismus etwas ganz anderes ist, als man vor ein paar Monaten noch vermutet hatte. Es heißt nicht, dass sie den Herren Haus und Besitz wegnehmen und dann sie selbst die Herren sind, sondern dass Herr und Bettler die Arbeiter in irgendeiner großen, ständigen Arbeitsgemeinschaft sein werden und hart arbeiten müssen … Deshalb sind ihre Seelen von Unsicherheit, Zurückhaltung und Verstörtheit erfüllt – trotz des zugeteilten Ackerlands und der Machtübernahme.

Zu meiner Erinnerung blättere ich in Aladár Kuncz' Roman *Das schwarze Kloster*, und er macht mich ganz aktuell darauf aufmerksam, dass es keine »Entwicklung« gibt, das Menschenmaterial stets das Gleiche bleibt und auch im Höllenfeuer zweier Weltkriege aus diesem Material keine edlere Legierung entstanden ist, es nicht zu etwas Edlerem gehärtet wurde: Es blieb genauso gnadenlos, menschenfeindlich, hirnlos, ungeduldig, tollwütig-dumm wie zuvor. Die Franzosen haben in diesem Krieg die gleichen Fehler begangen; keiner hat gelernt. Vielleicht haben nur wir, die Ungarn, uns selbst besser kennengelernt, die unermesslichen Dimensionen unseres moralischen Niedergangs erfahren. Als hätten wir uns bisher nicht wirklich gekannt.

Doch auch die Selbsterkenntnis hilft nicht. Nichts hilft. Die Menschen steigen in die Hölle hinab, spazieren durch alle Höfe dieser Institution, kehren auf die Erde zurück und sagen das Gleiche, tun das Gleiche, sind dieselben geblieben wie vorher. Es gibt keine Katharsis. Es gibt kein »reinigendes Erlebnis«. Es gibt nichts, das die menschliche Natur verändern würde. Sie haben Budas Belagerung mitgemacht, die Schreckensherrschaft der Pfeilkreuzler, all das, was ihr folgte, und sie meinten: »Also, was es nicht alles gibt!« Und dann, übergangslos: »Was sagen Sie dazu, dass jetzt gleichzeitig Geldmangel und Inflation herrschen? So was hat es noch nicht gegeben!«

In meinem Leben gibt es eine einzige tragische Bindung: Ich gehöre schicksalhaft zu einer Sprache, hinter der keine Nation steht. Es gibt nur eine menschliche Gemeinschaft, die – recht und schlecht – Ungarisch spricht.

Eine Femme fatale? ... Vielleicht. Aber vielleicht ist sie auch nur eine Gans, mit dreckigem Hintern.

Eine Zeit lang amüsierte es mich, dass ich immer auf der anderen Seite stehen musste: In den Augen der Faschisten war ich ein verfluchter, destruktiver Linker, ein »Knecht Moskaus« und so weiter, in den Augen der Kommunisten bin ich ein verdächtiger Rechter, ein heimlicher Faschist. Wahrscheinlich bin ich auf dem richtigen Weg, wenn ich für jedes Extrem verdächtig bin: weder Faschist noch Kommunist. Einfach ein Mensch, der nicht an die Entwicklung der Menschheit glaubt, aber an deren Kultur.

Auf dem richtigen Weg bin ich ja vielleicht; aber manchmal habe ich dieses Missverständnis schon satt. Und ich kann es nicht zerstreuen: Wer beweisen will, der verteidigt sich, und dazu habe ich weder Grund noch Lust. Deshalb tue ich nur, was ich kann: Ich lebe, bin bemüht, mich nicht zu langweilen, und warte auf das Ende, damit ich gehen kann, irgendwohin, wo es noch Kultur gibt oder gute Manieren oder ein Rechtssystem oder Spontaneität, jungfräuliche, wilde Zustände … wo es irgendetwas gibt. Hier gibt es nichts, nur Missverständnisse.

Kuncz war ein guter Schriftsteller, weil er ein großes Erlebnis hatte, aber vielleicht wäre er ein großer Schriftsteller geworden, wenn er nicht *ein* großes Erlebnis – die Gefangenschaft – gehabt hätte, das ihn völlig mit Spannung auflud und gleichzeitig seine schriftstellerische Kraft total aufsaugte. Aus dem Stoff dieses Erlebnisses schrieb er ein hervorragendes Buch; doch dieses Erlebnis strahlte keine weitere Lebens- und Arbeitskraft aus, die weiter in ihm pulsiert hätte. »Krank« sei er gewesen, heißt es. Aber wahrscheinlicher ist, dass er starb, weil ihn sein Erlebnis ausgelaugt hatte, weil er »das« Buch schrieb und keine weitere Lebensaufgabe für sich sah.

Ich habe *Die Schwester* abgeschlossen. Und ich glaube, ich habe auch meine Karriere als »Romancier« beendet … Sie auf jeden Fall abgeschlossen in dem Sinne, wie ich in den letzten Jahren dieses Genre betrieben habe.

Ich will keine »Romane« mehr »schreiben«. Ich will nur schreiben, solange ich kann, ohne festgelegte Grenzen des Genres, wie Gottes Gnade und meine Laune es mir auferlegen. Amen.

Und ich habe auch die Gedichtsammlung zu Ende gebracht, aus der natürlich ein Zyklus wurde ... das ist bei mir schon ein organischer Fehler. Wenn ich noch einmal ein Gedicht schreibe, schreibe ich es auf Zigarettenpapier und schicke es mit dem Wind auf die Reise.

Allerlei »getarnte« Parteien konstituieren sich: Die geheimen Kommunisten verschanzen sich ebenso wie die geheimen Reaktionäre hinter kleineren Parteien. Diese Gründungen sind hoffnungslos und auch nicht sympathisch. Jemand soll Kommunist sein oder Reaktionär oder keines von beidem: Aber er soll auf keinen Fall Filialen gründen.

In Budapest. Ich gehe über die Pontonbrücke, die über die Margareteninsel führt. Auf beiden Seiten der Brücke überraschend primitive politische Propagandaplakate. Ich kann mir diese »Kunstgattung« nur als Zeitvertreib sich langweilender Soldaten vorstellen. Auf der Pester Seite – genau wie auf der Budaer – Brand- und Aschegeruch, Müll- und Leichengestank. Aprilwind, er wirbelt den Staub zu dichten Wolken auf. Ich gehe zu meinem Verleger: Gebäude, Druckerei, Lager sind intakt. Dennoch kann ich mir nicht vorstellen, dass hier in absehbarer Zeit Bücher gedruckt und veröffentlicht werden ... überall Aasgeruch. In den Mietshäusern rund um den Szabadságplatz improvisierte Ministerien. Jetzt, da die stolzen Kulissen zusammengestürzt sind, spiegeln Außenamt, Innenministerium, der Amtssitz des Ministerpräsidenten, die als Bettgeher in Mietshäusern residieren, die Wirklichkeit wider: eine balkanische Stadt, ohne Königliche Burg, Szent-György-Platz und Sándor-Palais, seltsam verdächtige Gestalten in den Ämtern, die in den verkommenen Etagen trostloser Häuser herumlungern, ein und aus gehen ... Manchmal ist schon ein Auto mit ungarischem Nummernschild ein großes Ereignis! Die ganze Straße läuft zusammen! Zwei amerikanische Sergeanten gehen die Straße hinunter, sie rauchen Pfeife, sind dick, genau wie die amerikanischen Soldaten in den Illustrierten, wenn sie die Straßen von Bagdad entlangspazieren und die neugierigen Eingeborenen hinter ihnen herlaufen ...

Die ganze Stadt drängt sich in vier Straßen, »jeder« trifft »jeden«, zwangsläufig. Jeder schachert, hetzt einer Anstellung oder Wohnung nach. Inflationäre Preise. Ich gehe am Vörösmartyplatz in eine Konditorei, bestelle ein belegtes Brot: Der Großindustrielle *F.* spricht mich an, lädt mich an seinen Tisch und zu einem phantastischen Mittagessen ein – Schweinspörkelt, Schokoladenpalatschinken, zwei Gespritzte, ein Mokka. Er ist gescheit, misstrauisch, natürlich hat auch er nichts gelernt; keiner hat etwas gelernt. Er vertraut auf irgendeine »europäische Lösung«. Ich vertraue auf nichts. Und nicht wegen der Russen und auch nicht wegen der Engländer: Wegen der Ungarn hoffe ich auf nichts ... Alle flüstern etwas von Auswanderungsplänen. In der Konditorei die gleichen Gesichter, die Beaus, Schieber, Abenteurer. Die Frauen sind ausgemergelt, ungeschminkt, schmucklos, nicht aufregend. Während der Belagerung sind die Männer abgemagert, dann haben sie gierig zu fressen begonnen und an Gewicht wieder zugelegt, jetzt sehen sie gut aus; auf den Frauen lastet auch heute noch der schwerere Teil, sie können sich nicht schön machen, haben keine Zeit für ihren Sex-Appeal ...

Ich gehe zu meinem schwedischen Übersetzer, der – er arbeitet an der Botschaft – in diesen Tagen über Bukarest und Moskau nach Stockholm reist. Er nimmt meine letzte Post in die Welt mit; und auch ein paar Manuskripte. Ich erfahre, dass im letzen Jahr *Begegnung in Bolzano* auf Schwedisch erschienen ist; ich erhalte ein Exemplar; doch das erfahre ich nur so nebenbei. Wahrscheinlich sind auch meine schweizerischen, holländischen und anderen Verleger in diesem stocktauben Jahr nicht untätig gewesen; doch ich weiß nichts über das Schicksal meiner Bücher im Ausland. Zum Abschied drücken wir einander lange die Hand, der schwedische Herr ist aufrichtig gerührt; ich bleibe hier, wer weiß, wo und welches Schicksal mich erwartet … Diese Gedanken blitzen hinter seinen Brillengläsern auf.

Die Menschen sind offen, machen einen aufgeschlossenen Eindruck, nach einem überstandenen Schiffbruch wehklagen alle und drücken einander an die Brust. Zugleich steht in ihren Augen die Frage: Dürfte ich dir nicht die Gurgel zudrücken? Wo »stehst« du denn, in dieser neuen Welt?

Ich treffe Illyés und seine Frau. Seit Monaten ist er der erste ungarische Schriftsteller, dem ich begegne. Er schreibt jetzt für eine Tageszeitung Reportagen über die Bodenreform.

In der Mikógasse gibt es nicht viel zu tun: Das Haus und all das, was die Ruinen bergen, muss ich aufgeben. Auch meine Bücher. Ein paar Hundert Bücher kann ich vielleicht noch retten. Aber wie gleichgültig mir das alles ist … Nicht nur das Zuhause in der Mikógasse ist tot: die Umgebung, ganz Buda und alles, was hier zu meinem Leben gehörte. Gleichzeitig Überraschungen: Das Kaffeehaus Philadelphia ist schon in Betrieb, inmitten der Ruinen wird auf sauber gedeckten Tischen ein köstliches Mittagessen serviert, und gar nicht allzu teuer. Gekühlte Getränke, umsichtige, höfliche Bedienung, nachmittags von drei bis sechs Zimbalmusik ... In einem schwer beschädigten Haus gehe ich aufs Geratewohl die hängende Treppe in den ersten Stock hinauf: Mein Bekannter empfängt mich in einer intakten Wohnung, inmitten eleganter Möbel, er ist unbekümmert. Von hier zu den Hardys. Das Bild ist surreal, übertrieben: Nur die Küche und das Dienstbotenzimmer sind heil geblieben, hier liegt die Frau – die Tochter von Horthys Schwester – in einem dreckigen Bett, im Küchendunst, allein mit drei Kindern; das größte ist vierzehn und knetet irgendeinen Teig. Seit zwei Monaten leben sie so, das Haus, die Wohnung, all ihre Habe, nichts ist mehr ... und Hardy im Gefängnis von Sopronkőhida. Ich hoffe, die Nachricht von seiner Exekution stimmt nicht; ich lüge der Frau vor, dass ich ermutigende Nachrichten gehört hätte ... Die Frau liegt schon in der dritten Woche mit Lungenentzündung, einem Lungenabszess danieder. So sieht es aus, diese Küche inmitten der Ruinen, dieses dreckige Bett in der Küche, die kranke Frau, die ungepflegten, verlausten Kinder: In schlechten französischen Filmen wurde das Elend auf diese Weise dargestellt ...

Am Abend schlafe ich in der Zárdastraße, in der unversehrten kleinen Wohnung. Sie kommt mir vor wie ein Appartement im Ritz: Ich mache mich mit meinen Möbeln vertraut, streiche über die feinen italienischen Damastvorhänge, die Wäsche des wunderbaren Bettes, die Chippendale-Möbel ... war das Leben wirklich einmal so? Unwahrscheinlich. Ich schlafe tief, in der Ruhe eines eigenartigen Gefühls des Verborgenseins. Ich will nichts mehr von der Welt, ich will nichts beweisen und will nicht kämpfen ... Es gibt keine Gerechtigkeit. Keine Wiedergutmachung. Es gibt nichts außer dem Augenblick. Und die AUFGABE, die der Motor und der Sinn des Lebens ist.

Aus dem Ruinenhaufen meiner Bücher in der Mikógasse habe ich Valérys *Monsieur Teste* gezogen. Als würde eine Geisterhand für einen Augenblick den Nebelschleier zur Seite ziehen und ich wieder in die andere Welt hinübersehen.

Die Tonart der Zeitungen ist genau die gleiche wie vor einem halben Jahr. Wiederum werden die Schriftsteller angegriffen, weil sie »schweigen«.

R. bringt deutsche Hefte, in denen Hitler-Fotografien abgedruckt sind: der Führer in den Bergen, wie er gerade nachdenkt oder die Parade abnimmt oder sich freundlich mit deutschen Kindern unterhält... Was steckt in diesem Gesicht? Eine Art femininer Wildheit. Dieses Angesicht wurde aus den Gesichtzügen des Werwolfs, einer slowakischen Köchin und eines Malergesellen zusammengesetzt. Wenn jemand sorgfältig eine Bilderserie zusammenstellen würde, welche die entstellte Wirklichkeit dieses menschlichen Wesens zeigt, könnte eine solche Serie nicht gnadenloser sein als diese schmeichelhafte Porträtsammlung.

Zu Hause im Dorf läuft, als ich ankomme, gerade die große Säuberung: Man hat die örtlichen Pfeilkreuzler, die öffentlichen Beamten mit dem Ruf von Reaktionären, die Gendarmen verstecken und Frachtkähne ausrauben, zusammengetrieben; die ganze Bande wurde von der Politpolizei in einem Auto weggebracht.

Das haben sie auch verdient; ich glaube nicht, dass ihnen besonderes Leid geschieht; und sie hätten sogar verdient, zur Arbeit verpflichtet zu werden. Es stellt sich natürlich die Frage, wer über »Faschismusverdächtige« entscheidet?

Absichten, Ansichten, Gesinnung können keine rechte Basis für eine Anklage sein; Menschen kann man nur für ihre Taten zur Verantwortung ziehen. Gewiss war auch das Wort in letzter Zeit eine Tat: Polizeigewalt stand hinter ihm, die aufgrund von Ermunterung durch das Wort raubte und mordete.

In einer Tageszeitung lese ich, dass der »Freie Bund der Schriftsteller« – was soll das sein? – die Schriftsteller auffordert, sich »in ihrem eigenen Interesse, zum Zwecke der Legitimation« im Sekretariat der Organisation, da und da, bis dann und dann, zu melden. Was dann? Wenn sie sich nicht melden? Dann sind sie keine Schriftsteller mehr? Ich zum Beispiel werde mich sicher nicht melden. Und was wäre, wenn ich den »Freien Bund der Schriftsteller« auffordern würde, sich »zum Zwecke der Legitimation« zuerst bei mir zu melden? Sollen sie sich doch legitimieren, dass sie wirklich Schriftsteller sind … auch das wäre ein legitimer Wunsch.

All das ist ein bizarres Spiel. Die Wirklichkeit ist ein ausgeraubtes, zerstückeltes Land, sind rauchende Brandmauern, leere Fabriken, überfüllte Wohnungen, diese Wirklichkeit ist auch die Zukunft, sie wird von der Gegenwart bereits widergespiegelt. Und woraus besteht diese Wirklichkeit? Aus Elend. Vielleicht noch aus etwas anderem: dem völligen Verschwinden des Ungarntums, seinem *Verkommen* im slawischen Becken. Nicht »Bolschewismus« heißt die »Gefahr«, nein. Die Gefahr besteht darin, dass das ausgeplünderte, in seinen wirtschaftlichen, geistigen und materiellen Kräften geschwächte Ungarntum vielleicht nicht die Kraft besitzt, die langsame, ausdauernde, tödliche Umarmung der großen Kräfte, die es bedrohen, zu überleben. Die Ungarn sind ein Keil im Körper der Donauslawen. Es gab hier – in der Literatur, der Musik, der Kunst, der Wissenschaft – einen scheinbaren Kulturüberschuss, der den Ungarn die Berechtigung gab, mit den Tschechen, Bulgaren, Rumänen, Serben und Kroaten im Donaubecken zu leben. Das Reservebecken dieses Überschusses war Budapest; diese Stadt ist heute eine chaotische, müßige Karawanserei, sie ist nicht mehr Budapest … Und dieses unsichtbare Forum, diese drei-, viertausend Menschen, die hier dieses geistige Plus geschaffen haben, wie lange werden sie wohl mit den Nerven und ohne Konsens diese kreative Aufgabe noch erbringen? … Alle schweigen oder bemühen sich, von hier wegzukommen. Übrig bleibt ein Land voller Knechte und Mägde, das sich jetzt vom feudalen Großgrundbesitz befreit, die individuelle Landwirtschaft aber nicht beherrscht und sich in einem Jahr in irgendwelche Kolchosen, in einen genossenschaftlichen Großgrundbesitz zurückbetteln wird; es bleibt eine Art regionales Gewerbetreiben anstelle von Industrie; und dann? Alles andere wird von der Zeit aufgesaugt.

»Realpolitik« kann heute nicht ohne die Russen gemacht werden. Der Krieg liegt in den letzten Zügen, und solange die englischen und amerikanischen Armeen auf dem Kontinent sind, haben die Angelsachsen die Möglichkeit, einen Frieden zu schließen, der auf dem Papier ideal ist; sie werden Versailles und Trianon nicht wiederholen. Doch die angelsächsischen Truppen werden eines Tages nach Hause gehen, und eine Generation lang wird man diesen Menschenschlag nicht mehr übers salzige Wasser bringen, nicht in einen Krieg nach Europa schicken können, nur weil Polen oder Ungarn sich nicht wohlfühlen … Eine solche Vorstellung ist dumm. Die Angelsachsen gehen, und die Russen bleiben. Und wahrscheinlich werden die Russen sich nicht imperialistisch verhalten: Sie werden korrekt sein, den Friedensvertrag einhalten, keine kleinen Völker auffressen, vielleicht zwingen sie die kleinen Völker nicht einmal zu dem, wovor sich viele fürchten: Sie fordern nicht, dass die westlichen Randvölker Satelliten der Sowjetunion werden ... Sie geben sich in diesen Ländern mit einer Art rosaroter Demokratie zufrieden. Doch die Tatsache, dass sie hier sind, die Ausstrahlung der präsenten slawischen Kraft wird das Schicksal der Ungarn vielleicht für immer entscheiden. Jeder, der sich heute mit Politik beschäftigt, muss diese Möglichkeit ins Auge fassen. Und die Schriftsteller? Es gibt keine Freiheit des Geistes, wird sie auch lange nicht geben. Freiheit bedeutet letztlich nicht, dass man die Vergangenheit liquidieren darf. Die Schriftsteller werden für die Schublade schreiben oder verstummen oder etwas anderes machen ... Und die Nation bleibt vielleicht nur in einigen Büchern, Gedichten erhalten, in Erinnerungen an die wunderschöne Sprache, in der so viel gelogen wurde und in der so schamlos erhabene Niederträchtigkeiten geschwatzt und nachgeplappert wurden!

In Budapest werde ich gedrängt, mich in einer demnächst erscheinenden Tageszeitung, die eine Art Regierungsorgan wäre und die Ideale der »bürgerlichen Demokratie« schützen soll, zu äußern ... Ich wehre diese ehrenhafte Einladung ab.

Die Politiker, Journalisten, Personen des öffentlichen Lebens, die die ungarische »bürgerliche Demokratie« vor dem Bolschewismus »schützen« wollen, irren, wenn sie glauben, dass das Bürgertum seine Standesinteressen noch prolongieren kann. Heute ist nur eine Form der »bürgerlichen Politik« möglich: die bedingungslose Revision. Das offene und aufrichtige Eingeständnis jedes Verbrechens, jedes Irrtums, des Egoismus und der Habgier dieses Standes. Und nach dieser Revision: Erziehung zur Demokratie. Also nicht Posten, Wohnung, Dividenden sichern, sondern unsere Sünden eingestehen, unsere Werte sichten und nicht gegen Bauern und Arbeiter Bürger bleiben, sondern sich *mit ihnen* bedingungslos verbünden und jedes Opfer, das dazu notwendig ist, auf uns nehmen, um auf den Ruinen eine demokratische Nation zu errichten. Doch das Bürgertum und seine Führer glauben, sie könnten sich gegen die Massen der Arbeiter verbünden; und mit diesem Bündnis noch einiges retten … was denn? Eine Lebensweise, die nicht einmal mehr Kulissen und Requisiten hat? So laufen sie mit dem Kopf gegen die Wand, und es ist nicht auszuschließen, dass diese Wand aus Barrikaden bestehen wird.

Sich zu dieser *bürgerlichen Revision* zu bekennen in der Presse, der Literatur, im öffentlichen Leben: Das wäre vielleicht eine Aufgabe. Doch ich glaube nicht an die praktischen Ergebnisse dieser Revision. Das ungarische Bürgertum ist zu keinem Opfer bereit, weil es ungebildet und charakterlos ist. Ja, auch der Bauer und der Arbeiter sind nicht anders; ihnen kann man es aber irgendwie nachsehen, hat man ihnen doch bisher gar keine Möglichkeit gegeben, sich zu bilden. Alles bleibt, wie es der Sturm zurückgelassen hat, und das Bürgertum versucht eifrig, in den Ruinen irgendeine Deckung zu finden, wedelt hier mit ein paar Aktienpaketen, dort mit Vorstandsposten, Bestätigungsmöglichkeiten, und harrt träge seines Schicksals. Dagegen vermag keine menschliche Kraft etwas auszurichten.

Zurück nach Leányfalu. In den zwei Tagen, die ich in Budapest gewesen bin, ist der Flieder erblüht. Dunkelviolett, wie Male eines Schlaganfalls im Antlitz des Gartens. Zauberhafter Duft, wunderbare Welt.

Irgendjemand sagt wichtigtuerisch: »Geben Sie acht, Ihre Stunde hat noch nicht geschlagen.« Ich antworte: »Meine

Stunde kann mir gar nicht mehr schlagen, weil man mir die Uhr genommen hat.«

Wahrscheinlich mündet jedes allzu starre Gesellschaftssystem, das dem Individuum automatisch die Rechte nimmt, schließlich in Anarchie.

Was ist Demokratie? Die Möglichkeit, während eines Gesprächs sagen zu können: »*I think so*, ich bin dieser und jener Meinung.« Und der andere antwortet darauf: »*I don't think so*, ich bin anderer Meinung.« Jeder sagt seine Meinung, und schließlich, wenn es menschenmöglich ist, einigen sie sich auf die Wahrheit. Das ist der höchste Sinn der Demokratie.

Es ist indes keine Demokratie, wenn eine Macht der Diktatur den Garaus macht und dann verlautbart, dass es keine andere Macht gebe, nur die, die von ihren Anhängern vertreten wird. Tyrannei kann nicht durch Tyrannei kuriert werden. Doch das alles ist Phrasendrescherei, denn die Mehrheit der Menschen ist überhaupt nicht dazu geeignet, in Freiheit zu leben.

In einer Zeitung lese ich, dass in England – unter dem Vorsitz des Erzbischofs von Canterbury – eine Ratsversammlung tagt, die Antwort auf die Frage geben will: Was war der Grund dafür, dass das große deutsche Volk sich mit so begeisterter Bereitschaft in die Arme des Nazismus gestürzt hat? Wenn die Nachricht stimmt, leisten die Engländer wieder einmal wichtige Arbeit. Auf das »Was ist geschehen?« werden die Politiker, die Journalisten, die Historiker, vielleicht auch die Schriftsteller eine Antwort geben. Doch auf die Frage, »warum es so geschehen ist?«, wie es geschah, wird die Antwort schwerer fallen. Schriftsteller wissen, dass ein Wort, das Rückwirkungen auf die menschliche

Gesellschaft hat, große Kräfte in den Seelen der Massen mobilisieren soll, nicht nur genau formuliert und danach perfekt ausgesprochen werden muss: Die richtigen Worte müssen auch *herausgefordert* werden. Ohne Konsens gibt es kein Evangelium. Die Nazis haben evangelisiert, und es bedurfte eines guten Bodens, damit sich das *Wort* vermehren konnte. Woraus hat dieser Boden bestanden, was war es, das in den deutschen Seelen diese Infektion ersehnt und gerufen hat? Diese Frage stellt sich auch bei uns. Die Ungarn haben wirklich alles ersehnt und gerufen, was reaktionär in Worten, Gedanken, Möglichkeiten war: Nicht nur ein paar Cliquen, Interessengemeinschaften, nein, die ganze Nation war reaktionär. Warum? Antworten bitte!

Am Abend Räuber. Sie kommen mit einem Auto, erschießen beim Nachbarn ein Achtzig-Kilo-Schwein und nehmen fünfzig Kilo Mehl mit. Einer kommt zu uns herüber, er steckt in einer Uniform, stellt den Kragen seines Mantels hoch, damit ich seine Gesichtszüge nicht erkennen kann, so droht er, wir sollten ja nicht wagen, uns zu rühren, während sie nebenan zu tun hätten. Im Auto sitzt eine Frau, diese Person hat sie wohl hierhergeführt.

Herr Teste hat recht: Das größte Geschenk, das der Mensch vom Leben bekommen kann, ist die Fähigkeit zu denken. Und dabei kann ihn niemand und nichts stören, nur der körperliche Schmerz.

Die Russen sind nicht nur Großmacht, sie haben auch große Macht. Ich will beobachten, ob sie es schon wissen, dass so große Macht nicht nur Rechte, sondern auch Pflichten mit sich bringt.

Sie wissen schon sehr viel. In ihrem Auftreten diese pubertäre Überlegenheit, sie haben aber auch etwas von der Geduld und der Ruhe des an Kräften überlegenen Menschen. Über die berüchtigte GPU erzählen alle, dass die Verhöre im Allgemeinen höflich, geduldig, mit großer Nüchternheit und ohne Gewalt vor sich gehen. Die Russen haben viel gelernt, und ihre Macht ist außergewöhnlich. Wenn sich zu dieser Macht einmal das bedingungslose Gefühl der Geborgenheit gesellt, werden sie auch großzügig sein; die Fähigkeit dazu tragen sie im Herzen, sie nutzen sie nur noch nicht.

Die Rollläden an den Fenstern sind mit dem Schlüssel zu versperren, durch das Schlüsselloch strahlt im Morgengrauen das Frühlingslicht ins dunkle Zimmer. Wie das Auge eines Irren blitzt diese winzige runde Öffnung. Jeden Morgen starren wir uns an, ich und dieses geheimnisvolle, glühende Licht, dieser strahlende Blick des Weltenkörpers. Dieser wilde Blick weckt mich auf. Das sind die schönsten Augenblicke: Im Zimmer lebt nichts außer diesem Licht, das mich weckt, strahlt und eine Botschaft bringt.

Und mein Körper schwebt noch im Nichts, im weichen, unwirklichen, fast mathematischen Volumen des Traums … So geben sie einander Signale, in diesen Minuten der Morgendämmerung, die materiefreie Kraft, das Licht, und das materiefreie Bewusstsein. Die Welt ist erwacht, weil sie vom Licht berührt wurde … aber außer diesen mächtigen Kräften hat es auch meines Bewusstseins bedurft, damit das Erwachen Sinn haben konnte.

Junge Menschen glauben an die KRAFT, die TAT, den WILLEN und verachten die Älteren, die an das blinde Schicksal, an die Fügung glauben und versöhnliche Gesten machen: Sie klopfen aufs Holz des Tisches oder werfen ihren versöhnenden Obolus in den Klingelbeutel. Der erwachsene Mensch weiß, dass es die KRAFT gibt, die TAT, den WIL-

LEN … doch es gibt auch etwas ANDERES. Dieses ANDERE gilt es zu besänftigen.

Wenn ich die Augen schließe, werde ich immer öfter von einer Sehnsucht heimgesucht: Es soll Anarchie sein. Damit die »Ordnung« nicht länger Lebenszweck ist. Zuallererst, wo ist die Ordnung? Nirgendwo. Es gibt nur Systeme – sie setzen sich die Maske der Ordnung auf oder benutzen die Ordnung als Vorwand und sind alle gleichermaßen unmenschlich, grausam, maschinenhaft und unbarmherzig. Da soll es lieber keine Ordnung geben … Was soll ich mit Systemen anfangen, wenn ich doch sterblich bin? Und was haben die großen Systeme, die Ordnung machen wollten, erreicht? Nichts. Anarchie soll sein. Setzen wir uns doch eines Tages auf den Boden, nackt und mit einem Zylinder auf dem Kopf, und beginnen wir, mit Kieselsteinen und Napoleondor oder abgenutzten Rechtssystemen in der Sonne zu spielen. Auch das Leben läuft, mit all seiner großen Ordnung, schließlich in Anarchie aus, in den Tod. Warum denn dann so kompliziert? … Fangen wir gleich jetzt damit an, ohne Plan und System, ernsthaft, todernst …

In Buda. Mit einem Fuhrwerk schaffe ich hinaus aufs Dorf, was von meinen Büchern und Kleidern geblieben ist. *L.* und ich sitzen obenauf, auf einem Haufen von Goethe-Bänden und Bündeln aus leicht angesengten Betttüchern; so durchqueren wir Óbuda, in friedlichem Trott, bei mildem Sonnenschein.

Mit dieser zockelnden Fuhrwerksreise geht eine Lebensform zu Ende. Es bleibt, was uns als Aufgabe im Leben geblieben ist … und das ist immer sehr viel, auch wenn es in Wirklichkeit nur so wenig ist.

Narr, du Narr. Gibt es immer noch Augenblicke, in denen du Hoffnungen hegst? Weißt du immer noch nicht, dass die, unter denen du lebst, Menschen sind?

Vielleicht hoffst du gerade deshalb … weil du schon weißt, dass sie Menschen sind. Keine Engel und auch keine Teufel. Menschen, Armselige, Menschen.

Ein Journalist aus Budapest. Er möchte für eine neue Zeitung eine Erklärung von mir.

Es sind schon viele Jahre vergangen, seit ich mich das letzte Mal »erklärt« habe. Jede Erklärung ist großspurig und gekünstelt. Sollen doch Politiker, Schauspielerinnen Erklärungen abgeben … Ein Schriftsteller soll niederschreiben, was er sagen will. Aber diesmal kann ich nicht schweigen – seit viel zu langer Zeit schweige ich schon, ich spüre und höre, dass es zu viele Missverständnisse um meine Person gibt.

Ich diktiere ein paar Sätze darüber, dass das Bürgertum seine Rolle verspielt hat, wenn es nicht zu einer aufrichtigen, tief greifenden inneren Revision fähig ist. Als ich wieder allein bin, tun mir auch diese wenigen Sätze leid. Was willst du von den Menschen? Sie überzeugen? Oder dir selbst etwas beweisen? Und was willst du dir beweisen? Dass du gute Absichten hast, auch wenn du dich in vielem täuschtest? Schäm dich und schweig!

Im Koffer, den ich aus der Mikógasse mitgebracht habe, finde ich den verloren geglaubten Eckermann-Band. Im Morgengrauen beginne ich darin zu blättern. Am 11. März 1828 sprachen sie über den Rhythmus der Schaffens- und der schöpferischen Kraft, über Körpergestalt, Lebensalter, die Wirkungen von Wein, von Stimulanzien, über die Voraussetzungen geistiger Arbeit. Mit achtundsiebzig Jahren wusste er alles über diese Voraussetzungen – alles, was man über Körper, Seele und das Verhältnis des Menschen zur Welt wissen konnte. Er wusste, dass wir uns selbst gegenüber grausam sein, uns schlagen und zwingen müssen und nicht müde werden dürfen – er wusste aber auch, dass es leere Zeiten gibt, tote und taube Tage, an denen man die Arbeit nicht erzwingen darf, sondern abwarten muss. Er wusste, dass es ohne Eros keine Arbeit gibt. Und dass man die Welt aufmerksam beobachten, das Detail mit allen unseren Fähigkeiten ganz genau betrachten muss – aber schließlich, im Moment des Schaffens und Gestaltens, muss man sich nach innen wenden, mit geschlossenen Augen in Richtung der Vision. Die Menschen betrachtete er als unheilbare Kranke – doch in diesen Kranken ist auch etwas Wunderbares, Überraschendes, Göttliches. Er beobachtete die Natur und erlaubte nicht, dass dieses Phänomen ihn blendete – er überprüfte stets, und wenn etwas in der Beobachtung nicht stimmte, erzwang er des Rätsels Lösung nicht, er wandte sich ab und versuchte sich in der Richtung des geringsten Widerstands, und meistens erhielt er auf irgendetwas Antwort … wenn auch nicht gerade auf das, was ihn beschäftigte. Er wusste, *»der Mensch muss ruiniert werden«*, die Natur verbraucht unsere Kräfte und wirft uns dann weg. Und er wusste, wie selten es einen Menschen gibt, der dem göttlichen Inhalt ein Gefäß ist … doch gerade er ist das gewählte Gefäß. Und ein Wort schwingt manchmal fort in der Welt, über Jahrhunderte, Jahrtausende hinweg und verändert die Umstände des menschlichen Lebens.

Ich glaube nicht, dass irgendjemand jemals mehr über die Zusammenhänge von Mensch, von schöpferischer Arbeit und der Welt wissen wird, als er wusste.

Das Volk hat jetzt einen Mordskeule in die Hand bekommen, die Macht … doch wie unsicher und mutlos es sie schwingt! Es weiß noch nichts damit anzufangen. Wagt noch nicht, sie zu benutzen. Lässt die Finger über sie gleiten, packt sie immer wieder, probiert, ob sie in die eigene Hand passt.

Eines Tages wird es sie benutzen. Wirbelt sie dann durch die Luft, lässt sie niedersausen, vielleicht wird das Volk damit etwas aufbauen, gewiss aber auch zerstören. Vielleicht benutzt das Volk die Keule auch zu gar nichts und legt sie müde, misstrauisch hin, wischt sich über die Stirn und spricht verwirrt von etwas anderem. Ich kenne dieses Volk. Es fürchtet sich vor jedweder Verantwortung. Es fürchtete sich vor der Macht, und jetzt, da es sie hat, fürchtet es sich vor der Verantwortung des Machtbesitzes. Darin gleicht es vielleicht den Slawen: Nur zu gern lässt es sich beherrschen.

Ich habe in den Ruinen auch das Wandbarometer gefunden. Der Luftdruck hatte es zu Boden geschleudert. Die nach Leichen stinkende Straße strahlt im gleißenden Sonnenlicht, doch das Barometer zeigt auf »Sturm!«. Ich habe es eingesteckt und nach Leányfalu mitgenommen; das Wetter ist nach wie vor sonnig, strahlend schön; doch das Barometer stammelt wie ein gelähmter, erschrockener Mensch unentwegt nur das eine Wort: »Sturm!« Es hat offensichtlich etwas Tiefgehendes erlebt – die Belagerung, die Bomben, die Granaten im friedlichen Zimmer! –, deshalb hat es seine sensorische und seine Ausdrucksfähigkeit verloren. Auch die Gegenstände sind von dem, was passiert ist, schockiert. Häuser schüttelten sich vor Schrecken und stürzten zusammen. Und das Barometer plappert zu allem und jedem mit wahnwitziger Sturheit – umsonst rüttle ich es, klopfe auf das Glas, es verkündet: »Sturm, Sturm!«

Während ich arbeite – doch nur so lange und nur wenn ich arbeite, wie ich es für recht und billig halte! –, habe ich das Recht zu jeder Art von Grausamkeit, Egoismus, Anspruch, auch zu dem, was die Menschen Feigheit nennen. Aber nur solange ich arbeite, habe ich dieses Recht …

Wenn ich eines Tages diesen Anspruch auf Arbeit – tief im Innern oder in der Praxis – aufgebe, dann bin ich wahrlich nichts anderes als ein grausames, egoistisches, anspruchsvolles und feiges Subjekt.

Aber wundert euch nicht allzu sehr, wenn ich eines Tages meinen Hut nehme und verschwinde. Das Tragische kann ich noch irgendwie ertragen … doch das Leben ist nicht nur tragisch, sondern erniedrigend langweilig. Und das Opfer der Langeweile von anderen zu fordern, dazu hat keiner das Recht.

Alle stehlen. Jetzt wird schon wie am Fließband, reflexartig geklaut. Der Hausmeister, dieser arme Held, hatte im Granathagel einige unserer Koffer gerettet, und ein Drittel des Inhalts dieser Koffer, die er im Keller aufbewahrte, wurde in den letzten Wochen von Leuten aus dem Haus, vom menschlichen Abschaum, der im Luftschutzraum hängen geblieben war, herausgestohlen … Jetzt, da wir unsere Koffer hierher ins Dorf gebracht haben, betrachten wir diesen hauseigenen Raub mit Staunen: Sie haben zwar gierig, aber ungeschickt geraubt: Zwei Hosen von Anzügen wurden gestohlen, doch die Jacketts sind alle da, sie nahmen Fenstervorhänge mit, weil sie dachten, es wären Decken – sie stahlen alles, kopflos, wie in einer Zwangshandlung. Die ganze Gesellschaft stiehlt, auf der Straße, in den Kellern, in beschädigten Wohnungen, wo ihre Hand hinreicht. Das alles hat etwas Heiteres und Schönes wie jeder Einklang.

Und ich habe einige meiner Bücher zurückbekommen. Shakespeare, Goethe, Montaigne, La Rochefoucauld,

Mark Aurel, Rilke … seit zwei Tagen fühle ich mich wieder reich. Wie jemand, der sich ein Jahr lang in einer Garküche verpflegte, immer nur Eintopf aß und jetzt endlich in ein Haus eingeladen wird, in dem man auch auf Qualität achtet. Diese Bücher zu berühren beschert mir nicht nur ein geistiges Hochgefühl, es ist auch ein körperlicher Genuss. Ich werde nicht faul sein und so lange mit einem Rucksack in die Ruinen zurückkehren, bis ich auch Proust, Green und János Arany gerettet habe.

Nach der großen Stille tost wiederum die Welt um mich, sie tost und ruft … Pass auf! Gib nicht nach! Bewahre dir diese teuer bezahlte Einsamkeit, deinen einzigen Schatz!

Ich bin hoffnungslos Westler: kann ohne Ordnung nicht leben. Ich sehne mich nach Anarchie, nach dem Zerfall, nach Vergehen, und diese Sehnsucht ist ehrlich. Doch bin ich dann gleich wieder eifrig beim Ordnen, räume die Schubladen auf, das Zimmer, ordne meine Bücher und Dokumente, antworte auf Briefe, habe schon Pläne für Donnerstag und für das nächste Jahr … ich schaffe Ordnung, als wollte das Leben ewig währen. Alles war umsonst, ich habe mich nicht verändert. Auch der Krieg, die atmosphärische Belastung durch die Besatzung haben mich nicht verwandelt. Engstirnig, pedantisch, wie ich bin, brauche ich die Ordnung, sonst kann ich das Leben nicht ertragen.

Also finde dich damit ab, dass du so bist. Und wenn alles um dich zerfällt, zerbröckelt, schaffe Ordnung in den Schubladen und Zimmern, im Schrank und auf dem Arbeitsplan fürs nächste Jahr … Ich kann nicht anders, ich bin ein westlich geprägter Mensch.

Die englischen und amerikanischen Armeen werden eines Tages von hier abziehen und ein Menschenalter lang keine

Lust mehr haben zurückzukehren, um in den Karpaten oder am Ufer des Rheins zu sterben. Doch ein paar Engländer und Amerikaner bleiben hier: Geschäftsleute, Ingenieure, Diplomaten, Journalisten. Und sie werden diese umgewühlte Welt im Auge behalten und beobachten, was aus ihr wird.

Und manchmal fassen sie – ein Mensch, mit einem Finger – diese Welt dann an, rücken etwas zurecht, das sich von seiner Stelle gerührt oder das sich in die falsche Richtung bewegt hat. Darauf verstehen sie sich: auf die wesentlichen Bewegungen, mit einem Finger.

Diese rosarote Demokratie, die die Siegermächte – auch Russland – in Ungarn sehen wollen, wird natürlich von der Reaktion durchsetzt, angereichert und voller Reaktion sein. Und diese Reaktion wird nicht verstummen, auch nicht mit der Zeit verglimmen, da reaktionär zu sein sich mit den Lebensinteressen der Mehrheit der Staatsbürger in Ungarn deckt. Es wird Reaktion geben – und es gibt sie –, und den Engländern wird diese Reaktion vielleicht nicht einmal missfallen. Und es wird Antisemitismus geben – und es gibt ihn –, verdrängt, glühend, unversöhnlich. Alles, was war, wird sein, weil es der physischen Substanz, den seelischen Reserven der Nation entspringt.

Was kann man dagegen tun? Langsam, ganz langsam erziehen. Und vielleicht wäre diese Erziehung es wert, dafür irgendeine Aufgabe zu übernehmen … aber ich weiß, dass mich diese Aufgabe aufreibt und verzehrt. Und vielleicht ist meine Arbeit, die nur ich verrichten kann, doch wichtiger; der Aufgabe des Erziehens sollen sich andere widmen.

Wie schulmeisterlich belehrend, wichtigtuerisch und manchmal lächerlich ernsthaft Eckermann auch gewesen sein mag: Er war es, der dieses wunderbare Buch geschrieben hat. Er hätte auch eine Monografie über die deutschen Göttersagen unter besonderer Berücksichtigung des Gottes Wotan schreiben können. Aber nein, er wählte Goethe zum Inhalt und Ideal seines einzigen großen Buches – und diese Wahl ist für sich schon eine große Tat.

In Buda. Ich wühle in der Hausruine, stöbere zwischen meinen Büchern. Ungefähr fünfhundert von den fünftausend wähle ich aus. Diese fünfhundert möchte ich retten, den Rest überlasse ich seinem Schicksal.

Während des Sortierens macht mich betroffen, an wie wenigen Büchern mir wirklich etwas liegt! Aus den Werken meiner Zeitgenossen wähle ich mit größter Umsicht und Objektivität – aber was für eine verschrobene Arbeit dieses Auswählen ist! Und ich denke daran, dass in der Nachbargasse gerade irgendjemand *meine* Bücher in den Müll schmeißt, genau wie ich mich der Meisterwerke von *X.* und *Z.* nicht erbarmen kann …

Mein Goethe – eine Ausgabe des Insel Verlags – wurde von einem Granatsplitter zerfetzt. Wer aber wohl die Hälfte der Proust-Bände gestohlen hat? Die Pfeilkreuzler und die Russen sicher nicht. Auch die Hausbewohner wird Proust wohl nicht sehr gereizt haben. Vielleicht hat ein deutscher SS-Offizier, ein Schöngeist mit Brille, sich zwischen zwei Morden seinen Tornister damit vollgestopft.

Die Pfeilkreuzler von den Arbeitslagern schaffen schon fleißig auf den Budaer Straßen: Unter Aufsicht von bewaffneten Polizisten reißen sie die Reste der zerstörten Häuser ab, tragen den Schutt in Körben weg. Die Bestien, die man in diese Tretmühle eingespannt hat, erscheinen jetzt wie kirre, sanft glotzende Schäfchen. Lange schaue ich der Gruppe zu, die sich vor den Polizeiwaffen eifrig bewegt, es scheint, als wollten sie mit frommem Arbeitswillen die Spuren ihrer Gräueltaten wegräumen. Die meisten Gesichter sind völlig einfältig, ausdruckslos, tierisch. Sie verstehen nicht, was geschah, haben keine Ahnung von ihrer Verantwortung im Zusammenhang mit ihren Taten. Sie haben eben getan, was sie getan haben, weil es ihnen möglich gemacht wurde … wahrhaftig, das war die Revolution des Nihil.

Auf den Titelseiten der Zeitungen Nachrichten wie: Berlin gefallen, Hitler ist tot, die Alliierten sind in Hamburg einmarschiert. Keiner beachtet die Nachrichten; auch ich nicht. Zeitungen werden kaum gekauft. Vor einem Jahr, was hätten wir dafür gegeben, in den Zeitungen ähnliche Berichte lesen zu können! … Heute ist völlig gleichgültig, was mit Hitler und mit Deutschland geschieht. Schmalz ist wichtig, Speck und Brot. Alles andere hört man sich an und macht eine wegwerfende Handbewegung.

Ich nehme auch zwei Bücherregale aus der Ruine mit und was an Büchern darauf passt. Jetzt hat eine wirkliche Lebensrettung eingesetzt. Green fleht mich an, ich solle ihn nicht hier im Dreck verkommen lassen. In Gottes Namen, erbarmen wir uns Greens! … Und Wilder? Nein, Wilder darf auch nicht zurückbleiben. Aber was soll ich mit Montherlant, diesem Teufelskerl, machen? Er hätte es verdient, seinem Schicksal überlassen zu werden; das Leben war ihm wichtiger als das Schreiben …

Aber er hat dieses frivole Prinzip schriftlich verkündet. Schließlich bekommt auch er Platz im Rettungsboot. Jetzt knirscht es aber schon, liegt tief im Wasser, es ist kein Platz mehr frei. Und den alten Hauptmann mit seinen achtzig Jahren und sechs Sammelbänden, soll ich ihn im Strudel untergehen lassen? Ich flüchte mit jenen, die ich gerettet habe, dann aber will ich keine Bücher mehr sehen.

Vom Regal lächelt mich noch ein Buchtitel an: Das *Handbuch für die Pflege des bürgerlichen Hundes*. Ein zeitgemäßes Buch, ich schaue es mit geduldiger Sympathie an.

Die Menschen haben viel gelitten und verloren, natürlich übertreiben sie und überbieten einander mit Lügengeschichten von Leid und Verlust. Aus einer Großmutter werden zwei Enkel, aus einer Taschenuhr wird eine wertvolle Standuhr.

Die Lügner blicken starr, sprechen ruhig, flüssig, schnell.

Keiner achtet mehr auf die Ruinen. Interessant ist nur noch das Leben. In der Budapester Christinenstadt, von der fast nur Schutt übrig geblieben ist, erklingt nachmittags um drei im Kaffeehaus fröhliche Zigeunermusik.

Keiner bekommt ein Gehalt, und wenn doch, kann er sich ein Kilo Schmalz und ein paar Brotlaibe davon kaufen. Wer kauft also die Gänse für zweitausend Pengő, den Schinken für dreitausend Pengő, die im Schaufenster protzen?

Wer mit Lebensmitteln handelt, verdient viel Geld; auch die Fuhrleute; und alle, die mit Gold und Edelsteinen schachern; sonst keiner. Die Menschen verkaufen ihre übrig gebliebenen Goldkettchen, ihre Taschenuhren, ihre Fotoapparate und vegetieren so dahin. Offiziell gibt es keine Inflation, auch kein Geld, nur kostet ein Kilo Schweinespeck eben fünfhundert Pengő. Vor fünfundzwanzig Jahren, in den ersten Jahren der russischen Revolution, sah es in der NEP-Periode so aus; sie wurde geduldet, bis man die Lebensmittelversorgung einigermaßen organisiert hatte; dann wurde sie rigoros abgeschafft. Bei uns werden ähnliche Pläne gesponnen.

Bis aber die »Lebensmittelversorgung« wieder richtig in Gang kommt, werden große Teile der Gesellschaft – zuerst die Mittelschicht, aber auch das Kleinbürgertum und die Massen der Arbeiterschaft – alle ihre Reserven verschleudert haben. Den Rest fressen die Steuern auf, die für den Wiederaufbau der zerstörten Städte, Betriebe, für den Neustart der Industrie nötig sind. Es bleibt eine völlig pauperisierte Gesellschaft, die man ganz einfach zum Tellergericht der Lebensmittelversorgung an den Tisch setzen kann – sie wird dann keine großen Ansprüche mehr haben und auch keinen Widerstand kennen.

Green, was für ein großartiger Schriftsteller! Green, Kafka, Alain-Fournier, Carossa, die jungen Prager Schriftsteller zu Beginn des Jahrhunderts: Ungar, Ehrenstein, Weiß und Werfel, solange er noch nicht golemgleich geworden war! – setzten alles daran, die epische Prosa auf die Höhen der Dichtung zu erheben. Aus den Elementen der Wirklichkeit bauten sie mit hartem Mörtel märchenhafte Nebelschlösser.

Die Deutschen haben kapituliert.

Die Zeit der institutionalisierten Todesgefahr ist zu Ende. Jetzt folgt die Zeit der institutionalisierten Schikane.

Die Nachricht vom Frieden erreicht mich in Buda. Massen mit roten Fahnen ziehen durch die Straßen. Sie schreien, schwingen die Fahnen inmitten der Ruinen, ziehen in einer Staubwolke dahin ... das alles ist nicht ehrlich. Niemand ist begeistert. Der Marsch, diese Kundgebung, läuft automatenhaft ab, offiziell, wie eine Verpflichtung. Den Krieg haben sie schon vergessen, vom Frieden, wie er sein wird, haben sie keine Ahnung, nur das Heute ist für die Menschen interessant: Was sie morgen essen werden und ob es Schuhsohlen geben wird.

Am Abend lausche ich in einer Wohnung, in der es Strom gibt, der Radioansprache des englischen Königs. Stockend spricht er, langsam, vergibt Zensuren, lobt die Männer, lobt die Frauen, die Soldaten und die Bürger ... Während ich zuhöre, denke ich daran, dass einen Weltkrieg wie diesen eigentlich keiner »gewinnt«; doch dieser Kampf hat sich in dem Augenblick entschieden, als Churchill – nach Dünkirchen, inmitten der deutschen Stukabomben – im englischen Unterhaus aufstand und verkündete, dass England auch allein den Krieg fortsetzen werde. Das war der entscheidende Augenblick. Der Charakter eines Menschen und eines Volkes entschied über die Chancen des Schicksals. Alles andere war nur eine Folge davon. »Ich kann euch nichts versprechen außer Tränen, Blut, Trauer und Leid«, sagte er. Und: »Wir stehen hier wie ein Mensch, der sich, mit dem Rücken zur Wand und nur mit einem Schwert in der Hand, allein verteidigt« ... Er hat sich gut verteidigt.

Churchills Statue – irgendwo vor dem Buckingham-Palast gegenüber dem Denkmal der Königin Viktoria – stelle ich mir folgendermaßen vor: Er steht in seinem Havelock ein wenig gekrümmt, stützt sich auf seinen Stock, in einer Hand hält er seinen halb steifen, topfartigen Hut, der einen Übergang zwischen Zylinder und Melone darstellt, in der anderen Hand eine glimmende Zigarre ... sein kahler Kopf ist unbedeckt, er lächelt.

Am Abend des ersten Tages im »Frieden« trete ich gegen neun auf den Balkon der Wohnung in der Zárdastraße. Die russische Garnison feiert den Frieden mit einer wilden Schießerei, feuert aus Gewehren, schießt Leuchtraketen in die Luft. Vom Rosenhügel sind in der Dunkelheit verschwommen die Häuserblocks des ramponierten Pest zu sehen; und dann flammt in einigen Fenstern zaghaft das Licht auf. Die ersten nächtlichen Lichter nach fast sechs Jahren abendlicher Dunkelheit sind rührend. Doch ich glaube an keinerlei menschliche Erleuchtung mehr. Innerlich bleiben die Menschen für immer dunkel.

Aus den Ruinen des Hauses in der Mikógasse seile ich durchs Fenster sechs Möbelstücke ab. Unter ihnen den Negertisch, der irgendwann auf der Negerausstellung im Louvre zu sehen war; zwei gotische Armstühle aus Frankreich; und den alten Schreibtisch, der im Kloster von Szepesolaszi gestanden und als drei Zoll dicker Kantinentisch gedient hatte, jetzt aber einen Granatsplitter abbekam. An diesen Möbeln klebt dick der Dreck, Patina der Belagerung. So viel ist vom »Zuhause« geblieben.

Die Möbel transportiere ich mit einem Fuhrwerk in die Zárdastraße, dann »richte ich mich ein«. Zwei Tage lang scheuere ich allein, staubsauge mit geklautem Strom; und bis zum Abend des zweiten Tages entsteht dann tatsächlich so etwas wie eine Wohnung um mich herum. Das ist nicht viel, aber es reicht, um von hier fortzugehen.

In der Nacht lese ich Segrais' *Lettre*, der von La Rochefoucauld 1665 veröffentlicht wurde, als Erklärung und zur Verteidigung, weil man seine Maximen angegriffen hatte … Er zitiert Guarini:

Huomo sono, e mi preggio d'esser humano;
E teco, che sei huomo
E ch'altro esser non puoi,
Come huomo parlo di cosa humana –

und diese paar Zeilen lassen mich einschlummern, nach langer Zeit wieder unter einer Art Dach, und dort, wo ich angeblich »zu Hause« bin.

Nach Leányfalu zurückgekehrt, werde ich mit der Nachricht von einem bedeutenden politischen Ereignis empfangen: Die hiesigen Nazis und halben Pfeilkreuzler – der Dichterpfarrer, der vor ein paar Monaten noch von der Kanzel zu Krieg und Pogromen aufstachelte, der unter Sztójay reaktivierte Detektivkommissar, der Gemeindesekretär, der alle politischen Parteien der jüngsten Vergangenheit fleißig bedient hat, der leidenschaftliche Anhänger der Nazis, der ungarndeutsche Spezereihändler und all die anderen, der ungarndeutsche Wirt und Alkoholiker, alle, die früher scharwenzelnd und lobhudelnd die Nazis und die Deutschen feierten – haben die örtliche kommunistische Partei gegründet, weil diese feigen Bauernlümmel hoffen, sich mit diesem Husarenstreich gegen die örtlichen Sozialdemokraten wehren zu können …

Vielleicht werden sie sich die Finger verbrennen, und es wird ihnen so ergehen wie einem Soldaten, der in der Schlacht schnell in die Uniform des Gegners schlüpft: und deswegen als Partisan behandelt wird … Aber vielleicht haben doch sie recht, zusammen mit jenen, die hochmütig verkünden und auch davon überzeugt sind, dass in diesem Land alles möglich ist.

Lektüre: *Tartuffe*.

Und währenddessen: La Rochefoucaulds *Maximes supprimées*, die 79 Maximen, die zwischen der ersten und fünften Ausgabe der *Réflexions* verloren gingen. Der Autor fürchtete sich vielleicht vor Wiederholungen; viele Gedanken sind nicht neu und schlendern in schlampiger Aufmachung daher; aber viele sind so düster, dass bei ihrem Verschwinden die friedenstiftende Hand der Madame de La Fayette wohl nachgeholfen hat.

Er kennt kein Erbarmen mit Menschen, auch nicht mit sich selbst; mit keiner menschlichen Eigenschaft; kein einziges Gefühl, keine Leidenschaft bleibt in ihrem Gewand, in ihrer Maske. So düster ist die Wirklichkeit? Nein, so wirklich ist sie.

In der Stadt gibt es viele als stari-papa verkleidete bärtige Männer mit schlechtem Gewissen, die sich, hinter Behaarung und dunklen Brillen versteckend, durch die Straßen schleichen. Doch nichts ist heute auffallender und verdächtiger als ein Bart und zerlumpte Kleider.

Die Ritter der jungen Demokratie, ohne Furcht und Tadel, die in der Presse, in der Literatur, im öffentlichen Leben vorneweg galoppieren: Oft übertönen sie ihre Angst mit diesem schrillen Verhalten. Doch die Menschen wissen Bescheid und lächeln; sie beobachten die gierige Selbstdarstellung manchmal mit einem nachsichtigen, manchmal mit spöttischem und gelegentlich mit einem wütenden Lächeln.

Das Gewissen dieser Gesellschaft ist insgesamt schlecht; für das unheimliche Verbrechen sind alle, die heute leben, verantwortlich; der eine wird für das, was er getan hat, zur Rechenschaft gezogen, der andere für das, was er nicht getan hat und dafür, dass er durch seine Nachlässigkeit den Übeltätern half. Wir alle tragen Schuld. Zugegeben wird das aber nur von wenigen. Und am verdächtigsten sind jene, die jetzt lauthals überall nach den Schuldigen fahnden.

Der Garten ist voller Laub und Schatten. Pfingstfeuer flammen zwischen den Sträuchern: Rosen, Tulpen, namenlose

Blumen. Ich lese *Tartuffe* oben auf dem Hügel, im Schatten eines Nussbaums.

Tartuffe haut Orgon nicht übers Ohr. Es gibt eine Art Mensch – so einer ist auch Orgon –, der mit beiden Händen winkend die Gefahr, die Verräter in sein Haus einlädt. Er braucht das.

Immer einsamer und mit einem immer sichereren, heimeligeren Empfinden in dieser Einsamkeit.

Seit zwei Tagen »Friede«. Nach fast sechs Jahren Blutbad »Friede«. Sicher, schon seit einiger Zeit ist kein Kanonendonner mehr zu hören und auch das Brummen von Flugzeugmotoren nicht.

Doch wie müde ich in meinem Innern sein mag?! Ich höre, ich schmecke, ich empfinde diesen Frieden nicht.

In einer Zeitung der Artikel des Ministers für die öffentliche Versorgung über das »ungarische Durchhaltevermögen«, über die »regenerierende Kraft des ungarischen Volkes und Bodens« und so weiter. Genau dasselbe schwülstige Palaver, dieses selbstbetrügerische, patriotische Schwadronieren, das man gestern noch den »heldenhaften Geist« genannt hat. Heute nennt man es das »Selbstvertrauen der jungen ungarischen Demokratie«.

Dieser Minister für die öffentliche Versorgung war in jüngster Vergangenheit Inspektor der Gendarmerie; er ist in die Welt der Demokratie hineingeraten wie der provisorische Ministerpräsident und der Verteidigungsminister, diese erprobten Typen des Ancien Régime. Als Hitler Horthy zu einem Besuch nach Berlin einlud, bei dem dann keine angenehmen Erinnerungen zu sammeln waren, wurde Admiral Raeder, der die Einladung überbrachte, von diesem Gendarmen im Auto quer durch Budapest begleitet.

Unterwegs unterhielt er den deutschen Gast – laut S., der in seiner Eigenschaft als Flügeladjutant mit im Auto saß –, indem er entlang der Ringstraße auf die Ladenschilder deutete und jedes Mal bemerkte: »Schauen Sie, dies ist ein Jude und der auch. Wir hier sind noch nicht so weit, gnädiger Herr!« Und heute unterweist mich dieser Mensch in »ungarischer Demokratie«.

Dieser Schriftsteller, der mit jeder Zeile, jedem Theaterstück, jedem seiner verdächtigen Filme von proletenhafter Unbildung dem Geschmack des ungebildeten Kleinbürgers auf wahrlich sklavenhafte Weise diente: Er zeigt sich jetzt in der Rolle des halb roten Propheten, versucht inmitten der Gefahr umzusatteln. Anscheinend kennt er die englische Redensart nicht: *Wer einen Fluss voller Strudel durchquert, soll unterwegs sein Pferd nicht wechseln.* Der Fluss ist wahrlich voller Strudel. Dieser Reiter hat jetzt das Pferd gewechselt; wir werden sehen, ob er das andere Ufer erreicht.

Aber vielleicht sehe ich es gar nicht; weil es nicht wert ist, darauf zu achten.

Ich habe meinen zweisprachigen französisch-griechischen Mark Aurel gefunden. Es ist die beste Übersetzung, die ich kenne. In der Nacht blättere ich darin.

Es gelingt mir nie, die ersten Zeilen, in denen er sich bei seinen Eltern, Geschwistern, Erziehern und bei den Göttern für die menschlichen, irdischen und himmlischen Gaben bedankt, die er fürs Leben mitbekommen hat, ohne Rührung zu lesen. Er glaubte an die »demokratische Staatsform«, an die »Freiheit und Gleichheit der Bürger« und an die »Rede- und Meinungsfreiheit« – dieser große Kaiser, dieser außergewöhnliche Charakter, realisierte für die Dauer seines Lebens in der Praxis eines großen Reiches das, woran er glaubte, was er für richtig hielt.

Die Menschen sind hoffnungslose Fälle. Aber der eine oder andere, manchmal … Unendliche Möglichkeiten.

Hitze im Mai. Revolution im Garten: Alles öffnet sich, zeigt sich, bietet sich an, sucht seinen Platz.

Es gibt kein Buch, keine Idee, keinen Lehrsatz, keine Wahrheit, die die grundsätzliche Natur des Menschen verändern könnten. Ich kann an dem, was ich bin, nichts ändern. Warum erwarte ich so etwas dann von anderen?

In der Vergangenheit habe ich – sofern ich dazu die Gelegenheit hatte – allen gegenüber meine Pflicht erfüllt. Nur nicht mir selbst gegenüber.

Denn auch ich existiere, so nebenbei. Was wäre, wenn auch ich begänne, mich selber zu »befreien«?

Lektüre: Molière, *École des femmes*.

Meine Feinde haben sich in den stürmischen Zeiten mir gegenüber bis heute immer korrekt verhalten. Nur meine sogenannten Freunde ließen mich im Stich; mit einer Ausnahme allesamt.

Viel hat man nicht erwartet; am wenigsten Hilfe; helfen, mit welchem Recht? … Dennoch hätte mir menschliche Solidarität oder ein einfaches Zeichen derselben in diesen schweren Monaten wohlgetan. Doch man hat sich vor mir gehütet wie vor einem Aussätzigen; noch ist nicht entschieden, wie sich meine Situation in der neuen Welt gestalten wird – deshalb sind sie in der Deckung geblieben; und haben mir, wann und wo es möglich war, geschadet; und all das ist verständlich, *weil sie eben Menschen sind*.

Doch ich wiederhole, meine Feinde waren geduldig, korrekt, verständnisvoll. An dem alten Gemeinplatz ist was dran: Mit Feinden kann man sich einigen, mit Freunden jedoch nie.

Das Alkoholverbot ist aufgehoben. Ich habe es ausgezeichnet ertragen, monatelang. Jetzt, da es wieder erlaubt ist, Wein zu trinken, bemerke ich, dass ich in Wirklichkeit gar nicht den Wein liebte, sondern das Wirtshaus.

Das gute Wirtshaus – wo es nichts zu essen gibt, nur reiner Wein ausgeschenkt wird – ersetzt mir, was im Mittelalter für den geistigen Menschen die Klausur gewesen sein mag: Es ist der Ort des einsamen und ernsthaften Nachdenkens. Deshalb mögen die meisten wahren Wirtshausgeher nicht, wenn sich, während sie Wein trinken, Bekannte an ihren Tisch setzen und sie stören. Zum Wein gehört die Versenkung wie zum Nachdenken.

Pest ist jetzt wie Sarajewo. In vier Straßen streunt das Volk herum. Jeder verkauft irgendwas: Gold, Lebensmittel, einen Kühlschrank, eine Frau oder eine Überzeugung. Das Lamentieren ist allgemein, das Raffen, Anfeinden, Menschenjagd, die Gier sind allgemeiner, als sie je gewesen sind. Das Menschenmaterial hat sich nicht verändert, in den Parteien stopfen sich verdächtige Subjekte die Taschen voll. Die Frauen wie Piraten. Die Juden enttäuscht und gierig.

Es gibt keine Literatur. Die Theater sind leer. Ich bin Publikum bei einer Sitzung des Künstlerischen Beirats; dieser Rat ist als eine Art Areopag gedacht, als geistiger Gerichtshof … Ich weiß nicht, was daraus wird, die Absicht ist edel, die Mitglieder gehören wirklich zur Elite, doch ich glaube nicht an die praktische und offizielle Macht der Elite! Kassák sagt: »Pass nur auf, jetzt spielen alle, dass sie sich zu ihren Sünden bekennen; ein ›Spuck-mir-ins-Gesicht-Brüderchen!-Verhalten ist das‹!« Alle übertönen ihr Schuldbewusstsein, so gut sie nur können; der eine mit »selbstbewusstem Auftreten«, der andere gesteht es flüsternd, aber schuldbewusst sind sie alle.

Am Vormittag sperren sie die Behelfsbrücke, die die Margaretenbrücke ersetzt; zwischen grünen und schwarzen Fliegen, Wolken von Leichengeruch wandere ich in Richtung des Pfahlbauwerks, das die Franz-Josephs-Brücke ersetzt. Die einfachsten Dinge des Lebens sind so unvorstellbar ermüdend. Man muss acht, zehn Kilometer gehen, Dutzende von Stockwerken hinaufsteigen, bis man jemanden daheim antrifft. Inflation gibt es noch keine, Geld und Lohn auch nicht, aber ein Kilo Schweineschmalz kostet vierhundertvierzig Pengő. Ich esse Sauerampfersauce mit Spiegelei und eine Semmel zu Mittag, trinke ein Glas Bier und bezahle dreiundsechzig Pengő. Das ist schlimmer, als würde ich dreiundsechzig Millionen bezahlen. Am Abend bin ich traurig und müde. Ich habe keine Kraft zu lesen. Prousts *Temps retrouvé* fällt mir aus der Hand.

In Leányfalu ist es doch besser. Nicht nur die Luft ist reiner; auch die Atmosphäre, auf eine andere Art. In Budapest ist jeder unzufrieden. Keiner sieht klar. Die Juden sind maßlos verbittert; sie haben Wiedergutmachung erwartet, Gerechtigkeit. Von alledem keine Spur. Alle sind enttäuscht … doch was haben sie sich erhofft?

S. war beim amerikanischen Botschafter, Herrn Steinfeld. »Einflusssphären, ein laienhafter Begriff«, sagte der Botschafter. »Großmächte lassen sich nicht auf einen Weltkrieg ein, um danach sofort und offiziell neue Konflikte zu umreißen. Unsere Aufgabe in Europa ist, mit den pathologischen, den krankhaften Auswüchsen des Nationalismus, der Gedankenwelt des Chauvinismus Schluss zu machen.« Das ist eine schwierige Aufgabe. Dazu bedarf es politischer, wirtschaftlicher, pädagogischer Methoden. Die Schaffung großer wirtschaftlicher Blöcke würde einen großen Teil der nationalistischen Gegensätze abbauen: gemeinsame Zollgrenzen, gemeinsame Währung … Das wäre jedoch zu schön und zu gescheit, um Wirklichkeit zu werden.

Ich gehe in der glühenden Mittagssonne in einer Staubwolke an Abbruchhäusern und schachernden Balkanesen vorbei die Vácistraße entlang, als ein Leierkasten erklingt. Mitten auf dieser einst »weltstädtischen« Straße lässt mich die quäkende Melodie innehalten. Die Szene ist provinziell, aufrichtig … Und im blendenden Sonnenschein wird mir, während ich diesem Lied lausche, schwarz vor den Augen, und ich spüre die Unendlichkeit des Lebens.

Hitler – was ist aus ihm geworden? Keiner weiß etwas, aber es interessiert auch keinen! – ich lese seine Kriegsreden. Vor einem Jahr sind sie erschienen. Jetzt wirkt diese Lektüre gespenstisch.

Kein einziges Wort von ihm war wahr, keine seiner Prophezeiungen, keines seiner Versprechen. Er log in einem fort: kreischend, überlegen, verschwitzt, überheblich, er hat immer gelogen. Manchmal log er in Form von historischen Nebensätzen: zum Beispiel als er nebenbei hochtrabend meinte: »… Stalingrad, das werden wir natürlich erobern … aber nicht, weil die Stadt den Namen Stalins trägt, das ist nebensächlich … sondern weil sie von strategischer Bedeutung ist …« Und schon sprach er von etwas anderem; als wäre Stalingrad irgendein unbedeutendes Detail, eine Nebensache, er erwähnt die Stadt nur gegenüber seinen Zuhörern, die ihm mit offenen Mäulern lauschen, sie raunen befreit und erleichtert auf, als sie diese Nachricht vernehmen ... So hat er gelogen, durchtrieben, instinktiv über Jahre und Jahre hinweg.

Schlau und überzeugend hat er gelogen, indessen aber alle Kniffe der Bauernfängerei angewandt. Er kannte das deutsche Volk ausgezeichnet und hatte keine Ahnung von fremden Völkern. Er log bis zum letzten Augenblick, redete von den »entscheidenden geheimen Waffen«, von den großen Überraschungen ... so total und mit so armseligen geistigen Mitteln ist eine Welt noch nie betrogen worden wie von ihm.

Leányfalu wird für mich immer wichtiger. Es ist eine Art Ausland, fern von allem, in dessen Nähe es nicht lohnt zu leben. Es liegt ein wenig in England, ein wenig am Rande der Île de France.

Und dennoch darf ich mich hier nicht niederlassen. Ich wehre mich mit aller Kraft dagegen, mich hier einzurichten und diese Lebenssituation zu einem Dauerzustand werden zu lassen, der mich schließlich sogar zwingen könnte, hierzubleiben, in Ungarn zu bleiben. Mich nicht binden, mich nicht festlegen mit einem Zuhause, mit Möbeln, mit einer Beschäftigung: hier nicht vor Anker gehen ... auf jeden Fall frei bleiben, damit ich mit dem ersten Zug abfahren kann. Und es wird nicht leicht sein. Und es wird nicht nur deshalb schwer sein, weil dieser Zug noch lange nicht fahren wird. Auch innerlich wird es nicht einfach sein.

Im Garten ist die erste Rose erblüht. Sie ist blutrot. Auch die Akazienblüte beginnt, violett und weiß. Kräftiger, flaumiger Duft im Garten. Budapest und Leányfalu, so pendle ich also zwischen Leichengestank und Rosenduft umher.

Mit gespenstischer Kraft kehren nach dem Ende der Kriegsgefahren all die inneren Konflikte des Friedens stur zurück.

Langeweile. Spannung. Die Unerträglichkeit meiner Umgebung … Keiner hat etwas gelernt, keiner hat etwas vergessen, die Menschen schleppen durch alle Feuer der irdischen Hölle dieselbe andere, die innere Hölle, mit sich herum. Wir alle sind hoffnungslos.

Und wie viele Menschen! Und sie wollen jetzt alle »Veränderung«, Platz in der »neuen Welt«, Genugtuung, Entschädigung, Beute! Und wie gefährlich wäre es auszusprechen, wie überflüssig diese vielen kümmerlichen Menschen sind! Eine Masse, die immer krankhafter anwächst, doch ihre innere Qualität wird immer miserabler! Wozu braucht man diese vielen Menschen? Diese vielen Taugenichtse, diese habgierigen, trägen, halb stupiden, herumlungernden, verfressenen Tagediebe? Die PARTEI braucht sie und der STAAT … aber die Menschenfamilie? Wozu soll das gut sein, dass ein Tagelöhner oder Arbeiter oder Beamter am Samstagabend betrunken nach Hause kommt und der Welt ein weiteres Menschenkind beschert? Wir brauchen keine gesellschaftlichen Legebatterien. Wenige Menschen, dafür aber Qualität, das wäre das Ideal. Immer mehr Menschen und eine immer miesere Qualität; das ist die Wirklichkeit.

Seit drei Tagen wieder Proust. Er war der Letzte und der Größte … Der letzte Schriftsteller in Europa. Nach ihm kamen noch ein paar Dichter; und Literaten.

Sturm, Hagel. Wir beobachten das wütende Toben der Natur mit wohlgefälliger Anerkennung. Aber wozu ist dieser Frühlingssturm, verglichen mit einem amerikanischen Bomberschwarm, schon fähig?

Entsetzlich, wie viele ekelhafte und von Grund auf böse Menschen am Leben geblieben sind!

Dem überzogenen Nationalismus muss ein Ende bereitet werden. Aber diese Arbeit sollte man im kleinen Kreis beginnen, untereinander, und auch die Juden.

Das große Zur-Rechenschaft-Ziehen beginnt vorerst im Tone eines freundlichen Räusperns. Die Leute der Parteien und Cliquen räuspern sich, sie machen sich bereit.

Ich lese die Streitschrift von Gide: *Retour d'U.R.S.S. …*, zum zweiten Mal. Und was kreidet er an? Den Mangel an geistiger Freiheit, die Trostlosigkeit.

In allem anderen würden wir schon übereinstimmen. Doch diese trostlose Eintönigkeit, diese »Harmonie« und das »Einverständnis«, in dem alles abstirbt …

Finden wir uns damit ab, dass man das Menschenmaterial vergeblich in irgendeinen Tiegel packt, kocht und dann auf kleiner Flamme fünfundzwanzig Jahre lang dahinbrodeln lässt: Es verändert sich nicht.

K.s Sohn – einen Juden – haben nach dem Pfeilkreuzler-Terror die Russen mitgenommen. Den vierten Monat schon sitzt er in einem Lager bei Temesvár fest. Jetzt hat *er* die Nachricht bekommen, dass man ihn für zwei goldene Armbanduhren von »Longines« freilassen würde. *K.* hetzt in der Stadt herum, um goldene Uhren aufzutreiben, ist aber überhaupt nicht sicher, dass er seinen Sohn wiedersieht, wenn er die Uhren besorgt und übergeben hat. Nichts ist gewiss. Nur eins ist sicher: Die menschliche Natur verändert sich in keinerlei Gesellschaftsordnung.

Die bürgerlichen Schichten der Gesellschaft leben ohne Einkommen, sie besorgen sich die elementaren Nahrungsmittel zu inflationären Preisen: Heute gibt man in Budapest pro Tag einige hundert Pengő aus und isst dafür Kartoffeln. Wir verkaufen langsam unsere Hemden und Hosen, kleine Wertgegenstände, innerhalb kurzer Zeit werden wir zu Proletariern. Jene, die über unser Schicksal entscheiden, wollen es so.

Darüber hinaus wollen sie auch Unordnung, Unruhe und dass wir uns ihnen völlig ausliefern, ohne materiellen und gesellschaftlichen, menschlichen Rückhalt. Diesen Prozess können innere Kräfte nicht unterbinden. In der Stadt hört man Schreckensmeldungen über den Konflikt zwischen Engländern und Russen. Ich glaube nicht an diesen Konflikt, denke jedoch mit Gleichmut auch an diese Möglichkeit. Das Prinzip »alles ist möglich« gehört seit einigen Jahren zur Alltagswirklichkeit.

Seit vier Wochen das gleiche Hin und Her, vom Abbruchhaus in die Zárdastraße und nach Leányfalu, Übergangslösungen mit zehrenden Kosten und viel Aufwand ... Jetzt ist es genug. Ich rühre keinen Strohhalm mehr an; ich will arbeiten.

Diese Selbstbildungsvereine, die unter dem Vorwand, die Nation zu »retten« und zu »erziehen«, bemüht sind, Macht und Güter an sich zu bringen ... Versteck dich, so gut du kannst, um jeden Preis!

Ich stöbere Rajnai in seinem Garten in Hűvösvölgy auf. Nein, die schauspielerische Begabung ist eine ganz besondere Fähigkeit. Er erzählt, dass man in der Nähe seiner Wohnung, in der Irrenanstalt, die Debilen und die tobenden Irren der russischen Garnison von Buda untergebracht habe, die rütteln und poltern Tag und Nacht an den Zäunen der umliegenden Häuser; und plötzlich *spielt* Rajnai den unterwürfigen Auftritt eines verblödeten alten Russen, der sich mit einer Hand die Kappe vom Kopf reißt und dann, die

Hände an die Hosennaht gepresst, verstört etwas murmelt und um etwas bittet … und diese Bewegungen rufen perfekt eine Gestalt, ein Schicksal, einen Menschen wach, und auch etwas insgesamt »Russenhaftes«, das man mit Worten wohl wirklich kaum beschreiben könnte. Es würde sehr vieler Worte bedürfen oder eines einzigen, das aber schwer zu finden wäre. Doch der Schauspieler ersetzt dieses Wort durch eine einzige Bewegung.

Am Abend komme ich in Buda an und lande in einem Wirtshaus, in dem schlechter Wein ausgeschenkt wird, verschnaufe etwas zwischen betrunkenen Menschen. Diese alkoholisierten Männer wanken aus dem Wirtshaus heim und zeugen daheim oder anderswo ein imbeziles Kind. Für wen und warum? Wozu braucht man diese im Rausch gemachten Kinder? Keiner duldet, dass wir darüber reden. Nichts wird geduldet.

Ich gehe den Großen Ring entlang, das erste Mal seit der Belagerung. Der Ring ist jetzt wirklich wie sein Ruf. Zwischen russischen, rumänischen, bulgarischen, serbischen Soldaten lungert im Schmutz dieses furchtbare großstädtische Gesindel herum, es handelt, weiß von nichts, glaubt an nichts, stiehlt, plündert. Hier herrscht der tiefste Balkan, echt und unverfälscht.

Zum vierten Mal beobachte ich das: Jedes Mal, wenn ich in das baufällige Haus in der Mikógasse trete, überkommt mich ein heftiger, krampfartiger Durchfall. Eine Viertelstunde davor hatte ich noch keinerlei Anzeichen, und auch danach verspüre ich keines der Symptome mehr.

Wie wenig man über seinen Körper weiß! Und über das Verhältnis von Seele und Leib. Wenn ich in mein zerstörtes Zuhause trete, ist dieser Durchfall die Antwort des Körpers auf die latente Aufregung, die in seelischen Schichten, tiefer als der Verstand, in mir schlummert.

Typhusimpfung. Schüttelfrost als Reaktion. Die Typhus- und Cholerabazillen beginnen ihren hilflosen Veitstanz im Körper des Immunisierten. Doch den Teufel – lehrt die Physiologie – kann man nur mit dem Beelzebub erfolgreich austreiben.

Im Garten sind viele Rosenstöcke verwildert, wieder zu Wildrosen mutiert, weil im letzten Herbst und jetzt im Frühling der Gärtner anderes zu erledigen und keine Zeit hatte, sich um die Veredlungen zu kümmern. Und in den Menschen, was ist in ihnen im Herbst und im Frühling vorgegangen? Wie viele sind wegen fehlenden Einsatzes geistiger Veredlungsmesser erneut zu Bestien verwildert? Viele.

In der Nacht, während mich der Schüttelfrost der Typhusimpfung plagt, denke ich darüber nach, ob ich, wenn ich Jude wäre, nach dieser großen Tragödie den Juden irgendetwas sagen könnte? Irgendetwas, das ihnen die Möglichkeit gibt, sich auch innerlich, auf ihre eigene Art vor der Wiederholung eines solchen Unglücks zu schützen? Die Juden haben wie die Christen aus diesem Unglück überhaupt nichts gelernt, weil sie eben auch Menschen sind. Jeder setzt genau dort fort, wo er aufgehört hat, als das Unglück über ihn hereinbrach.

Doch mir dämmert keine Antwort auf diese Frage. Gewiss ist, dass die Juden eine Rolle haben, von der die meisten nichts wissen; ihr Bewusstsein, das »auserwählte Volk« zu sein, hielt sie über Jahrtausende am Leben. Und ohne irgendeine Rolle gibt es kein menschliches Leben. Eine solche Rolle aber hat manchmal einen hohen Preis. Sie erhält sie am Leben, über jedes tragische Zwischenspiel hinweg.

Was Gide in seinem Bericht *complexe de superiorité* nennt, ist auch heute noch an den Russen zu spüren; doch es äußert sich in gereiztem, verstörtem Ton. Sie sind sich nicht mehr sicher, ob es nur in Russland eine U-Bahn gibt, Typhusimpfung und Kindergärten … Sie haben gesehen, dass es das auch anderswo gibt, und zwar von nicht schlechterer Qualität als bei ihnen daheim und auch für die Massen nicht schwerer zugänglich. Die Mehrheit leiert aber immer noch die Phrasen, dass es »zu Hause alles gibt« und »alles besser« ist, aber sie tut es nicht mehr so gänzlich überzeugt.

»Wir haben nicht etwa deshalb den Krieg gewonnen, weil wir dumm sind«, wiederholte ein russischer jüdischer Offizier wütend meinem Zahnarzt gegenüber, mit dem er sich über den Preis einer Goldfüllung nicht einigen konnte. Nein, gewiss sind sie nicht »dumm«. Ich weiß, dass sie es nicht sind; aber sie wollen immer noch einen Beweis und ein Bekenntnis, dass ich es auch wirklich weiß und glaube.

Vollmond über dem Land. Bewölkter Himmel, eine romantische Landschaft, etwas Fernes und Ewiges.

Wie wohl das russische Leben sein mag? »Schlechter« als diese halb kapitalistische Lebensform, in der die Völker Europas dahinschmachten? Nicht »schlechter«, aber eintöniger. Es gibt keine Freiheit, nicht einmal in jenem relativen Maße wie in Europa. Man darf in Russland die Kapitalisten beschimpfen, die Burschuis und die Faschisten; das ist alles, was es an Freiheit gibt. Denn es ist nicht erlaubt, »etwas anderes zu mutmaßen« … Was und worüber? Na, über alles, was nicht den Idealen der Partei entspricht. Und diese Nötigung lähmt jeden ernsteren Antrieb des geistigen Lebens. Ohne Zweifel gibt es kein geistiges

Leben. Doch die PARTEI duldet keine Zweifel ... keine Partei duldet sie.

Mein Einwand gegen den Bolschewismus ist nicht, dass er die bekannten Lebensformen zerschlägt. Aber ich kann in einer Welt nicht leben, die Geschmack, Qualität und Meinung in eine Uniform steckt. Man kann kollektiv skandieren: »Hoch lebe die PARTEI, hoch lebe der STAAT, hurra! ...« Aber man kann kollektiv nicht ausrufen: »Ich bin der Meinung, dass ...« Denn dabei geht der Einwurf des Zwischenrufers unter.

Als wäre der karitative Reflex, die spontane Wohltätigkeit aus den Menschen verschwunden. Stundenlang wandere ich in Budapest herum und beobachte die Bettler, wie sie vergeblich betteln: Keiner bleibt stehen, und niemand wirft ihnen etwas in den Hut. In dieser Welt mit ihren »kollektiven« Absichten überlässt der Mensch es gleichgültig den offiziellen Stellen, die Armen zu versorgen, so gut es geht; das Individuum empfindet es nicht mehr als seine persönliche Verpflichtung, zu helfen oder Anteilnahme zu zeigen.

In der Nähe der Börse verkaufe ich in einer Bankfiliale ein paar Gramm Gold, weil ich Lebensmittel besorgen muss. Der Makler warnt mich, mehr als ein, zwei Gramm auf einmal wegzugeben, weil die große Geldvermehrung innerhalb weniger Tage jede noch so große Summe verschlingt. Aufgeregte Schieber hetzen mit roten Ohren und Gold, Valuten, Napoleondors zwischen den Ruinen herum. Zum zweiten Mal erlebe ich dieses dumme Spiel, und mir ist übel vor Verachtung.

Die Menschen sind zur Bescheidenheit, zur Lebensweisheit unfähig; sie wollen nicht wissen, dass jetzt, gerade jetzt einer jener Momente ist, in denen es sich für keinen empfiehlt, sich auch nur einen Zentimeter nach vorn zu wagen, mehr und bessere Plätze zu besetzen … Gierig, unter Einsatz beider Ellenbogen, stürmen sie Stellen und Ämter, sie tun es wiederum nicht mit dem Recht des Anspruchs auf Qualität, sondern verfressen und wütend, mit amokläuferischer Habgier.

Westliche Demokratie oder östliche Diktatur: Das wird sich in den kommenden Monaten entscheiden … es ist jedoch nicht ganz sicher, ob es sich tatsächlich entscheidet. Vielleicht kommt keine von beiden, und es entwickelt sich irgendeine gesellschaftlich-politische Situation zwischen den beiden. Die Russen halten ihre Position, so gut es geht, und die Angelsachsen rücken die Situation manchmal mit einer Hand zurecht, sofern sie Lust und die Gelegenheit dazu haben. Inzwischen ringt die ungarische Gesellschaft nach Atem in ihrer Armut, wird immer schwächer, zehrt ihre Reserven auf. Der eine verkauft seine Taschenuhr, der andere die Goldplomben aus seinem Gebiss. Die Gefahr der sozialen Anarchie ist kein Schreckensbild mehr. Es gibt keine Literatur, es gibt keine geistige Freiheit. In der kommunistischen Zeitung lobt ein Journalist im bekannt spöttisch-lobhudelndem Stil meine Gedichte über das tote Buda und vergleicht meine »schönen Worte« mit grünen und goldschimmernden Schmeißfliegen, die sich auf den Gesichtern der Leichen tummeln. Genauso haben gestern die Faschisten geschrieben.

In meinen Verlag wird wie bei einem Putsch von der Großbank, zu deren Unternehmungen auch der Verlag gehört, mit einem nachlässigen und rüpelhaften Beschluss ein unbekannter Dreißigjähriger als Generaldirektor eingesetzt. Überall der Terror: parallel zur Schreckensherrschaft der Diktatur die Willkür des Großkapitals. Alle haben jedes Maß verloren. Unvorstellbar, dass der Besitzer von Cotta, S. Fischer oder der *Nouvelle Revue Française* es gewagt hätte, den Verlagsvorstand auszuwechseln, ohne seine Schriftsteller zu fragen ... Heute zählt nichts mehr. Dieser unbekannte junge Mann entscheidet zukünftig über mein bisheriges Werk, bestimmt das Schicksal meiner dreißig Bücher. Und all das muss stillschweigend geschluckt werden.

Die Gemeinschaft aber kann vom Schriftsteller, vom Künstler – was die Ausrufer der »revolutionären Kunst« auch immer schreien mögen – nur auf eine Weise bedient werden: indem er sie vollkommen kennenlernt, an ihr arbeitet und seine Persönlichkeit mit bedingungsloser künstlerischer Kraft zum Ausdruck bringt. Nur so kann er mit Erfolg auf die Massen »wirken«, nur so wird sein Lebenswerk wirklich »revolutionär« – nicht aber durch die Themenwahl. Über den Klassenkampf kann man platte Gemeinplätze schreiben, und über eine Rose kann man mit einer Kraft sprechen, die die Menschen aus ihrer Trägheit aufrüttelt.

Zurückgekehrt nach Leányfalu, werde ich am Gartentor von einem vierjährigen Jungen mit ernstem Blick empfangen. »Grüß Gott«, sagt er feierlich, nachdenklich und streckt mir die Hand hin. Wir geben uns die Hände und gehen gemeinsam ins Haus.

Diesen Gast hat *L.* mitgebracht, während meiner Abwesenheit; er stammt aus Jászberény. Die Mutter hat den Jungen verlassen, als der Kleine zwei Monate alt war. *L.* hatte die Großmutter des Jungen, eine Bäuerin aus dem Nachbardorf, in der Schnellbahn kennengelernt, erfuhr von ihr alles über das Schicksal des Kindes und hat es zu sich genommen. Dieser Schritt ist heute, da unser aller Schicksal nicht gerade gesichert ist und auch ich – wie jedermann –

vom Verkauf meiner Gebrauchsgegenstände und kleinerer Wertsachen lebe, gewagt. Sie ist sehr verantwortungsbewusst; doch seit dem Tod unseres kleinen Jungen kann *L.* nicht gut ohne Kind leben. Deshalb schweige ich; dann unterhalte ich mich mit diesem Findelkind.

Er ist ein forscher kleiner Mann, ein Bauer. Sein Lachen ist herzlich, gutmütig. Er ist blond, hat blaue Augen; spricht, wie man in der Tiefebene üblicherweise spricht, ist wortkarg und nachdenklich. Ich frage ihn, warum seine Ohren dreckig sind. »Die Katze hat hineingeschissen«, entgegnet er ernst. Diese Antwort entwaffnet mich. Ich frage, was er denn für einer sei? Jazyge oder Kumane? Er denkt nach und erwidert bestimmt: »Ein Kind.« Und er hat recht; auf die Probleme der Rassenlehre gibt es keine genauere Antwort.

Seine Äußerungen sind überraschend. Manchmal erzählt er von Jászberény, jener kleinen, knausrigen Welt, die er verlassen hat. (Ein altes Bauernehepaar hat ihn dort großgezogen.) »Einmal wollt' mich die Kuh besteigen«, sagt er, »aber ich hab sie weggestoßen.« Er ist aufmerksam und kann sich benehmen. Isst ordentlich bei Tisch, hält den Löffel richtig und geschickt, mit einem Stückchen Brot hilft er dem widerspenstigen Bissen auf den Löffel. Er hat ein großes Bedürfnis nach Liebe; ständig läuft er mit ausgebreiteten Armen zu *L.* und umarmt sie.

Ich frage *L.*, ob es nicht ratsam wäre, jetzt endlich auch eine andere Art von Lebewesen ins Haus zu nehmen, zum Beispiel eines, das man auch essen kann. Doch solche Lebewesen sind heutzutage selten.

L. hält sich an das *Gesetz des Lebens*, nur dies respektiert sie, nur dieses achtet sie. Ich halte mich an die Vernunft; respektiere aber, dass sie von allem Lebendigen magisch angezogen wird.

Ich habe bereits gelernt, mich zu disziplinieren und in jeder Frage, die meine Person betrifft, aber auch in noch wichtigeren, mich beherrscht und geduldig zu äußern; über den Verrat, die Charakterlosigkeit der ungarischen Gesellschaft kann ich mich aber bis heute nicht neutral unterhalten. In solchen Fällen verliere ich jedes Maß, werde ungeduldig und aufgeregt. Es scheint, dies ist die einzige Kränkung, die wirklich wehtut.

Ich lese die Empfehlungen zur Aufnahme neuer Mitglieder in die Akademie der Wissenschaften und weiß nicht, ob ich lachen oder dieses schändliche Heft ganz einfach in den Papierkorb werfen soll, in dem die notorischen Reaktionäre der letzten fünfundzwanzig Jahre sich beeilen, die verbannten und sich in der Emigration auf die Heimkehr als Sieger vorbereitenden Wissenschaftler zu »empfehlen« … Der Großteil der Empfohlenen verdient es ebenso, Mitglied der Akademie zu sein, wie jene, die bisher schon Mitglieder waren: Das steht nicht zur Diskussion. Doch diese keuchende Willfährigkeit, mit der ein Kornis, ein Gerevich erklären, dass sie die Abwesenheit Rusztem Vámbérys und des Rostower Kommunisten Bolgár nicht mehr dulden könnten … Wo hast du gelebt? Was hast du geglaubt? Und vergiss nicht, dass auch du die ganze Zeit, du persönlich, Akademiemitglied gewesen bist.

Diesen Juni vertrödle ich noch mit nützlicher Faulenzerei, laufe Lebensmitteln und Brennholz nach. Auch blühen die Rosen jetzt auf. Zum Arzt muss ich ebenfalls. Dann ist es aber genug mit Organisieren und Reparieren … Ich will arbeiten, bis zur Vernichtung.

Wie gleichgültig mir diese vielen »Probleme« sind! Diese marktschreierischen Zeitungen! Diese verschlagene Gesellschaft! Es geht hier um ganz etwas anderes: Es geht nur um die Arbeit, die ausschließlich mit dem Individuum verbunden ist; und dann um den Tod.

Ich habe das zu Ruinen zerschossene Buda und das ramponierte Pest fotografieren lassen und möchte jetzt aus diesen Bildern für Grundschüler und spätere Raubmörder irgendein lehrreiches Heft zusammenstellen.

Man hat sich jegliche Sentimentalität abgewöhnt, weint nicht um Steine, Erinnerungen. Nur das Leben zählt.

Doch jetzt im Juni habe ich die Bäume in der Mikógasse wieder gesehen – bisher hatte ich sie nie beachtet – und kann mich nicht erinnern, ob mich irgendwas von dem, was ich nach der Belagerung gesehen habe, so gerührt hat. Vier Reihen Kastanienbäume haben hier gestanden, zwei Reihen auf jeder Straßenseite. An Sommermorgen hat mich das Gezwitscher aufgeweckt, das aus den dichten Kronen der Bäume in mein Zimmer drang. Ihr Duft, ihre erfrischende Kühle machten die Sommertage und -nächte oft erträglicher. Diese Bäume sind nicht mehr, so wenig wie die Häuser in der Straße. Von den sechs bis acht Meter hohen Stämmen stehen bloß noch anderthalb Meter hohe Stümpfe.

Und diese Baumstümpfe haben jetzt, im Juni, plötzlich ausgetrieben. Dichte, saftig grüne Triebe, die wie Winden aussehen, sanftes Laub sprießt nun auf diesen verkrüppelten, versehrten, toten Stämmen. Ich mag Symbole nicht … habe die ergrünten, tödlich verletzten Bäume in der Mikógasse dennoch lange betrachtet und mich dabei geschämt.

Überleben kann man das alles vielleicht nicht; doch *überschreiben*? … Versuch es.

Bisher haben die Pfeilkreuzler, die Nazis, die Deutschen und Russen »requiriert«; jetzt raffen alles, was übrig ist, die ungarischen politischen Parteien für sich zusammen. Heute teilen sie die Kinos untereinander auf, morgen den Rundfunk, dann die Buchverlage oder die Kaffeehäuser und Bordelle. Niemand protestiert. Es gibt keinen zentralen Willen, die Regierung, wenn sie denn wollte – selten will sie etwas! –, reibt sich zwischen den Parteien auf. Nur der Diebstahl lebt, er ist die Achse, um die sich das Leben dreht.

Ich sehe mir die Fotos an, auf denen die Budapester Statuen, die während der Belagerung und danach gestürzt wurden, abgebildet sind. Werbőczy, Tisza, Gömbös, Baross … Diese Bilderstürme waren nicht ganz spontan. Ich glaube nicht, dass der »Volkswille« die Denkmäler zerstört hätte: Das Ganze ist eher eine Demonstration der politischen Parteien.

Eines ist gewiss: Es schadet nicht, wenn ein Denkmal seine Zeit abwartet. Zwei-, dreihundert Jahre sind das Mindeste, bevor sich entscheidet, ob eine menschliche Persönlichkeit reif genug war, um ihr eine Statue zu errichten. (Und auch dann noch: Werbőczy hat lange und vergeblich gewartet!) Denkmäler, Straßennamen; die Zeit geht mit solchen Würdigungen ziemlich gleichgültig um.

Vorsicht schadet nicht. Wer weiß, vielleicht war auch Anonymus mit seiner Statue zu voreilig. Morgen reißt ihm eine gierige Hand die Kapuze vom Kopf, die Zeit blickt ihm ins Gesicht und kreischt gnadenlos: Wir legitimieren dich nicht! …

Ich wandere bei heißem Leichengestank mit Fieber in der plötzlich ausgebrochenen Junihitze durch Buda. Bin aber schon so weit, dass ich am Abend todmüde einschlafe, ohne das Licht auszuschalten.

Ich glaube nicht, dass es einen erwachsenen Menschen gibt, der ohne Nebengedanken mit seiner Mutter leben könnte. Es gibt gewisse »genante« Erinnerungen, die niemand bekämpfen kann.

In Prousts *Temps retrouvé* sagt Saint-Loup im Jahre 1918: »Die Städte sind unwichtig, die Regionen sind unwichtig usw. ... nur die Vernichtung der Kampfkraft des Feindes ist wichtig.« Die Prinzessin und der Prinz von Guermantes laufen im Geheul der Sirenen, die die deutschen Flieger ankündigen, in makellosem Nachtgewand zwischen dicken amerikanischen Jüdinnen, die ihre Diademe an sich drücken, in den Keller des Pariser Ritz ... Scheinwerfer suchen den Himmel nach den deutschen Maschinen ab ...

Alles, was Geschichte ist, wirkt monoton, sogar in den Händen eines Schriftstellers!

In Szentendre will ich das Fahrrad – welch phantastische Erfindung! – an eine Hausmauer lehnen. An der Mauer steht ein Kind, ein etwa zehnjähriger Junge, und macht eine seltsame Bewegung, als ich mich mit meinem Rad nähere. Er hört es nicht, sieht es auch nicht, spürt nur das Herannahen des Fahrrads; das Kind ist blind.

Ein barfüßiges Kind in Lumpen; es lehnt an der Hauswand, in seinem blinden Gesicht ein eigentümliches, fremdartiges Lächeln. So, lächelnd antwortet mir der Junge. Er sei schon seit seiner Geburt blind, möchte Musiker werden, Komponist. Sein Vater sei Gärtner.

Wir unterhalten uns lange. Ist das Leben für diesen Jungen wirklich schlecht? Er sieht *diese* Welt nicht und kann nicht bedauern, was er nicht kennt ... Er lebt geschützt, exterritorial. Ich möchte ihm Geld geben, er nimmt es nicht an. »Was soll ich damit?«, fragt er.

Als ich das Geld in seine Tasche stecke, nickt er. Es überrascht mich nicht, als er sich so verabschiedet: »Auf Wiedersehen.«

Die Kommunisten – einheimische genauso wie ausländische – haben dieses Wort adoptiert: »Demokratie«. Das Wort hat im Wortschatz ihrer Zeitungsartikel, ihrer Erklärungen heute schon das Bürgerrecht. Sie haben es angenommen, wiederholen es, fordern es, sprechen darüber wie über ein Postulat.

Sie verstehen darunter natürlich die Reaktion – nicht die faschistische, sondern eine andere, kapitalistische Reaktion. Wer sich einfach nur Demokrat nennt, ist wahrscheinlich reaktionär, weil er sonst nicht Demokrat wäre, sondern Kommunist: So stellen sie sich das vor. Aus kommunistischer Sicht haben sie wahrscheinlich auch recht; Demokrat sein bedeutet, an die bedingungslose Freiheit glauben, an die Rechte des Einzelnen.

Dennoch verpflichtet dieser Begriff, den sie aus politischer Taktik angenommen haben und den sie das Bürgerrecht erlangen ließen, jetzt auch schon die Taktiker ... Wörter können nicht ungestraft »adoptiert« werden. Wörter haben rückwirkende Kraft; hat jemand ein Wort in lobendem Tonfall ausgesprochen, muss er mit diesem Wort rechnen, muss vor ihm auf der Hut sein, auch wenn er insgeheim seinen Sinn und seine Existenzberechtigung leugnet. Wer mit dem Begriff der Demokratie zu »taktieren« beginnt, merkt eines Tages, dass er sich zu etwas verpflichtet hat.

Die Russen sind auf die Faschisten nicht wirklich und nicht aufrichtig böse. Sie schelten sie, empfinden sie jedoch nicht als fremd. Fremd ist immer nur die andere Art Mensch, die weder Faschist noch Kommunist ist. Auf solche Leute sind sie wirklich böse.

Gegen die Faschisten haben sie Krieg geführt, weil der deutsche Imperialismus, der in faschistischer Uniform steckte, sie zum Krieg gezwungen hatte. Die Faschisten werden von ihnen auch bekämpft, hie und da, solange sie Imperialisten sind. Der deutsche Faschismus hat den großen Fehler begangen, eine Rassentheorie aufzustellen: Die Russen sind weiser und nicht so engstirnig. Doch der Faschismus beziehungsweise das *faschistische Menschenmaterial* ist für die Russen, sobald es keine imperialistische Gefahr mehr bedeutet, nicht länger hoffnungslos: Sie können es umerziehen, wissen etwas mit ihm anzufangen, es taugt dazu, sich mit ihm zu beschäftigen. Nicht so der aufrichtig antifaschistische Burschui, der im Faschismus wie im Kommunismus nur eine Manifestation des Terrors sieht … er ist der wirkliche Gegner. Die Russen wissen das.

Eine Jüdin geht zu *R.* hinein, reißt sich die Bluse auf und zeigt ihm ihre Brust, auf die man in Auschwitz mit einem Brandeisen eine Zahl gebrannt hat. Und all die anderen, die jetzt aus der Deportation nach Hause kommen … und die Erinnerungen, die sie mitbringen!

Welche Kraft kann diese Gemüter wohl befrieden? Welche Argumente? Es gibt keine solche Kraft. Aber es gibt eine Methode, die diesen gemarterten Herzen schließlich Frieden bringen kann; diese Methode heißt Bildung und Wohlstand.

Aber Wohlstand ohne Bildung führt zum Terror – siehe Amerika in Zeiten der Trusts! –, und ohne Wohlstand gibt es keine richtige Bildung. Das ist der Weg, den wir einschlagen müssen, wenn wir Frieden wollen. Alles andere ist nur die Angelegenheit der Exekutive.

Am Morgen lese ich in der Bibel, Jesaja 30, 9–10, über die Unverbesserlichkeit der Bewohner Jerusalems: »Denn sie sind ein ungehorsames Volk und verlogene Söhne, die nicht hören wollen die Weisung des HERRN ...« Und: »sondern sie sagen zu den Sehern: ›Ihr sollt nicht sehen!‹, und zu den Schauenden: ›Was wahr ist, sollt ihr uns nicht schauen! Redet zu uns, was angenehm ist; schaut, was das Herz begehrt!‹« Ja, es gibt Völker und Gesellschaften, die von den »Sehern« und »Schauenden« Schmeicheleien fordern und nicht dulden, dass ihnen die Wahrheit vorhergesehen wird ... Doch diese Völker und Gesellschaften gehen gemeinsam mit ihren Sehern und Schauenden zugrunde, sie gehen früher zugrunde, als das Gesetz des Lebens es ihnen befehlen würde.

Was immer mit den Deutschen geschieht: Die Waffen werden ihnen jetzt aus der Hand genommen und vernichtet. Die deutsche Waffe, die für jedes Volk auf die gleiche Weise gefährlich ist, ob sie von preußischen Junkern oder deutschen Kommunisten bedient wird. Die Russen können sich den Luxus, den Deutschen ihre Waffen zu lassen, genauso wenig leisten wie die Angelsachsen: Sie wissen, dass der deutsche Kommunist, sobald er eine Waffe in der Hand hat, nicht länger Kommunist ist, sondern Deutscher; und deshalb Lebensgefahr für sie bedeutet.

Was bleibt noch in den Händen der Deutschen, wenn keine Waffen mehr? Die Kultur. Die einzige Antwort, die sie der wütenden Welt noch geben können. Deutsche Literatur, Musik, Wissenschaft: Das ist die Antwort. Sie müssen all ihre Kräfte hier vereinen, in den Arbeitszimmern der Kultur und nicht in Waffenfabriken und Kasernen. Wenn sie diese Antwort geben, dann antworten sie richtig, dann antworten sie auf viele heute schmerzhafte, brennende Fragen.

Am frühen Morgen lese ich das Zwiegespräch zwischen Sokrates und Kriton, die letzten Worte, die sie in den

Augenblicken vor der Exekution gewechselt haben. Es ist nicht sicher, dass Sokrates in diesen Momenten ruhig war. Vielmehr ist wahrscheinlich, dass auch er sich vor dem Tod fürchtete … weil er allzu viel vom Leben wusste. Er wusste, wie viel er verliert und wie klein die große Gewissheit ist, die er bekommt: das Nichts.

Doch er war ein Mann, und er war weise, also bewahrte er »Haltung«. Er hatte Angst, doch ertrug er diese Angst wie ein Mensch. In den letzten Momenten vertrieb er Xanthippe, die Frauen und Kinder aus seiner Nähe … Männer sterben lieber allein, ohne wehklagende Zeugen. Das muss man erst einmal lernen!

Janika träumt von Jászberény, spricht wie im Fieber vom zurückgelassenen Zuhause, wo er vom Sozialamt untergebracht worden war, und die Oma bezahlte »Mama« und »Papa« monatlich fünfzig Pengő für seinen Unterhalt. Die verlassenen Zieheltern – ein sechzigjähriges Paar – haben einen rührenden Brief geschrieben, »mit Tränen in den Augen« denken sie an Janika und erwarten ihn zurück; der Brief war folgendermaßen unterschrieben: »Horváth und Frau«.

Dieses Verantwortungsgefühl konsterniert mich. Doch das Leben fließt dahin und wird alles in Ordnung bringen; Janika spricht schönes Ungarisch, und was er sagt, ist überraschender und interessanter als alles, was ich derzeit im Rahmen meiner Budapest-Besuche zu hören bekomme.

Das kleine Mädchen ist tödlich eifersüchtig auf Jani; es ist blass, krank, verachtet diesen vierjährigen Bauernjungen, zeigt dies aber nicht. Es ist sehr schwer, Mensch zu sein und sich damit abzufinden, dass es auch andere auf der Welt gibt.

Indem man zur Rechenschaft zieht, Urteile fällt, beantwortet man die Frage nicht, warum ein Großteil der ungarischen Gesellschaft reaktionär ist. Auf diese Frage eine Antwort zu finden ist die wichtigste Aufgabe der ungarischen Literatur, Wissenschaft und Geschichtsschreibung. Die Frage muss leidenschaftslos und ohne Gefühlsausbrüche beantwortet werden.

Eine Gesellschaft denkt, man hätte ihre Lebensinteressen verletzt, wenn man ihr verbietet, reaktionär zu sein, von ihr verlangt, sich ohne Qualitätswettbewerb, allein aufgrund von Abstammung und Weltanschauung, durchzusetzen. So ist die Wirklichkeit; und mit diesem beleidigten Missmut muss man klarkommen. Es reicht nicht, diese Gesellschaft auszuloten und zu verurteilen. Man muss sie davon überzeugen, dass sie unrecht hat, wenn sie reaktionär ist, weil Reaktion nicht nur moralischen Bankrott bedeutet, sondern auch ein »schlechtes Geschäft« ist. Bleiben wir am Boden, wenn wir darüber sprechen, und fürchten wir uns nicht vor harten Worten. Auch die Reaktion fürchtete sich vor ordinären Worten nicht, als es um den Schutz ihrer Lebensinteressen ging. Diese beleidigte Gesellschaft glaubt jetzt: Es ist misslungen, was wir wollten. Wir haben uns irgendwann geirrt … Wir waren nicht geschickt oder mächtig oder unbarmherzig genug. Den Krieg haben wir verloren, nicht weil man uns militärisch geschlagen hat, sondern weil … Und weil sie die Legende vom Dolchstoß im Augenblick der völligen militärischen Niederlage der Deutschen schlecht aufwärmen können, werden sie bald eine andere Antwort finden. So wird es geschehen; man muss mit dieser sturen, dickköpfigen Selbsttäuschung rechnen. Man muss sich ihr stellen, unermüdlich, mit ruhigem Kopf und aller Kraft. Es muss – zumindest mit der gleichen Kraft und Regelmäßigkeit, wie die reaktionäre Propaganda ihre Ideen verbreitete – gesagt werden: »Ihr habt unrecht.

Ihr glaubt jetzt, etwas ist misslungen, das bei nächster Gelegenheit gelingen könnte. Aber was ihr wollt – die Gewalt, den Versuch eines Wettbewerbs ohne Ehre und Qualität –, kann immer nur ein halber Erfolg bleiben. Eine Gesellschaft kann auf lange Sicht ihren Kampf nur dann gewinnen, wenn sie gerecht ist, die Gesetze des Zusammenlebens der Menschen, die sich über Jahrtausende herausgebildet haben, respektiert, wenn sie Kompromisse schließen kann und die Mühen nicht scheut, die Ehrlichkeit, Fleiß, Begabung und Bildung mit sich bringen. Jeder andere Erfolg kommt früher oder später zu Fall. Versteht doch, dass die Reaktion nicht nur ein unmoralisches menschliches Unterfangen ist, sondern auch ein mieses Geschäft. Wer auf sie baut, wird nach vorübergehenden Erfolgen seinen Kampf verlieren; auch wenn die anfänglichen Siege außergewöhnlich sind. Ohne Terror kann man in einer Welt, die das Qualitätsprinzip negiert, nichts erreichen; und Terror führt schließlich zur Anarchie … jeder Terror führt zur Anarchie.« All das muss gesagt werden. Und es muss erklärt werden, *wie* es so weit kommen konnte. Warum ein Großteil der ungarischen Gesellschaft das Qualitätsprinzip aufgegeben, warum sie sich der Konjunktur des »Kurses« überlassen hat. Dieses Himmelfahrtskommando hatte gesellschaftliche, wirtschaftliche, politische, geistige Ursachen. Decken wir sie auf, reden wir darüber, ohne Wut und Gefühlsausbrüche, aber konsequent, bis die Menschen es wirklich glauben und verstehen. Das ist Schwerarbeit. Aber man muss damit anfangen.

Budapest ist immer ehrgeizig gewesen. Ich erinnere mich an eine Zeit, als die Stadt um jeden Preis »europäisch« sein wollte und pariserischer war als Paris. Diese Zeit ist vorbei. Jetzt, da sie sich zu einer balkanischen Stadt zurückgemausert hat, wird sie von Woche zu Woche immer balkanischer:

Letzte Woche wirkte sie noch wie Sarajewo. Jetzt habe ich sie wieder gesehen, nun ist sie schon wie Üsküb.

Ich bin im Amtssitz des Ministerpräsidenten unterwegs und suche *T.* Beim Tor weist mich der Portier stolz in Richtung Aufzug. Und wirklich, im ungarischen Amtssitz des Ministerpräsidenten bringt einen schon der Lift in den ersten Stock. Diese Errungenschaft wissen wir zufrieden zu würdigen, der Portier und der Besucher. Im ersten Stock – der ungarische Ministerpräsident residiert jetzt in einem Bankgebäude – wird neu verputzt. An den Türen verkünden handgeschriebene Schilder mit blauen Lettern: »Staatssekretär«. »Abteilungsleiter«. Die Einrichtung des Büros vom Staatssekretär sieht aus, wie auch die Meublage in der Kanzlei des Fahrdienstleiters von Dombóvár ausschauen könnte. Der Geruch der Korruption füllt dieses Zimmer wie der saure Gestank, den der Kammerjäger hinterlässt. Windschiefe Möbel, verdächtige unbekannte Menschen mit duckmäuserischem Blick. Keiner weiß genau, wer der andere ist, der Staatssekretär ist ebenso von der Straße heraufgekommen, um Staatssekretär zu sein, wie der Bittsteller mit seinen Problemen. Ringsum, in der Ferne, die Parteien, die sich ins Fäustchen lachen und stehlen. Die Staatsmacht ist vorsichtig und wortkarg. Macht hat sie keine. Die Macht besitzen die Russen und die Parteien.

Auch *T.* empfängt mich in so einem Bahnhofsvorsteherbüro. Er hat nicht einfach »abgenommen«, er ist ganz klein geworden, geschrumpft, wie die Menschenköpfe, die von den Indianern präpariert und getrocknet werden. Sitzt über Manuskripte gebeugt und zensiert wie früher. Die russische Zensurbehörde wird von einem ehemaligen Pester Fagottisten namens *G.* geleitet; diese Person war einstmals von der berühmten Schauspielerin Franciska Gaál in einem Wutanfall verprügelt worden; sie lief während der Probe zu ihm in den Orchestergraben und hat das Fagott auf dem Kopf des Musikers zerschmettert. Jetzt ist dieser Mensch der oberste Zensor des geistigen Lebens in Ungarn. Letzten Sonntag strich er mein Gedicht »Grabinschrift«, weil es »von der Vergangenheit« handle und keine »positive« Aussage besitze. Alles ist exakt so geblieben, wie es vor einem, vor zwei Jahren war.

Vor dem Amtssitz des Ministerpräsidenten steht ein Auto mit ungarischem Nummernschild. Dieses Auto betrachten wir stolz durch das Fenster von *T.s* Büro. Sieh mal an, wir haben es doch schon zu etwas gebracht: Der ungarische Ministerpräsident hat einen Wagen! Die Ziegenhirten in Tirana und Cetinje haben wohl ähnlich empfunden, als Zogus oder Nikitas Auto vorfuhr.

Aus dem Fenster ist auch die ins Wasser gestürzte Kettenbrücke zu sehen, die Ruinen des alten Amtssitzes des Ministerpräsidenten und das, was von der Burg stehen geblieben ist … Der Wind lässt aufgewirbelten Staub und Müll über der Donau tanzen.

Das ist die eine Seite der Medaille. Die andere: Gegen Abend bringt mich eine Zille von Pest nach Buda. Ich fahre mit der Straßenbahn nach Hause, die Wagen sind sauber, sie verkehren vom Südbahnhof schon bis nach Óbuda. In meiner Wohnung in der Zárdastraße bade ich, dann koche ich mir auf dem Elektroherd ein Abendessen, in meinem Zimmer knipse ich das Licht an, schalte das Radio ein, und über die Lautsprecher des Radios höre ich bis Mitternacht Schallplattenmusik von Händel und César Franck. All das habe ich einigen Tausenden ungarischen Arbeitern zu verdanken, die das Wunder vollbrachten, dass man drei Monate nach der Belagerung in Buda wieder mit der Straßenbahn fahren kann, es in einer Budaer Wohnung im Badezimmer Wasser gibt, das Licht brennt und das Radio funktioniert.

Ich empfinde aufrichtige Hochachtung, weil ich weiß, unter welchen Umständen sie dieses einfache Wunder vollbracht haben: ohne Lohn, unter unmöglichen Arbeits- und Lebensbedingungen, in permanentem Elend. Das ist wahrlich eine Heldentat. In dieser verdorbenen, habgierigen, ungebildeten und trägen Gesellschaft taugt nur die alte sozialdemokratische Industriearbeiterschaft etwas. Die anderen stehen dabei, während diese Menschen arbeiten.

Ich höre bei einer Sitzung des Künstlerischen Beirats zu. Man fordert dringend irgendeine Autorenliste, weil die Schriftsteller und die Künstler »Wiederaufbau-Darlehen« vom Staat bekommen können. Es geht um öffentliche Gelder, und deshalb fühle ich mich nicht berechtigt, solche Hilfe zu verteilen: Die Schriftsteller sollen um Unterstützung ansuchen, wenn sie wollen; ich kenne auch Schriftsteller, die lieber verhungern, als sich an den Futtertrog zu stellen, damit sie umsonst einen Teller Suppe bekommen. Das ist eine Sache, die die Schriftsteller und die Gesellschaft betrifft.

Der Redakteur eines ehemals eher pfeilkreuzlernahen Blattes, in volkstümlicher Aufmachung, sucht beim Beirat um die Anerkennung seines »Schriftstellerstatus« an, weil er günstig zu einem Baugrund kommen möchte ... Was habe ich damit zu tun? Wo bin ich denn: auf dem Standesamt oder bei der Gewerbeaufsicht? Und was soll ich von Schriftstellern denken, die, egal bei welchem Amt, um die »Anerkennung ihres Schriftstellerstatus« ansuchen? Man kann sich hier nur abwenden von allem und jedem und so weit wie möglich fortgehen.

Aber all das hört keiner mehr, spürt keiner mehr, so alltäglich ist es schon ... Sie sprechen auch davon, dass man mit den umliegenden, den Nachbarländern, kulturelle Freundschaftsgesellschaften gründen müsse, und ich werde ersucht, der »Ungarisch-Tschechoslowakischen Gesellschaft« vorzustehen. All das planen sie in einem Moment, da die Slowaken die ungarische Urbevölkerung als Minderheit dazu zwingen, Kainsmale zu tragen, und sie in Massen deportieren. Ich nehme den Vorsitz nicht an. Der Terror hat vom Faschismus alles gelernt; und am Ende hat keiner etwas gelernt.

Ich höre Musik, seit Monaten das erste Mal, alte Platten, *La follia*, vorgetragen von Yehudi Menuhin, Tschaikowskis *Pathétique*; und seit Monaten fühle ich das erste Mal, was für ein Bettler ich geworden bin! Was für Sorgen mich quälen! In was für einer Welt, unter welchen Menschen ich lebe! Ohne Musik, ohne Gedichte, ohne die Worte wahrer Menschen … und in immer düstererem Zwielicht, auf einen immer schmutzigeren Abgrund zutaumelnd.

Zurück ins Dorf. Am Vormittag erscheint Maróti, der ortsansässige Spezialist für Jauchegruben: ein zerrupftes, sanftes Ungeheuer, mit einem Sprachfehler und wie der Zwerg in einem orientalischen Märchen. Jede Drecksarbeit im Dorf wird von ihm erledigt.

Brummelnd erzählt er, er fische jetzt Leichen aus der Donau. Jeden Tag trieben aus Richtung Wien drei, vier Leichen im Wasser daher. Die meisten von ihnen nackt, gefesselt und geknebelt. Heute in der Früh habe er eine Frau herausgeholt, der man die Hände an den Hals gebunden hatte. Die Leichen werden nicht begraben, man lässt sie jetzt weiter Richtung Budapest treiben, »weil die Gemeinde die Begräbniskosten unmöglich tragen könnte«.

Die Donau ist grau und ruhig. Mit den Wasserleichen beschäftigt sich keiner. Am Vortag habe ich vor der Pester Redoute inmitten einer Menge Leute auf das Boot gewartet, als eine dickbäuchige, aufgeblähte Leiche an uns vorbeitrieb. Die Leute schauten gleichgültig, eine junge Frau stand neben mir, sie puderte sich die Nase und verschwendete keinen Blick an den toten Körper.

Lektüre: Lajos Prohászka, *Die Moral von heute*. Ein Lehrer doziert aufgrund von Wissen, das er sich angelesen hat, über Moral und darüber, was in den letzten achtzig Jahren über Moral geschrieben worden ist. Ich empfehle dieses Buch pubertierenden Philosophen.

Temps retrouvé. Die Nachtszene, in der Herr Charlus im Hotel von Matrosen verprügelt wird und deutsche Flugzeuge über Paris herumschwirren. Eine der großartigsten Szenen der Weltliteratur, sie ist vollkommen und fehlerlos.

Proust hat recht: Frauen – die nicht nur aufgrund ihres körperlichen Habitus, sondern auch vom Gefühl her Frauen sind – mögen den verliebten Mann nicht.

Ich werde von einem jungen Politiker besucht. Er ist jetzt Parteiführer … Er bemüht sich, ein überlegener Staatsmann zu sein, doch man spürt an seinen forschen Worten, wie sehr ihm insgeheim die Zähne klappern. Er fängt an, die Verantwortung der Macht zu begreifen. Gestern hat er noch die kollektive Aussiedlung der deutschen Minderheit verlangt, heute muss er sehen, dass die Tschechen und Slowaken mit den Ungarn genauso umspringen. Langsam lernt er die ungarische Gesellschaft kennen, sieht, wie sich die ungarische Reaktion organisiert, sie ist mächtig und kann nicht einfach durch ein Machtwort »ausgerottet« werden … Er beginnt zu verstehen, warum alles in Richtung eines stillen oder gar nicht so stillen Bürgerkriegs abgleitet; und er spricht laut und fürchtet sich.

Brieflich habe ich dem Ausschuss zur Vorbereitung der geplanten »Ungarisch-Tschechoslowakischen Gesellschaft«, für den ich als Vorsitzender vorgesehen war, abgesagt … Wenn die Ungarn von den Slowaken – die nicht weniger reaktionär-faschistisch als die Ungarn sind – mit Kainsmalen versehen und mit Deportation bedroht werden, gehe ich nicht nach Prag, um eine Kulturkomödie zu spielen.

Der Staat raubt einem von einer Stunde zur anderen durch Erlass die Tausender. Vier solcher Papierfetzen habe ich in meiner Tasche behalten, jetzt bin ich der »Schwarze Peter«; ich und noch viele andere. Das war mein erster Verdienst seit einem Jahr. Alles entwickelt sich in Richtung Anarchie.

Nur die Natur nicht. Die Weltkräfte halten auf diesem Planeten offensichtlich noch Ordnung. Sie nutzen das vorhandene Material, wandeln es rechtzeitig um, nichts wird verschwendet. Es gibt in der Welt der Pflanzen, Tiere, Insekten auch eine Entwicklung. Kann sein, dass auch der Mensch »fortschreitet« und »sich entwickelt«, doch diese Entwicklung erfolgt so langsam, dass nicht der Einzelne, sondern nur die Art sie spüren kann, nur die Art, im Laufe der Zeit. Der Mensch ist noch viel zu jung, um über diese Entwicklung etwas Genaueres zu wissen.

Heute habe ich das erste Mal meine Hand »betrachtet«, vielleicht das erste Mal in meinem Leben. Eine alte Hand, sie ist sichtbar gealtert.

Der kleine Junge lügt viel und schmeichelt viel. Er kennt die Kraft seines Charmes, die bestechende Macht seines Kleinseins und Kindseins, und nutzt sie auch kokett und selbstsüchtig aus. Das Mädchen ist auf den Ankömmling irrsinnig eifersüchtig, grün und blau vor Eifersucht. Es macht sie krank, ihr ist übel, und sie hustet.

Dieser schreckliche Mensch in der Schnellbahn, der die Reisenden ungefragt und ungebeten unterhält, ein professioneller Spaßmacher, der zu allem – mit nasaler Stimme – eine treffende, spöttisch-spaßige Bemerkung macht. Später schämen sich auch jene schon, die zu Beginn lauthals über seine »Sprüche« lachten, abgewandt und mit rotem Kopf.

Jede neue Nachricht zeugt davon, dass die Besatzer mit den Österreichern und den Deutschen freundlicher umgehen als mit uns. Ungarn wird unter der Besatzung völlig ausbluten; bald wird es hier eine industrielle Emigration geben statt der ehemaligen Agraremigration; die Arbeiter werden gezwungen sein, den weggeschleppten Maschinen nachzuwandern.

In der Presse mutloses Räuspern über die »Rolle des Bürgertums«. Gewiss, die bürgerliche Intelligenz könnte eine große Rolle spielen, wenn es ein paar Tausend Menschen gäbe, die in ihrem Namen den Mund aufmachen und handeln würden. Auf der ganzen Welt aber ist es aus mit dem Wertpapiercoupons schnippelnden Bürgertum, dabei spielte doch das Städte bauende, Kultur schaffende, Europa tragende Bürgertum einstmals eine heldenhafte Rolle und täte das auch heute noch, wenn … Doch dieses Bürgertum will von seinen Wortführern auch heute nichts anderes hören als irgendwelche schmalzigen Blumenlieder mit Mandolinenklang über »bürgerliche Werte und Moral«, obwohl jetzt keine Troubadoure benötigt werden, sondern Savonarolas. Aber dieser bürgerliche Savonarola ist weit und breit nicht zu sehen.

R., der Arzt, meint, die sexuelle Lustlosigkeit sei heutzutage ein allgemeines Symptom. Bei jungen Frauen bleibt von heute auf morgen die Periode aus; Männer erwähnten in der Ordination ganz beiläufig, dass sie seit Monaten nicht an eine Frau gedacht hätten … Das ist irgendeine hormonale Störung. Die außergewöhnliche Gewichtsabnahme ist ebenfalls ein allgemeines Symptom; dieses Abmagern kann nicht nur mit der Ernährung erklärt werden. Der Körper reagiert auf alles, was geschehen ist und geschieht, das Gleichgewicht der Hormone ist gestört: Dieser Zustand ist wohl eine Art Alarmreflex.

Und er ist nicht der schlechteste. Ich nehme ihn auch an mir wahr. Seit Monaten lebe ich in völliger sexueller Gleichgültigkeit. Und es handelt sich hier nicht um körperliche Hilflosigkeit, sondern um etwas anderes: völlige Lustlosigkeit, Wunschlosigkeit, Ruhe. Ich habe abgenommen, sehe aus wie ein Windhund, bin Haut und Knochen, wiege neunundsechzig Kilo; und ich fühle mich dabei nicht unwohl. Wahrscheinlich wissen wir noch nicht genau, was im vergangenen Jahr mit uns, mit unserem Körper, mit unserer Seele geschehen ist und später noch, während der Belagerung … Wie das Land lebt auch das Individuum von seinen »Reserven«. Diese Reserven, die Muskeln, die Nerven, die Hormone, die Seele, braucht es jetzt langsam auf.

Man kann nicht länger schweigen; man muss das Wort ergreifen und gerade in den Zeitungen des Bürgertums, man muss zu ihnen sprechen, zur reaktionären ungarischen Mittelschicht. Ich setze keine große Hoffnung in diesen Versuch; es geht hier um Lebensinteressen, und die Reaktion gibt für kein noch so schönes Wort ihre Lebensinteressen auf … Dennoch muss das Wort ergriffen, muss in ihrer Sprache zu ihnen gesprochen werden, man muss erklären, was geschah und warum es geschah, und ihnen sagen, nicht die Demokratie ist schuld, dass alles so qualvoll und armselig wurde, wie es jetzt ist, nur sie können etwas dafür: gerade die Bürger, sie, die dieses Unglück aus kurzsichtigem und gewissenlosem Interesse heraufbeschworen haben. Ich weiß, dass dieser Versuch nicht ungefährlich und ziemlich aussichtslos ist. Man wird mich wohl beschuldigen, der »ungetreue Sohn des Bürgerstands« zu sein – diese Anschuldigung muss ich hinnehmen; ich bin es wirklich und will jetzt auch nichts anderes mehr sein. Wer soll sich zu Wort melden, wenn nicht ich, der Bürger? Ich kenne ihn, den ungarischen Bürgerstand, so gut, wie nur wenige ihn kennen ... kaum jemand sonst verfügt über mehr Sachkenntnis. Deshalb darf ich nicht schweigen. Vielleicht bewegt sich Ungarn in Richtung Bürgerkrieg, und der kann durch die Zwischenrufe eines Schriftstellers sicher nicht verhindert werden; aber niemand soll den ungarischen Geist noch einmal des Negativismus zeihen. Unser Verderben können wir nicht verhindern, doch keiner soll noch einmal sagen können, wir hätten geschwiegen, nicht rechtzeitig das Wort ergriffen.

Und ich weiß, ich bin ein Bürger, also anarchisch; das kann nur der wirkliche Bürger verstehen, jener, der die Städte Europas gebaut, in den von Palladio geschaffenen Palazzi diskutiert, Bach und Mozart gehört hat; und dieser Bürger *baute* dennoch; wusste, dass diese strenge Ordnung, in die er alles einzufügen versuchte, was in der Seele des schöpferischen Menschen ewige Anarchie ist – die Rechtsordnung, die moralische Ordnung –, all das nur ein zerbrechlicher Reifen ist, weil in seiner Seele stärkere und gefährlichere Kräfte schlummern und unter Spannung stehen. Wie Neapel wurde auch das bürgerliche Weltbild am Fuße eines Vulkans erbaut ... und dieser Vulkan steckt in uns, in der bürgerlichen Seele. Davon weiß der Prolet – der niemals Bürger war und sein wird und keine Ahnung davon hat, was für ein Unterfangen es war, Europa zu erbauen mit seiner Kultur, seinen Kathedralen, seiner Rechtsordnung, Gewürze aus Cipango und Westindien zu holen und, von einer anarchischen Schaffenskraft getrieben, die Welt auch mit Amerika zu beschenken –, von alledem, sage ich, weiß der Prolet nichts. Aber Thomas Mann weiß davon, wenn er sagt: *Musik ist Zerfall!* – und ich, der ich bemüht bin, mit ganzer Kraft das erschütterte bürgerliche Lebensbewusstsein in die Disziplin eines höheren Stunden- und Arbeitsplans zu zwingen, spüre diese rätselhafte Bedrohung mit meinem ganzen Körper ... *Musik ist Zerfall.* Und in letzter Zeit kann ich nur noch voller Angst Musik hören; wie jemand, der einer Urteilsverkündung lauscht.

Und nicht mehr nur meine Seele, auch mein Körper ist voller Zorn. Ich bin mit Zorn erfüllt wie mit irgendeinem Gift, einem Toxin. Meine Haut, meine Drüsen sind zornig. Was soll ich mit der ungarischen Gesellschaft tun, wie soll ich mich ihr annähern, was kann ich ihr sagen? Ich kann nichts tun. Nur böse sein, und ich sehe, wie das Gewebe meines Körpers in diesem zornigen inneren Feuer raucht und verbrennt.

Und ich beruhige mich mit Mark Aurel, mit Seneca, den Stoikern ... aber der Versuch ist vergeblich. Der Mensch ist wirklich ein hoffnungsloser Fall und ist es stets gewesen. Trotzdem tut diese Tatsache weh.

Jetzt, da ich einige Einträge aus diesem Tagebuch in einer Zeitung veröffentlicht habe, muss ich auf jede Zeile achten, die ich in Zukunft in dieses Tagebuch schreibe: Ob nicht schon in Richtung »Publikum« schielt, was ich notiere, ob der Tonfall dessen, was ich zu sagen habe, nicht ein anderer ist, ob er wirklich »aufrichtig« bleibt, auf schicksalshafte Weise vertraulich ... oder ich schon eine Rolle spiele und kokettiere?

Davor muss ich mich sehr in acht nehmen, und das ist nicht einfach. Und gewiss ist es nicht gleichgültig, ob manche Zweifel, die ich in mein Tagebuch murmelte, in die Öffentlichkeit gelangen; im vergangenen Jahr hat es eine Zeit gegeben, in der ich das Gefühl hatte, ich würde ersticken, wenn ich nicht durch das Ventil seiner Seiten atmen könnte. Es ist nicht gleichgültig, ob ich diese Zeilen an Menschen adressiere oder nicht, aber es ist vielleicht wichtiger, dass ich auch weiterhin jede Zeile so schreibe, als würde ich nur mit mir selbst sprechen. Ich kann die Menschen nicht erziehen, ich kann nur mich selbst erziehen.

Ich bin in Buda unterwegs, zwischen Ruinen und Leichen, und ständig kommt mir eine Gedichtzeile von Babits in den Sinn: der Refrain, der die Strophen des Gedichts »Es gibt in Buda ein altes Hotel« begleitet. Im alten Budaer Hotel, in dessen Zimmern Paare und Durchreisende leben, und jenseits seiner Wände verfault lautlos ein Toter. Wohin ich in Buda auch trete, geschieht das jetzt: In den Ruinen leben Menschen, und unter den Ruinen verfaulen lautlos die Toten.

Ich muss Prohászkas Buch um Vergebung bitten; das ist eine Sache der Ehre; die Anfangskapitel sind kompilatorisch, doch nach den Abschnitten zur Geschichte der Moral beginnt das Buch zu knistern und zu lodern, ist von echtem Zorn und von Leidenschaft erfüllt. Über die »Moral des Hasses«, die Hasspsychose, die auf den Ruinen der liberal-humanistischen Moral des 19. Jahrhunderts aufgebaut und durch die rassische Formel verstärkt wurde, schreibt er wahrhaft feurige Seiten. Und es stimmt, was er als die

Krankheit der Sexualmoral unserer Zeit sieht: Die mangelnde Befriedigung verwandelt sich in Herrschaftsgelüste. Ein beseeltes Buch, es steckt Begeisterung darin; über die Begeisterung sagte Aristoteles: Es kann nur *der* andere begeistern, der selbst begeistert ist. Die »gleichgültigen, großen Gehirne« haben den Menschen noch nie wirklich zu einem Mehr verholfen. Man muss geduldig lesen, wie auch dieses Beispiel zeigt: mit großherziger Geduld.

Ich glaube an keinerlei eigene »bürgerliche Lösung«. Nur alle gemeinsam können zur Ruhe kommen, Intelligenz, Bauernschaft und Arbeiterschaft können nur gemeinsam diesen tragischen Übergang »meistern«, wenn es denn überhaupt irgendeine Lösung gibt … Das Bürgertum schielt in Richtung Reaktion, es erhofft sich die Hilfe immer noch von dort; die Russen werden eines Tages abziehen, und dann wird das »Na wehe!« beginnen, glauben sie. Es wird wahrscheinlich anders kommen.

Aber bis dahin: Auch das Bürgertum möchte wissen, welches Schicksal es erwartet. Und nicht nur das Schicksal der Bürgerschicht ist von Belang, auch jenes der Nation, des Staates, jenes der historischen und geografischen Heimat. Was man mit ihr vor hat? Diese Zweifel und Sorgen sind berechtigt. Es gibt keine Staatsform, es gibt keine endgültigen Grenzen, im Ringen der Parteien wird die zentrale Macht vollkommen atomisiert, die gesellschaftliche Lage ist bestimmt von Klassenargwohn und hat sich noch nicht stabilisiert … Man muss sich nicht wundern, wenn die Intelligenz misstrauisch ist und gleichzeitig in die Vergangenheit und in die Zukunft schielt.

Die Menschenbrut kann ihrem Leben ohne eine Art Pathos kein Feuer geben. Wenn du ihr das Pathos der Nation und der Rasse nimmst, musst du ihr das Pathos der Klasse oder etwas anderes dafür geben. Sie erträgt sonst das Leben nicht.

In der Nacht vor Peter und Paul, der ganze Landstrich ist von dreiwöchiger trockener Hitze versengt, regnet es ausgiebig. Im Schlaf spürt mein Körper den Regen, ich wache auf, recke mich glücklich wie draußen vor dem Fenster in der finsteren Nacht die Bäume, die Beete und Getreidefelder. Hier herrscht Ordnung, beruhige dich, schlafe; alles geschieht zu seiner Zeit.

Dem kleinen Jungen habe ich ein Schmetterlingsnetz mitgebracht, und jetzt rennt er im Junisonnenschein glücklich die Gartenwege entlang: Er fängt Schmetterlinge, dann entlässt er die flatternden, flüchtigen Sommervögelein wieder in die Freiheit. Der Garten strahlt in reifem, glänzendem Licht, und das Kind, die Schmetterlinge, das schwebende rosarote Schmetterlingsnetz zwischen den Blumen, den grünen Tomatenbeeten und gelb blühenden Kürbissen: All das ist eine tiefe Einheit, Spiel und Lichtblitze, Wirklichkeit und Überfluss.

Manchmal blicke ich vom Buch auf – ich lese Freuds *Unbehagen in der Kultur* – und beobachte das spielende Kind mit dem Schmetterlingsnetz. Er ist vier Jahre alt, durchtrieben, stur, Bauer und Protestant; weiß schon sehr viel von Tieren, Feldfrüchten, über den Garten, über die Eigenheiten irdischer Dinge. Aber er weint jeden Tag Jászberény nach: Dort hat es alles gegeben, Pferde, Hunde, Hühner, Entenküken, Russen, sogar Juden. Alle meine Mühen sind umsonst, mit diesem reichen Erinnerungsschatz kann ich nicht konkurrieren.

Freud »verleugnet« *Gott* nicht: er ist IHM nur während seiner Experimente und Untersuchungen nicht begegnet, deshalb kann er über IHN nichts sagen. Er beschäftigt sich mit den religiösen Gefühlen, objektiv, und er glaubt, dieses »ozeanische« Gefühl sei nichts anderes als das Heimweh des auf der Erde allein gelassenen, den Gefahren ausgelieferten Menschen nach dem großen VATER. Wahrscheinlich steckt auch das in den religiösen Gefühlen … aber doch auch mehr, anderes, *Gewissheit* in ihnen: die Gewissheit, dass das Organische und Anorganische sowie die Ordnung der metaphysischen Welt von Sinn und Absicht durchdrungen sind und dass diesen Sinn JEMAND repräsentiert. Er wird von JEMANDEM vielleicht nicht »verkörpert«: Das weiß ich nicht … jedoch vertreten, das heißt, JEMAND trägt ihn in sich, vielleicht wie eine mathematische WAHRHEIT die Gesetze der Materie in sich trägt.

Parallel zu Freud lese ich Verzárs Buch über Leben, Tod und Krankheit. Der Physiologe wagt die Frage, ob es Gott gibt, erst gar nicht zu stellen – er gibt sich mit einer bescheideneren, aber für ihn schicksalsvollen und entscheidenden Frage zufrieden: Was ist das Leben? Die Wissenschaft konnte die Phänomene des Lebens bisher nur nachahmen. Experimente mit Schellack und Chloroformtropfen, die Versuche zum Nachbau von Zellen … all das sind nur Kopien, etwas Ähnliches, manchmal zum Verwechseln Ähnliches; aber nicht das Leben. Was setzt das Leben in der Materie in Gang? Wir wissen es nicht. Gott weiß es.

Freud, der den Menschen für so endgültig determiniert hält, dass er nicht einmal gewillt ist, das ICH anders zu sehen als ein Selbstbewusstsein, das zur Welt hin von einer dünnen, zerbrechlichen, schaufensterglasähnlichen Fassade begrenzt ist und nach innen noch viel unbegrenzter, verwaschener … auch Freud muss anerkennen, dass der Mensch eine Art persönlichen Freiheitsdrang hat, den er nicht geneigt ist irgendeinem »Kulturzweck« unterzuordnen. Weder der STAAT noch die GESELLSCHAFT kann dieser endgültige Zweck sein, für den der Mensch seinen Freiheitsdrang berechtigterweise eingeschränkt sieht … *Es scheint nicht, dass man den Menschen durch irgendwelche Beeinflussung dazu bringen kann, seine Natur in die eines Termiten umzuwandeln, er wird wohl immer seinen Anspruch auf individuelle Freiheit gegen den Willen der Masse verteidigen.* Eine harte Wahrheit, doch nicht unbedingt die endgültige Wahrheit. Durch die unselektierte Reproduktion, die krankhafte Vermehrung der Menschenmassen degeneriert auch der tiefe Freiheitsdrang in der Seele des Individuums immer mehr. Eine Termitenwelt in der menschlichen Gesellschaft ist heute nicht mehr ganz so unvorstellbar wie noch vor fünfzig Jahren.

Ich spreche mit Rückkehrern aus den Todeslagern Mauthausen, Auschwitz; und dann mit Ärzten, die sie untersucht haben, den Heimgekehrten Erste Hilfe leisteten; ich unterhalte mich mit sechzehnjährigen Mädchen, die aussehen wie sechzig; und dann mit Christen, ja auch mit Juden, die indigniert meinen, dass sie »von der Judenfrage genug« haben, »reden wir über etwas anderes …«. Über anderes? Wirklich? Einer der größten Massenmorde des Jahrhunderts wurde vor unseren Augen verübt; die ihm zufällig entkamen, liegen noch mit offenen Wunden auf dem Stroh in Viehwaggons, sie starren uns, um Jahrzehnte gealtert, mit glasigen Augen an, ihr ganzes Leben ist zerstört, Familie, Zuhause, Beruf … und wir sollen über etwas anderes reden? Wirklich? Worüber denn? Darüber, dass die Juden gewiss keine Engel sind und es unter ihnen genügend Schwarzhändler und Goldschieber gibt? Natürlich gibt es die. Und ist das denn gut so? Nein, überhaupt nicht; aber darum geht es jetzt nicht, sondern um die Heimgekehrten und jene, die nicht nach Hause kamen, um Hunderttausende Menschen, die gierig, habgierig und gnadenlos ausgeraubt und ermordet wurden … In gewissen Kreisen gehört es sich aber nicht, darüber zu sprechen. »Ich bitte Sie«, meint man da, »gibt es denn nichts anderes als diese Judenfrage?« … Und genau darum geht es, dass es auch vieles andere gibt und geben könnte, allein diese Judenfrage möchten gewisse Menschen aus unserer Welt ausblenden, ja ausmerzen; sie drehen den Kopf weg, schauen nicht hin. Für mich gibt es keine separate Judenfrage mehr; diese Frage muss von jedem ein für allemal entschieden werden. Es geht um Menschen, die von Müttern geboren wurden, die, wie alle von Müttern geborenen Menschen, Fehler haben, wenn ihr wollt: auch Sünden – doch die »Judenfrage« ist kein separates Einzelproblem, sondern eine Frage des *Humanums*; wie naserümpfend und verächtlich ein bestimmter Menschenschlag dieses Wort auch aufnehmen mag … Wenn sich in einer Gesellschaft die Diebe, Räuber und Mörder vermehren, so müssen drakonische Gesetze gemacht werden, die Diebe, Räuber und Mörder bestrafen, und wenn es unter den Verbrechern mehr Juden als Christen gibt, dann werden mehr Juden sühnen; das ist der Sinn alles dessen, was man darüber sagen kann. Das aber, gerade das will eine bestimmte Gesellschaftsschicht, die schuldbewusst ist und ihr Schulbewusstsein mit neuen Anschuldigungen übertönen möchte, nicht hören; dieses »reden wir über was anderes« findet immer weitere Verbreitung. Sie haben recht, reden wir über etwas anderes, was wirklich wichtiger ist als die Abrechung und die Strafe: Reden wir stur und mit allen Konsequenzen darüber, wie man eine Wiederholung ähnlicher Katastrophen verhindern kann? Vorbeugen und, wenn möglich, für immer unterbinden, dass dieser niederträchtigste aller Massenmorde der Geschichte von einem anderen Volk, einer anderen Rasse oder Gesellschaft wiederholt wird. Diese *Prophylaxe* ist das wirkliche Problem, und da hat keiner, der nicht Komplize eines ähnlichen Verbrechens sein will, das Recht zu schweigen.

Und dann betritt der »kleine Mann« die Bühne – der kleine Gemeindesekretär, der kleine Bezirksrichter, der kleine Ministerialrat, der kleine Staatssekretär, der jetzt vor dem Rechtfertigungsausschuss kleinlaut und verstört meint: »Ich bitte Sie, ich bin auch nach dem 19. März 1944 an meinem Platz geblieben, weil die Familie ... weil die Pension ... habe aber nichts getan, habe meine Arbeit gemacht ... nur die Anordnungen ausgeführt. Ich wusste, dass diese Anordnungen ungesetzlich und unmenschlich waren, habe sie auch nicht gutgeheißen, bitte fragen Sie diesen und jenen, im Vertrauen hab ich ihm erzählt ... aber die Familie, die Pension ...« Und er wischt sich den Schweiß von der Stirn.

Sie sollen alle angehört werden. Wer nach dem 19. März 1944 an seinem Platz blieb und die Anordnungen einer illegitimen Regierung zum Massenmord ausführte, kann sich nicht auf Familie und Pension berufen. Irgendetwas muss jeder verantworten. Es ist sicher, dass es welche gegeben hat, gar nicht wenige, die an ihren Plätzen blieben, um helfen zu können; ich wiederhole, gar nicht wenige, wenn auch – leider – nicht die Mehrheit. Was soll ich über den Obergespan in Oberungarn denken, der an seinem Platz blieb, als man aus seiner Stadt Zehntausende von ausgewiesenen ungarischen Staatsbürgern nach Auschwitz in die Gaskammern trieb; und zu seiner Verteidigung kann er bloß sagen, er hätte »nicht geholfen«, die Deportationen wären nicht von ihm angeordnet und auch nicht von ihm organisiert worden? Wenn er sie nicht verhindern konnte, warum ist er dann nicht zurückgetreten? ... So viel hätte doch wohl jeder auf sich nehmen können. Und wenn er antwortet: »Ich bin nicht zurückgetreten, um diesem oder jenem helfen zu können, wenn ich schon nicht allen helfen konnte« – muss man sich seine Geschichte aufmerksam anhören. Aber dann soll er *Rechenschaft* ablegen. Von Fall zu Fall und von Person zu Person, alle sollen genau berichten: der Gemeindesekretär, der Bezirksrichter, der Obergespan, der Staatssekretär: Wann, was, wen haben sie dadurch gerettet, dadurch, dass sie an ihrem Platz geblieben sind? Man muss nicht übertrieben streng urteilen – selbst das Leben eines einzigen Menschen kann schon eine Entschuldigung sein. Doch diesen einen Menschen sollen sie benennen, ihn vorstellen und es beweisen. Gerade deshalb und damit diese offene Wunde endlich heilen kann und nicht in den Seelen weiterhin brennt und schwärt, gerade deshalb – was wir uns alle wünschen, der eine aus diesem, der andere aus jenem Grunde –, damit es wirklich nie mehr eine Judenfrage gibt und wir endlich »über was anderes« reden können.

Freud glaubt nicht daran, dass der Aggressionstrieb des Menschen durch irgendeine Gesellschaftsordnung, irgendeinen Erziehungsversuch reduziert oder neutralisiert werden kann. Der Kommunismus nimmt den Menschen umsonst den Privatbesitz weg, der den Habenichts zur Aggression reizt: Der Mensch bleibt auch ohne Privatbesitz aggressiv. Irgendetwas kann man immer hassen und jemandem missgönnen: dass der andere klar denken kann, dass seine Beine nicht krumm sind oder eine Ölquelle, die ein Individuum nicht braucht, die »Gemeinschaft«, zu der das Individuum mit all seinen Interessen gehört, aber schon … Der Aggressionstrieb wird mit dem Anwachsen der Massen immer universaler und inniger.

An seinem Lebensabend glaubt er aber daran, dass Eros schließlich die Möglichkeit zu irgendeiner Versöhnung findet und die Angst, die auch die Bildung in den schuldbewussten Seelen der zur Aggressivität neigenden Massen nicht auflösen kann, mildert, sie sublimiert, sie zähmt und in den Dienst des Lebens stellt ... Diese mutlose Prophezeiung ist rührend. Solcherlei sagt ein alter Weiser, der vielleicht gar nicht unbedingt an das glaubt, was er sagt, aber nicht sterben will, ohne der hoffnungslosen Menschheit irgendeinen schwachen Trost und fahlen Hoffnungsschimmer zu hinterlassen.

»Was ist das Leben?«, fragt Verzár. Nicht die Bewegung, weil sich auch tote Materie bewegen kann. Er gibt eine mutlose Antwort: »Leben ist dort, wo es Stoffwechsel gibt.«

Ja, organisches Leben gibt es nur dort; doch es gibt auch ein andersartiges Leben, das nicht organisch ist und über keinen Stoffwechsel verfügt. Es gibt auch mathematisches Leben, es ist mindestens so flexibel, lebendig und weltbewegend wie das organische Leben. Und zumindest so *Leben* ... aber können wir erwarten, dass der Mensch, im Gefängnis seines Körpers, dieses anorganische Leben als wirkliches akzeptiert?

Ich habe die Typhusimpfungen hinter mir. Wenn ich mich nun dazu entschließen würde, mich auch gegen Flecktyphus impfen zu lassen, könnte ich die *Beleidigten* wieder um drei Wochen verschieben. Der Gedanke ist verführerisch.

Denn die *Beleidigten* muss ich schreiben – fast drei Bände Arbeit warten noch auf mich. Und ich fürchte mich vor dieser Arbeit. Als ich damit begann, war alles spontan; dann hat die Zeit diese Arbeit gestoppt; und jetzt, während des langen Schweigens und der erzwungenen Wartezeit, ist sie zur »Aufgabe« herangewachsen, ist sie zu etwas Künstlichem und Formellem geworden, zu einer Art »Lebenswerk« ... und diese Perspektive erfüllt mich mit Misstrauen. Ein Mensch darf das »Hauptwerk seines Lebens«

nicht mit Absicht schreiben. Er kann es vielleicht auch in vier Bänden schreiben, nebenher, zu seinem eigenen Vergnügen und seiner eigenen Überraschung. Nur nicht so: Also jetzt setz ich mich hin, nehme mir ein oder zehn Jahre Zeit und schreibe mein Lebenswerk ... Da ist schon etwas verdächtig.

Aber es gibt keine Regeln. Vielleicht geht es auch so.

Herr *Ch.*, Mitglied der englischen Mission, möchte über gemeinsame Bekannte die Meinung von einigen Ungarn erfahren: »Wie war die ungarische Propaganda des englischen Rundfunks im Krieg?« Die Frage ist nicht nur rhetorisch. In diesen Jahren erwarteten wir uns alle von der Zauberkiste eine Antwort auf unsere Zweifel, und wenn in den Abendstunden das bekannt-geheime Beethoven'sche Ta-ta-ta-taa erklang, lechzten wir in verdunkelten Zimmern nach der Antwort auf unsere große Frage: Wie sieht unser Schicksal aus? Manchmal wurden über die Verhältnisse in Ungarn auch leicht überprüfbare Unwahrhciten berichtet; das schadete der allgemeinen Glaubwürdigkeit der Nachrichtensendungen. Den Wert dieser Vorträge darf man nicht überschätzen; ich glaube nicht, dass selbst die geschickteste, wirksamste Propaganda das Leben einer Nation in ihren kritischen Stunden entscheidend beeinflussen kann. Nur eines ist gewiss: Das englische Radio ermutigte uns ständig, jedes Risiko einzugehen und mit den Deutschen zu brechen, sagte aber nie, was mit uns geschehen würde, wenn wir dieses Risiko eingingen. Wir wussten: Wenn wir mit den Deutschen brechen, opfern wir nahezu eine Million einheimische und zu uns geflüchtete Juden, Polen, Franzosen und all die politischen Flüchtlinge; und schon das ist kein geringer Preis. Aber die Engländer hätten entgegnen können, dass man einen Weltkrieg nicht nach karitativen Gesichtspunkten führen kann; ihnen täten die ungarischen Juden und die politischen Flüchtlinge auch leid, aber die Ungarn können sich auch um diesen Preis nicht vor der Verantwortung drücken, Stellung zu beziehen. Das ist eine harte Antwort, doch man kann sie beherzigen. Wir wussten: Wenn wir mit den Deutschen brechen, hetzen sie die Slowaken, die Kroaten, die Rumänen auf uns, und Oberungarn, Siebenbürgen, die Batschka und vielleicht ganz Ungarn würde von den kleinen Nachbarvölkern besetzt; und nachdem man in Trianon zwei Drittel des Landes unter den Nachbarn aufgeteilt hatte, konnte nach Trianon keine ungarische Regierung die Möglichkeit zur Revision dieses Vertrags ablehnen, nicht, wenn diese Möglichkeit von den Deutschen geboten wurde, und nicht einmal dann, wenn die Regierung in dem Augenblick sozialistisch oder kommunistisch gewesen wäre … Aber die Engländer haben wieder nur erwidern können: Die englische Nation setze die Interessen eines Weltreichs aufs Spiel und fordere auch von den Ungarn, alles zu riskieren. Auch das können wir noch verstehen. Nicht verstanden haben wir, dass sie, obwohl sie bedingungsloses Risiko verlangten, uns nicht sagten, was wir, zu diesem fatalen Preis, retten können? Wie würde das Land wohl aussehen, das die Sieger bereit waren anzuerkennen? Was forderten sie noch von uns, wenn wir dieses Risiko eingingen? Darüber, nur darüber sprach die geheimnisvolle schwarze Kiste in den aufregenden Minuten, als wir ihrer Stimme lauschten, nicht. Von keinem Volk kann man verlangen, alles aufs Spiel zu setzen und alles zu opfern, ohne ihm gleichzeitig irgendein greifbares Schicksal oder eine Zukunft zu versprechen. Hier begann diese Propaganda zu schwächeln.

Seit zwei Tagen höre ich überall Musik, wenn ich wach liege, auf der Straße, wenn ich im Boot die Donau überquere und mit Menschen spreche … Ein paar Takte irgendeiner alten Musik, ich weiß nicht, wer sie komponierte. Der Sommer voller Dunst, voll bösartiger, hinterhältiger Hitze. Und diese unentwegte Musik, inmitten der Ruinen.

Die Zeit beantwortet stets, worauf der Augenblick keine Antworten hat. Du musst nichts weiter tun als die Frage aus dem Tiegel des Augenblicks heben, sie in das Reagenzglas der Zeit stecken und sie dann geduldig beobachten. Das Reagenzglas der Zeit zeigt schließlich immer die Erklärung … Es ist eine Frage der Geduld, Aufmerksamkeit und natürlich des Wissens und der Erfahrung, ob du diese unvergängliche Antwort in ihrem wahren Sinn begreifen kannst.

Jeder weist sich aus. Menschen zeigen ihre von Gummiknüppeln schwielig geschlagenen Handflächen wie einen Lichtbildausweis: ohne Aufforderung, mit automatenhafter Bereitwilligkeit.

Was für eine wichtige Beschäftigung das Spiel ist! Huizinga hat recht: Tief auf dem Grund jeder menschlichen Unternehmung wieselt unruhig der Spieltrieb hin und her. Spielen, todernst, schicksalsschwer und gedankenversunken wie ein vierjähriger Junge im Sand, der etwas Unsichtbares und Großartiges baut wie Michelangelo, Bach … mit der gleichen Andacht und Konzentration.

Das Überraschende ist niemals interessant. Wirklich interessant ist nur, was man oft und eindringlich gehört hat.

Von Buda setze ich immer noch mit dem Boot nach Pest über, und ich habe schon Übung beim Einsteigen, ich fühle mich in der Mitte des Stroms wie zu Hause; langsam werden wir zu Wassermenschen, wir aus Buda wie die Leute in Venedig; wir schreiten in Hausschuhen übers Wasser, leger.

Bis zum 19. März 1944 haben das christlich gesinnte, liberale Bürgertum und die Juden die Zeitung *Magyar Nemzet* gelesen, und jeden Morgen erfuhren sie aus den Spalten der Zeitung zu ihrer Beruhigung, dass die Deutschen den Krieg schon verloren und die Leser überhaupt nichts zu tun und zu schaffen hätten, als ruhig abzuwarten, bis die Engländer in Budapest einzögen und die Positionen, die sich die terroristische Rechte angeeignet hat, zurückgegeben würden. Das ist alles nicht ganz so eingetroffen; die Deutschen haben wirklich den Krieg verloren, aber das liberale Bürgertum, die Juden und alle Ungarn mussten zuvor noch einen horrenden Preis zahlen.

Jetzt, da die Deutschen den Krieg verloren haben und statt der Engländer die Russen in Budapest eingezogen sind, erscheint auch *Magyar Nemzet* und wird wieder von den Bürgern gelesen; jetzt aber auch von jener Bürgerschicht, die früher das *Új Magyarság* verschlungen hat – diese Schicht will jetzt aus *Magyar Nemzet* erfahren, was vor einem Jahr die Juden und die liberalen, christlichen Bürger aus dieser Zeitung zu erfahren hofften: dass die Russen den Frieden verlieren, die Engländer eines Tages in Budapest einrücken und der christlichen Mittelschicht die in den letzen Monaten verlorenen Positionen zurückgeben … Und ich fürchte, die Leser dieser Zeitung werden auch jetzt ebenso überrascht sein wie in der Vergangenheit, nur auf einer anderen Ebene; statt der Russen kommen keine großzügigen Engländer mit Wiedergutmachung verheißenden Palmwedeln. Und die Russen verlieren diesen Frieden nicht. Und die Leser dieses Blattes werden wiederum enttäuscht sein und die Wahrheit erst viel später erfahren: weil sie nicht willens sind, etwas über die Wirklichkeit zu lesen, sondern nur über ihre Wünsche und Sehnsüchte.

Und trotzdem, in diesen Zeitungen muss man – dann und wann – die Stimme erheben, in diesen Zeitungen der bürgerlichen Front: Denn nur sie muss überzeugt werden, sie muss, wenn möglich, erzogen, ihr muss gesagt werden, dass sie sich täuscht, sich irrt, dass sie verantwortlich ist! Nur hier kommt man den Bürgern nahe, weil sie wie der Vogel Strauß nicht willens sind, sich mit erhobenem Kopf in der wirklichen Welt umzuschauen. Und Realität ist, dass die Russen den Frieden nicht verlieren werden, sie bleiben unsere Nachbarn, eine kontinentale Großmacht, in den kommenden hundert Jahren müssen wir mit ihnen rechnen. Und das ist, über alle Klasseninteressen hinweg – jenseits der rechten und linken Klasseninteressen –, eine Wirklichkeit, die eines Tages sogar die nun aktuellen Leser von *Magyar Nemzet* zu erkennen genötigt sind.

Tiefe Müdigkeit. Am liebsten würde ich tagelang schlafen. Vitaminmangel, Wetter oder Missmut, ein Abnehmen der Lebensreserven ... Wir wissen noch nicht, was mit uns passiert ist, wie sehr wir in den letzten Monaten unsere Reserven aufgebraucht haben, wie sehr wir vom Eingemachten leben und wie schnell die Vorräte zu Ende gehen ... Jetzt ist man in einem Zustand, in dem man auch ohne Krankheit sterben kann, jeden Augenblick; es gibt keinen wirklichen inneren Halt mehr, also auch keinen wirklichen Hang zum Leben.

Als die Russen Budapest bereits von Vecsés aus beschossen, erschien in der Redaktion der Kinderzeitung *Az én újságom* ein Oberleutnant der Pfeilkreuzler, drohte und gab dann flüsternd bekannt, dass er für »monatlich zweitausend« bereit sei, die Kinderzeitung vor dem Terror der Pfeilkreuzler zu retten … Diese monatlichen Zweitausend, die der Ganove in Pfeilkreuzler-Uniform zwischen zwei Explosionen russischer Granaten flüsternd aussprach, sind in ihrer Naivität schon fast rührend.

Im vergangenen Vierteljahrhundert war der *Vitéz-Orden* der einzige ungarische Selektionsversuch: ein Versuch, aus allen Schichten der Gesellschaft die Herausragenden auszuwählen und aus ihnen eine Art Elite zu formen. Die Bedingung für die Qualifikation war das Verhalten des ausgewählten Individuums im Krieg. Zweifellos ist auch das eine Form der Qualifikation: Im Krieg kann nur die bessere Art Mensch ihren Mann stehen.

Im Frieden gibt es eine andere »bessere Art« Mensch, den Gebildeten, für lange Zeit; darüber spricht die ungarische Gesellschaft jedoch nicht gern, denn gebildet ist man nicht nur bei einer bestimmten Gelegenheit, sondern immer, und das bedarf lebenslanger Anstrengung. Es blieb also die Würdigung kriegerischer Verdienste. Gewiss ist auch diese schätzenswert. Was aber ist in Wirklichkeit geschehen? Der Titel *Vitéz* verlor innerhalb sehr kurzer Zeit seinen tatsächlichen Wert; er war ein privilegierter Vorwand, nach oben zu kommen, nichts sonst. Der Polier, der mit dem Vitéz-Titel vor seinem Namen um Arbeitsdienstler ansuchte, schrieb mit seinem Schreibblei forscher und dicker, weil er wusste, dass sein Vitéz-Status ihn dazu berechtigte; wenn der gebildetere Teil des Publikums neben dem Wörtchen »Dr.« auch noch das Wörtchen »Vitéz« las, ging er instinktiv weiter, suchte sich einen anderen Arzt, der nicht Vitéz war, weil er den berechtigten Verdacht hegte, dass jemand, der Vitéz ist, an der Universität nicht so fleißig gelernt hatte, da er – durch seinen Vitéz-Titel oder seinen geerbten Vitéz-Titel! – bei den Prüfungen leichter durchkam und man ihm deshalb die kranke Niere oder Lunge besser nicht anvertraute. So sah es mit dem Kurs des Vitéz-Titels in der Praxis aus; er war der einzige Selektionsversuch in den letzten fünfundzwanzig Jahren und endete mit dem Skandal um die Vitéz-Grundstücke, geraubter und dann untereinander aufgeteilter jüdischer Grundstücke; darüber sprach jedoch niemand mehr.

In dieser Woche finden die englischen Wahlen und der Berliner Dreiergipfel statt, auf dem wahrscheinlich über unser Schicksal entschieden wird.

In der Nacht kann ich lange nicht einschlafen, und schließlich begreife ich: Ich, der »Bürger«, wünsche mir mit aller Kraft und allem Eigeninteresse, dass bei diesen Wahlen die englische Arbeiterpartei gewinnen möge. (Ich glaube nicht, das es so sein wird: Wahrscheinlich werden der alte Churchill mit seinem Lorbeerkranz ums Haupt und die Konservativen in diesem Moment die Mehrheit erhalten.) Doch das ist nicht gut.

Meine »bürgerlichen« Interessen decken sich jetzt mit den Interessen der Weltmehrheit, und sie lauten folgendermaßen: Der tiefste Sinn dieses Krieges ist der Kampf zwischen den Wirtschafts- und Gesellschaftssystemen, die Sozialismus und Kapitalismus (der schon lange nicht mehr ist, was er vorgibt zu sein!) genannt werden. Der Kapitalismus ist ein hundert Jahre altes System und bietet den angewachsenen Massen keine angemessene wirtschaftliche und gesellschaftliche Lebensform mehr. Charakteristisch für ihn ist nicht die Profitgier (sie ist ein Bluff), sondern dass er um jeden Preis »bewahren« will. Der Sozialismus ist der Weg (ein unvollkommener Weg, er ermöglicht keine individuelle Freiheit – doch wer oder was ermöglicht Freiheit?), und die Mühlen der Weltmächte mahlen in diese Richtung. Wenn in England jetzt die Sozialisten die Macht übernehmen, kommt die Welt ihrem Ziel näher, die Massen können für einige Zeit wieder Lebensformen bauen; überall auf der Welt; auch in Ungarn.

Sonst bleibt wiederum die Spannung, Zündstoff für neue, noch fürchterlichere Konflikte. Deshalb wünsche ich mir den Sieg der englischen Sozialisten.

Churchill ist eine große Gestalt, Aristokrat, Herzog von Marlborough, stark, mutig, gebildet. Doch auch er will nur »bewahren« – und jetzt hat er England und das Empire bewahrt. Er bewahrte es vor dem Feind von außen, kann ihm aber nach dem Sieg nicht das Geschenk des Fortschritts machen. Der Fortschritt heißt Sozialismus – eine Entwicklung genauso unvollkommen wie alles, was der Mensch macht; und dennoch Entwicklung.

Ein Teil der ungarischen bürgerlichen und feudalen Gesellschaft erwartete sich von den Russen, dass Erzengel mit Flammenschwert erscheinen und eine sündhafte Welt ausrotten würden. Die Russen kamen, und es gab unter ihnen alle möglichen Menschen: gnadenlose, freundliche, habgierige, unbarmherzige, menschliche und so weiter. Aber von Erzengeln und Flammenschwertern keine Spur.

Die größte Überraschung ist, dass unter ihnen die verhärmten, ernsten Schieber immer zahlreicher werden; einer kommt mit dem Lastwagen aus Rumänien, bringt gestohlenes Zeug mit, trägt einen Kneifer auf der Nase und bietet seine Waren mit einem Tintenstift in der Hand feil, derweil diskutiert und handelt er sorgenschwer mit der Wohlinformiertheit eines guten Händlers – der die Gefahren des Handelslebens kennt! »*Tschekai, podsem*, bringen gleine Galitzenstein«, sagt er und leckt über den Tintenstift, »sechzehn, siebzehn, *malinko, no*!« Solche gibt es viele. Erzengel nur wenige.

Der kleine Junge ist sehr lieb, er hat schöne Farben an sich: rosarot, hellblau, hellblond. Sein Lächeln ist freundlich und sympathisch. Nebenbei ist er ein duckmäuserischer, durchtriebener Bauer. Er sagt zum Beispiel niemals, dass er dieses oder jenes wissen möchte, genauer gesagt verrät er nie, dass er dieses oder jenes nicht weiß. Will er etwas wissen, sagt er: »Na, raten Sie mal, wie das eigentlich ist, warum das so ist? ...« Er gibt mir nicht die Chance zu glauben, dass er etwas nicht weiß; tut, als wüsste er schon, was er wissen möchte, und wolle mich nur prüfen.

Die Engländer wissen, dass die Weltmühlen in Richtung Sozialismus mahlen, doch sie wollen diesen Prozess bremsen; deshalb werden sie jetzt den konservativen Churchill wählen. Sie haben Zeit; und durch dieses Bremsen bewahren sie große Werte. Doch dieser sich verlangsamende Prozess bedeutet für uns nur eine Steigerung der Gegensätze und die Vernichtung weiterer Werte.

Ich habe Andorka getroffen, er ist gerade aus dem Lager Mauthausen heimgekehrt; er sieht gut aus, geht auf der Vácistraße spazieren und kann nur sagen: »Der Abscheu, den ich gegen die ungarische Gesellschaft verspüre, ist stärker als jedes andere Gefühl ...« Abscheu, Gräuel: [unleserliche Wörter] wenn anders, wenn ehrlich.

X., der Schriftsteller, ist wahrlich eine kleine, neidische, kranke Seele; nach der Belagerung, nein, seit dem 19. März 1944, treffen wir uns das erste Mal, und er weicht wirklich überrascht zurück, weil ich »gut aussehe«, normale Kleider trage, mich die Zeit nicht so heftig geschunden hat, wie manche gehofft hatten. Er ist offensichtlich schlechter Laune und schneidet Gesichter, wenn er fragt, was ich denn »zu dieser Welt« sagen würde ... Ich weiß nicht, was sie sich erhofft haben; die Menschen ließen mit offenen Augen, bewusst die Hölle auf Erden einkehren und wundern sich jetzt, dass es in der Hölle heiß ist? …

In einer Zeitung eine Nachricht über drei Spalten: Das Volksgericht bestraft endlich streng … wen? Die Faschisten? Nein, die Volksrichter, die regelmäßig den Verhandlungen der Volksgerichte fernbleiben.

Ich sitze im alten Literatencafé und korrigiere die Druckfahnen meines Gedichtbands … Ein sonderbares Erlebnis! Innerhalb des Sichverändernden die Beständigkeit der Phänomene. Und dann der Tod.

Ich fürchte mich vor nichts mehr, vor nichts; nicht vor Krankheit, Tod, menschlicher Gemeinheit, vor nichts. Nur vor meinem Gewissen; davor, dass ich irgendetwas begehe, das meine pathetischen, unheilbaren Vorstellungen über die *honneur de l'homme* verletzen würde.

Es genügt nicht zu lernen, dass wir von den Menschen nichts Gutes erwarten dürfen; man muss lernen, überhaupt nichts zu erwarten. Das ist schwieriger.

Typisch für das Leben in Ungarn ist, dass jetzt nach der »Befreiung« – die Juden sich mit den Christen plötzlich und leidenschaftlich zu duzen begannen. Während es früher als eine abstruse Auszeichnung galt, wenn ein Gentry einen Juden duzte – »was man doch für die Familie nicht alles tut! …« –, sagte Görgey, der stolze Szepeser Vizegespan in Mikszáths *Schwarzer Stadt*, als ihn der einfältige Großvater Quendel um die Gnade des Duworts bittet –, beginnen Juden, mit denen ich seit Jahrzehnten in korrekter und freundschaftlicher, aber siezender Beziehung lebte, ja sogar wildfremde Juden, mich überraschend zu duzen. Diese großzügige Vertraulichkeit will beweisen, dass sie als »Sieger« nicht grollen, sondern großmütig sind; und dann auch von gleichem Rang und so weiter.

Ich lese die Fortsetzung von Greens *Journal*, seine Tagebucheintragungen zwischen 1935 und 1939. Ich vergesse das Buch auf meinem Schreibtisch, und meine Mutter, die zufällig hineinblickt – ihr Lieblingsautor ist Rudolf Hertzog! –, sagt überrascht: »Interessant, wie einfach er schreibt.« Das ist ein großes Lob.

Wir haben jetzt schon ein Ferkel und fünf Legehühner, darunter ein schwarz-weiß gesprenkeltes. Uns wächst jetzt buchstäblich schon ein Doppelkinn, und wir setzen Speck an.

Aus dem Fenster der Schnellbahn sehe ich das Firmenschild eines Holzhändlers. Er propagiert sich folgendermaßen: *Konstantinchen Markősy's Holz- und Kohlenhandel*. Dieser Mensch hat offenbar ein unbedingtes *Verlangen* nach Zärtlichkeit, auch wenn er Holzhändler ist; und diese narzisstische Selbstliebkosung ist wenigstens ehrlich.

Ich habe begonnen, den zweiten Band der *Beleidigten* zu schreiben. Dabei schreibe ich ihn noch gar nicht, formuliere viel mehr um, was letztes Jahr vom zweiten Teil handschriftlich entstanden ist, bevor die Arbeit unterbrochen wurde – Besatzung, Krieg, all das war ein guter Vorwand, die Arbeit liegen zu lassen. In Wirklichkeit bin ich – das merke ich jetzt – vor dieser Aufgabe geflüchtet, weil ich das Ganze falsch bemessen hatte. Ich dachte an vier Bände: Der erste und der dritte sollten Peter Garrens Tagebücher sein, der zweite und vierte Band ein äußerer Spiegel dieses Tagebuchs, in der dritten Person geschrieben. Dieser Plan war willkürlich, künstlich. Ich muss alles auf drei Bände verdichten, und es muss bis zum Schluss das Buch des Peter Garren bleiben, also ein *Bekenntnis*, vorgetragen in erster Person Einzahl.

Jetzt schreibe ich den Anfang des zweiten Bandes von der dritten in die erste Person um – dieses Training ist notwendig, um überhaupt mit dem Schreiben zu beginnen, weil der innere Widerstand gegen diese Arbeit immer noch sehr groß ist. Ich weiß, dass ich jetzt etwas »beende«, nicht nur ein Buch; ich muss in diesem Buch einen Erlebniszyklus, eine Botschaft abschließen. Die Protagonisten – Edgár, Albert, Tamás, Emma, leben wieder; und aus der Vergangenheit (aus der Vergangenheit der *Jungen Rebellen*) tritt selbstsicher eine verschwommene Gestalt hervor: Ábel, der Zauberer. Nur die Lyrik kann all das zu einer Einheit zusammenfügen und das zeitgemäße Material in einen anderen Raum erheben … Ich gebe ihm so viel Zeit, wie nötig ist; beeile mich nicht; und inzwischen wende ich mich auch keiner anderen Sache zu, die Kraft von dieser Arbeit abziehen würde.

Freud täuscht sich in vielem, und er übertreibt. Doch er hat etwas berührt, das er nicht beweisen kann – die »analytische Erfahrung« ist noch kein Beweis – und was ich, der Mensch, der kein Freudianer und schon gar kein analytisch gebildeter Geist ist, aus menschlicher Erfahrung schon lange vermute. Das Verhältnis des Menschen zum Sexus ist eigentlich nicht geheimnisvoll; in jeder Variante drückt sich ein und dieselbe Kraft in dieser Formensprache aus. Was unklar ist: 1. Warum ist jemand homosexuell? Was glaubt der Homosexuelle in der Liebe zu finden? 2. Warum hasst keiner die Absonderungen und Exkremente seines eigenen Körpers, warum aber jene der anderen? Hier herrscht einige

Unklarheit. Und hier liegt irgendwo das Geheimnis mancher menschlicher Störungen.

Die Zeit verleiht auch dem Gärprozess, der dieser Tage das ungarische Leben beherrscht, gewiss Kohäsion und Haltung – doch vorerst sehe ich nichts anderes als moralischen, wirtschaftlichen, geistigen Zerfall. Alles bröckelt, alles zerfällt, als hätte der Luftdruck der Bomben in der ungarischen Gesellschaft eine unsichtbare Erschlaffung in Gang gesetzt.

Prüfung in der Dorfschule. Acht-, neunjährige Kinder werden geprüft; die Ergebnisse sind erträglich; die Leistung der Lehrerin ist weniger erträglich. Ihr Unterrichtsstil ist geziert, süßlich, unaufrichtig; ihre Direktheit künstlich; ihre Stimme unnatürlich; sie stolziert auf und ab, spielt die Ungezwungene und so weiter. Die Kinder tragen Gedichte vor, Gárdonyis patriotische Gedichte und *Vereitelter Vorsatz* von Petőfi. Rührend ist das polnische Flüchtlingskind – ich glaube, es ist jüdisch –, das in radebrechendem Ungarisch, aber mit großem Eifer ein Gedicht vorträgt; es handelt von den Arader Märtyrern und schreit pathetische Klagen in die Welt hinaus.

Diese Kinder oder ihre Kinder werden eines Tages in der ungarischen Dorfschule bei der Prüfung vielleicht auch andere Gedichte vortragen; zum Beispiel irgendeinen von Kosztolányis kurzen chinesischen Versen; doch dazu braucht es nämlich noch viel Zeit. Vorher muss die ungarische Nation – in und außerhalb der Schule – eine gefährliche, anstrengende und große Prüfung bestehen, die Prüfung der Bildung.

In Greens Tagebuch stechen mir folgende Zeilen ins Auge: »Gestern bin ich am Arlberg angekommen …« Oder:

»Heute in London. Ich wohne in der Brompton Road, am Abend diniere ich mit Wells …« Oder: »Ich bin in Rom, Ausflug nach Frascati …« Und währenddessen, in Tirol, London oder Rom, hat er dauernd Sorgen wegen des »Romans«, der wächst oder langsam wächst oder gerade nicht wächst oder dem er nicht mehr vertraut … Es gab Zeiten, da entstand ein schriftstellerisches Werk unter solchen Umständen. Heute? … Würde ich Tagebuch über die *Beleidigten* führen, könnte ich höchstens schreiben: »Gestern habe ich mir ein schwarz-weiß gesprenkeltes Huhn besorgt …« Oder: »Heute bin ich mit der Straßenbahn bis zur Franz-Josephs-Brücke gefahren, es war eine herrliche und flotte Reise …« Oder: »Heute habe ich in der Veres-Pálné-Straße zu Mittag gegessen und meinen gasbetriebenen Kühlschrank veräußert.« Zweifellos ist auch mein Leben aufregend und abwechslungsreich; aber es ist gewiss nicht gerade das, was ich nötig hätte, um mit meinem Roman »voranzukommen«.

Seit einer Woche bezieht sich jeden Abend der Himmel – nach einem strahlenden Tag – so gegen sechs, und ein finsterer Sturm fegt übers Land. Der sich wiederholende Rhythmus der Naturerscheinungen ist wie der Ausbruch einer schwelenden Krankheit in einem Organismus.

Es gibt dieses und jenes. Den Krieg und den Frieden. Die Russen, Engländer, Deutschen und Ungarn. Und dann gibt es auch mich. All das, was in meiner Seele und mit meinen Nerven geschieht … denn auch dort ereignet sich die Welt, nicht nur auf der Berliner Konferenz oder bei den englischen Parlamentswahlen. Auf dieses andere Weltereignis – mein zerbrechliches, einmaliges und geheimnisvolles Leben – gilt es besser achtzugeben.

In den Zeitungen werden die Menschen gewarnt, mit den Baumaterialien aus Häusern mit Bombenschäden vorsichtig zu sein: Die innere Beschaffenheit der tragenden Balken und Holzpfosten wurde durch den Luftdruck beeinträchtigt. So ein Bauholz hat keine stabile Tragkraft mehr: Wenn damit neue Häuser gebaut werden, kann es passieren, dass sie einstürzen.

Das Baumaterial ist unzuverlässig, ohne inneren Halt … Ja, und das Menschenmaterial? Wie sieht das Menschenmaterial der ungarischen Gesellschaft im Kern aus? Wem und was kann es standhalten, wie sehr hat der Luftdruck der Zeit die innere Struktur dieses Materials beeinträchtigt? Kann man denn aus diesem Material ein neues gesellschaftliches Gebäude errichten, erträgt es die schwere Last, welche die Zeit unerbittlich darauf lädt? Und dieses Menschenmaterial lässt sich nicht »austauschen« … Aber vielleicht imprägnieren; vielleicht.

»Tag des Buches.«

Das erste Mal stehe ich im Zelt. Ein paar Leute kaufen meinen Gedichtband, aber auch meine älteren Bücher finden Käufer, ich schreibe meinen Namen in die Bände, die mir fremde Menschen entgegenstrecken … und wie einer, der einen scheinbar gelähmten Nerv untersucht, versuche ich zu ertasten, ob in den Menschen noch irgendein Interesse für die Literatur vorhanden ist. Ob sie anderes als ihre Ernährung interessiert. Der Kunde könnte schließlich auch hundert Gramm Speck kaufen. Aber nein, es gibt viele, die auch heute lieber Bücher kaufen. Das erste Zeichen seit Monaten, das mich ein wenig beruhigt.

Peinliche und dumme Situationen im Zelt: wildfremde Menschen, die mich freundlich duzen, sich vertraulich mit mir unterhalten; und ich habe keine Ahnung, wer sie sind ... »Öffentlichkeit«, die größte Prüfung. Aber manchmal bestehe ich diese Prüfung schon.

Die Ungarisch-Sowjetrussische Gesellschaft lädt mich zu einer Ausstellungseröffnung ein. Wir versammeln uns in einem der unversehrten Räume des Museums der Bildenden Künste: die Regierung, der russische Botschafter, hochrangige russische Offiziere, die Geladenen. Scheinwerfer. An der Wand Fotografien, auf denen russische Traktorenfabriken, Maschinenbauunternehmen abgelichtet sind. Dazwischen einige interessante Lenin-Bilder. Sein Geburtshaus wirkt herrschaftlich, barock. Das Familienbild aus seiner Kinderzeit ist sympathisch und bekannt: Die Würde und Ruhe der russischen kleinadeligen Bürgerfamilie wird auf dem Bild spürbar.

Während die Reden erklingen, beobachte ich den Regierungschef. Szent-Györgyi spricht. Es steckt etwas Mimenhaftes, Unausgewogenes in ihm. Zilahy, der Vorsitzende der Gesellschaft, irrt mit einem verlegenen und verlogenen Lächeln in der Gruppe umher. Die russischen Offiziere geben sich reserviert und desinteressiert. Das Schicksal des Ministerpräsidenten ist nicht gerade beneidenswert. Ein alter General, der heute vor einem Jahr noch mit vollem Engagement gegen die Russen kämpfte, dann, am 15. Oktober, stürzte diese Rolle auf ihn ein, und jetzt ist er Tag für Tag genötigt, seine Vergangenheit, seine Überzeugung zu verleugnen, gezwungen, den Großgrundbesitz wie die kleinen Güter aufzuteilen, den Vitéz-Titel, die Institution der Levente, abzuschaffen, die Sowjets zu verherrlichen ... welch ein Schicksal! Und das alles im funkelnden Glanz der Scheinwerfer, in unbarmherzigem Licht.

Fünfundsiebzig Prozent des menschlichen Körpers sind Wasser und fünfundzwanzig Prozent feste Substanz; die menschliche Seele besteht zu neunzig Prozent aus Eitelkeit und zu zehn Prozent aus etwas anderem. Auch ich bin so. Und es ändert nichts an mir, dass ich es weiß: So bin ich.

Ich »verehre« nichts. Auch Gott verlangt nicht von mir, ihn zu *verehren*; es reicht ihm, mächtig und souverän, wie er ist, wenn ich weiß, dass er ist.

Aber es gibt etwas, in dem ich Gott fühle: die Begabung. Und wenn sich Begabung und Charakter zu einem menschlichen Unterfangen verbünden: Dieses Phänomen erkenne ich auf jeden Fall an. Dieses Unterfangen kann ein Werk sein, aber es kann – einfacher – auch menschliches Verhalten sein. Und das respektiere, um nicht zu sagen *verehre* ich beinahe.

Ich höre von immer mehr heimgekehrten Deportierten, die von einem geheimnisvollen deutschen Arzt, einem gewissen Doktor Mengele, berichten. Dieser Dr. Mengerle oder Mengele war Chefarzt in der Todesfabrik von Auschwitz. Ein sehr höflicher Mensch. Mit den ihm zugeteilten jüdischen Ärzten fachsimpelte er gern über medizinische Probleme. *»Bitte, Herr Kollege«*, sagte er, *»betrachten Sie einmal diesen Fall ... Wie denken Sie darüber? ...«* Den FALL schickte er sodann in die Gaskammer.

Jede Woche schickte er ein paar Hundert, manchmal mehrere Tausend Menschen ins Gas: Die Deportierten – Männer, Frauen, Kinder, Greise – zogen nackt an ihm vorüber, und Mengele deutete ihnen wie ein Dirigent mit rhythmischen Bewegungen, sich nach links oder nach rechts zu stellen. »Rechts« war das Leben – für einige Wochen oder Monate, aber was für ein Leben! –, »links« war der Tod, die Gaskammer. Die Bewegung, dieses Armschwingen eines Dirigenten, das Leben oder Tod bedeutete, dieses musikalisch-rhythmische, endgültige und unwiderrufliche Urteil des Experten verfolgt mich bis in die Träume.

Eine Dame. Sie erzählt, dass sie und andere Frauen während der Belagerung im Keller von den Russen brutal angefallen wurden. Als sie am Morgen durch das Haustor getreten war, lag der junge Russe, mit dem sie unfreiwillig die Nacht verbracht hatte, mit einem Kopfschuss niedergestreckt auf dem Trottoir. Die Geschichte erzählte sie einfach so, gleichsam in Nebensätzen.

Green beschwert sich in seinem Tagebuch; da er wisse, dass Teile seines Tagebuchs auch im Druck erscheinen würden, habe er das Gefühl, jemand horche jetzt seine Privatgespräche ab. Er denkt an Gides Klagen: »... mein Tagebuch ist voller tot geborener Einträge.« Das ist das Schicksal jedes Schriftsteller-Tagebuchs. Wir schreiben für die Öffentlichkeit, auch wenn wir beichten. Also sollten wir bewusst so schreiben und beichten, als stände der Leser hinter dem Tagebuchschreiber und beuge sich über seine Schulter.

Es stellt sich die Frage, ob es unter solchen Umständen Sinn hat, ein Tagebuch zu schreiben. Was ist der Zweck eines Schriftsteller-Tagebuchs? Chronologisch über Ereignisse und über die Außenwelt zu berichten? Diese Aufgabe wird von den Zeitungen flinker und gründlicher erfüllt. Über uns selbst berichten, darüber, wie die Welt sich in uns spiegelt? Durch das Tagebuch uns selbst näherkommen? Das wäre der wirkliche Sinn. Aber ist das möglich, wenn wir wissen, dass auch andere diese Zeilen lesen? Ja, das ist es. Der Schriftsteller ist ein Mensch, der niemals »allein« ist. So ist er mit Gott, den Menschen und sich selbst übereingekommen. Auch im Moment der endgültigen, vorbehaltlosen Beichte muss er wissen, dass er der Menschheit beichtet, dass ihm Gegenwart und Zukunft zuhören.

Damit muss man sich abfinden. Und in diesem Bewusstsein muss man sein Tagebuch schreiben, ohne Vorbehalte und Scham, aufrichtig, so gut es geht.

Der kleine Junge kommt mit hochrotem Kopf vom Spielen und der Hitze im Garten zu mir gelaufen und fragt: »Na, was würden Sie tun, wenn Sie Durst hätten? …« Ich weiß, was er will, und antworte ihm nüchtern: »Ich würde Wasser trinken.« Er nickt zustimmend. »Und ich, wenn *ich* durstig wäre? …«, fragt er. Diese komplizierte Frage der Diplomatie erledigen wir so: Wir gehen ins Haus, und ich gebe ihm ein Glas Wasser.

Das kleine Mädchen von nebenan hatte Geburtstag, es gab Torte, Kaffee mit Schlagobers, Lampions; wie die Lampions auf Jani und Ági wirkten, kann ich mit Worten nicht beschreiben … Ich muss versprechen, auch ihnen Lampions aus der Stadt mitzubringen; in diesem Wettstreit der zwei Nachbarburgen dürfen wir nicht unterliegen.

Voller Zweifel erkundige ich mich in zwei Geschäften der Innenstadt, ob es wohl Lampions gäbe. Vier Monate nach der Belagerung hört sich diese Frage seltsam an. Die Verkäuferin schaut mich zweifelnd an. Es gibt keine Lampions. Im dritten Geschäft herrscht, als ich wieder meine Frage stelle, peinliche Stille, schließlich erhebt sich ein älterer Herr mit Brille – der Geschäftsinhaber – aus dem Kassenverschlag, kommt misstrauisch näher, schiebt seine Augengläser über die Stirn und mustert mich. »Sind Sie nicht der Herr Schriftsteller Márai?«, fragt er. »Ja, der bin ich«, entgegne ich.

»Ja! …«, sagt er erleichtert und geht in seinen Käfig zurück. Hier gibt es keine Lampions, doch ich bekomme eine Adresse, Ecke Magyar- und Károlyistraße; da bekäme ich mit Sicherheit Lampions. Das Haus, das Geschäft sind nicht beschädigt. Ein gespenstischer Laden. In der Stadt, der die Gedärme heraushängen, zwischen durchlöcherten Häusern, wo jeder ein paar Lebensmitteln nachläuft, ein Geschäft, in dem sich nichts verändert hat: Hier wird das Überflüssige feilgeboten, das Magische und Märchenhafte. Auf den Regalen, an den Wänden Papierschlangen, Lampionketten wie auf einem fernöstlichen Fest, das sich über die Zeit erhoben und verselbstständigt hat, zu einer verzerrten, gespenstischen Wirklichkeit geworden ist … An der Wand hängen Masken wie in der Hütte eines afrikanischen Zauberers: der Menschenfresser, der Häuptling, der Hohepriester, der Neger, der Chinese, der heilige Nikolaus … Zwei alte Menschen siechen in diesem besonderen Fachgeschäft dahin, sie hungern ganz offensichtlich; die Frau sitzt an der Kasse, der Mann beginnt, als ich eintrete, geschäftig hinter der Verkaufstheke herumzuräumen. Als sie meinen Wunsch hören, blitzen die Augen der Alten auf. Wer kauft heutzutage Lampions? … Denn sie hoffen mit ewigem Optimismus, dass jetzt die erste Schwalbe gekommen, die Menschheit endlich wieder bei Sinnen ist und beginnt, Lampions und Papierschlangen zu kaufen. Ich bekomme Lampions, gebogene, längliche, solche, die wie ein Harmonikabalg aussehen, so viele ich nur will. – »Zeig ihm die Konfettis …«, ruft die taube alte Frau hinter der Kasse auf Deutsch. Mit zitternden Händen bietet der Mann seine Waren feil. »Und wie wäre es mit etwas Feuerwerk? …«, fragt er mit flehender Stimme. »Wir haben Knallfrösche, Raketen, bengalisches Feuer.« Das Angebot rührt mich zutiefst. Bedauernd gebe ich zur Antwort, dass die Zeiten ein wenig konfus seien und es nicht empfehlenswert wäre, an der Donau, am Rande des Dorfes, Abende mit Feuerwerk zu veranstalten, das könnte missverstanden werden. »Bitte, mein Herr«, sagt er aufgeregt. »Früher hatten wir um diese Zeit Saison. Aber jetzt, als wäre es plötzlich aus der Mode gekommen …«, meint er traurig. Vier Monate nach der Belagerung sagt er das, mit dem resignierten Achselzucken des Fachmanns, der weiß, dass seine Konkurrenten, ungelernte Pfuscher, in der jüngsten Vergangenheit ein Feuerwerk veranstaltet haben, von dessen Genuss das Publikum für längere Zeit genug haben wird.

Von hier in ein Eisenwarengeschäft, wo ich einen Riegel für die Tür des Ferkelverschlags kaufen will. Warum ist es in jedem Eisenwarengeschäft finster? Und warum wird in den Eisenwarengeschäften mit ganz besonderer Bedachtsamkeit getrödelt? Die Installateure und Eisenhändler führen ihre Buchhaltung und fakturieren anders als die Händler sonst; langsamer, komplizierter, umständlicher. Und in einem seriösen Eisenwarenladen brennt stets eine so schwache Funzel, als wollte man sich hier etwas von der Stimmung der Werkstätten der Zyklopen und des Vulcanus erhalten. Alte Männer kritzeln beim Lampenschein komplizierte Rechnungen, und im Zwielicht breitet sich Eisenstaub aus, als wäre wieder die Eisenzeit angebrochen, als gäbe es auf der Welt keinen Sauerstoff und keine Freiheit mehr.

Nach dem Treffen neulich blitzt mit voller Kraft, Schärfe und Licht ein Thema auf. Nach jedem Krieg gibt es Themen, die in der Luft liegen und sprießen … Nach dem letzten Krieg waren die »Banden« eines dieser Themen, das Thema der rebellierenden, gegen die Welt der Erwachsenen aufbegehrenden Kinder; Monate, bevor Cocteaus *Enfants terribles* erschienen war, hatte ich *Die jungen Rebellen* geschrieben, und die thematische Ähnlichkeit der beiden Romane wurde mir danach oft an den Kopf geworfen.

Ein überpersönliches, allgemeines Thema der europäischen Literatur wird jetzt die Heimatlosigkeit sein. Doch ich denke an etwas anderes und bin richtig aufgeregt, so sehr spüre ich die Möglichkeit, diese eigenartige Realität, die dieses Thema ausstrahlt: *»Befreiung«*. Über das Freiwerden schreiben! Wie jemand sich im Unerträglichen, im Keller, während der Belagerung, inmitten von Kadavern, in der Kloake, in der Schlinge der Schinder, in der Unterwelt nach der Freiheit, nach Licht sehnt. Und dann ist die Befreiung plötzlich da. (Eine Frau würde diese Szene für ihren Liebsten niederschreiben, für einen Mann, den sie nach der Belagerung wiedergetroffen hat, und in ihrer Zweisamkeit gibt es eine eigentümliche, unlösbare Fremdheit: Der Mann fühlt, dass mit der Frau »etwas passiert« ist, dass sie nicht mehr ganz die seine ist ...) Die Frau beschreibt die Belagerung, die Pfeilkreuzler, den Keller, die Nächte und Tage im Keller, das Warten, das immer verzehrender, immer schrecklicher, unerträglicher wird; und dann die Befreiung. Eines Morgens erscheint ein Russe im Keller. (Vielleicht der blonde Sibirer, der eines Nachts bei uns gewesen war.) Und vergeht sich an der Frau. Auf der Straße toben noch die Kämpfe. Und der Russe geht wortlos weg. Die Frau eilt ihm nach und findet den Vergewaltiger vor dem Haustor, tot. Es ist Morgen, ein berittener Kosak schiebt Patrouille, trottet mit seinem Pferd zwischen Glassplittern die »befreite« Straße hinunter. An der nahen Straßenecke wird noch gekämpft. Das ist der Rahmen.

Wichtiger ist, zu verstehen, dass niemand Befreiung bringen kann. Auch wir selbst sind nicht imstande, »frei zu werden«. Die Befreiung gibt es nicht.

Am Tag des Buches höre ich im Zelt, wie die Verkäufer mehrmals ein weiteres Exemplar von Wilders *Brücke von*

San Luis Rey aus dem Lager abrufen. Dieses Buch lebt. Auf den zerstörten Budapester Straßen, inmitten dieses persischen Basars, erscheinen immer wieder Menschen und wollen genau dieses Buch kaufen, gierig und eilig, als wären sie darauf bedacht, schleunigst irgendein elementares Bedürfnis zu befriedigen. Dieses Buch ist einer der größten – vielleicht der größte – literarischen Erfolge des Jahrhunderts. Und das ist nur deshalb verwunderlich, weil es wirklich einer der schönsten Romane der Weltliteratur ist, ein kompromissloses Meisterwerk ohne Brüche und jedwedes Zugeständnis. Und es überlebt Weltkriege und Belagerungen, die Menschen brauchen es wie Brot, wie Sonnenlicht. Wie tröstlich das doch ist!

Ich muss alles beiseitelegen und das Buch der *Befreiung* schreiben.

Und ich muss es in dritter Person schreiben, weil es dann wortkarger, dramatischer ist, die Lyrik des »Bekenntnisses« darf nicht verwischen, was an dem Thema gnadenlos, hart, nüchtern endgültig ist.

Was ist an diesen zwangsweisen Ausflügen nach Pest so unerträglich? Die Ziellosigkeit. Das Boot setzt mich am Pester Ufer ab … und dann? Es gibt einfach nichts, keinen, zu dem ich gehen könnte. Es gibt nichts zu tun. Es gibt nichts zu »erledigen«, auch dann nicht, wenn eigentlich Hunderte Sachen zu tun wären; weil die Stadt irgendwie keinen inneren Rhythmus, keine Haltung hat, das Leben hat auf diesem Üsküber Trödelmarkt keinen tieferen Sinn. Jeder lungert nur so herum, läuft einem Bissen Brot nach, mampft irgendwas, blinzelt, trollt sich verlegen in den Staubwolken, im dreckigen Licht. Der vollständige Zerfall, rohe Piraterie, alle Werte und Vereinbarungen haben ihre Gültigkeit verloren. Nach den Häusern stürzt jetzt in den Seelen der Menschen irgendetwas ein wie die beschädigten Brandmauern.

Buda ist beinahe erträglicher. Hier gibt es wahrlich nichts anderes als Kadaver und Ruinen. Hier spielt auch keiner Staat und Hauptstadt. Die Menschen leben in den Ruinen, wie sie einstmals wohl in Karthago nach der Zerstörung gehaust haben: Sie stochern im Schutt nach alten Gefäßen, irgendwelchem Brennmaterial, nach etwas Essbarem. Das ist wenigstens real.

Es bestürzt mich immer mehr, wie anspruchslos diese linke »Elite« ist. Sie kann der entschwundenen rechten, sich als »Elite« ausgebenden, Clique nicht viel vorwerfen. Genau die gleiche geistige Einseitigkeit, Ungeduld, Knausrigkeit und Habgier.

Lektüre: Tolstoi: *Der Tod des Iwan Iljitsch* und *Die Kreutzer-Sonate*. Wie oft schon? Ich weiß es nicht. Vielleicht zum fünften oder sechsten Mal.

E., der im Zuchthaus Csillag zu Komárom, in Dachau und in einer deutschen Kohlengrube war, flog dann – als der tschechisch-amerikanischen Legion zugeteilter Deportierter – für ein paar Stunden nach Paris, von dort nach Prag und schließlich nach Hause. Auch Dachau hatte seinen Dr. Mengele, der jede Woche beim Appell mit einer Handbewegung entschied, wer von den Deportierten arbeitsfähig war und wer in den Tod ging. In jedem deutschen Lager gab es einen dieser allerhöchsten Spezialisten.

Von Paris erzählt er, dass es niedergeschlagen sei, hilflos, elend, lustlos. Er hat München gesehen, es ist ein einziger Schutthaufen. An der Grenze, als er – in amerikanischer Uniform – vor Prag stand, wurde er von den Russen ausgeraubt: Sie nahmen ihm die hundert Dollar ab, die er von den Amerikanern bekommen hatte, auch seine Konserven und so weiter. Er brachte nur einen wunderbaren Regenmantel mit nach Hause, ein amerikanisches Stück: Es ist aus irgendeinem Papiermaterial gefertigt, man kann es nur einmal tragen und muss es dann wegwerfen. Und die Konservendose, die den lukullischen Inhalt für eine einzige Mahlzeit barg, und auch Zigaretten und Kaugummi …

Seit anderthalb Jahren das erste Mal im Kino. *Boom Town* mit berühmten amerikanischen Schauspielern. Eine halbe Stunde ertrage ich es, dann ist mir übel, und ich gehe auf die Straße hinaus, in die Ruinen … da ist es doch besser. Diese falschen Gefühle, diese falsche Leidenschaft, diese geschminkte Natürlichkeit, diese Strichjungen und ihre Girls, diese banalen Geschichten … und braucht diese reiche und glückliche Welt das wirklich? Vielleicht braucht sie auch anderes. Doch was es bis hierher schafft, ist ekelhaft und abstoßend.

Ich habe alles beiseitegeschoben und mit *Befreiung* begonnen. In diesem Unternehmen steckt für mich wirklich auch eine Art Befreiung. Nicht ich habe mich entschieden; ich gehorche jetzt wirklich nur einem Gebot, einem höheren Befehl. Ich schreibe in dritter Person, weil das unpersönlicher, kühler ist. Das Thema ist so heiß, wallt wie geschmolzenes Eisen; man muss es in einen starren Tiegel gießen, damit es nicht überschwappt … Die Glut eines Bekenntnisses in erster Person würde die natürliche Hitze des Themas nur noch steigern.

Was erfährt Iwan Iljitsch in der Stunde seines Todes? Folgendes: »Ich habe nicht diejenigen geliebt, die ich hätte lieben müssen.«

Aber Tolstoi ist ein großartiger Schriftsteller, deshalb spricht er diese letzte Erkenntnis nicht aus. Er zwingt den Leser nur, diese Wahrheit zu sehen und selbst auszusprechen.

Der kleine Junge hat heute gesagt: »Ich weiß schon, warum Sie schreiben. Damit wir Brot haben.«

Endlich hat es jemand ausgesprochen.

Gräfin *B.* besucht mich. Früher waren wir befreundet. Jetzt knistert sie vor Hass. »Die Juden!«, schreit sie. »Was die sich erlauben! ... Es gibt jetzt schon jüdische Politkommissare, die Beschuldigte ohrfeigen! Diese Juden wagen es, Menschen meines Standes zu ohrfeigen! Und dann der Grundbesitz! Der Besitz wird geraubt! Sollen doch die Russen erst einmal abziehen, dann werden sie uns kennenlernen ...«

Das glaube ich schon, dass man sie dann kennenlernen würde. Sie haben nichts gelernt, haben auch nichts vergessen. Sie würden genau dort weitermachen, wo sie aufgehört haben: bei den Judengesetzen, beim Judenmord, bei der Vertilgung all derer, die zu denken und von der Wahrheit zu sprechen wagen ... Und sie würden sich wieder in ihre Adelsschlösser hineinsetzen und bis in die siebte Generation all jene verfolgen, die sich auch nur für einen Augenblick trauten, an der Rechtmäßigkeit ihrer Großgrundbesitz-Ordnung zu zweifeln. Jeden als Landesverräter bezeichnen, der zu sagen wagte, die ungarische Gesellschaft habe sich in den letzten fünfundzwanzig Jahren versündigt! »Die Juden haben Budapest schließlich aufgebaut, und die Christen haben es zerstört!«, sage ich zu ihr. Außer sich vor Wut schreit sie: »Wir werden es nicht zulassen, dass die Juden in Ungarn herrschen!« Ich mache sie darauf aufmerksam, dass es in dieser Frage keinen Kompromiss gibt. Ich weiß nicht, wohin die angebliche »Herrschaft« der Juden führen wird, doch wir haben gesehen, wohin die Herrschaft der Kreise um Gräfin *B.* und die der Christen geführt hat!

Hoffnungslos diese Gesellschaft – vielleicht die einzige in Europa, die nicht gewillt ist, etwas zu einem anderen Preis als den endgültigen, den Preis der Gewalt, zu lernen.

Eine der Erzählungen Tolstois, die ich nicht kannte: *Pater Sergius*. In wenigen seiner Schriften ist das persönliche Erleben so zu spüren wie hier. Der leidenschaftliche, sinnliche Mensch, der vor seinen Gelüsten in die Askese flüchten möchte, versucht das Unmögliche, er scheitert und wird aus Eitelkeit heilig und wundertätig, und es hilft ihm auch, dass er weiß: All das geschieht nur aus Eitelkeit, auch die Askese und die Wundertaten … Ein paar großartige Seiten über die Versuchung; an Innigkeit übertrifft er den ähnlichen Versuch Flauberts.

Der Schluss ist à la Tolstoi, aber gekünstelt und verlogen. Pater Sergius findet Gott, als er ihn nicht mehr sucht: findet ihn in der aktiven Nächstenliebe. Das ist als Lehrsatz schön, aber der literarische Tonfall ist falsch. Er hat all das ja schon perfekt mit dem russischen Schuster im Gefangenenlager von *Krieg und Frieden* verwirklicht – perfekt, weil unbeabsichtigt. Hier aber ist seine Stimme nicht aufrichtig. *Pater Sergius* ist, trotz allem, eine wichtige Erzählung. Sie stammt aus dem Jahre 1889, ein paar Jahre vor seinem Auszug und dem Tod beschäftigte ihn das Problem der Flucht in die Askese am intensivsten.

Ich glaube mit immer größerer Resignation, dass die ungarische sogenannte »herrschaftliche« Klasse von der Rechtmäßigkeit und Notwendigkeit zeitgemäßer Lösungen, von keiner Form der »Evolution« überzeugt werden kann. Sie weicht nur der Gewalt. Das kann nicht gut gehen, doch die

Zeit wird erzwingen, dass Gewalt geschieht und sich etwas ändert.

Auf der Landstraße vor unserem Haus fahren Russen nach Hause. Manchmal singen sie, manchmal halten sie vor einem Garten an, springen über den Zaun, bitten um Obst oder plündern ein wenig.

Sie fahren nach Hause, weil sie den Krieg gewonnen haben. Diese abziehende Armee, die ich vor Kurzem noch sah, wie sie an die Front stürmte, ist mir ein Rätsel und ein Geheimnis. Was nimmt sie mit? Offensichtlich mehr als die erbeuteten Armbanduhren. Sie nimmt Erinnerungen an die westliche Lebensweise mit. Die Erinnerung an und den Anspruch auf Angebot und Qualität. Allgemein herrscht die Überzeugung, dass die heimkehrenden russischen Truppen Russlands demokratischen Wandel beschleunigen werden.

Daran glaube ich nicht. Es ist sehr schwer, aus den Russen schlau zu werden. Man kann nicht wissen, wie das auf sie wirkt, was sie bei uns gesehen und erfahren haben, und noch weniger, wie sie die Masse der Erinnerungen in ihre Wirklichkeit einbringen werden. Und man kann überhaupt nicht wissen, was ihre Führung plant, die sehr wohl von diesem Zusammentreffen weiß. Russland ist das erste Mal im Laufe seiner Geschichte aus seinem Haus heraus- und auf die Weltbühne getreten. Seine Schriftsteller, besonders Dostojewski, haben Russland bezüglich dieses Unternehmens stets davor gewarnt, mit der »europäischen Leiche« Umarmungen auszutauschen … Ist es ihr Glaube, Sendungsbewusstsein, die *Ex-oriente-lux*-Überzeugung? … Woran glauben sie? An den weltverändernden Bolschewismus? Oder an die slawische Berufung, die Welt zu erlösen?

Wir wissen es nicht. Meinen sie, dass sie eine Art Dritte Kirche sind? Wir wissen es nicht. Werden sie enttäuscht sein, wenn sie einmal heimkehren? Das kann man nicht voraussagen. Vielleicht bleibt Russland in Zukunft, nach diesem Aufeinandertreffen – allen »demokratischen« Prophezeiungen zum Trotz – nicht nur bolschewistisch, sondern hält sich noch viel sturer an die kommunistische Linie.

Jetzt fahren sie nach Hause, ihre Beine baumeln von den Pritschen der Lastkraftwagen, sie singen. Diese slawischen Lieder klingen alle traurig, auch wenn sie fröhlich sind. In der Nacht lausche ich dem Klang, dem kummervollen Gesang der Sieger, der sich mit dem Brummen der vorbeiratternden Fahrzeuge mischt. Es ist sehr schwer zu siegen, es ist sehr schwer, besiegt zu sein, es ist sehr schwer, Russe zu sein, es ist sehr schwer, Mensch zu sein.

In Prousts letztem Band die gealterten Helden … diese grauen Herzoginnen Guermantes, die paralytischen Barone de Charlus, die senilen Blochs! Das ist das große Finale, wenn Alter und Tod ihre Schleier über die Gestalten aus Sodom und Gomorrha breiten! Diese kurzatmigen Romanhelden mit Hämorrhoiden und Angina Pectoris! Ein unheimlicher Schluss! Über den Tod fällt kein Wort, dennoch hat vielleicht niemand in seinen Schriften den Tod so unbedingt anschaulich gemacht wie Proust in seinem letzten Band.

Ich kann den Besuch der Gräfin *B.* noch immer nicht vergessen. Was schmerzt sie? Dass es trotzdem noch Juden gibt und die Christen vielleicht nicht alle Positionen werden halten können, die sie den Juden brutal genommen haben? Und dass der Großgrundbesitz aufgeteilt wurde? Es tut also weh, was an den Beutel geht. Dieser Art Mensch tut nur so etwas weh. Da könnten sie töten. Ihr fällt nicht ein, dass die Christen gegen den Machtanspruch der Juden auch mit Qualität antreten könnten und dass die gewaltsame Aufteilung der großen Güter mit einer vernünftigen Bodenreform hätte verhindert werden können. Vor qualitätvoller Arbeit drücken sie sich, weil sie anstrengend ist, unter der Herrschaft des Ehegatten dieser Gräfin *B.* versuchte man, mit windelweichen Reformen und Augenwischerei die Bodenreform um weitere hundert Jahre hinauszuzögern.

Schließlich gibt es in der Gastfreundschaft nicht nur für den Gastgeber, sondern auch für den Gast geschriebene und ungeschriebene Gesetze.

Ich lese das Buch Hiob. Eine der magischen Erzählungen der Weltliteratur. Jede Zeile gibt Antwort auf das, welche Frage sich dem Menschen – jeden Alters und in jedem Menschen – mit größter Eindringlichkeit stellt und widerhallt. Die Frage: Wie ertrage ich meinen Dämon?

Denn das Elend, den Verlust des Besitzes, Hauses, Rindes, des Kleinviehs, der Familie, die Ausschläge, die Pestilenz, jede Heimsuchung Gottes erträgt der Mensch irgendwie. Der Dämon ist unser größter Feind, während göttlicher Heimsuchungen wird er ruhig, kuscht, meldet sich nicht zu Wort. Der Dämon – die Eitelkeit, die Sinnlichkeit, die Habgier, die Langeweile und die widerwillige Neugier, der Dämon der Unzufriedenheit – ist hilflos, wenn Gottes Hand auf dem Menschen ruht. Dann leiden wir zwar, doch dieses Leiden ist erträglich. Es entfesselt sogar große Kraft in uns. Die Diabetiker, die Nierenkranken lebten während der Belagerung ohne Sorgen, sie aßen und tranken alles, hatten nicht das kleinste Problem. Jetzt, vier Monate nach der Belagerung, da die Menschen mit dem Dämon ihres Lebens und ihrer Persönlichkeit allein geblieben sind, melden sich die körperlichen Gebrechen zurück.

Hiob vermutet, dass die »große Prüfung« nicht die größte Prüfung ist. Er liegt auf dem Misthaufen, kratzt sich mit Scherben den Körper und ist gar nicht so unzufrieden, wie man glauben mag. Die große Prüfung wird jener Augenblick sein, wenn Gott Hiob wieder aufhebt und ihm alles zurückgibt – Familie, Habe und Gesundheit – und er, Hiob, mit seinem Dämon allein bleibt. Dann standhaft zu sein, das ist die große Prüfung … Hiob weiß das.

Die englische Labour Party hat mit überzeugender Mehrheit gewonnen und übernimmt in England die Macht. Das ist eine große Überraschung: Alle hatten einen Sieg Churchills und der Konservativen vorhergesagt. Doch in England haben siebenundzwanzig Millionen freie Menschen entschieden – sie sind eines der bevorzugten Völker der Welt –, dass der Sozialismus jener Weg ist, den die zur Masse anwachsende Menschheit einschlagen muss, wenn sie neue und menschenwürdige Produktions- und Konsummethoden hervorbringen will. Diese Wahl ist ein Signal für die ganze Welt. Und das ist gut so: Der Sozialismus ist wahrlich der Weg. Die Mühlen der Welt mahlen in diese Richtung, und wenn ein zurückgebliebener Kieselstein – Ungarn zum Beispiel – in diese Mühle gerät, wird er zermalmt.

Churchill ist ein großer Mann. Er hat England gerettet. Ein großer Herr, er hat Charakter, lügt nie, fürchtet sich nicht, kennt die Wahrheit. Seine Zeit ist vorüber, die Zeit kann aber seiner Größe nichts anhaben. Ein Politiker und Staatsmann ist noch selten so glorreich »durchgefallen« wie der Herzog von Marlborough.

Ich bin bürgerlicher Abstammung und genoss eine bürgerliche Erziehung. Wohin soll ich gehen in dieser Welt, die in Richtung Sozialismus marschiert? Auf keinen Fall darf ich bestimmten Richtungen dienen. Ich kann nur eine Aufgabe wahrnehmen: qualitätvolle Arbeit. Diese meine Arbeit kann nur ohne weltanschauliche Rücksichten von wahrem Wert sein. Darauf muss ich achten.

Auf Budapest lastet die Traurigkeit in den staubigen Straßen wie übler Dunst, dampft aus den heißen und zertrümmerten Steinen, aus den Blicken der eilends dahinschleichenden Menschen, als würde Giftgas durch die Straßen ziehen. Diese Traurigkeit ist fast unerträglich. Erst jetzt kommen wir wieder zu uns, erst jetzt begreifen wir wirklich, was mit uns geschehen ist. *L.* und ich beginnen erst jetzt zu verstehen, was die Zerstörung unseres Heimes in der Mikógasse wirklich bedeutet – nicht die »Wohnung«, nicht die Möbel und die Wertsachen, sondern das »Zuhause« ist nicht mehr, und das Zuhause ist unersetzlich. Diese Heimatlosigkeit, dieses Herumlungern, Herumstreunen in der ganzen Stadt, dieses ziellose Umherlaufen, die starren Blicke, das nervöse Gezüngel … ein geisterhaftes Leben. Und dazu vierzig Grad Hitze, ein warmer Wind. Vor der Hitze kann man nirgendwohin flüchten. Und Fliegen, Fliegen, Millionen und Abermillionen Fliegen! Ich brauche viel Kraft, um nicht vor meiner Zeit müde zu werden.

In Leányfalu werde ich mit einer lächerlich-düsteren Nachricht empfangen: Der Hahn mit seinem geschwollenen Kamm, der Stolz unserer angehenden Geflügelzucht, und drei der Hennen sind verreckt. Eine Seuche geht um. Diese Nachricht schmettert mich nieder. Den Hahn und die Hennen hatte *L.* unter großen Mühen aus Budapest angeschleppt, aus der Markthalle, das Organisieren dieser laienhaften Geflügelzucht hat sie viel Geld und Mühe gekostet. Und jetzt die Geflügelpest. Dann schäme ich mich plötzlich: Was habe ich erwartet? Alles ist zerbrechlich, alles geht zugrunde, das ist das Schicksal jedes menschlichen Unterfangens. Reden wir von etwas anderem.

Europa wurde von den Bürgern erbaut und von den Proleten zerstört.

Nach der Belagerung haben wir die Bedeutung der Zerstörung des Zuhauses unterschätzt. »Was bedeutet das schon?«, fragten wir in falschem Tonfall, »Möbel, Wohnung …« Die Möbel und die Wohnung zählen wirklich nicht viel. Doch das Zuhause war sehr viel, es ist unersetzlich. Das sehe und spüre ich jetzt.

Ich bin hier in Leányfalu und in der Zárdastraße völlig heimatlos: Schlafgängerei ist das, kein Leben und kein Zuhause. Und dieses Gefühl wird immer unbehaglicher. Und ich sehe keine Möglichkeit, die bedrückende Heimatlosigkeit zu überwinden. Keine Wohnung, und wenn es eine gäbe, wer weiß, ob sie ein Zuhause wäre. Mein Zuhause in der Mikógasse haben mehrere Generationen aus zwei Familien eingerichtet; und dann habe ich noch viel Aufmerksamkeit und die Idee eines Lebens hinzugefügt; so etwas ist nicht zu ersetzen. Vielleicht wäre es besser, mir diese trostlose Situation noch bewusster zu machen und in eine Art Hotelzimmer-Wirklichkeit zu gehen; aber dieses Hotelzimmer müsste mindestens tausend Kilometer entfernt sein von hier.

Und manchmal die Selbstvorwürfe und die Zerknirschung: Wenn du von hier weggehst und all die anderen, die etwas bewirken könnten, was wird dann geschehen? … Diese Selbstanklagen sind ungerecht. Ich kann nichts dafür, dass ich weg muss von hier. Ich wollte hier leben und arbeiten. Doch ich musste gegen Widerstände ankämpfen – vom natürlichen inneren Widerstand meiner Arbeit ganz zu schweigen! –, die so stark waren, dass sie mir die Luft, die Lust, die Kraft nahmen. Und es beleidigt auch meinen Geschmack. Dieses Land ist zutiefst, aufrichtig und innerlich bildungsfeindlich. Was soll ich hier tun? Schreiben für ein paar Menschen – früher für ein paar Tausend, heute nur noch für einige Hundert –, geduldet werden in einer Gesellschaft, die keine irgendwie geartete moralische Berechtigung hat, zu richten über mich oder andere Menschen, die geistige Arbeit leisten? Ich habe das Recht fortzugehen. Und ich weiß, es wird sein, als würde ich mir eine Schlagader durchtrennen: Doch wenn der Augenblick und die Möglichkeit gekommen sind, werde ich gehen.

In Szentendre, auf dem Polizeirevier, besorge ich mir einen Waffenpass, weil es am Rande des Dorfes, nicht weit vom Wald, zwischen Tausenden herumstreunenden SS-Soldaten nicht angenehm ist, ohne Waffe zu sein. Ein Untersuchungsbeamter, der aus Budapest gekommen ist, übergibt mir, als er meinen Namen erfährt, ein Tagebuch und ersucht mich, einige Zeilen daraus zu lesen. Das Tagebuch stammt aus Leányfalu, und ich habe einen Verdacht, wer es geschrieben hat – der Urheber berichtet in Form von Briefen über seine Erlebnisse in Russland, in lässigem Plauderton erzählt er von Massenexekutionen und Grausamkeiten. Der Beamte fragt mich, wie ich über den Verfasser des Tagebuchs denke, ob man ihn verhaften sollte? Ich erwidere, dass er aufgrund solcher Anschuldigungen siebzig Prozent der ungarischen Gesellschaft verhaften könnte; im gleichen achselzuckenden Plauderton hat die Mehrheit der ungarischen Gesellschaft in den vergangenen Jahren gesprochen und zugeschaut, wie sich vor ihren Augen eine gigantische Tragödie abspielte.

Lektüre: Die Prosa von Baudelaire: *Le jeune Enchanteur, Petits poèmes en prose, La farfarlo …* Auch seine Prosa ist so düster und gedankenschwer wie jede seiner Gedichtzeilen; es steckt Erhabenheit darin; vielleicht ist Pascal einer der Ahnen dieser Prosa.

Ich bin beim Lesen unaufmerksam, anderes beschäftigt mich, ich kann mich nicht konzentrieren.

Verzehrende Hitze, feuchter, heißer Wind. Unsere Gefangenschaft hat viele Gesichter.

Der kleine Junge ist davon überzeugt, dass er mit mir dicke Freundschaft geschlossen hat und jederzeit mein Zimmer betreten darf; und damit gibt er sogar an. Alle zwei Minuten stürzt er zu mir herein und berichtet begeistert von der Entdeckung der Welt. Es gibt ja auch außergewöhnliche Dinge auf der Welt: Käfer, Kiesel und auch Sand, Wasser, Schlamm und Dreck, in dem man – unter dem Vorwand des Spielens bis über beide Ohren versinken kann; das ist ein großer Spaß.

Diese spontane Freundschaft akzeptiere ich gern; das Kind ist lieb und voller Leidenschaft. Aber irgendetwas stört mich. Der Verdacht, dass mir an niemandem etwas liegt, an keinem Kind und an keinem Erwachsenen; nur an meiner Arbeit, und jeder, der mich dabei stört, ist mein Feind.

In einer Wochenzeitung lese ich eine Kritik über mein *Buch der Gedichte*. Der Kritiker würdigt meine Verse mit etwas höhnischer Anerkennung, hat auszusetzen, dass meine Stimme nicht ganz »aufrichtig heiser«, sondern »poliert, lackiert« sei.

Es empfiehlt sich, statt der Politur und des Lacks das nächste Mal meine Gedichte vor dem Erscheinen mit etwas Scheiße zu bekleckern.

Ein Schriftsteller, Künstler kann gegenüber der Welt der Menschen zweierlei Einstellungen haben. Die eine ist die Dostojewskis, der sich bedingungslos mit der Menschenwelt identifiziert. Diese Haltung hat wahres Pathos und Größe. Die andere ist jene Baudelaires, der in seinem berühmten Prosagedicht *Der Fremde* bekennt, dass er mit seinen Eltern, Geschwistern nichts gemein hat, keine Freunde kennt, nicht weiß, zwischen welchen geografischen Breitengraden sich seine Heimat erstreckt, der das Gold hasst ... und was liebt er doch gleich? Die Wolken, vielleicht die Wolken; wie sie am Himmel kommen und gehen.

Auch diese zweite Haltung hat etwas von Pathos und Größe. Meiner Seele steht diese Haltung näher.

Bei einem Schriftstellertreffen lerne ich Béla Balázs kennen. Er ist gerade aus seinem dreißig Jahre dauernden Moskauer Exil heimgekehrt und meint, es wäre nützlich, wenn wir beide – er der kommunistische, ich der bürgerliche Schriftsteller – einen Diskussionsabend veranstalten und vor Publikum darüber sprechen würden, was uns trennt und wo wir uns in der Arbeit treffen könnten.

So ein Gespräch könnte tatsächlich nützlich sein. Leider bin ich für persönliche Auftritte, Gespräche vor Publikum nicht geeignet, aber auf dem Papier, schriftlich antworte ich gerne auf all diese Fragen. Ich glaube, ich kenne den Kern der Frage: Balázs glaubt an die Determiniertheit der Literatur, der Kunst, er hält sie für etwas, das sich aus den gesellschaftlichen Bedingungen unbedingt ergibt. Eine solche Auffassung ist nicht unberechtigt. Auch der Mensch und sein Werk sind ein Produkt und eine Folge der Gesellschaft. Doch es gibt die Möglichkeit, dass der Künstler die Sperren dieser natürlichen Voraussetzungen durchbricht, wenn er jenseits der Gesellschaft, unabhängig von ihr, sein Werk erschafft; das ist ein souveränes Plus. (Bach, Baudelaire,

Pascal … und noch so viele andere!) Balázs glaubt an eine Art schicksalhafte Gebundenheit, ich dagegen glaube an eine Form der bedingungslosen Freiheit, ohne die es nichts Schöpferisches gibt und die mir die Gesellschaft niemals schenken kann; diese Freiheit kann nur ich mir schaffen, ich, der Schriftsteller allein.

Ich bin auf dem Gellértberg unterwegs, von einer der Aussichtsplattformen betrachte ich – das erste Mal nach der Belagerung – Budapest.

Ich dachte, von hier oben, aus der Vogelperspektive, würde die Stadt ihre Verstümmelung, ihre Wunden nicht so jämmerlich zeigen wie ein chinesischer Bettler … doch die Wirklichkeit erschreckt mich. Aus der Vogelperspektive sind die Wunden dieses großen Körpers wahrscheinlich noch alarmierender wahrzunehmen als aus der Nähe. Diese Stadt wurde wirklich tödlich verletzt. Sie wird leben, aber wie jemand, dem man Arme oder Beine amputiert hat.

Der künstlerische Beirat informiert mich in einem Rundbrief, dass mir für ein Jahr monatlich ein Stipendium von dreitausend Pengő aus der Wiederaufbauhilfe zur Verfügung gestellt wird … Dieses freundliche Geschenk lehne ich in einem eingeschriebenen Brief eilig ab. Der Staat hat mich ausgeraubt, ruiniert. Sein Rechtsnachfolger, das »demokratische Ungarn«, wirft mir jetzt wie einem invaliden 1848-er Landsturmmann einen Zigarrenstummel in den Hut. Ich rauche Zigaretten, Zigarrenstummel mag ich nicht.

Ich habe *Jeune enchanteur* beendet. Eine kühle und elegante Prosa, sie berührt Leidenschaft und Geschehnisse, Mythos und Ornament, Schicksal und Worte von so fern wie ein Greifvogel, der aus tausend Meter Höhe die Erscheinungen der Erde und der Menschenwelt sieht.

Ich treffe Róza, unsere alte Köchin, auf der Straße. Vor zwei Jahren, als wir noch ein Zuhause, einen richtigen Haushalt und Personal hatten, war sie »die« Köchin: eine schrullige und großartige Person. Jetzt weint sie, will mir, mit der alten Dienstbotengeste, auf offener Straße die Hand küssen. Wir stehen uns verlegen gegenüber. Sie sagt: »So gern würde ich wieder zum gnädigen Herrn zurückgehen.«

In meiner Verlegenheit erwidere ich: »Auch ich würde liebend gern zu mir selbst zurückkehren.«

In diesen Tagen muss ich oft an die Wochen im Winter, im Februar, denken, als – in den Tagen der Belagerung Budas – die *masirskaja*, die russische Autoreparaturwerkstätte, bei uns hier im Haus am Dorfrand eingezogen war; zu viert hausten wir in einem Zimmer, im anderen riefen fünfundzwanzig bis dreißig Russen, usbekische, kirgisische, jüdische, ukrainische Soldaten und Mechaniker, laut *dawai!*, ließen das Grammofon leiern und schrien tage- und nächtelang. In jenen Tagen las ich im Nebenzimmer, wohin mich diese besondere Situation abgedrängt hatte, Spengler. Und die Gleichzeitigkeit dieser Lektüre und des Zwangsbesuchs hat eine besondere Erinnerung in mir hinterlassen. Während ich mit Spengler streitend mit etwas abrechnete, das *vergangen* war – mit den Symptomen des Untergangs der abendländischen Kultur –, *begannen* im Nachbarzimmer wildfremde Menschen in einer unverständlichen Sprache kreischend mit etwas Neuem: einer neuen Kultur … Was für Spengler und jeden Menschen des Okzidents eine *abgeschlossene* menschliche Unternehmung – die christliche Kultur – darstellt, ist für Kirgisen, Ukrainer, Usbeken und Russen ein aufregender *Neuanfang*, das größte Abenteuer und Erlebnis: das Abenteuer und Erlebnis der Kultur. Und diese beiden Lebensgefühle – deren Aufeinandertreffen der

Krieg auf diese Weise organisiert hatte – sind eine unvergessliche Erinnerung.

Die Russen bereiten sich auf die Kultur vor, die Kultur reizt sie, sie wissen, dass sie das Höchste und Beste ist, woran der Mensch auf der Erde teilhaben kann: irgendeine schmackhafte, duftende, heiße und gute Sache, besser als eine Frau, gutes Essen, das Töten und der Wein, etwas Leidenschaftliches, dennoch Nüchternes und Erhabenes, Großartiges … Das Abenteuer und Erlebnis der Bildung reizt sie – sie werden davon gelockt und angezogen, sie bereiten sich darauf vor wie auf eine Eroberung oder Entdeckung, wie auf die Erforschung eines Kontinents, es gibt wunderbare Pflanzen, Bäume, Lebewesen, und auch das Klima ist gut, mild und heiter, besser als das ihre. Ein großes Erlebnis: ein Volk zu sehen, das sich mit wilder Kraft, mit jeder Faser auf das größte menschliche Abenteuer, das Abenteuer der Kultur, vorbereitet.

Die sexuelle Erregung der Russen ist nicht gekünstelt wie die unsere, wie die von uns Europäern. Diese Menschen sind bis zum Platzen gefüllt und gereizt vom sexuellen Gen. Ihre Potenz ist ein schmerzhaftes, elementares Bedürfnis wie der Hunger, der Durst. Für sie ist die Liebe kein feines und boshaftes Spiel, sondern eine Urnotwendigkeit. Deshalb diese peinlichen Frauengeschichten überall, wo sie hinkommen … Jetzt beginne ich die Romane Tolstois und Dostojewskis zu verstehen, die Frauentragödien der Mitja Karamasows, der Grafen Wronski und der Besuchows. Sie leben ihre Sexualität auf einer anderen Temperaturstufe als wir; einfacher und dennoch schicksalhafter.

Eine kalte, funkelnde Augustnacht. In der Luft hängt bereits die Kellerkühle des Herbstes. Die Grillen wie eine betrunkene Zigeunerkapelle gegen Morgen, wenn sie den Soupercsárdás geigen.

La Fanfarlo … Baudelaire ist vielleicht nie so »verblüffend« wie in dieser bitterbösen Erzählung, in diesem boshaften Meisterstück von einem Selbstporträt. Samuel Cramer habe ich zuletzt in der Londoner National Gallery gesehen: Er hing an der Wand, in einem filigranen Goldrahmen, mit einer Fraise um den Hals, in der Hand seinen Spazierstock mit Goldknauf, in der Tasche Pepys' Tagebuch, in seinem Herzen das christliche Weltbild mit all seinen Erinnerungen und traurigen, unbarmherzigen Erfahrungen. Und im Hintergrund – in rosarotem und hellblauem Tüll – eine oder mehrere Huren, zeitlos.

Meine siebenundachtzigjährige Tante Julie – laut ihrem Gnadenpensionsbuch »die Waise vom Septemvir« – überlebte die Belagerung in einem Pester Keller, jetzt ist sie gestolpert und hat sich, wie das bei alten Menschen oft passiert, den Oberschenkelhals gebrochen. Bekannte konnten sie mit großer Mühe im Heim für unheilbar Kranke in Óbuda unterbringen. Am Vormittag gehe ich, nicht ganz ohne Beklemmung, zu ihr; der Ort, an dem ich sie wiedersehen werde, ist nicht gerade verlockend.

Ich finde sie in einem großen Saal, im ersten Stock eines der Häuser in der San-Marco-Straße in Óbuda, dort liegt sie zwischen gelähmten Greisinnen. Sie schläft; sie ist schwach und müde. Ihr Elend hat sie mit einem alten Spitzentuch bedeckt; in diesem Tuch erscheint sie fast elegant. Als sie aufwacht, »empfängt« sie mich sofort – graziös bietet sie mir einen Platz an, wir sprechen Französisch, damit uns die Paralytiker in den Nachbarbetten nicht verstehen. Sie ist nicht sentimental, bemitleidet sich nicht. Vielmehr zeigt sie sich klug, überlegen, stark. Spricht davon, dass ich doch über die amerikanische Mission einen Brief an ihre Freunde in Übersee schicken solle, weil sie dann gewiss fünfzig Dollar bekäme. »Wie viel ist das heute?«, fragt sie. Ich antworte aufs Geratewohl: »Fünfzigtausend Pengő.« Sie seufzt erleichtert auf. »Dann bin ich gerettet«, sagt sie. »Lange werde ich nicht mehr leben, für diese paar Monate wird das Geld schon reichen.«

Ihre kluge Kraft erschüttert mich. In diesem Asyl für unheilbar Kranke benimmt sie sich mit einer menschlichen, gesellschaftlichen Sicherheit wie eine große Dame im Salon. »Aber die Belagerung«, sagt sie, »weißt du, die war schrecklich. Ich bin um zehn Jahre gealtert«, sagt sie. Damit wäre sie jetzt sechsundneunzig.

Ich habe ihr Wein und Biskuits mitgebracht; gierig greift sie danach. »Der Wein ist wunderbar«, sagt sie. »So ist er am besten.« Und schon trinkt sie mit kleinen Schlucken und taucht ein Biskuit ein. Der Besuch stärkt mich in meinem Glauben, dass die Seele und der Charakter über allem stehen.

Im Morgengrauen breche ich nach Budapest auf. Der Garten liegt noch im Dunkeln. Über der Donau die Sichel des Mondes. Das Wasser glänzt in der Dunkelheit, es schimmert wie Quecksilber. Ein phantastisches Fest ist die Welt. Sie kann mich nicht besänftigen, doch gibt sie mir – für Momente – ein Lebensgefühl, das mit nichts zu vergleichen ist.

Der kleine Junge bekam Besuch von seiner Großmutter – und das hat ihn sehr aufgeregt. Er ist traurig und hat Heimweh. Er will um jeden Preis »nach Hause«, nach Hause, nach Jászberény, wo ihn die Fürsorge im Alter von vier Monaten – also vor vier Jahren, als ihn seine Eltern weggaben – zu sechzigjährigen Bauersleuten gab, zu »Mama und Papa«, die ihn für Pflegegeld aufzogen. Doch sie waren gut zu ihm, und das Kind sehnt sich nach ihnen. Diese traurige Sehnsucht entwaffnet mich. Ich verspreche ihm, dass wir gemeinsam nach Jászberény fahren: Damit schläft er ein. Vier Jahre, das ist das Alter des Trotzes und der Fragen. Jeden Augenblick hat er eine Frage. Und ich kann nicht immer antworten. Sein Egoismus ist souverän, entwaffnend.

In der Schnellbahn lese ich die in dicken Lettern gesetzten und mit Paukenschlägen kundgemachten Nachrichten über die Atombombe und die Erklärungen Trumans und Churchills. Mein erstes Gefühl ist Angst. Das menschliche Gesindel ist der Möglichkeit zur Selbstzerstörung wieder ein Stück näher gekommen: So empfinde ich es. Bisher ist es immer so geschehen. Und sofort denke ich: die Schriftsteller, die Erzieher! Wenn sie jetzt das Wort ergreifen würden, mit derselben Lautstärke, in der die entfesselte Atomenergie tönt! Wenn sie gegen den Hass, über das Erkennen und Ertragen der Wirklichkeit, über die falschen Anschuldigungen zu den Menschen sprechen würden! Nur das kann, vorübergehend, die Welt retten.

In den Mittagsausgaben dann die ersten detaillierteren Berichte über die Wirkung der neuen Bombe. Die Stadt Hiroshima ist von einer zweihundert Kilogramm schweren Bombe zerstört worden; die Atomladung darin betrug kaum anderthalb Kilo. Sechzig Prozent der Dreihunderttausend-Einwohner-Stadt wurden restlos vernichtet, anstelle der Häuser blieben nur Krater zurück. Die Bombe wird aus Uranerz hergestellt. Neergaard hat schon vor langer Zeit darüber geschrieben; Planck und Einstein sind ihre geistigen Urväter.

Diese Waffe darf nicht im Besitz eines einzigen Landes bleiben: Wie jede neue Waffe wird auch diese einen Wettlauf auslösen. Ein paar dieser Bomben genügen, um London vom Erdboden zu tilgen. Also wird irgendwann der Tag kommen, an dem London und das, was von Europa noch übrig ist, verschwinden werden. Das ist nicht »Politik« sondern ein Naturgesetz. Der Mensch spielt mit den Weltkräften, hat sein Schicksal heraufbeschworen, kann davor nicht flüchten.

Doch die Engländer sind in der Politik große Spieler! Churchill nimmt es hin, eine Wahl zu verlieren, wenn er ein solches Atout wie die Atombombe in der Hand hat! Und Attlee steht im Unterhaus auf und verliest Churchills Bericht über den Ursprung der Bombe ... Und sie sitzen in Potsdam, verhandeln mit Stalin, und die Bombe steckt in ihrer Tasche! Teuflische Szenen auf der Weltbühne ... Und das Ende kann nichts anderes sein als der völlige Zerfall, ja, die Atomisierung, die Zerstörung des menschlichen Weltbilds.

Am Abend um zehn Lärm in der Zárdastraße, Hilferufe.

»*Patrul, patrul!* Hilfe! Ecke Zárdastraße! ...« Jedes Haus, jedes Fenster, jeder Balkon wirft den Hilferuf zurück, gibt ihn weiter, Schüsse fallen, im Dunkeln rennen Menschen umher, auf den Balkonen Frauen und Männer in Nachthemden, sie schreien schrill in die Nacht, man schlägt auf Töpfe, stört den nächtlichen Frieden. An der Ecke wird geraubt. Später kommt die russische Patrouille im Laufschritt, fluchend und schießend. Dieses Bild ist absolut mittelalterlich. So etwas mag sich wohl zu Zeiten Dantes, der Guelfen und Ghibellinen bei Nacht in Florenz abgespielt haben.

Frauen, die während der Belagerung eine Vergewaltigung erlebten, berichten, das wirklich peinliche Kapitel der sexuellen Attacke sei erst hinterher passiert: Der Russe wurde danach sofort unerträglich zärtlich. Der Anschlag selbst war geschehen, und die Frau wollte nichts, als allein sein, sich zusammenraffen, körperlich und seelisch zu sich kommen ... Aber nein, der Russe begann sofort zu plappern, saß voller Zärtlichkeit neben der Frau, mit der er meist nicht ein einziges Wort sprechen konnte, er zog ein Foto hervor – von seiner Mutter und seiner Schwester –, zeigte diese fremden Weiber, seufzte, sprach von einem kleinen Haus, das dort in Taschkent stehe, in der Stube brenne sogar elektrisches Licht, wie schön es wäre, jetzt dort zu sein ... Das war am schlimmsten, sagen die Frauen.

Am Abend erzählt in Tahi ein alter Mann mit Zahnschmerzen so nebenbei, dass Japan jetzt – drei Tage nach dem ersten und einen Tag nach dem zweiten Atombombenabwurf – bedingungslos kapituliert habe.

Diese Waffe ist dazu angetan, alles, was die Menschen als Völker, als Mächte, als Gesellschaftsformen trennt, in ein gemeinsames Schicksal zu verschmelzen. Ja, sie zwingt selbst die Rassen, Wege zueinander zu finden. Diese Gefahr – die zerstörerische Gewalt der heraufbeschworenen Weltkräfte – könnte die menschlichen Rassen zu einer einzigen elenden, aufeinander angewiesenen Familie werden lassen.

Alles ist ohne Relevanz: Klassenunterschiede, nationale Grenzen ... so kleinliche Gesichtspunkte kennt die Atombombe nicht. Die Menschen werden dazu allerdings nicht imstande sein, werden mit raffinierter und wilder Wut nach dieser verhängnisvollen Waffe greifen, sie benutzen und schließlich alles zerstören. Was wir in diesen Tagen erleben, ist das größte Ereignis in der Geschichte der Menschheit, das bedingungslose, bewusst herbeigeführte Ende.

Für eine kurze Übergangszeit – vielleicht ein paar Jahre oder Jahrzehnte – kann die Atomenergie (und die Angst vor der neuen Waffe) der Menschheit Frieden bringen. Die neue Kraft könnte die Kohle ersetzen, das Öl, revolutioniert den Verkehr, aus der Welt wird *one world*, wie Willkie es prophezeite. Doch das ist nur ein Übergang. Der Mensch kann nur tief in seiner Seele gerettet werden; aber wenn es ihm gut geht, wird er noch raffgieriger und gnadenloser. Und ihre Seelen sind von keinem schrecklichen oder schönen Erlebnis, keiner Erfahrung zu besänftigen. Die Schriftsteller, die Priester sind hilflos; alle Erfahrung lehrt mich das.

Die Prosagedichte Baudelaires funkeln für mich jetzt mit dem Glanz einer Augustnacht. Sie sind eine eigene Welt; menschlicher und künstlicher, natürlicher und übernatürlicher als die andere Welt, als unsere, in der wir leben und sterben.

Béla Balázs sagt, es sei kein Zufall, dass er als Einziger aus der *Nyugat*-Generation am Leben blieb: Er ist Kommunist, also glaubt er zutiefst an etwas, er hat etwas, wofür er lebt; und das hält ihn am Leben ... Darin mag er recht haben; natürlich nicht auf die Weise, dass der Kommunismus ein lebensverlängerndes menschliches Unternehmen sein könnte; aber der *Glaube* ist auf jeden Fall so etwas. Damit man die zeitweiligen Heimsuchungen überlebt, mit denen uns das Leben Tag für Tag auf die Probe stellt, muss man tief an etwas glauben, und dieser Glaube gibt dann diesem zerbrechlichen Phänomen, dem menschlichen Leben, Halt ... Doch dieser Glaube kann genauso gut Kommunismus wie Christentum sein. Woran hat Goethe dreiundachtzig Jahre hindurch geglaubt? An die »lebendige Natur«, deren Gesetze er beobachtete und an die er sich hielt. Und

Tolstoi? ... Überraschenderweise muss ich hier antworten, dass Tolstoi an nichts geglaubt hat. Trotzdem lebte er.

Nach sieben Monaten und sechzehn Tagen Dunkelheit brennt heute in Leányfalu wieder das Licht. Ich habe das Radio eingeschaltet; auf Kurzwelle wurde Musik gesendet, raue, barbarische, vom Leben und der Entfernung nostalgisch-warme Musik. Ich lauschte der Musik, schloss die Augen und sah das Meer. Ich dachte an China, daran, dass mich in meinem Leben vielleicht noch wunderbare Dinge erwarten und ich die Welt sehen will.

Es gibt wieder Strom, der kleine Junge steht neben mir und schaut zu, wie ich das Radio einschalte. Er ist vier Jahre alt; jetzt sieht – und hört – er zum ersten Mal ein Radio. Seine blauen Augen funkeln. Diese Augen sind noch leer, es sind noch nicht Milliarden Erscheinungen der Welt auf sie gefallen, sie spiegeln alles wider, sie betrachten die Welt noch ohne den dunklen Strahl des Zweifels. Das Radio brummt. »So wie ein Motorrad«, sagt er zu diesem Geräusch.

Dann spielen die New Yorker Philharmoniker unter der Leitung von Toscanini; Tschaikowskis Musik schwingt und schallt im All, in der Stube in Leányfalu, im Herzen des kleinen Jungen; dann berichtet der englische Sender Einzelheiten von der japanischen Kapitulation und der Zerstörung Nagasakis. Der Junge ist ganz Ohr; jetzt spricht die Welt erstmals in einer unverständlichen Sprache zu ihm, in der Sprache der Musik und auf Englisch. Ich denke mir, dass dieses Kind vielleicht zur rechten Zeit geboren wurde. Die nächsten fünfundzwanzig Jahre können wunderbare Dinge bringen – eine Begegnung mit den Sternen, einen vorübergehenden Aufschwung auf der Welt, die ungeahnten Erlebnisse des Reisens! –, und von diesen fünfundzwanzig Jahren bleibt vielleicht, wenn ich mich nicht verzehre und

Glück habe, auch für mich noch etwas übrig. Gerne würde ich mich mit ihm für das menschliche Unternehmen, das von der Atomenergie angetrieben wird, für die kommenden fünfundzwanzig Jahre verbünden.

Anscheinend gibt es eine Gesellschaft, die noch nichtsnutziger ist als die ungarische: die slowakische. Z. ist gerade aus Kaschau zurückgekehrt und hat bestürzende Nachrichten über die dortigen Verhältnisse mitgebracht, über die Vandalenakte der urplötzlich zu »Partisanen« gewandelten Hlinka-Garde in der slowakischen Gesellschaft. Dieses Volk, dem die gebildeten Tschechen die Bundschuhe aus und die Bataschuhe angezogen haben, das sie lehrten, mit Messer und Gabel zu essen (und die Slowaken waren dann die Ersten, die die Tschechen mit Messer und Gabel niederstachen!), hat Hitler gedient, die Slowakei war ein »Modell«-Staat für die Deutschen … und dieses Volk wendet sich jetzt mit wilder Wut gegen Juden, Ungarn, Deutsche, gegen alle, die nicht »christlich-slowakisch« sind. Die Russen sehen dabei zu und dulden es. Das ist kein Trost, noch weniger eine Entschuldigung, dennoch ist es eine Freude zu hören, dass … [unleserliche Zeile.]

Die kleinen Aufgaben des Alltagslebens, die man beinahe unmöglich lösen kann – die Probleme mit dem Mehl, die Beschaffung von Brot, das Holzmachen –, sind, als würde jemand unter dem Mikroskop eine besondere Krankheit beobachten, die Symptome des Zerfalls im gesellschaftlichen Organismus. Es gibt keine Arbeitsmoral mehr. Jemand, der einem per Handschlag und Ehrenwort verspricht, dass er eine Arbeit – für sündteures Geld, einen Lohn, der in der Proportion das Ausmaß der Geldentwertung noch übersteigt! – übernimmt: kommt in neun von zehn Fällen nicht und erledigt somit auch die Aufgabe nicht, die er übernommen hat. Dieses Verhalten ist heute schon so verbreitet, dass es geradezu auffällt, wenn einmal jemand sein Wort hält.

Bei elektrischem Licht lese ich bis Mitternacht die Schlussseiten von Prousts letztem Band. Dieses große Erlebnis und Geschenk habe ich dem hiesigen Elektriker zu verdanken, der sich meiner erbarmte und in einer Extraschicht – für die er nichts berechnete – in unserem Haus das Licht reparierte. Er ist eine Ausnahme. Ein alter Sozialdemokrat. Gehört zum besten ungarischen Menschenschlag: den alten sozialdemokratischen Arbeitern, die noch Arbeitsdisziplin, Arbeitsbewusstsein und Ehre besitzen. Die anderen – Bauern und Mittelschicht – haben sich daran gewöhnt, sich je nach der politischen oder Geschäftskonjunktur zu richten und auch ohne Qualität erfolgreich zu sein.

Im englischen, amerikanischen Rundfunk gibt es einen Pressespiegel. Die Zeitungen schreiben über die Atombombe. Ihre Stimmen sind unsicher. Der Großteil der englischen und amerikanischen Öffentlichkeit fühlt, dass die Atombombe den Beginn eines neuen, unermesslichen Unglücks bedeutet. Prometheus zittert, er wagt nicht in die Zukunft zu blicken. Das Feuer, das er jetzt buchstäblich aus dem Himmel gestohlen hat, blendet seine Augen.

Baudelaire traf, während er in Paris herumlungerte, eine Frau, die um jeden Preis einen Arzt als Geliebten haben wollte. In ihrer Wohnung hütet sie Fotografien bekannter Ärzte, die Geliebten ihrer Wahl waren stets Mediziner. Der Dichter hält das für eine Form der Perversion. Vielleicht suchte die Pariser Frau wahrlich perverse Abenteuer, als sie mit Ärzten zusammen war.

Aber die Frauen wählen im Allgemeinen, auch ohne besondere Perversion, gern einen Arzt zum Geliebten, weil das einfach am bequemsten ist. Sie kann ohne Aufsehen zu ihm in »Behandlung« kommen, der Arzt hat immer ein Zimmer für sich, in dem er die Patienten empfängt, sie muss sich vor ihm nicht der Geheimnisse ihres Körpers schämen, braucht sich nicht vor Krankheiten zu fürchten und auch nicht vor anderen Konsequenzen des sexuellen Beisammenseins. Beim Arzt frönen die Frauen sozusagen in Hausschuhen der Liebe.

Bis zum Nachmittag hat sich die Atmosphäre so sehr mit Elektrizität aufgeladen, dass auch das Radio verstummt. Lange Zeit tanzen seltsame Rundblitze übers Firmament, und pausenloses verwaschenes Grollen begleitet diese Erscheinung. Dann stürzt das Gewitter übers Land herein. Es ist unmöglich, nicht an Japan, an die Atombombe zu denken… Am Vormittag hat der amerikanische Rundfunk noch berichtet, dass in Japan eine »Selbstmordepidemie« ausgebrochen sei. Ich betrachte den Regen, lausche dem fernen Donnern und denke, dass die Welt eines Tages wohl so zu Ende gehen wird; der Mensch, dieser leichtfertige, bösartige Flegel, greift mit unvorsichtiger Pfote an die Sicherungen, die die Weltkräfte im Zaum gehalten haben, und die entfesselten Kräfte vernichten das Universum. Ich betrachte den Regen und sehe einen japanischen Garten, vom Regen durchnässt; von den Blättern der Platanen kullern fett die quecksilbergleichen Regentropfen. Der Mikado, dieser über hundertvierzig Generationen gezüchtete feine und traurige Irre, dem kein Sterblicher ins Angesicht blicken, dem sich auch seine Frau, die Kaiserin, nur mit Handschuhen nähern darf (gestern hat das ein amerikanischer Redner gesagt!), starrt aus dem Fenster seines Palastes in den Regen. In seinem blassen Gesicht ernste und feine Einfalt. Alles, was Menschen anstellen, ist zumindest genauso lächerlich wie tragisch.

Das kleine Mädchen ist abgereist, der Junge ist allein. »Hast du keine Angst?«, frage ich. »Wovor?« »Na davor, dass du dich langweilen wirst.« Ernst fragt er zurück: »Was ist das?«

Ich merke, dass jeder Schriftsteller so viel von seinem schriftstellerischen und moralischen Gewicht verliert, wie die von ihm erreichte parteipolitische Position wert ist.

Ich lese Büchners Drama *Dantons Tod*. Aus diesem unverhältnismäßigen Werk strahlt die Jugend wie Radium aus einem zerklüfteten Berghang.

Ich schlafe in Buda und wache um zwei in der Nacht auf. Traurigkeit, Verzweiflung schnüren mir die Luft ab. Die Gefühle sind stark wie nie zuvor. Alles ist völlig zwecklos: hier und auch draußen in der Welt. Dieser wilde Pessimismus ist natürlich eine Folge: 1) meiner manisch-depressiven Seelenveranlagung, 2) der Unbildung und Unmoral der ungarischen Gesellschaft, 3) der Erkenntnis der selbstmörderischen Absichten der Menschenbrut. Ein paar Bücher schreiben, dann sterben, voller Gleichmut.

Wenn doch die Welt nicht so wunderschön wäre! Die Dämmerung am Morgen! Die Seen, der Wald! Die Pflanzen, die Tiere! Ach, wären die Menschen, trotz all ihrer Armseligkeit, doch nicht so interessant!

Die fünfzigste Manuskriptseite von *Befreiung* ist jene Grenze, an der über das historische Rohmaterial, das furchtbar Reportagehafte hinaus, das Ganze in eine Sphäre der Vision und des Erlebnisses gehoben werden muss. Das ist kein einfaches Unterfangen, sind doch die Fundamente, auf dem dieses Erlebnis aufgebaut wurde, unheimlich mächtig und wirklich.

Ich mag keinen Wein. Ich trinke ihn nur, realiter, aber wie eine bittere Medizin mit widerstrebender Abneigung und weil es ohne ihn nicht geht.

Ich spreche mit einem Bankier. Er sagt: »In einem hat Marx unbedingt recht: Das Kapital erschrickt und verschwindet immer dann, wenn es am bittersten benötigt würde.«

Die Abrechnung braucht Zeit. Zur Beurteilung der grässlichen Verbrechen und Anschläge bedürfen die Menschen eines bestimmten Rhythmus, benötigen Zeit. Sie brauchen diese Zeit, um zu sich zu kommen. Sie brauchen diese Zeit, um zu verstehen, was geschehen ist. Und sie brauchen sie, um sich die Dinge bewusst zu machen, sich zu organisieren, um mit der Rache, der Abrechnung zu beginnen … Und wenn dieser Prozess die nötige Zeit bekommen hat, dann gibt es wahrlich kein Halten, kein Zögern mehr. Bei uns wird die Zeit jetzt reif. Und man kann nicht wissen, wo sie und vor wem sie zurückweicht. Heute werden die »großen Verbrecher« ausgeforscht, morgen die kleinen, übermorgen die persönlichen Gegner und dann jeder, der irgendjemandem gerade in den Sinn kommt. Ich fühle auch in mir eine gewisse Disposition zum Hass. Ich lege mir Zügel an, schade keinem, überlasse die Rache Gott und den Menschen. Der hiesige Pfarrer, ein Pfeilkreuzler, wurde abgeholt, sein Nachfolger, ein alter Pfaffe, stachelt in zwei Predigten schon wieder zum Pogrom auf. Was kann ich tun? Er soll seinen Streit mit Gott und den Menschen ausmachen. Doch all das bedrückt mich immer mehr. Ich möchte nicht in einer Gesellschaft leben, in der die Menschen »gut« sind – die gibt es nicht –, sondern relativ gerecht und anständig. Deshalb will ich fort von hier.

Ich gehe nachts in den Garten hinaus. Die Schönheit der Welt setzt mich in Erstaunen. Der Mond mit seinem Schleier, das Laub der Bäume in feenhaftem Licht, die gleichgültige Würde des Wassers, die Grillen. Auch das Schreckliche steckt in dieser Schönheit.

Büchners Danton meint: Man soll mich lieber köpfen, als dass ich jemanden hinrichten lasse … In jeder Revolution kommt für jeden Beteiligten dieser Moment, in dem er sich entscheiden muss.

Ich habe gewählt und halte mich an Danton: Lieber soll man mich köpfen …

Der Ort hat einen missgestalteten Menschen: den Spezialisten für Jauchegruben, Kadaver, Wasserleichen. Er ist von gedrungener Gestalt, trägt einen buschigen Schnauzbart, brummt mehr, als er spricht, er murmelt etwas mit irgendeinem Sprachfehler in seinen Bart, hatte wohl einen Wolfsrachen. Alles, was an schmutziger Arbeit im Dorf anfällt, wird von ihm erledigt: Er leert die Senkgruben, fischt Leichen aus der Donau – heutzutage schwemmt der Fluss aus Richtung Wien täglich zwei, drei an; die meisten von ihnen sind nackt und gefesselt, sogar die Frauen! –, er deckt die verreckten Pferde und Hunde ab. Fungiert als Hundefänger, Totenbeschauer, Jauchegrubenentleerer in einer Person, er ist mit jeder Kloake im Dorf vertraut. Dabei ist er ein fröhlicher Mensch, redet während der dreckigen Arbeit mit sich selbst, ist gleichzeitig nekrophil und analerotisch veranlagt … Er ist glücklich in seiner Rolle. Sein Äußeres gleicht dem des Zwergs Hatschi in Disneys Zeichentrickfilm *Schneewittchen*.

Dieser Mensch hat jetzt geheiratet. Seine Frau ist dreißig Jahre alt, von sauberem Äußeren, mit regelmäßigen Gesichtszügen. *M.* geht mit ihr im Dorf spazieren, und als ich ihn zur Arbeit rufe – und zu was für einer Arbeit! –, sagt er stolz zu seiner Frau: »Siehst du, so ist das mit mir, ich werde überall gebraucht.« So prahlen junge Ehemänner vor ihren Frauen, um zu zeigen, wie sehr ihre Fachkenntnisse in der Welt gefragt sind. Auch *M.* glaubt an seine »Berufung« – und wirklich, in jeder Gesellschaft braucht man einen, der diese Arbeit macht. Das Problem ist in puncto Menschlichkeit unlösbar.

Mit *L.* in Budapest. Seit anderthalb Jahren leben wir das erste Mal wieder »städtisches Leben«. Wir essen in den Ruinen des Nationalkasinos zu Mittag, in einem heil gebliebenen, zum Gasthaus umgebauten Raum, der einen diskreten, seufzergleichen Namen trägt: *Souvenir.* Alle beleidigten Mohikaner der alten Welt kommen hierher, um zu »essen«. (Aristokraten speisen nämlich nie, sie »essen« nur. »Lasst uns essen gehen«, sagen sie.) Das Essen hier ist schwach und sündteuer. Aber wir treffen *A.*, der jetzt, nach anderthalb Jahren Gefangenschaft, aus Dachau heimgekehrt ist. Er sieht gut aus und ist wohlgenährt, sonnengebräunt. Ich freue mich sehr, dass er lebt. Zuletzt habe ich ihn am Abend des 19. März 1944 gesehen, als die Deutschen einmarschierten. Er war aus dem Außenministerium gekommen und berichtete mir in einem genauen, objektiven, kurzen Vortrag, was los war und was kommen würde. Dann umarmten wir einander und verabschiedeten uns. Am Abend wurde er festgenommen. Jetzt hat man ihn freigelassen. Er ist Diplomat, nicht von Beruf, sondern aus Berufung. Er bewegt sich zu sehr auf der englisch-kapitalistischen Linie; wenn diese Richtung eines Tages stärker wird (was ich mir als Bürger und »feiner Mensch« wünsche, aber als Mensch, als Schriftsteller nicht gutheißen kann, da ich an den Sozialismus als einzige Lebensform glaube, die der Welt Frieden bringen kann!), wird er eine wichtige und nützliche Rolle spielen.

Wir haben nicht sehr viele solche Menschen. Die Linke kann überraschend wenige Menschen aus ihrer Zurückgezogenheit hervorlocken – ja, ich zweifle, ob sie nicht vielleicht ärmer ist an geeigneten Persönlichkeiten als die Rechte.

Aus dem *Souvenir* ins Kino. Ein amerikanischer Film, er ist so dumm, dass ich mich dafür geniere. Wie trostlos, was für ein Berg an Gemeinplätzen der Gefühle, der Ideen, der bildlichen Umsetzung. Diese Kaugummi-Sentimentalität. Vor dem amerikanischen Film eine Wochenschau, in der Ungarn gezeigt wird, als wäre hier wirklich schon alles so weit in Ordnung. Die Prozession mit der Heiligen Rechten, hinter der Reliquie gehen Führer der Sozialisten und der Kommunisten in Schwarz. Ein Sportfest. Amerikanische Offiziere stehen rund um die Holzkiste, in der die wieder heimgekehrte Heilige Rechte steckt. Die Aufschrift auf der Kiste: »Heilige Rechte. Kippen verboten.« Doch ich weiß, was sich hinter den Wochenschaubildern verbirgt. Unbildung und Unmoral, Elend und Habgier.

In der Stadt wilde Preise. Alle ersticken an der Inflation. Die Börse »wird niedergerungen«; auf gut Deutsch: der Staat raubt bei Razzien Dollars und Gold von den Menschen, mit dem sie den Gegenwert ihrer Arbeit, das Geld, retten wollten.

Die amerikanische und englische Mission schicken ein dickes Paket Zeitungen und Zeitschriften an meine Adresse. Begierig blättere ich sie durch, nach anderthalb Jahren sind sie das erste Fenster, das sich mir zur Welt hin öffnet. Der Tonfall der Blätter ist zum Großteil ordinär, besonders jener der amerikanischen Zeitschriften. Ein Bild vom Fabrikgelände, auf dem die Atombomben gebaut wurden; es ist nichts zu erkennen; man hätte dort auch Zucker raffinieren können. Churchill, wie er sich in Hitlers Armstuhl setzt. Ein höhnischer und grantiger Wahlbericht über Churchill in einer englischen Arbeiterzeitung, geschmacklose Zeichnungen. Die Politik kennt keinen Dank; das merk dir, für immer.

In einer hiesigen Zeitung ein plumpes Gedicht von Illyés. Er beginnt es mit seiner üblichen Selbstbeweihräucherung, dass alle seine Ahnen Bauern gewesen seien. Und er prahlt, an seinen Händen klebe kein »herrschaftlicher Schmutz«. Ein trauriges Beispiel dafür, wie ein guter Schriftsteller sich selbst verliert: in Hass, Kurzsichtigkeit, Unsicherheit und Feigheit.

Dennoch im Kino – obwohl ich den amerikanischen Kitsch hasse: die seichte Musik, die großen Autos, das Meer, Schlösser, aufgeputzte Frauen … – eine Art widerwilliges Heimweh. Weil das schon Frieden ist, in dem wir leben; und der Frieden bedeutet nicht nur Kartoffeln und Steuern, sondern auch dieses bösartige Heimweh. Dreh dich nicht weg, starr ihm ins Gesicht, bleib stärker und treuer.

Und über den Winter bleibe ich im Dorf. Ich schreibe die *Befreiung* und die *Beleidigten*. Dann nach Budapest; wenn möglich ins Ausland. Auf jeden Fall ohne Hausstand, Dienstmädchen, ohne Betrieb von der Hand in den Mund leben, damit mich nichts verpflichtet und zwingt, mich mit anderem zu beschäftigen als mit meiner Arbeit.

Ich erhalte einige der Oxforder Hefte. Woodwards Heft über die Ursachen des Krieges. Er sagt nichts Neues, führt aber Beweise an. Die Deutschen haben mit Hitler und dem Nationalsozialismus kein neues Ideal bekommen, aber ihr Wesen wurde dadurch perfekt zum Ausdruck gebracht.

Anders als der Staat, der Sklaven haben will, die Freiheit des Individuums bewahren und die Möglichkeit schaffen, auch im Dienste der sozialen Gerechtigkeit jede Stärke unseres Individuums, unserer Persönlichkeit zu entwickeln: das wäre das oxfordsche, humanistische, westliche, menschliche und gesellschaftliche Programm. Ich bin bereit, diesem Programm mit all meinen Kräften zu dienen, sobald ich die Sicherheit habe, dass sich aus dieser Kraftanstrengung keine Dividende ergibt für irgendeinen. Diese Sicherheit ist der Sozialismus.

Die Verkehrsverhältnisse werden besser; also verschlechtern sich die Möglichkeiten zur Einsamkeit. Das ist ein weltweites Phänomen. Fatal für die Schriftsteller.

A. besucht mich. Er erzählt von Dachau, fünf Monate war er im Lager. Dann bekam er Flecktyphus. Er hat alles überstanden, ist etwas stärker geworden und braun gebrannt. Ich habe ihn noch nie so gesund erlebt.

Was er gesehen hat? Die Österreicher quasseln nur, arbeiten nichts, warten auf die gebratenen Tauben. Die Deutschen fahren mit den Schubkarren, bekommen Essen – vorerst – auf Marken, sie räumen die Trümmer weg. Engländer und Amerikaner blicken gleichgültig auf diesen Winkel der Welt. Wir, die Ungarn, sind für sie nicht interessant. Sie wollen nicht, dass die Russen ihre Hand zu sehr auf dieses Gebiet legen: Das ist alles, was man feststellen kann. Doch sie schicken die Russen von hier auch nicht weg. Alles bleibt unsicher, für lange Zeit, in großem Elend.

Die Franzosen halten gierig die Hände auf und schimpfen auf die Amerikaner, weil sie keine Aktien und kein Bargeld an sie verteilen. Die Russen … haben zu viel für diesen Krieg ausgegeben, jetzt muss man ihren Massen endlich irgendeine Friedensentschädigung bieten.

Seine ernste Sorge direkt nach Dachau und dem Flecktyphus: wovon er leben wird.

Der August geht dem Ende zu. Der erste Herbsttag. Sonnenschein mit diesem bitter-kühlen, duftenden Beigeschmack, so als wenn jemandem während eines intimen Gesprächs eine alte Enttäuschung in den Sinn kommt. Im Garten abgefallene Äpfel, Birnen. Dem Mais ist ein buschiger, langer, brauner Bart gesprossen. Am Morgen stehe ich im Garten unter einem Baum, der vor Früchten strotzt, und ich fühle, dass die Zeit auch mich beladen hat – mit Erfahrungen und Zweifeln. Dieses Gefühl ist nicht das schlechteste.

Ein herbstlicher Morgen; als würde ich ein paar Gläschen hausgemachten kratzig-duftenden Obstlers hinunterstürzen; schon von den ersten Atemzügen ist man berauscht. Es gibt noch keinen Raureif, doch der Garten erschaudert schon im morgendlichen Licht. Die Vollkommenheit des Lebens ist in diesem bitter-kühlen Glanz. Nur das Kunstwerk – Musik, Gedichte – kann auf solche Weise ein Lebensgefühl vermitteln wie dieser Morgen im frühen Herbst.

Lektüre: *Bouvard et Pécuchet.* Bei Flaubert betrübt mich, was seine größte Stärke ist: die Solidität seines Werkes, die Verlässlichkeit des Satzbaus, die unbeirrbare Genauigkeit der Attribute, die Vollkommenheit der Beobachtung und so weiter. Was mich anzieht, ist jenes innere Feuer, das hinter dieser Vollkommenheit lodert.

Jetzt, da das Radio nicht mehr jede Stunde von der Zerstörung einer kleineren oder größeren europäischen oder fernöstlichen Stadt berichtet, hat das Programm entschieden an Attraktivität verloren. Der Fasching ist zu Ende, nun folgt der Alltag mit Steuern, Verordnungen, Grußbotschaften von Staatsmännern, den üblichen Friedensnachrichten. Das Radio hat gestern lange von der Zerstörung eines zehntausend Registertonnen großen Dampfers berichtet, der – friedlich, durch einen Unfall – irgendwo in der Nähe von Rotterdam Feuer fing und ausbrannte. Wir hörten diese Nachricht mit Erleichterung. Ja, das ist bereits der Frieden.

Ich denke darüber nach, ob es glückliche Schriftsteller, Künstler gibt, gegeben hat, die ihre Arbeit und ihre Werke liebten? Ich glaube nicht, dass ein wahrer Schöpfergeist etwas anderes für seine Lebensaufgabe und sein Werk empfinden kann als zornige Sympathie, in der zudem mehr Wut und Widerstreben steckt als Sympathie. Diese grausame Aufgabe, die keine Gnade, keine Geduld kennt, durchdringt das ganze Leben, sie ist stets Hindernis, Gegengewicht, Gegner – kann man so etwas »lieben«? Kann man damit in vertrauter Harmonie leben? Denke ich nicht immer daran wie an eine Art Strafe, der man nicht entrinnen kann?

Vielleicht Goethe, Mozart, Dickens; ich weiß nicht, vielleicht.

In der Abenddämmerung steht eine Ziege unter den rötlichen Wolken oben auf dem Hügel und meckert. Ihr Meckern ist scharf, artikuliert; es erinnert mich nicht an einen Tierlaut, sie meckert wie ein Mensch, wenn er eine Ziege nachahmt und meckert.

Bouvard et Pécuchet ist ein ideales Beispiel für das Scheitern, wenn der Plan und die Absicht stärker sind als der schriftstellerische Instinkt, die Eingebung; der Plan und die Absicht erschlagen das Werk – unabhängig davon, mit welch gewaltiger Kraft der Schriftsteller es auch ausführt!

Eines der Oxforder Hefte berichtet über Kanada. Dieses rassisch und religiös so verschiedenartige Land hat sich in diesem Krieg in völliger Einigkeit an die Seite des englischen Königreichs gestellt. Das ist ein immenses Argument für England, ein Beispiel dafür, wie man aus menschlichen Gemeinschaften eine perfekte Interessengemeinschaft und Zusammenarbeit aufbauen kann. Das Regieren als die »Kunst des Möglichen« ist in Kanada und am Beispiel Kanadas perfekt bewiesen worden.

Ich übernachte in Buda. Gegen drei Uhr wache ich auf, wie so oft in diesen Wochen, und kann nicht wieder einschlafen. Diese nervöse Erschöpfung wird immer alltäglicher, sie ist organisch, man kann ihr auch mit Stimulanzien nichts anhaben. Ich suche unter meinen verbliebenen Büchern nach Lesestoff. Versuche mich an Goethes *Torquato Tasso*, habe dafür aber weder Kraft noch Geduld. Von den Regalen starren mich Bücher an, kühl, feindselig. Keines von ihnen lockt mich.

Schließlich flüchte ich zu Krúdy. Wir verzehren gemeinsam eine Ente, Szindbád und ich, der in seinen schlaflosen Nächten liest, in Gesellschaft von Szindbáds Sohn mit dem entenschwanzähnlichen Schopf und einer Köchin aus einer Garküche in der Innenstadt. Krúdys schriftstellerische Größe: Die Kraft, mit der er mich völlig in seine Welt versetzt, beruhigt mich. Die Ente und die Situation beruhigen mich, schläfern mich ein.

Das ist kein Leben, sondern Bettgeherei. Doch es gibt kein Bett, in das ich wirklich gehen mag.

Früher oder später wird es in Budapest Brücken geben, verglaste Fenster, vielleicht werden eines Tages in diesem Land sogar Züge fahren … Alles, was heute körperliche Kümmernis ist, wird sich dereinst ändern. Was sich nicht ändert während meines Lebens – und ich fürchte, auch nicht für die mir nachfolgenden Generationen von Ungarn –, ist die tiefe, aufrichtige Unbildung der ungarischen Gesellschaft. An ihr wird sich auch dann nichts ändern, wenn es längst Brücken und Eisenbahnen gibt.

Ich lese in der Zeitung, dass sich die Ungarisch-Österreichische Gesellschaft für Bildung, deren Vorsitzender seltsamerweise ich bin, konstituiert hat. Tag für Tag werden solche arglosen Kaninchenzüchter-Vereine gegründet. Ihr Ziel wäre, mit bescheidenen Gesten der Freundschaft, der Bildung all das wieder zu reparieren, was die Politik zerstört hat. Ihr eigentlicher, praktischer Zweck besteht darin, so hoffen die Mitglieder dieser Gesellschaften – über die Potemkinschen Brücken der Bildung schleichend –, ins Ausland zu gelangen.

Die Lage entwickelt sich zu einer Art Hungeranarchie. Und die ungarische Reaktion sieht das mit Freuden. Vielleicht wird sie eines Tages diese wacklige Ordnung zu Fall bringen; und das Ausland würde diesem Versuch wohl gleichgültig zuschauen, genau wie es bei den Grausamkeiten der slowakischen Reaktion zusieht. Die demokratischen Mächte ließen auch Horthy gewähren, als er vor fünfundzwanzig Jahren in Budapest »Ordnung machte«.

Die Arbeit ist die einzige Zuflucht. In fünf Wochen habe ich *Befreiung* fast zu Ende geschrieben. Doch diese Flucht verlangt einen Preis, den ich nicht mehr lange entrichten kann.

Life or death? – fragt in einer aktuellen amerikanischen Zeitschrift eine Karikatur. Auf dem Bild hockt die Menschheit, die aus einem Engelchen besteht, auf der Erdkugel, und ein Mensch mit der Physiognomie eines Wissenschaftlers hält ein Kügelchen – die Atombombe – in die Höhe, um sie den Menschen zu zeigen. Diese Zeichnung ist gar nicht so lustig.

Aller Wahrscheinlichkeit nach wird die Atomenergie während der Zeit des Übergangs die Bequemlichkeit und den Rhythmus des Lebens erhöhen. Dann aber wird sie die Zerstörung steigern. Das ist keine Frage der Technik, sondern eine Frage der Menschen; also ist sie brutal aussichtslos.

Eine der gravierendsten Folgen der Inflation ist die allgemeine Korruption. Keiner kann von seinem Lohn leben, also werden alle auf irgendeine Weise korrupt: der Beamte, der Arbeiter, alle. In einer Atmosphäre des allgemeinen Misstrauens sind auch Geistesmenschen hilflos und korrumpierbar: Sie erhoffen sich von der Politik oder davon, dass sie mit dem augenblicklichen Massengeschmack eilige Kompromisse schließen, Brot und Sicherheit.

Ich muss alles Mögliche – Uhren, Silbersachen – zu Geld machen, um Mehl und Speiseöl dafür zu kaufen, um jeden Preis. Fünfzehn Dollar verlangt man jetzt für einen Doppelzentner Mehl von mir. Wenn ich das Geschäft abschließen kann und man uns das Mehl nicht im Winter oder Frühling stiehlt, können wir uns damit vielleicht bis zur nächsten Ernte durchbringen. Lebensmittel sind heute in ganz Europa die größte Herausforderung. Es wird die Zeit kommen, und zwar in gar nicht allzu ferner Zukunft, da man auch für Gold und Edelsteine kein Mehl, Schmalz, keinen Zucker bekommen kann – ganz einfach, weil es nichts gibt. Die Not, die über den Kontinent gekommen ist, sie ist absolut. Nur die Dummen warten auf die gebratenen Tauben in Blechdosen aus Amerika.

Im Spannungsfeld der alltäglichen Sorgen kann ich noch arbeiten, lesen aber kaum mehr. Das ist der allertraurigste, erniedrigende Teil dieses Lebens.

Vielleicht hat *L.* recht: Auf den weißen Tieren und den blauäugigen, blonden Menschen liegt eine Art Segen.

In Budapest im Wochenschaukino – seit anderthalb Jahren sehe ich das erste Mal eine Produktion wie diese – wird *Die Belagerung Berlins* gezeigt. Dieser Film vermittelt ein Bild von dem, was sich der Uneingeweihte gar nicht vorstellen kann. Und er veranlasst mich, meine quälenden Vorstellungen von der Nichtsnutzigkeit der ungarischen Gesellschaft um eine Wahrheit zu erweitern: Die deutsche Gesellschaft ist im Augenblick der Krise genauso unmoralisch wie die ungarische. Die Bevölkerung plündert ebenso Geschäfte, gut angezogene Menschen stehlen, und so weiter. Und sie flehen ebenso um Brot, Gnade und hofieren die Besatzungsmacht. Der Mensch kann nicht umerzogen werden, nicht einmal der deutsche.

Die interessanteste Szene in der Wochenschau ist, als – in Anwesenheit Schukows und der Angelsachsen – Keitel das Dokument über die bedingungslose Kapitulation unterzeichnet. Stramm und preußisch mimt er das deutsche Ideal, den auch im Besiegtsein unversöhnlichen Gott Mars: Zum Gruß schwingt er den Marschallstab, er zieht einen Handschuh aus und schiebt sein Monokel zurecht. Dieses Verhalten war DAS Ideal; der Hitlerismus hat diesem IDEAL nur eine neue historische Bühne und eine moderne Formensprache verschafft. Und jede Nachricht beweist, dass die »Umerziehung« Deutschlands ebenso eine pädagogische und moralische Unmöglichkeit ist wie die »Umerziehung« Ungarns. Die Reaktion arbeitet in diesen Ländern eindeutig mit der Formensprache des Volkes. Sie will nicht anders reden, so ist ihr der Schnabel gewachsen.

Bei einem Schriftstellertreffen setzt sich Milán Füst neben mich. Wir haben uns seit Jahren nicht gesehen. Er mustert mich mit hämischem Blick. Seine ersten Worte nach Jahren und nach der Belagerung: »Was für einen schönen Anzug du anhast!« Mit gespielter Zufriedenheit erwidere ich: »Habe ich, dank der VORSEHUNG.« »Mir ist nur dieser geblieben!«, seufzt er mit boshaftem Lamento. Und weiter haben wir uns nichts zu sagen.

Seit sechs Jahren der erste »friedliche« Herbst. Morgens, wenn ich in den Garten hinaustrete, wo die Nacht mit ihren kalten Fingern schon in die Sträucher und ins Laub der Bäume gekniffen hat: spüre ich jenes festliche Erschaudern, als wäre ich auf dieser Welt der Betrachter eines zeitlosen, menschenunabhängigen, großartigen Unternehmens. Ich bereite mich auf den Herbst wie auf eines der großen Feste des Lebens vor.

Noch einige Tage, und ich beende die *Befreiung*. Dann schenke ich mir ein paar Wochen, will nichts anderes tun als leben in diesem Herbst.

Ich spreche beim Finanzminister vor, denn ich möchte in Sachen Besteuerung der Schriftsteller irgendwelche Vergünstigungen aushandeln. Das neue Finanzministerium hat sich vorübergehend in einem Mietshaus eingerichtet. Wacklige Möbel. Es ist nach der pompösen und überschwänglichen alten eine verschreckte, bescheidene kleine Welt. Im ganz kleinen Ministerium eines ganz kleinen Landes drängeln sich ganz kleine Staatssekretäre und Minister erschrocken und ratlos. Sie haben keine Macht. Sie haben kein Geld. Die Beamten sind hilflos. Dieser Ort erinnert eher an ein Amt in irgendeiner Kolonie als an das Ministerium eines souveränen Staates.

Der Minister und ich lamentieren, was die Korruption betrifft, um die Wette. Unsere Diskussion, die wir über die Steuern der Schriftsteller führen, ist akademisch: Ich weiß, dass ich sowieso nicht zahlen werde, und er weiß, dass ich umsonst zahlen würde, da das Geld, bis es ihn erreicht, keinen Wert mehr hat.

Dieses Herumstreunen in Buda – besonders oberhalb der Stadt, in den Ruinen des Burgviertels – hat wahrlich etwas Gespenstisches. Ich gehe zwischen Häuserleichen, Wohnungskadavern spazieren, die Gedärme mir bekannter Zimmer hängen überall herunter. Fünfzehn Jahre lang habe ich hier gewohnt, es gibt kaum ein Haus, das ich nicht auch von innen kennen würde, und es gibt kaum ein Haus, das unbeschädigt an seinem Platz steht. Etwas, das der Mensch gekannt und geliebt hat, kann nicht noch vollkommener zerstört werden.

Und unten, auf dem Markt am Szénaplatz, feindet sich das Volk in den Geschäften an, die über den Bombentrichtern der Ruinen aufgemacht haben: hamstert Schmalz, Zucker, Mehl von habgierigen Händlern, habgierige Kunden kämpfen kreischend gegen ein Schreckgespenst, das schon beginnt, Form anzunehmen: gegen den Hunger des nahen Winters. Was hat dieses Leben noch für einen Sinn? Man sagt, es sei auch anderswo in Europa nicht besser.

Na, dann kümmere dich um all das nicht. Ich bin dieser Rauferei, dieser Bereitschaft zur Vorhersage und Verteidigung längst müde, bin kein Seuchenarzt. Irgendwie wird es schon werden. Vergiss diese Welt, wende dich den Büchern zu, dem Wald, der Einsamkeit. Und vergiss die Menschen, so weit sie es zulassen. Du wirst frieren und hungern, und sie werden dich belästigen: Zieh dich vor dem Hunger, der Kälte, den Menschen in eine noch tiefere Gleichgültigkeit zurück. Keiner kann dir helfen, denn jeder ist Mensch, ein zum Helfen unbegabtes Wesen. Ein Schwein hilft dir, indem es fett wird und du es abstichst. Doch ein Mensch? Von ihm wird dir am meisten geholfen, wenn er dir nicht übermäßig schadet! Erwarte von niemandem etwas, denn größer als ihre Dummheit ist nur ihre Habgier, schrecklicher als ihre Eitelkeit nur ihre Unbildung. Wende dich ab von jedem, in immer tiefere Einsamkeit, werde noch strenger und unversöhnlicher. Schmeiß ihnen den Knochen hin, für den sie dich anfeinden, und kümmere dich nicht um sie.

Am frühen Morgen lese ich in der Bibel. Die Psalmen. Ich lese die Sprache Gáspár Károlis, nicht den Sinn der Bibel … Diese Sprache knirscht und knistert wie frischer Schnee, wenn wir durch den Wald streifen.

Dieses staatsartige Gebilde vermehrt mit einer Hand wie wild das Geld, mit der anderen will es die Folgen der Geldvermehrung verbieten … Die Menschen beantworten diese Dummheit auf die einzig mögliche Weise: Sie sabotieren, machen mit Geld und Ware, was eben möglich ist.

Am Vormittag lese ich Móricz' Einakter: *Wie die Blumen auf dem Feld* und so weiter. Gegen Abend sitze ich in Tahi, im Wirtshaus. Die Einheimischen lassen zu meiner Unterhaltung von einem angeheiterten kleinen Mann – einem verwahrlosten, herumlungernden, bastelnden, sein Leben mit allerlei Abfallarbeit fristenden kleinen Mann in Gatyahose, mit Pfeife und ohne Zuhause – die Geschichte seiner Scheidung vortragen. Der kleine Mann präsentiert mit herzlicher Bereitwilligkeit das groteske Elend einer menschlichen Geschichte: Während er mit der Frau wegen der Güterteilung reden wollte, weigerte die sich zu teilen, pinkelte ihn statt dessen an, schmierte ihm die Hälfte vom Zwetschgenmus in die Augen und streckte ihm zum Abschied statt des Gesichts den blanken Arsch hin … Mit ausladenden Gesten und bereitwillig trägt er zum Vergnügen der grinsenden und lachenden Dorfleute sein Elend vor. Ich schweige mit säuerlicher Miene und wundere mich, mit wie wenig sich Móricz, dieser große Schriftsteller, zufriedengegeben hat!

Das weltliche Handeln setzt sich aus vielen Formen des Widerstands zusammen. Vor allem der Widerstand von Dummheit und Unbildung hat verhindert, dass sich die menschlichen Dinge auf dieser Welt befriedigend gestalteten. Das weiß ich und begreife ich; aber ich hab es furchtbar satt.

Befreiung ist zu Ende gebracht.

In sieben Wochen habe ich sie geschrieben, in einem Tempo wie bisher kein einziges meiner Bücher. Diese flotte Bereitwilligkeit ist mir verdächtig. Die Gefahr bei so lauten Themen ist stets, dass das Thema anstelle des Schriftstellers in enthusiastischer Eile spricht. Ist der Schriftsteller im Besitz so »großer« Themen, hat er nicht immer in der Hand, was er sagen will, und weiß niemals, ob er nun Großartiges schreibt oder Kitsch. *Befreiung* ist, so glaube ich, kein Meisterwerk, aber sie ist auch nicht kitschig. Die Sache hat Hand und Fuß und schildert ein Ereignis.

Jetzt ist es langsam an der Zeit, dass ich dieses bescheidene Weihnachtslametta, das die neue Zeit, Grimassen schneidend, auch mir an die Brust geheftet hat, die Mitgliedschaften in Gesellschaften und so weiter – vorsichtig, ohne Aufsehen –, ablege und in laut- und namenloses Verstummen, also in meine Arbeit, abtauche. Meine Lage ist keineswegs zweideutig: Sie ist ebenso eindeutig, wie sie es in der Vergangenheit war. Fürs rechte, faschistische Ungarn war ich ein destruktiver Linker, ein Judenknecht, ein Kryptobolschewist und so weiter. Im demokratischen Ungarn bin ich für die tonangebenden linken Kreise ein reaktionärer Rechter, ein Kryptofaschist und so weiter. So etwas ist verständlich, aber langweilig. In der Mitte stehen, ohne wirkliche Verbündete, wenn es vielleicht gar keine Mitte gibt … Doch es gibt eine Möglichkeit zur Flucht; diskret zurückweisen, was eine »Rolle« wäre, diese peinliche Schauspielerei den unerschütterlichen Genies ohne Furcht und Tadel überlassen und mich in meine Arbeit zurückziehen, wohin mir außer Gott und dem Tod niemand folgen kann.

Der Großteil Europas – die Deutschen, Österreicher, Schweizer, Schweden, Rumänen, Ungarn – ist unverhohlen reaktionär. Nicht gerade faschistisch, doch sympathisieren sie mit jener Sichtweise, die heute die politische »Rechte« vertritt. Das ist die Wirklichkeit, an der auch der verlorene Krieg nichts geändert hat.

Vormittags in der Christinenstadt. Die Hausruine ist von der Ackerwinde eingehüllt, aus den Stümpfen der Kastanienbäume sind wahre Springbrunnen wilden Laubs, wilden Weins, zufälliger, wuchernder Pflanzen hervorgebrochen. Und alles schläft. Die Trümmer, die Burg, die Ruinen der Christinenstadt, des Tabán und der Wasserstadt, diese von Efeu bedeckten toten Mahnmale und Wohnungen, alles schläft, tief, verzaubert, im düsteren Bann des Todes. Lange betrachte ich diesen besonderen Zauber, zum ersten Mal trauere ich. Ein Teil meines Lebens liegt auf diesem Friedhof; vielleicht der beste Teil.

Ein alternder Journalist, ergrauender Seladon, erzählt weinselig: »Ich bitte dich, zwei Monate lang hab ich ihr intensiv den Hof gemacht. Dann hat sie gesagt, sie möchte Schauspielerin werden, und wenn ich sie protegiere, dann ja. Also hab ich sie protegiert. Dann hat sie gemeint, oben auf dem Schwabenberg. Wir sind hinaufgegangen, zu Fuß. Dort hat sie gemeint, jetzt geht es noch nicht, gehen wir auf den Széchenyiberg. Wir sind auch da hinauf, aber du weißt ja, mein Herz ist nicht gesund, und ich habe nur schwer Luft bekommen. Sie ist zwanzig, für sie ist das gar nichts. Oben auf dem Széchenyiberg bin ich mit ihr in ein Haus hinein und habe gesagt: Jetzt lass uns aber! Da sagt sie: Nein, sie habe Hemmungen. Na bitte schön, ich stand da oben auf dem Berg mit meinem schwächelnden Schwanz, und sie hatte Hemmungen! Nach der Belagerung! Und unter uns das zerstörte Budapest! Wie launisch doch manche sind! ...«

Sie reden von Gansen und davon, dass der Quadratmeter Fensterglas viertausendsechshundert kostet und wie sie jemanden bei der Ausweiskontrolle »hineingelegt« haben ... Es vergehen Wochen, und ich höre kein menschliches Wort. Als würde ich unter Tieren leben. Nein, schlimmer, als wenn ich unter Menschen lebte.

Lektüre: Davies: *Als USA-Botschafter in Moskau*. – Und: Virginia Woolf: *Orlando*.

Davies meldet aus Moskau unter anderem, dass das Experiment, einen Staat ohne Klassen zu schaffen, nicht geglückt ist. Die Begabten fordern für ihre Arbeit einen höheren Lebensstandard, und den muss man ihnen geben. Es bilden sich Klassen heraus. Doch immerhin wurde der sozialistische Staat geschaffen, in dem der Profit nicht dem Einzelnen, sondern dem Staat gehört, der sich bemüht, ihn – in Form von Bildung – an die Massen zurückzugeben.

Im zerfallenden öffentlichen Leben Ungarns, in dem es nirgendwo einen Staat gibt – nur Staatsgebiet, Bevölkerung und Ämter –, bedeuten die russischen Truppen die letzte Kohäsion. Das ist eine abstruse Situation. Als würde die Präsenz der Russen die ungarische Gesellschaft in eine Art Anarchie treiben, gleichzeitig sorgt ihre Anwesenheit für die letzte Aufrechterhaltung der Ordnung. Und um welchen Preis! …

Aus den Sätzen Virginia Woolfs strahlt ein zartes Licht wie aus alten Perlen und Edelsteinen. Das Licht, ein Leuchten edler, zeitloser Materialien.

In Budapest hungern schon viele. Seit einer Woche gibt es kein Brot; stundenlang muss man sich anstellen, und am Ende werden die Wartenden weggeschickt. Auch Menschen in hohen Ämtern hungern. Die Reserven sind viel schneller aufgebraucht, als man sich das vorstellen konnte. Die Russen wissen das, und dieser Prozess wird planmäßig und mit viel Erfahrung von ihnen beschleunigt; der Prozess, an dessen Ende die Widerstandskraft der begüterten ungarischen Gesellschaft völlig aufgerieben sein wird. Die Menschen hungern, essen Gemüseeintopf, und für diesen Eintopf zahlen sie mit ihren letzten Hosen, ihren letzten Hemden. Die Preise, in Dollar und Gold, liegen weit über der weltweiten Parität. Ein Kilo Schmalz, Zucker kosten anderthalb Dollar, ein Doppelzentner Mehl einen Napoleondor, also zwanzig Goldfrancs. Die Inflation, dieser besondere *vacuum cleaner*, pumpt die Reserven aus den Taschen der Hamster; denn was soll das Gold, wenn es keinen Preis hat und man essen, wohnen, heizen muss? … Nach dem sündteuren Mittagessen stehe ich hungrig vom Tisch auf. Ich habe Kartoffeln gegessen und irgendwelche Nudeln für einen halben Dollar. Rund um mich mästet sich eine bestimmte Sorte Mensch mit Gänsebraten und gebackenem Huhn – was sind das für Menschen? Es gibt auch Juden unter ihnen, aber wenige. Eher irgendwelche plötzlich reich gewordenen Poliertypen, die Flaschenweine für tausend Pengő trinken und eine Portion Gans für sechshundert vertilgen. Das hat sich nicht geändert; vor einem Vierteljahrhundert und vor einem Jahr plätscherten die Gleichen um das sinkende Schiff herum.

Der Justizminister ersucht mich, über den Neusatzer Prozess zu schreiben. Es ist der schmachvollste Prozess der jüngsten ungarischen Geschichte. Ich übernehme den Auftrag nicht, kann meine Feder nicht in dieses blutige Spülicht tauchen. [Durchgestrichener Eintrag.]

Für den Rest meines Lebens bin ich nicht mehr gewillt, mich mit etwas anderem als mit schöngeistiger Literatur zu beschäftigen. Das bedeutet natürlich nicht, dass ich mich auf eine Wolke setze und die Füße baumeln lasse. *Befreiung* ist jene Grenze, bis zu der ich bereit bin, mich mit der Gegenwart einzulassen. Doch die Rollen müssen aufgeteilt werden: Die große Säuberung sollen andere erledigen, und es sollen wenige bleiben, die diese Arbeit auf sich nehmen.

Das Beispiel der Irrung und Verwirrung des Gyula Illyés ist erschreckend und betrüblich. Er ist heute schon so weit wie József Erdélyi.

Herbst mit Nebel, der den Morgen verdunkelt, mit säuselnd-rieselndem Regen, wilden und üppigen Düften, kühlen Nächten, Kaminkehrern und Inflation. Alles zerfällt. Ich schlafe nicht.

Jetzt beginnt jenes Kapitel des Krieges, das nicht am unerträglichsten ist, aber viele Opfer fordern wird. Dieser Abschnitt heißt Trostlosigkeit.

Heute vor einem Jahr fielen Bomben. Jetzt ist alles vom Schutt der Trostlosigkeit bedeckt. Die Alltagssorgen, feindseliger politischer Hass, das kleine, arme, kurzsichtige, fade Leben. Daran werden auch viele sterben. Die Bomben waren schließlich nur eine momentane Gefahr. Diese andere Gefahr ist eine permanente, sie zieht sich dahin, ist ausdauernd, sumpfig und voller Laichkraut ... Keuchend wate ich auf Storchenbeinen durch dieses Gestrüpp von Laichkraut. Es wird nicht einfach sein, das zu ertragen, noch seiner überdrüssig zu werden.

Kein lebender Mensch geht mich innerlich etwas an.

Dieser Schriftsteller hat zehn Jahre lang geschwiegen. Dann erhob er die Stimme, und es zeigte sich, dass es nichts gab, *worüber* er hätte schweigen müssen. Er schwieg einfach so, ohne Inhalt. Das ist das wahre Scheitern.

Kleine, duckmäuserische Menschen harren, sich die Hände reibend, jenes Augenblicks, in dem sie die »Sünden« des Konkurrenten in die Welt hinausposaunen können. Doch die »Sünde« ist gar nicht, was der eine oder andere begangen hat; die Sünde, jene wirkliche Schuld, für die man geradestehen muss, ist unser menschliches Wesen. Und bei dieser Prüfung fallen viele durch, auch wenn sie, was ihre Taten angeht, vielleicht sogar sündenfrei sind.

Die Nation sucht jetzt fieberhaft nach der Gnade und Bereitschaft jener Schriftsteller, die der Welt ihre Sünden erklären können ... Jetzt wird der Schriftsteller hervorgezerrt, die Nation fleht ihn an, droht ihm, bittet ihn eindringlich: Er möge doch das schlechte Zeugnis begründen.

Die Gesamtheit der Ungarn ist bei dieser historischen Prüfung durchgefallen. Das Land ist nicht länger Heimat, nur mehr Erinnerung und Staatsgebiet.

Die Angelsachsen flüstern wieder wie ein Verführer den Ungarn ins Ohr: Sie sollten doch mit dem aggressiven Partner brechen; jetzt also mit dem Russen. Aber sie versprechen ihnen nicht, sie zu heiraten, wenn sie sich von ihm trennen.

Heute vor einem Jahr haben sie uns ebenso zugeredet, mit den Deutschen zu brechen. Nur haben sie uns auch damals nicht geholfen. Ein Volk windet sich in der tödlichen Umarmung der Großmächte, und die Angelsachsen ermuntern es freundlich, »Rückgrat« zu zeigen. Nur bricht es sich dabei eben das Kreuz. Doch davon spricht keiner.

Die Atombombe ist eine mächtige Waffe, doch nicht die Atombombe entscheidet über den Fortgang der globalen Entwicklung. Die Möglichkeiten des menschlichen Zusammenlebens kann für die großen Massen in Europa nur der Sozialismus organisieren: Und die Russen sind diesem anderen Sieg ohne Atombombe näher als die militärisch und wirtschaftlich mächtigeren Angelsachsen.

Orlando ist ein verblüffendes Buch. Reichtum steckt in diesem Buch, Überfluss, wahrer Pomp, die Poesie.

Was Woolf über die Krankheit des Schreibens sagt, ist über alle Maßen fröhlich und gleichzeitig düster real und tragisch wahr. Als würde jemand in beschwingten Strophen ein Krankheitsbild vortragen.

Schicksale. Viele erwarteten die Russen voller Angst, viele voller Hoffnung, freudigen Herzens. Dann sind die Russen gekommen, und viele, die sich vor ihnen fürchteten, bauten eine fabelhafte Beziehung zu ihnen auf, handelten mit ihnen, wurden im Amt, im Beruf gefördert, sind reich geworden, und andere, die sie ebenfalls voll Begeisterung erwartet hatten, siechten und darben in russischen Gefangenenlagern dahin. Es genügt nicht, Voraussicht zu üben, es genügt auch nicht, recht zu haben. Es scheint, man braucht auch noch Glück, um Gerechtigkeit zu erlangen.

»Die Juden!«, kreischen sie. »Jetzt sind sie immer noch da! Und wie sie sich aufführen! …« Aber sie können nicht erklären, was sie denn aufführen. Sie betreiben Schwarzhandel? Jeder schachert, anders kann man heute nicht überleben. Sie machen Politik, sind in der Polizei, ja sogar im Innenministerium? Ihre Eltern, Familienmitglieder wurden hingemordet, da ist es ganz natürlich, wenn sie jenem politischen Regime dienen, das Ordnung schaffen will. Nein, sie haben nur eine einzige Schuld auf sich geladen, die man ihnen nicht verzeihen kann: dass es sie gibt.

Orlando hatte, als er noch Mann und Lord gewesen war, nicht nur einen Kaplan und eine Hausdame, auch einen Mann für die Hasenjagd. Ein Hasenjäger zeugt von wahrhafter Vornehmheit. Wer hält sich heute noch jemanden für die Hasenjagd?

Zwei Wochen in Budapest. Ich habe eine Wohnung gekauft, jetzt lasse ich sie instand setzen. Ich verhandle mit Tischlern, Glasern, Malern, Ofensetzern, Rollladenmachern, Kammerjägern. All das kostet mich Hunderttausende, ist also billig. Und es ist wie eine menschliche Sommerfrische, nach den habgierigen, schamlosen, unersättlichen Bauern in Leányfalu und Umgebung mit selbstbewussten städtischen Handwerkern und Arbeitern zu verhandeln, die nicht wenig für ihre Arbeit berechnen, aber viel mehr menschliches, fachliches, ihrem Stand entsprechendes Verantwortungsbewusstsein besitzen als Bauern.

Aus Eger werden mir zwei meiner Koffer gebracht. Das Gepäck muss von Pest über die Donau in die Zárdastraße transportiert werden. Ich frage zwei frischgebackene Autobesitzer, ob sie mir ihren Wagen – natürlich gegen Vergütung der Kosten – nicht für eine Viertelstunde leihen würden? Alle beide schneiden Grimassen und lehnen ab. Ich werde schließlich mit Citrom-bácsi einig. Citrom-bácsi ist Laufbursche in der Druckerei der Zeitung *Pesti Hírlap*. In seinen freien Stunden erledigt er mit seinem Handwagen Gelegenheitsdienste.

Für vierhundert Pengő, also fast umsonst, bringt er mir die schweren Koffer von Pest nach Buda. Er verlangt nicht mehr; ich gebe ihm mehr, auch Wein und Zigaretten. Er sitzt bei mir im Zimmer, wir unterhalten uns. Er verdient wöchentlich eintausendvierhundert Pengő, also genug, um sich dafür einen Viertel Liter Speiseöl zu kaufen. Er sagt: »Das größte Problem ist, bitte schön, dass der Hass in den Menschen so übermächtig geworden ist. Keiner weiß mehr, was Liebe ist.«

Seit langer Zeit fühle ich das erste Mal, dass ich mit einem Menschen gesprochen habe.

Flugs und voller Eifer konstituieren sich alle möglichen Gesellschaften – ungarisch-amerikanische, ungarisch-englische Freundeskreise, in denen man die Beziehungen zwischen beiden Völkern pflegen will. Diese Tauben- und Kaninchenzüchter-Vereine vermehren sich wie eine Seuche. Es fehlt nur noch die ungarisch-mazedonische Gesellschaft oder der Zirkel, der sich der ungarisch-albanischen Freundschaft verschreibt. Noch fehlen sie, aber nicht mehr lange.

In diesen Gesellschaften ist jeder tunlichst Vorsitzender, stellvertretender Vorsitzender oder – wenn es keine andere Position mehr für ihn gibt – Vorstandsmitglied. Einfache Mitglieder gibt es kaum. Ungarn beginnt, sich zu einem einzigen Zirkel zu entwickeln, in dem jeder Mann, der eine lange Hose trägt, Vorsitzender, Vize oder Staatssekretär ist. Billiger gibt es keiner.

Ich bereite die Neuausgabe der *Jungen Rebellen* für den Druck vor. Bin vom unausgeglichenen Sprachstil des Romans betroffen. Es gibt fehlerlose Seiten; und dann wieder folgen Passagen in schwachem Ungarisch, voller Germanismen, Gallizismen und Journalismen. Ich muss schließlich ganze Kapitel umschreiben; es gibt Seiten, wo kein Stein auf dem anderen bleibt. Sicher ist andererseits auch, dass ich dieses Buch heute nicht mehr schreiben könnte. Dazu musste ich dreißig sein. Es steckt etwas Einmaliges, Urtümliches in ihm, das man nicht wiederholen kann.

Ich warte eine, anderthalb Stunden am Donauufer im Regen, bis ich in einem Boot Platz finde und von Pest nach Buda gelange. Die Lage wird jetzt von Woche zu Woche schlimmer. Je näher wir – ohne Fenster, ohne Brennholz, ohne Fett, ohne Zucker, ohne Verkehr – dem Winter kommen, desto anstrengender werden die Lebensaufgaben des Alltags.

Die Antwort darauf ist stets: »Letztes Jahr, als die Bomben niederprasselten und die Pfeilkreuzler mordeten, war es schlimmer.« Das stimmt allerdings. Doch jedes Elend ist in sich selbst vollkommen. Jetzt gibt es andere Gefahren und Plagen; sie sind nicht so laut, nicht so dramatisch, aber ebenso gefährlich und qualvoll.

Seit drei Wochen habe ich keine Zeile mehr ins Tagebuch geschrieben. Ich kam auch nicht zum Lesen. Was hab ich gemacht? Für Gold, Dollars war ich bemüht, Handwerkern, die diese Zweizimmerwohnung so einigermaßen in Ordnung gebracht haben, irgendwelche Dienste abzuringen. Alles muss vielfach überbezahlt werden, auch in Gold; wir geben unsere letzten kleinen Schmuckreserven für diesen Versuch; und wie hoffnungslos alles ist! Nein, ich will nicht hierbleiben.

Inzwischen werde ich von der Nation neckisch in den Hintern getreten. Ich lese zum Beispiel in der Nachmittagsausgabe der Sozialistenzeitung, dass die Nationalversammlung zehn geladene Mitglieder wählt – Schriftsteller, Künstler –, und die Sozialdemokraten schlagen mich vor. Tags darauf verwirft die interparteiliche Kommission – wer sind die? – diese Empfehlung und wählt nicht mich, sondern den armen Tamási. Gott sei Dank ... Das ist eine kräftige Ohrfeige, gleichzeitig aber auch ein großes Glück. Denn entweder ist jemand »würdig«, in die Nationalversammlung eingeladen zu werden, oder nicht; aber wenn man den Namen schon im Voraus bekannt gegeben hat, ist es die Pflicht der Partei, darauf zu bestehen, damit nicht aus der Auszeichnung eine Herabsetzung wird. Mit dieser Gesellschaft habe ich keinen bindenden Vertrag mehr.

Und es fällt keinem ein, mich vorher zu fragen: ob ich mit so einem Wahlvorschlag einverstanden bin, ob ich diese verdächtige Ehre auf mich nehmen will. Alles ist willkürlich, respektlos, marktschreierisch, verantwortungslos.

R. wird unter irgendeinem Vorwand von der GPU mitgenommen. Wahrscheinlich wurde er angezeigt, ein »Freund der Briten« zu sein. Letztes Jahr um diese Zeit haben ihn die Gestapo und Péter Hein mitgenommen. In Wirklichkeit ist er so wenig ein »Freund der Briten« wie ich; er sieht in den Russen neben all den Problemen, die sie verursachen, und den Fehlern, die sie machen, wie ich seine Retter; nun führen sie ihn aber gerade ab, weil ihn irgendjemand angezeigt hat, ebenso wie voriges Jahr die Pfeilkreuzler.

Ich laufe in *R.s* Angelegenheit herum; aber zur GPU gibt es keinen Weg; nur Marschall Woroschilow könnte etwas tun, aber auch zum Marschall gibt es keinen Zugang. Durch die Stadt fegt ein Herbststurm, Staub und Müll wirbeln durch die Luft; die Inflation tobt, aus vollem Hals plärrt sie Irrsinnszahlen; wir sind bereits bei den Hunderttausendern und Millionen; Bücher, Kunst, eine gehobenere Unterhaltung, alles unbekannte Phänomene. Vor einem Jahr haben die Bomben und die Mörderhorden getötet; jetzt ein schemenhaftes, zähes Elend, es ist jedoch nicht weniger gefährlich, auch daran kann man sterben.

Lange schenke ich diesem Chaos keine Kraft und Aufmerksamkeit mehr. Der Tag ist nah, an dem ich mit allem breche und mich wieder ganz meiner Arbeit zuwende.

Nach dem mehrwöchigen Kampf gegen Windmühlen in der Hauptstadt kehre ich in beißendem, nach Raureif duftendem Sonnenschein heim nach Leányfalu. Voriges Jahr um diese Zeit – Ende Oktober – verbrachten wir die Tage in freiwilligem Stubenarrest; die Pfeilkreuzler wüteten im ganzen Land. Jetzt kommt endlich der Herbst zu Wort. Der kalte Sonnenschein glänzt wie ein bitter-duftender Lichtanstrich, Brunolin auf dem Mobiliar der Landschaft: rote, rotgelbe Bäume, die blassbraune Donau dehnt sich über die kahlen Felder hin. Diese Schönheit tröstet nach all den dummen, sinnlosen Tagen in Budapest. Am frühen Morgen gehe ich in dem von Raureif überzogenen Garten umher, schlürfe die kellerkühle Luft wie heurigen Wein. Flori, das Ferkel, wird brav immer dicker, und im Keller reift im Fass beharrlich der neue Wein. Der kleine Junge wandert mit mir durch den Garten und erzählt.

Er erzählt interessant, berichtet nur über das Wichtigste. Er ist ein ausgezeichneter Beobachter und erinnert sich genau. Prägnant spricht er über die Welt und die Menschen. Unser Verhältnis ist herzlich, aber nicht übertrieben vertraulich. Sein Egoismus ist ganz unverhüllt, er macht mir nichts vor, verheimlicht nicht, dass ihn nur seine Interessen an uns binden. Er ist bereit, in unserer Gesellschaft zu leben, könnte sich aber jeden Augenblick auch leichten Herzens von uns trennen. Dieser Egoismus entwaffnet mich. Aber er hat recht.

Der Herbst ist ein großes Geschenk. Ich habe die Wohnung in Buda eingerichtet, aber keine Eile, dort zu leben. Was könnte ich dort tun? Ich muss Ungarn mit dem ersten Zug verlassen, das Land, in dem eine unselige Gesellschaft mit allen Menschen des Geisteslebens, die gezwungen waren, hier zu leben und zu arbeiten, jenen ungeschriebenen Vertrag – den Vertrag über den Anspruch auf Moral und Qualität – aufgelöst hat. Und bis dieser erste Zug abfährt, lebe ich hier und dort, am Waldrand und in der Budaer Wohnung … in einer Freiheit, die fast schon Angst macht. So hat dennoch alles seine Ordnung.

P., Mitglied der englischen Mission, sagt, die Atombombe habe drüben bei den Angelsachsen großen Schrecken ausgelöst. Diese Erfindung kann jetzt schon von allen erfunden werden: Wenn ein Forscher einmal der bekannten Spur folgt, ist es nur noch eine Frage des Geldes und der Technik, wann sich eine andere Macht die Atomenergie aneignen wird. Außerdem ist gefährlich, dass man zu ihrem Einsatz keine Flugzeugflotte benötigt; eines Tages wird ein Gangster sich allein mit irgendeinem schnellen Flugzeug aufmachen und auf die Hauptstadt eines fernen Reiches eine solche schreckliche Bombe abwerfen können, deren Gewicht einige hundert Kilogramm beträgt … und er kann dann schließlich ein ganzes Reich plündern. Vielleicht entwickelt sich die Welt in Richtung dieser neuen Gangsterherrschaft. Wenn es so stimmt, hat sie es nicht besser verdient. Denn gegen das Atom, das Gas, jede Art von Vernichtungswaffen kann man nur auf eine Weise wirklich ankämpfen: nicht mit Waffen und Armeen, sondern mit der Vermittlung von Bildung und der Moral. Dazu hat die Menschheit aber keine rechte Lust.

K.s Sohn – er war bei den serbischen Partisanen, geriet (und das als Jude) in russische Gefangenschaft, wo er an akuter Lungentuberkulose erkrankte und starb – gehört zu jenen Opfern des Krieges, deren Schicksal man nur sehr schwer erklären kann. Dieser Junge hat alles dafür geopfert, dass mit den Deutschen Schluss gemacht wird und er damit den Russen zu Hilfe kommen kann. Trotzdem ist die Gleichgültigkeit der Russen schuld, dass er in einem Gefangenenlager sterben musste.

K. wollte von einem GPU-Offizier wissen, warum nicht umsichtiger selektiert werde? … Der Offizier meinte, dass so große Säuberungsaktionen unvermeidlich mit einer bestimmten Fehlerquote einhergingen. Auf die Frage, wie hoch diese Fehlerquote bei ihnen sei, antwortete er gleichgültig, sie liege bei ungefähr fünfundzwanzig Prozent.

Der Herbst. Klare, kalte Morgen wie Quellwasser. Diese Kälte ist erfrischend, sie belebt. Nach dem unsteten Budapester Leben sind die vielfarbige, schreiend bunte Landschaft, der Duft, die Stille, die langen, von Grillen besungenen Nächte: ein wahres Geschenk.

An den ungarischen Schriftstellern, die aus Russland heimgekehrt sind, ist eine dunkle, klösterliche, noirmoutierende Nervosität, die Eifersucht zu spüren, die mit jeder Art der Emigration unweigerlich einhergeht. Und sie müssen erfahren, dass über ihren angestammten Platz zu Hause schon Gras gewachsen ist.

Am Vormittag Regen. Ich krame im Keller herum, koste mithilfe des Weinhebers den noch nicht ganz vergorenen süßen Wein. Der Kellergeruch, der Duft des Jungweins, das Rauschen des Regens, das herbstliche Orchester, das Rascheln des nassen Laubs und der fallenden Blätter, der Zauber des späten Oktobers versöhnen mich. Wenn das Schwein nicht gestohlen wird, werden wir es spätestens im Februar, wenn der Winter hier an der Donau besonders unbarmherzig ist, schlachten und ein großes Schlachtfest veranstalten, mit der üblichen beliebten Schlachtfestsuppe.

Bis dahin ist auch der junge Wein vergoren, etwa zwölf Prozent Alkohol sollte er wohl kriegen. Und in der Speisekammer habe ich zusammengetragen, was ich noch erwischen konnte: eine Menge getrocknete Zwiebeln, Salz, Kartoffeln und auch Mehl. Möglicherweise hat man uns bis morgen auch schon alles gestohlen – unter dem Schutz der Behörde oder dank Eigeninitiative. Dennoch ist dieses herbstliche, ländliche Herumkramen in Keller und Kammer nicht der schlechteste Zeitvertreib im Leben.

Und hier die Frage, die sich bei jeder Tätigkeit im Herzen der Ungeduldigen, sich Rüstenden stellt: weggehen von hier, ja? Die Beleidigung und Enttäuschung, die ich wegen der Unbildung und Unmoral der ungarischen Gesellschaft permanent verspüre, ist der Grund. Doch lockt mich da draußen wirklich etwas? Hier hält mich nichts, nichts bindet mich an dieses Land, nur die Sprache; doch dieses »nur« ist in Wirklichkeit fast alles für mich. Aber was ruft mich dort draußen? Landschaften? Die Niagarafälle, Wolkenkratzer? Suspekte Arbeit; um Dollars oder Pfunde zu verdienen, soll ich einem ausländischen Zeitungsverleger oder einem Filmproduzenten Ideen nach seinem Geschmack liefern, fürs Überleben das wenige verkaufen, was mir geblieben ist und was ich mir zu einem hohen Preis erkauft habe: meine schriftstellerische Unabhängigkeit? Denn ich bin heute, hier zu Hause, wirklich ein unabhängiger Schriftsteller; bin keiner Zeitung, keiner Partei verpflichtet; die Sorge um den Lebensunterhalt lastet auf mir, aber was können sie mir sonst tun? Dass sie mich aus diesem oder jenem Grund internieren oder verschleppen – doch das kann jedem passieren in diesen Tagen und solange die Welt sich dreht. Und selbst im Internierungslager bleibe ich ein unabhängiger Schriftsteller: Ich muss niemandes Geschmack bedienen. Das wenige, das zum Überleben nötig ist – oder das viele –, kann ich uns hier zu Hause auch ohne besondere Kompromisse verschaffen.

Nein, es gibt keine materiellen Gründe, die mich nötigen könnten zu gehen. Gehe ich von den materiellen Voraussetzungen aus, ist es klüger zu bleiben; auch in diesem Elend hier werde ich immer so viel verdienen können, dass ich nicht verhungern muss. Es ist etwas anderes, das mich von hier vertreibt. Die Enttäuschung ... Und: noch einmal die Welt sehen, den Duft des Westwinds und des Ozeans einatmen, bei einem letzten Abenteuer aufgehen in der Unendlichkeit der Landschaft und der Menschenwelt.

Ich lese Miksa Falks Aufsatz über die Tage Széchenyis in Döbling. Bis zu seinem letzten Moment, auch im Irrenhaus, war dieser große Verwirrte darauf bedacht, ein edler Gastgeber und Hausherr zu bleiben.

Weinlese. Nach dem Aufteilen bleiben zwei Hektoliter Most in einem der Fässer im Keller. Garten und Haus füllen sich mit dem herb-gärenden, süßen Duft der Traubenmaische. Unten im Keller grollt das Mostfass. Dieses Grollen hat etwas Beruhigendes. Man schläft anders in einem Haus, in dessen Keller Wein heranreift.

Man würde anders, besser schlafen, wenn in der Nacht vor dem Fenster nicht geschossen und patrouilliert würde. Aber es wird geschossen und um Hilfe gerufen. Die Umgebung ist wieder bevölkert von Rotarmisten, die eher Plünderer als Soldaten sind; die russischen Militärbehörden sind ihnen gegenüber machtlos. Man sagt, es sei das Lumpengesindel der Wlassow-Armee. Wer auch immer sie sind, ihretwegen ist das Leben voller Angst, und sie richten unermesslichen Schaden an, in der ungarischen Bevölkerung und auch in den russisch-ungarischen Beziehungen. Diese plündernden Russen ruinieren die Chancen der russischen Außenpolitik in Europa, ja vielleicht in der ganzen Welt, in einem Maße, wie dies eine noch so intensive Gegenpropaganda nicht erreichen könnte. Die Rote Armee ist hier wirklich von allen, ohne Partei- und Klassenunterschiede, bang erwartet worden. Wenn die Russen umsichtig auftreten würden, könnten sie in diesem Teil Europas vielleicht nicht nur den Krieg, sondern auch den Frieden gewinnen. So wie sie es anstellten, haben sie alles verdorben. Arme, Reiche, Herren, Proletarier, Juden, Christen, alle zittern vor ihnen. Die Russen verstecken sich in Abrisshäusern, auf Friedhöfen, ziehen die Menschen bis auf die Unterhosen aus, tun ihnen Gewalt an, rauben und morden. Ob wir im Winter, am Rand des Dorfes, in diesem einsamen Haus bleiben können? … *L.* sagt, ihr sei diese Gefahr gleichgültig; ich glaube aber, die Gleichgültigkeit dauert nur so lange, bis die Gefahr ans Fenster klopft.

Nach der nächtlichen Schießerei fahre ich in die Stadt. Am Nachmittag Tee im Gundel, auf einer Veranstaltung der Ungarisch-Sowjetrussischen Gesellschaft zu Ehren des sowjetischen Schriftstellers Sobolew. Ich sitze am Tisch des Schriftstellers und Madame Sobolews, die Unterhaltung erfolgt auf Französisch, Deutsch und Englisch. Madame Sobolew ist eine vollkommene Dame, sie spricht ausgezeichnet Französisch, ihre Lieblingsschriftsteller sind Proust und Gide. Wir unterhalten uns über Tschechow, dann darüber, welcher von den großen Klassikern des letzten Jahrhunderts dem heutigen russischen Leser am nächsten steht. Tschechow wird hoch geschätzt, gelesen und gespielt. Sobolew sagt, Tolstoi lebe und habe mehr Einfluss als Dostojewski.

Der sowjetische Schriftsteller trägt bürgerliche Kleidung, am Revers seines Mantels die Bänder mit den Auszeichnungen. Er ist Marineoffizier und glaubt daran, dass nach dem Krieg nicht der Naturalismus die Literaturströmung der Zeit sein wird, sondern der Symbolismus, die Romantik. »Der neue Schriftsteller, der niederschreiben könnte, was dieser Krieg in den Seelen der Menschen bewegt hat, ist noch nicht geboren«, meint er. »Wir, die wir den Krieg durchgemacht haben, können nur Rechenschaft darüber abgeben, was geschehen ist.« All das ist mir sympathisch. Sein englischer Verleger ist Hutchinson.

Madame Sobolew sieht sehr gut aus, in ihren Augen spiegelt sich die vornehme Schönheit der russischen Frauen vergangener Zeiten. Sie ist makellos elegant mit ihren Schleiern, ihrem Pelz, ihren weißen Händen, ihren Manieren. Über Politik wird kein Wort gesprochen.

Eine andere interessante Dame ist die Frau von Mátyás Rákosi, dem Führer der Ungarischen Kommunistischen Partei. Sie ist eine Jakutin, hat Schlitzaugen, wirkt exotisch schön und interessant, ist einfach, direkt und sehr sympathisch. Jeden Tag lernt sie zwei Stunden Ungarisch und plappert auch schon ganz erträglich. Und ein Dichter – Major –, seinen Namen kenne ich nicht, übersetzt jetzt Petőfi ins Russische. Er ist leidenschaftlich, verlegen, ein wenig verschroben, männlich. Und er bringt mich in der Nacht mit seinem Auto nach Hause.

All das ereignet sich im kleinen Salon des Gundel im Stadtwäldchen, zwischen den wohlbekannten Kellnern, die mich gnädiger Herr nennen, wie früher, als wir so oft in diesem Salon zu Abend gegessen haben; und mit Herrn Gundel, der ein altes Väterchen spielt, sich einen Bart hat wachsen lassen und ebenso bereitwillig zwischen seinen neuen Gästen herumhetzt wie früher zwischen Erzherzögen und bei den MÉP-Banketten. Einige sinistre kommunistische Literaten an den Tischen, die mich, den bürgerlichen Schriftsteller, mit düsteren Blicken mustern; doch die Mehrheit ist höflich und aufmerksam. Und all das auf der Drehbühne der – ach so schnell – vergehenden Zeit, und wie schnell! …

Sie wollen aus der Literatur wieder eine Art Profession machen – nicht die Kommunisten, sondern ein paar einheimische Halbtalente: Eine Art Gewerbekörperschaft möchten sie gründen. Dagegen protestiere ich auf die einzig mögliche Art: Ich nehme nicht daran teil.

Ich habe begonnen, die Ergebnisse meiner Denkschrift zur Dorfermittlung unter dem Titel *Leányfalu und Umgebung* aufzuschreiben; eher beiläufig, zum eigenen Vergnügen, zur Entspannung und neben den *Beleidigten*. Dieses Buch darf natürlich erst nach meinem Tod herausgegeben werden, in hundert nummerierten Exemplaren. [Eintrag durchgestrichen.]

In einem gräflichen Palais in der Innenstadt überreiche ich auf Ersuchen von Madame Sobolew Bücher. In diesem Palais hat man jetzt die offiziellen Räumlichkeiten der Ungarisch-Sowjetrussischen Gesellschaft eingerichtet.

Es gab eine Zeit, in der ich ziemlich oft in diesem Gebäude geweilt habe. Der alte Butler empfängt mich, er ist jetzt hier Portier. »Herr Genosse *H.*«, sagt er verlegen, »schläft jetzt. Aber wenn es konveniert, melde ich den gnädigen Herrn.« Im großen Salon, wo zwei riesige, schlechte italienische Gemälde – bei ihrer Anschaffung zeigte der ehemalige Besitzer keine glückliche Hand – die Wände schmückten, wird jetzt geweißt und installiert. Hier bekommt die Kultur der Sowjetdemokratie einen Ehrenplatz. Ein großes Durcheinander, alles ist mit Farbe bekleckert, Schutt liegt herum, nichts ist an seinem Platz, weder Mensch noch Überzeugung, Mobiliar, Lakai, Gebäude, gar nichts.

Herr Genosse *H.* schläft nicht, und wir sprechen über die Zukunft. Wie ich mir die Zukunft vorstelle? Ich erwidere, dass ich ans Christentum glaube; nicht an das religiöse, dogmatische, sondern an das ethische Christentum. Der marxistische Sozialismus für sich ist trostlos. Wenn wir der Menschenbrut nicht eine Art moralisches Pathos zum Leben geben können, wird Pestilenz auf Pestilenz folgen.

Bartók ist tot. Wenn wir an Mensch und Werk die höchsten Maßstäbe anlegen: war er unsere letzte wahrlich große Persönlichkeit.

Seit zwei Jahren erstmals wieder im Theater. Cocteaus Stück *Nein, diese Eltern!* wird aufgeführt. Während der Vorstellung spüre ich das erste Mal, dass es vielleicht doch wert war, all das grauenvolle und furchtbare Leiden, die Erniedrigungen erlebt zu haben. Seit Jahren kommt mir auch erstmals wieder die wahre Bedeutung dieses Wortes in den Sinn: Freiheit.

Was alles und was für Scheußlichkeiten mussten geschehen, damit auf einer ungarischen Bühne diese Worte, die aufrichtigen Worte eines Dichters über Familie, Moral, Instinkt, Leidenschaft, Bürgertum und Sinn erklingen können! Jetzt erst, in der Loge, fühle ich, während ich diesen Worten lausche, von wie tief unten wir hochgekrochen sind, in welcher Finsternis wir jahrzehntelang herumirrten. Überlegen wir doch nur, was vor einigen Jahren die *Actio Catholica* oder spater irgendein Komitee der faschistischen Tugendwächter zu diesen Bühnen- und dichterischen Wahrheiten gesagt hätten! Woher kommen wir herangewankt, aus welcher Finsternis? ... Heute Abend, im Theater, spüre ich, während ich die schrille Wahrheit von Cocteaus Stück vernehme, das erste Mal die ganze erlittene Verelendung.

Ein amerikanischer Film, dessen Drehbuch von Ferenc Molnár, László Vadnay, József Fodor und noch einigen Genies in gemeinsamer Kraftanstrengung geschrieben wurde. Der »Held« des Films ist ein Frack, mit dessen Trägern alle möglichen abenteuerlichen Geschichten passieren.

Es ist der zweite amerikanische Film, den ich nach der Belagerung sehe. Ich begegne der amerikanischen Filmproduktion mit immer größerem Misstrauen. Sie ist reich, voller Ideen; aber ihr fehlt die Seele. Sie ist nicht spontan. Nicht andächtig, allenfalls sentimental. Fromm, doch – im komplizierteren Sinne des Wortes – auch nicht tugendhaft. Was kann das reiche Amerika fortan der Welt geben? Welches Lebensgefühl? Und sind diese *dawai!* schreienden, rücksichtslosen, gewalttätigen Russen in ihrer Primitivität am Ende nicht doch menschlicher? …

Ich habe in Buda eine Wohnung gekauft und bemühe mich, sie in Ordnung zu bringen. Jetzt ist die Zeit sehr günstig, weil alles nur Hunderttausende oder Millionen kostet, aber eines Tages wird alles fünfhundert oder sechshundert Pengő kosten, doch es wird viel schwieriger sein, diese fünfhundert zu beschaffen als heute die Million.

Heute habe ich Gänsebraten zu Abend gegessen, weil eine Gans nur zwölftausend Pengő kostet. Vielleicht werde ich dann, wenn eine Mastgans acht Pengő kostet, genötigt sein, am Abend Bratkartoffeln zu essen.

Mittagessen mit *A.*, der jetzt zum Botschafter in Washington ernannt wurde. Diesen Posten hat er sich mit seiner Begabung, seiner Bildung, seinem Charakter und natürlich mit dem einjährigen Aufenthalt in Dachau verdient, welchen er mit einem Flecktyphus-Finale abschloss. Er besitzt jede Berechtigung und Begabung, an diesem wichtigsten Platz unser Botschafter zu sein, nämlich dort, wo über das Schicksal der Welt entschieden und wo auch das Schicksal Ungarns besiegelt wird. Doch er selbst zweifelt daran, ob er für diese Arbeit wirklich geeignet ist. An seinen Zweifeln spüre ich, dass sie nicht von falscher Bescheidenheit diktiert sind, sondern aufrichtiger innerer Unsicherheit entspringen. Ich kenne ihn nicht gut genug, beobachte ihn wie bei einem Examen. Er verfügt über viel Realitätssinn, hat eine gute Schule besucht, eine gute Kinderstube gehabt und ist ein unvoreingenommener Geist … doch ob er über dieses Plus verfügt, dieses menschliche Plus, durch das eine Sache zum Erfolg wird? Darauf weiß ich keine Antwort.

Wir essen im *Souvenir* zu Mittag, in einem Erdgeschosszimmer, das vom Nationalkasino übrig geblieben ist, einer der letzten europäischen Winkel in Ungarn; gekränkte, alte Kellner und beleidigte Kasino-Mohikaner hängen hier zwischen den alten Möbeln herum und verzehren das Gemüseeintopfmenü, das tausend Pengő kostet … Unsere Armut ist auch auf andere Weise konsternierend. Am Tag davor haben wir uns mit *A.*, seinen Mitarbeitern, die ihn auf seiner amerikanischen Reise begleiten, und mit *M.*, der Professor Szekfü an die Moskauer Botschaft folgen wird, lange darüber unterhalten, wie sich das Personal der beiden neu geschaffenen wichtigsten ungarischen Botschaften – in Moskau und in Washington – je ein Jackett oder einen Frack beschaffen könnte.

Ich sage *A.*, dass es nicht schaden würde, wenn er da drüben der Regierung der Vereinigten Staaten eine Art Pimpernel-Plan suggerierte: Unter dem Vorwand einer Studienreise und im Rahmen eines Stipendiums sollten Wissenschaftler, Schriftsteller, Künstler für ein, zwei Jahre vor der europäischen Zwangsarbeit gerettet werden. So eine Aktion wäre nicht unmöglich. Natürlich darf man auf diese Weise keine Coriolane heranzüchten, sondern muss Menschen mit Ideen und Schaffenskraft für die Zukunft retten … *A.* glaubt daran, dass die Engländer, die im Wettbewerb der Weltmächte jetzt die zweite Geige spielen, den Amerikanern für dieses Unternehmen doch eine Menschengarnitur zur Verfügung stellen würden. Doch *P.*, der die englische und amerikanische Sichtweise besser kennt, glaubt, dass die Amerikaner es den Engländern nicht erlauben würden, die Führung zu übernehmen, weil sie ihnen nicht vertrauen und weil sie nicht idealistisch genug sind ... Das ist möglich.

Ich für meinen Teil bin nicht bereit, mit solchen Pimpernel-Methoden von hier wegzugehen; nur aus eigener Kraft und wenn die Zeit gekommen ist. Hier zu Hause, inmitten des Elends und der Gefahren, bin ich ein unabhängiger Schriftsteller; habe nichts mit Parteien zu tun, nichts mit Geschäftsunternehmen, habe es mit meinen sechsundvierzig Jahren so weit gebracht, dass ich schreibe, wann und wozu ich Lust dazu habe. Der Preis für diese Freiheit ist die Armut; doch diese Freiheit, die ich so teuer erkauft habe, verkaufe ich an keine wie immer gearteten amerikanischen Filmstudios oder Magazine. Sicher, zur Zeit werde ich auch noch nicht gedrängt, sie zu verkaufen, doch diese Frage ist für mich entschieden. Ich will fort von hier, für längere Zeit, für Jahre, sobald ich aus eigener Kraft, unabhängig von allen anderen, gehen kann; bis dahin bleiben mir Leányfalu und die Zárdastraße und was dazwischen liegt ... und das ist nicht das Schlechteste.

Die größte Überraschung der letzten Jahre war vielleicht, dass ich erfahren habe: Ungarn ist kein christliches Land. Dieses Land, das tausend Jahre lang so hochmütig verkündete, »die christliche Kultur« vor dem barbarischen Osten verteidigt zu haben und so weiter, ist niemals wirklich christlich geworden. Das Land der Jungfrau Maria ist in seinem Wesen weniger christlich als das koptische Abessinien. Natürlich gibt es hier christliche Glaubensgemeinschaften und auch gläubige Christen. Doch die Nation im Ganzen, das nationale Leben, ist in seinen tiefsten Reflexen keineswegs christlich, wie etwa Schweden, Dänen, Finnen, Engländer, Franzosen oder Italiener »christlich« sind ... Das

Christentum fußt auf zwei Grundsätzen: »Liebe deinen Nächsten wie dich selbst« und: »Mein Reich ist nicht von dieser Welt.« Die Ungarn waren nie imstande, diese beiden Lehrsätze tief in ihrem Herzen zu begreifen. Auch ein Däne liebt seine Nächsten nicht bei jedem Anlass und in jeder Minute, weil die Menschen Scheusale sind; doch der Großteil der Bevölkerung eines christlichen Landes verhält sich in entscheidenden Augenblicken irgendwie christlich, handelt also im Geiste der Solidarität, der Humanität, der Anteilnahme, wie die Heimsuchungen der letzten Jahre gezeigt haben. Ungarn hat sich in den schwierigsten Fragen und Stunden nicht christlich verhalten, nicht sich selbst und auch nicht anderen gegenüber. Nein, wie sehr auch die verschiedenen gesellschaftlichen und religiösen Kreise die ungarische Christlichkeit beteuerten, mit der ungarischen Gesellschaft ist nicht »geschehen«, was in den letzten tausend Jahren mit den abendländischen Völkern geschah: dass sie Christen wurden. Wir sind ein heidnisches und barbarisches Volk geblieben, mit einem Zylinder auf dem Kopf und dem Kruzifix in der Hand; doch dieser Zylinder hat jetzt eine Delle bekommen.

Es wäre die große Aufgabe der geistigen Führer, diese Nation, unabhängig von aller Politik, von jeder Form des Dogmatismus und der Monomanie der verschiedenen Glaubensrichtungen, das Christsein zu lehren, die Menschen dieser Nation zu wirklichen Christen zu erziehen, nachdem die Nation – vor tausend Jahren schon – getauft wurde. Ich denke an ein Christsein ohne religiöses Pathos, also an das wahre Christentum. Ein Mensch aus dem Norden oder Westen würde sofort verstehen, woran ich denke – der Ungar wird dazu noch lange nicht imstande sein.

Und nicht nur das Gebot der Nächstenliebe, nein: auch den anderen großen Lehrsatz der Christenheit versteht er nicht: »Mein Reich ist nicht von dieser Welt«, das ist für ihn völlig unvorstellbar. Er glaubt nur an das, was er anpacken kann, ist habgierig, engstirnig, heidnisch.

L. hat den kleinen Jungen nach Buda mitgebracht, und jetzt betrachte ich ihn mit den Augen des Städters. So ist er also? Und seine Beziehung zu uns? Er spürt, dass wir ihn brauchen, weil wir unsere Liebe jemandem angedeihen lassen müssen; und deshalb ist er uns überlegen. »Bitte«, sagt er oft, wenn wir Meinungsverschiedenheiten haben, »ich kann auch nach Jászberény gehen. Für mich ist es nicht so wichtig, dass ich hierbleibe.« Wie jeder, den ich liebe und der mich nicht liebt, weiß er, dass er der Stärkere ist, und er lässt uns seine Macht auch spüren. Er kennt das Gesetz, das folgendermaßen lautet: Wer liebt, soll auch bezahlen. Das ist das Hurengesetz, das jedes Lebewesen sehr früh kennenlernt.

Nachrichten: In Polen und Jugoslawien herrscht wirkliche Anarchie, völliger Zerfall, wirtschaftliche, gesellschaftliche, geistige Apoplexie. In Italien entwickelt sich wie bei uns eine Art Banditenunwesen. Amt, Individuum, jeder nur für sich selbst und mit schamloser Willkür gegen die anderen. Der dünne Reif der Zwinge des Faschismus ist vom Land abgeplatzt, und das Brigantentum fletscht die Zähne. Die Amerikaner schauen diesem Zerfall in Italien mit verächtlichem Gleichmut zu, und manchmal schieben sie den Bettlern ein paar Dollars oder einen Waggon Schokolade zu.

Mit dem Jungen das erste Mal in Budapest. Als wir an der Burg vorbeigehen, muss er mir versprechen, niemals Regierungschef zu werden. Er verspricht es mir feierlich. Die Straßenbahn, die Fähre auf der Donau, die Brücken, die ins Wasser gestürzt sind, die zerstörten Häuser berühren ihn nicht weiter. Aber der Aufzug, der ihn in einem Mietshaus in den vierten Stock hochhievt, der fasziniert ihn.

Am Morgen frage ich den Buben aus, was ihm vom Vortag, vom Ausflug nach Budapest, am deutlichsten im Gedächtnis geblieben ist. Schließlich ist eine solche Reise für ein vierjähriges Kind keine kleine Anstrengung; ein Schriftsteller bestreitet sein halbes Leben mit den Erinnerungen eines solchen Tages … Das Kind denkt nach und antwortet ernst: »Die Brücken. Die diese deutschen Schweine kaputt gemacht haben.« Dieses Kind hat Széchenyis Kettenbrücke nur ins Wasser gestürzt gesehen. Als Anfangserlebnis zu Beginn seines Lebens kann das für einen kleinen Ungarn ein bleibender Eindruck sein.

In der Nacht lese ich einige Kapitel aus Prousts *Cahier*, Klatsch über Pariser Salons zu Beginn des Jahrhunderts, die im *Figaro* erschienen sind. Diese Gattung ist in Europa so vollkommen ausgestorben wie die großen Frauen und Damen der Fronde.

Es ist unvorstellbar, dass es in Europa einen Schriftsteller gibt, der so etwas schreibt, und Zeitungen, die solche Berichte publizieren … Doch in Amerika, der Heimat der »Maschinenzivilisation«, gibt es mit Sicherheit schon Salons, in denen Bildung geschliffen und verfeinert wird. Prousts gibt es allerdings keine, weil Prousts im Allgemeinen selten sind, doch die Erwartungshaltung, die sie wecken, ist dort drüben lebendig. In Europa sind nicht nur die Palais und Salons zugrunde gegangen, sondern auch die dazugehörigen Menschen.

Ich lese mit Lampenfieber das Manuskriptfragment der *Beleidigten*. Warum zögere ich diese Arbeit so hinaus, warum schiebe ich sie ständig vor mir her? Selten gab es in meinem schriftstellerischen Dasein so üppiges »Material«, wusste ich so genau wie bei diesem Buch, was ich sagen will.

Vielleicht weil ich mit diesem Buch auch mehr sagen muss, als ich sagen will. Der »Stoff« muss sprechen, mit aller Konsequenz. Ich muss sagen, was mit den Menschen in meinem Leben geschehen ist, bedingungslos, ehrlicher, wahrhaftiger, als ich es weiß und wissen kann. Eine unmenschliche und übermenschliche Aufgabe.

Ich sammle im kahl gewordenen Garten Nüsse und Mandeln auf. Der Duft der Erde und des Laubs erregt mich wie ein körperliches, sinnliches Erlebnis.

In Tótfalu verhandle ich mit Bauern über Kartoffeln. Die Kartoffeln sind verschwunden, weil man sie leicht einbunkern kann und die Bauern mit Recht hoffen, dass im Frühling das hungernde Volk Stiefel, Schnaps, Schmuck und ein Klavier für einen Doppelzentner Kartoffeln geben wird. Eine dicke Frau liegt im Bett, sie hat Kreuzschmerzen. Der Bauer wiegt ein vierzehn Monate altes gnatziges Kind auf seinen Knien und küsst das schorfige Gesicht des Kleinen. In der Stube die angenehme Wärme und der Dreck des Stalls. Sie sind offensichtlich wohlhabend. Die Verhandlungen erweisen sich als außergewöhnlich kompliziert und diplomatisch. Sie beginnen damit, dass sie selbst keine Kartoffeln hätten, werden damit fortgesetzt, dass sie für Geld nichts geben würden, und als ich einen aus englischem Stoff genähten makellosen Anzug für zweihundert Kilo Kartoffeln biete, beginnen sie, Gesichter schneidend, mit mir zu verhandeln. Früher war eine so subtile Diplomatie nicht einmal notwendig, um einen internationalen Kredit auszuhandeln. Von ihrem Standpunkt aus haben sie recht, das ist ihr historischer, großer Moment, in dem sie erpressen können, so viel und wie es ihnen gefällt. Mir gefällt nur nicht, wenn Ungarns Dichter das Bauernvolk auch in diesem Augenblick »heldenhaft« nennen.

Auf den Rat meines Rechtsanwalts hin habe ich mich entschlossen, Steuern zu entrichten. Im Finanzamt des ersten Bezirks – es hat seinen Sitz jetzt im nur wenig durchlöcherten ersten Stock eines sonst abbruchreifen Hauses – nimmt man meine Ankündigung misstrauisch entgegen. Frierend sitzen die Beamten hier in ihren Mänteln, die Finger steif vor Kälte. Man könne keine Steuern zahlen, meint einer von ihnen mürrisch. Ich solle warten, bis ich an der Reihe sei. Irgendwann bekäme ich eine Zahlungsaufforderung, dann könnte ich einzahlen. Ist doch unglaublich! … – höre ich sie brummen.

Dann aber beginnen sie aufgeregt herumzuwuseln, weil ein Unteroffizier einen Korb mit Lebensmitteln bringt. Sie verlassen ihre Schreibtische, die Bittsteller und laufen in den Vorraum hinaus. Ratlos bleibe ich noch eine Zeit lang stehen, versenke das Geld, mit dem ich die Steuern bezahlen wollte, wieder in meine Tasche und gehe in ein gutes, teures Gasthaus, dort gönne ich mir vom Steuergeld ein üppiges Mittagessen.

Alles zerfällt. Es gibt keinen Staat. Ein gegebenes Wort, ein geschriebenes Wort, eine Verordnung, die gültig wären, gibt es nicht. Mit Geld kann man alles erledigen, Menschen kann man damit aus dem Gefängnis befreien oder sie dort hinbringen. Die natürlichen kleinen »Hemmungen«, die bisher noch für ein wenig Disziplin sorgten, sind passé, verflogen.

Immer mehr Zeitungen, Magazine, Zeitschriften erscheinen … und Monate vergehen, ohne dass ich in der Presse ein einziges Wort lesen würde, an das ich mich im nächsten Moment noch erinnern kann.

Es ist an der Zeit, mich zu einem chinesischen Dichter umzuschulen. Mir gehen die Haare aus, ich unterhalte mich gern mit kleinen Kindern, es ist Winter, ich friere, und ich liebe Gedichte … Warum soll ich mich nicht zum chinesischen Dichter umschulen? Was braucht man dazu? Eine Bambusmatte, auf die man sich niederkauern kann, einen Eisentopf mit Glut, über der sich der Dichter die steif gefrorenen Finger wärmt, einen Krug Wein und das Bewusstsein, dass ein Eigenschaftswort ebenso wichtig ist wie die Sterne. So müsste man leben. Das ist der Kampf mit den Elementen, mit den Menschen, den Weltkriegen und Weltanschauungen, mit diesen Sorgen, dass man morgen irgendwo wohnen muss und etwas zu essen und zu heizen hat … Und wenn man nichts hat? Dann hat man nichts. Eine Handvoll Reis findet sich immer irgendwo. Und mit ein wenig Reisig lässt sich Glut schüren. Und die Gedichte und der Wein und der Mond und die kleinen Kinder sind geblieben. Fang einfach an, schule dich um, weiserer und älterer Bruder!

Léon Daudet – der ein viel besserer Schriftsteller war, als er Bücher geschrieben hat – schreibt irgendwo über »leidenschaftliche blaue Augen«. Es gibt solche Augen wirklich, sie sind absolut nicht verträumt – ein besonderes Licht brennt in ihnen, wie das Feuer der Sonne im blauen mediterranen Himmel. In den blauen Augen des kleinen Jungen brennt ein so leidenschaftliches Blau.

Zwei Bauersfrauen stellen sich ein, zum »Tauschen«. Sie haben Kartoffeln und Mais. Für zweihundert Kilo Kartoffeln und einen Doppelzentner Mais verlangen sie: eine nagelneue Damenwolljacke und einen Ballen Lodenstoff und so weiter. Ihre Unersättlichkeit und Habgier sind so unverhohlen, dass ich ihnen staunend, mit offenem Mund zuhöre und sie anschließend hinauswerfe.

Letztes Jahr haben Bauern das Gleiche aufgeführt: Sie warteten, bis die Russen – nachdem Freunde und Verwandte sie angezeigt hatten – ohne Bezahlung alles aus ihren Kellern abholten, doch den Ungarn haben sie nichts gegönnt; oder wenn doch, versuchten sie dem Käufer auch noch die Gedärme aus dem Leib zu pressen. Auch jetzt warten sie, bis man bei ihnen für die öffentliche Versorgung requiriert, was sie versteckt haben – das wird unvermeidlich eintreten –, vorher aber klappern sie noch schnell die nähere Umgebung ab, um zu erpressen. Und über diese Leute schreiben manche Dichter Heldenballaden.

Mein Verleger benachrichtigt mich, dass die Neuausgabe meines Romans *Die jungen Rebellen* von der »Vorzensur« im Amt des Ministerpräsidenten nicht genehmigt wurde. Sie hat nichts gegen den Inhalt des Buches – diesen Roman, dessen pazifistischer, kriegsfeindlicher Grundton unmissverständlich ist, konnte man unter der vorherigen faschistischen Regierung nicht neu verlegen –, aber »in diesem Jahr hat der Révai-Verlag schon genügend Bücher herausgebracht«. Darum genehmigen sie die Neuausgabe nicht. Obwohl wir nicht einmal Papier angefordert haben, weil mein Verleger einstweilen noch ausreichend Leinen und Papier vorrätig hat, das er jetzt während der Inflation verschleudert und dann nur mit großen Mühen wird ersetzen können. Und Révai hat in diesem Jahr insgesamt nur acht Bücher herausgegeben – allesamt von literarischem Wert, unter ihnen *Orlando* und Hemingways Roman über den Spanischen Bürgerkrieg – und muss zweihundert Angestellte und Arbeiter bezahlen. Man erlaubt dem Verlag nicht zu arbeiten – warum?

Die »Vorzensur« wurde in Ungarn weder von den Russen noch von den Angelsachsen gefordert; in Zeitungen, auf der Bühne gibt es keine Vorzensur. Nur Bücher will eine Geheimgesellschaft in Kapuzen und Baschliks, deren Mitglieder von den Parteien ins Ministerpräsidentenamt entsandt werden, überprüfen und verhindern. Diese Gesellschaft beruft sich auf die »faschistische Gefahr«, die – so glaubt sie – eine vorhergehende Zensur der Bücher erforderlich macht. Das ist die Ausrede, dieser billige Vorwand ist nur zu durchsichtig. Ein Buch wird unter großem materiellen Aufwand hergestellt, sein Autor, Herausgeber oder das erschienene Buch selbst aber sind sehr leicht wegzusperren, wenn sie gefährlich sind. Die Staatsanwaltschaft kann auch noch nach dem Erscheinen eines Buches auf ganz einfache Weise damit fertig werden: In einigen Buchhandlungen werden die Exemplare, wenn sie nicht genehm sind, eingesammelt, der Drucker wird vorgeführt und so weiter. Das Erscheinen illegaler Bücher und der Betrieb illegaler Druckereien lässt sich durch die Zensur ohnehin nicht verhindern. Ein Kontrollexemplar und einen Staatsanwalt, der die Bücher prüft, hat es immer gegeben. Nein, der wahre Grund des Verbots ist der Terror der konkurrierenden großen Verlagshäuser, die in die Hände der Parteien gefallen sind. Sie wollen nicht, dass auch andere leben und schreiben, zumindest nicht so und nicht so viel, wie Schriftsteller und Verleger planen, sondern so, wie SIE es erlauben.

Dieser Insult ist heftig. Auf der Sitzung der Ungarisch-Sowjetischen Literarischen Gesellschaft rufe ich die Schriftsteller dazu auf, gegen die Vorzensur zu protestieren. Die Schriftsteller sind begeistert und engagiert meiner Meinung;

mit Ausnahme von ein, zwei Leuten. Diese »ein, zwei« sind Kommunisten. Sie winden sich und meinen, die Zensur sei doch wünschenswert. Und das sagen Schriftsteller … Natürlich sagen sie das auf Order der Partei. Peinliche Stille. Wir formulieren die Erklärung, doch die kommunistischen Schriftsteller verweigern ihre Zustimmung. Dafür haben wir das alles ertragen? Das viele Leid, die Erniedrigungen, um jetzt nicht einmal das elementare Recht der Gedankenfreiheit fordern zu dürfen? … Das ist die Realität. Und deshalb muss ich weggehen.

Die Mitglieder der Akademie der Wissenschaften bekommen eine »Zusatz-Lebensmittelkarte für Schwerarbeiter«. Jeden Samstagnachmittag gehe ich zur Akademie, wo Herr Horváth, der Portier, den Erschienenen die Brotration ausgibt, zu der die Zusatzkarten berechtigen. Es kommen alte Geschichtsschreiber, Wissenschaftler, und Herr Horváth sagt freundlich: »Bitte schön, gnädiger Herr …« und übergibt einen Zweikilolaib Brot, den das Akademiemitglied in seine Aktentasche steckt. So komme auch ich manchmal zu Brot; selten, weil die Karten nicht jede Woche eingelöst werden können.

Széchenyis Geist schwebt in der Höhe und schaut dieser Szene zu.

Es gibt kein Brot, und das muss man erdulden. Es gibt keine Freiheit, das ist schon schwerer zu ertragen. Was gibt es dann? … Eine Art Banditentum. Für Geld bekommt man alles, für Geld wird alles erledigt. Das ist sehr traurig. Viel habe ich mir nicht erwartet, doch was geschieht, überrascht und ist so jämmerlich, dass es wehtut.

Die öffentliche Meinung und ihre sogenannten Sprachrohre, die Zeitungen, sagen und schreiben einhellig, dass im Bárdossy-Prozess die Demokratie versagt habe. Ihre Vertreter – der Staatsanwalt, der Vorsitzende, die Volksrichter – blieben, was ihre Vorbereitung, ihre Rechtskenntnis, ihre Manieren, ihr Auftreten, ihr menschliches und juristisches Verhalten angehe, hinter dem Angeklagten zurück. Der Prozess, bei dem man ihn zum Tode verurteilte, wurde vom Angeklagten überlegen gemeistert. Das ist umso trauriger, als dieser Prozess wirklich der große Prozess der ungarischen Nation hätte sein können, ein Prozess, in dem mit der Vergangenheit abgerechnet wird. Geschwätz, derbe und dumme Wortgefechte sind daraus geworden.

Eine englische Filmdokumentation über die Schlacht von El Alamein. Ich kenne das Gelände, die Hitze, die Umstände. Die Engländer haben in diesem Wüstenkrieg wahrlich ihre historischen Fähigkeiten bewiesen.

Davor läuft ein anderer Film, in dem gezeigt wird, wie man in England jenen beweglichen Hafen baute, den man dann an die Küste der Normandie geschleppt hat und der notwendig war, damit die Invasion überhaupt beginnen konnte. Er war vielleicht die größte technische Leistung des Krieges. Und es wurde kaum von ihm gesprochen, auch im Nachhinein wird dieser Hafen nur gerade einmal erwähnt … bescheiden, klug, überlegen.

Einige Auszüge dieses *Tagebuchs* sind in Buchform erschienen; eine gekürzte Fassung meiner Aufzeichnungen aus den Jahren 1943/44. Ein dicker Band, der aber nicht vollständig ist. Vieles, das einen tieferen Sinn hat, die Veröffentlichung aber nicht verträgt, fehlt. Ich musste trotzdem publizieren, denn ich habe nicht das Recht zu schweigen über das, was geschehen ist, und ich wage nicht, die Verantwortung auf mich zu nehmen, geschwiegen und dadurch auf meine Art dazu beigetragen zu haben, dass sich noch einmal wiederholen kann, was geschehen ist.

Ein ungarischer Journalist hat seine Eindrücke aus der Todesfabrik Mauthausen niedergeschrieben. Das Buch ist gute journalistische Arbeit: aufmerksam, genau beobachtet. Was er über das Verhalten der ungarischen Gefangenen schreibt, ist sehr interessant: die Grafen und Generäle, die in dieser Hölle eine eigene Kaste blieben, sich nicht unter die anderen Elenden mischten und eine Art Kasinogesellschaft in der Nähe der Gaskammer spielten. Und die Nazis behandelten diese Grafen und Generäle mit Respekt. Ein Herr bleibt also auch in der Hölle Herr? Nein, die ungarische Herrschaft ist auch in der Hölle hoffnungslos selbstgerecht und privilegiert.

In der Nähe der Zárdastraße gibt es einen kleinen Platz mit Staudenbeeten, welken Sträuchern, die von der Glut der Belagerung angesengt wurden, mit Bäumen und Bänken. Wie auf allen Plätzen in Buda, erheben sich auch hier provisorische Grabhügel mit zusammengezimmerten Holzkreuzen. Hier liegen Frauen und Männer begraben, die in der Panik der Belagerung von den Bewohnern des Rosenhügels verscharrt wurden.

Es gibt auch ein paar Soldatengräber. Die russischen Toten wurden schon exhumiert und andernorts beigesetzt. Doch jeden Morgen gehe ich an einem Grab vorbei, an dessen Holzkreuz eine zerfetzte, inzwischen vom Novemberregen aufgeweichte deutsche Militärkappe hängt. Das Grab ist namenlos und ohne irgendein Zeichen. Es gibt nichts Traurigeres als dieses Grab, in das ein großes Volk einen seiner unbekannten Söhne gelegt hat, der SS-Mörder oder vielleicht ein gebildeter, hilfloser Wiener oder bayerischer Junge gewesen sein kann.

Dieses namenlose Soldatengrab auf einem öffentlichen Platz in Buda, mit einer zerschlissenen Militärmütze, die auf die Spitze des Kreuzes gestülpt wurde, könnte das größte aller lehrreichen Symbole sein. Aber auch dieses Symbol ist zwecklos, denn die Menschen brauchen den Krieg, die Grausamkeit, die Selbstzerstörung und die Aggression. Engländer und Amerikaner sprechen offen aus, dass sie im besetzten Deutschland mit Erziehung nicht viel bewirken können, weil die Deutschen aus ihrem Zusammenbruch nichts gelernt haben: Von Schuldbewusstsein, von der Fähigkeit zur Selbsterkenntnis gibt es bei den Deutschen – wie bei uns – keine Spur. Was wollen sie? Leben, ohne Lehren daraus gezogen zu haben, und morgen, so bald wie möglich, die für sie und alle anderen gefährlichen Raubzüge von Neuem beginnen.

Madariaga glaubt an das Christentum und den freisinnigen Humanismus. Viele von uns glauben an das Christentum und den liberalen Humanismus; ich glaube nur nicht mehr daran, dass das Christentum, der Liberalismus und der Humanismus die menschliche Natur ändern und erziehen können.

Die Atombombe und all die anderen unbekannten und furchtbaren Waffen, auf die die Staatsmänner schon anspielen: Sie sperren die Menschen in ein ganz besonderes Gefängnis. Dieses Gefängnis ist eine Welt, die mit einem gewalttätigen, künstlich herbeigeführten Ende ausgeschlagen ist. Dieser Gefangenschaft kann man nicht entfliehen.

Es gibt keine gesellschaftliche, wirtschaftliche, politische Flucht … Eine Möglichkeit aber gibt es: Demut und die Freiheit der Kunst. Du bist sterblich, Mensch, und du bist so lächerlich sterblich und von künstlich erzeugten Gelegenheiten zum Sterben umgeben ... Wende dich der souveränen Unendlichkeit der Seele, der Demut und der Kunst zu, wenn du dich in diesem Gefängnis noch für einen Augenblick fühlen willst wie ein Mensch.

János, der kleine Junge, hat seinen Kampf gewonnen: Man kann ihn nicht mehr länger nicht lieb haben. Wir müssen uns zu ihm bekennen, er gehört zu uns.

Womit hat er diesen Kampf gewonnen? Nicht nur damit, dass wir einsam sind und er diese Einsamkeit mit Leben erfüllt. Mit seinem Wesen hat er ihn gewonnen, ganz persönlich: weil er jemand ist, eine Persönlichkeit, weil er Humor hat, Verstand und Urteilsvermögen besitzt, Gefühl und Geschmack. Seit sechs Monaten lebt er bei uns, und er hat überlegen gewonnen.

Ich kann mich an keine menschliche Erfahrung erinnern, die so innig gewesen wäre, die so viel Freude und Erlebnisse beschert hätte wie das Zusammenleben mit diesem Buben.

Ich mag seinen Humor. Schließlich ist er viereinhalb Jahre alt, und in diesem Alter ist der Humor eine seltene Erscheinung. Seine schelmische Gewitztheit, wie er die Menschen sieht und dann vertraulich seine vernichtenden Beobachtungen mitteilt, mich unterhält und aufheitert – als würde ich Goethe lesen.

Was wohl aus ihm werden mag? ... Eine ewige und sinnlose Frage. Die Herkunft ist immer bestimmend ... aber was wissen wir denn über die tatsächliche Wirkung der Herkunft? Das Ergebnis zählt, und das stellt sich sowieso heraus.

Jetzt, da ich den Inhalt meines 43/44-er-Tagebuchs in Auszügen in diesem dicken Band sehe, spüre ich beruhigt, dass diese Arbeit gemacht werden, dass die Auszüge veröffentlicht werden mussten. Sicher wird es viel Aufhebens um dieses Buch geben; »meine Klasse«, zu der ich doch berechtigt bin ein paar Worte zu sagen, wird mir diese Worte niemals verzeihen. Damit muss ich mich abfinden; zu schweigen war mir nicht möglich. Und die andere Familie, die Nation? ... Die Antwort der Nation ist komplizierter, wird nur ganz allmählich gegeben. Vorerst interessiert sie weit mehr, wie man im Chaos auch weiterhin abstauben, schmarotzen kann, als die Meinung irgendeines ihrer Söhne zu hören.

Lektüre: die *Briefe des Kaisers Julianus*. In zweisprachiger französischer Ausgabe.

Wusste dieser kluge Mann – und gute Stilist –, zweihundert Jahre nach Mark Aurel, dass das Reich, dem er vorsteht, eigentlich nicht mehr existiert? Wie ein Gebäude, das von Termiten zerfressen wurde: Es steht noch, steht dort, wo es immer stand, doch eine Windböe genügt, um es zu Staub zerfallen zu lassen.

Das Gedicht Kiplings, dieses harte, schnalzende Lehrgedicht des englischen Imperialismus – »If ...« –, ist kein »schönes« Gedicht, Shelley hätte es nicht gemocht. Man kann ein Volk jedoch erfolgreich zum Guten erziehen, wenn aus einigen solcher Lehrgedichte politische und gesellschaftliche Wirklichkeit wird.

Im Lustspieltheater probt man *Zauber*. Ich sitze in einer Ecke der Bühne und höre den Schauspielern zu. Sie proben gewissenhaft und professionell, »streichen«, werfen all das aus dem Text, was, ihrem schauspielerischen Instinkt nach, überflüssig ist, und sie haben damit sicher auch recht. So wird eine anständige Aufführung, ein gewissenhaftes Bühnenspektakel zustande kommen.

Dies ist meine dritte Arbeit fürs Theater. Und während ich den Akteuren zuhöre, spüre ich wieder: Ich habe keine wirkliche Beziehung zur Bühne. Sie ist nicht mein Raum, mein Umfeld. Sie haben recht, wenn sie weniger, manchmal etwas anderes und stets alles anders sagen, als ich es geschrieben und mir vorgestellt hatte … doch auch ich habe recht, wenn ich spüre, dass ich nur in dem Raum des geschriebenen Wortes mit meiner Arbeit »übereinstimmen«, einverstanden sein kann. Das hier ist schon eine Produktion, in einer Schaustellerbude, mit der ich nicht viel und nicht wirklich etwas gemein habe.

Im Regen fahre ich die Donau entlang, acht Kilometer im Novembersturm, nach Hause, nach Leányfalu. Das Fahrrad habe ich vor ein paar Jahren noch aus ganzem Herzen verachtet, es für ein lächerliches Verkehrsmittel gehalten. Jetzt macht es mir Spaß, unterhält mich. Fahrradfahren erinnert irgendwie ans Schweben, ans Fliegen … Vielleicht bereitet sich der Mensch mit solchen metaphorischen Erfahrungen auf die Freiheit im Tod vor.

Das Geld ist total explodiert, es wurde atomisiert. Am Vormittag kostet ein Kilo Salz achtzehntausend Pengő, am Nachmittag zweiundzwanzigtausend. Warum nicht mehr? Warum nicht viel mehr? Das weiß keiner. Es gibt in diesem Spiel etwas von einer fixen Idee, einer Psychose. Ein Tausender ist einen Fillér wert oder noch weniger. Trotzdem kann der Mechanismus des menschlichen Zusammenlebens nicht ohne Geld betrieben werden. Auch in solch atomisiertem Zustand braucht man es, man braucht die verrückten Zahlen, die kein Wertmesser mehr sind, sondern nur noch Aufschreie.

In den vergangenen Jahren waren alle gezwungen, urkundlich – und mit wie vielen verschiedenen Urkunden! – zu beweisen, dass sie »Christen« sind. Dieser Irrsinn war ansteckend. Doch gerade die Christlichkeit ist jener menschliche Zustand, zu dem man keine Urkunde braucht. Jemand ist christlich, oder er ist es nicht. Wenn er es ist, braucht er keine Urkunde, wenn er es nicht ist, so ist er es auch nicht, wenn er eine Urkunde besitzt. Jahrelang wurde damit ein grausames und dummes Spiel getrieben.

Hemingways Roman über den Spanischen Bürgerkrieg. Ordentliche Arbeit – keine Literatur, aber auch kein Report; eine Art der Berichterstattung, die zwischen den beiden liegt, ein Text, den die Hitze des Erlebten über den Durchschnitt erhebt. Pilars Erzählung über den Massenmord in der Kleinstadt, in der sich Bekannte und Freunde unter dem Vorwand der Revolution gegenseitig umbringen, ist in seiner Wortkargheit ein bedeutendes Kapitel der Weltliteratur.

Wenn ich aufmerksam in mich hineinhöre, spüre ich noch wilde Kräfte in mir – Kraft zur Arbeit und zum Leben. Diese geheime Reserve gehört mir; ich habe sie nicht für räuberische Abenteuer, aus denen jetzt das Leben besteht, aufgebraucht; sondern sie gut verborgen. Nur weiß ich nicht, ob ich noch Lust habe, diese Kräfte einzusetzen.

An einige Szenen aus Hemingways Buch kann ich mich erinnern. Als Pilar über den »Geruch des Todes« spricht; da spürt der Leser, dass diese Definition wirklichkeitsgetreu und genau ist. Das Zwischenspiel der Liebe ist seicht, es würde in einen amerikanischen Film passen. Was aber stark aus dieser düsteren menschlichen Landschaft strahlt, die nicht mit rein literarischen Mitteln gezeichnet wurde, ist Spanien. Es steckt etwas Dreckiges und Großartiges in diesem Land, Würde und Banditentum, der Ruf nach dem Tod und die Verachtung des Todes. Die Vision des Hochmuts, des Blutes, des Todes, eingerahmt von schwarz-goldenen Kulissen. Das ist wirklich groß, mehr als literarisch, real.

Der kleine Junge läuft ständig zu *L.* und küsst sie. »Noch nie hab ich so eine gute Mama gehabt«, sagt er. Und: »Ich hab mich an Sie gewöhnt.« Und: »Sterben wir zusammen.« Und: »Wir bleiben für immer zusammen.« Zu mir hat er gesagt: »Ich will so heißen wie Sie.«

All das sind Geständnisse und Liebe. Sie berühren mich zutiefst. Doch auch unser neues Dienstmädchen, das nicht gerade eine appetitliche Erscheinung ist, das arme Mädchen, küsst er ebenso, und er schmeichelt ihr heftig. Ganz offensichtlich küsst er nicht die Person, sondern genießt den Kuss und sucht dabei die Vorteile, die aus dem Schmusen und Schmeicheln folgen können. Diese Untreue schneidet uns ins Herz. Wir sind eifersüchtig. Doch wir haben genug gelebt und erfahren, um zu verstehen: Er ist untreu, weil er ein Mensch ist, liebt uns nicht wirklich, weil er weiß, dass wir ihn mehr lieben. Wir müssen es ertragen, dass er auch um die Gunst anderer wirbt. Wir müssen uns damit abfinden, dass er eine kleine Hure ist; denn er ist ein Mensch.

Ich weiß, ich habe noch Kraft. Doch ich spüre auch, dass ich lustlos bin, also auch in Richtung Tod spähe. Der Mensch stirbt, wenn ihn das Leben nicht mehr interessiert. Auch meine Arbeit interessiert mich nicht mehr gänzlich, absolut. Den Menschen kann man nicht helfen, und was für einen Wert hat das Schreiben, das Denken an sich? … Ich kann noch vierzig Jahre leben und schreiben – warum auch nicht? –, doch genauso gut kann ich heute Nacht für immer einschlafen. Und ich lehne mich innerlich gegen die Idee dieser Möglichkeit auch nicht auf.

Der Tod kann nur von der Liebe besiegt werden, für einige Zeit; doch ich glaube nicht an die Liebe. Ich bestreite nicht, dass es sie gibt; es gibt sie; sie ist von großer Kraft; ich habe sie kennengelernt. Aber diese Kraft interessiert mich nicht mehr. Ich kenne ihre Erscheinungsformen, das Material, das nötig ist, damit sie zum Leben erwacht, ihren Preis und ihre Folgen, die Voraussetzungen für sie und ihre Beschaffenheit. Ich kenne sie, soweit man die Voraussetzungen zum Leben kennt. Die Möglichkeit zu lieben lockt mich nicht. Der Tod ist eine ebensolche Kraft und vielleicht sogar noch absoluter, vollkommener.

Der kleine Junge und ich essen gemeinsam zu Mittag; heute haben wir über die »Eltern« in Jászberény gesprochen, über die alten Bauern, die ihn aufgezogen haben, nachdem er aus dem Waisenhaus zu ihnen gekommen ist. Und wir haben über Armut gesprochen.

Diese »Eltern« waren – wie der Junge erzählt – bettelarm und bedürftig. »Mama hat ein Kleid gehabt, aber das war ganz zerlumpt«, sagt er, »und ein Tuch, für den Winter. Der Papa hatte kein Ross und auch keinen Hund. Nur zwei Gänse, die hat er einmal gekriegt. Speck gab es nur ganz selten zu essen. In der Früh haben wir Brot gegessen, erzählt er, zu Mittag eine Suppe. Hier ist es besser«, stellt er dann fest, unbarmherzig, nüchtern.

Emotionslos spricht er über die Armut wie ein Erwachsener über eine Naturerscheinung.

In mir braut sich wieder eine Krankheit zusammen. Ich beobachte diesen Zustand wie ein Soldat die Angriffsvorbereitungen seines Gegners. Was hat er wohl vor? ... Ich weiß, dass alles von mir abhängt, von meinem Willen, meinem

Selbstbewusstsein, von meinem Mut. Zu irgendetwas hab ich keine Lust – wahrscheinlich zum Leben –, ich fürchte mich vor irgendwas – wahrscheinlich vor dem Leben; deshalb diese Meuterei in meinem Körper.

Ich werde streng zu ihm sein und versuchen, ihn im Zaum zu halten.

»Ende November.«

Ich gehe die Landstraße entlang. Weil sie keine Ochsen besitzt, hat eine Frau zwei Kühe vorgespannt und pflügt. Die Erde ist fett, sie gärt. Eine Frau schiebt ein kleines Mädchen im Kinderwagen. Lupus hat der Frau das halbe Gesicht zerfressen. Ich starre einen rostbraunen Hund an; er sieht aus wie ein verkleideter Fuchs. Wie bunt die Welt ist! Furchterregend und anziehend! Man kann ihrer nicht überdrüssig werden. Nur unsrer selbst können wir überdrüssig werden. Wir selbst sind, von innen gesehen, nicht so interessant.

Maeterlinck glaubt daran, dass eine Zeit kommen wird, in der der Mensch seiner Seele wieder näher ist; wie die Menschen im Osten, wie die Menschen der mystischen christlichen Jahrhunderte … Es gibt Zeitalter, in denen nur die Vernunft und die Schönheit regieren; und wieder andere, in denen Vernunft und Schönheit zweitrangig sind und der Mensch seine Seele unmittelbarer empfindet.

Für ein solches Zeitalter sehe ich kaum Anzeichen. Doch ich glaube daran, dass es im Leben eines Individuums Augenblicke gibt, in denen es sich gleichsam über seine Seele beugt und jener Tiefe näher kommt, die das Individuum selbst ist, und seine Seele in dieser Tiefe auch ansprechen kann.

In einem kaum beschädigten ebenerdigen Haus in der Zárdastraße haben zwei alte Frauen ein Wirtshaus betrieben. Jetzt wurde die Weinschenke wieder eröffnet, und die Besitzer haben eine Tafel mit folgendem Text am Eingang aufgehängt: »Das Wirtshaus ist eröffnet! Bitte durch die Tür einzutreten!« An was für Gäste sie sich wohl in jüngster Zeit haben gewöhnen müssen.

Bei der Probe im Theater. Klári Tolnay spricht ihre Rolle, und nach langer Zeit spüre ich wieder dieses Prickeln – Goethe hat es Schaudern genannt –, das ein untrügliches Zeichen dafür ist, dass jemand sein Handwerk versteht. Diese Schauspielerin beherrscht ihr Metier. Sie bringt keinen einzigen falschen Ton hervor, ihr Gehör ist absolut, und sie schafft mit winzig kleinen Mitteln, manchmal ohne jedes Mittel, das Unmögliche: Sie erweckt ein Schicksal zum Leben. [Durchgestrichener Eintrag.]

Die Sache mit dem chinesischen Dichter ist keine schlechte Idee. Ich beschäftige mich damit, wie wenn jemand aus dem weichen Inneren des Brotes eine kleine Figur formt. Der Dichter hat schon ein Gesicht, Manieren, eine Stimme. Aber was mag er? Er liebt Wein, Gedichte und kleine Kinder. Den Wein liebt er im Übermaß. Er lebt weit entfernt von der Hauptstadt, die Parteisekretäre haben ihn vergessen. Im literarischen Leben erinnern sich nur noch ein paar Freunde an ihn. Er schreibt seine Verse auf Packpapier, ganz gemächlich. Schreibt wehklagend von Wildgänsen und dass es im Leben keine Freuden gibt. Dann schreibt er hämisch darüber, dass der *modische Schriftsteller* in der Stadt – aus der man ihn, den armen, vergessenen Dichter, verbannt hat – ein unglaubliches Rindvieh ist. Wir beginnen uns kennenzulernen. Er weiß schon, dass einige seiner Gedichte von Kosztolányi – aus dem Englischen – übersetzt wurden, ins Ungarische; aber nur so nebenbei, im Rahmen einer Anthologie. Kosztolányi hat mehr von Li Tai-peh übersetzt. Auch davon weiß er, und es schmerzt ihn. Doch er ist ein wohlerzogener Mensch, und so spricht er nicht darüber.

Gábor Devecseris kleines Büchlein über Kosztolányi ist eine hilfreiche und saubere Arbeit. Sie erinnert mich an Gautiers Abhandlung über Baudelaire: So muss man über einen Dichter sprechen, mit der Stimme eines Reiseführers, eines Cicerone, der in eine Welt führt, die er perfekt kennt, und der dennoch, während er uns herumführt, immer wieder staunt, wie schön und reich diese Welt ist.

Kosztolányis größte Stärke ist diese nie endende, nie müde werdende Sinnlichkeit, diese elektrisierte Erregung und Aufmerksamkeit, mit der er auf die Erscheinungen der Welt reagiert. Er war niemals faul oder träge, wenn er die Welt betrachtete. Das ist eine große Begabung.

Winterwind. Mein größter Feind. Ich kämpfe nicht gegen ihn, ich verteidige mich nur. Untertänigst warte ich darauf, dass er mich mit seinem eisigen Dolch verletzt.

Der kleine Junge langweilt sich unter uns Erwachsenen. Womit soll ich ihn unterhalten? Soll ich ihm aus Woolfs neuem Roman vorlesen? Oder aus dem kleinen Däumling? Aber dann langweile ich mich. Es gibt keinen Ausweg, jeder muss sich in jedem Lebensalter, nach seinen eigenen Gesetzen langweilen.

Zwei unbedingte Erkennungszeichen des souveränen Menschen: Mut – der nie mit seiner zähen Kraft prahlt – und Demut. Mut ohne Demut ist lediglich Nervosität.

Ich habe das wichtigste ungarische Buch gekauft und lese es jetzt: das neue Lehrbuch der Geschichte für die Bürgerschulen, das schon dem demokratischen ungarischen Lehrplan entsprechend zusammengestellt, geschrieben und herausgegeben wurde. Eine aufregende Lektüre. Wenn ich es richtig bedenke, hängt von der Wirkung dieses Buches alles ab.

Und mir scheint, dass auch der Autor des Buches zaghaft ist. Er spürt seine Verantwortung, muss aufrichtig über tausend Jahre alte Lügen sprechen … eine übermenschliche Aufgabe, nicht nur für Pädagogen, auch für Dichter und Schriftsteller.

Im Radio singt eine Sängerin – ich glaube, Galli-Curci – eine große Arie und schmettert das hohe »C«. Der kleine Junge hört so etwas zum ersten Mal. Er blättert in einem Bildband, schaut zerstreut auf, lauscht der Stimme und sagt: »Jetzt wird das Schwein gestochen.«

Stundenlang gehe ich im Wind am Donauufer entlang. Als würde der Novemberwind irgendetwas aus mir herausfiltern. Hat mich all das, was geschehen ist, wirklich nichts gelehrt? Vielleicht doch. Und *Befreiung* – auch wenn das Manuskript längere Zeit in meiner Schublade verstauben wird – was zählt das schon? –, es hat sich gelohnt, es zu schreiben. Denn man kann nicht oft genug, starrsinnig genug und überzeugend genug niederschreiben, dass es keine »Lösung« und keine »Befreiung« gibt, aus den individuellen Erwartungen ebenso wenig wie aus dem historischen Hoffen … Der Mensch erwartet etwas, erwartet sehnsüchtig die Befreiung, wartet auf eine Lösung, er kauert im Vorhof der Hölle und wartet auf beides, als würde er im Krampf, mit tödlichem Durchfall, dort hocken. Und er will nicht glauben, dass er umsonst wartet. Und wirklich, er harrt nicht vergebens – die Befreiung, die Lösungen, sie werden sich eines Tages einstellen. Eine Armee oder ein Mensch wird sie bringen. Und wie sehen sie aus? ... Na, so, wie sie eben sind. Abscheulich, unbarmherzig, ordinär, hinterhältig, grausam und auch gleichgültig. Trotzdem bedeuten sie Lösung und Befreiung, und sie müssen akzeptiert werden, ohne Verwunderung, dankbar und demütig. Was erwarten wir? Engelsfanfaren in himmlischem Licht? Nein, die gibt es nicht. Und diese andersartige »Lösung« müssen wir annehmen, so wie sie ist, ohne Begeisterung und Enttäuschung – und in ihrer furchtbaren Vulgarität das Wunderbare sehen.

Ich bin zwei Tage mit dem Kind allein. Seit langer Zeit fühle ich das erste Mal wieder, dass ich meine Zeit in vornehmer Gesellschaft verbringe.

Wir sprechen nur über Wesentliches wie die großen Geister oder hochrangige Menschen oder Souveräne. Worüber? Über den Tod und davon, dass das Kälbchen am Vormittag genuckelt hat und es knirscht, wenn der Hase Luzerne mümmelt. Natürlich wird auch er Schriftsteller werden, das hat er mir schon mitgeteilt. Was für ein Schriftsteller? »Ein bekannter«, sagt er. »Und Sie werden der Türke sein.«

Diese ungarische Gesellschaft, die so plakativ und geschäftstüchtig christlich gewesen ist, hat ausgerechnet zum Beweis des Christseins Dokumente verlangt – und zwar komplizierte, nur aufgrund von polizeilichen Nachforschungen erhältliche Papiere. Das ist, als würde jemand zum Nachweis von Talent oder Schönheit Dokumente und Urkunden verlangen. Das Christlichsein kann genauso wenig mit Dokumenten nachgewiesen werden wie Begabung oder Schönheit. Entweder ist jemand christlich, oder er ist es nicht. Alles andere ist einfach Geschäft.

Wie jene Gorgonzolasorten, die wie Käse aussehen, solange ihr weich-wurmiger Körper in Stanniolpapier gehüllt ist und so zusammengehalten wird … Doch eines Tages hebt man das Papier mit einer Messerspitze ab, dann ist auch die letzte schwache Kohäsionskraft passé, und das weiche Material kriecht grün und langsam auseinander. So ist diese Gesellschaft heute.

Dabei kann man nicht sagen, das sei die natürliche Konsequenz aus vergangenen faschistischen Zeiten. Das stimmt zwar weitgehend. Folgen dieser Art zeigen sich aber nur dort, wo das Material für eine Infektion durch diese Seuche empfänglich ist. Auch die Tschechen wurden von den Deutschen besetzt, und auch in Holland gab es holländische Nazis … doch *alle anderen* haben anders darauf reagiert! Und außerdem: Was jetzt geschieht und sich in seiner ganzen Armseligkeit zeigt, ist *nicht nur eine Konsequenz*, sondern eine eigenständige, von allen Voraussetzungen unabhängige Realität. Diese Menschengarnitur ist armselig, dürftig, von minderem Wert, sowohl moralisch als auch geistig. Das ist nicht die »Sünde« der Demokratie; doch die Demokratie kann daran zugrunde gehen, denn dies ist die Wirklichkeit, mit der sie rechnen muss.

Die Engländer, Amerikaner sagten ermunternd: »Brecht mit den Deutschen, um jeden Preis!« »Und dann?«, haben wir gefragt. »Was geschieht dann?« … »Tja«, sagten die Engländer und Amerikaner, »versprechen können wir euch nichts.«

Die Jugoslawen und die Polen, die von ihnen genauso ermutigt wurden, sind dem Aufruf gefolgt. Sie haben mit den Deutschen gebrochen und heldenhaft gekämpft. In diesen Staaten herrscht heute formal Anarchie. Engländer und Amerikaner konnten kein einziges ihrer Versprechen einlösen. Die Russen haben wenigstens nichts versprochen. So sieht es aus.

Vor einem Jahr haben uns die Russen zweifellos Befreiung gebracht. Die Freiheit aber hatten sie nicht im Gepäck.

Und Freiheit kann man auch nicht von außen bringen. Ein Individuum, eine Nation können sich nur selbst die Freiheit schenken.

Als Dezső Szabós menschliches und schriftstellerisches Potenzial schwand und er schließlich verstummte, liefen seine Anhänger auf Zehenspitzen mit einem Finger an den Lippen um ihn herum und flüsterten ehrfürchtig: »Pst! Der Meister schweigt! Er bereitet sich auf etwas vor.« Zehn Jahre lang schwieg er so geheimnisvoll: Dann war er gezwungen, seine Stimme zu erheben, murmelte etwas in Theaterzeitschriften, auf kindische Art. Und die Welt erfuhr, dass der Meister in der Zeit seines Schweigens einfach nur geschwiegen hat, weil er nichts zu sagen hatte.

Als der Faschismus das ungarische Geistesleben zum Schweigen brachte, hofften wir: In diesem Schweigen würden große Werke reifen. Dann ging der Faschismus unter, und die linken Geister ergriffen das Wort. Und es stellte sich heraus, dass auch sie »einfach nur so« geschwiegen hatten; gezwungenermaßen, aber auch deshalb, weil sie nichts zu sagen hatten. Es gibt keinen Roman, kein Gedicht, keinen wissenschaftlichen Aufsatz, über die man sagen könnte: Ja, der Faschismus hat sie abgewürgt, und jetzt konnten sie endlich erscheinen! Sie waren das Schweigen wert! … Nein, es gibt gar nichts.

Die kommunistischen Blätter greifen das *Tagebuch* und meine Person heftig an. Der Ton, die Phrasen dieser Angriffe, die man in die Form einer Kritik kleidet, gleichen auf gespenstische Weise jenen faschistischen Attacken, mit denen heute vor einem Jahr und auch früher schon alle meine Bücher beanstandet wurden. Genau auf die gleiche Weise haben György Oláh, Milotay, Rajniss verfälscht, was ich geschrieben habe. Doch einer der kommunistischen ungarischen Kritiker geht noch weiter als die Faschisten: Er »zitiert« einen – als Kriegshetze zu verstehenden – Satz aus irgendeinem angeblichen Artikel von mir, den ich niemals geschrieben habe! All das könnte leicht widerlegt werden: aber warum denn und wozu? Man darf mit Feinden, die unredlich sind, kein Wort wechseln, man darf sich mit den Attacken einfach nicht beschäftigen, man muss weiter schreiben und leben, solange es möglich ist, und darf weder nach links noch nach rechts schauen. *Iam alios vidimus ventos …* Und ich muss all das schreiben, was ich schreiben will, und darf mich nicht mit meinem persönlichen Schicksal und dem Schicksal meiner Texte beschäftigen.

Wenn ich alles dessen noch nicht überdrüssig bin … Ich kann keine Angst mehr verspüren, auch kann man mich nicht mehr beleidigen. Aber angewidert bin ich manchmal schon sehr.

Was ist doch gleich dieser »Mut«? Wie viel auch darüber gelogen wird.

Ich glaube, jemand, der sehr gut beobachten kann, ist mutig. Jemand, der sich nicht fürchtet zu beobachten. Jemand, der hinschaut, bis zum letzten Augenblick, egal, was ihm das Leben zeigt, egal, was passiert. Beobachten, unerbittlich, unsere Augen nicht schließen, wie sehr sich unser Lebensumfeld auch verändert … dazu gehört wahrer Mut.

Heute vor einem Jahr und auch früher schon haben die Handlanger der Pfeilkreuzler jede meiner Zeilen angefeindet. Heute verfälschen, verdrehen, beanstanden kommunistische Schreiberlinge all das, was ich jetzt noch schreibe. Sie bezeichnen mich triumphierend als den »Bürger«, als wäre das eine Erbsünde, als würden sie »Raubmörder« sagen. Was anderes können sie nicht vorbringen; doch während einer Revolution genügt auch das als belastendes Material für eine Anklageschrift.

Bürger, ja … Was sollte ich sonst sein? Wenige haben so bewusst gegen die fatalen konstitutionellen Sünden einer Klasse angekämpft wie ein paar von uns, die wir als Schreibkundige und Bürger geboren wurden und in diesen Jahrzehnten zum Streiten gezwungen waren. Die Zeit des Coupons schnippelnden Bürgertums ist wahrlich abgelaufen. Was aber ist an seine Stelle getreten? Welchen Anspruch auf Moral zeigen die Bauern und die Arbeiter? Wo steckt in diesen Gesellschaftsschichten der Geist der Aufopferung? Oder der Wille nach und der Anspruch auf Bildung? Was ich beobachte, ist erbärmlich. Die armseligste Wortdrescherei in Presse, Wissenschaft und Literatur. Unredliche Schacherei, auf den Hinterhöfen im Dorf genau wie in den städtischen Hauseingängen. Dümmliches Herumstottern auf den Podien des Geistes. Der Bürger, ja … Doch seine Richter? Seine Urteilsvollstrecker? Mit welchem Recht urteilen sie?

Im bleischweren Dezemberschneeregen wandere ich ohne Straßenbahn und Brücken vom Morgen bis zum Abend fünfzehn, zwanzig Kilometer zwischen Buda und Pest. Ich tue das wie ein Pilger mit masochistischer Freude. Jede Art körperlicher Müdigkeit taugt dazu, das trostlose Bewusstsein der Heimatlosigkeit einzuschläfern.

Ein kommunistischer Schriftsteller zitiert meinen unglücklichen Artikel über Ossietzky und fordert mich dazu auf, für immer zu schweigen. Wenn er wüsste, wie gern ich dieser Aufforderung nachkommen würde! Sich mit Schweinezucht zu beschäftigen wäre auf jeden Fall ein sinnvolleres und erfolgreicheres Unterfangen, als sich im heutigen Ungarn mit Literatur abzugeben ... Leider hängt mein »Schweigen« nicht von mir ab. Hier geht es um ein Gesetz, das nur ich kenne. Mich kann man nur zum Schweigen *bringen*; alles andere unterliegt nicht den irdischen Gesetzen.

Ich will es nicht bestreiten: Es war falsch, diesen Ossietzky-Artikel zu schreiben, vor neun Jahren! Ich bereue es, und es tut mir leid. Doch in den letzten fünfundzwanzig Jahren war ich gezwungen, unzählig viele – mehrere Tausend – Artikel zu schreiben; ich wäre kein Mensch, wenn ich mich nicht manchmal geirrt, nicht auch einmal derb übertrieben hätte ... Doch ich war Mensch und habe mich in vielem geirrt. Nur in einem, so glaube ich, habe ich mich nie geirrt: in meinem Streben nach Bildung und Menschlichkeit. Niemals willentlich. Doch gerade in diesen fünfundzwanzig Jahren ergab es sich oft so, dass ich keine Möglichkeit hatte, gerade dieses Streben lautstark und unmissverständlich unter Beweis zu stellen. Vielleicht ist das eine Sünde. Ich will mich auch nicht verteidigen. Alles, worum ich bitte, ist, dass diese Blutrichter des Geistes sich mit meinem Kopf zufriedengeben und sich all jener erbarmen mögen, die sich auf ähnliche Weise versündigt haben.

Mit *V.* spaziere ich im bleischweren Regen, im Nebel, an einem späten Dezemberabend nach Buda zu meiner Wohnung. Wir stapfen im Stockdunkeln durch Schlamm und Matsch, zwischen den wohlbekannten Ruinen dahin. Er erzählt ohne besondere Betonung, fast gleichgültig, dass sie

Hunger leiden und seine Frau über die physische Tragödie, die sie während der Belagerung erlitten hat, immer noch nicht hinweggekommen ist; sie liegt im Spital, ist krank ... »Am schlimmsten war«, sagt er, »dass die Kinder gesehen haben, wie ihre Mutter weggeschleppt wurde. Auch heute reden sie noch davon.« Emotionslos spricht er, demütig und gleichgültig, wie jemand, der sich schon mit allem abgefunden hat.

Dann reden wir über Krúdy; dass er am Ende des letzten Weltkriegs von der äußerlichen Verelendung der Budapester geschrieben hat. »Die Vogelscheuchen sind in Budapest eingezogen«, schrieb er damals.

Die Unaufrichtigkeit nimmt, wie eine Seuche, erschreckende Ausmaße an. Sie infiziert Seelen und fordert überall Opfer. Die Gesellschaft hat jede Hemmung, jede Scham verloren.

Jeder ungarische Geistesmensch war gezwungen, sich am 19. März 1944 – wenn nicht schon vorher! – in die Emigration zurückzuziehen. Auch ich. Nun, da ein Jahr vergangen ist, fanden viele, dass die Zeit reif sei, aus dieser Emigration nach Ungarn zurückzukommen. Ich sehe keinen Grund, aus der Emigration heimzukehren – ich kann nirgendwohin heimkehren. Vielleicht muss ich noch lange hier leben, vielleicht muss ich auch in dieser Emigration, in dieser Fremde sterben: in meiner Wohnung in der Zárdastraße oder in Leányfalu.

Warum lebe ich in der Emigration? Weil ich ohne geistige Freiheit nicht bereit bin, Ungarn als mein Zuhause zu akzeptieren. Ohne geistige Freiheit gibt es keine Heimat, nur ein Staatsgebiet, Städte und Bevölkerung – das kann man schließlich überall finden. Sogar hier.

Die Petőfi-Glosse im *Tagebuch* wird von den kommunistischen Richtern unter lautstarkem Zur-Rede-Stellen und augenrollender Entrüstung immer wieder zitiert, verfälscht, verdreht… Die Demokratie erträgt, nach diesen Zeichen zu urteilen, die Kritik an ihren Heiligen schwerer als die katholische Kirche.

Zum Beispiel wird Attila József ständig als »der Dichter, der vom Kapitalismus zum Märtyrertod verurteilt wurde«, angeführt. In Wirklichkeit war Attila József ein Gemütskranker, der sich eines Tages vor den Zug geworfen hat, weil seine Krankheit ihn dazu getrieben hatte. Dieser tragische Akt hat mit dem Kapitalismus nichts zu tun: Schizophrenie ist eine konstitutionelle Geisteskrankheit, meist hat sie ihre Wurzeln in der Pubertät, über ihre wirklichen Ursachen ist man sich immer noch im Unklaren, und das Kind eines Millionärs kann dieser Krankheit ebenso erliegen wie ein armer, genialer proletarischer Dichter. Aber wehe, einer wagt es, darüber zu sprechen!

Es kann sein, dass sich das Elend – das eine materielle Realität ist, aber auch eine künstlich herbeigeführte Möglichkeit sein kann! – in diesem Winter jenseits der Revolution mit Verfassungsrang auch in Richtung einer Revolution auf der Straße entwickelt… Wer soll das verhindern? Schwer vorstellbar. Eher ist es das Gesetz der Trägheit, das dieses Leben noch so einigermaßen im Gleichgewicht hält. Wenn es so geschieht, wird die Revolution an jede Tür klopfen, auch an die meine. Ich erwarte sie voller Gleichmut.

Ich lese die Briefe von *Julian Apostata*. Er war mehr als ein »Stilist«: Er war ein Formulierer, im praktischen Sinne des Wortes, als eine genau definierte »Formulierung« – aus der

Feder eines Kaisers! – noch gleichbedeutend mit der Tat war. Die zweisprachige (französisch-griechische) Ausgabe scheint eine haargenaue Übertragung zu sein. Eine französische Arbeit eben, im besten Sinne.

Habe begonnen, die Fortsetzung der *Beleidigten* zu schreiben.

Ich habe Fieber, schwitze, bin schlechter Laune. Sei stark, verstehst du!? Was ist es, das du nicht ertragen kannst? Du musst das alles ertragen, sonst war es vergeblich, und du bist ein Betrüger.

Sie lügen wieder und weiterhin mit Goebbels' Methoden, primitiv, abgeschmackt … Im ungarischen Rundfunk wird der Angriff eines russischen Kommentators verlesen: Ein Angriff gegen den Papst, der – wie der russische kommunistische Kommentator erklärt – »auf der Seite jeder Form des reaktionären Faschismus steht, und so wie er in der Vergangenheit nicht bereit war, seine Stimme gegen Hitler und Himmler zu erheben, so unterstützt er die Anhänger des Faschismus.« Die ganze Welt weiß, dass Pacelli heldenhaft gegen den Nationalsozialismus aufgetreten ist und die Nazibarbarei aufs Schärfste und mit allen Konsequenzen verurteilt hat. Und trotzdem kann man so etwas schreiben, im Radio verlesen, in die Welt hinausposaunen … Worte haben keinen Wert mehr.

Müdigkeit, die zur Ohnmacht zwingt. Ich nehme Phosphor und habe mir Sympathol besorgt … Aber das kann nicht helfen. Nur der Strom des Lebens kann helfen.

Julianus beschwert sich in einem seiner gallischen Briefe, dass er Griechisch nur noch fehlerhaft zu schreiben imstande ist, weil ihn die »Atmosphäre der Barbarei verwildern« lasse. Ich verstehe diese Klage … auch aus einer Entfernung von anderthalbtausend Jahren ist sie mir nur zu leicht verständlich.

Als er Kaiser wurde, wollte er, dass die Rhetoren, die Erzieher, die Philosophen ihm beim Regieren zur Hand gehen. Doch die Rhetoren, die Erzieher, die Philosophen, denen er hohe Staatsämter anbot, lehnten vorsichtig ab, traten zur Seite und entzogen sich. Diese drängenden Briefe sind gespenstisch aktuell. Wie wenig sich die menschliche Welt verändert hat und wie klein der Teller ist, über dessen Rand die Menschheit nicht hinausblicken kann! Einer legt sein Ministeramt nieder, beruft sich dabei auf seine angeschlagene Gesundheit, ein anderer redet sich auf familiäre Gründe heraus, ein dritter hat schlechte Nachrichten von seiner Wahrsagerin bekommen … Die Weisen damals drückten sich vor der Verantwortung, die mit politischer Macht einhergeht, genauso wie heute. Und die Weisen hatten, von ihrem Standpunkt aus, recht. Sie dürfen sich nur nicht wundern, die Weisen der Vergangenheit und der Gegenwart, wenn an ihrer Stelle zackige Feldwebel, Abenteurer, ehrgeizige Halbtrottel, kurzum: Gelegenheitspolitiker, die Macht ergreifen.

In Sachen irgendeiner Personenkontrolle eines Militäroffiziers bin ich als Zeuge auf die militärpolitische Staatsanwaltschaft geladen. Ich werde nach meinen persönlichen Daten gefragt, unter anderem Folgendes: »Welcher Partei gehören Sie an?« Und als ich erkläre, dass ich bei keiner Partei bin, sieht mich die Bürokraft verwundert an. Als würde ich sagen: »Ich bin Atheist, ohne Bekenntnis.«

Heute vor einem Jahr fragte man in ähnlicher Situation: »Welchen Glauben haben Sie?« Und ein Jahr später fragen sie: »Bei welcher Partei sind Sie?« Heute ist die PARTEI-Zugehörigkeit, was vor einem Jahr die Religionszugehörigkeit war. Doch die Partei ist noch ein wenig unduldsamer.

Sprichwörter sind immer Gemeinplätze, und sie haben immer recht. Zum Beispiel stimmt auch dieses englische Sprichwort: »Wer einen Fluss voller Strudel durchquert, soll unterwegs sein Pferd nicht wechseln.«

Der Fluss ist jetzt wirklich voller Strudel; nicht erst seit gestern; und auch morgen ist die Flut noch nicht vorbei. Am besten bleibt jeder auf seinem Pferd sitzen und klammert sich an der Mähne fest, bemüht, das andere Ufer zu erreichen. Vielleicht gelingt es nicht, und das rauschende Wasser spült mich mitsamt meinem Pferd fort. Doch auch das ist besser, eines Reiters und Menschen würdiger, als mit artistischem Geschick herumzuhüpfen.

T. besucht mich. Er liest die Kritiken zum *Tagebuch*. »Eine Salve«, sagt er und zuckt mit den Schultern.

So eine Salve habe ich nicht zum ersten Mal bekommen. Gestern schossen die Pfeilkreuzler, vorgestern die Faschisten, noch früher – ich erinnere mich nicht mehr genau, warum, ich glaube, weil ich von der jüdisch-liberalen *Újság* zum jüdisch-liberalen *Pesti Hírlap* gewechselt bin – die Juden, die darin eine Art Verrat sahen; sie konnten aber nicht sagen, an wem, woran und wo ich Verrat begangen hätte; dann die *Actio Catholica* und ihre Tochterblätter; dann György Oláh, Milotay, Rajniss in Leitartikeln, mit scharf geladenen Füllfederhaltern; jetzt die Kommunisten, eigentlich nicht die Kommunisten, sondern die als Marxisten getarnte geistige Unterwelt, und sie hoffen, aufzufallen und so nach oben zu kommen. Salven hat es stets gegeben. An die dauernden Salven gewöhnt man sich nicht nur, man wird ihrer auch überdrüssig. Ich gähne, während die Salven abgefeuert werden. Wenn die Welt noch weiter nach links rückt, werden sie mich auch noch auf andere Art attackieren, handgreiflicher. Diese Möglichkeit betrachte ich nur noch mit Gleichgültigkeit – Verhaftung, Internierung, Deportation und so weiter – wie die septischen Eventualitäten einer eitrigen Mandelentzündung. Der »bürgerliche Schriftsteller« – (aber bitte schön, was kann das für einer sein? ...) – ist immer Zielscheibe von Salven. Der Mensch, welcher sich nicht einer Partei oder einer Weltanschauung, sondern der Bildung und dem Prinzip des qualitätvollen Wettbewerbs verschrieben hat, ist immer ein Gegner. Ein Mensch wie dieser verteidigt sich, wie er es kann: mit Arbeit, die bis an die Grenze der Möglichkeiten kompromisslos ist; und darüber hinaus mit völligem Schweigen und mit Gleichgültigkeit.

Der kleine Bub ist strahlend intelligent. Glücklich beobachte ich das Erblühen seines Geistes, mit Freude und Verblüffung wie eine Naturerscheinung erster Klasse. »Das Leben ist schlecht«, sagte er heute beim Spielen, ohne Überleitung und voll Resignation. Er erklärte mir nicht, warum es schlecht ist. Ruhig und ernst setzte er sein Spiel fort.

Manchmal bin ich völlig perplex. Heute hat er unerwartet gesagt: »Heute ist, was gestern morgen war.« Er ist etwas über vier Jahre alt und formuliert manchmal wie Spinoza.

Die Briefe des Julianus. Was mochte er am Christentum nicht? Er fand es armselig, trostlos. Mithra und Helios, die alten Götter, waren in allem attraktiver, bunter, vollkommener für ihn als der grame christliche Gott des Schuldbewusstseins.

Seine Briefe sind höflich. Er ist auch dann höflich, wenn er verurteilt oder tadelt. Die Philosophen, Schriftsteller werden von ihm meist mit Reverenz angesprochen, als seien sie gleichrangige Partner: Er, der Kaiser, erkannte nur eine höhere Macht an, den Geist.

T. spricht von den Attacken, die auf meine Petőfi-Glosse erfolgten, und erzählt, seine Großmutter habe Petőfi noch persönlich gekannt. In seiner Kindheit habe er oft gehört, wie die alte Frau sagte: »Er war ein großer Dichter. Aber ein ekelhafter Mensch. Überheblich, ungerecht.«

Diesen Winter kann man wohl nur mit irgendeiner Art Bärentechnik überleben: mich in dieser Höhle am Rande des Waldes verkriechen und die Jahreszeit des Elends und des Sturms verschlafen. Zwischendurch manchmal, auf den Seiten dieses Tagebuchs, ein wenig brummen. Alles andere wäre ein unvernünftiges und zweckloses Unterfangen.

Heute ist in Budapest die Premiere meines Theaterstücks *Zauber*. Ich bin nicht hingefahren, um mich im Rampenlicht zu verbeugen, in einer Welt, mit der ich ebenso wenig gemein habe wie mit der vergangenen. Ich bleibe am Abend der Premiere hier im Dorf. Was anderes kann ich nicht tun.

Das Theater hat die Aufführung des Stückes erzwungen, es machte Gebrauch von seinem verbrieften Recht. Ich wollte es ihnen ausreden, umsonst. Doch das ist alles schon belanglos. Bücher, Theater sind nicht mehr von Bedeutung – nicht von Bedeutung ersten Ranges. Alles ist zweitrangig, gemacht, verlogen, gekünstelt. Nur die Schreckensherrschaft der Willkür, der Unbildung ist noch von Belang.

Der Schriftsteller wird inmitten der Abenteuer des Lebens langsam wie Cyrano: Er ist sein eigener Souffleur.

Zauber ist bei der Premiere durchgefallen. Eiseskälte im Zuschauerraum – er war nicht nur ungeheizt, auch das Publikum war innerlich eiskalt. Eine schlechte, schleppende, vom Lampenfieber zerrüttete Aufführung. Nur die Buhrufe haben noch gefehlt. Statt Kritiken eine Flut an Ehrenbeleidigungen. All das ist zutiefst langweilig.

Was interessanter ist: Die erste Aufführung, die ich sehe, ist bereits die dritte. Sie wird am Sonntagnachmittag gespielt. Das Haus ist drei Viertel voll. Das Stück ist schlecht. Was daran glitzern würde und verspielt wäre, versickert in der Gleichgültigkeit des Zuschauerraums und im müden, langsamen, dumpfen Spiel der Schauspieler. Klári Tolnay ist die Einzige, die den Text manchmal klingen lässt. Am Abend schaue ich mir dann den ersten Aufzug an. Das Haus ist zum Bersten voll, es gibt auch keine Notsitze mehr. Die Masse schaut gespannt zu, lacht, weint, klatscht. Die Aufführung ist immer noch taub. Im Zuschauerraum sehe ich kein einziges mir bekanntes Gesicht. Als würde ich irgendwo in Kopenhagen oder Oslo im Theater sitzen. Die Zuschauer sind mir auch auf andere Art fremd, nicht nur so wie jemand, der mir persönlich nicht bekannt ist: Sie sind mir in ihrem Wesen fremd, neue Menschen sitzen im Zuschauerraum, Männer in Ledermänteln, Damen, angezogen wie Marktfrauen. Jetzt sehe ich, was ich bisher nur wusste: Die Veränderung ist tiefgreifend, der Bruch vollkommen. Zwei Welten blicken einander an, auf der Bühne und im Zuschauerraum. Diese beiden Welten haben atmosphärisch nichts mehr miteinander zu tun.

Vier Tage später schaue ich mir die sechste oder siebte Aufführung an, die viel besser ist als die vorherigen. Ajtay spielt zwar irgendeinen resignierten alten deutschen Fotografen vom Land, und in der großen Szene, wenn Rex ihn niedersticht, plaudern die beiden Männer freundlich miteinander. Aber sonst ist das Spiel lebendiger. Im ungeheizten Zuschauerraum frösteln vielleicht dreißig Menschen. Doch die schauen aufmerksam zu und klatschen.

Den Grund für einen Misserfolg dürfen wir niemals bei anderen suchen. Es stimmt nicht, dass »das Publikum schuld ist«, und auch nicht, dass die Schauspieler, die Aufführung, die Regie den Misserfolg verursacht haben. Ein wirklich perfektes Theaterstück kann von niemandem und nichts zu Fall gebracht werden. Wenn *Zauber* durchgefallen ist – und mir scheint, es ist durchgefallen, auch wenn es sich noch zum Publikumserfolg mausert –, dann können nur ich und mein Theaterstück etwas dafür.

Jetzt, da ich zum dritten Mal die verschiedenen Akte gesehen habe – aus der Tiefe einer Loge, also mit den Augen des Publikums –, sage ich mir doch: Dieses Stück ist nicht schlecht. Es steckt viel schriftstellerisches Material darin, viel Spannung und Bühnentauglichkeit. Abgesehen von all dem fehlt ihm trotzdem etwas, das auf der Bühne unbedingt nötig ist. Und es steckt etwas in ihm, das für die Bühne zu viel ist. Das sind alles Fehler. Über den ersten Fehler hätte das Theater hinweghelfen können, wenn die Schauspieler, die Regie all das hinzugeben würde, was fehlt. Das ist nicht geschehen. Über den zweiten Fehler kann niemand hinweghelfen, denn er ist organisch. Kurzum: Ich bin durchgefallen. Und jetzt reden wir von etwas anderem.

Das Leben ist wunderbar. Alles hängt mit allem zusammen, entwickelt sich organisch, in der Zeit, im Umkreis des Lebens. Alles tritt mit einer organischen Konsequenz ein wie Geburt und Tod.

Das Leben und die Kunst sind zwei beängstigende Spiegel: Mit gefährlicher Dualität spiegeln sie einander. Die Handlung des Lebens verdichtet sich manchmal zur Kunst, und der Lauf der Kunst spiegelt mit gespenstischem Naserümpfen das Leben wider, beschwört es herauf.

Ein junger Mann, László Lukács, hat einige Gedichte von Rilke übersetzt. Er war im Strafarbeitsdienst und ist gestorben. Sein Werk ist eine große Überraschung: Seit Árpád Tóth hat es keinen gegeben, der einen fremden Dichter in so perfekter Wiedergabe hat sprechen lassen.

Nur der Unbegabte, der Nichtswürdige will Rache. Ein Mensch von Rang erträgt jeden Schlag, ohne etwas zu sagen; er wartet, bis seine Zeit gekommen ist, und fordert dann Gerechtigkeit, nicht Rache.

»Weihnachten.«

Der Junge spielt für uns – wie Jeromos Réz in einer Skizze von Karinthy – höflich die Komödie. Er ist empfindsam, findet aber leicht wieder in die emotionslose Realität zurück und bleibt sachlich. Während wir singen, schreit er vor lauter Staunen, denn er macht sich schon mit den Geschenken vertraut.

Heute vor einem Jahr sind die Russen einmarschiert. In diesem Jahr habe ich viel gelernt. Ein Jahr russische Besatzung ist eine Lehre für den Einzelnen und die Nation. Doch ich nehme auch an mir selbst nicht wahr, dass wir irgendetwas besonders Bedeutsames gelernt hätten.

Die Russen nähern sich der Welt auf andere Weise, nicht durch den Bolschewismus. Sie nähern sich der Welt mit der Überzeugung, dass sie Slawen sind, und sie haben Sendungsbewusstsein. Aber sie müssen noch einen weiten Weg zurücklegen.

Ist es jetzt »besser« als vor einem Jahr? Es ist anders. Nicht besser, anders. Vor einem Jahr bebte das Land äußerlich … jetzt bebt es im Innern. Doch eines Tages wird sich alles ausgleichen und beruhigen.

Nur dieser schlechte Nachgeschmack, dieser unruhige Ekel, wenn ich dieses Wort ausspreche: Heimat. Wenn mir jemand diesen Ekel nehmen könnte.

Ein altes kleines Büchlein aus dem Jahre 1787. Auf dem Titelblatt der Name des Autors und darunter seine Profession: »Der Weltweisheit Magister«. Das war seine Profession. Das Büchlein *Deutsch-lateinisch Fibel*, und natürlich weiß er alles, mit naiv-hochtrabender Überlegenheit, was man über die Dinge der Welt so wissen kann. Die Hirsche werden von ihm zum Beispiel so definiert: »Die Hirsche wundern sich ständig.«

Julianus' Brief aus Antiochia an seinen Onkel Julius berichtet, dass man sich durch Angriffe niemals kränken lassen darf. Ein guter Brief; der ihn schrieb, ist mit Seneca aufgewachsen.

Dieser Mensch, der versucht hat, auf den Altarruinen des frühen Christentums die Bilder der heidnischen Götter aufzustellen, ist in der Weltgeschichte nicht allein. Ein solcher Versuch wiederholt sich immer und immer wieder. In den Zwanzigerjahren in Mexiko, dann in München. Es ist kein Zufall, dass mir jetzt, da ich in den *Beleidigten* die Sportpalast-Szene schreibe, dieses Buch wieder in die Hände fiel. Es gibt solche magischen Zusammenhänge, Zufälligkeiten, das habe ich schon öfter erfahren.

Laue Weihnachten, frühlingshaftes Wetter. Gärende, dampfende Felder. Am Flussufer mein mehrere Kilometer langer täglicher Spaziergang. Große Unruhe. Und dann wird alles klar und rein.

Über die Feiertage wurde uns ein heimatloser kleiner Dackel geliehen; trotz seiner Unförmigkeit ist er ein graziöser kleiner Flohbeutel. »*Comme bossu tu es magnifique*«, sagte der Pfarrer von Herriot zu einem Buckligen.

Das Fest ist vorüber, und *L.* und ich stellen fest, dass es schön gewesen ist: Wir haben zwar keine Wohnung, keine Kinder, dennoch war alles so, als wäre es echt gewesen. In dieser geliehenen Wohnung mit Leihkind, Leihhund lief alles so ab, wie man es sich vorstellt; es gab Klingeling und *Stille Nacht*, Mohnstrudel und Truthahn. Das Leben hat Methode.

Den Truthahn haben wir in unserer Kindheit verachtet, betrachteten ihn als eine Art Elternfraß. Jetzt habe ich ihn voller Begeisterung genossen: Anscheinend gehöre ich auch schon zu den Eltern.

In der Nacht Babits. Was brodelt dieser quakende Sumpf, wenn man Babits' Namen ausspricht? Man darf es gar nicht hören. Wir dürfen nur dieses gotische, knöcherne, bekennende, auf den Scheiterhaufen steigende katholische Klingen hören, wenn sein Name ausgesprochen wird.

In Pest, in der Nagymezőstraße, in einer Kirche. Das Jahr ist zu Ende. Ich stehe im Dämmerlicht und denke: Was mit mir jetzt geschieht, ist eine sehr bedeutende Sache. Mehr sogar, es ist gefährlicher, vollkommener und fataler, als es der Krieg war, die Belagerung und jetzt die Besatzung mit all ihren abscheulichen Gefahren, mit ihrem zähen und klebrigen Sumpf voller Laichkraut ... Es ist eine große Sache, die mit mir geschieht. Ich bin sechsundvierzig Jahre alt. Was kann ich tun? Nur, dass ich sehr aufmerksam bin, auf mich achte und auf alles um mich her. Ich kenne, weiß alles über mich und auch darüber, was passiert. Ich muss achtgeben. Wenn ich dieser unmöglichen Lebenssituation, in der ich mich befinde, nicht überdrüssig werde und genügend Kraft und Geduld habe, um alles zu ertragen, was sich in mir und um mich abspielt, dann wird mein Leben zwangsläufig vollkommener, abgeschlossener, runder. So viel verstehe ich von dem Ganzen. Amen.

Die deutschsprachigen Schwaben werden ausgesiedelt wie letztes Jahr die Juden, man vertreibt sie, wie das Rindvieh getrieben wird, herdenweise, Hunderte und Hunderttausende. Sie sind kein sympathischer Menschenschlag. Aber die Juden auch nicht. Darum geht es hier nicht. Das Prinzip der kollektiven Bestrafung als internationale Praxis ist inakzeptabel. Gestern die »Juden«, heute die »Deutschen«, morgen das »Bürgertum«, anschließend jene mit Schlappohren … und sie vertreiben Schuldige und Unschuldige, Kinder und Greise. Die Moral des europäischen Lebens ist am Ende. Die »Großmächte« vertreiben »aufgrund von Resolutionen« gleichgültig Menschenherden in großer Zahl, die einst aus Hochkulturen kamen und sich ein Zuhause aufgebaut haben. Es geht nicht um Herrn Müller, sondern um die Deutschen. Es lohnt sich nicht mehr wirklich zu leben.

Das schöne Empiregebäude des Császár-Bades ist nicht beschädigt worden. Wenn ich in Budapest bin, komme ich jeden Morgen hierher zum Baden. Es ist ein großes Zeremoniell: Im »Salonbad« herrscht peinliche Sauberkeit, hier gibt es versenkte Badewannen aus Marmor mit Stufen, hier gibt es glänzende Messingstangen, vorgewärmte Badetücher. Geradezu ein priesterliches Unterfangen ist das hier, das Personal – der Abreiber, der Hühneraugenschneider – verhält sich feierlich wie der Küster in der Kirche. Ich ziehe mich aus, das Heilwasser dampft im Marmorbecken. Ich nehme meine Brille, meine Zeitung und sogar eine Zigarette mit ins Wasser, tauche ein ins schweflige heiße Nass, lese, und mein Körper wird leicht und weich. Als würde sich meine Persönlichkeit langsam auflösen, und ich fühle mich um zweitausend Jahre älter. Genau auf diese Weise mag ein römischer Schriftsteller zu Mark Aurels oder eher Caracallas Zeiten im warmen Wasser der Thermalbäder gelegen haben, in dem Bewusstsein, dass, während er badet und liest, um ihn herum eine Kultur ihr Ende findet.

Am frühen Morgen mache ich mich bereit für Buda. Ich frühstücke, vor dem Fenster der winterliche Garten, die Donau in taufrischem Licht. Leise spielt das Radio, irgendeine süße Señoritamelodie wird heruntergeleiert. Diese Melodie ruft Erinnerungen an den Golf de Juan wach, einen Sommermorgen, nackte Körper im braunen Sand, die Bläue des Mittelmeers, Tanzmusik, das Brummen leichter Flugzeuge. Ich höre diese Musik, während ich in Richtung Szentendre gehe. Als lauschte ich einer Hymne, die noch nicht geschrieben ist.

In Budapest ist irgendein infektiöses Element in der Luft. Ich gehe ein paar Straßen entlang, spreche ungerührt mit ein, zwei Menschen, und mein Organismus füllt sich mit dieser miasmatischen Infektion, mir ist übel. Überall die Dämpfe und der Geruch des Zerfalls.

Es reicht nicht, glücklich zu sein. Man braucht auch Geduld und Übung dazu, wie für ein Meisterwerk.

Ein Misserfolg ist eine gute Sache: Er ist ernst, wirklich, greifbar. Ein Gegengewicht im Leben, mehr als Ansporn: eine Art Befriedigung.

Zwei Weltkriege habe ich erlebt. Ich glaube, jetzt folgt der dritte: mein eigener, also der wirkliche. Vielleicht überlebe ich ihn.

Im Theater. Seit der Premiere bin ich das zweite Mal hier. Wenige Augenblicke vor Beginn der Aufführung stehen wir auf der Bühne. Hinter dem herabgelassenen Vorhang Gemurmel im Zuschauerraum. Die Situation ist eigenartig, und sie ist nicht nur theatermäßig. Vieles ist im Leben geschehen, bis ich hier angekommen bin. Es würde mich nicht überraschen, wenn sich jetzt plötzlich der Vorhang heben und wir zu spielen beginnen würden. Vielleicht hätten wir auch so viel Erfolg wie die Commedia dell'Arte im Allgemeinen.

Eine Kaffeesiederei auf der Andrássystraße. Eine Masse von Schiebern an den Tischchen, die Schieber des Handels, der Literatur, der Journaille. An solchen Orten ist in den vergangenen Jahrzehnten – in Berlin, Rom, Paris, London – eine Kultur in ihre Bestandteile zerfallen.

Heim, nach Leányfalu. In der Sauberkeit, in der Stille baden. Und mit tiefer Sehnsucht an die lärmende, schmuddelige Stadt zurückdenken; an die Stadt, in der mein Leben Spannung hat.

Ein Augenblick, in dem ich schwach werde. Verursacht durch die Hilflosigkeit der würgenden Verzweiflung. Ein Augenblick nur, nicht mehr. Es darf nicht vorkommen.

Ein anderer Augenblick, in dem ich glaube, dass ich aus dieser warmen, sauberen, ruhigen und hellen Stube hinausgehen muss in die nach Aas riechende Finsternis, in einen Shakespeare'schen Sturm, eisigen Wind, wildes Schneetreiben, unter die Räuber. Dieser Augenblick ist schwer. Doch dann, draußen auf der Straße, tut diese raue Ausgestoßenheit und Einsamkeit gut. Warum erhoffst du dir Stille, Wärme, Sauberkeit, Licht? Sind doch Finsternis, Kälte, eisiger Sturm, Gefahr durch Räuber gerade recht, eines Menschen würdig, man muss sie ertragen mit zusammengebissenen Zähnen, schaudernd und dennoch mutig, bis an die Knochen durchgefroren in dieser schrecklichen Einsamkeit und kalten Ausgestoßenheit, und dennoch mit dem festen Entschluss, stärker zu sein als alles, was das Leben noch bereit hält, du kümmerst dich um deine Arbeit, um das Zusammenspiel von Geist und endokrinen Drüsen, ohne Sentimentalität, wie ein Mensch, also mal traurig und hoffnungslos, dann aber doch entschlossen und unerschütterlich.

Was jetzt ist, das ist noch nicht das Alter; nur eben die Jugend ist es auch nicht mehr. Nicht »der Anfang vom Ende, sondern das Ende vom Anfang«, wie Churchill gesagt hat; ich habe noch sieben gute Jahre vor mir; mit dreiundfünfzig beginnt die völlige Veränderung des Lebensrhythmus, das Altern, und dann erst, nach weiteren sieben Jahren, mit sechzig, beginnt das Alter. Sieben Jahre noch Leben!

Das neue Buch von Lin Yutang, die Fortsetzung von *A Moment in Peking*. Es ist bescheiden, ein wenig feuilletonistisch, weniger lyrisch, doch irgendwie von Grund auf klug, es hält Maß; ist fast Literatur; es steckt keine Vision darin, aber viel Erfahrung, und es hält instinktiv Maß. »Wenn ein Mann in der Gesellschaft einer Frau nicht denkt, nur fühlt, dann ist er vielleicht verliebt«, schreibt er wie La Rochefoucauld. Mit solchen europäischen Gemeinplätzen kann man dicke Romane füllen, auch auf Chinesisch. Und trotzdem ist er ein Schriftsteller. Er schreibt nicht mehr Chinesisch, nicht wie Li Tai-peh und die anderen, die Großen, die Besonderen, die Einzigartigen. Dieser chinesische Schriftsteller hat sich auch im Innern wie ein Europäer ausgestattet; in seiner Seele gibt es viel amerikanische Konfektionsware.

Man muss nicht nur nach außen schweigen. Auch nach innen, auch mit seinen Gefühlen. Das ist nicht leicht.

»Der letzte Tag des Jahres.« Ein fruchtloses Jahr. Tief auf dem Grund bittere Enttäuschung: Das Menschenmaterial der Ungarn ist erbärmlicher, als ich es mir vorgestellt habe. Die ungarische Gesellschaft wird nicht zugrunde gehen, doch es bedarf der Arbeit vieler Generationen, bis das korrigierende Selbstbewusstsein, das Bildung verleiht, bis zu einem gewissen Grad wieder in ihr Leben einkehrt.

In diesem Jahr haben mir nur die Gedichte geholfen; und ein Augenblick in einem Kaffeehaus; und manchmal die Natur, die großen, ausgiebigen Spaziergänge im Wald, am Fluss. Und manchmal der Wein.

Jetzt muss ich schweigen, bis dieser blubbernde, schlammige Sumpf zur Ruhe kommt, die Gewalt sich erschöpft. Schweigen und Beobachten. Eine interessante Aufgabe; aufregend fast.

31. Dezember 1945. [Eigenhändiger Eintrag mit blauer Tinte.]

Anmerkungen

9 **Goethes** ***Urworte. Orphisch*** – Hinweis auf Johann Wolfgang von Goethes späte Lyrik: *Urworte. Orphisch* (1817)

Spengler – Oswald Spengler (1880–1936), deutscher Philosoph; sein bekanntestes Werk, das von Márai oft zitiert wird: *Der Untergang des Abendlandes. Umrisse einer Morphologie der Weltgeschichte* (1918–22)

10 **Tscheremisse** – auch: Mari; ein finnougrisches Volk, das nordwestlich des Wolgaknies lebt; seine Sprache gehört zur finnougrischen Sprachfamilie; Tscheremissisch und Finnisch werden dem westlichen Zweig der Sprachfamilie zugeordnet, Ungarisch dem östlichen

12 **ungarisches Notgeld** – die Entwertung des Pengő, der ungarischen Währung von 1927 bis 1946, nahm seit Kriegsende inflationäre Ausmaße an; zur Inflation trug auch das Notgeld der Roten Armee bei, das nicht gedeckt war, aber im Handel als Zahlungsmittel akzeptiert werden musste

Kossuth-Bankó – Banknoten, die Lajos Kossuth (1892–1894) als Finanzminister der Revolutionsregierung Lajos Batthyány (1806–1849) im Juni 1848 (nach einer Vereinbarung mit der Pester Ungarischen Handelsbank und mit seiner Unterschrift versehen) in Umlauf gebracht hat

no man's land – engl.: Niemandsland

13 **Esztergom** – mittlere Kleinstadt an der Donau (dt. Gran), nordwestlich von Budapest, mit bedeutender Vergangenheit; unter Karl dem Großen östlichste Grenzfestung des Frankenreichs; nach Gründung des ungarischen Königreichs eine der königlichen Residenzen; verlor nach dem Tatarensturm (1241) an Bedeutung zugunsten Budas, blieb aber bis heute Sitz des Kirchenoberhaupts

Regierung in Debrecen – dt. Debreczin; die provisorische Nationalversammlung und provisorische Nationalregierung unter General Béla Dálnoki Miklós (1890–1948) rief am 22. Dezember 1944 eine Gegenregierung aus

Siebenbürgen-Frage – am 30. August 1940 bekam Ungarn von Adolf Hitlers Gnaden mit dem 2. Wiener Schiedsspruch einen Teil der im Friedensvertrag von Trianon (1920) an Rumänien abgetretenen Gebiete (u. a. Nordsiebenbürgen) zurück; dass diesbezüglich nach dem Krieg eine Neuregelung erfolgen würde, war damals schon offensichtlich

14 *fiat lux* – lat.: es werde Licht

15 **OTI** – Kranken- und Unfallversicherung; vom 1. Oktober 1928 bis 1950 trug diese Versicherung den Namen Országos Társadalombiztosító Intézet (Nationales Sozialversicherungsinstitut)

17 **Komitat Somogy** – Verwaltungsbezirk (Komitat) südlich vom Plattensee in Transdanubien; Bezirkshauptstadt Kaposvár

19 **GPU** – russische Abkürzung für das Volkskommissariat für Staatssicherheit, das es nur bis 1934 gab, danach NKWD, Volkskommissariat des Inneren der UdSSR; in der Armee politische Kommissare mit speziellen Aufgaben

21 ***noli-tangere*-Standpunkt von Archimedes** – als Archimedes von einem römischen Soldaten bei der Arbeit gestört wurde, sprach er: »Noli tangere circulos meos« (Störe meine Kreise nicht)

Fortsetzung der *Schwester* – der Roman *Die Schwester*, der 1946 erschien, erfuhr keine Fortsetzung; bisher ist keine deutsche Ausgabe erschienen

Brillat-Savarin – Anthelme Brillat-Savarin (1775–1826), französischer Schriftsteller; in seinem Hauptwerk *Physiologie du goût* (1825; dt. *Physiologie des Geschmacks*) beschäftigt er sich mit den Lebensmitteln und ihrer Zubereitung; Rezepte sind in diesem Buch ebenso zu finden wie Serviervorschläge und die Herkunft bestimmter Gerichte

Traiteur – frz.: Wirt

22 **Linie Székesfehérvár–Bicske** – Linie vom Nordostende des Plattensees über Székesfehérvár (dt. Stuhlweißenburg) in nördlicher Richtung bis Bicske (westlich von Budapest an

der Hauptverbindungsstraße und der Hauptbahnlinie Budapest–Wien); als Hitler von der fast vollständigen Einkesselung Budapests erfuhr, ordnete er am 24. Dezember 1944 die Verlegung des IV. SS-Panzerkorps nach Ungarn an, um Budapest zu befreien

25 **Felsőgalla** – kleine Bergmannssiedlung (dt. Obergalla), heute Teil der Stadt Tatabánya, Bergbau- und Industriezentrum an der Hauptverbindungsstrecke zwischen Budapest und Wien; wurde am 24. März befreit

Tunnels der Untergrundbahn – anlässlich der Millenniumsfeiern von 1896 baute man auf der prächtigen Andrássystraße in Budapest nur wenige Meter unter der Erde einen Tunnel für eine U-Bahn (3,65 Kilometer lang), die vom Stadtwäldchen bis in die Innenstadt führte; Budapest war nach London die zweite Stadt Europas mit einer U-Bahn; sie ist bis heute in Betrieb

27 **Arpaden** – nach Árpád, dem ersten Großfürsten von Ungarn, benannte Dynastie (um 890–1301); ihr Stammvater führte die Ungarn aus Südrussland in die Pannonische Ebene; auch der erste ungarische König, Stephan der Heilige (um 969–1038), war ein Spross der Dynastie

28 ***narodni kultura*** – russ.: Volks- bzw. Nationalkultur

32 ***Nouvelle Revue Française*** – Literaturzeitschrift, die 1909 von André Gide (1869–1951) in Paris gegründet wurde

33 **Visegrád** – malerisch im sogenannten Donauknie nördlich von Budapest gelegener Ausflugsort mit großer Vergangenheit (Königsschloss)

auf den kleinen Jungen – offenbar ein Irrtum bei der Reinschrift durch den Autor; bei dem »kleinen Jungen« handelt es sich möglicherweise um Márais Nichte (Tochter von Z.), die bereits zur Schule ging, während der Junge (der auch in den Anmerkungen der ungarischen Originalausgabe als der kleine János Babocsay bezeichnete spätere Adoptivsohn der Márais) damals erst vier Jahre alt war und sicherlich noch keine Schulaufgaben zu machen hatte; er ist erst später in die Familie gekommen

34 **Z., die ihn besuchte** – wahrscheinlich Jacqueline Kertész-Matzner, die Schwester Lolas, die den Kosenamen Zsazsa trug und deshalb im Tagebuch mit Z. bezeichnet wird

38 **Auslandskorrespondent** – Márai war in den Zwanzigerjahren u. a. Korrespondent mehrerer ungarischer Zeitungen, er verfasste zum Beispiel Artikel für *Kassai Napló* oder *Újság*; daneben schrieb er für die *Frankfurter Zeitung*

39 **Romai Fürdő** – Teil des Rómaipart (Römisches Donauufer) im 3. Bezirk von Budapest (Óbuda); hier mündeten einst die römischen Wasserleitungen der warmen Quellen, die das damalige Aquincum mit Wasser versorgten; heute Bade- und Villengegend

Dostojewski wird recht behalten – Fjodor Michailowitsch Dostojewski (1821–1881) glaubte an den Mythos vom optimistischen, »erlösenden« Russland; nachdem der Westen seinen Glauben verloren hatte, würde Russland die Welt erlösen, weil es imstande sei, jedes Volk zu lieben, meinte er

40 **Was Goethe *Forderung des Tages* nannte** – »Was aber ist deine Pflicht? Die Forderung des Tages«; auf den Spuren von Goethes Aphorismus veröffentlichte Thomas Mann unter dem Titel *Die Forderung des Tages* 1929 eine Sammlung seiner Artikel, Vorträge und Aufsätze

allgemeine große Winteroffensive – um den 20. Januar 1945

Jasnaja Poljana – Geburts- und Wohnort des russischen Schriftstellers Lew Nikolajewitsch Tolstoi (1828–1910)

41 **Die Ungarn ließen in Woronesch** – Anspielung auf die Präsenz der 2. Ungarischen Armee in dieser Region ab 1942 (Front von Woronesch)

42 ***Die Beleidigten*** – ein dreibändiger Roman Márais, der 1947/48 erschienen ist und den Abschluss des 1988 erschienenen Romanzyklus *Das Werk der Garrens* bildet; der 3. Band *(Kunst und Liebe)* wurde kurz nach Fertigstellung eingestampft, und nur wenige Exemplare blieben davon erhalten

Stoa – auf der Lehre Zenons beruhende griechische Schule der Philosophie um 300 v. Chr.

43 **Kaschau ist gefallen** – 18. Januar 1945; Kaschau (slowak. Košice, ung. Kassa) ist die größte Stadt der Ostslowakei; jahrhundertelang Wirtschafts-, Kultur- und Verkehrszentrum Oberungarns, das nach dem Friedensvertrag von Trianon 1920 an die Tschechoslowakei fiel; nach dem 2. Wie-

ner Schiedsspruch (1940) wurde ein Teil Oberungarns mit Kaschau erneut Ungarn zugeschlagen, 1945 kam es endgültig an die Tschechoslowakei; die Stadt besitzt eine sehenswerte Altstadt mit schönen Bürgerhäusern und dem Theater sowie dem berühmten gotischen Dom; sie hat bis heute eine große ungarische Minderheit; Kaschau ist die Geburtsstadt Márais und hat den Schriftsteller nachhaltig geprägt

Tatarensturm und Mohács – eigentlich Mongolensturm (1241), der nach der Schlacht bei Mohi (am Zusammenfluss von Sajó und Hernád im Nordosten des Landes) mit der Verwüstung des ganzen Landes endete; der Ort Mohács ist eine Metapher für die verheerende Niederlage der Ungarn gegen die Türken, mit der die 150 Jahre dauernde türkische Besatzung des Landes ihren Anfang nahm

44 **Stadt Rákóczis** – Kaschau, wo die sterblichen Überreste des Fürsten von Siebenbürgen und ungarischen Freiheitshelden Ferenc Rákóczi II. (1676–1735) seit 1906 im Dom beigesetzt sind

47 **Gogols Erzählung** – die Novelle *Der Mantel* von Nikolai Wassiljewitsch Gogol (1809–1852), in der man dem kleinen Petersburger Büroschreiber Akaki Akakijewitsch den Mantel raubt

48 *L.* – Márais Ehefrau Lola; im Tagebuch bezeichnet die Abkürzung *L.* stets die Frau des Schriftstellers

49 **Basseches** – Nikolaus Basseches (1895–1961), *Die unbekannte Armee. Wesen und Geschichte des russischen Heeres* (1942)

eine Art kleiner Ganz-Fabrik – Industrieunternehmen, von dem aus der Schweiz stammenden Eisengießer Abraham Ganz (1815–1867) gegründet, das zu einem riesigen Wirtschaftsimperium ausgebaut wurde; führend in der Maschinen-, Waggon-, Lokomotiven- und Schiffsproduktion sowie im Kraftwerksbau

51 ***woina*** – russ.: Krieg

53 ***Borsszem Jankó*** – ein politisches Schmähblatt, das 1868–1938 in Budapest erschien

54 **Chesterton** – Gilbert Keith Chesterton (1874–1936), *St. Francis of Assisi* (1923; dt.: *Franziskus. Der Heilige von Assisi*)

56 *Esquire*-**Heft** – 1933 gegründetes amerikanisches Magazin für Männer; Autoren waren u. a. Ernest Hemingway und Norman Mailer

65 **das tote kleine Kind** – Anspielung auf den Tod seines Sohnes Kristóf im Jahr 1939; das einzige Kind der Márais starb schon sechs Wochen nach der Geburt

Szálasi-Regierung – Ferenc Szálasi (1897–1946), Major im Generalstab, Führer der ungarischen Pfeilkreuzler-Bewegung; gründete 1937 die ungarische Nationalsozialistische Partei; 1938 Verbot der Partei, Verurteilung Szálasis zu drei Jahren Zuchthaus wegen staatsfeindlicher Aufwiegelung, 1940 amnestiert; nach dem Pfeilkreuzler-Putsch im Oktober 1944 von Miklós Horthy zum Ministerpräsidenten ernannt; als Horthy versuchte, aus dem Krieg auszutreten, wurde Szálasi auf Druck der Deutschen zum »Führer der Nation« erklärt und befehligte ein totalitäres faschistisches Regime

67 **Z. hat sich … angefreundet … ihre kleine Tochter** – Jacqueline Kertész-Matzner (gen. Zsazsa), Lola Márais Schwester, und ihre Tochter Ágnes Kertész

Óbuda – bis zum Zusammenschluss der Orte Óbuda, Buda und Pest zu Budapest (1893) selbstständige Stadt (dt. Altofen), heute 3. Bezirk der Hauptstadt; lange Zeit, teilweise noch bis heute, altertümlich anmutende Stadtteile mit engen Gassen, niedrigen Häuschen, kleinen Wirtshäusern; die stimmungsvolle dörfliche Atmosphäre von Óbuda wurde viel besungen (vor allem von Gyula Krúdy); nördlich davon Csillaghegy, eine Art Gartenstadt an der Donau

Szentendre – idyllisches barockes Städtchen (dt. Sankt Andrä), 12 Kilometer nördlich der Hauptstadt am rechten Donauufer und am Fuß des Visegrádgebirges gelegen, gegenüber der 35 Kilometer langen Insel Szentendre; Künstlerkolonie mit vielen Wochenendhäusern der Budapester und zahlreichen kulturellen Einrichtungen und Kirchen; heute attraktives Ausflugs- und Touristenziel

69 **Zeitung *Szabadság*** – die Zeitung erschien erstmals am 19. Januar 1945, erwähnter Leitartikel am 27. Januar

Zilahy – Lajos Zilahy (1891–1974), ungarischer Publizist und Schriftsteller; aufgeschlossener aktiver Konservativer, der gesellschaftliche Reformen propagierte und gegen den Faschismus schrieb; 1945/46 Präsident der Ungarisch-Sowjetischen Kulturvereinigung; seine Gesellschafts- und Liebesromane sowie seine Theaterstücke waren, selbst im Ausland, große Publikumserfolge; wanderte 1947 in die USA aus

71 **schena** – russ.: Frau

72 **in den fünfundzwanzig Jahren Horthys** – Miklós Horthy von Nagybánya (1868–1957), ungarischer Staatsmann, 1918 letzter Oberbefehlshaber der österreichisch-ungarischen Flotte; 1919 unter der kommunistischen Räterepublik Kriegsminister einer Gegenregierung, organisierte mit Unterstützung aller konservativen Kräfte die sogenannte Nationalarmee, mit der er, zusammen mit rumänischem Militär, in Budapest einzog; 1920 zum Reichsverweser gewählt; infolge seiner revisionistischen und deutschfreundlichen Politik und unter Druck Hitlers 1941 Eintritt Ungarns in den Zweiten Weltkrieg; 1944 Versuch, mit den Alliierten zu einem Sonderfrieden zu gelangen; dem folgten der Einmarsch deutscher Truppen in Ungarn und im Oktober 1944 die Übergabe der Macht an die Pfeilkreuzler. Horthy wurde in Deutschland interniert und ging nach kurzer amerikanischer Gefangenschaft nach Portugal, wo er mit fast 90 Jahren starb

73 **GPU** – siehe Anm. zu S. 19

78 **Umgebung unserer Wohnung** – Márai und seine Frau bewohnten im Bezirk Christinenstadt das Eckhaus Mikógasse/Táborstraße am westlichen Hang des Burghügels bis zur Bombardierung 1944; damals wurde ihr Heim durch mehrere Treffer vollständig zerstört

Gellérthegy – eine Art Wahrzeichen von Budapest (dt. Gellértberg); kahler Dolomitblock (235 Meter hoch) unmittelbar am rechten Donauufer und noch innerhalb des Stadtkerns; im Volksglauben Hexensammelplatz, daher auch Blocksberg genannt; der 130 Meter über die Donau ragende Felsblock mit senkrecht abfallender Wand im Osten und einer Naturgrotte im Südosten ist durch Serpentinenwege und Aussichtsterrassen erschlossen; vom Gipfel bietet sich eine spektakuläre Aussicht über die ganze Stadt; am Fuß des Gellértbergs gibt es zahlreiche Thermalquellen und -bäder

79 ***Die Beleidigten* schreiben, alle vier Bände** – Márai änderte diesen Plan später und schrieb nur drei Bände, die auf Deutsch noch nicht erschienen sind

den *Kampf* schreiben und die Bühnenversion von *Gastspiel* – das Theaterstück *Kampf* ist nicht erschienen, in Márais Nachlass fand sich nur eine deutsche Übersetzung davon; die Bühnenversion des Romans *Begegnung in Bolzano* erschien 1960 bei Occidental Press, Washington; eine Neuausgabe unter dem Titel *Die Gräfin von Parma* erschien 2002 im Piper Verlag

82 **Witwe von Minister *P.*** – gemeint ist wohl der ehemalige Außenminister Endre Puky (1871–1941)

83 ***il faut être beau joueur*** – frz.: man muss ein schöner Spieler sein

85 **meine Schwester … im Keller** – Márai war 1936–44 Mitarbeiter der Tageszeitung *Pesti Hírlap*; im Gebäude der Zeitung wohnte Gyula Jáky, der Ehemann von Márais Schwester Kató

Pesti Hírlap – 1878–1944 erschienene einflussreiche politische Tageszeitung, die große Verbreitung fand und einen hervorragenden Redaktionsstab sowie journalistische Mitarbeiter und Auslandskorrespondenten von Rang beschäftigte; hier erschienen auch wichtige literarische Beiträge; unter Leitung der Geschwister Légrády war der Zeitungsverlag das erste große kapitalistische Presseunternehmen Ungarns

mein Bruder Gábor – Gábor Márai (1909–1985), Rechtsanwalt

Mein Bruder Géza – Géza von Radványi (1907–1986) war zuerst Journalist, später Regisseur und Drehbuchautor; sein bekanntester und europaweit gespielter Film *Valahol Európában (Irgendwo in Europa)* entstand 1946

Felsenkeller – unter der Burg von Buda befinden sich natürliche Kalktuffhöhlen (in 5–10 Meter Tiefe, mit einer Länge von rund 3,5 Kilometern), die zu einem Labyrinth von Tiefkellern ausgebaut waren; in den Vierzigerjahren gestaltete man mehrere dieser Räume zu Luftschutzbunkern um, indem man sie mit Strom, Wasser und Abwasserentsorgung ausstattete

87 *Chartreuse de Parme* – Roman von Stendhal (eigtl. Henri Marie Beyle; 1783–1842); dt.: *Die Kartause von Parma*

88 *lathe biosas* – griech.: Lebe im Verborgenen!

90 **Buda ist gefallen** – 3. Februar 1945; zur völligen Befreiung Budas kam es erst am 13. Februar

92 **zuerst in die Judenhäuser** – am 26. April 1944 wurden die Juden in für sie bestimmte Häuser zwangsumgesiedelt, ab 15. Mai ins Getto gesperrt; am 16. Oktober übernahm Ferenc Szálasi mit Gesinnungsgenossen die Regierungsgeschäfte, er blieb bis Kriegsende Ministerpräsident im noch von den Deutschen besetzten Teil Ungarns

in einer lebhaften Reportage – beim ersten Volksgerichtsprozess wurden zwei Pfeilkreuzler zum Tod verurteilt; die Exekution fand am 4. Februar auf dem Oktogonplatz in Budapest statt

93 **eines Gedichts von Babits** – Mihály Babits' (1883–1941) Gedicht »Szíttál-e lassú mérgeket?« (Hast du vom langsamen Gift gekostet?); die zitierte Verszeile lautet korrekt: »Sie nennen *Ideale,* und aus der Erde sprießen Galgenbäume ...«

das Heim von Zsigmond Móricz – der ungarische Schriftsteller Zsigmond Móricz (1879–1942) kaufte sich 1911 ein kleines Anwesen in Leányfalu, das 1920 seine heutige Form erhielt; 1937 zog Móricz endgültig dorthin

96 **Fabrice** – Figur aus Stendhals Roman *Die Kartause von Parma*

98 **Fürst Esterházy** – laut Bodenreformgesetz (das die Provisorische Nationalregierung am 17. März verabschiedete) wurden alle Besitzungen enteignet, die größer waren als 1000 Joch (rund 430 Hektar), um das »feudale System des Großgrundbesitzes zu zerschmettern«; Anspielung auf die Verluste des Majoratsherrn der Esterházy'schen Güter in Ungarn, Pál Fürst Esterházy (1901–1989), dessen Grundbesitz allein in Ungarn 111 000 Hektar betrug; der Fürst wurde in Zusammenhang mit dem Mindszenty-Prozess 1948 zu 15 Jahren Zuchthaus verurteilt, er floh während der Revolution von 1956 nach Österreich und lebte dann in der Schweiz

Proleten – hier und im weiteren Text nicht als Proletarier im gesellschaftlichen Sinne, sondern als Synonym für ungebildeten Pöbel, Mob zu verstehen

102 **Beim Lesen dieser Ergüsse** – in der Ausgabe der Zeitschrift *Kampf* vom 18. November 1944 erschien das Gedicht des Journalisten und Dichters Géza Alföldi (1908–1991) unter dem Monogramm G. A.

103 **Mamaliga** – rum.: Maisbrei, Polenta

Pócsmegyer – Kleingemeinde auf der Szentendreinsel am linken Donauarm; auch Naherholungsgebiet der Budapester

grande marée – frz.: große Flut

104 **Filatoridamm** – Schnellbahnhaltestelle an der Strecke Budapest–Szentendre; der sonderbare Name geht auf die hier einst ansässige riesige Seidenspinnerei zurück, deren Bau Kaiser Joseph II. initiiert hatte und die nach italienischen Plänen erbaut wurde (it. filare = spinnen); die Fabrikation kam nie in Gang, weil die Wasserkraft eines genutzten Baches für die Energieversorgung nicht ausreichte

Eckhaus mit dem Kaffeehaus Flórián – in Budapest gab es drei Kaffeehäuser namens Flórián; Márai denkt wohl an das am Margaretenring in Buda neben der Franziskanerkirche

105 **Vérmező** – an der Westseite des Budaer Burgbergs gelegen (dt.: Blutwiese, Blutfeld), grenzt an den Christinenring und die Mikógasse (in der Márais Wohnung lag); im 19. Jahrhundert Generalswiese genannt, hier wurden 1795 fünf Führer der Jakobinerverschwörung hingerichtet; heute Parkgelände

Bellevue – das ehemalige Hotel befand sich in der Remetestraße 4

die Wohnung der *T.s* – wahrscheinlich die Wohnung des Neurologen Tibor Lehoczky (1897–1971)

bácsi – Kurzform von nagybácsi (Onkel), aber auch und vor allem vertrauliche Anrede von nicht verwandten älteren Männern durch Jüngere oder Kinder (zum Beispiel Müller-bácsi oder Doktor-bácsi); entsprechend wird die weibliche Anrede néni (Tante) verwendet

107 **Víziváros** – dt. Wasserstadt, unterhalb des Burgbergs gelegener relativ schmaler Streifen von der Kettenbrücke bis zur

Margaretenbrücke (1., teilweise auch 2. Bezirk Budapests); im Mittelalter einzelne kleine Vorstädte, während der türkischen Besatzung Teil des äußeren Verteidigungsrings der Burg von Buda; seit dem 18. Jahrhundert dicht bebautes Wohnviertel, das sich teilweise seinen kleinstädtischen Charakter und die Atmosphäre einer Wasserstadt bewahrt hat; Zentrum ist der Batthyányplatz mit hübschen Wohnhäusern im Barock-, Rokoko- und Zopfstil

GPU-Mann – siehe Anm. zu S. 19

109 ***A.* berichtet** – Márai meint wahrscheinlich den Politiker Aladár Szegedy-Maszák (1903–1988), den ersten Botschafter Ungarns in Washington nach dem Zweiten Weltkrieg

110 ***Stiefel auf dem Tisch*** – ein Werk von Gyula Illyés, das 1941 zum Tag des Buches erschien

111 **Kolozsvár** – am Kleinen Samosch im Nordwesten des Landes gelegene – heute zweitgrößte – rumänische Stadt (dt. Klausenburg, rum. Cluj-Napoca); ursprünglich Hauptstadt von Siebenbürgen; geht auf eine deutsche Gründung zurück, seit 1405 königliche Freistadt (abwechselnd von einem deutschen und einem ungarischen Rat verwaltet); nach dem Ersten Weltkrieg (1920) an Rumänien, nach dem 2. Wiener Schiedsspruch (1940) an Ungarn; seit 1946 wieder rumänisch

Berzsenyi – Dániel Berzsenyi (1776–1836), ungarischer Dichter, der zurückgezogen auf seinem Gut in Nikla (südlich vom Plattensee) lebte und elegisch-patriotische Gedichte sowie pathetische Oden schrieb

112 **Männer des Bethlen-Systems** – der von Reichsverweser Horthy zum Ministerpräsidenten ernannte liberal-konservative Politiker István Graf Bethlen (1874–1947), ein Großgrundbesitzer aus Siebenbürgen, bescherte dem Land eine relativ ruhige Periode politischer und wirtschaftlicher Konsolidierung (1921–31); er stabilisierte die Staatsfinanzen, betrieb eine Innen- und Außenpolitik mit Augenmaß, lehnte den Antisemitismus ab, hat aber dennoch die Weichen in eine falsche Richtung gestellt

Aufsatz Zweigs über Balzac – Stefan Zweig (1881–1942), österreichischer Schriftsteller, veröffentlichte zuerst unter dem Titel *Drei Meister* 1920 einen Aufsatz über Honoré de Balzac (1799–1850); 1946 erschien Zweigs große Biografie *Balzac*

113 **Lavoisier** – Antoine Laurent de Lavoisier (1743–1794), französischer Chemiker, Mitglied der Académie française, Gründervater der modernen Chemie; 1788 wies er nach, dass die Luft ein Gemisch aus Gasen ist, die er »oxygène« und »nitrogène« nannte; wegen antirevolutionärer Tätigkeit wurde er 1794 unter falschen Anschuldigungen eingesperrt und später enthauptet

Comédie humaine – die Gesamtausgabe der Werke Honoré de Balzacs erschien unter diesem Titel (dt. *Menschliche Komödie*)

seconde vue – frz.: Weitblick

114 **Giboulet** – frz.: Hagelschauer (richtig: *giboulée*)

120 **Räterepublik** – nach dem Zusammenbruch Österreich-Ungarns im Herbst 1918 Übernahme der Macht durch einen nationalen Rat aus Sozialdemokraten und Bürgerlich-Radikalen unter Mihály Graf Károlyi (1875–1955); Ausrufung der Republik und Versuch der Demokratisierung, doch kam es weder zur Bodenreform noch zur Lösung der Nationalitätenprobleme; von außen bedrängten tschechische, rumänische, serbische und französische Truppen das Regime, im Innern gewannen angesichts der Wirtschaftsprobleme die Kommunisten an Einfluss; Károlyi übergab in der zugespitzten Lage die Macht an den Revolutionsrat unter Béla Kun (1886–1939?), der sich Hilfe von der Sowjetunion erhoffte; März 1919 Ausrufung der Räterepublik, Aufstellung einer Roten Armee; mittlerer und Großgrundbesitz wurden nationalisiert, Industriebetriebe, Banken usw. verstaatlicht; unter militärischem Druck von außen und angesichts der sich verschärfenden Versorgungs- und Wirtschaftsprobleme war das Experiment nach 133 Tagen am Ende

Batschka – Teil des Ungarischen Tieflands (ung. Bácska, serbokroat. Bačka), eine äußerst fruchtbare Landschaft zwischen Donau und Theiß; fiel nach dem Friedensvertrag von Trianon (1920) an Serbien, während des Zweiten Weltkriegs erneut an Ungarn; bis 1945 gab es hier reiche, überwiegend deutschsprachige Dörfer; heute gehört nur der Nordwesten der Batschka zu Ungarn, der überwiegende Teil als autonomes Gebiet Wojwodina zu Serbien

Sztójay-Szálasi-Regime – Döme Sztójay (1883–1946), Feldmarschallleutnant, war seit 1935 ungarischer Botschafter in Berlin; von März bis August fungierte der deutschfreundliche Politiker als ungarischer Ministerpräsident; ließ nach der Besetzung des Landes durch die Deutschen der Gestapo freie Hand bei der Verfolgung und Deportation der ungarischen Juden in die Todeslager, die ab Oktober unter der Schreckensherrschaft der Szálasi-Clique weiterging; er wurde nach dem Krieg zum Tode verurteilt und hingerichtet

122 **Ross** – Robert Ross (1869–1918) – britischer Kunsthistoriker

die Ballade vom Zuchthaus zu Reading – *The Ballad of Reading Gaol* von Oscar Wilde (1854–1900)

123 **Harris** – Frank Harris (1856–1931), *Oscar Wilde. His life and confessions* (1916; dt.: *Oscar Wilde: Eine Lebensbeichte*, 1923)

124 ***Nonum prematur in annum*** – lat.: lassen wir das Werk reifen, nachdem wir es geschrieben haben, korrigieren wir es sorgfältig, bevor wir es dem Publikum überlassen (wörtlich: halten wir es bis zum neunten Jahr zurück); Zitat aus *Ars poetica* von Horaz

125 **Illyés' Buch** – Gyula Illyés (1902–1983), bedeutender ungarischer Dichter, Dramatiker, Essayist; nach der Räterepublik (1919) ging er in die Emigration, lebte meist in Paris, war befreundet mit Paul Éluard, André Breton, Louis Aragon; 1926 wieder in Ungarn, gehörte zur erfolgreichen Dichtergeneration um die Zeitschrift *Nyugat*; seine feinsinnige Lyrik ist vom Surrealismus beeinflusst; zeitweilig war er tonangebend in der Gruppe populistischer Schriftsteller; *Puszták népe* (1934; dt. *Pusztavolk*), ein Klassiker der soziografischen Literatur, hat ihn berühmt gemacht; auch gefeierter Dramatiker

126 **Kosztolányis ... *Die Genies*** – Buch von Dezső Kosztolányi (1885–1936), das 1941 und 1943 von der Literaturzeitschrift *Nyugat* herausgebracht wurde; Kosztolányi, ungarischer Dichter, Romancier und Publizist, war Verfasser impres-

sionistisch-symbolistischer Lyrik und ein großer Sprachkünstler

Arany – János Arany (1817–1882), ungarischer Dichter; Meister der Sprache; seine volkstümliche Prosa *(Toldi-Trilogie)*, die virtuosen Balladen sowie das subjektive, resignative lyrische Spätwerk stellen einen später kaum noch erreichten Höhepunkt ungarischer Dichtung dar

128 **drei achtzeilige Gedichte** – erschienen im *Buch der Gedichte*; im Gedicht »Zweiunddreißig« verweist Márai auf die Logodistraße; vom *Buch der Gedichte* gibt es noch keine deutsche Übersetzung

Sammlung der kürzeren Prosastücke – das Buch mit gesammelten Feuilletons, das 1947 erschien, trug schließlich den Titel *Medvetánc (Bärentanz)*; die deutsche Übersetzung von 1953 heißt *Die französische Jacht und andere Erzählungen*

Kosztolányis Aufsatz über Rilke – *Rilke. Ő és a tárgyak (Er und die Dinge)*, in *Nyugat* 1909, Nr. 18

129 **auch *L.s* Vater** – Lolas Vater wurde 1944 von Kaschau in ein Konzentrationslager verschleppt; dieses Ereignis findet auch im Tagebuch 1943/44 Erwähnung

135 **Als das Kind gestorben war** – Kristóf, der Sohn der Márais, der im Alter von wenigen Wochen im April 1939 starb

136 **das kleine Mädchen** – Ágnes Kertész, die Tochter von Lolas Schwester; siehe Anm. zu S. 67

137 **Oh, gleite sanft** – Zitat aus dem Gedicht »Feentraum« von Sándor Petőfi (1823–1849); Petőfi gilt als größter ungarischer Dichter; er verband in seiner Lyrik jünglingshafte Begeisterung mit genialer Sprachbegabung; Themen waren Heimat, kämpferischer Patriotismus und vor allem die Liebe; der Dichter spielte in der Revolution von 1848 und im Unabhängigkeitskrieg eine wichtige Rolle; er ist am 31. Juli 1849 in der Schlacht bei Schäßburg (heute Rumänien) verschollen; um sein Schicksal ranken sich bis heute viele Legenden

138 **in den Ruinen Kölns** – Köln wurde am 7. März 1945 von der englischen Armee besetzt

140 **phrygische Mütze** – eine Mütze aus Stoff oder Wolle mit einem längeren runden Zipfel, der nach vorn geschlagen

wird bzw. Richtung Stirn fällt; sie wird u. a. von Marianne getragen, der Frauenfigur, die Frankreich symbolisiert

Kosztolányis Buch – *Erős várunk a nyelv* (1940; *Ein feste Burg ist uns die Sprache*)

142 **Mahnruf** – ein gereimter vaterländischer Appell zur Heimattreue (»Szózat«) von Mihály Vörösmarty (1800–1855); er gehörte neben der Hymne zum Gedichtrepertoire der Schulen für Nationalfeiertage, auch während der chauvinistisch geprägten Horthy-Zeit

143 **Ferencváros** – offenbar eine Anspielung auf das einst verrufene Vorstadtmilieu dieses südlich der Innenstadt an der Donau gelegenen 9. Bezirks (dt. Franzensstadt) von Budapest mit Mühlen, Schlachthöfen, Markthallen; heute ein Stadtteil mit Großstadtcharakter

145 **Aufenthalt** – 1944 verbrachten Márai und Lola einige Wochen in Losonc (damals Oberungarn); von dort aus versuchten sie dem Vater Lolas, dem die Deportation drohte, zu helfen; damals nahmen sie auch Ágnes Kertész, die Nichte Lolas, nach Leányfalu mit

Losonc – Kleinstadt in der Mittelslowakei (slowak. Lučenec), Straßen- und Eisenbahnknotenpunkt; in der Umgebung Heilbäder und die Renaissancefestung von Halič; fiel nach dem 1. Wiener Schiedsspruch vorübergehend an Ungarn und kam 1944 zurück an die Tschechoslowakei

vielleicht drucken sie dort noch meine Bücher – 1944 erschien *Die Gräfin von Parma* (dt. 2002) in schwedischer Übersetzung, *Wandlungen einer Ehe* (dt. 2003) kam in finnischer, *Die Nacht vor der Scheidung* (dt. 2004) in spanischer Sprache heraus

146 **Renans Buch über die Apostel** – Ernest Renan (1823–1892), französischer Schriftsteller, Religionshistoriker, Orientalist; *Les apôtres* (1866)

147 **Kaffeehaus Bodó** – das von Adolf Bodó betriebene Kaffeehaus am Josefsring in Budapest

148 **Szene auf der Straße nach Damaskus** – Hinweis auf die Wandlung des Saulus zu Paulus, die im *Neuen Testament* im 9. Kapitel der Apostelgeschichte beschrieben wird

Kretschmer – Ernst Kretschmer (1884–1964), deutscher Psychiater; er stellte die umstrittene Typenlehre auf, nach der die menschliche Persönlichkeit von der Körpergestalt bestimmt wird

149 **Teixeira de Pascacoes** – Joaquim Teixeira de Pascoaes (1877–1952), *São Paulo* (1934; dt.: *Paulus, der Dichter Gottes*, 1938)

150 **Gömbös** – Gyula Gömbös (1886–1936), Hauptmann im Generalstab; in der Szegeder Gegenregierung (1919) unter Miklós Horthy Staatssekretär; Gründer der Rassenpartei; 1929 Verteidigungsminister; Wortführer der extremen Rechten; 1932–36 Ministerpräsident, betrieb eine deutschfreundliche Außenpolitik

Klebelsberg – Kunó Graf Klebelsberg (1875–1932), der bekannteste ungarische Kulturpolitiker der Zwischenkriegszeit; 1922–31 Minister für Religion und Unterrichtswesen

152 **Tabán** – das zwischen Gellértberg und Burgberg in Buda gelegene Stadtviertel, wegen der in der Türkenzeit angesiedelten Südslawen auch Rácváros (dt. Raizenstadt) genannt, in dem nur wenige Häuser im Stil des Spätrokokos und die anstelle einer türkischen Moschee im 18. Jahrhundert erbaute Katharinenkirche erhalten sind; aus hygienischen Gründen hatte man in den Dreißigerjahren des 20. Jahrhunderts eine große Zahl von Häusern abgerissen und neu erbaut; in dem Stadtteil (heute 1. Bezirk) befinden sich zwei Thermalbäder, das Rác-Bad und das Rudas-Bad

Zárdastraße – Nr. 28 (heute: Rómer-Flóris-Straße)

des Rosenhügels – elegantes Villenviertel (ung. Rózsadomb) in Buda nördlich des Burgbergs mit den Anhöhen über der Donau (2. Bezirk)

meine Mutter – Márais Mutter lebte seit dessen Emigration 1948 bis zu ihrem Tod 1964 in dieser Wohnung

153 **Vácistraße** – berühmte Einkaufsstraße mit Weltstadtflair auf der Pester Seite der Hauptstadt; seit jeher beliebte Flaniermeile der Budapester; mit ihren schmalen Seitengassen auch gehobenes Amüsierviertel der Innenstadt

154 **Das alles verhält sich wie *Mária Lohr, vormals Kronfusz*** – Anspielung auf die ehemalige Betreiberin der Filiale der Budapester Kompagnie der Wäschereien, Färbereien und Bleichanstalten in der Barossstraße

155 **Dieser ausgezeichnete Schriftsteller** – Márai denkt dabei wohl an Gyula Illyés

R. **warnt mich** – vermutlich der Buchhändler Rudolf Gergely, bei dem Márai übernachtete

160 **C., der Botschafter** – Vittorio Cerruti (1881–1961) war u. a. Botschafter in Moskau, Berlin und Paris

Gobineaus Buch – *Les religions et les philosophies dans l'Asie Centrale* (1865) des französischen Schriftstellers und Philosophen Joseph Arthur Gobineau (1816–1882)

163 **Das Buch Prinzessin Murats über Christine** – *La reine Christine de Suéde* (1930) von Princesse Lucien Murat (geb. Marie de Rohan Chabot; 1876–1951)

165 **Gül Babas Grabmal** – Türbe genannte Grabkapelle des als »heilig« verehrten islamischen Derwischs Gül Baba († 1541) am Hang des Rosenhügels in Buda; er soll in der Zeit der türkischen Besatzung hier einen prächtigen Rosengarten angelegt haben

166 **Raubtiere der Fronde** – die Fronde war zwischen 1648 und 1653 ein Bündnis des französischen Hochadels, der hohen Richterschaft, des Parlaments und von Teilen des Volkes gegen den zunehmenden Absolutismus im Frankreich des 17. Jahrhunderts; die Bewegung formierte sich nach dem Dreißigjährigen Krieg wegen der wachsenden Steuerbelastung

Christine – Christine (1626–1689), Königin von Schweden (1632–54)

Der Papst – entweder Urban VIII. (1568–1644, Papst seit 1623) oder Innozenz X. (1574–1655, Papst seit 1644)

Mazarin – Jules Mazarin (eigtl. Giulio Raimondo Mazarini; 1602–1661), Pfarrer und Staatsmann aus Neapel; durch seine Diplomatentätigkeit hatte er wesentlichen Anteil am Zustandekommen des Westfälischen Friedens (1648)

La Rochefoucauld brummelte – in den *Maximen* des französischen Schriftstellers François La Rochefoucauld (1613–1680) ist nichts über Königin Christine zu finden, er schrieb über sie jedoch ein Sonett (dt.: *Betrachtungen oder moralische Sentenzen und Maximen*)

168 **Dobstraße** – Anspielung auf die ehemals vorwiegend jüdischen Geschäfte in der Theresienstadt (7. Bezirk von Budapest); im 19. Jahrhundert noch Drei-Trommel-Gasse nach einem Gasthaus gleichen Namens (ung. dob, Trommel)

172 **wird jetzt ein »Zyklus«** – der Band *Verses Könyv (Buch der Gedichte)* enthält 72 Einzelgedichte; noch nicht ins Deutsche übersetzt

Muster der *Weltwoche* – schweizerische Wochenzeitung, die 1933 von Karl von Schumacher und Manuel Gasser gegründet wurde und ihre Aufgabe in erster Linie darin sah, die nationalsozialistische Ideologie anzugreifen; später befasste sich das Blatt vor allem mit Politik, Kultur und Reisen

172 **in der einzigen bürgerlich-demokratischen Gruppierung** – die Anspielung auf das verdächtige Sammelbecken der Kleinlandwirte-Partei ist ein Hinweis darauf, dass sich gleich nach dem Krieg in dieser traditionellen ungarischen Partei neben den eigentlichen Parteigängern auch extrem konservative, reaktionäre und klerikale Kräfte breitmachten (die Partei bekam 1945 bei den ersten freien Wahlen 57 Prozent der Stimmen)

173 **den dritten Band der *Bekenntnisse eines Bürgers*** – publiziert unter dem Titel *Föld, föld!…* 1972 beim Verlag Vörösváry-Weller, Toronto (dt.: *Land, Land!*, 2001)

Levente – früher Bezeichnung für den stolzen Kämpfer; in der Horthy-Ära obligatorische militärische Vorausbildung für Jugendliche zwischen 12 und 21 Jahren in irredentistischem, nationalistischem Geist

174 ***dawai! dawai!*** – russ.: los, los! vorwärts, vorwärts!

175 **Nagyerdő** – der im Norden von Debrecen gelegene berühmte Große Wald (ein 2300 Hektar großes Gebiet) mit riesigen Parkanlagen, Heilbädern und den Klinikgebäuden der Medizinischen Universität in einem neobarocken Bau aus dem frühen 20. Jahrhundert

***S.* war jahrzehntelang der Flügeladjutant** – Kálmán Shvoy (1881–1971), Generalleutnant, Parlamentsabgeordneter; er war seit 1922 Flügeladjutant des Generalstabschefs

179 **Burschuis** – burschui, russ.: Bourgeois, wohlhabender Bürger, nach sowjetischem Verständnis Angehöriger der ehemaligen Ausbeuterklasse

180 **Kuncz' Roman** – Aladár Kuncz (1885–1931), ungarischer Schriftsteller; sein erfolgreicher Roman *Fekete Kolostor* (1931; *Das schwarze Kloster*) spielt in verschiedenen französischen Kriegsgefangenenlagern

185 **zu meinem schwedischen Übersetzer** – höchstwahrscheinlich Valdemar Langlet (1872–1960) gemeint, der den Roman *Begegnung in Bolzano* ins Schwedische übersetzte (dt. unter dem Titel *Die Gräfin von Parma* 2002 im Piper Verlag)

186 **Von hier zu den Hardys** – Kálmán Hardy (1892–1980) war Flügeladjutant des Reichsverwesers bis 1928, über seine Frau Margit mit der Familie Horthy verwandt; 1932–34 Sekretär von Albert Apponyi in Genf, 1936–40 Militärattaché in Berlin; 1944 beim Generalstab

die Tochter von Horthys Schwester – Tochter von Erzsébet Horthy (1871–1955; verh. Péchy)

Sopronkőhida – nur wenige Kilometer von Sopron (dt. Ödenburg) entfernte, zur Stadt gehörende Siedlung mit dem berüchtigten Staatsgefängnis, wo kurz vor Ende des Krieges (Dezember 1944) auf Befehl der faschistischen Pfeilkreuzler mehrere antifaschistische und linke Oppositionelle (Endre Bajcsy-Zsilinszky, Barnabás Pesti u. a.) hingerichtet wurden

187 **Valérys *Monsieur Teste*** – Paul Valéry (1871–1945), französischer Dichter und Essayist; seine Hauptfigur Monsieur Teste taucht das erste Mal 1896 in dem Buch *La Soirée avec Monsieur Teste* (dt. *Der Abend mit Herrn Teste*) auf; der »Held« hat sich jeder triebhaften und gefühlsmäßigen Bindung entledigt und lebt auf stoische Art, beobachtet und bewertet nur noch

196 **Eckermann-Band** – Johann Peter Eckermann (1792–1854), deutscher Schriftsteller und 1823–32 Sekretär Goethes; Márai verweist hier auf Eckermanns Hauptwerk: *Gespräche mit Goethe in den letzten Jahren seines Lebens* (1837/38); das Zitat lautet korrekt: »Der Mensch muss wieder ruiniert werden!«

203 **Hitler ist tot, die Alliierten sind in Hamburg einmarschiert** – Berlin und Hamburg fielen am 2. Mai, Hitler beging am 30. April 1945 Selbstmord

204 ***Handbuch für die Pflege des bürgerlichen Hundes*** – wahrscheinlich das Buch einer Autorin namens Bagyó: *Die Erziehung und Pflege des bürgerlichen Hundes* (Budapest 1942)

Christinenstadt – Stadtteil von Budapest (1. und 12. Bezirk), rechts der Donau, zwischen den östlichen Ausläufern der Budaer Berge und den Hängen des Burgbergs; bis ins 18. Jahrhundert zwischen Weingärten und Feldern nur schwach besiedelt, später begehrtes Wohngebiet der Hauptstadt; der Name geht auf Marie Christine zurück, die Tochter Kaiserin Maria Theresias, die mithilfe ihres Mannes Albert Kasimir, Statthalter in Ungarn, gegen den Widerstand der Heeresleitung durchsetzte, dass das Gelände bebaut werden durfte

NEP-Periode – russische Abkürzung für die Neue Wirtschaftspolitik in der Sowjetunion, die 1921 nach wirtschaftlichen Rückschlägen und der Hungersnot in den ersten Nachkriegsjahren eingeführt wurde und eine begrenzte Rückkehr zur Marktwirtschaft vorsah; 1928 war diese Periode wieder zu Ende

205 **Ungar** – Hermann Ungar (1893–1929), österreichischer Erzähler und Dramatiker

Ehrenstein – Albert Ehrenstein (1886–1950), österreichischer Lyriker und Erzähler ungarischer Herkunft

Weiß – Ernst Weiß (1884–1940), österreichischer Schriftsteller, der zum Kreis um Franz Kafka gehörte

Die Deutschen haben kapituliert – 8. Mai 1945

206 **des englischen Königs** – Georg VI. (1895–1952), König von Großbritannien (seit 1936)

207 **Szepesolaszi** – heute Spišské Vlachy (dt. Wallendorf), slowakische Kleinstadt am Rande der Zips

Segrais' *Lettre* – Jean Reginald de Segrais (1624–1701), französischer Dichter, Dramatiker

Guarini – Guarino Guarini (1624–1683), italienischer Architekt, einer der größten Baumeister des italienischen Barocks; das Werk, auf das hier Bezug genommen wird, heißt *Architettura civile*

Huomo sono – »Ich bin Mensch und nehme das voller Stolz auf mich / und spreche mit dir, der du auch Mensch bist, / da du nichts anderes sein kannst, / wie mit einem Menschen über menschliche Dinge.«

208 ***Tartuffe*** – Komödie von Molière (1622–1673)

La Rochefoucaulds *Maximes supprimées* – der Band *Betrachtungen oder moralische Sentenzen und Maximen* (1669) enthielt ursprünglich 188 Maximen, die fünfte Ausgabe (1678) umfasste bereits 504 Maximen

209 **stari-papa** – russ.: Großväterchen
210 **des Ministers für die öffentliche Versorgung** – Generalleutnant Gábor Faragho (1890–1953) hatte dieses Amt bis Juli 1953 inne
der provisorische Ministerpräsident – vom 15. Oktober 1944 bis zum 15. November 1945 war Béla Dálnoki Miklós Ministerpräsident
Admiral Raeder – Erich Raeder (1876–1960) war an der Neuorganisation der deutschen Kriegsflotte beteiligt, 1935–43 deren Oberbefehlshaber
212 **Molière, *École des femmes*** – Verskomödie in 5 Akten (dt.: *Die Schule der Frauen*), 1662 erstmals gespielt
213 **des Künstlerischen Beirats** – in diesem Gremium (1945–50) waren hervorragende Künstler aus sieben Kunstgattungen, unterteilt in Sektionen, vertreten; seine Aufgabe war die Beratung des Ministeriums für Religion und Unterrichtswesen; Márai gehörte zu den Mitgliedern dieses Beirats
Areopag – griech.: höchster Gerichtshof im Athen der Antike
214 **Prousts *Temps retrouvé*** – Marcel Proust (1871–1922), französischer Romancier; der 1925 erschienene 7. Teil seines Romanzyklus *Auf der Suche nach der verlorenen Zeit* trägt den Titel *Le temps retrouvé* (dt.: *Die wiedergefundene Zeit*)
218 **die Streitschrift von Gide** – André Gide (1869–1951), französischer Schriftsteller; 1936 erschien sein Werk *Au retour de l'URSS* (dt.: *Zurück aus Sowjetrussland*)
Temesvár – alte ungarische Stadt in Siebenbürgen mit großer Bedeutung während der Türkenkriege (16./17. Jahrhundert); seit 1920 als Timişoara Zentrum und wichtiger Industriestandort der westrumänischen Region Banat
219 **Rajnai** – Gábor Rajnai (1885–1961), Charakterdarsteller in Theater und Film; ursprünglich in Klausenburg engagiert, seit 1935 Mitglied des Budapester Nationaltheaters
222 **complexe de supériorité** – frz.: Überlegenheitsgefühl
224 **lobt ein Journalist** – Márton Horváth (1906–1987) schreibt unter dem Titel »Die Totenmaske von Babits« über Márai: »Der selbstbewussteste der bürgerlichen Schriftsteller, Márai, gibt bereits Erklärungen ab. Er verspricht, aus dem Elfenbeinturm zu treten und den dritten Band der *Bekennt-*

nisse eines Bürgers zu schreiben. Er spricht fehlerlose Sätze über die Brücken, die in die Donau gestürzt sind, die Toten im Burgbergtunnel, deren leere Augen in den Himmel starren. Seine Worte und Sätze sind schön wie grün- und goldschimmernde Schmeißfliegen, die sich auf die Leichen setzen« (*Szabad Nép*, 31. Mai 1945)

225 **Cotta, S. Fischer** – Johann Friedrich Cotta (1764–1832), deutscher Verleger und Politiker, verlegte neben den Werken Johann Wolfgang von Goethes und Friedrich von Schillers auch Friedrich Hölderlin, Jean Paul und Heinrich von Kleist; Samuel F. Fischer (1859–1934) gründete seinen Verlag in Berlin

von einem vierjährigen Jungen – János Babócsay, geboren 1941; er wurde von den Márais später adoptiert und auch in die Emigration mitgenommen

Jászberény – Marktflecken, heute mittlere Kleinstadt östlich von Budapest an der Zagyva; Erzeugung von landwirtschaftlichen, aber auch Industrieprodukten; gilt als Zentrum der Jazygen, eines im 13. Jahrhundert eingewanderten Nomadenvolks; bedeutendes volkskundliches Museum zur Geschichte dieses Volkes

226 **Jazyge oder Kumane?** – Nachkommen von im 12.–14. Jahrhundert nach Ungarn eingewanderten Steppenvölkern; im Laufe der Jahrhunderte magyarisiert

227 **Akademie der Wissenschaften** – Márai war seit dem 15. Mai 1942 korrespondierendes Mitglied der Ungarischen Akademie der Wissenschaften, zum ordentlichen Mitglied wurde er erst am 3. Juni 1947 gewählt

ein Kornis, ein Gerevich erklären – Gyula Kornis (1885–1958), Philosoph, Bildungspolitiker, von März bis Oktober 1945 Vorsitzender der Ungarischen Akademie der Wissenschaften; Tibor Gerevich (1882–1954), Kunsthistoriker; Rusztem Vámbéry (1872–1948), Rechtswissenschaftler, Publizist, Rechtsanwalt, seit 1945 Mitglied der Akademie; Elek Bolgár (1883–1955), Jurist, Historiker, der erst 1949 in die Akademie aufgenommen wurde, da er seit 1937 in der Sowjetunion lebte

229 **Werbőczy** – István Werbőczy (1458–1541), Landesrichter, Verfasser des *Tripartitum* (1514), einer Sammlung zum unga-

rischen Gewohnheitsrecht, eigentlich *Opus Tripartitum juris consuetudinarii inclyti regni Hungariae*; seine Absicht war, hiermit eine einheitliche Rechtspraxis zu fördern

Tisza – Kálmán Tisza (1830–1902), Großgrundbesitzer und Politiker; Gründer und Führer der Liberalen Partei; Innenminister, 1875–90 Ministerpräsident; während seiner Regierungszeit festigte sich die dualistische Regierungsform der österreichisch-ungarischen Doppelmonarchie

Baross – Gábor Baross (1848–1892), einer der herausragenden Wirtschaftspolitiker der Zeit des Dualismus, spielte eine besondere Rolle für die Entwicklung des Verkehrs in der ungarischen Reichshälfte der Monarchie

Anonymus – Verfasser der *Gesta hungarorum*, der ältesten ungarischen Chronik, aus dem 12. Jahrhundert

233 **Sokrates und Kriton** – in Platons *Kriton* unterhält sich Sokrates, der zum Tode verurteilt ist, in der Todeszelle mit Kriton, der den Durchschnittsbürger jener Zeit repräsentiert

234 **Xanthippe** – Ehefrau von Sokrates

Das kleine Mädchen – wahrscheinlich Ágnes Kertész, Lolas Nichte

237 **Üsküb** – der türkische Name für Skopje, die Hauptstadt Mazedoniens

238 **»Grabinschrift«** – der ursprüngliche Titel des letzten Gedichts (»Zweiundsiebzig«) im *Buch der Gedichte*

239 **des Künstlerischen Beirats** – siehe Anm. zu S. 213

240 **die Slowaken … zwingen** – die erste Retorsion gegenüber der ungarischen Bevölkerung war die Vertreibung der sogenannten Muttersprachler, die nach dem 1. Wiener Schiedsspruch (1938) aus Ungarn in die Südslowakei zurückgekommen waren; aus Kaschau wurde am 16. April die letzte Gruppe Muttersprachler ausgewiesen; sogar schwerkranke Menschen, die im Krankenhaus auf ihre Operation warteten, mussten wegen ihrer ungarischen Abstammung das Land verlassen

La follia – die *Violinsonate Nr. 12 »La follia«* des italienischen Komponisten Arcangelo Corelli (1653–1713)

241 **Prohászka** – Lajos Prohászka (1897–1963), ungarischer Philosoph und Pädagoge; sein Werk *A mai élet erkölcse (Die Moral von heute)* erschien 1944

243 **Savonarola** – Girolamo Savonarola (1452–1498), Mönch und Bußprediger in Florenz, strebte hier seit 1494 die Schaffung eines »Gottesstaats« an; wurde 1498 als Ketzer auf dem Scheiterhaufen verbrannt

245 **Prolet** – siehe Anm. zu S. 98

246 **Cipango** – so bezeichnete Marco Polo Japan

einige Einträge aus diesem Tagebuch – die Auszüge wurden in der Zeitung *Magyar Nemzet* veröffentlicht, der erste Eintrag erschien am 17. Juni 1945

247 **eine Gedichtzeile von Babits** – Mihály Babits' (1883–1941) Gedicht *Régi szálloda (Altes Hotel)*

249 **Freuds *Unbehagen*** – Sigmund Freud (1856–1939), *Das Unbehagen in der Kultur* (1930)

250 **Verzárs Buch** – Frigyes Verzár (1886–1979), *Életről, betegségről és halálról* (1927; *Von Leben, Krankheit und Tod*)

253 **nach dem 19. März 1944** – an diesem Tag zogen die deutschen Truppen in Budapest ein

Obergespan in Oberungarn – Anspielung auf den Obergespan von Kaschau, der die Deportation der Kaschauer Juden, unter ihnen Lolas Vater, nicht verhindern konnte

257 **Trianon** – Lustschloss im Park von Versailles, in dem am 4. Juni 1920 Ungarn den nach ihm benannten, von den Alliierten diktierten Friedensvertrag zu unterzeichnen hatte; neben anderen Auflagen musste das seither von Österreich getrennte Ungarn große Teile von Oberungarn an die Tschechoslowakei, das Burgenland an Österreich, Kroatien-Slawonien an Jugoslawien, das Banat an Jugoslawien und Rumänien, Siebenbürgen an Rumänien abtreten; der Vertrag von Trianon gilt bis heute als größte Tragödie der jüngeren ungarischen Geschichte

259 ***Magyar Nemzet*** – die politische Tageszeitung *Magyar Nemzet* erschien das erste Mal am 25. August 1938; am 22. März 1944, nach dem Einzug der Deutschen, wurde die Zeitung verboten; ab 1. Mai 1945 konnte sie wieder erscheinen

Új Magyarság – politische Tageszeitung, erschien 1934–45

260 ***Az én újságom*** – eine illustrierte literarische Kinderzeitschrift, die 1889–1944 in Budapest erschien

261 *Vitéz-Orden* – 1920 unter der Horthy-Herrschaft gegründete Institution; der verliehene Ehrentitel »Vitéz« war ohne Ansehen der Herkunft Männern zugedacht, die sich im Ersten Weltkrieg oder während der nachfolgenden Revolution durch heldenhafte Taten (es gab entsprechende Tapferkeitsauszeichnungen) und durch Vaterlandstreue hervorgetan hatten; die Verleihung des Titels fand in Form eines feierlichen Ritterschlags durch den Reichsverweser statt; Ziel des Ordens war es später, auch bei der nachwachsenden Generation Heldenmut und Vaterlandstreue zu wecken und zu belohnen

262 **Berliner Dreiergipfel** – in Potsdam fand vom 17. Juli bis zum 2. August 1945 die Konferenz der Siegermächte statt; hier wurde nach dem Zweiten Weltkrieg über die Zukunft Europas entschieden

264 **Andorka** – möglicherweise der Schriftsteller Andor Sziklay (1912–1996)

265 **Volksgerichte** – nach dem Zweiten Weltkrieg eingesetzte Sondergerichte mit Beisitzern aus Parteien und Gewerkschaften zur Aburteilung und Bestrafung der rechtsextremistischen Politiker des Horthy-Regimes und der Pfeilkreuzler (u. a. wurden Ferenc Szálasi, László Bárdossy, Béla Imrédy und Döme Sztójay zum Tod durch den Strang verurteilt)

honneur de l'homme – frz.: Ehre des Menschen

in Mikszáths *Schwarzer Stadt* – Kálmán Mikszáth (1847–1919), *Fekete város*, das kurz vor dem Tod des Erzählers erschienene letzte Buch, ein Genrebild aus der Kuruzenzeit (frühes 18. Jahrhundert); darin ist der tragisch endende Kampf der Stadt Lőcse (dt. Leutschau) und seines stolzen Vizegespans beschrieben

266 **Hertzog** – Rudolf Hertzog (eigtl. R. Herzog; 1869–1943), Feuilletonchef der *Berliner Neuesten Nachrichten* und Verfasser gehobener Unterhaltungsromane (u. a. *Die vom Niederrhein*); bejubelte 1933 die Machtergreifung Adolf Hitlers

268 **von den Arader Märtyrern** – am 6. Oktober 1849, nach der Niederschlagung des ungarischen Freiheitskampfs, ließ der österreichische Feldmarschall Haynau 13 führende ungarische Generäle in Arad hinrichten

einige von Kosztolányis kurzen chinesischen Versen – *Új japán versek (Neue japanische Gedichte)*, Haiku-Übersetzungen, erschienen in *Nyugat* 1933

270 **Tag des Buches** – am 12.–14. Juni 1945 abgehalten; aus diesem Anlass erschien Márais *Buch der Gedichte*

271 **Ungarisch-Sowjetrussische Gesellschaft** – eigentlich Ungarisch-Sowjetische Gesellschaft; sie wurde unter dem Namen Ungarisch-Sowjetische Bildungsgesellschaft im Januar 1945 gegründet, Vorsitzender war der Nobelpreisträger Albert Szent-Györgyi; die Gesellschaft nannte sich seit 1948 Ungarisch-Sowjetische Gesellschaft, im Sommer 1957 wurde sie unter dem Namen Ungarisch-Sowjetische Freundschaftsgesellschaft neu gegründet

stürzte diese Rolle auf ihn ein – Béla Dálnoki Miklós (1890–1948), Generaloberst, Politiker, Ministerpräsident; wurde von der Provisorischen Nationalregierung am 22. Dezember 1944 in Debrecen zum Ministerpräsidenten Ungarns gewählt und hatte dieses Amt bis zu den Wahlen im November 1945 inne; später Vorsitzender der Ungarischen Unabhängigkeitspartei; nach 1947 zog er sich aus dem politischen Leben zurück

273 **Sie erzählt, dass sie und andere Frauen** – diese Erzählung bildet die Grundlage für den in Leányfalu geschriebenen Roman *Szabadulás (Befreiung)*, der postum zu Márais 100. Geburtstag erstmals in Ungarn erschien (noch keine deutsche Ausgabe); in einer Momentaufnahme schildert er, in eine Handlung verwoben, die Belagerung und Befreiung Budapests; Kernfrage des Romans ist, ob die neue Ordnung und diejenigen, die sie verheißen, wirklich Befreiung bringen können oder ob das schon Gehabte in neuem Gewand, mit neuen Parolen zurückkehrt

277 **Wilders *Brücke von San Luis Rey*** – *The Bridge of San Louis Rey* (1927; dt. 1929) des amerikanischen Schriftstellers Thornton Wilder (1897–1975)

279 ***E.*, der im Zuchthaus Csillag** – das Gefängnis diente 1944 als Sammellager für zur Vernichtung vorgesehene Menschen, in erster Linie ungarische Zigeuner

280 ***Boom Town*** – amerikanischer Film (1940) von Jack Conway mit Clark Gable, Spencer Tracy und Claudette Colbert

281 **Gräfin *B.* besucht mich** – wohl Margit Gräfin Bethlen (1882–1970), Schriftstellerin und Journalistin, Ehefrau des Ministerpräsidenten István Graf Bethlen, war 1935–44 Chefredakteurin des illustrierten Literaturmagazins *Ünnep (Fest)*; schrieb unterhaltende Prosa und Theaterstücke

282 **eine der Erzählungen Tolstois** – *Pater Sergius* (1891; dt. 1914)

288 **Proleten** – siehe Anm. zu S. 98

Mein Zuhause in der Mikógasse – im Haus Mikógasse 2 haben Márai und auch seine Brüder Gábor und Géza gewohnt; ihr Vater, der von Kaschau nach Miskolc übersiedelt war, wo er als Rechtsanwalt und Notar arbeitete, hatte auf dem Sterbebett verfügt, dass das große Haus der Familie in Miskolc verkauft und in Budapest ein Hausanteil erworben werden sollte, in dem jeder seiner Söhne eine Wohnung bekam; siehe auch Anm. zu S. 78

290 **Prosa von Baudelaire** – der Titel der einzigen Novelle von Charles Baudelaire (1821–1867) lautet richtig *La Fanfarlo* (1847)

291 **Balázs** – Béla Balázs (1884–1949), ungarischer Schriftsteller, Dichter, Filmästhetiker; gehörte schon früh zum Kreis um die Zeitschrift *Nyugat*; er ist Verfasser des Librettos zu Béla Bartóks Oper *Herzog Blaubarts Burg*; lebte 1931–45 in der Sowjetunion

293 ***masirskaja*** – richtig: *mastjerskaja* (russ.), Werkstätte

295 **Soupercsárdás** – auf großen Bällen war der erste Tanz nach dem festlichen Mitternachtsimbiss stets ein Csárdás, nämlich der Soupercsárdás

Samuel Cramer – Hauptfigur in Charles Baudelaires Novelle *La Fanfarlo* (1847)

Pepys' Tagebuch – Samuel Pepys (1633–1703), britischer Admiral und Friedensrichter, der ein höchst abenteuerliches Leben führte

Tante Julie – Márais Tante Schüli, Júlia Muntureanu Hrabovszky (1858–1946), deren Vater Richter der Septemvirtafel war; ihr Buch *Keleti Páris. Bukaresti történetek (Paris des Ostens. Bukarester Geschichten)* erschien 1897

Heim für unheilbare Kranke in Óbuda – Márais Tante verbrachte die letzten Jahre ihres Lebens im Heim für unheilbare Kranke in Óbuda, das der Volksmund »Haus der Barmherzigkeit« nannte

297 **Neergaard** – der Schweizer Arzt Kurt von Neergaard (1887–1947) ist Autor des Buches *Die Aufgabe des 20. Jahrhunderts* (1940)

298 **Attlee** – Clement Richard Attlee (1883–1967), Vorsitzender der britischen Labour Party 1935–55; Premierminister 1945–51

Und sie sitzen in Potsdam – Hinweis auf die Potsdamer Dreimächte-Konferenz vom 17. Juli bis zum 2. August 1945

300 **Willkie** – im Mittelpunkt des Programms des republikanischen Präsidentschaftskandidaten Wendell Lewis Willkie (1892–1944) stand die internationale Zusammenarbeit; zitiertes Werk: *One World* (1942; dt. *Unteilbare Welt*)

als Einziger aus der *Nyugat*-Generation – sie waren bis zum Kriegsende tatsächlich alle tot: außer Ady eben auch Kosztolányi, Babits, Karinthy, Móricz u. a.

302 **Hlinka-Garde** – die paramilitärische Einheit der Slowakischen Volkspartei wurde 1938 gegründet; sie verfolgte Tschechen, Ungarn und Kommunisten; 1945 wurde sie aufgelöst; ihr Namensgeber war Andrej Hlinka (1864–1938), slowakischer Politiker und erster Vorsitzender der Slowakischen Volkspartei; kämpfte für die Autonomie der Slowakei

304 **Mikado** – jap.: alte Bezeichnung für den japanischen Kaiser (eigentlich: erhabenes Tor)

305 **Büchners Drama** – Georg Büchners (1813–1837) bühnenwirksames Drama *Dantons Tod* erschien 1835

308 **des Nationalkasinos** – das Nationalkasino wurde 1827 von István Graf Széchenyi nach dem Vorbild englischer Klubs gegründet; trotz seiner Exklusivität und des aristokratischen Charakters war auch Bürgerlichen die Mitgliedschaft möglich; nachdem es zerstört worden war, etablierte sich dort vorübergehend das Restaurant *Souvenir*

Aber wir treffen *A.* – Aladár Szegedy-Maszák

309 **Heilige Rechte** – nationale Reliquie Ungarns; die angeblich unversehrt erhalten gebliebene rechte Hand König Stephans des Heiligen; der Legende nach ließ König Ladislaus aus Anlass der Heiligsprechung Stephans die sterblichen

Überreste des Königs in Székesfehérvár exhumieren; die Reliquie wurde zur Prozession am Tag des heiligen Stephan (20. August) in der Burg von Buda mitgeführt

310 **ein plumpes Gedicht von Illyés** – *Napló (Tagebuch)* aus dem Gedichtband *Egy év (Ein Jahr)* von Gyula Illyés

312 ***Bouvard et Pécuchet*** – unvollendeter Roman des französischen Romanciers Gustave Flaubert (1821–1880), erschienen 1881

314 **Goethes *Torquato Tasso*** – Drama von 1790

315 **Ungarisch-Österreichische Gesellschaft** – die Ungarisch-Österreichische Gesellschaft für Bildung wurde am 30. August 1945 gegründet

über die Potemkinschen Brücken der Bildung schleichend – Márai verwendet diesen Ausdruck hier als Synonym für ein Täuschungsmanöver; geht auf Feldmarschall Grigori Alexandrowitsch Fürst Potjomkin zurück; einer modernen Sage zufolge ließ der Günstling (und Geliebte) der russischen Zarin Katharina II. 1787 vor dem Besuch der Herrscherin im neu eroberten Krimgebiet entlang der Wegstrecke zum Schein Dörfer aus bemalten Kulissen errichten, um das wahre Gesicht der Gegend zu verschleiern

317 **Wochenschaukino** – Lichtspieltheater in Budapest, das es von 1938 bis 1985 gab und das den ganzen Tag in Blöcken von einer Stunde die Wochenschau und Kurzfilme zeigte

Anwesenheit Schukows – Georgi Konstantinowitsch Schukow (1896–1974), sowjetischer Marschall, seit 1943 Oberbefehlshaber und Stellvertreter Josef Stalins; 1945/46 Befehlshaber der sowjetischen Besatzungstruppen in Deutschland

Keitel – Wilhelm Keitel (1882–1946), deutscher General; im Zweiten Weltkrieg Chef des Oberkommandos der Wehrmacht, unterzeichnete am 8. Mai 1945 die bedingungslose Kapitulation Deutschlands; wurde bei den Nürnberger Prozessen zum Tode verurteilt und später hingerichtet

318 **Füst** – Milán Füst (1888–1967), ungarischer Lyriker, Romancier; pflegte die freie Versform; im deutschen Sprachraum vor allem mit seinem Roman *Die Geschichte meiner Frau* (dt. 1962) bekannt geworden

320 **die Sprache Gáspár Károlis** – der lutherische Pastor Gáspár Károlyi (eigtl. Kaspar Helth; um 1510–1574) war federfüh-

render Verfasser der ersten ungarischen Übersetzung (1590) der Luther-Bibel

Móricz' Einakter – Zsigmond Móricz' Buch *Falu (Dorf)* erschien 1911 und enthält drei Theaterstücke: *Mint a mezőnek virágai (Wie die Blumen auf dem Feld)*, *Magyarosan (Auf ungarische Art)*, *Kend a pap? (Seid Ihr der Pfarrer, gnädiger Herr?)*; keine deutsche Übersetzung

321 **Gatyahose** – bis unter die Knie reichendes, direkt auf dem Körper getragenes weites männliches Beinkleid aus weißem Leinen; auch Unterkleid

323 **Seladon** – schmachtender Liebhaber, Schürzenjäger (nach der Hauptfigur Céladon in einem französischen Roman)

Davies – Joseph E. Davies (1876–1958), *Mission to Moscow* (1942; dt.: *Als USA-Botschafter in Moskau*, 1943)

Woolf – Virginia Woolf (1882–1941), *Orlando. A Biography* (1928; dt.: *Orlando. Die Geschichte eines Lebens*)

325 **Justizminister** – vom 21. Juli 1945 bis 17. Juli 1950 war István Ries (1885–1950) ungarischer Justizminister; es handelt sich hier um den Novi-Sad-Prozess in Budapest gegen die nicht nach Deutschland entkommenen Generäle und Offiziere, die das Blutbad, das die ungarische Armee Anfang 1942 in Novi Sad (dt. Neusatz, ung. Újvidék) und Umgebung anrichtete, zu verantworten hatten; die Opfer waren vor allem unbewaffnete serbische und jüdische Zivilisten; rund 4000 Menschen, vor allem Juden, kamen dabei ums Leben

Erdélyi – József Erdélyi (1896–1978), ungarischer Lyriker, Schriftsteller; Verfasser aufbegehrender radikaler Gedichte, später Lyrik in volksdichterhafter Pose; verfiel dann der faschistischen Ideologie; nach dem Krieg verurteilt und eingesperrt, reihte er sich 1954 mit dem Band *Visszatérés (Rückkehr)* wieder ins literarische Leben ein

327 **das schlechte Zeugnis** – Anspielung auf Frigyes Karinthys (1887–1938) satirische Sammlung *Tanár úr kérem (Bitte, Herr Professor)*, in der ein Schüler seine schlechten Noten im Zeugnis erklärt

329 ***Pesti Hírlap*** – siehe Anm. zu S. 377

331 **Nachmittagsausgabe der Sozialistenzeitung** – die Tageszeitung *Szabadság* erschien seit dem 26. März 1945 jeden Nachmittag

332 **Hein** – Péter Hein (1895–1946), Kriminalkommissar, nach der Machtübernahme der Pfeilkreuzler Chef der politischen Polizei; flüchtete 1945 nach Deutschland, wurde im Herbst desselben Jahres verhaftet und an Ungarn ausgeliefert, wo er zum Tod durch den Strang verurteilt wurde

Woroschilow – Kliment Jefremowitsch Woroschilow (1881–1969), sowjetischer Marschall, Politiker; 1945–47 Vorsitzender der für Ungarn zuständigen Kontrollkommission der Alliierten

333 **Brunolin** – eine mit Terpentin verdünnte Mischung aus Harz und Paraffin zum Polieren von Möbeln

335 **noirmoutierende Nervosität** – Aladár Kuncz schreibt in seinem Roman *Fekete kolostor (Das schwarze Kloster)* über die französische Insel Noirmoutier, auf der auch er, als Bürger eines feindlichen Landes, während des Ersten Weltkriegs interniert war

337 **Falks Aufsatz** – Miksa Falk (1828–1908), Autor politischer Schriften, Publizist, 1858–60 Mitarbeiter von István Széchenyi; liberales Mitglied des ungarischen Reichstags 1869–1906; sein Buch *Graf Széchenyi und seine Zeit* erschien 1868 in deutscher Sprache in Budapest

die Tage Széchenyis in Döbling – Döbling, früher das Dorf Währing, heute zusammen mit mehreren Kleingemeinden der 19. Wiener Gemeindebezirk; hier setzte István Graf Széchenyi (»der größte Ungar«) nach zwölfjährigem Leiden am 8. April 1860 (*1791) in der Privatirrenanstalt seinem Leben ein Ende

Wlassow-Armee – Andrei Andrejewitsch Wlassow (1900–1946), sowjetischer General, später Befehlshaber der Russischen Befreiungsarmee (ROA), die von den Nazis gegründet worden war und in der vor allem russische Kriegsgefangene kämpften; 1942 geriet Wlassow mit seinen Soldaten in deutsche Gefangenschaft, wo er seit 1944 aktiv am Aufbau der ROA beteiligt war; nach dem Krieg lieferten die USA Wlassow an die Sowjetunion aus, wo er zum Tode verurteilt und exekutiert wurde

338 **Gundel** – berühmtes Restaurant im Stadtwäldchen von Budapest (14. Bezirk), besteht seit 1920, als Károly Gundel (1883–1956) das Gasthaus Wampetich übernahm und weiter-

führte; unter seiner Leitung wurde das Etablissement zum Feinschmeckertempel; seine Rezeptbücher sind in alle wichtigen Weltsprachen übersetzt; das »Gundel« gehört zu Budapest wie das »Sacher« zu Wien; 1992 haben es die neuen Besitzer in altem Glanz wiedereröffnet

Sobolew – Leonid Sergejewitsch Sobolew (1898–1971) – russischer Schriftsteller und Publizist

339 **Eine andere interessante Dame** – Fenja Fjodorowna Kornilowa (*1903), die Frau von Mátyás Rákosi (1892–1971; 1945–56 Generalsekretär der Ungarischen Kommunistischen Partei bzw. der Einheitspartei, 1952/53 Ministerpräsident), war wirklich jakutischer Abstammung; sie machte sich auch als Porzellankünstlerin einen Namen; nach dem Tod Rákosis im heutigen Nischni Nowgorod blieb sie bis zu ihrem Lebensende in Moskau

bei den MÉP-Banketten – Anspielung auf die von Pál Teleki 1939 ins Leben gerufene Magyar Élet Pártja (Partei des ungarischen Lebens)

340 ***Leányfalu und Umgebung*** – kein Werk Márais mit diesem Titel wurde je publiziert, auch in seinem Nachlass fand sich nichts davon; die Arbeit ist vielleicht in der Anfangsphase stecken geblieben, oder Márai hat die Texte ins Tagebuch eingearbeitet

Palais in der Innenstadt – Márai meint das Károlyi-Palais, in dem sich heute das Petőfi-Literaturmuseum befindet und wo auch Márais Nachlass verwahrt und betreut wird

Herr Genosse *H.* – wahrscheinlich Gyula Háy (auch Julius H.; 1900–1975), Generalsekretär der Ungarisch-Sowjetischen Gesellschaft für Bildung; Háy war als Dramatiker bekannt, seine Theaterstücke wurden auch auf deutschen Bühnen aufgeführt; 1933 emigrierte der Autor über Wien nach Moskau und kehrte erst 1945 nach Ungarn zurück

341 **Bartók ist tot** – Béla Bartók, geb. 1881, gest. 26. September 1945

Cocteaus Stück – Jean Cocteaus (1889–1963) Drama *Les parents terribles* hatte im Művész-Theater in Budapest am 23. September 1945 Premiere

Actio Catholica – ursprünglich eine antiliberale Bewegung zur Förderung der Zusammenarbeit von engagierten Katholiken mit der kirchlichen Hierarchie; aufgrund einer Enzyklika Papst Pius' XI. von 1922 begründete auch der Fürstprimas seit 1925 die *Actio Catholica* in Ungarn, seit 1933 gab es eine Landeszentrale und lokale Organisationen

Ein amerikanischer Film – *Tales of Manhattan* (1942) von Julien Duvivier

Vadnay – László Vadnay (1904–1967), ungarischer Schriftsteller, Journalist und Kabarettautor, schuf die Figuren Hatschek und Schajo, die in ihren Dialogszenen auch politische Unzulänglichkeiten ansprechen durften

342 **Mittagessen mit *A.*** – die diplomatischen Beziehungen mit den USA, die im Zweiten Weltkrieg abgebrochen worden waren, wurden am 25. September 1945 wieder aufgenommen; erster ungarischer Botschafter war Aladár Szegedy-Maszák

343 **Szekfű** – Gyula Szekfű (1883–1955), ungarischer Archivar und politisch einflussreicher konservativer Historiker, schon in der Vorkriegszeit Gegner der deutschfreundlichen Politik ungarischer Regierungen; 1945–48 Botschafter in Moskau

Pimpernel-Plan – Hinweis auf die Protagonistin des Romans *The Scarlet Pimpernel* von Baroness Emma Orczy (1865–1947); sie rettet aus Idealismus und Menschlichkeit auf überaus durchtriebene Weise französische Aristokraten sogar vor der Guillotine

keine Coriolane – Anspielung auf den römischen Patrizier Gnaeus Marcius Coriolanus, der beim Kampf um die Stadt Corioli die aussichtslose Lage der römischen Truppen umkehren konnte und dafür als Auszeichnung den Beinamen Coriolanus erhielt; nach Streitigkeiten mit Plebejern und Volkstribunen wurde er aus Rom verbannt; führte daraufhin gemeinsam mit seinen früheren Feinden Krieg gegen seine Heimatstadt und brach diesen erst auf Bitten seiner Mutter und seiner Frau ab; für seine Krieger kam das einem Verrat gleich, deshalb wurde Coriolanus von ihnen getötet

344 **Land der Jungfrau Maria** – ein bestimmendes Moment in der Marienverehrung ist die Rolle Marias als Beschützerin von Ländern und Völkern; Stephan der Heilige, der erste gekrönte ungarische König, übereignete sein Land Maria,

sie ist seither die Patrona Hungariae, Beschützerin Ungarns, das so zum »Regnum Marianum«, dem Land Marias, wurde

347 **Fronde** – Aufstand des französischen Hochadels gegen das absolutistische Königtum (1648–53)

350 **zu einem chinesischen Dichter** – Anspielung auf die Gedichte und Tagebucheintragungen, die von Márai unter dem Titel *Unbekannter chinesischer Dichter. Aus dem 20. Jahrhundert nach Christus* für die Schauspielerin Klári Tolnay geschrieben wurden; die Texte hat die Schauspielerin erst nach dem Tod Márais veröffentlicht

Daudet – Léon Daudet (1867–1942), französischer Schriftsteller, Sohn des weitaus berühmteren Alphonse Daudet

351 **Neuausgabe meines Romans** – *A zendülők* (*Die jungen Rebellen*, dt. 2001); die Neuausgabe erschien schließlich im Dezember 1945

Révai-Verlag – gegründet von Leo Révai, übernommen und ab 1895 als Aktiengesellschaft geführt von Mór János Révai (1860–1926); eines der bedeutendsten ungarischen Verlagshäuser mit Buchhandel zwischen den beiden Weltkriegen; Gesamt- und Prachtausgaben ungarischer Klassiker (u. a. Kálmán Mikszáth, Mór Jókai), aber auch moderner ungarischer Autoren wie Márai; brachte zahlreiche Werke der internationalen Literatur (u. a. Maxim Gorki, Thomas Mann, André Malraux) in ungarischen Übersetzungen heraus

Hemingways Roman – *For Whom the Bell Tolls* (1940; dt.: *Wem die Stunde schlägt*, 1941) von Ernest Hemingway (1899–1961)

353 **Bárdossy-Prozess** – László Bárdossy (1890–1946), Außenminister, Ministerpräsident; wurde 1946 als Kriegsverbrecher hingerichtet

355 **ungarischer Journalist** – György Parragi (1902–1963), *Mauthausen* (1945)

356 **Madariaga** – Salvador de Madariaga y Rojo (1886–1978), spanischer Schriftsteller, Essayist, Diplomat; Roman *The Heart of Jade* (1944; dt.: *Das Herz von Jade*, 1950)

358 ***Briefe des Kaisers Julianus*** – Hinweis auf die 23 Briefe des römischen Kaisers Julian (Flavius Claudius Julianus; gen.

Julian Apostata; 331–363), die 1828 zum ersten Mal erschienen, und zwar in deutscher Sprache; Márai las sie in einer französisch-griechischen Ausgabe

Gedicht Kiplings – »If …«, das bekannteste Gedicht des britischen Literaturnobelpreisträgers Rudyard Kipling (1865–1936)

Zauber – Márais Stück *Varázs (Zauber)* wurde am 15. Dezember 1945 in dem Pester Theater unter der Regie von Andor Ajtay uraufgeführt; die weibliche Hauptrolle spielte Klári Tolnay

364 **Tolnay** – Klári Tolnay (1914–1998), ungarische Schauspielerin; war über viele Jahrzehnte die beliebteste und bekannteste Darstellerin klassischer Rollen auf der Bühne, spielte auch in zahlreichen Filmen

365 **Devecseris kleines Büchlein** – Gábor Devecseri (1917–1971), ungarischer Dichter und Übersetzer von Werken der griechischen und römischen Antike; *Az élö Kosztolányi* (1945; *Der lebende Kosztolányi*)

366 **Lehrbuch der Geschichte** – Kálmán Benda (1913–1994), *Die Geschichte Ungarns* (1. Teil: Von der Frühzeit bis heute. Für die 3.–4. Klassen der Bürgerschule und die 3. Klassen des Gymnasiums)

Galli-Curci – Amelita Galli-Curci (1882–1963), amerikanische Sopranistin italienischer Herkunft; trat 1930 auch in Budapest auf

369 **Szabós Potenzial** – Dezső Szabó (1879–1945), einer der einflussreichsten Schriftsteller der populistischen Richtung in der Zwischenkriegszeit; der Titel seines umfangreichen provokativen Romans *Az elsodort falu (Das fortgeschwemmte Dorf)* soll auf den bevorstehenden Untergang Ungarns verweisen

370 **Oláh** – György Oláh (1902–1981), rechtsgerichteter Schriftsteller, Journalist, der einer der ständigen Kritiker Márais war; er schrieb für die Zeitung *Egyedül Vagyunk (Wir sind allein)* und war auch Mitglied des Pfeilkreuzler-Parlaments

Milotay – István Milotay (1883–1963), rechtsgerichteter Politiker, der Márai 1942 in der Zeitung *Új Magyarság* in mehreren Artikeln wegen seiner *Streitschrift in Sachen Volkserziehung* angriff

Rajniss – Ferenc Rajniss (1893–1946), rechtsextremer Politiker, Minister für Religion und Unterrichtswesen in der Szálasi-Regierung

einer der kommunistischen ungarischen Kritiker – Márton Horváth schrieb in der Parteizeitung *Szabad Nép* am 2. Dezember 1945: »Achten wir darauf, dass jede Kugel den Gegner ins Herz trifft.«

Iam alios vidimus ventos – lat.: es bläst schon ein anderer Wind

372 **Ein kommunistischer Schriftsteller** – wahrscheinlich Mihály András Rónai (1913–1992); Márai hatte im Januar und November 1936 einen Artikel über den deutschen Schriftsteller und Friedensnobelpreisträger Carl von Ossietzky (1889–1938) geschrieben, der im Konzentrationslager Oldenburg inhaftiert war und an den Misshandlungen, die er dort erleiden musste, starb

373 **19. März 1944** – deutsche Truppen besetzten Ungarn (Unternehmen »Margarete«); der ungarische Reichsverweser Miklós Horthy wurde bei einer Unterredung mit Adolf Hitler gezwungen, Döme Sztójay (Botschafter in Berlin) zum Ministerpräsidenten einer Marionettenregierung zu ernennen

374 **Petőfi-Glosse im *Tagebuch*** – Márton Horváth schrieb im oben zitierten Artikel: »[…] in Kritiken wird über Márais Buch gelobhudelt, ohne zu beachten, dass seine virtuosen Satzpassagen auf ein bisschen italienischer Stimmung und Schweinereien über Petőfi aufgebaut sind.«

József – Attila József (1905–1937), mit Sándor Petőfi und Endre Ady einer der bedeutendsten ungarischen Dichter, gilt als die größte Begabung der ungarischen Moderne; wegen seiner überwiegend revolutionären und sozialkritischen Thematik wurde er in den Zwanziger- und Dreißigerjahren fast totgeschwiegen; seine feinsinnige Lyrik hat weltliterarischen Rang; international bekannt wurde er erst durch *Hommage a Attila József* (Paris 1955), mit Nachdichtungen seiner Gedichte von Jean Cocteau, Paul Éluard, Tristan Tzara u.a.

375 **Pacelli** – Eugenio Pacelli (1876–1958), italienischer Kardinal, als Pius XII. Papst seit 1939

Sympathol – ein Medikament, das ähnlich wie Adrenalin wirkt und in erster Linie zur Behandlung von niedrigem Blutdruck verwendet wurde

377 ***Újság* zum jüdisch-liberalen *Pesti Hírlap*** – Márai schreibt ab Dezember 1936 für *Pesti Hírlap*; dieser Wechsel wurde von seinen Kritikern in erster Linie als politischer Schritt betrachtet

380 **Ajtay** – Andor Ajtay (1903–1975), ungarischer Schauspieler und Regisseur

382 **Lukács** – László Lukács (1906–1944), ungarischer Dichter und Übersetzer; er wurde unter der deutschen Besatzung ins Arbeitslager Bor deportiert, wo er im Strafarbeitsdienst starb

Tóth – Árpád Tóth (1886–1928), ungarischer Lyriker, gehörte zum Kreis um die Zeitschrift *Nyugat*; seine von Endre Ady und den französischen Symbolisten beeinflussten Gedichte sind erfüllt von Sehnsucht und Melancholie; berühmte Nachdichtungen der Gedichte von Charles Baudelaire, Paul Verlaine, Alfred de Musset

Skizze von Karinthy – *Gögicse* des ungarischen Schriftstellers, Übersetzers und Humoristen Frigyes Karinthy; er gilt als größter Satiriker der modernen ungarischen Literatur; Verfasser ausgezeichneter Persiflagen, u. a. *Ich weiß nicht, aber meine Frau ist mir verdächtig*

383 **in den *Beleidigten*** – ein bestimmendes Element im 1. Band *(Die Stimme)* der Trilogie ist die Rede Hitlers, die er 1933 anlässlich der Machtergreifung im Berliner Sportpalast hielt; Márai war bei dieser Rede als Korrespondent anwesend und schrieb auch einige Artikel darüber (z. B.: *Messias im Sportpalast*, in *Újság*, 29. Januar 1933, S. 5)

384 ***Comme bossu tu es magnifique*** – Als Buckliger bist du prächtig

Babits – Mihály Babits (1883–1941), ungarischer Dichter, Essayist und Literaturhistoriker; Hauptschriftleiter der Zeitschrift *Nyugat* (1908–41), die über Jahrzehnte das literarische und geistige Leben Ungarns prägte

385 **des Császár-Bades** – eines der beliebtesten Thermalbäder Budapests, am rechten Donauufer gelegen; ein kleiner Teil der Baulichkeiten stammt noch aus der Türkenzeit (16. Jahr-

hundert); seine heutige Form geht vorwiegend auf die Umbauten des 19. Jahrhunderts durch den Baumeister József Hild zurück; umfasst neben Thermal-, Dampf-, Heißluft- und Moorbädern auch eine Rheumaklinik und das Balneologische Forschungsinstitut

388 **Lin Yutang** – Lin Yutang (1895–1976) war ein chinesischer Schriftsteller, der in englischer Sprache schrieb

Personenregister

Von Sándor Márai liegen im Piper Verlag außerdem vor:

Die Glut
Das Vermächtnis der Eszter
Der Wind kommt von Westen
Bekenntnisse eines Bürgers
Himmel und Erde
Die jungen Rebellen
Ein Hund mit Charakter
Lieber Tibor. Briefwechsel Sándor Márai / Tibor Simányi
Tagebücher 1984–1989
Die Gräfin von Parma
Wandlungen einer Ehe
Die Nacht vor der Scheidung
Das Wunder des San Gennaro
Die Fremde
Schule der Armen
Die vier Jahreszeiten
Die Möwe
Literat und Europäer. Tagebücher 1: 1943–1944

Über Sándor Márai:

Ernő Zeltner: Sándor Márai. Ein Leben in Bildern

PIPER

Sándor Márai

Die vier Jahreszeiten

Aus dem Ungarischen übersetzt und mit Anmerkungen versehen von Ernő Zeltner. 272 Seiten. Serie Piper

»Es genügt nicht, sich zu besinnen. Lerne endlich zu vergessen.« Geschliffen formulierte Selbstgespräche über das Leben und die Vergänglichkeit, Reflexionen über die Natur und die Kunst, über seine ausgedehnten Reisen und das Leben mit den Büchern: Der ungarische Romancier Sándor Márai glänzt in seinen impressionistisch leichten Miniaturen und eröffnet uns den unmittelbaren Blick auf den Menschen hinter dem Schriftsteller. Beginnend im mondänen Budapest der dreißiger Jahre folgen Márais tagebuchartige Aufzeichnungen dem Rhythmus der Jahreszeiten und halten dabei kunstvoll die Balance zwischen Intellekt und Gefühl. Und so zeigt sich Sándor Márai, der große Erzähler, in seinem 1937 entstandenen und 2007 erstmals ins Deutsche übersetzten Band »Die vier Jahreszeiten« auch als Meister der kleinen Form.

»Sándor Márais Stil hat eine Eleganz, die wir mit vergangenen Zeiten verbinden. Aber diese Zeiten haben keinen Staub angesetzt – es ist die Eleganz eines großen Autors.«
Frankfurter Neue Presse

01/1745/01/R

PIPER

Sándor Márai

Literat und Europäer – Tagebücher 1

Mit einem Vorwort von László F. Földényi. Herausgegeben, mit Anmerkungen und einem Nachwort von Ernő Zeltner. Aus dem Ungarischen von Akos Doma. 480 Seiten. Gebunden

Als junger Mann verlässt Sándor Márai (1900–1989) Ungarn, um Europa zu entdecken. Er geht nach Deutschland und Frankreich, arbeitet als Essayist und Kritiker in Leipzig, Frankfurt und Berlin, er sieht Paris, bevor er Ende der Zwanzigerjahre mit seiner Frau nach Ungarn zurückkehrt. Als er 1943 beginnt, sich Notizen zu machen, regelmäßiger erfüllte Augenblicke und Erinnerungen an seine Jugend einem Tagebuch anzuvertrauen, ist er längst einer der einflussreichsten Autoren seiner Heimat. Immer intensiver wird neben der Literatur und seinen Leseeindrücken die Beschäftigung mit aktuellen Ereignissen, mit der Belagerung, die Budapest droht. Immer schärfer formuliert er seine politischen Gedanken. Es ist das eindrucksvolle Porträt des Menschen und Europäers Sándor Márai, das uns aus seinen Tagebüchern entgegentritt.

»Sándor Márais Tagebücher sind Meisterwerke ihres Genres.«
Karl-Markus Gauß, Neue Zürcher Zeitung

01/1746/02/L